FOLIO POLICIER

John Farris

Terreur

Le cycle des pouvoirs

Traduit de l'américain
par Gilles Goullet

Denoël

Titre original :

THE FURY AND THE TERROR

Citation de W. Whitman :
trad. J. Darras in Feuilles d'herbe, *Éd. Gallimard.*
Citation de Shakespeare : trad. Y. Bonnefoy
in Hamlet/Le Roi Lear,
Éd. Gallimard/Folio Classique n° 1069

John Farris, présenté par Stephen King comme « le premier romancier américain de terreur », est né en 1936 dans le Missouri. Le « Cycle des pouvoirs » a été inauguré par le roman *Furie* adapté au cinéma par Brian de Palma. *Terreur* poursuit cette fresque étonnante où se mélangent le thriller, la politique-fiction et le paranormal dans une lutte sans merci pour le partage du monde.

Pour Stephen et Tabitha King
Inconditionnels

Un

These are the days of miracles and wonder
And don't cry, baby, don't cry.

C'est une époque de miracles et de prodige
Ne pleure pas, bébé, ne pleure pas.

Paul Simon,
The Boy in the Bubble.

MAUI, HAWAÏ — 28 MAI

Il était une heure du matin lorsque les quatre hélicoptères MH-60K de la force d'élite du MORG décollèrent de Hickam Field. Ils mirent le cap au sud-est, survolant à six cents mètres d'altitude l'éblouissante plage Waikiki et son paysage de carte postale. Poussés par un vent de quinze nœuds, ils atteignirent leur vitesse maximale de 267 kilomètres-heure quelques minutes après le célèbre promontoire. La lune était à deux jours de sa plénitude dans le ciel dégagé. Vue de dessus, avec les fronces luisantes de l'océan en toile de fond, la flottille d'appareils de guerre ressemblait à un essaim de guêpes noires surmontées d'auréoles acérées.

Dans l'hélicoptère de tête, la femme répondant au nom de code Zéphyr passait le temps en bavardant avec la chef d'équipe, Portia Darkfeather.

« Les citrons, chérie, affirma-t-elle à son amante occasionnelle. C'est leur peau et leur zeste qui font sortir tes rillettes de veau de l'ordinaire. Ma famille était pauvre, mais on avait des citronniers Meyer dans la cour. Tu as déjà goûté à un citron Meyer ? »

Darkfeather installa Warhol sur son épaule gauche.

Dans la pénombre de l'habitacle, le chaton persan de six mois fixa Zéphyr du réticule de ses yeux qui évoquaient ceux d'une idole à l'histoire pétrie d'infortune.

« Je ne pense pas, répondit Darkfeather.

— Ça ressemble à un mélange de citron ordinaire et de mandarine. C'est arrivé de Chine en Californie. Quatre fois plus de sucre qu'un citron ordinaire, et un arôme divin. Maman n'utilisait que ça pour ses rillettes de veau. Quand papa était assez sobre pour garder son boulot, il rapportait du veau de première catégorie de chez le boucher. Un autre des secrets de maman : épicer le bouillon d'alcool de riz.

— Je n'ai jamais mangé de veau, avoua Darkfeather. Jusqu'à la mort de maman, on avait du poulet deux ou trois fois par semaine. Mijoté dans de la bière mexicaine, tu vois, pour l'attendrir. Et maman l'arrosait de piments *chipotle* réduits en sauce *adobo*. Ça, c'était de la cuisine. »

Molokai se profilait à l'horizon. Les hélicoptères poursuivirent vers le sud-est et longèrent le détroit de Kalohi, laissant sur leur droite les rares lumières de la petite île de Lanai.

« Tu as déjà surfé Pipeline ou Jaws ? » demanda Zéphyr à Darkfeather. Enfant des *surfing sixties*, elle avait pour sa part fugué sur les plages dès quatorze ans. Ce qui n'avait jamais figuré dans sa biographie officielle, même si les tabloïdes s'étaient régalés des années durant de ce genre de détails croustillants sur son passé.

« Moi, non. Mon frère s'est fait Jaws, une fois. Des vagues de dix-huit mètres. Mais il faut apprendre à reconnaître les situations où votre courage signe des chèques que vos capacités n'ont pas les moyens de payer.

— Ça oui, chérie. »

Cela mit fin à la conversation. Darkfeather nourrit Warhol d'un amuse-gueule puisé dans un sachet étanche en plastique.

« Cible dans huit minutes », annonça le pilote.

Le vent qui avait tourné au nord-ouest chahutait leur vol. Zéphyr regarda devant eux la balise d'aéroport à Kapalui et les grappes d'hôtels touristiques autour de Kaanapali, sur la côte ouest de Maui. Juste derrière elles, on voyait très bien les montagnes de Maui. Cette partie de l'île était peu fréquentée, du moins par les touristes. L'abondance des précipitations, jusqu'à dix mètres de pluie par an, ne facilitait en rien l'accès aux cratères, aux gorges boisées et aux marécages. Seules quelques mauvaises routes partaient des villes côtières pour serpenter vers l'intérieur des terres. Ces montagnes constituaient la cachette idéale pour quelqu'un tenant à disparaître de la circulation.

Le cœur de Zéphyr se mit à battre plus vite dès qu'apparurent les lumières de Lahaina. *On y est.* Il lui était plus d'une fois arrivé que des repérages et des traques n'aboutissent à rien, mais cette fois-ci, elle était foutrement sûre qu'ils le tenaient, qu'ils tenaient l'Avatar.

Comme tous ceux assis derrière elle, Zéphyr avait revêtu une tenue d'opérations spéciales. Elle se plaisait en compagnie de professionnels du combat. Elle aimait leur ingéniosité, leur manière de se tenir sur le qui-vive. Leur jargon laconique aux acronymes aussi tranchants et aussi dentelés que des poignards commandos. Contrairement aux prétoriens de Portia, elle ne portait aucune arme. Les hélicos de l'équipe Mamba étaient quant à eux lourdement armés, avec leurs habituelles mitrailleuses et lance-roquettes, mais ils n'allaient pas au tir au pigeon. Zéphyr avait admis que des grenades aveuglantes pourraient s'avérer nécessaires. Ainsi que des chiens, d'où les trois gros bergers allemands à bord d'un des autres hélicoptères.

« Frappeur Désigné, ici Mamba Leader, dit Portia Darkfeather sur la fréquence de l'équipe Mamba. On est dans le goulet. Arrivée prévue dans quatre minutes trente secondes. Vous me recevez ? À vous.

— Je vous reçois cinq sur cinq, Mamba Leader. Tout est calme, rien à signaler.

— On a Zéphyr avec nous, ce soir, ajouta Darkfeather. Montrons-nous à la hauteur de son admiration.

— Bien compris, Mamba Leader. »

Les hélicoptères venaient de quitter leur altitude de six cents mètres pour entamer une descente à un angle de six degrés que Zéphyr sentit au creux de l'estomac.

« Cap zéro-neuf-zéro, annonça le pilote. Vérification des systèmes, messieurs. »

Les autres pilotes accusèrent réception.

« Nous sommes OK ici.

— OK.

— OK pour nous. »

Le silence se fit alors sur la radio tandis que l'océan se rapprochait. Ils croisèrent le sillage écumant d'une barge lourdement chargée qui progressait vers la partie occidentale du détroit d'Auau.

Assise sur le siège de droite, Portia Darkfeather se tourna pour rendre les jumelles à Zéphyr. Le pilote alluma le projecteur extérieur. Ils rasaient les flots à trente mètres d'altitude, et chaque hélicoptère décapitait du souffle de ses deux rotors les crêtes des grosses vagues qui se formaient sur le récif. Zéphyr regarda par tribord et régla les jumelles au moment où les hélicoptères furtifs retrouvaient la terre ferme.

Ils franchirent la route côtière de Lahaina et montèrent brusquement pour épouser le relief. Ils volaient en mode assisté par ordinateur et le harnais du siège de Zéphyr se tendit de manière inconfortable. Elle ne s'attendait pas à être secouée à ce point. Heureusement qu'elle n'avait fait que grignoter au *luau* donné en son honneur dans la demeure du gouverneur.

Zéphyr cligna des yeux pour s'éclaircir la vue lorsqu'ils plongèrent dans une vallée en forme d'hippocampe dont la tête étroite se serait trouvée à la base du Puu Kukui. Une rivière peu profonde, descendant en cascades des montagnes devant eux, divisait la vallée de son ruban d'argent.

Aux deux tiers de la vallée, Zéphyr reconnut, au bout d'une route en terre battue, l'hexagone de bâtiments blancs aux toits en pagode datant de l'ère coloniale qu'elle avait vu sur les photos de reconnaissance.

Darkfeather activa son micro :

« Frappeur Désigné, avez-vous un visuel sur notre position ?

— Affirmatif, Mamba Leader. On vous voit.

— Quelle situation de votre côté ?

— Toujours calme. Aucun mouvement à l'intérieur du… Ah, quelques lumières viennent de s'allumer. Je vois un visage à une fenêtre du premier étage. Ils vous ont repérés, Mamba Leader.

— Le Temps du Rêve est terminé, fit Darkfeather d'un ton méprisant. Éclairez la zone d'atterrissage et allez chercher l'Avatar. Je répète, feu vert pour l'Avatar. »

Tout se déroula ensuite si vite que Zéphyr eut du mal à suivre. Deux des hélicos décrivirent un cercle derrière le cloître et allumèrent leurs projecteurs à l'instant même où, au sol, des portes s'ouvraient brusquement. Des hommes et des femmes presque tous légèrement vêtus et selon toute apparence tirés du lit sortirent pour se précipiter vers la forêt tropicale, à cinquante mètres de là. Ils furent interceptés par une unité de l'équipe d'infiltration qui se cachait à la lisière de la forêt. Des membres de l'équipe Mamba chutèrent des hélicoptères le long de filins pour se joindre à la rafle. Celle-ci rencontra peu de résistance. Il fallut rattraper et jeter au sol quelques-uns des plus jeunes et des plus agiles. D'autres membres de la force de frappe se ruaient à l'intérieur du cloître. Aucun des hélicoptères ne se posa.

Portia Darkfeather avait fourré son chat dans une des poches de sa veste et examinait le visage des captifs, qu'on avait allongés en cercle sur le dos, pieds contre pieds, mains derrière la tête, et qui plissaient les yeux à cause des projecteurs.

Zéphyr reconnut plusieurs des télépathes les plus âgés d'après les photos de l'équipe de surveillance : Ivy Papillion, Ping Lee, Noorul Meskerem.

« Je ne vois pas Cheng, dit Darkfeather.

— Elle est bien trop maligne pour s'enfuir en courant avec tout le monde, lui expliqua Zéphyr. Elle a prévu un autre moyen de fuite. Un tunnel, peut-être.

— Je suis en train de passer ça au scanner », dit Darkfeather en regardant l'écran infrarouge. L'imagerie thermique révélerait la moindre forme de vie humaine dans d'éventuels passages souterrains. Elle actionna son micro : « Mamba Leader à Frappeur Désigné, où en êtes-vous, à vous. »

La voix précipitée et assourdie du chef de l'équipe FD leur parvint de l'intérieur du cloître :

« Reçu, Mamba Leader. Nous sommes en train d'explorer le premier étage des bâtiments Alpha et Bravo. Aucun contact avec l'Avatar. Blue Leader, au rapport.

— Reçu. Scan IT négatif, la cave est vide. Il n'y a que du vin millésimé, là-dessous.

— Négatif pour les tunnels et les grottes », informa Darkfeather.

Zéphyr céda à une vieille habitude, celle de grincer des dents. Toutes ses couronnes hors de prix ne méritaient pas un tel traitement. Elle se força à se détendre. « Elle n'aurait pas filé en douce avant notre arrivée ?

— FD verrouille la zone depuis six heures.

— Sauf si elle les a sondés, objecta Zéphyr. Et Kelane est comme un spectre.

— Il y a dans l'équipe FD les meilleurs bloqueurs-T qu'on ait jamais formés. Aucune fuite de ce côté, je parierais ma chatte humide là-dessus. Et je ne parle pas de Warhol, là.

— Alors elle est ici. OK, mettons que je sois Kelane Cheng. Je pressens tout à coup que l'enfer va se déchaîner dehors. Je sais qu'il me reste… quoi, moins d'une minute ? Comment j'en profite ? J'ai toujours été bonne, mais là, il me faut de la chance.

— Je crois que je vois où tu veux en venir », fit Darkfeather au bout de quelques secondes. Elle activa son micro.

« Frappeur Désigné, rappelez *immédiatement* vos unités. Je veux que vous comptiez tout le monde.

— Répétez ça, Mamba Leader ?

— Rendez compte de vos effectifs, tout de suite. »

On éloignait des bâtiments plusieurs initiés et membres de la faculté du cloître pour les conduire dans les faisceaux des projecteurs des hélicoptères. Les bergers allemands patrouillaient. Il fallut engourdir un vieux bagarreur en toge pour qu'il se calme.

À l'écart de la foule qui se pressait sur la pelouse illuminée, deux membres de Frappeur Désigné sortirent par une porte latérale avec un corps enveloppé dans un drap. Un petit corps, sans doute celui d'une femme. Inconsciente, ou morte.

Zéphyr braqua les jumelles sur eux.

« Portia ? Quadrant supérieur gauche de la pelouse, à côté du grand bosquet de lobélies.

— Vu. » Les déflecteurs masquaient les visages de l'homme massif et de la femme deux fois plus menue qui posaient le corps sur la pelouse. Ils se détournèrent et s'éloignèrent de la zone illuminée sans tenir compte des rappels qui grésillaient sur la radio. Ils avançaient sans hâte vers la forêt toute proche.

« L'un d'eux doit être cette Kelane, dit Zéphyr en frissonnant d'excitation. Le balèze est probablement Romanzo.

— Ils ont dû imposer un blocage mental à deux de nos gars et leur prendre leurs tenues. »

Darkfeather changea l'angle du projecteur.

« Par là », ordonna-t-elle au pilote. Puis, dans le micro : « Frappeur Désigné, l'Avatar porte une tenue d'opérations ! Pilote Mamba les poursuit. »

Lorsque le faisceau épingla le couple contre la paroi de la forêt, l'homme et la femme se séparèrent et coururent vers les arbres. De l'autre côté de la pelouse, les chiens se lancèrent à leurs trousses.

Kelane Cheng trébucha au bord de la rivière lorsqu'elle voulut regarder par-dessus son épaule l'hélicoptère qui approchait au ras des arbres. Elle se figea un instant puis entama la traversée, de l'eau jusqu'à la taille.

« Attendez un peu ! glapit Darkfeather. Il y a quelque chose qui cloche !

— Qu'est-ce que tu veux dire ? s'étonna Zéphyr.

— Ce n'est pas Cheng !

— Elle en a pourtant tout l'air ! »

Darkfeather secoua sèchement la tête mais ne dit rien. Elle attira sur ses genoux un clavier dont elle pressa les touches. « Cette petite salope se fout de nous. Ça, c'est le doppelganger de Cheng. Romanzo et lui ont sorti Cheng du cloître dans le drap. » Elle ajouta à l'intention du pilote : « La lumière noire est en train de chauffer. On se verrouille sur le dpg.

— Compris, verrouillage sur le doppelganger, répondit le pilote déconcerté. Quel effet ça a sur eux, la lumière noire ?

— Le même que la kryptonite sur Superman. C'est le seul moyen sûr de distinguer un dpg de son corps d'origine. Un dpg n'apparaît pas sur les imageurs thermiques. »

Le pilote jeta un coup d'œil à une batterie d'instruments et d'écrans pour en avoir confirmation.

« Ça file la chair de poule, non ?

— Et pourtant, ils ont une température corporelle, dit Zéphyr qui parlait en connaissance de cause.

— Un des petits mystères qu'il nous reste à résoudre, reconnut Darkfeather.

— D'où viennent les doppelgangers ? demanda le pilote.

— À en croire le folklore, on en a tous un, répondit Darkfeather. Vous devriez prendre contact avec le vôtre, un de ces jours.

— Putain, non ! »

Darkfeather rit.

« Je vous fais marcher. Produire un double est réservé aux adeptes comme l'Avatar. C'est un art équivoque. »

Au milieu d'un faisceau de lumière noire, le doppelganger de Kelane Cheng essayait de remonter le courant dans la rivière. Un berger allemand plongea et nagea vers le dpg en fuite, qui leva lentement les mains d'un air terrorisé.

« Et ils ont une trouille bleue des chiens. » Darkfeather pivota sur son siège dans l'hélicoptère en surplace. « À toutes les unités en l'air et au sol, dit-elle dans son micro, ici Mamba Leader ! Cheng est dans la forêt. » Et au pilote : « Posez-nous. Prétoriens, préparez-vous à vous déployer avec les engourdisseurs.

— Compris », fit l'un des agents dans le dos de Zéphyr.

Celle-ci entendit des corps bouger et le cliquetis de harnais qu'on détachait.

L'hélicoptère de tête plongea vers la rive jusqu'à ne plus se trouver qu'à cinquante centimètres du sol. Portia Darkfeather sauta la première, s'accroupit, déploya à gestes secs les prétoriens qui l'avaient suivie. Elle se retourna ensuite pour aider Zéphyr à sortir dans le maelström créé par les rotors. Elles remontèrent ensemble la rive tandis que l'hélicoptère reprenait de l'altitude, son projecteur braqué sur le milieu de la rivière où trois agents de Frappeur Désigné et le berger allemand cernaient le doppelganger de Kelane Cheng, qu'ils poussaient doucement vers la rive.

En surplace au-dessus de la forêt, deux autres hélicoptères la fouillaient de leurs projecteurs. Des agents du Multiphasic Operations and Research Group couraient entre les arbres exotiques à la poursuite de Kelane Cheng.

Darkfeather s'arrêta le temps de prendre connaissance d'un rapport puis se tourna vers Zéphyr en souriant jusqu'aux oreilles.

« On l'a ! »

Zéphyr évacua en un frisson une année de frustration, puis respira à fond la délicieuse atmosphère hawaïenne.

« Génial ! Et Romanzo ?

— Rien pour l'instant. »

La capture avait eu lieu dans une clairière, non loin d'une mare couverte d'écume. Zéphyr et Darkfeather suivirent un chemin de sanglier éclairé par des bâtons lumineux. En quittant le couvert des arbres Ohia, elles virent dans la clairière Kelane Cheng qui, allongée sur le flanc près de la mare, baignait dans une lueur aurorale venue du ciel. Juste au-dessus de leurs têtes, l'hélicoptère fouettait de son vent la cime des arbres. Darkfeather lui fit signe de s'éloigner.

Ayant abandonné son drap, Cheng était nue. Elle avait été engourdie deux fois, à la hanche et sous l'omoplate. La pharmacopée contenue dans les fléchettes au CO_2 l'avait paralysée en la gardant consciente. Des larmes coulaient sur ses joues et ses lèvres restaient entrouvertes, mais elle respirait normalement. Elle ne regardait personne.

« Avec quoi vous l'avez engourdie ? » demanda Zéphyr, essoufflée par leur marche précipitée. Manifestement, tous ces voyages pour remplacer son mari souffrant l'avaient trop souvent forcée à annuler son kick-boxing aérobic, ces derniers mois.

« Le Depakote est ce qu'on connaît de plus efficace sur les télékinétiques, répondit Darkfeather. Mais comme on ne sait pas trop l'effet qu'il a sur les bloqueurs mentaux, on a préféré ajouter de la Trazadone et du Klonopin. Sois tranquille, elle ne fera pas d'histoires. »

Zéphyr observa Cheng en reprenant son souffle. Elle avait vraiment un air misérable d'enfant abandonnée, avec son mètre cinquante et ses quarante kilos. Ses ongles de pieds étaient minuscules et laqués comme des perles. Des mèches de sa longue chevelure tombaient sur sa poitrine menue. Zéphyr se dit qu'elle n'avait pas besoin d'avoir peur : Cheng déchue semblait des plus inoffensive. Mais qui sait quelles forces recelait encore son esprit malgré les substances qui le brouillaient ?

« Je peux lui parler tout de suite ? Je ne veux pas perdre de temps. Je veux que l'avion qui l'emmènera à Plenty Coups décolle avant l'aube.

— Elle t'entendra. Ça ne veut pas dire qu'elle coopérera lorsque la dope cessera de faire effet.

— Tu ferais mieux de ne *pas* parier ta petite chatte là-dessus. »

Darkfeather sourit, creusant dans ses joues les fossettes qui plaisaient tant à Zéphyr. Dommage que leurs chemins se séparent bientôt. Zéphyr pensa au bain sybaritique dans la suite présidentielle de son hôtel, au long corps de Portia à fleur d'eau au milieu des bulles aromatiques. Rona marchait parfois à voile et à vapeur ; mais le sexe (comme l'avait confié un membre féminin de la famille royale britannique après leur rendez-vous galant), « ça marche mieux avec un mec ».

Zéphyr soupira, son cœur battant plus vite.

« Allons-y », dit-elle.

Elle conduisit Darkfeather à Kelane Cheng.

Darkfeather sortit son pistolet du holster utilitaire

— assez vaste pour contenir un Sig Sauer P220 semi-automatique, des chargeurs de rechange et un poignard commando Ka-Bar — sanglé sur sa cuisse. Elle s'agenouilla près de la tête de Cheng et lui plaça doucement le canon sur l'oreille. Cheng ne sembla pas s'en rendre compte. Zéphyr s'agenouilla aussi, à un endroit où l'Avatar pouvait la voir. Rien ne changea dans les yeux noirs et bridés.

« On est en train de faire l'Histoire, jubila Zéphyr. Ici, maintenant. On a été gentils. Une cheville foulée, peut-être, et deux ou trois bleus, mais personne ne t'a vraiment fait de mal. »

Zéphyr crut voir un sourire.

« Voilà qui ne vous ressemble guère, répondit Cheng en un quasi-murmure.

— Ton karma vient de te revenir dans la figure, chérie. Bon, on ne va pas y passer la nuit. Tu sais qui je suis. Tu sais ce qu'on veut de toi. Tu le feras.

— Jamais. Il doit mourir.

— Non, ma grande. Fais marcher le côté pratique de ce qu'on te laisse d'esprit pour l'instant et réfléchis à ce que tu risques de provoquer en continuant à faire la mauvaise tête. Pense à Portland. »

L'horreur et la répugnance se peignirent sur le visage de Kelane Cheng.

« Allons, Kelane… Ce qu'il s'est passé à Portland est de *ta* faute. C'est à cause de *toi*, de *ton* refus de sauver *une* vie que des milliers de gens ont été vaporisés et que des milliers d'autres ont souffert. Et l'engin de Portland n'avait qu'une puissance relativement faible. La ville s'en remettra, avec le temps, s'il y a encore des gens qui ont envie d'y vivre. Mais les terroristes qui l'ont atomisée pourraient bien avoir un truc un peu plus gros en réserve pour… eh bien, quelle sera leur prochaine cible, à ton avis ? Albuquerque ? Wichita ? J'en frissonne rien que d'y penser. On *peut* combattre ces monstres, tu sais.

Mais pour cela, il nous faut plus d'aide. Il nous faut Robin Sandza.

— Votre mort à vous durera dix mille ans.

— Allons, Kelane, ne sois pas si injuste.

— Des morts sur mille mondes trop primitifs pour avoir le feu, sans autre confort qu'une grotte sale.

— Te fatigue pas. La seule chose qui m'intéresse vraiment, c'est mon pays. Mais la coalition sino-islamique va nous battre si on ne tient pas fermement la barre du… »

Il y eut de l'agitation à l'entrée de la clairière. Zéphyr perdit le fil et leva la tête. Trois membres de l'équipe Mamba amenaient un captif qui, bien qu'engourdi, continuait à se débattre.

Zéphyr se redressa et baissa les yeux vers Kelane Cheng. « Frank est là », annonça-t-elle gaiement.

Les petites épaules de Cheng se soulevèrent et ses paupières se fermèrent un instant.

« Vous pouvez faire tout ce que vous voulez à Frank. Ou à moi. Nous ne ramènerons pas Robin Sandza.

— Approchez-moi Romanzo », jappa Zéphyr. Le canon de son pistolet semi-automatique toujours appuyé sur la tête luisante de l'Avatar, Portia Darkfeather jeta un coup d'œil à Zéphyr. Elle aimait connaître le jeu à l'avance, et Zéphyr semblait se lancer dans une improvisation.

Les agents Mamba traînèrent leur prisonnier jusqu'à la mare, où il les injuria abondamment en espagnol. Ils le lâchèrent à quelques pas de Kelane Cheng. Frank Romanzo tremblait et bavait, tête baissée. Il posa sur Cheng un regard plein de regret et de douleur. Puis il s'essuya la barbe et fixa Zéphyr.

« Frank, si tu venais par ici donner un baiser d'adieu à Key. Elle et toi risquez de passer pas mal de temps séparés, tu sais.

— *Madre de putas* », lui répondit Romanzo avant de

regarder une nouvelle fois Kelane Cheng d'un air suppliant.

« Ne t'inquiète pas pour moi, murmura celle-ci. Ça ira.

— Embrasse-la, gros balourd », le réprimanda Zéphyr.

Romanzo s'approcha de la femme qu'il aimait. Zéphyr fit signe à Darkfeather de s'écarter. Darkfeather se releva à contrecœur. Il y avait généralement de quoi s'inquiéter lorsque Zéphyr était en mode par défaut.

Romanzo, le visage à quelques centimètres de celui de Kelane Cheng, lui parlait à voix basse. Elle voulut le prendre dans ses bras, mais leurs réflexes moteurs à tous deux avaient été pour ainsi dire désactivés. Elle ne réussit qu'à lui effleurer la joue avant que sa main retombe mollement sur son épaule.

« Aaaah », fit Zéphyr. Elle prit le Sig Sauer calibre 45 armé des mains de Darkfeather et se mit en position, bras droit tendu, gras de l'index sur la détente.

« Frank ! » s'exclama Kelane Cheng, à qui les forces manquaient pour l'écarter. L'avertissement vint trop tard. À un mètre cinquante d'eux, Zéphyr tira l'un après l'autre deux coups de feu qui emportèrent la nuque de Frank Romanzo.

Zéphyr resta choquée quelques instants. Les .45 font beaucoup de bruit. Il y avait bien plus de sang qu'elle ne s'y attendait. Ainsi que d'autres choses qui volaient un peu partout. Qui se collaient à ses vêtements. Mais elle avait toujours bien supporté le sang, tant qu'il n'y en avait pas trop.

Romanzo s'était écroulé en travers du corps flasque de Cheng, qui montra les dents et leva sur Zéphyr ses yeux brillants en pointes d'épingle.

Zéphyr haussa les épaules pour dissimuler un frisson. Elle avait déjà abattu des animaux, y compris un cheval qu'elle adorait. C'était à la fois différent et identique. Éliminer une partie de la concurrence, peu importait par quel moyen, vous procurait toujours une certaine satisfaction. Un point c'est tout, pas de pleurnicheries.

« Il m'a traité de mère de putes. Bon, écoute, Kelane, il vaudrait mieux que tu en tires les conséquences, d'accord ? » Zéphyr s'abîma l'ongle du pouce en rendant le Sig Sauer à Portia Darkfeather. « On se revoit dans quelques jours », conclut-elle d'un ton léger avant de s'éloigner, ne s'autorisant deux profondes respirations qu'après avoir tourné le dos. Elle garda la tête haute et s'efforça de ne pas trébucher. Deux des prétoriens de Portia lui emboîtèrent le pas.

Darkfeather observa Zéphyr quelques instants sans montrer sa colère. Elle dégagea ensuite Kelane Cheng du corps de Frank Romanzo. L'Avatar la regarda, puis regarda au-delà d'elle, les feux de son esprit remarquable désormais refroidis en cendres.

Pour le moment, pensa Darkfeather en s'interdisant toute pitié. Son esprit se durcit en protection. Elle en savait trop sur Kelane Cheng pour baisser un seul instant sa garde.

L'équipe médicale était arrivée. Ses membres posèrent une intraveineuse et commencèrent à injecter des fluides contenant d'autres tranquillisants. Ils nettoyèrent le visage de l'Avatar, lui rasèrent une partie du cuir chevelu, appliquèrent de la pommade entre ses seins et sur ses tempes, puis fixèrent les électrodes qui surveilleraient l'activité cérébrale, cardiaque et respiratoirc.

L'hélicoptère chargé de conduire Cheng à l'avion qui l'attendait à Hickam Field fit le tour de la clairière avant de patienter en surplace.

Darkfeather décida que, malgré le meurtre impulsif — bon, d'accord, sadique — de Romanzo par Zéphyr, ils avaient bien travaillé. Frappeur Désigné terminerait la dispersion des autres médiums chassés du cloître. On les placerait en cellules d'isolement dans divers endroits des États-Unis. Une fois leurs pouvoirs déconnectés de l'Avatar, ils pourraient éventuellement se révéler utiles aux services de recherches psi du MORG. Quant à Kelane Cheng, c'était la cerise sur le gâteau.

Darkfeather aurait dû se sentir de plus belle humeur. Mais malgré sa semi-inconscience, l'Avatar semblait occupée à jeter un sort sinistre qui allait se loger au plus profond des os de Darkfeather. Celle-ci devait à son héritage culturel de croire au surnaturel, aux mauvais présages et aux prémonitions.

Un berger allemand gémit, puis grogna. Elle se retourna et vit, debout juste derrière elle, le doppelganger, mais spectral, de moins en moins net, car Cheng le rappelait. Dans la poche de Darkfeather, le chat persan au poil immaculé cracha et sortit les griffes lorsque le doppelganger disparut en un éclair de lumière qui se jeta sur Darkfeather, la faisant tressaillir, laissant comme une rayure indélébile sur son âme au moment où le dpg fusionnait avec son corps d'origine. Ce n'était certainement pas une illusion. Elle savait qu'elle continuerait à sentir cette marque quelque temps.

Elle sortit Warhol de la poche de sa veste et le blottit contre sa joue en savourant la chaleur du pelage. Elle jeta un nouveau coup d'œil à Kelane Cheng qu'on déposait sur un brancard. Sa tête dodelinait, mais le sourire que semblaient former ses lèvres n'améliora en rien l'humeur de Darkfeather.

La route était longue jusqu'à Plenty Coups, dans le Montana. Et Darkfeather sentait désormais que malgré toutes les précautions prises avec l'Avatar, ils n'avaient que très peu de chances d'y arriver.

INNISFALL, CALIFORNIE — 28 MAI

En ce jour de remise des diplômes, Eden Waring fut debout à 5 h 15. Elle avait eu une nuit agitée sans guère plus de quarante-cinq minutes de vrai sommeil. Elle n'avait fait qu'un rêve, épouvantable. Elle en tremblait encore lorsqu'elle acheva d'en noter les détails dans son journal de rêves. Celui-ci, dernier d'une collection de sept cahiers d'écolier à spirale, ne quittait jamais sa table de chevet. Elle tenait ce journal sur la suggestion de Betts depuis qu'elle savait écrire. C'est-à-dire depuis ses quatre ans, deux ans avant la plupart de ses camarades. Elle avait toujours été la première de sa classe : pour preuve, c'était à elle qu'incombait la tâche d'écrire et de prononcer le discours d'adieu de sa promotion. Discours qu'elle réécouta en aplatissant les ultimes plis de sa toge noire.

Betts frappa et entra en bâillant, un mug de café à la main. Elle portait une chemise Eddie Bauer passée, un pantalon ample à poches multiples et de vieux mocassins aux coutures délabrées. Sa tenue habituelle lorsqu'elle n'était pas au bureau.

« Y me semblait t'avoir entendue parler toute seule. Petit déj' ?

— Je ne pourrais rien avaler », répondit Eden avec une grimace.

Elle arrêta la bande, revint un peu en arrière et s'écouta avec attention, articulant les mots sans les prononcer.

« Un peu prêchi-prêcha, tu ne trouves pas ? » demanda-t-elle.

Betts était toujours coiffée d'une manière qu'on ne pouvait mieux qualifier que par les mots « en pétard ». Elle se passa la main dans les cheveux en réfléchissant.

« Tu n'utilises pas déjà "époque menaçante" quelque part ?

— Maintenant que tu le dis... » Eden farfouilla dans ses notes, repéra le passage, saisit un stylo à bille dont elle mâchouilla davantage encore le capuchon déjà bien abîmé. *Difficile*, décida-t-elle. Elle reporta la modification. De la main gauche. Qui tremblait. « Il me faut du café.

— Un peu de calva dans ton caoua ? »

Betts aimait jouer avec les mots. Elle appelait ce jeu « Méli les mots » et s'en servait avec certains de ses patients les plus inaccessibles, ceux qui fonctionnaient au plus bas des possibilités humaines. Ce jeu parvenait souvent à les ouvrir au monde. Elle avait toujours réussi à dérider Eden en sortant une bêtise à brûle-pourpoint. Si sa fille avait un défaut, aimait-elle à dire, c'était bien celui d'être trop sérieuse.

« Sans façon. Papa est debout ?

— Il est même déjà parti. Deux des étalons de Beau Cloud se sont battus pour cette poulinière qu'il a ramenée de Sacramento. Pas mal de raccommodage en perspective. »

Eden grimaça à nouveau.

« Tu sais bien que Papa n'a aucune notion du temps. Et la remise des diplômes est…

— À 11 heures précises. On a inventé les bipeurs et les téléphones portables pour des gens comme Riley. »

Eden essaya quelques phrases de son discours revu et cafouilla dans l'une d'elles.

« Oh, *non !* Je n'arrive pas à le dire ! Aide-moi, Betts, je vais me planter, et devant six mille…

— Combien de parties as-tu gagnées sur un lancer franc de dernière seconde ? Les chances que tu te rates sont aussi élevées que celles qu'il te pousse une troisième rangée de dents. Aie un peu confiance en toi. Quand Martine doit-elle s'occuper de tes cheveux ?

— À 9 heures. » Eden se regarda dans le miroir de la commode en plissant les yeux. Le gauche louchait un peu ce matin-là, ce qui lui arrivait parfois lorsqu'elle était fatiguée ou stressée. Elle coiffait ses cheveux acajou aux mèches fraise en un style qu'elle espérait artistiquement désinvolte, et aussi court que possible pour ne pas qu'ils la gênent sur les terrains de sport. Eden avait été le meilleur marqueur de deuxième équipe dans le championnat d'État, d'abord au lycée, puis lorsqu'elle étudiait la biochimie à la fac de Cal Shasta. « Je compte juste lui demander un shampooing et un rafraîchissement. Tu crois qu'il me faudrait aussi une couleur et du volume ? »

Yeux plissés, Betts l'examina. « Flexible et inextinguible. Mais la couleur passe sans casse. Le café est chaud. Je prépare des gaufres aux miettes de bacon, et tu sais que je déteste cuisiner. Tu as intérêt à en manger. » Elle jeta un coup d'œil au lit non fait, sur lequel Eden avait abandonné son cahier ouvert. « Quoi de neuf dans le journal de rêves ?

— Du banal sans rien de spécial », tergiversa Eden en tripotant ses cheveux, leur donnant de petits coups avec le doigt pour observer dans le miroir de la coiffeuse l'aspect qu'ils prenaient en retombant.

« Coquin et sexy ?

— Mamaaaaan. »

Betts ramassa le cahier puis tourna la tête, l'oreille tendue : leur vieux golden retriever Winky aboyait à l'extérieur.

« En parlant de coquin et sexy, c'est peut-être lui qui vient de tourner dans notre allée.

— Oh, mon Dieu ! Il faut que je m'habille ! *Pitié*, retiens Geoff dans la cuisine !

— Je vais le gaver de gaufres. Mais tu ferais mieux de ne pas me laisser trop longtemps seule avec lui. L'ancienneté de notre couple ne m'empêchera peut-être pas de quitter Riley pour me mettre à la colle avec Geoff McTyer.

— Arrête, Maman. Et laisse ce journal ici, tu veux ? Je préfère éviter… tu sais… que Geoff en sache trop sur…

— Hé, le journal de rêves, c'est juste entre toi et moi. Depuis le début. »

D'un geste désinvolte, elle jeta le cahier sur la table d'Eden et le regarda quelques instants.

« Tu as vu la Bonne Dame, cette nuit ?

— On ne pourrait pas remettre ça à plus tard ? » Eden se posa la main sur le front pour demander un moment d'intimité. Elles entendirent Geoff McTyer siffloter en approchant de la porte de la cuisine.

« Bien sûr, répondit Betts d'un ton enjoué en sortant.

— Maman ?

— Oui ?

— Ça va recommencer. Comme à Portland, mais en pire. » Betts se retourna sur le seuil et plongea son regard gris et perspicace dans celui de sa fille. Eden respirait trop vite. Un début de crise ? Le moment en aurait été des plus mal choisi.

« Ça peut attendre un peu, non ?

— C'est dans le rêve… la ville. Je ne l'ai pas reconnue. J'ai noté tout ce que j'ai vu. » Elle se pressa fortement le front tout en se mordant la lèvre inférieure. « Des voiliers », ajouta-t-elle d'un ton distant. Betts attendit, sur les nerfs. Rien d'autre ne vint.

« On en discutera plus tard. À mon bureau, après la remise des diplômes. »

Eden laissa retomber sa main. « J'ai un très mauvais goût au fond de la bouche », dit-elle, tête baissée. « Mauvais et amer. C'est toujours comme ça que j'ai su… et tu ne m'as pas *crue*, la dernière fois.

— Non, je… tu sais combien je m'en suis voulue… Eden, tu veux prendre du Depakote ?

— Ça passe. Ça va aller. » Sa respiration ralentit. Elle leva les yeux. « Mais qu'est-ce qu'on peut *faire* ?

— Plus tard. On a le temps.

— J'imagine. Ce n'était pas complet. Le rêve. Ils

reviennent toujours, ils reviennent deux ou trois fois avant que…

— Geoff t'attend», dit Betts en se forçant à sourire, mais Eden ne la regardait pas, les yeux fixés sur un coin de la chambre. «C'est un jour de *fête*, Eden. Penses-y un peu. Riley et moi n'avons jamais été aussi fiers de toi qu'aujourd'hui. Nous sommes vraiment très fiers, et nous t'aimons tant.

— Je sais. Je ne connais pas mes vrais parents, mais ils n'auraient jamais pu compter autant pour moi. Merci. Je suis désolée.

— À cause de choses que tu ne maîtrises pas? Inutile. Elles sont à leur place, dans le journal. Tu n'as pas besoin d'y penser maintenant.»

Elle avait beau avoir badiné à son sujet avec Eden, Betts n'était pas sûre d'apprécier Geoff McTyer, qu'elle accueillit néanmoins à la porte de la cuisine d'un baiser sur la joue.

Geoff habitait Innisfall depuis trois ans. Il était originaire de la côte Est, où il avait passé un diplôme en mathématiques et joué les utilités dans l'équipe de basket à l'université de Boston. Il avait ensuite bourlingué un an ou deux dans tout le pays avant d'arriver en ville dans sa Mustang modèle 1966 qui affichait deux cent soixante-dix mille kilomètres au compteur. Innisfall lui avait plu, et au bout de quelques jours il avait postulé pour un emploi dans la police municipale. Le boulot de flic dans une ville universitaire de soixante mille âmes n'avait rien de bien difficile. Geoff se reconnaissait trop qualifié pour ce travail, mais cela lui permettait de payer ses factures et lui laissait beaucoup de temps libre pour profiter des avantages qu'offrait la Californie du Nord dans le domaine des loisirs. Le ski, les sports d'eau, le trekking. Et aussi les étudiantes, pour lui. Il avait des yeux bleu vif, un sourire facile, et pas le moindre problème psychologique apparent.

Accaparée par ses nombreuses activités, Eden n'avait consacré que peu de temps aux garçons pendant le lycée et la fac. Plus par manque de disponibilité que par manque d'occasions. C'est en intégrant l'équipe masculine qui s'entraînait avec l'équipe universitaire féminine de Shasta que Geoff avait rencontré Eden. Ils mesuraient l'un comme l'autre environ un mètre soixante-quinze, étaient tous deux rapides et habiles à voler la balle. Geoff n'hésitait pas à faire tomber Eden sur les fesses lorsqu'elle le serrait de trop près. Par un après-midi d'hiver, Eden était rentrée de l'entraînement avec la lèvre inférieure ouverte par un coup de coude involontaire. « Il y a un garçon que j'aime bien dans l'autre équipe, avait-elle dit à Betts. Il dit qu'il vient du nord-est de la Nouvelle-Angleterre. Il a un accent bizarre genre *Bashton*, tu vois ? Mais bon, on s'y fait. »

Qu'est-ce que Betts reprochait à Geoff ? Depuis la fin de sa deuxième année de fac, Eden et lui avaient peu à peu progressé vers ce qui pouvait être une relation sérieuse, et Betts croyait savoir qu'Eden avait couché avec lui l'été précédent au cours d'excursions de week-end. Bon, très bien. L'expérience avait dû s'avérer positive, puisqu'elle le fréquentait encore. Eden, qui fêterait ses vingt-deux ans en août, était assez grande et, estimait Betts, assez sage pour peser et résoudre ses choix moraux. Elle aurait demandé des conseils si elle en avait voulu. En tant que mère, Betts ne doutait pas que Geoff ait été un premier amant compétent et doté de toute la sensibilité et de toute la sollicitude nécessaires pour permettre à leur liaison de mûrir tranquillement en histoire d'amour.

Et pourtant…

Pourtant Betts la psychologue émettait des réserves sur Geoff McTyer, principalement à cause du vide relatif de sa vie avant Innisfall et de sa persistance à détourner des questions raisonnables sur sa famille, avec laquelle il semblait ne garder aucun contact. Il avait avoué une enfance confortable. Les écoles paroissiales des faubourgs de Boston n'avaient, sur le plan religieux, laissé aucune marque sur lui : il n'était pas pratiquant. Mère décédée quand il avait douze ans. Il gardait sa photo dans son portefeuille, un vieux portrait passé d'une femme au sourire timide et sans lèvres à qui Geoff devait manifestement ses pommettes. Mais pour autant qu'Eden le savait, il ne possédait aucune autre photo de famille. Père cadre moyen à la retraite après une carrière dans un groupe d'assurances de Boston. À deux occasions largement séparées dans le temps, Geoff avait donné le nom de la compagnie dans laquelle son père avait travaillé, et Betts avait trouvé curieux que ce ne soit pas le même la deuxième fois. Aucune relation avec son père, qui vivait désormais de sa confortable retraite dans un village côtier en Irlande — Geoff ne se rappelait plus lequel —, ni avec sa sœur aînée qui, disait-il, s'était mariée plusieurs fois avec de modestes hommes d'affaires et se satisfaisait de sa vie de reproductrice. Geoff avait oublié son dernier nom de femme mariée. Il pensait qu'elle vivait à Woburn. Et puis bien sûr, de la famille ici ou là. Avec qui il n'était jamais resté en contact.

Betts savait relativement fréquent ce genre d'indifférence envers sa parentèle. Elle la trouvait néanmoins glaçante. Les membres de la famille étaient des étrangers les uns pour les autres. Elle avait des patients à qui l'inexistence de liens familiaux faisait souffrir le martyre, la profonde froideur psychique de gens privés d'amour. *Ma mère ne voulait pas m'avoir. Mon père ne me regardait jamais quand il me parlait.* Mais Geoff, s'il avait subi de telles tensions pendant les années où sa personnalité se formait, avait eu assez de force d'esprit pour s'en sortir avec finesse et optimisme. C'était quelqu'un de solide qui ne comptait pas rester flic toute sa vie : pendant ses études universitaires, il avait commencé à s'intéresser à l'enseignement. Un garçon fiable, intelligent et plein d'humour.

Et pourtant, et pourtant…

Geoff portait encore son uniforme, il lui restait environ deux heures de travail pour terminer la période de minuit à 8 heures qu'il préférait assurer. Cela lui laissait les journées libres, disait-il, et il était encore assez jeune pour se contenter de quelques heures de sommeil. Trois heures le matin, une sieste après le dîner, souvent sur le canapé de la salle de jeux située au rez-de-chaussée de la maison de style ranch en pierre des champs que possédaient les Waring, la tête sur les genoux d'Eden qui écoutait ses guitaristes préférés au casque ou étudiait sur cassettes vidéo le style de jeu de Michael Jordan.

« Je passais et j'ai vu de la lumière, dit Geoff une fois que Betts l'eut embrassé. Eden flippe ?

— Je crois qu'on flippe toutes les deux. En fait, c'est Riley qui s'est levé en premier, et tu sais comment c'est, je n'arrive pas à dormir quand son côté du lit est vide. Du café ? Tu as faim ? Je prépare des gaufres aux miettes de bacon.

— Avec plaisir. » Geoff farfouilla sans façon dans le garde-manger et en sortit une boîte de céréales. Il s'arrêta au réfrigérateur en revenant vers la table du petit déjeuner, qui occupait le centre de la cuisine.

« M. et Mme Ouquoâ ont deux fils…, commença-t-il en sortant une bouteille de lait.

— Ted et Bill. » Eden venait de lui voler la chute en déboulant dans la cuisine. Betts mugit et versa de la pâte sur le gaufrier. Eden adressa une grimace à Geoff. « C'est de l'humour de CM2.

— Ça m'a bien plu, le CM2, répondit Geoff. C'est là que j'ai découvert les filles. Et toi, t'as découvert les garçons quand ?

— Un jour que j'étais sur le banc en train d'essuyer

la sueur de mon front. J'ai levé les yeux et je t'ai vu qui t'exerçais à ton dribble croisé. Je me suis dit, ça alors, une forme de vie à base de carbone différente de moi. Avec un suspensoir. » Eden avait enfilé son vieux maillot de lycée, numéro douze, sous une salopette élimée. Elle était pieds nus. Elle embrassa Geoff et recula un peu en fronçant le nez. « Beeerk. »

Betts se tourna vers lui. « Tu remarqueras que j'ai eu la délicatesse de ne rien dire, moi !

— À 2 heures du matin, j'arrête un type immatriculé dans le Nevada, expliqua Geoff. Il prenait toute la route, mais Dieu merci, il ne roulait pas trop vite. Je le fais souffler dans l'éthylomètre, deux point sept, vous voyez ? Vraiment allumé. Je vois une bouteille de Johnnie Red vide. Et une autre, une demi-bouteille, sur le siège de sa Cadillac. Il me sort qu'il conduit mieux quand ses mains tremblent pas. Et c'est vrai qu'elles bougent pas d'un poil. Par contre l'estomac... Il me balance tout dessus. Je suis rapide, mais pas assez pour ça. J'ai dû aller me changer. Pas eu le temps de bien me laver les cheveux.

— *Cool*, faut que je voie ça. Amène la bande. Ça devrait être plus marrant que notre fête du Nouvel An. Je t'ai déjà dit que tu parlais vachement vite ?

— Chaque fois que tu es d'humeur critique, et donc que tu n'es pas bien dans ta peau.

— Essaie une lingette pour bébé, suggéra Eden. Ou un peu de l'eau de Cologne de papa.

— Bonne idée. Nerveuse ? »

Eden tendit la main droite, paume vers le bas.

« Non, c'est un tremblement de terre. *Évidemment que je suis...*

— Ne regarde rien d'autre que le panier. Efface la foule de ton esprit.

— Ouais, merci, coach. »

Le téléphone mobile d'Eden sonna tandis que Geoff

quittait la cuisine pour utiliser sa salle de bains. Elle sortit l'appareil de la poche frontale de sa salopette et malgré les froncements de sourcils de Betts, se plongea dans une longue conversation avec sa meilleure amie, Megan Pardo.

« Quand elle est au téléphone, Eden mesure le temps en années de chien », se plaignit Betts à Geoff lorsqu'il revint dans la cuisine, les cheveux repeignés et luisants. Geoff sourit comme s'il ne l'avait jamais entendue parler ainsi et tendit son assiette pour qu'elle le serve en gaufres.

« Je me mêle peut-être de ce qui ne me regarde pas, mais Eden avait quel âge quand Riley et vous...

— À peine quatre mois. »

Betts trouva un peu bizarre qu'il parle d'adoption à ce moment-là. Geoff sourit et mangea une bouchée de gaufre.

« On en discute parfois, avec Eden, dit-il ensuite. On se demande qui peuvent bien être ses parents. Vu sa couleur de cheveux et son imagination, on est presque certains que l'un d'eux était un poète irlandais.

— Elle a de l'imagination, confirma Betts avec un haussement d'épaules.

— Mais il n'y a pas que ça. Pas que de l'imagination. »

Betts l'observa à travers la fumée de sa première cigarette de la journée, regarda le flic botté à l'uniforme impeccable, la crosse brutale du Glock semi-automatique accroché haut sur la ceinture. Elle garda le silence.

« On en a discuté aussi, reprit tranquillement Geoff sans cesser de sourire. C'est ce qu'on appelle un don de seconde vue, non ? »

Betts se retira très légèrement en elle-même, mais elle n'eut pas à répondre : la voix du dispatcher de la police retentit dans la radio qu'il portait sur l'épaule gauche, et Geoff dut reprendre son service pour l'heure et demie restante.

« Un dix-huit roues en travers de la route à la sortie pour Buck Lake », expliqua-t-il. Eden regarda autour d'elle puis le rejoignit sur le seuil pour un rapide baiser d'adieu. « On se voit au stade, dit-il. Rien d'autre que le panier, Eden. »

Eden resta encore dix minutes au téléphone. Elle riait, à nouveau détendue, sa nervosité presque oubliée, ne pensant peut-être même plus à la remise des diplômes.

Derrière leur propriété, le brouillard sur la rivière luisait dans le soleil. Betts jeta un coup d'œil à l'horloge digitale du four en s'asseyant pour prendre son petit déjeuner. Elle pensa au journal de rêves et se demanda dans combien de temps elle pourrait le lire sans avoir l'air trop anxieuse de découvrir ce qu'Eden y avait écrit ce matin-là. Il était maintenant 6 h 25, heure du Pacifique. Pour se distraire, elle alluma le téléviseur de la cuisine et sélectionna la chaîne météo. On prévoyait pour la Californie du Nord une journée très ensoleillée, avec un peu de vent et 21 ou 22° C à midi. Un temps parfait pour une cérémonie en extérieur.

VOL TRANSPAC 850 VERS L'EST — 28 MAI

Le DC-10 Transpac loué par le Multiphasic Operations and Research Group — le MORG, pour ceux qui se devaient ou regrettaient de le connaître — décolla de la base aérienne d'Hickam à 3 h 10, heure d'Honolulu.

Le MORG était la création d'un certain Childermass, un homme qui, comme tous les grands démagogues, avait une excellente mémoire et beaucoup de patience. Il excellait dans la tromperie, l'intimidation et la persuasion, que ce soit sur le mode suave ou brutal à vous en glacer le sang. Il aimait à dire que la faiblesse d'une démocratie était de mettre trop d'imbéciles au pouvoir. Les dieux (disait-il aussi en citant Ovide, et en se plaçant par conséquent dans ce panthéon) suivaient leurs propres règles. Pendant les délires de la guerre froide, au milieu du siècle, il s'était servi de tout ce qu'il savait sur les imbéciles au pouvoir et leurs rouages politiques complexes pour transformer en un organisme incontournable dans le domaine de l'espionnage ce qui n'était alors qu'une modeste entité du ministère de la Défense occupant une suite de bureaux au fond d'un petit couloir d'un immeuble miteux. Childermass s'était noyé dans son sang dans une baignoire à l'âge de soixante-deux ans, assassiné (bien que cela n'ait jamais été rendu public) par une adolescente remarquable et plus proche des dieux qu'il n'aurait jamais espéré l'être. Dans sa fureur et son chagrin, Gillian Bellaver avait pensé que détruire Childermass entraînerait la fin du MORG[1]. Mais les mauvaises institutions ont un effet surgénérateur sur les personnes comme Childermass. Le MORG s'était avéré à même de s'autoperpétuer et avait continué, grâce au chantage, à la conspiration et autres violences, à s'étendre et à prospérer dans cette nation de plus en plus fascisante jadis constituée de treize États fiers de leur indépendance.

Le DC-10 parti du milieu du Pacifique à destination du continent, et plus précisément du sud du Montana, avait été rééquipé à grands frais au seul profit d'un unique passager : Kelane Cheng. La moitié de l'appareil lui était consacrée, avec l'équivalent d'une unité de soins intensifs dotée d'une équipe de six médecins et infirmières spécialisés. Trouvant Kelane Cheng toujours bien éveillée, cette équipe avait modifié sa médication peu après l'embarquement, ajoutant dans l'intraveineuse du Brevia — un anesthésique — et du suxaméthonium afin de la détendre davantage. D'après les moniteurs, Kelane Cheng se trouvait en demi-sommeil, même si

1. Voir *Furie*, Folio Policier n° 347.

ses yeux, de simples fentes, ne se fermaient jamais tout à fait. Portia Darkfeather avait obtenu l'assurance formelle que l'Avatar ne pourrait leur causer de problèmes.

Darkfeather prit un petit déjeuner constitué d'œufs brouillés, de Pop-Tarts et de café noir. Elle s'accorda ensuite une sieste bienvenue, revoyant en rêve l'occiput de Frank Romanzo voler en éclats. Dans ce rêve, le seul qu'elle fit, elle réagissait en serrant entre ses mains le cou de Zéphyr jusqu'à ce que celle-ci tombe à genoux, le visage blême et bouffi telle une énorme cloque, une minuscule tache rouge sang à l'emplacement de la bouche, les yeux comme ceux d'un animal sous-marin, aussi fragiles qu'une apparition…

Darkfeather se réveilla avec la lumière de l'aube dans les yeux et l'impression d'être une bouse écrasée. Elle passa aux toilettes puis gagna les quartiers de Kelane Cheng, à l'arrière de l'énorme appareil.

Lumières tamisées, une impulsion sporadique sur les moniteurs de signes vitaux. On avait sanglé Cheng sur le lit d'hôpital blanc, comme si elle pouvait se débattre. Des patchs blancs sur son front et son corps, des câbles, une canule nasale, des perfusions. Le cœur de Cheng battait très lentement. Darkfeather, sans être une adepte, savait abaisser son pouls à six pulsations par minute. L'Avatar descendait à huit par heure.

Darkfeather s'assit près de Cheng sans provoquer ni mouvement ni signe de reconnaissance.

« Kelane ? »

Cheng répondit avec un certain décalage, comme si la voix de Darkfeather contournait la Lune avant de l'atteindre.

Oui ? Darkfeather n'aurait pu jurer que l'autre avait véritablement parlé, mais la réponse était claire dans son esprit.

« Je voulais m'excuser pour… Vous savez quoi. Elle n'aurait pas dû faire ça. Descendre Romanzo. Ce n'était pas nécessaire. Parfois, je ne sais pas ce qui prend à Ro… à Zéphyr. »

Les lèvres de Cheng remuèrent, mais Darkfeather eut à nouveau l'impression d'une communication télépathique.

Comment vous vous appelez ?

« Portia Darkfeather. »

Comment vous nous avez trouvés ? Quelqu'un nous a trahis ?

« Quelqu'un de votre groupe ? » Zut, se dit Darkfeather, voyons voir si c'est une bonne petite auditive. *Non. Vous savez, on a des gens plutôt doués, nous aussi. Vous avez entendu parler de la Faculté Psi ? Ce que nous appelons un propriétaire dans notre…*

Plus aucun décalage dans la compréhension, ce qui l'inquiéta.

Il n'y a rien que j'ignore à leur sujet.

Darkfeather parla à voix haute, soulageant la pression qu'elle ressentait. La communication télépathique n'était pas facile. « Affiliée aux plus grandes universités. Des prix Nobel parmi son personnel. N'importe quel domaine de recherche académique devient respectable s'il est suffisamment financé. À la fin de la guerre froide, nous avons aussi récupéré quelques Russes à la pointe de la recherche psi. »

Ils se rendent compte de pour qui — et pour quoi — ils travaillent en réalité ?

« Pourquoi nous présenter comme les méchants, Key ? Le reste de ce putain de monde déteste nos bons vieux États-Unis, inutile de se demander pourquoi. Peut-être à cause de notre sens politique viens-à-Jésus. Il y a toujours eu et il y aura toujours une autre guerre. Nous défendons simplement notre pays avec les meilleurs moyens à notre disposition. » Elle ajouta en sous-vocalisant : *Comme l'Avatar.*

Le voile nébuleux sur le visage de Cheng connut une légère modification météorologique.

Pourquoi vous me traitez de la sorte ? Je suis née en Amérique. Je suis allée à Harvard. Mon beau-père possède une concession Buick à Paso Robles.

« Membre de l'Église unitarienne. Et du Rotary. Militant démocrate. A pris un peu de poids depuis la dernière fois que je l'ai vu. Mais j'aime bien les hommes un peu corpulents. »

Vous lui avez fait du mal ?

« Absolument pas ! Il a coopéré. Vous lui faites un peu peur. Écoutez, Kelane... Il faut qu'on collabore sur cette affaire. Sinon, franchement, fini la concession Buick. Et sans doute aussi Paso Robles. Nous sommes quasiment en état de siège. »

Ne me parlez pas de loyauté. Qui êtes-vous ?

« Je vous l'ai déjà dit : Por... »

Je connais votre nom. Ce n'est pas ce que je vous demande. Comment est-ce que vous pouvez vous supporter en faisant son boulot à elle ?

« J'ai toujours pu me supporter, c'est la seule chose que depuis toute petite, je ne trouve jamais insupportable », répliqua Darkfeather avec hostilité.

Toute petite, je vois ça, répondit l'Avatar quelques instants plus tard. *Les pâturages et les champs de betterave à sucre. L'école de la Mission. Le mobile home dans lequel vous viviez.*

Le souvenir fit frissonner Darkfeather.

« Ma maison. Et mon lit, si vous y tenez. Ce vieux matelas plein de pisse sur lequel la moitié des ouvriers du barrage de Yellowtail m'a baisée tandis que dehors, accroupi, mon oncle Louis Badger Foot prenait dans sa main sale l'argent que je gagnais. »

Main au pouce de laquelle manque une phalange et...

« Allez vous faire foutre ! Je bosse pour Zéphyr parce qu'elle *m'aime*. Je possède un appartement à Falls

Church. De la terre d'élevage. Des quarter-horses. Sortez de ma tête ! »

C'est vous qui êtes venue me voir.

« Je suis juste venue vous dire que personnellement, j'étais désolée pour Frank Romanzo, que c'était une erreur. Mais on ne s'oppose pas à Zéphyr. Ça non, *jamais.* »

Un silence inquiétant dans la tête de Darkfeather. Elle baissa les yeux sur Cheng. Quel calme. Ses rythmes au bord de la mort. Mais Darkfeather comprit que s'excuser n'avait servi à rien. L'Avatar n'était pas prêt à mourir. Pas avant de s'être occupé d'eux tous.

Elle perdit alors son sang-froid. Elle savait s'être rendue vulnérable un instant. Un comportement très peu professionnel. Elle s'éloigna de Kelane Cheng et, furieuse, tomba à bras raccourcis sur l'équipe médicale, composant avec sa propre angoisse.

« Mais qu'est-ce que vous foutez ! Elle était en train de farfouiller dans ma tête comme un furet de plombier ! Qu'est-ce qu'elle prépare, bordel ? Il faut que vous la contrôliez ! »

Malheureusement, ils avaient déjà atteint les limites de ce qu'ils pouvaient administrer à l'organisme de Cheng, tout le reste de leur pharmacopée risquait fort de l'expédier sans délai dans l'au-delà. Et Darkfeather avait beau connaître Zéphyr depuis longtemps, elle savait très bien quelles conséquences auraient pour elle la mort de l'Avatar.

Le problème ne se limitait pas à Kelane Cheng. Darkfeather eut le temps de réfléchir à ce dilemme tandis que le DC-10 Transpac continuait à voler vers le soleil.

Il y avait le doppelganger de Kelane, cette présence effrayante, là-bas dans la forêt de Maui. L'Avatar disposait-il encore d'assez d'énergie mentale pour ranimer son dpg ? Et s'il l'avait déjà fait, où se trouvait maintenant celui-ci ? À l'état naturel, les dpg n'étaient visibles que sous lumière noire. Celui de Cheng pourrait très bien être assis en face de Darkfeather, nu et par conséquent invisible. Ou à l'avant, en train de visiter la cabine de pilotage, débordant de curiosité féline, voire — problème habituel avec les dpg, même les plus intelligents — mourant d'envie de faire des bêtises.

Ils avaient de la lumière noire à bord. Et le chaton persan de Darkfeather. Placé au voisinage d'un doppelganger, Warhol donnerait l'alerte. Elle venait de décider qu'ils feraient mieux de fouiller l'avion lorsque le capitaine l'appela en urgence.

(Extrait du deuxième journal de rêves d'Eden Waring)

Je suis encore sur l'île. La Bonne Dame dit que je suis en sécurité les Mauvaises Âmes peuvent pas venir ici qu'elle dit Je les vois là-bas dans le brouillard mais pas très bien tant mieux ils font des bruits effrayants et m'appelle pour me dire que c'est bien mieux là où ils sont mais ne les crois pas la Bonne Dame dit toujours parce que tout ce qu'ils veulent c'est me changer fais pas attention à eux elle dit et elle me tient Il fait si chaud et il y a du vent sur l'île quand elle me tient j'entends plus les Mauvaises Âmes Je veux rester ici pour toujours mais la Bonne Dame dit oh non et les leçons alors et je lui dis que le CM1 c'est facile même si j'ai sauté le CE2 mais elle dit c'est pas de ça dont je parle maintenant il est temps que j'ai une surprise pour toi chérie puis elle est partie et il ne se passe plus grand-chose sauf qu'il y a cette fille de mon âge que je vois faire un château de sable sur la plage je sais pa si c'est ça la surprise elle ne dit rien quand je lui demande son nom elle continue à pousser du sable humide à le tapoter avec ses mains pour faire des murs et je dis je peux t'aider ? elle répond toujours pas alors je me mets aussi au travail sur le château de sable et j'ai une drôle d'impression quand elle me regarde parce que je la connais et puis ça fait une impression encore plus drôle parce que je demande tu es ma sœur ? elle répond non je suis toi regarde le bateau est là c'est l'heure de ta prochaine leçon et je dis quelle leçon et elle répond je suis ta prochaine leçon tu verras c'est trop bête je déteste vraiment ce rêve c'est le plus stupide que j'ai jamais fait.

HONOLULU, HAWAÏ — 28 MAI — 6 h 14

Rona Harvester s'éveilla tôt dans une des huit pièces de la suite présidentielle de l'hôtel machin. Elle resta un instant désorientée, comme si elle venait de se retourner vers un autre univers. Les rideaux étaient tirés mais de gros rouleaux martelaient Waikiki. Le bruit des vagues lui rappela avec nostalgie ces jours où elle traînait à Stimson et Maverick's, et dans la communauté de surfeurs de grosses vagues à Santa Cruz. Des amis comme Trey, Reg ou encore Havens, venu du Kansas pour devenir une légende et finir à Maverick's englouti par une vague de dix mètres lorsqu'un clapot de surface l'avait jeté à bas de sa planche.

Peu après le retour des hélicos du MORG, un grain s'était abattu sur la région. La limousine l'avait rapidement reconduite de la base d'Hickam sous la pluie battante. Une seule limousine, au lieu des quatre habituelles entourées de dizaines de flics bloquant au fur et à mesure les voies transversales. La même dans laquelle elle avait subrepticement quitté l'hôtel plusieurs heures auparavant, peu après 23 h 30, moment où elle se retirait officiellement dans ses quartiers. L'entrée de service de l'hôtel était contrôlée par les prétoriens du MORG qui, à sa demande, avaient dès le début du mandat de son mari remplacé le détachement des services de sécurité affecté à sa personne, première et profitable illustration d'un précepte désormais gravé dans le marbre à Washington : Rona Obtient Toujours Ce Qu'elle Veut. Elle portait comme à l'aller une perruque noire, au cas où un indépendant aurait tenté sa chance à cette heure tardive en se postant à un kilomètre de là avec un téléobjectif de la taille d'une poubelle. Elle n'avait rien à craindre des réguliers du corps de presse qui la suivait dans ses déplacements officiels : on les avait logés dans un hôtel à peine moins luxueux à un ou deux pâtés de maisons de là, et ceux qui ne dormaient pas encore d'un sommeil de plomb étaient en train de boire ou de baiser.

L'étage juste en dessous de celui de la suite présidentielle était entièrement occupé par des membres du personnel de la Maison-Blanche ou des gardes du corps, conformément à la procédure lorsque la femme du Président était en déplacement avec ou, comme cela se produisait depuis trois mois, sans son mari.

Rona eut un peu de mal à se lever. La peau de son visage était sèche : elle ne l'avait pas enduit de crème avant de s'écrouler sur le lit. Elle n'aurait pas cru pouvoir dormir, pas après cette nuit mouvementée et ce feu qui couvait toujours dans son ventre. Sans compter qu'elle avait tué un homme. Mais elle eut l'impression de passer sans transition d'une insomnie nerveuse à un dîner officiel à la Maison-Blanche auquel elle se présentait vêtue en tout et pour tout d'un collier de diamants et des vieilles bottes de pêcheur de son père. Ces derniers temps, plus elle était stressée, plus ses rêves devenaient comiques. Il lui arrivait même de se réveiller tant elle riait.

Rona se vida la vessie en examinant ses mains dans la salle de bains à l'éclairage trop puissant. Elle repéra des traces de sang séché entre les jointures. Et elle s'était fendu un ongle sur le chien du Sig Sauer lorsqu'elle l'avait manipulé. Elle sentit une froideur détrempée l'envahir et faillit s'évanouir sur les toilettes. Rona méprisait la faiblesse. Elle l'avait tué. Et alors ? L'Avatar n'avait nul besoin de l'influence de Frank Romanzo. Le souffle coupé, tremblante, elle fit elle-même couler son bain au lieu d'appeler Rochelle pour qu'elle s'en charge, puis se récura jusqu'à ce que ses mains retrouvent leur pureté. Elle enfila un pyjama d'intérieur de grand couturier et une robe de chambre qu'elle avait empruntée dans la maison de Malibu de Barbra Streisand (robe de chambre dont le bleu s'accordait si bien avec celui de ses yeux qu'elle avait négligé de la restituer), puis lima son ongle ébréché. Il était 6 h 21, heure d'Hawaï, soit plus de midi à Washington, lorsqu'elle avertit les membres de son équipe que leur journée avait commencé.

Rona estima que l'avion conduisant Kelane Cheng dans le Montana devait approcher de San Francisco. Elle alluma son ordinateur portable. Aucun message codé de Portia Darkfeather. Signe que tout allait bien.

En parcourant son courrier électronique, elle tomba sur un message laconique expédié par le directeur du Multiphasic Operations and Research Group.

Félicitations.

Ce mot comptait plus pour elle que les acclamations qu'elle recevrait lors de la clôture des deux jours de la conférence mondiale sur l'éradication des maladies infantiles.

Rona programma de la musique sur la chaîne hi-fi à dix mille dollars qu'elle ne manquait jamais d'emporter en voyage depuis que le roi et la reine de Suède la lui avaient offerte. Elle voulait quelque chose de rythmé et de vif pour se donner un peu d'entrain avant le petit déjeuner. Ses vieux chouchous David, Michael Doucet et Beausoleil, des bayous de Louisiane. La version de David de *Zydeco Sont Pas Salés*, avec un Josh Graves vraiment éblouissant à la dobro.

À Washington comme en déplacement, Rona prenait son premier café seule en lisant l'exemplaire de son mari des *Notes du jour à l'intention du Président* ou un résumé des problèmes du monde préparé par sa directrice de communication, Melissa McConnell. Elle se pencha ensuite sur le programme du jour tandis que Rochelle, sa gouvernante depuis dix-huit ans, supervisait les plans de table dans la salle à manger de la suite.

Rona ajusta son emploi du temps afin d'y insérer quelques appels téléphoniques. Trois minutes avec son fils Joshua, étudiant à Cambridge. Une et demie avec son mari à Camp David, plus deux pour discuter avec le médecin personnel de Clint Harvester de la guérison et du rétablissement du Président. La veille, Rona avait insisté pour que tous les journaux télévisés du soir diffusent des images de Clint se promenant avec son driver Big Bertha dans le parc ou pratiquant son swing, histoire de montrer comme il se sentait bien. Il fallait rassurer la nation : comme les chargés de communication de la Maison-Blanche n'arrêtaient pas de le répéter, le Président tenait toujours les commandes du pays. Rona elle-même, interviewée la veille à la conférence : « Oui, il fait des progrès extraordinaires. Bien sûr, le Président a toujours eu une constitution exceptionnelle. Le Dr Daufuskie et son équipe estiment qu'il vaut mieux pour l'instant qu'il ne travaille pas plus de deux heures par jour. » Elle avait momentanément baissé les yeux et cillé comme pour résister à une soudaine montée de larmes, puis avait regardé les caméras avec une expression plus douce, plus vulnérable, se préparant à parler avec le cœur. « Clint et moi tenons à ce que tout le monde sache combien Dieu a été bon avec nous. Les prières du peuple américain ont été entendues, et leur président n'est plus qu'à quelques semaines d'assumer à nouveau l'intégralité de ses responsabilités de leader du monde libre. »

Et, enfin, cinq minutes — non, disons dix — pour son briefing du matin avec Allen Dunbar, le vice-président. Rona serait en contact avec le remplaçant de son mari (en privé comme en public, jamais elle ne prononçait les mots *président intérimaire*) au moins deux fois de plus au cours de sa journée bien remplie, sans laisser « Dumbo » oublier un seul instant que suite à la regrettable déficience de Clint Harvester, c'était bien Rona en personne qui gérait les affaires de l'État. Un point c'est tout.

Un pot-pourri de mélodies d'Andrew Lloyd Webber remplaça la revigorante musique de Louisiane française. L'équipe R, comme on l'appelait à Washington, débarqua pour le petit déjeuner, qui commençait invariablement par un fruit frais. Le reste du menu changeait chaque jour et tout était préparé par l'adjoint du chef de cuisine de la Maison-Blanche, venu avec sa propre équipe, dont un nutritionniste. Le groupe de Rona comprenait aussi deux femmes de chambre, appelées gouvernantes adjointes, un consultant en garde-robe, deux maquilleuses (une pour la journée, l'autre pour la soirée), un coiffeur, une masseuse, un entraîneur personnel, un médecin holistique et le photographe personnel de Rona.

Le chef d'état-major de Rona était une femme nommée Peach Boondecker. Melissa, la directrice de communication de l'équipe R, bénéficiait elle aussi de personnel : un dircom remplaçant (le plus ancien des auteurs des discours de Rona) et la porte-parole de la femme du Président. Deux secrétaires restaient à Washington pendant les déplacements de Rona.

Au petit déjeuner, Rona ne fit que grignoter, se

concentrant sur les affaires du jour avec des rafales de questions et d'objections. Elle avait une capacité d'attention limitée. Son commentaire le plus fréquent était « ensuite ». Elle complimenta un des membres de son équipe, reprocha à un autre de n'avoir pas réussi à inclure une audience de quinze minutes avec trois hommes d'affaires asiatiques soutenant généreusement une œuvre de bienfaisance internationale très réputée qui blanchissait les contributions aux campagnes électorales des membres du Congrès chouchoutés par Clint et Rona. Toutes les séances photo furent approuvées. Rona eut ensuite une demi-heure pour répéter les observations avec lesquelles elle conclurait le déjeuner et revoir la bande vidéo. Lever le menton, détendre les épaules, réduire ses gestes au maximum. Elle dicta des modifications au discours pendant qu'on la coiffait. Rondorf, le gourou de sa garde-robe, lui apporta trois costumes sur mesure conçus chacun par un couturier différent. Elle choisit l'Armani bleu foncé au subtil motif à chevrons, puis alla se faire maquiller en engueulant tous ceux qui passaient à sa portée parce qu'Allen Dunbar ne la rappelait pas.

Le vice-président allait prononcer en *prime time* un discours devant l'assemblée générale des Nations unies, passant ainsi pour la deuxième fois de la semaine à la télé aux heures de grande écoute. Soi-disant à cause de ce qu'il avait solennellement décrit comme « la crise grave » provoquée par une attaque terroriste sur une base aérienne à Incirlik. Un camion piégé. Assez gros pour endommager l'avion stationné à deux cents mètres de là. Quatre cent quarante-deux victimes. Rona demanda à Casey, sa porte-parole, d'appeler les réseaux pour voir quelle couverture elle pouvait escompter dans les journaux télévisés du soir. Mais elle savait pertinemment que les maladies infantiles ne pouvaient faire le poids devant les restes fumants de bombardiers américains sur une piste d'atterrissage turque.

Elle était toujours de mauvaise humeur lorsque sa maquilleuse se mit à l'œuvre. Lui vint alors ce qui lui parut une excellente idée. *N'importe qui* pouvait se servir de bombes.

7 h 50 pour elle, soit dix minutes avant 14 heures à Washington. Il restait donc un peu plus de six heures avant la conférence de presse, qu'elle avait décidé d'avancer. Jouable, décida Rona en souriant brusquement. Surprise au moment où elle allait appliquer du brillant à lèvres, Daisy lui déposa involontairement de son pinceau un peu de rouge à la base du nez, mais Rona qui, toute à ses nouvelles manigances, contemplait le plafond à caissons du salon Akohe'kohe de la suite présidentielle, n'en prit pas ombrage. Son emploi du temps prévoyait qu'elle quitte le déjeuner à 14 heures précises. Le cortège automobile la conduirait de la grande salle de bal de l'hôtel machin (un autre que celui où elle logeait) jusqu'à la base aérienne, où *Air Force One* attendait de la reconduire à la maison.

Rona savait qu'il n'y avait pas mieux que Portia Darkfeather pour mener à bien cette opération. Darkfeather n'était malheureusement pas disponible. Et Rona ne voulait pas en discuter avec elle, même sous forme cryptée inviolable. Mais Portia, décida Rona, ne manquerait pas de recommander le chef de l'équipe Frappeur Désigné. Portia avait toute confiance en ce Brad — si elle se souvenait bien de son prénom — à la coiffure virile et au visage des plus bandant dans le style militaire. Un ancien SEAL docteur ès explosifs de toutes sortes. Capable de faire passer une rocket par le chas d'une aiguille, tout à fait son genre de mecs, nom de Dieu !

Brad devait toujours être dans le coin, à Honolulu. Rona fit chercher le chef de la sécurité du MORG en poste de jour, puis se détendit dans la chaise de maquillage aux miroirs en balancier qui l'accompagnait partout et laissa Daisy terminer sa transformation. Parfaire le portrait d'elle-même qu'elle montrait au public. Portia l'aurait dite à nouveau en mode par défaut, mais Portia pouvait aller se faire foutre. Elle allait *s'éclater*. Et sa cote de popularité, qui stagnait depuis qu'elle avait soutiré au public les dernières miettes de compassion engendrées par la situation de son mari, allait probablement crever le plafond. Encore mieux : la semaine prochaine, elle allait faire la une de tous les magazines d'actualité du monde. Essaie donc d'égaler *ça*, Dumbo.

INNISFALL, CALIFORNIE — 28 MAI — 11 h 27

Les neuf cent vingt-deux membres de la promotion de printemps de l'université de Californie à Shasta étaient entrés en file indienne dans le stade Red Wolves pour s'installer sur les chaises pliantes en métal disposées en demi-cercle sur la pelouse, leurs toques comme un océan de carreaux disjoints, devant une tribune provisoire dressée sur la ligne des cinquante mètres. Derrière eux, environ cinq mille pères, mères, oncles, tantes, femmes, maris, frères, sœurs et amis avaient envahi les banquettes de la tribune nord, dont ils emplissaient la moitié du virage.

Betts et Geoff McTyer avaient trouvé des places au dixième rang, non loin d'une allée. Riley Waring finit par arriver, peu avant 11 h 30, au moment où le président de l'université terminait son discours d'accueil.

« Tu as apporté une deuxième cassette pour le caméscope ? » lui demanda Betts, un peu contrariée qu'il ait manqué la procession.

Riley était un homme corpulent à l'expression modeste mais plaisante. Vétérinaire pour gros animaux de son état, il avait le visage résolu et buriné de ceux qui gagnent durement et en plein air une vie précaire. Il ressemblait à un marin pêcheur. Ou à un bûcheron.

Il serra avec un brin de solennité la main de Geoff, s'assit entre Betts et lui et ouvrit son sac banane. Il en sortit d'abord des jumelles de théâtre puis la cassette demandée, qu'il tendit à Betts.

« Qu'est-ce que tu as là ? demanda-t-il à Geoff qui tenait son appareil photo sur ses genoux.

— Mon vieux Nikon. Je lui ai offert un nouvel objectif 300 mm. Allez-y, essayez. »

Riley saisit l'appareil et fit le point sur sa fille, qui se trouvait presque au bout de la première rangée d'universitaires et de membres du clergé, non loin du principal orateur de la journée, la députée de leur circonscription. Eden était assise entre le deuxième de la promotion, un garçon de seize ans d'origine vietnamienne qu'elle n'avait devancé que d'un cheveu, et un acteur d'une sitcom diffusée depuis des années, à qui on allait remettre un diplôme *honoris causa*.

Eden prêta l'oreille à une remarque du comédien puis tourna la tête pour jeter un coup d'œil à la foule. Elle avait l'air de regarder dans leur direction et, gênée par sa légère myopie — trop légère pour porter des lunettes, insistait-elle —, se demandait sans doute si Riley allait finir par arriver. Riley baissa le Nikon et brandit le poing au-dessus de sa tête. Croyant voir fleurir un sourire, il regarda à nouveau dans l'appareil, mais le sourire n'avait pas duré. Eden se tenait en équilibre (sembla-t-il à Riley dans le téléobjectif) au bord de son siège, les mains jointes mais crispées sur les genoux entre les cordelettes et les glands dorés qui symbolisaient sa réussite universitaire.

« Eh bien, elle a l'air… » Riley hésita, jeta un coup d'œil à Betts et sourit timidement. « … distraite. Il y a un problème ?

— Pas à notre connaissance», répondit Betts d'un ton sec, lui donnant l'impression d'être tenu à l'écart de quelque chose. Il rendit le Nikon à Geoff et s'installa du mieux possible sur la plaque d'aluminium boulonnée au béton. Le stade avait été construit à l'économie. Il n'avait que deux ans mais déjà des poursuites judiciaires suivaient leurs cours, un côté des tribunes s'étant enfoncé de vingt centimètres (pour l'instant). Parti en hâte de chez lui après s'être jeté une cravate autour du cou, Riley avait oublié son coussin spécial stades sans lequel ses hémorroïdes risquaient fort de se réveiller avant même la remise des diplômes proprement dite.

Agité, il jeta un nouveau coup d'œil à Betts et constata qu'elle avait pour sa part apporté son coussin et même le dossier, une espèce de demi-chaise de réalisateur qui se fixait à la banquette. Riley soupira. Betts le regarda, elle savait ce qu'il voulait. S'ensuivit un échange de petit haussement de sourcil, de moue désapprobatrice et de pieds traînant par terre en signe de repentir. Betts se laissa fléchir et leva ses larges hanches en reportant son attention sur le terrain. Riley tira le coussin vers lui et laissa sa main reposer sur la cuisse de sa femme lorsqu'elle se rassit. Elle lui caressa les doigts avec le pouce.

Le président de l'université, un petit homme bronzé aux cheveux vaniteusement peignés en arrière en une sorte de cimier qui évoquait un casque de général romain, présenta le directeur de la faculté, un homme spirituel et, Dieu merci, concis. Celui-ci présenta à son tour le jeune Vietnamien, qui parla aux étudiants d'apprendre à se diriger soi-même lors de voyages vers des endroits fabuleux. L'acteur obtint son diplôme *honoris causa*, sortit deux ou trois boutades auxquelles tout le monde rit car on le savait drôle, ses Emmy Awards et son compte en banque le prouvaient.

Vint alors le tour d'Eden.

« Comment ça, vous ne pouvez plus piloter l'avion ? demanda Darkfeather au pilote du DC-10. Vous avez pris votre retraite au changement de fuseau horaire ? »

Ni les deux pilotes ni le mécanicien présents dans la cabine de pilotage ne semblèrent goûter la plaisanterie. Darkfeather se souvint du nom ou du surnom du commandant de bord. « Dutch. » Commandant Dutch van der Veek.

« Gros-porteur Transpac 1850, ici le contrôle aérien de L.A. Veuillez vérifier votre niveau de vol et confirmer votre destination. »

L'appareil descendait lentement, du moins Darkfeather avait-elle conscience de cela. Ils volaient aux alentours de dix mille mètres au-dessus du Pacifique, à environ trois cent cinquante kilomètres au nord-ouest de la baie de San Francisco. Le soleil illuminait les fenêtres de la cabine de pilotage. Dehors, dans un monde de bleu, il régnait une température de – 50° C.

« Contrôle de L.A., ici gros-porteur Transpac 1850. Nous descendons à trois cents pieds-minute de notre niveau de vol assigné et dévions de zéro cinq degrés vers la droite de notre destination programmée. Nous vérifions le GPS et considérons une défaillance éventuelle du R-NAV.

— *Compris, Transpac 1850. Tenez-nous au courant.* »

Un coup d'œil au pilote automatique, un groupe d'instruments placé près du genou droit du pilote, permit à Darkfeather de constater que le changement de niveau de vol n'était pas activé. Manifestement, ce n'était pas le pilote automatique qui dirigeait l'appareil. Les commandes de vol bougeaient légèrement sans que le commandant de bord ou le copilote n'y touchent. La chair de poule hérissa ses avant-bras.

« Vous pouvez reprogrammer le pilote automatique ? demanda-t-elle.

— Il ne répond pas aux instructions », répondit le copilote, qui consultait un épais manuel à onglets.

« Éteignez-le, alors. Enlevez le fusible. »

« Dutch » van der Veek exhiba ledit fusible avec un sourire tendu avant de reprendre contact avec le contrôle de L.A.

« L.A., ici le commandant van der Veek. Pouvez-vous nous confirmer nos nouveaux points de cheminement ?

— *On s'en occupe, commandant. Où en êtes-vous ?*

— Impossible de corriger la défaillance du contrôle de mode pour le moment. Impossible aussi de reprendre les commandes. Nous allons essayer de découpler le R-NAV. Pendant ce temps-là, eh bien, vous pourriez peut-être vous coordonner avec Seattle pour détourner le trafic autour de nous jusqu'à ce que nous ayons redressé la situation.

— *Compris, Transpac 1850. Vos nouveaux points de cheminement indiquent Innisfall en Californie comme destination révisée. Voulez-vous proclamer une situation d'urgence ?*

— Négatif, L.A. » répondit le commandant tandis que le copilote prenait des cartes dans un casier. Darkfeather consulta l'altimètre. Ils avaient encore perdu six cents mètres.

« Dites-moi, Dutch… fit-elle. Qu'est-ce qui au juste constituerait une urgence, pour vous ? Demandez donc à des experts comment réparer. Le pilote automatique n'est qu'un ordinateur, et les ordinateurs n'ont pas de personnalité. » Elle comprit avant même d'avoir achevé sa phrase. Celui-là en avait acquis une. Celle de Kelane Cheng.

Debout sur la tribune installée sur la ligne des cinquante mètres, Eden Waring gardait le silence, la tête tournée vers l'ouest. Elle observa plusieurs secondes durant un monomoteur qui venait de décoller de l'aéroport de l'université et virait vers le nord à un kilomètre et demi du stade. Elle avait pris ses premières leçons de pilotage sur ce Piper Lance. Elle lui consacra toute son attention.

Un gloussement quelque part au sein des chaises pliantes la ramena à la réalité. Elle se rappela qui elle était et ce qu'on attendait d'elle. Elle sourit nerveusement et prit la parole.

« Monsieur le président Luzaro, monsieur le directeur Bettendorf, distingués invités, professeurs, amis et camarades étudiants. Ces quatre années ont passé très vite. Et en réfléchissant à ce que je voulais vous dire aujourd'hui… »

Betts, qui venait de laisser échapper le soupir retenu pendant tout le temps où Eden avait gardé les yeux fixés sur le ciel, se tendit à nouveau lorsque cette deuxième hésitation s'éternisa. « *Allez*, chérie. *Vas-y* », murmura-t-elle tandis que ses ongles mordaient dans le dos de la main de Riley.

Eden se toucha le front comme si un événement à la fois déconcertant et consternant s'était produit au fond de son cerveau. Dans son dos, les administrateurs et les distingués invités se regardaient en se demandant avec inquiétude s'ils n'allaient pas se retrouver confrontés à un gros problème. Mais Eden releva la tête et sourit courageusement.

« Ce que je tenais à vous dire, amis et c-camarades, c'est, je pense, que nous avons *vraiment* un avenir, nous *pouvons* améliorer les choses. Pour toute l'humanité. La mauvaise solution consiste à baisser les bras en se disant, bon, ben, voilà, l'Amérique est fichue. C'était bien, mais c'est fini, ils nous ont eus. Impossible de riposter, la bombe dans le landau et tout ça. Impossible de se battre contre la terreur qui essaie de prendre le meilleur sur nous, qui nous oppresse petit à petit jusqu'à ce que nous renoncions à nos droits. Combien de kilomètres carrés ont été évacués autour de Portland ? Cinq cents ? Cinq mille ? Je n'en sais rien. Que signifie faible puissance en termes pratiques ? Je ne le sais pas plus. Je suis major de promotion dans une filière de chimie. Si ce jour-là les vents dominants avaient soufflé du nord, qui de nous serait ici aujourd'hui ? Nous avons eu de la chance. Mais nous avons encore peur. Pas vrai ? Les images brûlent dans nos rêves. Portland, Portland, Portland. Oh mon Dieu. La tempête de feu. Les enfants qui hurlent dans les abris d'évacuation, tellement brûlés qu'on ne peut pas les toucher. Vous avez vu cela, vous l'avez vu soir après soir. Je l'ai vu aussi. Je l'ai trop vu. Nous battons en retraite. Nous sommes le pays de la Liberté, nous ne baignons pas depuis la naissance dans des horreurs semblables à celles qui ensanglantent régulièrement les Balkans. Qui nous fait cela ? Qui ose croire que nous l'accepterons ? Nous préférons ne pas penser à ces salopards. Et espérer qu'ils ne reviendront plus avec leurs missiles sol-air, leurs bombes atomiques planquées dans des sacs à dos, leur peste bubonique en aérosol à pulvériser dans les climatisations des écoles, et cætera, et cætera. Mais faire semblant revient à avoir peur. Se laisser aller à la peur revient à abandonner tout espoir. J'ai apporté une citation, quelque part. Une citation d'Emerson. Mais je n'arrive pas à… de toute façon il n'y a pas le temps. Nous… Excusez-moi. *Il n'y a pas le temps*. Maintenant, je vous en prie, faites ce que je vous dis.

— C'est *ça* son discours ? » s'exclama Riley avec stupéfaction au dixième rang des tribunes tandis que Geoff McTyer murmurait d'un ton maussade : « Elle a perdu le fil. Elle déraille. »

Plus forte que jamais, la voix d'Eden résonna dans

tout le stade tandis qu'elle relevait les yeux vers le ciel, à l'ouest.

« Je ne sais pas ce que c'est exactement. Mais ça arrive. Ça vient. Il faut évacuer en bon ordre — restez calmes, levez-vous et sortez du stade. Allez de l'autre côté du campus. Je pense… Je suis sûre que ce sera assez loin, vous serez tous en sécurité. Mais il faut y aller. *Maintenant*.

— Elle débloque complètement », se lamenta Geoff.

Betts lui jeta un coup d'œil puis se pencha par-dessus son mari abasourdi pour le secouer brutalement.

« Arrête de gémir comme une gourde, Geoff ! Aide-la ! Sers-toi de ton autorité de flic. Eden a *vraiment* vu quelque chose ! Aide-la à faire sortir les gens. »

Sur la tribune, le président à la coiffure excentrique essayait de ramener Eden à son siège. Avec le sourire. Une grosse bonne humeur face à cet effondrement nerveux ô combien inopportun. Cela ne prendra qu'un instant, mes amis. Eden l'athlète l'écarta sans difficulté, le jetant presque sur les genoux de la députée, et se précipita vers le micro. Le directeur Bettendorf s'interposa. Allons, allons, Eden, pourquoi est-ce que vous ne… Des instants de lutte frénétique, de mains se disputant la possession du micro qui retransmit grognements, exclamations confuses et respirations laborieuses. Handicapé par ses longues jambes et son centre de gravité plus élevé, le directeur perdit l'équilibre, balayant au passage les diplômes rangés en ordre alphabétique sur une grande table. Il y eut, perdus dans la mer houleuse des toges bleues, quelques garçons pour crier des encouragements, comme s'il s'agissait d'une bagarre de bar. Presque tout le reste du stade restait tendu d'appréhension ou d'embarras. Un enfant se mit à pleurer tout haut. Les deux cameramen du service vidéo local qui filmaient la cérémonie zoomèrent sur Eden. La sonorisation émit une plainte métallique qui fendit l'atmosphère inquiète du stade et soudain de toutes parts les gens se levaient dans une timide mais inquiétante réaction grégaire aux peurs réveillées par Eden. Portland. Tellement brûlés qu'on ne pouvait pas les toucher. Ça vient par ici.

Comme beaucoup, Portia Darkfeather faisait aveuglément confiance aux lois physiques du vol habité et à la compétence des pilotes de transport militaire. Elle avait sauté en parachute de nombreux C-130. De jour comme de nuit. Les sauts de nuit étaient vicieux. Ratez la zone de parachutage, ce qui n'était pas rare, et tout pouvait arriver. Sa pire mésaventure lui avait valu une fêlure du tibia. Vous y pensez, là-haut, quand votre avion bourdonne dans le noir. Puis vous évacuez les notions de blessure et de mort de votre esprit. Plonger dans les ténèbres suspendu à un fragile paraplane faisait partie du boulot.

Mais s'il y avait bien une chose à laquelle elle n'avait jamais pensé, c'était qu'un de ces bons vieux coucous puisse s'écraser. Ils vous secouaient sans cesse, vibraient, gémissaient, déviaient, rebondissaient dans les turbulences. Mais ils continuaient à voler.

Au contraire de certaines missions d'entraînement nocturne auxquelles Darkfeather avait participé, le Transpac 1850 au-dessus de la Californie du Nord était d'une tranquillité sinistre. Le temps était au beau, avec juste une petite turbulence en air clair venue de la chaîne côtière. Ils continuaient pourtant à perdre cent mètres d'altitude par minute. Leur vitesse relative baissait aussi. Ils survolaient désormais à deux mille sept cents mètres, juste au-dessus de gros nuages, une région de séquoias immensément verte. De moyenne montagne. Sans rien de supérieur à mille trois cents mètres d'altitude. Des petits lacs luisaient au soleil. Deux nouvelles corrections de trajectoire avaient été effectuées par le pilote automatique qui, techniquement, n'aurait pas dû fonctionner, puisque le commandant van der Veek en avait le fusible dans sa poche de chemise.

Ils se trouvaient à quatre-vingt-quatre kilomètres à l'ouest de l'aéroport municipal d'Innisfall avec sa tour de contrôle du trafic aérien, et d'un autre terrain situé dix-huit kilomètres plus au sud, au bord du campus de Shasta. Le pilote automatique que l'équipage du DC-10 n'avait pas réussi à neutraliser semblait préférer l'aéroport non contrôlé. Leur cap, leur altitude et leur vitesse actuels laissaient penser qu'ils allaient atterrir sur la piste de deux mille cent mètres orientée est-ouest. Comme d'autres gros-porteurs intercontinentaux, les DC-10 atterrissaient et décollaient en général sous le contrôle exclusif des ordinateurs, sans que les pilotes ne touchent aux commandes.

Le commandant « Dutch » van der Veek avait finalement déclaré l'état d'urgence malgré l'absence de panne de système à signaler. Tout fonctionnait à la perfection, et pourtant une sueur froide baignait les deux pilotes. Dieu, ou quelque chose de tout aussi mystérieux, tenait les commandes de leur appareil.

Darkfeather n'avait pas de religion. Elle retourna au compartiment dans lequel, la respiration extrêmement lente, la chétive Kelane Cheng reposait quasi inconsciente avec une expression de patient sortant d'une opération chirurgicale. Darkfeather ouvrit son esprit aux coups de sonde ou à la conversation de l'Avatar.

Le vide absolu. Elle entendit se déployer les volets de sustentation du DC-10. L'appareil vira doucement sur la gauche.

« Très bien, Kelane. Si vous me disiez ce que vous foutez exactement ? »

L'insigne à la main, Geoff McTyer dévala les marches de l'allée qui menait au terrain de sport entouré de huit pistes caoutchoutées. Riley Waring, considérablement ralenti par sa corpulence, le suivait à quelques pas.

Eden ne les vit ni l'un ni l'autre. Elle regardait à nouveau le ciel à l'ouest du stade, l'endroit où, à six cents mètres d'altitude, le Piper Lance qui avait rebroussé chemin à trois kilomètres de sa base approchait à quarante-cinq degrés sous le vent. La radio du petit appareil restait muette.

Dix kilomètres plus loin, une tache dans le bleu vif du ciel : Transpac 1850 en approche directe sur la piste non contrôlée.

Au sud du stade, un C-130 de la Garde nationale aérienne de Californie parti de Moffet pour un vol d'entraînement de routine venait d'apparaître sur l'horizon. Le contrôle aérien de Los Angeles avait prévenu son pilote de l'urgence de la situation et lui avait demandé de rester en observation et, le cas échéant, d'orienter les secours.

La tour de contrôle de l'aéroport municipal essayait en vain de joindre l'élève-pilote à bord du Piper Lance, qui comptait deux transpondeurs parmi son équipement. Si le deuxième, en service, transmettait l'altitude, le sélecteur grâce auquel la tour d'Innisfall ou le contrôle aérien de Los Angeles auraient pu contacter le pilote était commuté vers le premier, quant à lui éteint. Une erreur de débutant. Un pilote s'exerçant au posé-décollé sur un terrain non contrôlé aurait dû faire part de ses intentions à tout trafic éventuel dans l'espace aérien de classe E.

Eden visualisait maintenant les moindres détails de ce qui n'avait été jusque-là qu'un mélange d'impressions confuses : une conjonction fatale et un embrasement dans le ciel, suivis d'une grêle de mort fumante sur le stade. Elle vit tout, et sa gorge se serra un instant tandis qu'elle résistait aux deux flics du campus qui essayaient de lui faire quitter la tribune.

Ils n'écoutaient pas, de toute façon ! Ils étaient assis là à la regarder en secouant la tête et en pensant dépression, pauvre petite. En pensant drogue. En disant quelle honte de gâcher ainsi la remise de diplôme de ses camarades.

Le pouls tictaquant comme une petite bombe et le visage écarlate, Eden se débattait avec rage. Lâchez-*moi !* Enlevez votre…

Geoff sauta sur la tribune, l'insigne à la main. « Police d'Innisfall ! annonça-t-il aux flics du campus. Je la connais ! Lâchez-la, je m'en occupe. » Enfin libre de ses mouvements, Eden tomba dans ses bras et le serra fort. « Il faut absolument que tu t'enfuies, Geoff, *on n'a pas le temps !* Ces avions…

— Où ça ? Qu'est-ce que tu…

— Là-haut ! » Elle tendit le doigt. « Regarde ! »

Il leva les yeux, vit le lent monomoteur bourdonner doucement en virant sur la droite à quatre cent cinquante mètres d'altitude et, environ trois kilomètres derrière lui, les phares du DC-10 qui, train d'atterrissage baissé, avançait sur une trajectoire convergente à 330 kilomètres-heure — soit deux fois plus vite que le Piper Lance. Cela lui rappela les documentaires animaliers, la course svelte des félins gracieux des plaines d'Afrique pour rattraper leur proie gauche et maladroite.

« Oh nom de Dieu ! » jura le colonel Max Shear aux commandes du C-130 lorsqu'il entendit sur sa radio : « Contrôle de L.A., je n'arrive pas à le piloter. Putain de merde, cette saloperie refuse de bouger ! » Le système anticollision du DC-10 ordonnait une remontée immédiate. Manifestement, la commande de mode du pilote automatique ne répondait plus. *« Montez, montez ! »* Une autre voix, rendue presque inaudible par la sirène du poste de pilotage : « Jésus Marie Joseph. »

Portia Darkfeather arma son Sig Sauer .45 et en posa le canon sur le front de Kelane Cheng.

Il n'y avait qu'un moyen d'arrêter cela.

« Fuyez ! » cria Eden à la foule du stade. Elle n'avait pas besoin de microphone. « Fuyez ! Un avion va s'écraser ! Vous allez vous faire tuer ! »

Quelques-uns des diplômés en toge s'étaient levés et regardaient autour d'eux, mais aucun ne semblait vouloir partir. Jusqu'à ce que le système d'arrosage se déclenche soudain et leur envoie des arcs de cercle liquides au-dessus de la tête.

Cela mit fin à la cérémonie. Peu désireux de se faire tremper, les diplômés se dispersèrent au moment où les phares d'atterrissage du DC-10 devenaient trop brillants pour passer inaperçus.

Nombre de ceux assis dans les tribunes tendirent en hurlant le doigt vers le ciel. Ils virent un énorme avion se diriger vers l'aéroport de l'université, juste au nord du stade. Et un appareil bien plus petit qui virait, l'aile gauche bien en l'air, dans la trajectoire du gros-porteur. Leurs hurlements se mêlèrent en un tsunami sonore. Tous s'ébranlèrent, et quelques secondes durant, ce fut corps contre corps, une masse bouillonnante sans direction précise, jusqu'à ce que les plus rapides et les plus agiles commencent à s'en extraire et à s'empiler dans les tunnels de sortie.

Riley Waring, qui regardait les avions en approche, baissa les yeux et reconnut sa fille dans la zone de but à l'ouest du stade. Sa toque carrée de guingois, elle avait posé un genou à terre et ôté la plaque qui protégeait les commandes d'arrosage afin d'ouvrir les robinets. La voir à cet endroit lui secoua la colonne vertébrale.

Elle s'aperçut que Riley la regardait et lui fit signe de décamper d'un large mouvement du bras.

Mais…

Riley fit glisser son regard au centre du terrain, et y vit aussi Eden, qui sautait sur la pelouse avec Geoff McTyer depuis la tribune haute de deux mètres.

Eden se débarrassa rapidement de sa toge et de ses chaussures trempées pour traverser en courant les arcs-en-ciel créés par l'arrosage. Geoff et une foule d'étudiants toujours en toge l'accompagnaient, la plupart se dirigeant vers la sortie qui s'ouvrait derrière la zone de but est.

Et en même temps, pas d'erreur, c'était bien *son* Eden qu'il voyait toujours debout dans la zone de but ouest, un sourire espiègle aux lèvres, comme si rien ne pressait.

Une adolescente percuta Riley. Elle hurlait, supposa-t-il. Elle avait en effet la bouche ouverte en un nœud d'accolades, mais comme tout le monde hurlait, il n'entendit pas la fille paniquée, pas plus qu'il ne put l'éviter. Il chuta sur la piste maintenant glissante, infligeant une torsion trop importante à son articulation sacro-iliaque. Il cria de douleur en glissant de trois ou quatre mètres sur le virage relevé.

Allongé sans défense sur le dos juste à côté du gazon, il assista à la rencontre du DC-10 et du Piper Lance trois cent cinquante mètres plus haut à trois kilomètres et demi à l'ouest du campus de Shasta. À cette distance, cela sembla aussi paisible et aussi furtif qu'un baiser volé.

Du bout de l'aile gauche, le gros-porteur trancha comme une machette dans le Piper, s'en expédiant des morceaux dans le fuselage et l'empennage arrière, ce qui provoqua de graves dommages au gouvernail. Le moteur arrière aspira des débris du Piper et explosa, une épouvantable explosion orange terne et noire qui projeta une nouvelle galaxie de fragments métalliques chauffés à blanc. Le grand appareil frémit, puis changea soudain de direction pour plonger vers le stade. Il y eut un deuxième éclair lorsqu'un réservoir d'aile prit feu, et en quelques secondes l'avion tout entier semblait en flammes et se ruait en hurlant vers le sol.

Puis Eden fit écran entre Riley et le spectacle de la mort qui approchait. Elle voulut le relever en le tenant par la taille. Il glapit de douleur.

« Allez, viens ! dit-elle. Tu peux courir ?

— Non ! Oh, mon Dieu, mon dos !...

— Allonge-toi, alors. » Elle avait l'air calme, presque rêveur lorsqu'elle jeta un coup d'œil vers le ciel. « Il arrive. » Elle poussa Riley face contre terre près d'une tête d'arroseur encastrée à côté de la piste puis le recouvrit du mieux possible de son propre corps. Incapable de bouger, Riley la supplia de l'abandonner et de sauver sa peau.

Portia Darkfeather fut projetée de l'autre côté du compartiment avant de pouvoir presser la détente. Le ciel semblait en feu. Criblé des débris du petit appareil en train de se désintégrer, le DC-10 vira brusquement sur son aile droite intacte et tomba de trois cents mètres. La collision avec le Piper avait manifestement désactivé le pilote automatique, ce qui permit à « Dutch » van der Veek de tirer sur le manche pour empêcher le DC-10 de plonger. Il ne put rien faire d'autre : les fumées mortelles issues de l'explosion du réservoir d'aile avaient envahi le poste de pilotage et les asphyxiaient, le copilote, le mécanicien et lui. Malgré ses ultimes efforts, l'appareil descendait toujours à un angle approchant les trente degrés.

Le DC-10 atteignit le sol en à peine plus de six secondes, le percuta, perdit son train d'atterrissage et se brisa en deux devant l'aile restante. L'avant rebondit en une boule de flammes et rasa les tribunes ouest du stade. Il passa au-dessus des poteaux de but et s'écrasa sur le nez dans un torrent de feu, arrachant des monceaux de pelouse à l'endroit où les étudiants grouillaient à peine une minute plus tôt. Les tuyaux du système d'arrosage furent sectionnés. L'eau continua à jaillir vers le ciel, créant des nuages de vapeur lorsqu'elle retombait sur l'épave.

Quant à la partie arrière de l'appareil, elle gisait dans un bouillonnement de fumée noire et de flammes à cent mètres à l'ouest du stade.

Portia Darkfeather se retrouva sur le sol à une distance surprenante de la queue noircie de l'appareil, complètement sourde et avec dans le flanc droit un morceau de métal fiché entre les côtes. Elle avait le visage qui lui cuisait et les mains noires de brûlures. Elle se demanda ce qu'était devenu son chat.

Extrêmement choquée, elle regarda Kelane Cheng sortir d'entre les flammes qui dévoraient le fuselage et s'approcher d'elle, son Sig Sauer à la main. Mais était-ce bien Cheng ? La silhouette semblait évanescente, instable tel un énorme essaim d'insectes attiré par les flammes. L'arme, elle, était bien réelle.

La bouche de Darkfeather s'était emplie de sang. Elle baissa la tête pour la vider. Releva les yeux d'un air de défi et parla avant que l'hémorragie ne revienne étouffer ses mots.

« Saloperie de dpg. Vas-y, tue-moi. Si Cheng est encore dans l'épave, elle est en train de mourir aussi. Tu disparaîtras en même temps qu'elle. »

Le doppelganger regarda autour de lui. Tridimensionnel un instant, fille fantôme le suivant tandis qu'il combattait les courants de l'autre monde afin de rester sur le plan terrestre. Darkfeather se mit à tousser, expulsa un caillot de sang noir. Elle avait quelque chose de vraiment bien abîmé dans le corps.

Le doppelganger lâcha le Sig Sauer sur les genoux ensanglantés de Darkfeather.

« Finis-toi toute seule, dit-il avec indifférence. Moi,

je n'ai vraiment pas le temps, il faut que je trouve quelqu'un. »

Darkfeather n'écoutait pas. Elle s'était retirée loin de la douleur et de l'humiliation, sur le sommet d'une colline couverte d'herbe brillante. Là, la brise fraîche qui se déversait sur Portia ne portait en elle qu'un des chants de mort de la nation crow.

Le pilote du C-130 de la Garde nationale aérienne de Californie signala les dommages au sol et reprit son vol d'entraînement en effectuant un large virage dans un voile de fumée de plus en plus ténu. Il y avait des corps partout, mais il y en aurait eu davantage encore si le stade Red Wolves n'avait pas été évacué quelques secondes avant que le DC-10 mutilé s'écrase. Les secours étaient déjà en route.

Le colonel Max Shear laissa les commandes à son copilote pour observer le sol à la jumelle. Il aperçut un chat dégoulinant qui, assis, procédait à sa toilette à une cinquantaine de mètres derrière l'empennage toujours en feu. Pour une raison ou pour une autre, la scène provoqua en lui un frisson désagréable.

Il reprit une dernière fois contact avec le contrôle de Los Angeles.

« En mon nom et en celui de mon équipage, je voudrais exprimer mes plus sincères condoléances aux familles des victimes de cette horrible tragédie, et offrir tous nos vœux de prompt rétablissement aux blessés. »

Eden avait du mal à marcher tant elle était choquée.

« Maman… Papa… Tu les vois ?

— Riley était juste derrière moi, dit Geoff McTyer en guidant des deux mains Eden vers sa voiture. Pour Betts… Je ne sais pas vraiment. Mais ils ont dû sortir. » Il essuya sa lèvre supérieure, surpris d'y trouver un filet de sang issu d'une narine. « Eden… Mais *comment* est-ce que tu le savais ? »

Elle le regarda, pâle jusqu'aux oreilles. Geoff crut qu'elle allait s'évanouir.

« Mais… Je sais toujours. »

Il vit ses yeux se révulser et la secoua brutalement. Il ne savait pas quoi faire d'autre. Elle était sujette à des crises, lui avait confié Betts, mais Geoff n'avait jamais assisté à l'une d'elles.

Une pollution de champ de bataille plombait l'atmosphère du parking dans lequel Eden et Geoff passaient à côté de groupes de survivants. Des gamins avaient grimpé sur le toit des 4 × 4 et des plus gros pick-up pour mieux voir les flammes de l'enfer se déchaîner dans le stade avec une espèce de jubilation sacrée. Mais la norme était plutôt aux genoux tremblants, aux visages blêmes, aux larmes. Aux grands cris chaque fois que des amis ou des parents se retrouvaient et tombaient dans les bras les uns des autres.

On reconnut Eden, on la dévisagea, on l'évita. Comme si elle était responsable de la catastrophe.

Elle se sentit brusquement mieux en arrivant à la voiture de Geoff, une Taurus bleue décapotée.

« Maman… Papa…

— Je vais aller voir. » Il essuya une nouvelle fois le sang de son nez et installa Eden sur le siège passager. Elle se recroquevilla en position fœtale, se protégeant la poitrine de ses bras croisés et posant la tête contre la garniture de la portière. Quand elle le regarda à nouveau, ses yeux terrorisés étaient couleur vieux lait caillé.

« Tu saignes !

— Ça va, ce n'est rien, la rassura-t-il. Reste ici, Eden. Compris ? C'est le gros merdier là-bas.

— Oui. D'accord. Mais si… ils ne sont sûrement pas… tu sais que j'ai essayé… » Malgré le soleil au zénith, elle tremblait.

« Tu as été super, dit-il d'un ton apaisant. Tu as sauvé beaucoup de vies. »

Certains de ceux qui avaient réussi à sortir du stade étaient remontés en voiture et essayaient de partir. Deux véhicules s'accrochèrent. L'incident provoqua une vague d'amusement, comme s'ils avaient tous besoin d'une bonne rigolade. Une femme que son sourire affolé rendait émouvante passa, un étui à violon à la main. « Quelqu'un a vu Bud ? Je n'arrive pas à trouver Bud. » D'autres noms fusaient dans l'air, un chœur funèbre de parents qui cherchaient frénétiquement : « Ashley ! Cody ! Josh ! Shariki ! » Un homme muni d'un brassard rouge, blanc et bleu criait : « Protection civile ! Urgence protection civile de classe 1 ! Terroristes ! Terroristes ! On mobilise la Garde nationale ! Terroristes ! Terroristes ! » Le visage rouge et suant, un prêtre catholique dépassa Geoff en courant, les insignes des derniers sacrements à la main. « Ahmed ! Melinda ! Sparky ! » Il n'y avait pas trop de fumée dans l'air, et pourtant beaucoup vomissaient, comme s'ils avaient bu à un puits empoisonné. C'était presque une forme de communion. Quelque part, cela exprimait la vie.

Geoff déverrouilla le coffre de sa Taurus et en sortit une couverture dont il recouvrit Eden. Elle la serra contre elle. Il enfila un coupe-vent au dos barré de la mention POLICE inscrite au pochoir blanc, se coiffa d'une casquette de baseball et se suspendit l'insigne autour du cou à l'aide d'une chaînette. Il prit également une trousse de premiers secours, des balises et un rouleau de ruban jaune de la police. Une camionnette de secours se frayait un chemin dans le parking, démarrait, s'arrêtait, évitait les conduites erratiques, les véhicules qui reculaient, avançaient un peu, créaient des impasses, de complexes motifs anarchiques. Geoff jeta un dernier coup d'œil à Eden, qui n'avait pas bougé, puis se hissa à l'arrière de la camionnette pour se rendre sur le lieu du crash.

« Eden ? »

La voix semblait traverser une chute d'eau avant de l'atteindre. Une voix familière, elle l'avait encore entendue le matin même, sur cassette. Sa propre voix.

« Va-t'en, répondit-elle sans avoir la force de lever la tête. Je ne veux pas de toi ici. Je ne t'ai pas appelée.

— Bien sûr que si. Sinon je ne serais pas là. Tu devrais savoir comment ça marche, maintenant.

— Laisse-moi tranquille.

— Je voulais te dire, continua la voix. Riley va bien. Je l'ai rejoint après avoir branché l'arrosage. Il s'est foulé le dos ou quelque chose comme ça, mais… »

Eden leva les yeux, vit son propre visage. Son doppelganger se tenait juste devant la portière et la regardait. Il portait la toge bleue d'un autre étudiant, qu'il s'était appropriée aux premiers instants de panique.

« Maman ?

— Je ne sais pas encore. Je vais aller en reconnaissance.

— Occupe-toi de tes affaires.

— Ne sois pas injuste. Je fais ce que tu veux que je fasse. Mince, pourquoi il faut toujours que tu sois aussi grognon ?

— Parce que. Je n'ai pas, je n'ai *jamais* eu besoin de toi. »

Un hoquet d'indignation.

« J'ai sauvé la vie de Riley. Et celle de tous les autres, ils seraient restés là comme des veaux à l'abattoir si je n'avais pas branché l'arrosage.

— Ouais. C'était… bien joué. OK. Tu as raison. Je suis dés… va chercher Betts, *je t'en prie*. Je meurs d'inquiétude !

— Eden ?

— Quoi ?

— Tu crois que je pourrais sortir plus souvent, et pas seulement quand, tu sais, quand tu as une de tes crises ?

— Bon Dieu, *non !* »

L'autre répliqua avec de la douleur dans la voix : « Tu aurais pu m'envoyer à Portland. J'aurais peut-être pu me rendre utile, là-bas.

— Personne ne t'aurait *crue*. Et tu… je veux dire je… j'aurais…

— Pour les homos, on dit *fait mon coming-out*.

— Je sais. Je n'aurais rien pu faire pour Portland parce que… Je ne savais pas où était l'engin, ni à quoi il ressemblait. J'ai essayé. Mais je n'ai *pas réussi* à le trouver à temps. »

Eden se mit à sangloter.

« Oh, arrête. » Son autre voix. « Ça me donne envie de pleurer aussi.

— Tu… voudrais bien.

— Je n'ai aucun sentiment, tu veux dire ? Aucun sentiment personnel ? Eh bien, j'ai du nouveau pour toi.

— Tu n'es pas censée être autre chose que…

— Qu'un double de mon corps d'origine. Et si ça ne me suffisait plus ? Eden, tu voudrais pas me rendre un tout petit service ? » Eden garda un silence désapprobateur. « Une faveur. Après tout ce que j'ai fait pour toi. C'est *vraiment* important.

Non et *non*. Pour la dernière fois. Je ne te donnerai pas de nom.

— Tout ça parce que tu n'as pas confiance en moi ! Qu'est-ce que j'ai fait pour mériter… »

Eden regarda à contrecœur dans ses propres yeux. Et n'y vit que de la fourberie. Réitérer son refus en devint plus facile.

« La Bonne Dame m'a dit, en termes on ne peut plus clairs…

— Mais Eden, *pourquoi* tu n'arrives pas à me faire confiance ? J'ai toujours été loyale, non ? Au fond de toi, tu sais bien que je ne ferais jamais rien qui puisse te nuire.

— Pour la toute dernière fois, *non*, et inutile d'y revenir. Fonce vérifier que Betts va bien, maintenant. C'est un ordre. »

Eden ferma les yeux et les rouvrit lentement. Son doppelganger avait disparu.

Elle s'aperçut qu'un petit groupe de survivants l'observait à distance prudente. Des jeunes adultes de son âge, certains toujours en toge de cérémonie trempée. Parmi eux, une fille qu'elle connaissait un peu, Kelly, ou Ashley, ou peut-être Kimberly. Eden n'avait pas les idées très claires pour le moment. Kel, Ash ou Kim la regardait en essorant minutieusement l'ourlet de sa toge. Aucun de ceux qui l'observaient ne lui souriait. Aucun ne semblait content d'être toujours en vie. Ils avaient plutôt l'air d'admettre à contrecœur avoir eu de la chance. Une fille, les mains crispées sous sa poitrine, du sang en train de sécher à la base du nez, fixa résolument le ciel. Attendant davantage de chaos, ou peut-être une apparition surprise de Dieu venu abroger la catastrophe. D'autres, furtifs, discutaient à voix basse. Discutaient d'elle, pensa Eden. Ou de son doppelganger, de son image en miroir. Ils savaient, maintenant.

Une démangeaison sur sa nuque lui fit détourner le regard. Dans son dos, un cameraman d'une chaîne de télé locale s'était approché et zoomait sur elle. Le soleil se refléta sur l'objectif de la caméra. Eden grimaça comme si elle avait reçu une balle, baissa la tête et s'enfonça dans son siège.

« Et si on fichait le camp ? » dit quelqu'un à côté d'elle.

Eden regarda de l'autre côté et vit une minuscule Chinoise assise au volant de la voiture de Geoff.

« Quoi ?

— Je dois avoir une dizaine de minutes devant moi, répondit la Chinoise. Peut-être moins. Kelane souffre de graves brûlures. Son bassin est en miettes. Le choc est trop important. Elle ne s'en sortira pas.

— Qui ? Quoi ?

— Désolée pour le crash. Ce n'était pas prévu. Nous comptions atteindre la piste et atterrir en douceur. J'ai reprogrammé le pilote automatique, comme Kelane me l'avait dit. Mais l'autre avion est sorti de nulle part. Sans doute un dentiste en congé.

— De quoi vous parlez ?

— Partons. Tu as déjà trop attiré l'attention. »

Le moteur de la Taurus vrombit. L'automobile bondit, éparpillant ceux qui se trouvaient dans sa trajectoire. Ils virent Eden Waring sur le siège passager, le visage neutre, à côté d'une Chinoise dont le front à la frange brillante dépassait à peine du volant. Apparemment, elle ne conduisait pas la voiture. La Taurus se dirigea d'elle-même et sortit en zigzag du parking en désordre, un des épisodes les plus dingues d'une journée qu'aucun de ceux venus ce matin-là au stade ne risquait d'oublier un jour.

« C'est sympa de se balader sans la capote », estima la Chinoise, les mains dans son giron, le volant tournant selon de mystérieuses instructions.

« Vous êtes un doppelganger, non ? » demanda Eden.

La femme haussa les épaules d'un air sombre. « Comment le sais-tu ?

— Facile. Vous aimez tous faire des petits tours. Genre conduire sans… eh, ralentissez !

— Pourquoi ? Nous n'aurons pas d'accident.

— Ce n'était pas aussi ce que vous croyiez pour le DC-10 ? »

Le dpg de Kelane Cheng sembla bouder quelques instants. « C'est quoi, là-bas, sur la colline ? Une espèce de parc ?

— Un jardin commémoratif.

— Un cimetière ? C'est paisible. Ça devrait convenir. »

La Taurus pila pour laisser passer une ambulance d'une ville voisine qui venait de déboucher toutes sirènes hurlantes d'une artère principale.

« Pas de pierres tombales, remarqua le dpg lorsque la Taurus franchit le portail et s'avança sur une allée un peu sinueuse.

— Rien que des jalons. En marbre ou en bronze. Pas plus de trente centimètres de long sur quinze de large. Il y a des contrats et des arrêtés municipaux à respecter avant qu'on vous laisse…

— Emménager ? »

C'était une vilaine petite effrontée, tout comme son doppelganger. Eden en eut marre.

« Arrêtez la voiture.

— Pourquoi ?

— J'ai très mal à la tête. Je vais être malade. »

La Taurus ralentit petit à petit pour s'immobiliser à l'ombre d'un bosquet de chênes. Le jour frémissait au rythme aride des cigales. Une certaine douceur imprégnait l'air de la colline, venue des pommiers en fleur, des plates-bandes proches et des tombes récemment ornées. Au sud du campus de Shasta, à huit cents mètres de là, de la fumée noire sortait de l'épave du DC-10. Des gyrophares rouges et bleus clignotaient sur des douzaines de voitures de polices et de véhicules de secours. Un hélicoptère sanitaire se dirigeant vers le sinistre survola le cimetière. Eden se tint la tête entre les mains jusqu'à ce que le bruit lancinant décroisse.

« Tu dois avoir encore beaucoup à apprendre, reconnut le dpg. Tu as quel âge, vingt et un ans ?

— Presque vingt-deux.

— Mais tu apprendras. Sinon Kelane ne nous aurait pas envoyés vers toi.

— *Quel âne*? Ça vous dérangerait si… Qui diable est…

— Kelane Cheng. L'Avatar. Mais elle est en train de mourir. Elle l'avait peut-être prévu. On ne me dit pas tout. Bref, je ne vais pas faire durer le suspense. C'est maintenant toi l'Avatar, Eden. Ta-da ! Félicitations.

— Qu'est-ce que ça veut dire ?

— Que tu es une déesse sous forme humaine. Mais tu le savais déjà.

— N'importe quoi, répliqua Eden juste avant de se raidir sous le choc.

— Tu seras supérieure à tous les adeptes lorsque tu auras mûri un peu. Les gens du commun seront attirés par un éclat spécial qui n'appartiendra qu'à toi. Comme par une étoile. Ils se presseront chez toi avec des présents. »

Eden retrouva son souffle.

« Être moi-même, ça me suffit. Le reste ressemble à des ennuis. »

Elle sortit de la voiture et tomba à quatre pattes, le front sur l'herbe chauffée par le soleil. Son estomac se souleva. Elle vomit, un long effort, puis se retourna sur le dos en gémissant. Elle avait mal aux abdominaux, mais le bandeau qui semblait lui serrer la tête s'était relâché.

Lorsqu'elle rouvrit les yeux, elle vit le doppelganger penché sur elle, tout crêpelé de vibrations obliques, comme une image de mauvaise qualité sur une télé.

« Tu vois ce qu'il m'arrive, dit-il d'une voix creuse. Kelane est presque partie. Je suis aspirée dans son tourbillon éthéré. Au cas où tu te poserais la question, cela ne fait pas mal. Mais ce n'est pas agréable pour autant.

— Oh mon Dieu. Qu'est-ce que vous voulez de moi ?

— Il y a plusieurs choses qu'il faut que tu saches.

D'abord, fais confiance à tes pouvoirs et ils se nourriront de ta confiance. Deuxièmement, il n'y a pas de limites au bien dans le monde, mais le bien doit être entretenu. Troisièmement, il n'y a pas de limites au mal qui se fraye un chemin dans ce monde, et tu dois te consacrer à le contenir avec tes pouvoirs. Comment ? Il n'existe pas de mode d'emploi en tant que tel. Mais tu es intelligente. Tu trouveras au fur et à mesure.

— Vous ressemblez à un des superhéros des bandes dessinées que je lisais gamine. »

Le dpg de Kelane Cheng se mit à vaciller dans l'air, comme si son image était projetée sur un simple rideau. Il trembla dans la brise qui feuilletait les branches d'un chêne proche, petit fantôme solitaire aux yeux de perle noire. Sa voix faiblit.

« Arrête tes sarcasmes. Souviens-toi d'une chose : les Malterriens vont apprendre ton existence. Ils sont plus nombreux à poser des problèmes, maintenant, vu que les anciens dieux ont perdu de leur punch et que Mordaunt fait à nouveau des siennes. Mais tu sais déjà tout ça.

— Hein ? Qui est *Mordaunt ?*

— Je n'ai pas le temps de faire ton éducation. Elle était censée avoir lieu pendant ton Rêve.

— Des Malterriens ? Vous voulez dire les “Mauvaises Âmes” ?

— Oui. Tu ne les reconnaîtras malheureusement pas toujours au premier coup d'œil. Certains débordent de charme. La bonne nouvelle, c'est que tu bénéficieras d'une protection.

— Quel genre de protection ?

— L'affection et la tendresse de ta véritable mère.

— Ma *mère ?* ! Où est-elle, je peux la voir ?

— Non. Ta mère a été assassinée sur le plan terrestre il y a aujourd'hui presque un an. C'était elle, l'Avatar, avant que Kelane ne la remplace. On peut donc dire que tu as une double portion de… oh oh. Désolée. Terminé. Kelane et moi en avons fini ici. Ça a été un plaisir de te connaître, Eden.

— Attendez ! »

Il y eut un brusque éclat de lumière vive, comme une étincelle entre deux fils sous tension, accompagné d'un très faible bourdonnement. Puis plus rien, sinon dans la brise l'arôme des couronnes de fleurs disposées un peu partout sur la colline. Leur douceur avait quelque chose de soporifique. La tête d'Eden s'alourdit. Elle s'avança à quatre pattes sur l'herbe jusque entre les racines d'un des grands chênes et s'y allongea, épuisée et confuse, pour sombrer dans un sommeil dont elle avait le plus grand besoin.

« Je pense qu'il faut faire quitter la ville à Eden. Filer en douce. Avant que la confusion cesse, et ils en sont encore à essayer de comprendre ce qu'il s'est passé.

— À ajouter deux et deux », fit Riley, les lèvres pincées parce qu'il souffrait beaucoup du dos.

« Exactement », répliqua Betts qui, les yeux brillants et une cigarette à la main, marchait de long en large dans la salle de jeux du rez-de-chaussée. « Profil bas, attendons instructions.

— Mais il n'en sortira peut-être rien. Pour ce que les gens en savent, Eden a juste débloqué un peu. Petit problème nerveux. »

Betts rit sans joie et alluma une nouvelle Merit au mégot de celle qu'elle fumait. Riley se racla la gorge pour exprimer sa désapprobation et essaya de trouver une position plus confortable dans le fauteuil à bascule. Il avait pris du Flexeril mais ne doutait pas de s'être déplacé un disque, cette fois.

Le téléphone sonna à l'étage. Le répondeur intervint presque immédiatement. Mais la bande devait être presque pleine. Betts n'avait pas besoin d'écouter les messages pour savoir pourquoi les gens appelaient.

« Six mille personnes l'ont entendue dire qu'un avion de ligne allait s'écraser dans le stade. Personne n'avait encore *vu* ce fichu avion qu'elle nous demandait déjà d'évacuer. Impossible de faire passer ça pour une crise d'hystérie collective. Ça ne vaut même pas le coup d'essayer. » Betts fit un geste en direction de la télévision grand écran, dont le son était coupé. « CNN n'arrête pas de parler d'elle depuis deux heures. » Elle fronça les sourcils. « Ce n'est vraiment pas le paradis, pour Eden.

— Betts, je me demandais... » Riley se balançait doucement en essayant de se concentrer malgré la brume déployée par le Flexeril dans son cerveau. « ... à quel point Eden avait progressé ces dernières années. »

Betts interrompit son va-et-vient.

« Pourquoi poser la question maintenant ? Ça ne t'a jamais intéressé jusqu'ici.

— Parce que j'ai toujours... Je n'ai voulu que son...

— Son bonheur, son équilibre, sa santé. Eh bien, elle a tout ça. Eden a très bien tourné. Pas le moindre faux pli dans son psychisme.

— Mais elle... J'ai eu peur, aujourd'hui. D'ailleurs, j'ai encore peur.

— C'est peut-être le bon moment pour un petit remontant, suggéra Betts. Une eau-de-vie de pomme ou un petit coup de rhum ?

— Pas avec le Flexeril. Betts, il y avait *deux* Eden au stade ce matin. »

Betts posa les yeux sur lui puis les détourna pour regarder la cendre à l'extrémité de sa cigarette.

« Vraiment ? »

Le téléphone sonna à nouveau.

« On devrait répondre, non ? demanda Riley. Eden essaie peut-être de nous contacter.

— Elle nous laissera un message sur un de nos bipeurs, avec le numéro où la rappeler.

— Tu ne te fais pas de souci pour elle ?

— Geoff a dit qu'elle avait sa Taurus. Tu connais Eden. Quand elle est bouleversée ou qu'il faut qu'elle réfléchisse à quelque chose, elle se tire en voiture. Il lui faut de la solitude. Elle doit savoir que nous allons bien. Elle nous donnera de ses nouvelles en temps voulu.

— Il y a toujours ces cinglés de la télé au bout de l'allée ?

— Limiers en liberté. En train de patauger dans notre potager. »

Sa main tremblait : elle lâcha un cylindre de cendres sur le sol de bois dur. Riley grimaça.

« Tu as entendu ce que j'ai dit tout à l'heure ? J'ai vu *deux* Eden juste avant que l'avion s'écrase. À deux extrémités du stade en même temps.

— L'esprit nous joue parfois de drôles de tours, Riley.

— Dis que je suis cinglé, tant qu'à faire, répondit-il avec humeur.

— Oh, chéri. Ce n'est pas ce que je voulais dire. » Betts s'assit sur un bras du fauteuil à bascule et entoura les épaules de son mari. « C'est un peu difficile à expliquer. Peut-être que tu ne veux pas vraiment le savoir. »

Le visage de Riley se tordit. Les larmes perlèrent derrière deux paupières hermétiquement fermées.

« Ma petite Eden. Je l'aime tant.

— Il faut accepter.

— C'est dur. Vraiment dur.

— On le savait depuis le début. Il y avait de fortes chances que l'enfant soit paranormal. »

Elle essuya avec un mouchoir les larmes qui dévalaient les joues de Riley.

« Qui te l'a dit ? demanda-t-il.

— Allons, ne te fais pas plus bête que tu n'es. Le marché était qu'on élevait Eden sans la moindre interférence. On n'avait pas besoin d'aide financière et on n'en voulait pas. K a toujours respecté les termes du contrat. Comme toi, K n'a jamais voulu en savoir trop. Rien que les choses ordinaires. Les photos de bébé, les fêtes d'anniversaire, les bosses, les bleus, les appareils dentaires. Pendant toutes ces années, elle s'est contentée de détails insignifiants.

— Si elle n'a pas déjà regardé les nouvelles, il ne va pas se passer longtemps avant qu'elle…

— Eh bien, c'était inévitable. Je m'occuperai de K. C'est toujours nous qui prenons les décisions. On s'éloigne un moment. On prend une bonne période de repos. Fletch Elstott peut te remplacer, et quant à mes patients, eh bien, je prends toujours quatre semaines en été, de toute façon. Je les prendrai juste un peu plus tôt, loin du tohu-bohu.

— Où… est-ce qu'on va aller ?

— À Greenwood. Pas chez nous. John Hassler est parti en congé sabbatique jusqu'à fin juin. Et il se trouve que je sais que son chalet n'est pas loué pour le mois, alors on va le prendre. Les clés sont à l'agence immobilière Four-Star. On doit pouvoir compter sur Chickie pour ne dire à personne où nous serons. Elle me doit une faveur, de toute façon. Dieu sait que si je lui avais facturé toutes ces années de thérapie que je lui ai prodiguée gratuitement sur la table de la cuisine…

— Tu as toujours été trop gentille.

— Toute cette histoire va se calmer. La mémoire est fragile et peu fiable, surtout en cas de traumatisme. Haut les cœurs, mon cœur. Quand le soleil sera couché, je sortirai en douce par-derrière pour arranger tout cela. Il faut mettre des compresses chaudes là où ça fait mal.

— Sortir en douce de notre propre maison », dit Riley d'un ton chagrin. Puis son expression s'assombrit à nouveau. « Comment fait-elle ? Comment peut-il y avoir deux Eden identiques ? » Sa respiration était oppressée. « Je ne suis qu'un… qu'un véto ! Ces choses de l'esprit avec lesquelles tu te sens si à l'aise, Betts, moi, elles me dépassent ! »

Elle lui pinça un de ses mentons, tira d'un air songeur sur sa cigarette, souffla la fumée. Le téléphone sonnait encore.

« Tu veux bien me trouver ma Bible ? lui demanda Riley. J'ai besoin de ma Bible. »

Eden se réveilla dans un énorme sursaut au milieu du cimetière sur la colline.

Des sirènes au loin. Le bruissement du vent dans les myriades de feuilles du chêne contre lequel elle reposait. Des jeux d'ombre et de lumière sur son corps. Des taches d'herbe sur la robe de piqué blanc qu'elle avait tout spécialement achetée pour la remise de diplômes.

Elle avait soif. La langue sèche, un mauvais goût dans la bouche, comme si elle avait vomi. Il fallait qu'elle aille aux toilettes, mais il n'y en avait pas dans le cimetière. Rien que des arbres, des plaques modestes sur les tombes et la voiture de Geoff arrêtée sur la pelouse.

Plus bas, à la fac, les restes de l'holocauste. Les larmes aux yeux, elle observa les débris dispersés du DC-10 en se demandant qui il transportait. Certains des passagers avaient-ils survécu ? Sans doute très peu. Et il devait y avoir eu des victimes au sol. L'angoisse pressait comme un poing serré sous son sternum. Betts. Riley... ?

Eden se mit à trembler dans la brise fraîche. Le soleil terminait sa course quotidienne en embrasant le ciel à l'ouest. Des nuages épais à l'est, immobiles. Elle entendit quelqu'un jouer de l'accordéon.

En s'avançant vers la Taurus de Geoff, elle vit, à mi-pente de la colline, une femme coiffée d'un chapeau de jardinage en paille dont le large rebord s'affaissait. La femme portait une robe à fleurs imprimée que le vent plaquait sur ses jambes arquées. Elle se tenait debout dans une rangée de tombes, près d'une en particulier que recouvraient des gerbes de fleurs entassées. C'était son accordéon qu'Eden entendait. Elle en jouait avec une énergie de docker et de grands mouvements de torse. Elle était apparemment arrivée au cimetière à bord d'un vieux pick-up au plateau à ridelles. Il semblait ne pas y avoir âme qui vive dans les environs. Eden et l'accordéoniste avaient le cimetière pour elles.

Un coup d'œil dans la Taurus confirma à Eden ce qu'elle savait déjà : les clés manquaient. Son besoin naturel se fit trop pressant. Elle s'accroupit derrière la Taurus, robe relevée, collant baissé. Comme elle n'avait pas de chaussures, elle ôta ensuite son collant, qu'elle roula soigneusement avant de le ranger dans la boîte à gants. Geoff avait dû laisser son téléphone portable dans le coffre, mais impossible de mettre la main dessus sans les clés. Il fallait pourtant qu'elle téléphone.

L'angoisse pesait si lourd dans sa poitrine qu'elle n'arrivait presque plus à avaler sa salive. Une partie de son esprit semblait vouloir se limiter à ressasser horreurs et incongruités, comme ce doppelganger de petite Chinoise venu et reparti en parlant beaucoup sans dire grand-chose de sensé. Reparti pour de bon, espéra-t-elle. Le reste de son esprit resta muet lorsqu'elle essaya de dresser un plan d'action cohérent. De brefs passages à vide. Au sortir de l'un d'eux, elle se retrouva à descendre pieds nus la colline vers la femme qui oscillait au-dessus d'une tombe avec son grand accordéon, un énorme appareil en bois de rose, cuivre et ivoire : vue de dos, elle avait l'air de se battre contre quelque chose qui lui aurait sauté dessus.

Eden s'immobilisa à trois mètres de la femme pour attendre que la musique s'arrête. Elle se sentait très fatiguée. Passage à vide.

« Bonjour, mon enfant. »

Eden cilla et se ressaisit.

« Oh… Bonjour. »

La femme avait un visage âgé, un nez large et épaté, des joues ridées comme des oreillers de soie rose. Mais c'était un visage affable, ce dont Eden fut reconnaissante.

« La sieste a été bonne ? »

Eden répondit d'un vague hochement de tête.

« Je vous ai vue dormir là-haut sous un arbre. Je n'ai pas voulu vous réveiller, vous aviez l'air si tranquille. Puis-je vous aider ? »

Eden pointa le doigt. « Là-haut. Ma voiture… Je dois avoir perdu les clés.

— Mmmh, ça c'est un gros problème.

— Je me demandais si… vous auriez peut-être un téléphone pour que…

— Vous voulez sans doute parler d'un de ces machins sans fil qu'on plie et qu'on met dans la poche. Non, vraiment désolée, je n'en ai pas.

— Je m'excuse… de vous déranger. Je vais… » Eden haussa les épaules avec un sourire sans joie. « Je ne sais pas.

— Ne vous inquiétez pas. J'ai fini de jouer, je suis à votre entière disposition. » La femme détacha son accordéon qu'elle posa par terre avec un profond soupir. « Ça devient horriblement lourd. Je n'ai plus la force de jouer toute une session. Il fut un temps où je pouvais jouer aussi longtemps que des pieds dansaient devant moi. Vous aimez danser ?

— Euh… oui.

— Je vois que vous avez taché votre magnifique robe. Il fut un temps, il fallait frotter longtemps et malgré tout la tache ne disparaissait jamais tout à fait. Maintenant, on pulvérise un peu de produit miracle dessus avant de laver et le tour est joué. Plus de tache. Je m'appelle Wardella Tinch. » Elle se tourna avec un sourire affectueux vers la tombe dans son dos. « Et voici mon mari Mycal. Enfin, plutôt sa dernière demeure. Il y avait toute la place voulue sur le terrain de la famille Tinch à Eureka, mais Mycal n'a jamais aimé les monuments que des générations de Tinch ont érigés en leur mémoire. Alors il a choisi de déménager à Innisfall, dans ces jardins où, disait-il, tout le monde est traité sur le même plan. Une simple plaque de bronze. Mycal n'aimait pas se mettre en avant, vous voyez, ni dans la vie ni dans la mort. Il retirait une espèce de fierté tranquille à cacher sa lampe sous le boisseau. Il était musicien aussi. Vous voulez savoir pourquoi je suis venue de si loin jouer de l'accordéon à Mycal ? Eh bien, parce que je sais que cela le fait sourire. Mais vous disiez avoir besoin d'un téléphone.

— Il faut que je sache comment vont mes parents.

— Eh bien, il n'y a aucune inquiétude à avoir à ce sujet, Eden. Même si Riley s'est foulé le dos en se mettant en lieu sûr lorsqu'une partie de l'avion s'est écrasée dans le stade. »

Eden recula d'un pas, son angoisse se tordant en frayeur tandis qu'elle fixait Wardella Tinch.

« Je vous ai fait peur ? Désolée, mon enfant. Bien sûr que je vais vous ramener directement chez vous, c'est mon devoir.

— Mais qui êtes-vous ?

— Oh, du menu fretin comparée à vous. Une simple voyante. Un médium. Trésorière émérite de la Société des Augures et Voyants, cercle de Californie du Nord. D'habitude, je viens au cimetière le mercredi, quand je peux fermer boutique pour l'après-midi. Mais mon guide spirituel m'a dit qu'on avait besoin de moi aujourd'hui. Il m'a fortement suggéré de me rendre toutes affaires cessantes à Innisfall. J'espère que vous ne m'en voudrez pas de ne pas vous avoir réveillée tout de suite. Laissons la gamine dormir tout son soûl, que je me suis dit. Elle a traversé un vrai calvaire. Je ne tirais pas au flanc. J'ai vraiment gardé un œil sur vous depuis le début.

— Votre guide spirituel ?

— Clark Gable. Ça vous dit quelque chose ? C'était une vedette de cinéma très célèbre à son… mmmh, à *mon* époque. » Elle tendit la main vers son chapeau mou dont une bourrasque de vent avait failli la priver. « Avec ce temps grincheux, on ferait mieux d'y aller, Eden. Quel nom vraiment charmant, et si, eh bien, si symbolique. Ce n'est pas *inconvenant* que je vous appelle Eden ?

— J'imagine que non. Je m'en fiche.

— Merci. C'est vraiment un honneur pour moi. Et un véritable changement par rapport à ma routine habituelle. Boules de cristal, lignes de la main, une ou deux lectures d'entrailles à l'occasion, vous voyez le genre. Mais ça paie les factures. Nous sommes tous sur Terre pour une raison précise, et c'est un grand privilège pour moi que de servir les besoins de mon semblable. Oh, qu'est-ce que je peux être tête en l'air parfois ! Vous êtes épuisée, c'est évident. Quel terrible accident. Je suppose que tout ne va pas toujours comme on voudrait, même pour le plus grand des adeptes. Tout le monde a ses défauts, c'est humain, non ?

— S'il vous plaît… J'aimerais rentrer chez moi, maintenant. »

Wardella sourit, ramassa son accordéon et guida Eden jusqu'au pick-up. La banquette défoncée était couverte d'un plaid au crochet représentant des roses bleues. Des cristaux pendaient comme un carillon éolien au rétroviseur intérieur. Wardella dut actionner trois fois le démarreur pour lancer le moteur. Elle tira et poussa le levier de vitesses au sol jusqu'à ce qu'une embardée les jette en avant dans un grand vrombissement.

« Vous ne sauriez pas d'où vient ce bruit horrible ? » demanda Wardella, les yeux fixés sur la route.

« Il vous faut un nouveau silencieux.

— Qu'est-ce que c'est que ça ?

— Et un réglage.

— M. Tinch s'occupait toujours de ces choses-là.

— Et sans doute aussi changer les amortisseurs», ajouta Eden, qui se cognait au toit. Elle chercha de quoi s'agripper. Le pick-up datait d'au moins une douzaine d'années avant les ceintures de sécurité.

«Merci de vos conseils. J'en prends note mentalement tout en conduisant.» Elles atteignirent la sortie du cimetière. «C'est par où, mon enfant?

— À droite, puis encore à droite au second feu. Nous habitons Deep Creek Road.

— Vous vous demandez probablement combien d'entre nous vivent dans cette partie du monde. On est assez nombreux, en fait. La Californie du Nord a toujours été un foyer d'activité psychique. Depuis des temps immémoriaux. Les bosquets de séquoias fournissent un milieu harmonieusement favorable au développement extrasensoriel. Le mont Shasta est un des principaux centres d'énergie de la Terre. Des douzaines de communautés dans la région. Bien sûr, il faut toujours faire attention. Parce que comme vous le savez peut-être, les Mauvaises Âmes trouvent toujours que ces régions conviennent à leurs desseins.»

Absorbée par la danse des cristaux sous le rétroviseur, Eden n'écoutait qu'à moitié. Le vieux camion tourna en bringuebalant vers le sud-ouest et le soleil embrasa les cristaux, les faisant luire d'un éclat bleu. Dans cet éclat, un mouvement : un tourbillon de minuscules silhouettes. Qui semblaient conscientes de sa présence. Eden eut une sensation fourmillante de surchauffe, une forte envie de s'inclure dans les profondeurs des cristaux, dans la source des Mystères. Ainsi qu'une impression non moins vive de danger. Il y avait des endroits où il ne fallait pas qu'elle aille, du moins pas pour l'instant.

Le déluge de soleil lui embuait les yeux. Elle les

baissa, les ferma et se massa doucement les paupières. Quand elle releva la tête, elle vit un garçon d'environ quinze ans, comme tombé d'une hauteur trop près du soleil. Grièvement blessé, mais vivant (elle le sut tout de suite), il était allongé sur le capot surélevé du pick-up et son corps tressautait mollement à chaque cahot transmis par la suspension délabrée. Son beau visage se trouvait à quelques centimètres du pare-brise, intact, à part le sang qui lui dégoulinait lentement du nez et d'une oreille. Mais il y avait tellement de fractures. Eden passa les dégâts en revue aussi analytiquement que si elle examinait une radiographie. On pouvait réparer les os brisés. Mais là, au plus profond du cerveau… Il était ou avait été un athlète superbe. Se tordant dans l'air comme un plongeur acrobatique, évitant la plupart des rochers au bord du bassin. Elle vit cela aussi. L'impact, son immobilité effondrée. Des cheveux couleur brique fumée. De l'eau noire et des rochers.

Écœurée, Eden tendit la main vers lui. Ses doigts heurtèrent le pare-brise. Un grand chagrin monta remplir sa gorge et ses yeux, sortit en un flot de larmes. Elle retomba sur le dossier. Wardella lui jeta un coup d'œil inquiet.

« *Robin* », fit Eden avant de convulser[1].

HONOLULU, HAWAÏ — 28 MAI — 11 h 26

Rona Harvester se trouvait dans les magnifiques jardins tropicaux de l'hôtel machin quand elle apprit le crash du DC-10 par une note de Melissa McConnell.

Elle savait depuis longtemps accueillir les mauvaises nouvelles sans sourciller. Elle continua à sourire aimablement et à bavarder avec les autres personnes distin-

1. Voir *Furie*, Folio Policier n° 347.

guées par l'Organisation mondiale de la santé jusqu'à ce qu'une pause avant le déjeuner lui permette de se retirer.

« Des détails, exigea-t-elle dès qu'elle se retrouva seule avec les principaux membres de l'équipe R.

— On ne sait pas grand-chose pour l'instant, répondit Melissa. Apparemment, le DC-10 a dévié de sa route, un problème de pilote automatique, d'après le contrôle aérien de Los Angeles. L'avion s'est écrasé sur un campus en Californie du Nord.

— Des survivants ?

— Un seul, dans un état très préoccupant selon le centre médical d'Innisfall. Identité inconnue. »

Casey, la porte-parole de l'équipe R, arriva au terme d'une longue conversation téléphonique avec son homologue à l'université Shasta.

« Voilà qui n'est pas banal ! Il paraît qu'il y avait une remise de diplômes dans un stade juste à côté de l'endroit où le DC-10 s'est écrasé. Avec plein de monde, six à sept mille personnes entre les étudiants et leurs familles.

— Et alors ? demanda impatiemment Rona.

— Eh bien, une partie de l'avion s'est écrasée en feu dans le stade. Ç'aurait pu faire de belles grillades sans l'espèce de prémonition que la major de promo a eue juste avant le crash. Elle a prévenu tout le monde de prendre ses jambes à son cou. Bizarre, non ? On m'a dit que sans elle, il y aurait eu des centaines de morts supplémentaires. »

Rona se tourna pour regarder sur CNN les premières vues aériennes de la catastrophe.

« Une prémonition, hein ? Vous avez son nom ?

— De la major de promo ? Eden Waring. E-D-E-N.

— Trouvez son numéro de téléphone. J'aimerais la remercier personnellement d'avoir minimisé l'ampleur du désastre. Voire l'inviter à me rendre visite à la Maison-Blanche.

— On convoquera la presse, approuva Casey.

— Elle mérite la médaille du courage, ajouta Melissa.

— Non, non. Ce n'est pas ce que j'ai en tête. Je veux juste la rencontrer. Elle a l'air très spéciale. » Rona avait le regard vague, signe qu'elle réfléchissait intensément. « OK, tout le monde dehors. 'Lissa, envoie Daisy rafraîchir mon maquillage et me redonner un coup de peigne. Il faisait une chaleur du diable dans ces jardins. Mais d'abord, il me faut une ligne sécurisée, je dois appeler quelqu'un. Case, je serai peut-être un peu en retard au déjeuner. »

Huit minutes plus tard, elle obtenait sa communication avec le directeur du Multiphasic Operations and Research Group.

« Salut, Zeph, la salua-t-il d'un ton maussade.

— On a un problème, Victor.

— Je suis en train de voir ça.

— Cheng essayait de nous doubler. Et ça a mal tourné. L'Avatar est mort. Je le sais, je le sens en moi. Portia est morte aussi.

— Nous n'avons pas beaucoup de temps, tu le sais. » Rona crut déceler un soupçon de panique dans sa voix. « Mais il y a peut-être quelqu'un d'autre. L'étudiante, celle qui a eu la prémonition.

— On ne l'a vue que trente secondes à la télé, sur une vidéo du début de la cérémonie. Avec une photo tirée de l'annuaire des étudiants. Une fille superbe. Zeph, comment est-ce que ça a pu tourner aussi mal ?

— Ne te laisse pas abattre, Victor. Mets-toi plutôt au boulot, trouve tout ce que tu peux sur cette Eden Waring. Elle a manifestement des dons de précognition, mais elle en a peut-être aussi d'autres. »

Quand il reprit la parole, Victor semblait s'être repris,

avoir regagné une certaine confiance en lui. Il était redevenu le Victor Wilding qu'elle aimait.

« Ce changement de trajectoire inexpliqué me paraît louche.

— C'est forcément Cheng. Je ne pense pas qu'elle était prête à mourir.

— D'après l'aviation civile de Los Angeles, le DC-10 aurait pu atterrir sans problème sans cet imbécile d'élève-pilote qui leur a foncé dedans.

— Tu penses donc comme moi.

— Oui. Et je pense aussi, moi, qu'on devrait se mettre Eden Waring de côté jusqu'à ce qu'on sache à quoi s'en tenir sur son compte.

— J'aime t'entendre parler comme ça. OK, vas-y. Au fait, dans quelques heures, il y aura un peu d'animation ici à Luau. Juste à temps pour que toutes les chaînes de télé du pays en parlent du *prime time* jusqu'en fin de soirée.

— Qu'est-ce que tu manigances, Zeph ?

— Je vais piquer la présidence des États-Unis, qu'est-ce que tu crois ? Mon cortège va tomber dans une embuscade. Il y aura des morts, histoire que ça fasse bien. Sans que je coure le moindre danger immédiat. Comme ça, Allen Dunbar pourra aller se faire foutre à l'ONU : le reste du monde aura les yeux fixés sur Rona Harvester.

— Sois prudente », dit Victor Wilding. Mais il riait, ce qui excita Rona. « Zeph, quand tu te déchaînes comme ça, ma bite pointe vers Sirius. Reviens vite.

— On a perdu Cheng. Mais ça va s'arranger, Victor. J'ai peut-être toujours lésiné sur les études, mais je sais depuis mon premier jour combien je suis intelligente. »

AÉROPORT INTERNATIONAL
J. F. KENNEDY — 28 MAI — 17 h 10

Tom Sherard venait de se faire servir deux whisky-soda au bar lorsque les trois hommes qui le cherchaient entrèrent dans le salon de première classe de la British Airways.

Il connaissait bien l'un d'entre eux, Otis Bloodsaw, ex-homme d'État devenu associé principal d'une de ces firmes de Wall Street où les boiseries en noyer proviennent d'un château français du XVe siècle et où l'épaisseur de la moquette personnalisée vous oblige presque à chausser les après-ski. Large d'épaules, bronzé et encore vigoureux pour ses soixante-quinze ans, l'homme arborait, au-dessus d'un blazer sur mesure croisé, un regard et une dentition de piranha.

Les deux autres avaient la moitié de son âge et semblaient sortir du même moule. De jeunes talents prometteurs qu'on nommerait associés dans un an ou deux. En tête de liste de la prestigieuse clientèle de Bloodsaw, Muro, McKinzy & Gunn figuraient les Bellaver et leurs diverses fondations familiales.

« Tom, quel plaisir.

— Otis. »

Les deux autres avocats venus avec Bloodsaw affichaient le sourire minimal de ceux qui ne s'attendent pas à être présentés. Sherard connaissait ce genre de types. Ils ne se contentaient pas de le regarder, ils l'examinaient, à la manière de cambrioleurs examinant un salon pour essayer de deviner l'emplacement du coffre-fort.

Otis Bloodsaw les écarta d'un regard et aurait pris Sherard par le bras sans les verres que celui-ci avait à la main.

« Tom, on peut se parler ?

— Bien sûr ! Suivez-moi.

— Ailleurs, je voulais dire », précisa Bloodsaw en emboîtant le pas à Sherard qui claudiquait vers un coin lambrissé dans lequel un canapé en velours et deux fauteuils en cuir faisaient face à une grande vitre allant du sol au plafond.

« Je suis avec quelqu'un. C'est tranquille, ici. Qu'est-ce que vous me voulez ?

— Tom, Katharine attend dehors dans une limousine. Elle a besoin de vous voir de toute urgence.

— À quel propos ?

— Elle ne le dira qu'à vous.

— Envoyez-la ici. Il me reste une demi-heure avant l'embarquement. »

Une jeune et grande Kényane leva les yeux de son recueil de poèmes de Mallarmé et sourit à Sherard lorsqu'il lui tendit un des verres. Elle s'était débarrassée de ses chaussures pour replier ses longues jambes sous elle. Elle avait hérité du sang arabe de son grand-père somalien, des yeux en amande de sa mère chinoise et de hautes et puissantes pommettes d'une race de guerriers africains. La couleur de sa peau évoquait celle d'un œuf de poule brune. Elle avait choisi une coupe courte et désinvolte pour ses épais cheveux noirs. Comme la plupart des Masaïs du sud, elle avait un sourire large et joyeux très réconfortant. Otis Bloodsaw réagit à sa présence avec un élargissement mélancolique de son sourire en dents de scie.

« On se connaît, non ?

— Alberta Nkambe, Otis Bloodsaw, présenta Sherard.

— Ah oui ! fit Otis. La petite Bertie. Vous avez fait couper vos cheveux depuis notre dernière rencontre.

— Je rentre d'une séance photo dans les Cyclades pour le numéro de *Sports Illustrated* sur les maillots de bain. Les cheveux longs sont bien trop pénibles à la plage. Et puis j'avais envie de changement.

— Mais dites-moi, vous vous êtes fait un nom dans la mode.

— Un nom, et pas mal de fric, précisa Sherard d'un ton pince-sans-rire. Bertie va à Londres enregistrer une vidéo avec Elton John.

— *Nous* allons à Londres », lui rappela gentiment Bertie. Sherard la regarda d'un air affectueux puis perplexe, comme si elle lui soumettait une énigme qu'il n'avait pas spécialement envie de résoudre.

« Et ensuite je rentre chez moi, dit-il.

— Au Kenya ? s'enquit Bloodsaw.

— À Shungwaya. Dans la réserve de chasse fondée par mon grand-père sur le lac Naivasha.

— Oh… retour à la brousse. Je vois », dit Bloodsaw avec un coup d'œil à la canne appuyée sur une chaise, une épaisse longueur de bois de fer africain taillée à la main et surmontée d'une tête de lion en or. « Comment va votre jambe, Tom ?

— Elle est rétablie à soixante-dix pour cent, je pense. Et elle n'ira pas au-delà, d'après les toubibs.

— Vous avez parlé à quelqu'un de Manhattan nord, ces derniers temps ? »

Sherard but une gorgée de whisky-soda. Bertie leva le bras pour lui prendre l'autre main. Sherard tourna la tête et regarda par la fenêtre le Concorde blotti nez baissé contre l'embouchure d'une passerelle télescopique. Entre lui et la liberté dont il avait tant besoin se dressait son propre reflet, l'ombre de ce qu'il avait été. Il se recroquevilla intérieurement sans laisser la moindre émotion transparaître sur son visage. Bertie, d'une splendeur sereine, lui pressa la main pour ravoir son attention. Il eut un sourire tendu.

« J'ai discuté il y a deux jours avec les types de la brigade criminelle. Rien de nouveau, comme d'habitude.

Pas la moindre piste. » Il haussa les épaules comme pour dissimuler un frisson. « Un homme descend de l'arrière d'une Cadillac verte pour abattre ma femme pendant que j'achète un journal au kiosque du coin. En plein jour, sur Madison Avenue. Il tire une douzaine de coups de feu. Je reconnais l'arme à son bruit horrible. Un fusil d'assaut H & K MP5. Et tous les jours, je vois son visage. Qui se tourne pour me regarder tandis que je cours vers lui. Je ne suis pas armé. Je n'ai pas d'arme. Gillian n'aimait pas que j'en porte une, même si elle et moi savions qu'elle risquait… Tous les jours. Tous les putains de jours, je revois la scène dans ses moindres détails. Le tueur au visage de steak tartare, comme un grand brûlé. Ses yeux de carpe morte. Son postiche qu'il a l'air d'avoir acheté chez un taxidermiste. Il prend son temps avec moi. Ça lui plaît de me laisser en vie en sachant que je ne l'oublierai jamais. Le salopard me hache juste les jambes d'une autre rafale avant de remonter en voiture et de partir. Des vitres teintées. Une fausse plaque d'immatriculation. À aucun moment je n'arrive à voir le chauffeur. Quelqu'un hurle. Sans doute moi. Puis je me traîne vers Gillian. Il faut que j'arrive à elle. Même si je sais déjà, à la façon dont elle est étendue. Je sais.

— Tom », l'implora Bertie.

Il lui jeta un coup d'œil, reprit sa respiration, inspira à nouveau et termina son verre avant de dévisager Bloodsaw.

« Dites à Katharine qu'il n'y a rien à rajouter. Elle n'a jamais voulu que j'épouse sa fille. Laissez-la me reprocher tout ce qu'elle veut, je n'en ai rien à…

— Ce n'est pas ça, l'interrompit Bloodsaw. C'est très urgent, je vous l'ai dit. Elle a besoin que vous l'écoutiez.

— Elle déteste ma…

— Vas-y, Tom », intervint Bertie.

Servilement suivis à cinq pas par les deux autres avocats, Sherard et Bloodsaw sortirent du terminal de la British Airways dans la lumière de fin d'après-midi et les exhalaisons de l'aéroport.

Deux limousines noires et deux Chevrolet Suburban tout aussi noires étaient garées contre le trottoir. En zone interdite, mais les deux limousines avaient des plaques diplomatiques des Nations unies et de petits drapeaux américains en plastique sur les ailes. Le détachement du ministère des Affaires étrangères en Suburban avait reçu le renfort de six motards de la police de New York qui surveillaient les véhicules.

Malgré son âge, Otis Bloodsaw marchait d'un pas vif et Sherard ne put rester à sa hauteur qu'en forçant sur sa jambe estropiée, ce qui augmenta une douleur profonde. Neuf ans auparavant, Sherard l'avait emmené en safari-photo du côté de Yambio, dans le sud du Soudan, près d'une région du Congo désormais déchirée par la guerre. Une alternance de forêt primitive et de savane miroitante, avec de nombreux bouquets de grands bambous qui oscillaient. La traque avait été longue pour trouver les éléphants que l'avocat tenait à photographier, mais celui-ci avait très bien supporté les heures de marche.

L'un des gros bras du ministère des Affaires étrangères ouvrit la portière arrière de la seconde limousine. Sherard interrogea Bloodsaw du regard, qui lui fit signe de monter.

« Prends le strapontin, s'il te plaît, Tom, dit Katharine Bellaver. C'est plus facile de se parler face à face. Et cela te permettra d'étendre ta jambe. C'est bien à la gauche, cette vilaine blessure ?

— La gauche, oui. » Sherard s'installa aussi confortablement que possible sans quitter Katharine des yeux. Il était de ces hommes qui, de par leur constitution — la chair très proche d'un robuste squelette —, semblent plus grands qu'ils ne le sont en réalité. En l'occurrence, il mesurait près d'un mètre quatre-vingt-cinq, avec la cale de deux centimètres dans son bottillon gauche qui remettait ses jambes à la même longueur. « Mes hommages, madame l'ambassadrice.

— Inutile d'être si cérémonieux, Tom. »

La dernière fois qu'il l'avait vue, c'était trois mois après l'enterrement de Gillian, dans le nord du comté de Westchester, au cimetière proche de la ferme où Gillian et lui passaient l'essentiel de leur temps quand elle n'était pas à Washington. Il venait de commencer sa rééducation, bien décidé à marcher à nouveau mais tout juste capable de tenir debout avec ses béquilles en aluminium. Souffrant comme si on le brûlait vif. Ils avaient échangé quelques mots. Absorbés dans leur chagrin, sans qu'ils les unissent. Le torchon brûlait encore une fois.

Katharine se tenait à droite de Sherard sur la banquette de velours rouge, la tête près d'une vitre fumée, son abondante chevelure argent coiffée à la Pompadour. Otis Bloodsaw se pencha à l'intérieur, remercia Katharine pour le déjeuner à l'Ambassador Grill et salua Tom d'un hochement de tête. Le rugissement d'un avion en train de décoller se réduisit à un grondement assourdi lorsqu'il referma la portière. Le chauffeur et le garde du corps assis à l'avant n'étaient que de vagues présences derrière la vitre insonore.

« J'ai entendu dire que le Président venait à l'ONU, ce soir, dit Sherard à Katharine. Je m'étonne que tu aies le temps de me rendre visite.

— Les imbéciles gagnent parfois, Allen Dunbar en est la preuve vivante. J'ai rendez-vous avec lui dans quarante-cinq minutes, ici, à l'aéroport. Mais il n'est pas et ne devrait jamais être le véritable président des États-Unis. Malheureusement pour notre pays, Clint Harvester, un homme que j'admire autant que je méprise son épouse, est incapable de reprendre ses activités. L'attaque a épargné son corps mais l'a laissé avec un cerveau d'enfant et un vocabulaire limité à six ou huit mots, la plupart scatologiques. Mais ne le répète pas, Tom. La situation est bien trop grave.

— Je ne suis pas une pipelette et la politique ne m'intéresse pas vraiment. Mais ça a l'air grave, oui. Quel rapport avec moi ? »

Katharine soupira et appuya deux doigts au coin de sa bouche afin de calmer le muscle qui s'y agitait.

« Aucun, je voulais te voir parce que je pense beaucoup à toi, Tom. Depuis l'assassinat de Gillian. »

Sherard garda le silence.

« Tom, est-ce ridicule de dire maintenant que j'ai éprouvé… de l'envie, après toutes ces années de… d'hostilité entre nous ?

— Je ne sais pas », répondit Sherard, mal à l'aise mais pas spécialement surpris. « Qu'est-ce que tu veux que je dise, Katharine ? Nous avons eu une liaison. Ou plutôt une idylle. Trois semaines ensemble dans la brousse. Mais j'avais vingt-trois ans et tu étais…

— Beaucoup, beaucoup plus âgée », dit-elle avec un début de sourire qu'elle couvrit de la main, un geste vieux jeu, affecté, mais cela n'avait pas d'importance : ce geste avait fasciné Sherard il y a bien longtemps et cela ne lui déplaisait pas de s'y découvrir toujours sensible.

« Notre différence d'âge ne comptait pas, pour moi. Tu étais tout bonnement la femme la plus dynamique que j'avais jamais rencontrée. J'avais eu quelques copines, à Nairobi, ou quand j'étais parti étudier aux États-Unis. Aucune de ces… rencontres ne m'avait préparé à quelqu'un comme toi. La conquête de Tom Sherard. Un succès éclatant, non ?

— L'Afrique. Les dernières lueurs secrètes du jour. La brise nocturne s'élève. On perd le sens de soi-même, l'âme s'échappe vers les étoiles. Contre les pierres chaudes qui entourent le foyer, il y a de la nourriture, du vin et des discussions. Et encore du vin, jusqu'à se retrouver confortablement saoul et fortifié contre le froid de la nuit. »

Il reconnut ces phrases, extraites d'un livre qu'elle avait consacré à ses expériences quelques années après. Un petit best-seller. Elle n'avait pas inclus Sherard dans ces souvenirs. Elle l'y incluait maintenant.

« Cela m'enchantait que tu ne me quittes pas des yeux quand j'allais pisser cul nu dans l'ombre. Tu étais si maigre, si sérieux. Et si furieux quand je me suis montrée d'une imprudence folle pour essayer de faire des photos que j'espérais placer auprès du *National Geographic*. Je pense que j'ai pu… un peu trop essayer de t'impressionner.

— Ma réputation en aurait pris un vilain coup si une cliente s'était fait piétiner par un éléphant ou entraîner par un croco dans un marais.

— *Les éléphants n'aiment p-pas qu'on les regarde*… il me semble que tu l'as dit comme ça. Je l'avais échappé belle. Tu étais pâle jusqu'aux oreilles. Et tellement furieux que tu bredouillais.

— Pas de colère, j'étais juste mort de trouille. Un chasseur blanc qui prétend ne jamais avoir eu peur dans la brousse est soit un cinglé, soit un sacré vantard.

— Tu te souviens de ce que tu m'as dit de faire si je voulais me glisser au milieu d'eux pour les prendre en gros plan ? »

Sherard y réfléchit quelques instants puis se surprit à rire. Cela non plus, elle ne l'avait pas raconté dans son livre.

« Je t'ai dit qu'il fallait te déshabiller complètement, te rouler dans de la merde d'éléphant pour masquer ton odeur corporelle, et ramper pendant cent mètres jusqu'à l'endroit où tu pourrais faire les photos que tu voulais.

— Évidemment, j'ai pris ça pour un défi.

— Je t'ai vraiment crue devenue folle quand tu as accouru au camp avec un sourire jusqu'aux oreilles et en agitant ton Nikon au-dessus de ta tête, sans te soucier des mouches ni des moustiques. Tu avais de la merde séchée sur la peau. Sans ta coupe macho et tes ongles d'orteils vernis, on aurait pu te prendre pour une Noruba. J'étais à nouveau épuisé et mort de trouille de t'avoir cherchée partout sans te trouver.

— Tu ne ressentais rien d'autre ? murmura Katharine pour lui soutirer la réponse.

— Tu sais bien que si. J'étais… dans un état d'excitation incroyable. C'était une technique de séduction on ne peut moins orthodoxe. J'ai quand même compris qu'il ne se passerait pas une nouvelle nuit sans que je t'aie. » Il s'éclaircit la gorge. « Après un récurage minutieux de la tête aux pieds, cela va sans dire. »

Elle garda le silence quelques instants, comme plongée trop profondément dans l'atmosphère qu'elle avait délibérément créée. Elle en changea en baissant les yeux de la bonne manière. « J'étais complètement perdue, à l'époque. Tu as bien dû t'en apercevoir. Avec mon mari décédé et ma fille… bon, tu me comprends. Abasourdie par les événements, d'une impénétrabilité d'enfant autiste.

— Dieu sait que nous formions un couple improbable, Katharine. Les effets aphrodisiaques de la brousse africaine sur les novices sont bien connus. Tu t'es offerte à moi. Je t'ai prise. Je n'ai jamais été amoureux de toi.

— Tu t'es trop laissé mincir, Tom.

— Mais je suis tombé amoureux de ta fille dès que je l'ai vue. Elle sortait de l'avion à Nairobi. En hésitant devant la chaleur et la lumière. Elle a baissé sa jolie tête aux cheveux ras pour se glisser des lunettes de soleil sur le nez. Aussi jolie et aussi lointaine qu'une danseuse de

Degas. Tu m'as expédié Gilly en te disant qu'une chasse aurait sur elle un effet aussi vivifiant que sur toi. Qu'est-ce que tu espérais, au juste ? Que je ne lui fasse pas l'amour ?

— Te gêne pas, sois mufle. » Mais le ton de sa voix et son menton momentanément relevé dénotaient une espèce de reconnaissance chagrine.

« Puis tu as eu la mauvaise grâce de me traiter de coureur de dot et de m'affubler d'autres épithètes tout aussi agréables. Tu nous as sortis tous les deux de ta vie. Vingt dieux, qu'est-ce que Gillian en a souffert ! Tu n'as jamais su à quel point.

— Faux. Mais j'ai toujours été difficile et têtue. Est-ce que j'étais jalouse ? J'ai bien ressenti un ou deux tiraillements. Mais j'aimerais te faire comprendre que ma réaction était en grande partie due à la peur. Parce que je ne voulais pas que Gillian grandisse. C'est ce que j'ai appris grâce à un psy de Park Avenue que j'ai consulté et réussi à supporter quelques mois. Quelle abominable profession. Bref. Je me suis convaincue que tu n'étais vraiment qu'un salaud de me la prendre.

— Ton opposition n'a fait que nous rendre plus sûrs de nous.

— Après ce qu'elle avait traversé, je ne voulais pas que Gilly se marie. Je pensais qu'aucun homme ne pourrait comprendre à quel point ma fille était différente, à quel point elle était à la fois exceptionnelle et fragile.

— Tu as refusé d'accepter que cela pourrait lui faire du bien de m'avoir. Quant au… talent de Gillian et aux problèmes qu'il pouvait causer… C'est vrai que cela dépassait mon entendement, mais je n'en avais pas peur. J'ai grandi au Kenya. Le principal pisteur de mon père, le grand-père de Bertie Nkambe, ne m'a pas enseigné que la brousse. J'ai appris que les manières indigènes d'adorer et de rendre grâce n'étaient pas uniquement de la superstition issue d'une ignorance primitive. J'estime qu'une pleine lune en Afrique suffit à ôter ses illusions au plus endurci des sceptiques. Nous baignons dans un océan de compassions télémagiques qui insuffle toute chose vivante. Katharine, je rentre chez moi. Il *faut* que je rentre chez moi, sinon je vais devenir fou de rage. Tu ne m'as pas envoyé chercher pour parler du passé. Dis-moi plutôt ce que tu veux vraiment.

— Je veux ma petite-fille. J'ai très peur qu'il lui arrive du mal comme il en est arrivé à Gillian.

— Qu'est-ce que tu racontes ? Gillian ne pouvait pas avoir d'enfants.

— Non, pas après le premier. La naissance a été difficile. Tomber à nouveau enceinte était un risque qu'elle ne pouvait pas courir. On a donc fait le nécessaire pour…

— Quel enfant ? Quand est-il né ? Gillian et moi partagions tout, sinon ça n'aurait jamais duré entre nous.

— Gillian ne savait pas.

— Qu'elle avait été enceinte et avait mis un enfant au monde ? *Voyons*, Katharine…

— C'est arrivé. Essaie de me prendre au sérieux, Tom.

— J'ai l'air de rigoler ? »

Des experts en laser et en silicone avaient œuvré sur le visage de Katharine. La chirurgie l'avait figée dans un âge indéfinissable, l'immunisant contre les années censées laisser leur empreinte sur elle. Elle n'était plus que masque, ce qui convenait au statut qu'elle avait conservé dans sa tribu sociale. Mais ses yeux n'avaient pas changé : pâles mais fougueux, toujours à manigancer quelque chose, le regard se déplaçant comme la flamme d'un soudeur dans l'air, incendiant ce qui résistait à ses envies et à ses besoins.

« Très bien », fit Sherard en détestant ce qu'il sentait venir. Mais il fallait qu'il sache. « Où et quand ?

— Gillian a accouché d'une fille dans la maison de

santé où on soignait la grave dépression dont elle a souffert après les événements de Lake Celeste. Trois kilos deux. Avec tous ses doigts et ses orteils. Adorable. Le soleil se levait. J'étais épuisée. Physiquement épuisée comme si c'était *moi* qui venais d'accoucher. En regardant par la fenêtre, j'ai vu un matin d'été indien dans un endroit pittoresque de cottages de pierre et de vignobles mauves, avec une rivière voilée de brume et des oies qui traversaient allégrement le ciel. Je me suis dit : *c'est l'Éden*. Et du coup, j'ai donné ce nom-là à l'enfant.

— Mais qui était le père ? s'impatienta Tom.

— Je n'en suis pas bien sûre. J'hésite entre Peter Sandza et son fils.

— *Robin Sandza ?*

— Elle a dû t'en parler.

— Plus ou moins, sur plusieurs mois. Elle avait du mal à en discuter et n'en gardait que des souvenirs fragmentaires. Voici tout ce que je sais. Gilly pensait que Robin Sandza et elle étaient *jumeaux psychiques*, comme elle disait. Nés au même instant, de mères différentes, au cours d'une éclipse solaire, à l'apogée d'autres conjonctions puissantes. Cette éclipse a pu être le catalyseur pour le *talent* de Gillian… ou plutôt, le *talent* de ces deux enfants. Ils auraient dû être jumeaux physiques aussi bien que psychiques, mais ça ne s'est pas déroulé comme prévu. Ton autre bébé, son jumeau, s'est étranglé dans ton ventre avec son cordon ombilical pendant la naissance de Gillian.

— L'entité éthérée qui allait devenir Robin Sandza a dû trouver une autre mère, et vite : quelqu'un dont le travail était déjà bien avancé. La mère de Robin était très jolie. Elle est morte jeune, d'une infection dentaire qui a mal tourné. Peter Sandza, un agent secret du MORG, a dû confier l'éducation de son fils à sa sœur Fay, qui vivait une vie ingrate et religieuse avec un fanatique impuissant. J'ai appris tout cela longtemps après ce qu'il s'est passé à la Faculté Psi.

— Et on peut prouver que Gillian a couché avec le père de Robin ?

— Ce n'est qu'une supposition. Gillian n'a rien pu me dire.

— Elle n'aurait pas pu se rappeler sous hypnose ?

— Je ne voulais pas la lui imposer. Pour quelle raison l'aurais-je fait ? Elle a eu un bébé, dont elle n'était pas en état de s'occuper. À l'époque, on avait même plutôt l'impression qu'elle ne… serait plus jamais vraiment elle-même. Je savais déjà l'essentiel de ce qu'il s'était passé. Peter Sandza et Gillian étaient en fuite. Lui voulait absolument retrouver son fils. Avant d'arriver à la Faculté Psi, ils sont descendus dans une auberge à Mount Carmel, dans le Connecticut, puis dans un hôtel de ski appelé Shadowdown, dans les Adirondacks, non loin de la Faculté Psi. Je suis certaine qu'ils ont partagé au moins deux fois une chambre pour la nuit. Dans ces deux endroits, Sandza a fait passer Gillian pour sa fille. Bien entendu, il n'était pas question pour lui de la quitter des yeux : il avait absolument besoin d'elle pour retrouver Robin.

« On peut penser qu'à ce moment-là, dans une variante du syndrome otage/ravisseur, Gillian dépendait émotionnellement de lui. Ils l'avaient bourrée d'hypnotiques et de psychosuppresseurs, à l'institut Parangon. Ils l'avaient quasiment privée de son identité. C'est de ma faute, je n'aurais pas dû l'y abandonner. Mais j'étais terrifiée par ma propre fille et je me demandais si j'avais encore toute ma raison. J'avais saigné comme un cochon qu'on égorge. Il avait fallu me mettre sous sédatifs. Le Dr Irving Roth et son associée à Parangon, une jeune Chinoise, sont venus chez nous à Sutton Mews. Ils avaient été chaudement recommandés à mon mari. J'ai appris du Dr Roth qu'au cours d'une de ses transes psychométriques, Gillian avait le pouvoir de me faire, de faire saigner pratiquement n'importe qui. Roth nous a expliqué le problème en termes compréhensibles pour Avery et moi. Il a dit : *Vous connaissez l'histoire du voyageur dans le temps qui change le sort du monde en marchant par inadvertance sur un papillon alors qu'il visite la préhistoire ? Quand il revient dans son époque, il découvre qu'à cause de lui, le monde est devenu monstrueux, privé de beauté. En se baladant ainsi dans le temps, Gillian ressemble à cet homme. Ses pensées peuvent avoir une influence considérable sur notre réalité.*

— Depuis, nous avons parcouru un long chemin dans la compréhension des usages du paranormal.

— Des usages et des abus. Le monde est maintenant monstrueux, comme Roth l'avait prédit. Mais on ne peut pas le reprocher à Gillian.

— Elle voulait faire le bien. Se rendre utile, alors que les autres la recherchaient. Je n'aimais pas ça. Le MORG existait toujours. L'opposition était trop puissante. J'avais peur qu'il lui arrive quelque chose. Et il lui est arrivé quelque chose. » Il sentit une douleur sauvage au plus profond de son cœur à nu. « Parle-moi de Peter Sandza.

— Le MORG avait aussi son fils. L'autre jumeau. Ils l'avaient convaincu que son père était mort, qu'il était orphelin. Histoire de se l'attacher, de le contrôler. Ils ont fait de leur mieux pour éliminer Sandza. Mais Peter n'était pas moins coriace que les hommes du MORG lancés à ses trousses, avec sa formation d'assassin professionnel et sa ruse d'homme traqué. J'ai visité les deux chambres dans lesquelles ils ont dormi ensemble. Je n'ai aucun pouvoir psychique mais… J'ai imaginé que cela arrivait, au plus profond de la nuit. Le besoin de Peter. La beauté, la jeunesse, la vulnérabilité de Gillian. Elle allait avoir quinze ans. J'ai pardonné à

Peter Sandza pour cela. J'espère sincèrement… que c'était bien lui, parce que sinon… c'est trop affreux. J'ai toujours refusé d'envisager que Robin arrive à elle. Si dépravé. Rendu fou par les efforts des chercheurs de la Faculté Psi pour augmenter ses pouvoirs paranormaux déjà considérables.

— Mais Gillian m'a dit qu'elle n'avait jamais rencontré Robin. Ils n'ont été en contact que par des canaux psychomorphiques.

— Ils se connaissaient *intimement*.

— Mais comment ?

— Lorsque Gillian est rentrée de l'hôpital, après sa première expérience de clairvoyance et son évanouissement sur la patinoire de Central Park, elle avait changé. Du tout au tout. Boudeuse, renfrognée, évasive. Elle s'enfermait à clef pendant des heures dans sa chambre pour jouer de la flûte. Ensuite elle écoutait du rock, si fort que j'avais peur que le toit s'effondre. Quand je ne l'ai plus supporté, j'ai fait crocheter sa serrure par Avery. C'était le milieu de l'après-midi, mais elle avait fermé les rideaux et il faisait très sombre dans la chambre. Nous avons découvert Gillian allongée en travers du lit, nue, à moitié couverte d'un drap. Elle n'avait pas l'air de respirer. J'ai paniqué, je l'ai crue morte. Avery ne m'a pas laissée la toucher. Mon mari était un anthropologue réputé. Il m'a dit qu'elle n'était pas morte. Ni même *là*, en fait, et il m'a prévenue qu'il ne fallait pas déranger le corps. Que Gillian se trouvait dans un état de… d'immobilité tonique. Dans une transe profonde. La musique forte participait au rituel qui permettait à son corps astral de voyager. Avery avait beaucoup à dire sur les systèmes métapsychiques des tribus qu'il avait étudiées sur trois continents. Sur le corps matériel et le corps astral. Il a prononcé un mot que je n'avais encore jamais entendu : *doppelganger*.

— Son image-miroir. Mais rien qu'un double, sauf si

elle choisissait de lui donner une vie. Gillian m'a dit que cela se faisait tout simplement en donnant un nom à son dpg. Et que c'était dangereux.

— Je pense que le doppelganger de Robin Sandza, avec ou sans nom, est venu rendre visite à Gilly au moment où elle est rentrée de l'hôpital, alors qu'elle était inexpérimentée, distraite. Trop confiante. Il lui a rendu visite et peut-être qu'il l'a séduite. Quand j'ai su qu'elle était enceinte, j'ai consulté des médiums. J'avais appris à y croire. Ils se sont montrés formels : il y a bien des relations sexuelles dans l'astral. Par contre, ils n'étaient pas tous d'accord qu'une conception pouvait en résulter. Un doppelganger peut-il engendrer un enfant humain ? Pas de réponse.

— Mais les dpg sont censés être des répliques exactes de leurs corps d'origine. De quoi a l'air cette Eden ?

— Elle ressemble plutôt à Gillian, Dieu merci.

— Les pouvoirs de Gillian dépassaient notre entendement. Si Eden est aussi la fille de Robin Sandza, qu'est-ce que cela fait d'elle ? Elle pourrait être… quoi ? Un sauveur ?

— Les voyants appellent les plus rares d'entre eux *Avatars*.

— Infinis en faculté. Proches d'un dieu en perception. »

Sherard se tut pour réfléchir à tout ce que cela impliquait. Katharine en profita pour se lever et s'asseoir par terre à côté de lui. Toujours agile en dépit de son âge. Grâce au yoga, à la gymnastique, et au tennis le week-end. Elle posa son avant-bras sur les genoux de Tom et y appuya la tête, en une attitude soumise. Simulée, bien entendu, mais pas désagréable. Son stratagème un corollaire du privilège.

« Et tu as donné l'enfant à adopter.

— Il le fallait. J'ai choisi ses parents adoptifs avec beaucoup de soin, en sélectionnant des candidats dans quasiment tous les États-Unis, au Canada et en Europe. Il leur fallait l'éducation, l'expérience et la stabilité émotionnelle nécessaires pour gérer un prodige. Eden étant partie bébé vivre en Californie, je ne l'ai plus revue, sauf en photo. Je voulais lui donner toutes les chances possibles de vivre une vie aisée et conventionnelle dans une petite ville tranquille. Elle est très intelligente, bien entendu. Et plutôt sportive. Comme moi. Il est devenu assez vite évident qu'elle avait hérité de la capacité de Gillian à voyager dans l'astral. Ses rêves, lui a-t-on dit, étaient en réalité des voyages hors de son corps. Selon sa mère adoptive, spécialiste en psychologie clinique, les visites d'Eden dans l'astral se sont déroulées sous la supervision d'un substitut maternel qu'Eden appelle la Bonne Dame.

— Et pourquoi se retrouverait-elle maintenant en danger ?

— Elle a malheureusement fait étalage de ses talents devant plusieurs milliers de personnes, il y a deux heures, lors de la remise de diplômes de sa fac. Toutes les chaînes de télé du pays en ont parlé, et continuent à en parler, d'ailleurs. Eden était en plein discours lorsqu'elle a soudain averti tout le monde de quitter le stade dans lequel se déroulait la cérémonie. Elle leur a dit qu'un avion allait s'y écraser. »

Sherard se souvenait vaguement avoir vu cet accident à la télévision dans le salon de la British Airways. Pour le moment, il aurait aimé boire un autre whisky. La limousine disposait peut-être d'un bar dissimulé dans un compartiment d'une discrétion ingénieuse, mais on ne lui avait rien offert et il n'allait pas demander.

« Elle a sauvé presque tout le monde grâce à cet avertissement. Et donc Eden a “vu” l'événement arriver à l'avance ?

— Bien entendu. »

Il effleura le tracé d'une veine sur le dos de la petite

main détendue de Katharine. Elle avait toujours une peau remarquablement souple et sans taches.

« Où est-elle, maintenant ?

— Aucune idée. Pour de multiples raisons, je ne peux et ne veux pas entrer directement en contact avec ses parents adoptifs.

— Encore le MORG ? demanda Sherard.

— Tu le connais. Et tu sais que je l'ai combattu de toutes mes forces. Il me surveille en permanence. Victor Wilding doit toujours croire qu'à cause de Gillian, j'ai des relations avec les médiums clandestins.

— Tu en as ? »

Elle détourna les yeux.

« Ils ne me surveillent plus, dit Sherard. Ils ne m'ont jamais vraiment pris au sérieux. J'étais le mari de Gillian, le chasseur blanc qui s'est trouvé une planque quand sa profession a commencé à décliner, qu'il y a eu de plus en plus d'interdictions de chasse et de guerres tribales. Sinon je serais mort près de Gillian sur le trottoir.

— Comment sais-tu qu'on ne te surveille pas ?

— Instinct de brousse.

— Tu te trompes probablement.

— Ce sont mes jambes qui sont abîmées, pas mon instinct.

— Je te prie quand même de faire à *ma* façon.

— De faire quoi, Katharine ?

— De trouver Eden. De me la ramener. Je suis très impatiente de la rencontrer, après toutes ces années.

— La trouver ?

— Betts et Riley Waring savent depuis longtemps comment s'occuper d'Eden au cas où le MORG apprendrait son existence. » Il y eut une lueur de danger dans les yeux de Katharine quand elle regarda Sherard. « Malgré toutes les précautions que nous avons prises, Avery et moi, je suis certaine que Victor Wilding soupçonne depuis longtemps l'existence d'un enfant. Grâce au yoga, j'ai toujours réussi à bloquer les FCM. » Katharine avait utilisé l'acronyme par lequel les activistes parmi les voyants clandestins désignaient les Fouille-Cervelle du MORG. « Gillian a dû t'enseigner des techniques similaires. »

Sherard hocha la tête.

« Elle appelait cela *ne laisser aucune empreinte dans l'air.*

— Tu partais pour Londres ? Très bien. Embarque et redébarque aussitôt. Je vais prendre des dispositions. United va te garder une place sur son vol de 18 heures pour San Francisco, sous ton pseudonyme habituel.

— G.W. Hunter ? »

Gillian et lui avaient souvent voyagé sous de fausses identités, à cause des activités de Gillian et parce qu'elle appartenait à une des familles les plus riches du monde.

« J'imagine que le passeport britannique établi à ce nom est toujours valable. Et que tu l'as sur toi.

— Oui, mais…

— Bien. Aucune empreinte dans l'air. Je te contacterai demain à 10 heures précises au bureau Blackwelder de San Francisco. À ce moment-là, j'aurai eu des nouvelles de Betts Waring.

— C'est à l'organisation Blackwelder que tu devrais demander de la retrouver, pas à moi. Vaughn Blackwelder t'est dévoué depuis des années. Je ne comprends pas pourquoi tu ne l'as pas épousé.

— Tu n'as pas vu ses perruques. Il en a une douzaine sur des têtes en polystyrène blanc dans un dressing-room. Ça vous remue un peu. Je ne peux pas laisser Vaughn et son groupe s'occuper de ça. Il *faut* que ce soit toi.

— Pourquoi ?

— Eden sait qu'elle a été adoptée. Mais on ne lui a jamais dit qui était sa mère. Tu as été le mari de Gillian pendant douze ans. Tu pourras répondre à toutes les questions qu'elle posera sur elle. Eden a parfois des crises à cause de ses capacités phénoménales. Je veux par-dessus tout éviter de l'effrayer. Et tu sais y faire avec les femmes, Tom.

— Merci.

— Je t'en prie, je suis sincère. Tu nous aimes vraiment. La plupart des hommes hétéros de ton âge sont des provocateurs sexuels. Ou bien des types franchement répugnants. Tu es ce que tu as l'air d'être. Loyal. J'adore ce mot. Un chasseur, un pourvoyeur, un compagnon. En ce moment, tu es blessé. Aucune importance. Tu continues de dégager une impression de complétude. Pas de futilités. Dévoué. Encore un mot venu de l'époque chevaleresque de la virilité. Mais tu n'as aucun penchant pour les relations obsessionnelles et désespérantes ni pour les afflictions romantiques désuètes. Toujours une loyauté d'avance. L'homme d'une seule femme. Nous aimerions toutes être cette femme.

— Dieu tout-puissant.

— Tu ne comprends pas ? Eden te fera confiance. Elle viendra avec toi. Sans poser de questions.

— Tu m'en demandes trop. Je ne pense pas pouvoir y arriver.

— Mais tu le feras. Pas vrai ? Et tu sais pourquoi, maintenant. À cause de Gillian. »

CAMP DAVID, MARYLAND — 28 MAI — 18 h 44

Clint Harvester dînait dans le pavillon présidentiel de Camp David avec son médecin personnel, deux spécialistes en neurologie du Johns Hopkins Medical Center et le secrétaire général de la Maison-Blanche lorsqu'un coup de téléphone d'Honolulu leur apprit que le cortège de la première dame était tombé dans une embuscade sur le chemin de l'aéroport.

C'est Drexel R. « Pep » Slingbury, promotion 1979 de Princeton, qui prit l'appel. Ils étaient en train de regarder le journal télévisé du week-end sur NBC. Pendant que Pep réclamait des détails et les notait au stylo à bille sur une serviette de lin, le deuxième présentateur du journal, interrompu par quelque chose qui ne figurait pas sur son téléprompteur, hésita et eut l'air étonné avant de retrouver sa voix sonore pour transmettre l'information aux téléspectateurs du réseau. Des images fournies par des télévisions du cinquantième État affiliées à NBC envahirent l'écran. Le cameraman semblait couvrir la scène du toit d'un immeuble de bureaux à peut-être huit cents mètres de distance.

Une limousine fumante mais toujours sur ses roues gisait en travers du boulevard Ala Moana, entourée de véhicules de pompiers ou de secours ainsi que de flics casqués. Des gravats jonchaient l'asphalte. Des pompiers arrosaient un palmier embrasé par une roquette. À plus de trente mètres de la limousine blindée, on avait sorti des agents du MORG blessés d'une autre voiture très endommagée à moitié sur le trottoir. Toutes les portières de la limousine étaient grandes ouvertes. Le corps de presse qui accompagnait la première dame se voyait refoulé dans les camionnettes par des agents du MORG équipés de mitrailleuses. La circulation de ce boulevard très fréquenté était détournée sur un kilomètre dans chaque direction. Le journaliste de NBC tenta de suppléer à l'absence de bande-son en improvisant son propre commentaire.

Pep Slingbury avait de l'avance sur NBC quant aux faits, qu'il répétait au fur et à mesure qu'on les lui apprenait.

« Un hélicoptère… surgi de nulle part. Quatre hommes avec des armes automatiques, des bazookas, peut-être un missile Stinger… non, ce n'est pas confirmé. Savaient exactement ce qu'ils… ils ont d'abord attaqué le véhicule de l'équipe de protection, puis la limousine de Mme Harvester. Deux pneus déchiquetés mais toujours opérationnelle. Le reste du convoi approche de l'aéroport. Oui ? Oui ?… le Président est ici, à côté de moi… oui… Harry, tu décroches… dès que tu sais, bordel de merde ! »

La cuillère toujours à la main, Clint Harvester avait reculé sa chaise de quelques centimètres. Il mangeait soit avec ses doigts, soit avec une cuillère à soupe en plastique rouge. Étant sujet à des clonus, il aurait risqué de se blesser avec un couteau ou une fourchette. Il mâcha lentement une bouchée de croissant beurré en regardant la télévision d'un œil terne qui ne cillait pas.

Paul Luckett, l'adjoint au chef du détachement des services de sécurité affecté au Président, fit irruption dans la pièce accompagné de six agents qui se placèrent à des positions stratégiques autour du chef de l'exécutif, nom de code Rawhide, les mains sur les Glock et les M-11 dissimulés sous leurs pardessus. Deux spécialistes en communication du ministère de la Défense apportèrent des téléphones sécurisés de fabrication suédoise qui permettaient de répartir sur une douzaine de canaux une communication cryptée par un codage inviolable.

« Monsieur le Président, fit Pep avec une grimace d'excuse, ce qu'il s'est passé à Honolulu pourrait n'être qu'une partie d'un tout. »

Clint Harvester leva les yeux vers Paul Luckett et lui sourit, les pouces joyeusement levés, avant d'engloutir le reste de son croissant. Paul Luckett lui rendit son sourire, eut l'air peiné et se tourna vers le secrétaire général, qui appelait le domicile du porte-parole de la Maison-Blanche sur un des téléphones sécurisés.

« Je pense que cela me donne raison, M. Slingbury. Sur ce que j'ai toujours dit.

— Ça va, Paul. »

Luckett fit un geste en direction du poste de télévision.

« Ce genre de choses n'arriverait pas si c'était *nous* qui protégions Zéphyr.

— Et Kennedy n'aurait pas été assassiné à Dallas, c'est ça, Paul ? » Pep saisit sa serviette et ne se souvint d'y avoir gribouillé des notes qu'une fois son front haut et moite maculé de taches d'encre. « Salut, Moira. Ta télé est en marche ? Non ? Allume-la. Où est Cody, il tond la pelouse au fond du jardin ? Tu peux me l'appeler, s'il te plaît ? »

L'oreille collée à son talkie-walkie, Luckett se lança dans la vérification du périmètre de sécurité de Camp David, qu'il appelait « Cactus ». Déjà des hélicoptères lourdement armés volaient aux alentours de la retraite de montagne tandis qu'à terre se déployaient deux équipes de contre-attaque des Marines.

Le téléviseur à rétroprojection de la salle à manger montrait le 747 du Président, renommé Special Air Mission Z-1815 lorsque Rona s'en servait, filmé à presque deux kilomètres de distance sur l'aéroport d'Honolulu. Entourée d'automobiles et de motards de la police, la limousine de Rona Harvester se dirigeait vers l'avion. L'automobile avait deux pneus déchirés mais ceux-ci étaient conçus pour tenir le coup même à plat. Un hélico avait débarqué un commando d'intervention de la police aérienne venu en renfort de la base aérienne d'Hickam toute proche.

La limousine, qui avait essuyé des coups de feu sans que son blindage n'ait probablement cédé, s'immobilisa au bas de la passerelle. Une foule de gardes du corps sortit Rona Harvester de la voiture et la poussa dans le lumineux après-midi hawaïen vers la porte avant de l'immense avion. Les nuages au-dessus du 747 semblaient un gros tas de crème Chantilly sur un banana split. Deux autres hommes armés de mitrailleuses gardaient le seuil. Toute la scène était retransmise en direct dans le monde entier sans coupure publicitaire. On rediffuserait inlassablement ces images en boucle pendant le reste de la nuit aux États-Unis.

Presque invisible au milieu du bouclier humain mobile, Rona Harvester hésita sur le seuil, comme si elle résistait à ceux qui s'efforçaient de la pousser au plus vite à l'intérieur. Elle dit quelque chose, fit un geste. *Lâchez-moi, s'il vous plaît.* Insoumise, invaincue. Elle se tourna légèrement vers le terminal. Elle savait où se tenaient les caméras. Était-ce une tache de sang sur son front ? Rona leva le poing droit et lui fit faire deux allers-retours verticaux dans l'air, le boxant en un geste de défi et de victoire.

« La petite peste », dit tranquillement Pep Slingbury, voulant oublier un instant son aversion envers celle à qui il pensait devoir son ulcère à l'estomac.

Puis elle disparut. En sécurité à l'intérieur de SAM Z-1815, dont la porte se refermait. Le 747 commença à avancer tandis qu'on éloignait la passerelle. Le visage du journaliste de NBC réapparut en image incrustée. La mâchoire ferme et le regard brillant d'admiration, il évoqua d'un ton ému le courage de Rona Harvester sous le feu ennemi et sa popularité au sein du peuple américain. Pendant que le 747 se préparait à décoller, le réseau diffusa un montage qui retraçait les hauts faits de Rona depuis son arrivée à la Maison-Blanche quelques années auparavant. Rona qui visitait des régions des États-Unis dévastées par des catastrophes naturelles. Jetait une couronne de fleurs dans le fleuve, bien en amont de la zone contaminée, en mémoire des morts et des personnes déplacées de Portland. Présidait d'importantes conférences sur les déficiences humanitaires des nations du tiers-monde, inspectait des écoles, frayait avec des têtes couronnées au cours de dîners officiels à la Maison-Blanche ou montait à cheval en compagnie de son mari dans leur ranch du Montana, ses cheveux au vent, avec en arrière-plan la splendeur du crépuscule.

Personne ne prêtait plus attention à Clint Harvester, même pas les agents du service de sécurité.

Sa main gauche, celle avec la grande cuillère en plastique rouge, reposait sur le bras du fauteuil à haut dossier au bord duquel il se tenait assis. De l'autre, il avait ouvert la braguette de son pantalon de velours côtelé à pinces couleur miel pour pisser sur le tapis navajo placé devant lui. Sa lèvre inférieure entrait et sortait, comme s'il ruminait. Du beurre luisait entre les miettes sur sa lèvre supérieure. Le peu qu'il lui restait d'esprit était ailleurs. Ses yeux ne bougeaient pas plus que des mouches écrasées.

Tout le monde s'était maintenant rendu compte de ce qu'il avait fait. Pep ravala un besoin désespéré de gueuler comme un âne, de se tirer dans le pied, de détourner l'attention par n'importe quel moyen susceptible de faire oublier le comportement dégradant de cet homme qu'il vénérait. Son cœur eut un raté effrayant. La sueur brouilla sa vision.

Mais, se dit-il, on avait au moins progressé sur un point, puisque le leader et espoir du monde libre sortait désormais son engin avant de se soulager. Toutes les nouvelles n'étaient donc pas mauvaises, ce soir.

INNISFALL — 28 MAI — 19 h 26

Grâce au système de localisation antivol LoJack, Geoff McTyer sut très vite que son automobile se trouvait dans le jardin commémoratif, non loin du sommet de la colline.

Un flic du campus l'y conduisit. Geoff commença par vérifier qu'on n'avait pas modifié sa Taurus pour qu'elle puisse démarrer sans clef de contact. Il resta ensuite quelque temps à côté d'elle, dans ses habits crasseux et tachés de sueur, ses yeux fatigués fixés au nord sur le campus de Shasta. La nuit tombait et les nombreuses fenêtres des bâtiments universitaires miroitaient dans les derniers feux du soleil. Les lampadaires s'étaient allumés sur les parkings et le long des allées sinueuses. Sans les restes calcinés de l'avion de ligne dans et à côté du stade, cette soirée de fin de printemps aurait été aussi douce qu'une autre. Il y avait de la pluie au loin, au nord et à l'est. À quarante, peut-être quarante-cinq kilomètres de distance. Avec d'épaisses formations nuageuses illuminées d'éclairs.

Tout son corps empestait la chair brûlée. Un bain le débarrasserait de cette puanteur sépulcrale, mais il continuerait probablement à la sentir dans son sommeil plusieurs nuits durant. Au moins l'impact avait-il dû tuer sur le coup ces pauvres gens — ils avaient trouvé dix-sept corps racornis dans l'épave, la plupart semblables à des momies de charbon avec, à l'emplacement des oreilles, des poignets ou de la gorge, les petits résidus brillants de leurs bijoux en or ou en argent. Le survivant conduit à l'hôpital plusieurs heures auparavant devait encore se trouver en salle d'opération. Geoff grignota des abricots secs pour se redonner de l'énergie en se demandant comment Eden avait pu arriver là dans la Taurus dont la clef de contact n'était pas sortie de l'étui en cuir qu'une chaîne reliait à sa ceinture.

Peut-être l'avait-elle fait remorquer pour lui jouer un tour. Sauf qu'elle ne semblait pas vraiment d'humeur à plaisanter lorsqu'il l'avait quittée.

Il récupéra son téléphone portable dans le coffre et composa les trois numéros d'Eden, y compris celui de son bipeur. Il laissa un message, mais dix minutes passèrent sans qu'elle le rappelle.

Où es-tu, poupée ?

Il monta en voiture. Il avait besoin de prendre l'air, de profiter de la brise du soir, aussi garda-t-il la capote baissée jusque chez les Waring, sur Deep Creek Road.

Il y arriva au coucher du soleil, et dans le ciel doré les oiseaux s'abattaient sur la cime des arbres comme de la limaille de fer sur un aimant. De simples curieux traînaient dans la rue avec les journalistes de tous les médias importants. Les reporters arboraient une expression d'ennui et de mécontentement, comme si on leur avait posé un lapin. Un portail fermé par une chaîne cadenassée barrait l'accès à la voie privée menant à la demeure des Waring. Riley remettait toujours à plus tard la réparation du portail électronique. Mais Geoff avait la clé du cadenas. Il sortit de la Taurus, l'insigne à la main.

Les équipes vidéo se précipitèrent sur lui avec leur mouvement de meute habituel, une agression brutale de lumières, de caméras et de microphones. Ils lui crièrent leurs questions de tous côtés tandis qu'il avançait vers le portail.

Geoff se retourna :

« Vous allez tous reculer de soixante mètres ! Et *tout de suite*, si vous ne voulez pas que je fasse enlever vos véhicules. »

Une jeune femme très maquillée marcha sur les pieds d'un de ses confrères moins rapide afin d'agiter son micro sous le nez de Geoff.

« Diane Kopechne, du journal du soir de Channel Nine. Pourquoi a-t-on appelé la police ? Il s'est passé quelque chose ?

— Je ne suis pas en service. Je suis un ami de la famille. Veuillez libérer le passage, s'il vous plaît.

— Pouvez-vous confirmer que le crash d'aujourd'hui n'était pas un accident ?

— Comment ça ?

— Eden Waring savait-elle à l'avance que l'avion allait s'écraser ? Est-il exact, comme l'ont affirmé certains de ses camarades de classe, qu'elle est branchée gothique ?

— Reculez ou je vous mets en état d'arrestation.

— Essayez donc, ricana-t-elle, et ma chaîne vous traînera en justice, mon mignon. » La vidéo-journaliste jeta un coup d'œil à son cameraman, toucha son oreillette de sa main libre et dit dans le micro sans fil épinglé au revers de son veston : « Bernie, nom de Dieu, on est OK oui ou non ? J'ai du nouveau, ici, mon grand.

— Trois, deux, un, antenne ! », lui indiqua le cameraman.

Elle n'était pas assez habile pour arranger son sourire et se positionner pour le direct tout en retenant Geoff, qui s'éloigna et déverrouilla le portail.

« Oui, eh bien, vous le voyez, Ned, nous sommes devant la maison des Waring sur Deep Creek Road, où un agent de la police d'Innisfall vient tout juste d'arriver. Cela fait maintenant *plusieurs* heures que nous n'avons constaté aucune activité autour de la grande demeure de séquoia et de pierres régionales, même si on peut voir deux véhicules, une grande camionnette bleue et une berline gris foncé, garés à côté de la maison. Nous venons d'avoir une conversation avec le policier, qui prétend être un ami *intime* des Waring. Il vient d'ouvrir le portail et il... »

Geoff pressa le pas et atteignit la maison en douze secondes. Il continua sur le chemin dallé surplombé d'acacias et de chênes de Californie qui menait au patio à côté de la cuisine. Il y avait là un autre portail, en planches de cyprès, décoré d'une sculpture en bronze. Non verrouillé. Sur le patio, le vieux labrador blond des Waring sortit de sa niche et vint à la rencontre de Geoff en remuant la queue d'un air misérable. La porte de la cuisine n'était pas verrouillée non plus. Geoff la franchit et alluma la lumière.

Un papillon nocturne voletait dans le plafonnier sans arriver à s'extraire de ce piège. Le robinet de l'évier fuyait un peu. Riley n'avait pas encore trouvé le temps d'en remplacer le joint. Une boîte d'Alpo vide trônait sur la table en billot au milieu de la cuisine. Quelqu'un avait dû oublier de la jeter à la poubelle. Comme si, au milieu d'un départ précipité, on n'avait pensé qu'au dernier moment à nourrir le chien.

« Salut, c'est Geoff ! *Eden ?* Il y a quelqu'un ? » appela-t-il même s'il avait tout de suite compris en posant le pied à l'intérieur qu'il n'y avait que lui et le papillon nocturne dans la maison.

Il prit un verre dans le meuble à côté de la fenêtre aux petites vitres en losange qui donnait sur le patio, puis ouvrit le réfrigérateur. La lampe ne marchait pas, Riley n'avait pas… Il se servit un verre de lait qu'il but en parcourant la maison, dont il allumait les lumières au fur et à mesure.

Le téléphone sonna et sonna encore, sans que le répondeur n'intervienne. Geoff décrocha.

« Ellis Babb à l'appareil, du journal télévisé de Channel Six à San Francisco. M. Riley Waring ?

— Non, Wiley Herring, vous vous êtes trompé de numéro », dit Geoff avant de raccrocher. Il débrancha l'appareil avec un soupir ennuyé et continua à fouiner.

En voyant la chambre principale, il comprit que Riley et Betts étaient partis sans trop s'encombrer de bagages à un endroit où ils échapperaient à l'attention provoquée par la prémonition étrangement précise d'Eden. Ils étaient sortis en douce par-derrière, avaient traversé le ruisseau et le pré à chevaux d'un de leurs voisins. Avec ou sans Eden ? La camionnette professionnelle de Riley et l'Audi de Betts étaient sous l'auvent. Le Jimmy 4 × 4 d'Eden manquait, il était probablement toujours sur le campus.

Geoff regarda dans sa chambre. Le lit n'était pas fait. Elle n'avait rangé ni le fer ni la planche à repasser utilisés au matin. Elle n'était sans doute pas rentrée de la journée, mais il préféra s'en assurer. Sa brosse à cheveux préférée se trouvait toujours sur la coiffeuse. Son appareil dentaire aussi. Et ses pilules contraceptives n'avaient pas quitté le tiroir soi-disant secret de sa boîte à bijoux. Pour être déjà venu dans la chambre d'Eden lorsqu'il n'y avait personne à la maison, Geoff en connaissait toutes les cachettes.

Avait-elle rejoint ses parents quelque part, ou se cachait-elle chez une amie ?

Il ne pensait pas trouver quoi que ce soit d'intéressant sur le répondeur téléphonique, dont il écouta néanmoins patiemment tous les messages enregistrés. Un appel de la mère de Betts, âgée de quatre-vingts ans, qui vivait à Sonoma dans une communauté assistée. Elle parlait d'un ton joyeux mais l'essentiel de ce qu'elle avait à dire resta incompréhensible. L'appel suivant provenait d'une femme qui se présentait comme la porte-parole de Rona Harvester et donnait un numéro à la Maison-Blanche où Eden pouvait joindre la première dame afin que celle-ci lui fasse part de son admiration. Les autres messages avaient tous été laissés par des médias locaux ou nationaux qui voulaient parler à Eden, ou par des hebdomadaires de supermarché et des émissions de télévision à sensation qui lui faisaient miroiter des merveilles. Qui voulaient l'histoire de sa vie. Ou des prédictions sur ce que l'avenir réservait au monde. Qui parlaient — à un répondeur — gros sous. Exclusivité.

Geoff était plus que jamais conscient d'avoir commis une énorme erreur en laissant Eden dans sa voiture pour se joindre aux secours. Secoué par la catastrophe, il avait réagi en flic au lieu de se consacrer à son objectif réel. Impossible de prévoir un tel coup de théâtre si peu de temps après l'événement. Un carnaval bizarre et apocalyptique avait entamé son tourbillon coloré autour de l'image d'Eden Waring. Il avait été aussi surpris que tout le monde de la voir révéler ses talents de manière si spectaculaire. Mais cela ne l'excusait pas d'avoir manqué une telle opportunité. Il fallait qu'il remette la main sur Eden, et le plus tôt possible. Heureusement qu'elle avait confiance en lui, presque autant qu'en Betts et Riley.

Après avoir écouté tous les messages, il allait falloir passer en revue les appels sortants. La maison comptait trois lignes téléphoniques. Chacun des Waring disposait d'un téléphone portable. Les téléphones professionnels de Riley et Betts étaient eux aussi sur écoute. Au temps jadis, c'est-à-dire une dizaine d'années auparavant en termes de percées technologiques, cela aurait nécessité, outre un impressionnant volume de matériel, le déploiement d'équipes de surveillance dans des postes et des camionnettes d'écoute. Mais les scanners et enregistreurs dont se servait désormais le gouvernement auraient tenu dans une petite boîte à chaussures.

Les nombreux arbres autour de la maison et son grand toit qui descendait en surplomb devant les fenêtres de style cottage ne permettaient pas de capter au laser les infimes vibrations générées dans les petites vitres par les discussions des Waring. Geoff avait donc installé un poste d'écoute automatique dans le puits sec au coin du grand patio. Par le passé, des frelons avaient niché sous le toit conique du puits, mais leurs nids étaient désormais abandonnés. Geoff récupéra l'équipement microélectronique qu'il y avait dissimulé et dont il passait changer les bandes quand il n'y avait personne. Il n'avait jamais posé de mouchards à l'intérieur de la maison. Il savait que Betts s'était renseignée sur lui peu après son apparition dans la vie d'Eden. Elle avait fait appel à une petite mais prestigieuse agence de San Francisco dont l'un des associés était un cousin issu de germain du côté de son père, mais Geoff avait appris sans surprise que des liens unissaient cette agence à l'organisation Blackwelder. Il en concluait que Betts disposait de la connaissance voire des gadgets nécessaires au nettoyage régulier de sa maison et de son lieu de travail. Par profession, elle gardait les secrets. Si miniaturisés et si bien cachés soient-ils, les microémetteurs se trahissaient facilement. S'en passer ne lui avait pas facilité la tâche, mais prudence et patience étaient depuis le début deux qualités indispensables pour sa mission.

Il se força à laisser la maison comme il l'avait trouvée, non verrouillée. Les Waring avaient dû s'arranger pour qu'un ami ou un autre véto recueille et héberge leur labrador. Winky était presque aveugle et trop infirme pour voyager. Riley aurait déjà dû le piquer, mais Eden ne voulait pas en entendre parler.

Une fois son matériel d'espionnage empoché, il accorda au chien une caresse d'adieu derrière les oreilles en pensant à Eden, et avant même qu'il s'en aperçoive, des larmes lui emplissaient les yeux et une boule lui obstruait la gorge.

Zut. *Zut.* Cette mission durait depuis trop longtemps. Il se retrouvait brutalement confronté à la nécessité d'annuler tous les compromis confortables négociés avec sa conscience au cours des deux années et demie qu'il venait de passer à Innisfall.

Ils ne le laisseraient pas s'occuper de la phase de nettoyage. Non qu'ils doutent de sa compétence, juste parce qu'il connaissait intimement Eden Waring. Des liens émotionnels nécessaires mais dangereux s'étaient noués. Inévitablement. Cela faisait partie du long processus. L'ayant anticipé et compris, ils mettraient donc Geoff à l'écart et enverraient quelqu'un d'autre s'assurer du sujet ou le finaliser.

Sur la route menant à l'hectare et demi des Waring, la foule des parasites s'était épaissie. Des pieds impatients soulevaient un petit nuage de poussière. Quelques adolescents vendaient des boissons fraîches qu'ils sortaient des hayons de leurs vieux breaks Volvo orange rouille. La police d'Innisfall avait envoyé deux agents de police réservistes régler la circulation. L'intrépide Diane Kopechne interviewait quelqu'un, sans doute une voisine. La femme avait l'air angoissée. À la limite de la lumière, une mosaïque de visages animée par la faim de la foule, une lame de fond d'esprit de masse. Tous voulaient quelque chose qui les frapperait de stupeur. Une statue qui pleurerait des larmes de sang, une énorme citrouille sur laquelle on distinguerait les traits d'Elvis. Ils tiraient leur force de la présence des médias, qui validait leur quête apathique.

Geoff vit une jeune fille qui berçait un chevreau dans ses bras.

Il franchit le portail, le referma derrière lui et fendit la foule en direction de sa voiture, saluant au passage d'un geste l'un des réservistes. Une main le tira timidement par la manche. Il se retourna.

Elle ressemblait à une de ces habitantes des prairies qu'on voit sur les vieux daguerréotypes : émaciée, brûlée par le vent, d'une patience à toute épreuve, se souciant peu de son propre sort.

« Vous l'avez vue, monsieur ? »

Geoff fixa la femme. Il se sentait si désespérément fatigué qu'il n'avait pas saisi la question.

« Pardon ?

— Vous avez vu la fille du miracle ? Celle qui les a tous sauvés quand cet avion est tombé du ciel ? Alléluia ! »

Il secoua la tête. La femme ne le laissait pas partir. Elle sourit, un sourire qu'imprégnait la suavité de l'hystérie ou de l'obsession profonde.

« Sûr que vous l'avez vue. Vous êtes son *homme*, c'est c'qu'y disent ici. Dites-lui que nous sommes tous pratiquants. Presbytériens, avant de faire le grand retour au seul vrai Évangile et d'avoir le don des langues. On passait par là en allant à Sedona, dans l'Arizona, quand on a entendu la nouvelle à la radio. Mon mari a un cancer des intestins plutôt costaud. Il souffre en permanence. Ça fait six cents kilomètres maintenant que je l'entends hurler. Mais on sait que le Seigneur est bon. *Loué* soit le Seigneur. *Shabba walah aben obeth!* Je vous le demande humblement, monsieur, faites venir la fille du miracle pour qu'elle lui sorte le cancer du corps. Ça devrait pas lui prendre plus d'une minute, et on apprécierait le geste, pour sûr.

— Elle… n'est pas chez elle. C'est la vérité. Je ne sais pas où… Vous pourriez me lâcher ? Il faut que j'y aille. Il faut que je trouve Eden. Je suis désolé que vous ayez des ennuis. »

Le sourire de la femme s'élargit encore, jusqu'à lui manger la moitié du visage. Ses yeux faillirent disparaître. La sueur lui goutta des tempes. Elle desserra le poing, mais garda la main levée lorsqu'il s'éloigna, évoquant le nœud d'un arbre mort poli par les intempéries.

« Je pense qu'on va attendre là qu'elle arrive. Quand vous la verrez, dites-y qu'Al et Rosalie l'attendent. »

NEW YORK — 28 MAI — 23 h 18

Dans la chambre de la suite présidentielle du Waldorf Astoria, le président intérimaire Allen Dunbar se détourna du poste de télévision. « Regarde-moi ça ! dit-il à sa femme. Tu as déjà vu un tel *caca**[1] dans ta vie ? À quoi on aura le droit, la prochaine fois ? À sainte Rona ? » L'écran se trouvait montrer Rona Harvester entourée de photographes lors d'une visite au Vatican, marchant dans un jardin adorable tout en ombre mouchetée de lumière en compagnie du souverain pontife

1. Tous les mots ou expressions en italique suivis d'une étoile sont en français dans le texte. *(N.d.T.)*

qui, dans son ample robe ecclésiastique, se cramponnait à son coude comme pour éviter d'être emporté par une bourrasque de vent. Une phrase de Rona lui tira un sourire aimable. D'autres images d'archives, de son dernier déplacement à l'étranger la troisième semaine d'avril.

Dunbar descendit du haut lit à baldaquin sur lequel il se tenait assis, ses pieds nus loin du sol. Il mesurait un mètre soixante-dix, un mètre soixante-quinze avec les chaussures conçues à grands frais pour accroître sa stature en toute discrétion. C'était un homme mince assez avenant qui s'était révélé plutôt photogénique — un *must* dans sa profession —, avec un sourire engageant et sûr de lui. Avec aussi beaucoup de couilles, tant physiquement que métaphoriquement. Il bénéficiait d'un réel talent de négociateur que facilitait sa faculté de parler pendant des heures sans la moindre interruption, jusqu'à ce que ses adversaires flétrissent et s'écroulent comme des crocus sous un vent arctique à la fin du printemps. Un moment bien choisi et un gros coup de chance l'avaient élevé de l'équivalent sénatorial du bon joueur de champ intérieur qu'il était à l'université (pas terrible à la batte, mais débrouillard et solide) à sa situation actuelle. Sauf que Rona Harvester avait bien l'intention de ne pas le laisser en profiter un seul instant.

Vêtue d'une combinaison et enduite jusqu'aux cheveux de crème de beauté, Dorothea sortit de la salle de bains pour voir si son mari attendait d'elle une réponse. Frottant d'émoi son crâne de plus en plus dégarni, Dunbar se mit à marcher de long en large autour des presque quarante mètres carrés du tapis Aubusson style Napoléon III.

« Mais quand diable CNN va-t-il arrêter de ressasser ça ? Et CBS ? Ils ont *tout* annulé ce soir. Même *Walker Texas Ranger*, nom de Zeus ! Quatre heures entièrement consacrées à Rona Harvester !

— Eh bien, ils ont…

— Oui, d'accord, on m'a vu quelques minutes. On m'a vu exprimer mon indignation, et crois-moi, j'étais indigné. Pas la moindre mention de mon discours à l'Assemblée générale. Ils ont interviewé Jesse Jackson pendant au moins *cinq* minutes ! Qu'est-ce qu'il venait faire dans cette histoire ? Dans les périodes de crises, la télé devrait *appartenir* au président des États-Unis. Mon équipe a pris des coups de trique bien mérités, sur ce coup-là. N'espère pas revoir Jarrod et Tim, ils sont partis. Il me faut un bon premier batteur si je ne veux pas obtenir que des balles avec effet quand ce sera mon tour de tenir la batte. » Arrivé au coin du tapis, il fit volte-face pour en appeler à son épouse. « Ce n'est pas comme si elle s'était trouvée *un seul instant* en danger, Poup.

— Tu as expliqué…

— Mais comment cette femme peut-elle avoir autant de *culot ?*

— On se demande, concéda Dorothea avec un petit sourire cynique.

— Oh, c'est sûrement elle qui est derrière tout ça. Bob Hyde l'a compris tout de suite. Rona Harvester et, oui, je le dis : et ses confédérés du MORG. Où tu vas ?

— Aux toilettes.

— Encore ? Tu y passes beaucoup de temps, Poup. Un nouveau trouble intestinal ? Tu as l'air un peu ballonnée. »

Il l'aurait suivie dans la salle de bains si elle n'en avait refermé la porte. Dunbar resta planté devant, la tête penchée, l'oreille tendue. À reprendre son souffle. Un léger emphysème, il n'avait pourtant pas fumé bien longtemps, juste quelques années parce que tout le monde fumait en prépa, et il avait arrêté le jour de ses trente ans. La vie est *vraiment* injuste, John F. Kennedy l'avait bien dit.

La porte était épaisse. Il parla plus fort.

« Non que je ne puisse pas contrarier quand je veux ses petites manigances désespérées. Pas vrai ? Clint n'est pas et ne sera plus jamais en état de gouverner, voilà ce qui dope notre équipe et que le peuple américain devrait savoir. Je ne crois pas à ce baratin du *whip*[1] sur la "crise de confiance". Je le lui ai dit, aujourd'hui : "Lorenzo, c'est avoir bien piètre opinion des Américains que de laisser penser qu'une fois informés de la situation, ils ne suivront pas leur nouveau président comme un seul homme." Bien sûr que les Américains ne sont pas encore habitués à moi, mais bon. C'est comme si en fin de neuvième manche avec deux dehors et toutes les bases pleines, j'étais le batteur d'urgence à la place de *Mark McGwire*. Soyons réalistes, c'est de cette manière que je suis arrivé aussi loin. La perception compte plus que tout, dans la vie comme dans la politique. Je ne peux pas me laisser passer au rouleau compresseur dans le domaine de la perception à cause de ce petit détail technique d'intérim. Je sais ce que tu te dis. Et tu es sur la bonne voie, comme toujours. Attendre pour voir la tournure que vont prendre les événements. » Il attendit une approbation, fronça les sourcils. « Tout va bien là-dedans, Poupette ? »

Il y eut soudain beaucoup d'agitation dans la salle de bains, un bruit de sous-marin vidant ses ballasts.

« Houlà ! Eh bien, tu dois déjà te sentir mieux. »

Le téléphone sonna dans la chambre, une des lignes privées installées par le Bureau des télécommunications de la Maison-Blanche pour la durée du séjour de Dunbar.

1. Littéralement : *fouet*. Parlementaire chargé par son parti politique de faire la liaison entre les leaders et les autres élus de ce parti, principalement pour assurer la discipline de vote et la présence des élus à la Chambre aux moments importants. *(N.d.T.)*

« Ouais ? Vraiment ? Super. Donnez-moi juste le temps de remettre mes chaussures. »

Dunbar raccrocha et retourna à la porte de la salle de bains.

« Poup ? Bob Hyde vient d'arriver de Washington. Je ne sais pas combien de temps ça va durer. Tu devrais aller te coucher. On a un long voyage, demain, pour assister à cet enterrement à Delhi... »

Sa femme sortit de la salle de bains. Elle avait retiré sa crème de beauté. Son visage brillait, mais elle semblait aussi agressive et aussi méchante qu'un couteau à écorcher. Elle passa devant lui en combinaison, les seins pendants, et alla se jeter sur le lit.

« Je ne veux pas aller en Inde. La dernière fois, j'ai eu un calcul rénal. J'ai souffert le martyre, tu peux me croire.

— Comme si je pouvais l'oublier. Eh bien, ce n'était probablement qu'une coïncidence, pas le curry ou je ne sais quoi. Ton papa était sujet aux calculs, non ? »

Dorothea grogna. « Ça me fait penser qu'il faut que j'appelle maman. Il est quelle heure dans le Nebraska ?

— Trop tard, je pense. Tu sais comment elle est quand tu la réveilles. » Dunbar embrassa sa femme sur la nuque. Elle ne réagit pas. Au bout de quelques instants, il battit en retraite vers la porte de la chambre.

« Pourquoi ne pas simplement la faire assassiner, Chou ? Sans grand spectacle comme le truc avec des roquettes d'aujourd'hui. Quelque chose de plus discret, de plus médiéval. Elle s'effondre un soir après dîner. On n'arrive pas à savoir qui l'a empoisonnée.

— Houlà, c'est vraiment *toi*, Poup ? On ne fait pas ce genre de choses en démocratie.

— Rona le fait bien, elle.

— Autant renoncer à nos âmes.

— Tu l'as dit, vu qu'elle est en train de prendre le

pouvoir. Sa tactique, à elle, c'est que la fin justifie les moyens.

— Comment peux-tu parler de la sorte ? De qui tiens-tu des idées de ce genre ?

— De mon arrière-grand-père Trace, qui était shérif sur toute la frontière. Un type honnête, mais qui ne dédaignait pas de flanquer un coup de .44 entre les omoplates des desperados si c'était plus pratique et moins embêtant. Oh, je sais. Il y a le petit problème de la succession. Tu penses que c'est ce qui l'arrête. Mais n'oublie pas tous ces décrets-lois qui s'accumulent dans le Bureau ovale depuis l'époque de Dick Nixon. Empilés les uns sur les autres, chacun grignotant un peu plus les articles de la Constitution comme des vagues érodant une plage de sable. Le jour où elle sera prête à abattre ses cartes, elle aura tout le pouvoir qu'il lui faut. Tu veux savoir pourquoi je pense que c'est elle et ses enfoirés de petits copains du MORG qui mènent le jeu ?

— Je n'arrive pas à croire que tu aies de telles idées.

— J'ai quelque chose dans la tête. Je suis diplômée en philosophie. Rona Harvester est une experte en connaissance charnelle, la salope. Des idées ? Oui, j'en ai, et j'en ai aussi un peu marre de jouer la girl-scout trop âgée et la parfaite femme au foyer américaine. Ça ne marche plus, Chou.

— Le peuple américain attend…

— Le peuple américain a besoin de mûrir un peu. Laisse-moi le crier sur les toits.

— Tu n'as pas pris ton Luvox, aujourd'hui, hein ? dit doucement Dunbar. Après tout, on a eu une journée harassante.

— Toute cette merde me flanque la diarrhée, au cas où tu ne l'aurais pas remarqué. Et j'ai fait quelques recherches sur les ISRC. *Très* mauvais pour les maniacodépressifs. Les gens agressifs au volant ? Les gamins qui ouvrent le feu dans leurs lycées ? Tous les inhibiteurs sélectifs de recaptage de la sérotonine provoquent des obsessions chez les maniacodépressifs. Tu ne voudrais tout de même pas que je refasse une crise de vol à l'étalage, si ? » Dunbar grimaça à cette idée. « Alors laisse-moi me livrer à mes petites manies plus productives. Écoute-moi, Al Dunbar. C'est *toi* le président. Il *faut* que tu trouves un moyen de pression sur Rona et ses complices pour révéler qu'à la triste vérité, Clint Harvester est un idiot qui se bave dessus, et pour les sortir elle et lui en quatrième vitesse de la Maison-Blanche. Je t'ai dit que j'avais deux ou trois idées plutôt chouettes pour la décoration ? »

Dunbar dévisagea son épouse avec un sourire incertain, incapable de croire qu'elle parlait sérieusement.

« Passe au lance-flammes, insista Dorothea. Mets cette salope sur le gril jusqu'à ce qu'elle se retire du jeu. » Quelques secondes passèrent. Dorothea se retourna sur le côté et regarda son mari d'un air suspicieux. « À moins que quelque chose ne t'en empêche ? »

Dunbar garda le silence.

Dorothea soupira. « Alors elle sait. Ça devait arriver.

— Poupette, je t'en prie…

— J'aurais préféré que tu ne me le dises pas.

— Je voulais… J'avais besoin que tu me pardonnes.

— Combien de fois faudra-t-il que je te pardonne ? Arrête de le demander. Ça ne fait que rendre les choses plus difficiles. On a tous le droit à une grosse erreur, mais pourquoi fallait-il que ce soit une accro au crack de quinze ans dont le père est le plus célèbre réalisateur de cinéma au monde ? Et un grand supporter des Harvester, par-dessus le marché ?

— Oh, mon Dieu, Poup. Tu sais que je t'adore.

— Bonne nuit, salopard. Et tu peux te garder tes baisers. J'ai besoin de dormir si demain je dois traverser la moitié du globe. »

Robert Hyde, directeur du FBI, avait cinquante-quatre ans et en paraissait dix de plus. Il portait ses cheveux gris en une coupe pratique et avait l'opacité austère d'un despote-né sans une once d'humanité.

Hyde n'aimait personne. Il n'avait ni amis proches, ni femme, ni maîtresse. Ses deux enfants adultes lui venaient d'un mariage très précoce contracté avant qu'il découvre à quel point il méprisait les êtres humains et quel fléau pouvaient être les relations sexuelles. Hyde ne parlait presque jamais à sa fille, qui consacrait sa vie et sa part de l'héritage maternel à l'organisation d'expéditions dans des endroits du globe dont elle semblait quasiment la seule, avec le peloton de scientifiques qui l'y accompagnait, à avoir entendu parler. Son fils l'aimait, pour une raison ou pour une autre. Depuis toujours. Hyde respectait son intelligence et le trouvait efficace dans leur branche professionnelle.

Mais il n'avait jamais été proche de quiconque à part d'Allen Dunbar, à qui il devait la relance de sa carrière après s'être trouvé dans le mauvais camp lors d'une vendetta contre un ex-ministre de la Justice des États-Unis. Il n'aimait pas le président par intérim, mais c'était une relation qu'il devait cultiver. Hyde se disputait quotidiennement avec tous ceux qui, au ministère de la Justice et au Congrès, ne partageaient pas son opinion selon laquelle seul un FBI plus puissant pourrait protéger l'Amérique des récentes attaques terroristes si nuisibles au moral de la nation. Et une Amérique démoralisée ne pouvait être qu'une Amérique affaiblie. Hyde martelait cela tous les jours par téléphone aux membres de la commission des Finances de la Chambre, mais l'hydre obscène connue sous le nom de MORG lui disputait ce territoire avec plus de succès. Toutes ces bouches engloutissaient des fonds indispensables à Hyde pour renforcer le FBI qui, depuis bien avant qu'il n'en devienne le directeur, semblait usé aux entournures, miteux, voire obsolète aux yeux des députés et sénateurs importants dépourvus de sens historique ou, pour les plus âgés, oublieux de ce qu'avait signifié le FBI pour le pays pendant les guerres chaude et froide ainsi que sa perpétuelle croisade contre la Mafia.

Vingt ans plus tôt, lorsque Hyde venait d'être réaffecté à Washington après s'être illustré à la tête du bureau du FBI de Chicago, le MORG était vulnérable. Childermass étant mort sans dauphin naturel, on pouvait facilement écraser le Multiphasic Operations and Research Group. Malheureusement, le directeur du FBI de l'époque manquait de l'agressivité nécessaire pour saisir cette opportunité. Une fois débarrassé d'un homme qu'il considérait comme un psychopathe, Carsten Burrows ne trouvait plus le MORG menaçant. Ce n'était pas un imbécile pour autant. Il avait placé Robert Hyde à la tête d'une petite unité chargée de surveiller le MORG. Deux décennies plus tard, le zèle que déployait Hyde pour infiltrer le MORG et en apprendre le maximum à son sujet n'avait pas faibli. Il n'y avait pas dans le monde de l'espionnage plus grand expert que lui sur le MORG, sa structure, son personnel et son *modus operandi.*

Mais il manquait dans ses informations une donnée capitale, le centre même du MORG, la source de son renouveau de puissance. Ce centre avait un nom et un visage, ceux de Victor Wilding. On connaissait en détail les dix dernières années de sa vie. Avant cela, on n'avait rien. L'homme n'avait pas de passé. Victor Wilding n'était manifestement pas son nom de naissance. Qui il était vraiment, d'où il venait... ces questions avaient jusqu'à ces derniers temps troublé le sommeil et la digestion de Hyde. Maintenant qu'il avait récupéré une empreinte digitale d'un Wilding d'habitude insaisissable, et qu'il l'avait reliée à une autre figurant dans les archives du FBI, ses insomnies prenaient plutôt leur source dans un point de peur brûlante à l'intérieur de sa poitrine. Un point luisant comme l'extrémité d'une cigarette fumée dans une ombre épaisse par quelqu'un qui l'observerait, lui, Hyde, avec autant d'avidité qu'il avait observé l'homme se faisant appeler Wilding.

Le directeur du FBI avait cultivé un intérêt suffisant envers le baseball pour pouvoir bavarder avec Allen Dunbar jusqu'à l'épuisement des civilités. Ils finirent ensuite cérémonieusement leurs petits whiskies secs dans le salon de la suite, un salon à la décoration oppressante. Assis en face de Robert Hyde, le président par intérim se pencha en avant sur les lourds brocarts de son horrible chaise Louis-quelque chose. Loin au-dessus de leurs têtes, un énorme lustre miroitait. La plus grande partie du salon était plongée dans le noir. Les deux agents du service de sécurité assis dans un coin en devenaient moins voyants, même s'ils ne quittaient jamais Dunbar des yeux.

« Que savons-nous ? »

La voix de Hyde ne s'élevait jamais au-dessus du murmure. Il aimait que ses interlocuteurs se donnent un peu de mal, restent suspendus à ses lèvres.

« Monsieur le Président, une fois de plus le MORG ne laisse pas le FBI s'approcher. Mais nous en avons suffisamment appris pour deviner ce qu'il s'est passé aujourd'hui à Honolulu.

— Bien. Qu'avons-nous appris ? »

Hyde prit son temps. « Monsieur le Président, je suis convaincu que l'attaque du convoi de la première dame faisait partie d'un grand plan, qu'elle tisse de nouvelles fibres dans la tapisserie de terreur initiée en février par l'incident nucléaire à Portland.

— Seigneur Dieu. La même chaîne et la même trame, vous dites.

— Et je suis tout aussi convaincu que l'avion qui

s'est écrasé en Californie sur Innisfall à midi, heure du Pacifique, est une autre portion de cette tapisserie.

— La sécurité aérienne penche pour un regrettable accident, Bob.

— J'espère que vous m'estimez mieux renseigné que les enquêteurs de la sécurité aérienne.

— Oui, bien sûr. Vous me dites donc que ce n'était pas un accident.

— Le DC-10 qui s'est écrasé avait été loué à Transpac. Cette compagnie aérienne non régulière appartient notoirement au MORG depuis la guerre du Vietnam, où le MORG s'est mêlé à un très profitable trafic de drogue encore actif de nos jours. Le Transpac 1850 était stationné dans un coin de l'aéroport d'Honolulu, d'où il a décollé au petit matin. Il n'y avait pas de trace manifeste des passagers. Nous avons néanmoins appris que toutes les personnes montées à bord étaient employées par le MORG, à l'exception possible d'une seule, non identifiée, sortie ce matin à 2 h 45 sur une civière d'un hélicoptère MH-60K, un modèle souvent utilisé par le MORG pour ses opérations clandestines. Cet individu non identifié a été transféré sur le DC-10. Il n'y a eu qu'un survivant au crash : une certaine Portia Darkfeather, actuellement en soins intensifs postopératoires. Je suis certain qu'elle pourrait nous fournir des réponses, mais les agents du MORG à San Francisco contrôlent l'hôpital d'une main de fer. » Il attendit que Dunbar voie où il voulait en venir avant d'enfoncer le clou : « Encore le MORG.

— Mmh. Oui. D'accord.

— Et la destination finale de Transpac 1850 était Plenty Coups, dans le Montana.

— Plenty Coups ! » fit Dunbar. Il se mit à nouveau à se frotter le crâne à l'endroit où cela le démangeait le plus.

« Exact. Plenty Coups, la plus secrète des installations du MORG. Un coût de seize milliards de dollars à ce jour. Ils continuent à dépenser des fortunes pour ce complexe sans que ni le Sénat, naïf, ni la Chambre, docile, ne leur posent de questions. Que se passe-t-il à Plenty Coups ? Du genre d'équipement commandé et livré, on peut déduire qu'il s'agit d'un centre de recherches scientifiques. Bien sûr, j'ai quelqu'un à l'intérieur, mais pas... pas complètement à l'intérieur. C'est un vrai cauchemar que de se faire habiliter, là-bas. Il nous reste encore à pénétrer dans le cœur du mystère qu'est Plenty Coups.

— Vous y travaillez.

— Soyez tranquille. Nous y arriverons.

— Que... D'après vous, quel est le fil commun, maintenant, dans ce plan terroriste, dans cette *tapisserie*, comme vous dites ?

— La recherche psychique et la formation de talents parapsychologiques, monsieur le Président. Le MORG est l'entité gouvernementale pionnière en matière d'utilisation militaire de la voyance, de la télépathie et de ce qu'on appelle la psychométrie, qui est la capacité de déplacer des objets par la seule force de la pensée.

— Ah ! » Les deux hommes se regardèrent quelques instants dans les yeux. « Je ne suis pas sûr de...

— L'espionnage télépathique est le nouveau paradigme de ce troisième millénaire. La bataille pour l'esprit humain est le seul champ de bataille qui comptera dans ce siècle. En résumé... »

Dunbar se pencha un peu plus vers le directeur, les mains crispées sur les genoux.

« Ces dernières années, continua Hyde, le MORG a consacré toutes ses ressources à une seule et unique chose : le développement d'une nouvelle race de médiums. Imaginez l'avantage, la puissance qu'on peut retirer de connaître n'importe laquelle des pensées conscientes de ceux parmi nous qui tentent de résister à la subjugation par le contrôle mental.

— Horrible. Mais… Quelle est la part de réalité et de simple théorie là-dedans ? Il y a toujours cinq mille quatre cent vingt-six têtes nucléaires encore opérationnelles sur des missiles longue portée russes, et les Nord-Coréens avancent à grands pas avec leurs Taepo Dong 2. Voilà quelque chose de réel sur lequel nous pouvons agir.

— La plupart des conséquences de la guerre froide peuvent et seront soignées par la négociation. J'ai le plus grand respect pour votre action en ce domaine.

— Merci. Bien entendu, je reste un adepte de l'option Aegis Deux[1], surtout maintenant que je suis, mmmh, où je suis. » Dunbar produisit un sourire tendu et leva à nouveau la main vers son crâne désormais irrité. « Ce machin de psychométrie… Il y a eu un film là-dessus, non ? Avec Sissy Spacek qui écarquillait les yeux, les tiroirs de la cuisine qui s'ouvraient et elle qui envoyait tous les couteaux vers sa mère folle. Qu'est-ce qu'il sc passait cnsuitc ? La maison brûlait, je crois.

— Monsieur le Président, très franchement, notre maison à nous — c'est-à-dire, métaphoriquement, le gouvernement des États-Unis — est en feu et risque de se voir réduite en cendres si nous n'agissons pas vite et fort.

— Vous avez des preuves ? Les objets peuvent *vraiment* être déplacés par… par la force de l'esprit ?

— J'ai récemment passé en revue des films et des bandes audio extraites des archives personnelles de Carsten Burrows, tous remontant à plus de vingt ans. Ils traitaient d'expériences stupéfiantes réalisées par le MORG avec un jeune médium nommé Robin Sandza. Cela m'a convaincu. Ce garçon avait indubitablement

1. Système de défense antimissiles de la marine américaine. *(N.d.T.)*

des pouvoirs surhumains. Burrows a reçu plus tard des informations de quelqu'un de haut placé à la CIA, selon lesquelles Sandza avait fait une chute mortelle en essayant de s'enfuir de la Faculté Psi, peu après son quinzième anniversaire. La même nuit où Childermass, le créateur du MORG, a trouvé la mort dans son bain.

— Ah oui, une crise cardiaque, je crois ?

— Non. Il s'est vidé de son sang. Une mort horrible. Mais ce n'était pas un suicide. J'ai enquêté pendant des années sur la Faculté Psi et sur ce qu'il s'y passait. Comme vous le savez, nous avons toujours au FBI une section de surveillance du MORG, à laquelle sont affectés soixante agents. Nous possédons deux entrepôts souterrains pleins de renseignements sur lui. Mais la percée la plus importante dans notre compréhension de ce qu'il se passe au MORG ne nous est parvenue que cette semaine.

— Et c'est la raison de votre présence ici, dit Dunbar avec un sourire tendu tout en se grattant furieusement le crâne.

— Voilà. Laissez-moi quelques secondes pour me préparer… »

Hyde se leva et ouvrit un ordinateur portable posé sur une table ronde à quelques pas de là. Il lança le système puis inséra un CD-ROM qu'il venait de sortir d'un attaché-case équipé du genre de système de sécurité qui tuerait instantanément tout voleur dépourvu des bons codes. Il modifia l'angle de l'ordinateur sur la table afin que Dunbar voie mieux l'écran. *Clic*. L'image d'un garçon apparut, un instantané d'un jeune homme qui s'appuyait à une clôture métallique surmontant un mur de pierre et regardait par-dessus son épaule comme si on venait de l'appeler. Il y avait une rivière à l'arrière-plan et, au loin, une grande cheminée rayée de rouge.

« Voici Robin Sandza. On a retrouvé ce Polaroïd

dans les effets du Dr Irving Roth, l'ancien directeur de l'institut Parangon, à Manhattan. L'institut Parangon était une installation de recherche de premier niveau sur les jeunes gens dotés de pouvoirs psi. La photo a été prise de l'autre côté de la rue, dans le Carl Schurz Park. Le Dr Roth s'est apparemment attiré les foudres de Childermass, dont la paranoïa était de notoriété publique. Il a tout bonnement disparu un jour et on n'a jamais pu le retrouver. »

L'image de Robin Sandza fut rehaussée puis remplacée par un portrait d'artiste. Quelques instants plus tard, un autre visage apparut à côté de celui du garçon roux.

« Et nous savons qui est celui-là, fit Hyde avec un léger sourire en voyant l'effet de la juxtaposition sur Allen Dunbar.

— La ressemblance est troublante. Mais comment en être *certain ?*

— Il n'y a pas le moindre doute, monsieur. » Les deux portraits, celui de l'homme et celui du garçon, furent réduits sur l'écran à matrice active. Une empreinte digitale apparut sous chacun. Elles s'agrandirent jusqu'à rendre leurs boucles et sillons parfaitement visibles. Une analyse technique en surimpression compléta le montage. « L'empreinte de gauche est celle d'un index de Robin Sandza. Nous l'avons trouvée sur la poignée d'une batte de baseball rangée dans le grenier de la maison de Lambeth, en Virginie, dans laquelle il a passé son enfance. Celle de droite provient du même index. Elle a été prélevée sur un microphone de table peu après l'ajournement d'une commission spéciale d'enquête sénatoriale sur le renseignement, ce mardi. Comme nous le savons, Victor Wilding n'apparaît presque jamais en public, sauf parfois là où il y a de l'argent. Pendant cette audition, un de nos agents l'a vu ajuster son micro et est passé à l'action dès que Wilding et son entourage ont quitté les lieux. Mais nous avons mieux : un recoupement ADN significatif, que vous voyez maintenant à l'écran. Les cheveux trouvés sur un Daffy Duck en peluche avec lequel Robin Sandza dormait quand il était gamin. Et un, euh, reliquat de l'urinoir utilisé par Wilding lors d'une suspension de l'audition en question. La chasse d'eau n'a pas fonctionné, et un de nos agents s'est précipité avec son mouchoir dès que Wilding est sorti.

— Le FBI est toujours aussi minutieux », dit Dunbar d'un ton admiratif. Une expression inquiète se peignit sur son visage osseux. « Ce "Victor Wilding" est donc la version adulte du jeune homme aux… c'est bien de "pouvoirs surhumains" dont vous avez parlé ?

— L'expression est de Carsten Burrows, monsieur le Président. Ayant travaillé sous ses ordres et connaissant son esprit analytique et impartial, je suis enclin à la croire juste. De même qu'un jugement ultérieur de sa part, basé sur le rapport d'un membre de la CIA, témoin oculaire de la démonstration.

— En quoi consistait ce jugement ?

— Burrows concluait dans son journal que les pouvoirs de Robin Sandza n'avaient que des implications négatives sur le bien-être de notre pays. Il citait Boyd Huckle, qui avait dit après avoir assisté à la démonstration : "Je suis convaincu que vous feriez mieux de tuer ce petit morveux avant qu'il ne nous cause de gros, gros ennuis."

— Boyd me manque beaucoup. Qu'il ait tort ou raison, on savait à quoi s'en tenir avec lui.

— Huckle avait raison à cent pour cent. Les clairvoyants, les télépathes, les talents psychiques… représentent une menace directe pour nous, pour *votre* présidence.

— Mmh-mmh. Ah. Mais est-ce que vous… Y a-t-il une preuve que Rona Harvester ait…

— Des pouvoirs psychiques ? Non. Elle n'en a pas besoin. Avec Robin Sandza pour amant, elle a tout le MORG à sa disposition. Monsieur le Président, nous pouvons encore nous occuper d'eux. Ainsi que de tous ces jeunes médiums qui se révèlent en ce moment et sont destinés à se joindre aux forces du MORG. Comme cette étudiante californienne qui a prévenu du crash du DC-10 quelques minutes à l'avance. Le MORG est en ce moment même à sa recherche, vous pouvez y compter. Mais je connaissais son existence depuis quelque temps. Elle ne nous posera aucun problème.

— Je l'ai vue à la télé, aujourd'hui ! Elle me rappelle beaucoup quelqu'un, mais je n'arrive pas à me souvenir qui... »

Bob Hyde eut un petit hochement de tête, mais pas en guise de confirmation. Il savait déjà à quel point Eden Waring tenait de sa mère. Il sourit, ce qui n'arrivait pas souvent. Il plongea la main dans une des poches intérieures de son pardessus.

« J'allais oublier. Un petit cadeau pour vous, monsieur le Président. De ma part et de celle de mon fils, qui comme vous a toujours collectionné avec ferveur les cartes de baseball. »

Dunbar prit la pochette plastique et examina son cadeau. Son expression pensive s'illumina de stupeur puis d'allégresse.

« Oh mon Dieu ! La carte de *Ted William* ! Ouah ! Formidable, Bob. Je vous suis *très* reconnaissant. Je ne pourrais jamais assez vous remercier. Sans oublier votre fils, ne manquez pas de lui transmettre mes plus sincères remerciements. Comme va-t-il, au fait ? Vous avez eu de ses nouvelles, ces derniers temps ?

— Il s'en sort plutôt bien dans sa mission actuelle. J'attends un appel de lui. Monsieur le Président, serait-il présomptueux de ma part de suggérer que nous reprenions un peu de cet excellent whisky ?

— Pas du tout, Bob. Un autre verre ne me ferait sûrement pas de mal. Notre petite réunion a été très instructive. » Il eut un gloussement gêné. « Je dirais même qu'elle m'a ouvert l'esprit. »

Hyde sourit à nouveau. Pour la deuxième fois de la soirée, un véritable événement. Il faut dire que les choses se passaient plutôt bien. Il servit le scotch. Un décilitre *on the rocks* pour Allen Dunbar. Hyde connaissait ses habitudes. Il connaissait son homme. Ils dégustèrent l'alcool en silence, plongés dans leurs pensées, qui étaient peut-être les mêmes.

MOBY BAY, CALIFORNIE — 28 MAI — 20 h 20

Noyée dans le brouillard, déprimée par la mer, Eden marchait sur le sable, tremblante et chagrinée, la tête vide. Elle portait des vêtements empruntés et de vilaines sandales. Ses orteils nus s'étaient engourdis à force de se faire inonder par les derniers bruissements écumeux des vagues qui arrivaient en rugissant. Le sel lui avait raidi les cheveux. La lune délavée et presque pleine se montrait de temps en temps au-dessus de la brume fluctuante. Une phosphorescence secrète émanait de l'océan.

Un côté de sa langue l'élançait, comme piqué par un frelon : elle se l'était mordue au début de sa crise, plusieurs heures auparavant. Wardella Tinch avait préparé du thé à leur arrivée dans la maison sur la plage, mais Eden n'avait rien pu garder dans l'estomac. Ni vraiment éveillée, ni somnambule, elle avançait le long de la grande masse froide du Pacifique en se languissant de son foyer. Car ce qui avait été, comprenait-elle déjà, ne serait jamais plus.

« Et merde », dit-elle d'un ton abattu à un couple de

bécasseaux qui marchaient devant elle. Elle trouvait aussi difficile de parler que si elle avait la bouche pleine de cailloux. Les oiseaux s'envolèrent et cabotèrent quelques mètres plus haut sur la plage. Mais ce n'était pas un temps à voler.

Eden se trouvait dans un état de stupeur post-crise lorsque Wardella Tinch et elle s'étaient approchées de la maison sur Deep Creek Road. Elle souffrait alors d'une migraine affreuse et n'avait pas le moindre souvenir de ce qu'il s'était passé après leur départ du cimetière dans le vieux pick-up bringuebalant. En voyant la foule autour de chez les Waring et les camionnettes des journaux télévisés coiffées de leurs paraboles satellites, Wardella l'avait poussée et maintenue au fond du siège avec une vigueur physique due à des dizaines d'années de pratique de son accordéon à basse chromatique Titano. Un instrument peu recommandé pour les mauviettes, reconnaissait Wardella.

« J'ai pensé que pour le moment, il valait mieux vous éviter les questions. Surtout que les journalistes peuvent se montrer odieux, parfois. Alors j'ai continué sans m'arrêter et j'ai pris la route de Moby Bay. J'espère que vous ne m'en voulez pas. »

Eden n'avait pas assez d'énergie pour lui en vouloir. Elle dormit à nouveau une fois dans la demeure qu'habitait Wardella en bord de mer, constata à son réveil à la nuit tombée qu'on lui avait ôté la robe si abîmée achetée pour la remise de diplômes. Bien que lavé et séché par Wardella, tout comme le soutien-gorge, le vêtement n'était plus mettable. On avait fourni à Eden des habits de rechange : une salopette, un pull marin et de grosses sandales faites main à partir de cuir et de rivets en cuivre.

Elle détesta ce qu'elle vit dans le miroir de la salle de bains. Il y avait sur le lavabo un peigne qui semblait propre, ainsi qu'une brosse à dents neuve encore emballée. Eden fit ce qu'elle put avec le peigne mais sa langue trop douloureuse la fit renoncer à se brosser les dents.

C'était une maison ressemblant à une boîte comme celles qu'on trouve dans les grandes plaines, placée en diagonale à l'extrémité d'un promontoire rocheux, avec un mur aveugle face à l'océan pour affronter ses vents souvent violents. Deux chambres et un petit salon composaient le rez-de-chaussée. Les fenêtres de la cuisine surplombaient un jardin anglais enclos, constitué de haies, de rosiers grimpants sur de multiples treillis, et de coquelicots grands ouverts. Des cyprès se perdant dans le brouillard longeaient la route.

Dans la cuisine, le groupe de poker que Wardella Tinch recevait tous les samedis soir : quatre hommes et femmes ayant comme elle un peu plus de soixante-dix ans. Wardella avait fait du pain d'épice, qui refroidissait sur le buffet.

« Oh, c'est *dégoûtant* ! » s'exclama une des joueuses confrontée à un brelan de rois en jetant ses cartes sur la table.

« Madame Tinch ? »

Wardella portait une visière en plastique vert. Elle se tourna vers Eden et lui sourit en mélangeant les cartes.

« Bonsoir, mon enfant. Appelez-moi donc Wardella ! Les affaires de Chauncey vous vont ?

— À merveille. Merci, Wardella. Qui est Chauncey ?

— Une jeune amie adorable qui vit sur la baie, à environ un kilomètre et demi plus au nord. Elle meurt d'envie de vous rencontrer. Elle passera peut-être ce soir. Je vous présente quelques autres de mes amis. »

Chacun hocha la tête avec amabilité à l'énoncé de son nom. « Quant à celle qui boude parce que Fred a demandé à voir, conclut Mme Tinch, c'est Daphne Yawl, ma belle-sœur.

— Je ne boude *pas*, Wardella ! Sinon, je taperais sur

les casseroles et les poêles accrochées au-dessus de ton fourneau et cela ferait un boucan de tous les diables. »

Wardella sourit avec indulgence. « L'espoir fait vivre. Mais il faudra bien que tu apprennes un jour à ne pas tirer de carte quand tu as un trou dans ta quinte flush, ma chérie. »

Le vieillard appelé Fred adressa un clin d'œil à Eden comme pour lui annoncer une plaisanterie. Il regarda les cartes que Wardella avait mélangées. L'une d'elles s'échappa du tas et fit tranquillement deux ou trois tours de table comme un minuscule tapis volant avant de venir se poser devant Daphne Yawl. C'était le sept de trèfle.

« Ah, la voilà enfin ! » s'exclama Daphne, et tous éclatèrent de rire.

« Interdiction d'utiliser ses pouvoirs pendant le jeu, leur rappela Wardella. De toute façon, vu que je ne suis pas sorcière, vous avez tous un gros avantage sur moi. » Elle jeta à Fred un regard qui flamboya légèrement, comme si elle le mettait en garde. « Et ce n'est pas tes tours de cartes bidon qui vont impressionner Eden. »

Eden avait reculé d'un pas sur le seuil. Son pouls battait à tout rompre. Où qu'elle fût, elle n'avait pas besoin d'être là.

Wardella la regarda d'un air compatissant.

« Sortez-les de votre tête, si cela vous soulage, mon enfant.

— C-Comment ?

— Essayez en fermant les yeux. Vous inspirez profondément pour vous détendre puis vous comptez lentement à l'envers de cinq à un. À un, vous ouvrez les yeux. Et voilà. »

La suggestion semblait inoffensive. Eden la suivit. Lorsqu'elle rouvrit les yeux, Wardella Tinch, assise seule à la table de la cuisine, s'occupait à des travaux de broderie. Elle semblait subtilement changée. Plus jeune.

Elle lui rappelait quelqu'un, et cet air de familiarité réconforta Eden.

« C'est mieux ? » demanda Wardella, concentrée sur ses points. « Ça a toujours marché pour moi, et je suis loin d'avoir vos capacités latentes.

— Je… Je voulais savoir si je pouvais utiliser votre téléphone pour appeler mes parents ?

— Mais bien entendu, chérie. Vous serez plus tranquille dans le salon. Prenez garde à ne rien déranger. Et surtout, ne regardez pas dans la boule de cristal. J'ignore ce que vous avez glané de si bouleversant dans les cristaux de ma camionnette, aujourd'hui, mais bon, vous n'avez pas été préparée à la voyance. Et je ne pourrai pas intervenir s'il vous arrive des ennuis. »

Eden essaya d'avaler sa salive, faillit s'étouffer tant sa gorge était sèche, et ne trouva pas de voix pour poser des questions. *Quels ennuis ?*

Elle recula dans le couloir et pénétra dans le salon où, selon toute apparence, Wardella menait son commerce. Des diagrammes astrologiques et des figures de tarot décoraient les murs. Elle vit aussi un guide de chiromancie du XIXe siècle et, sur une petite table ronde, un objet recouvert d'un drap, sûrement la boule de cristal, qui luisait à travers le tissu bleu pâle à glands comme une lampe de faible puissance mais d'un blanc irréprochable.

Eden ne fut nullement tentée de soulever le tissu. La proximité de la boule suffisait à lui emplir le système sanguin de frissons morbides. Elle lui tourna le dos et fouilla sa mémoire défaillante à la recherche des indispensables numéros de téléphones et de bipeurs.

Elle avait pensé appeler d'abord Geoff, mais s'était souvenue avoir abandonné son automobile dans le cimetière en haut de la colline. Aucune explication n'aurait pu le satisfaire. Aussi appela-t-elle chez elle.

Tous les numéros, publics ou sur liste rouge, sonnaient dans le vide. S'il n'y avait personne, pourquoi les répondeurs n'étaient-ils pas branchés ?

Eden s'aperçut ensuite qu'elle n'arrivait à joindre aucun bipeur ni téléphone mobile à Innisfall. La faute à la chaîne côtière et au grand nombre d'arbres. Peut-être aussi aux conditions atmosphériques défavorables. Elle était donc coincée à Moby Bay, un endroit minuscule dont elle ne se rappelait pas avoir jamais entendu parler alors qu'elle vivait depuis toujours en Californie du Nord. Elle n'avait ni argent liquide, ni carte de retrait, ni moyen de transport.

Elle quitta le salon et rejoignit Wardella Tinch, qui ronflait doucement, le menton sur la poitrine. Wardella avait à nouveau l'air vieille, avec ces veines violettes enchâssées comme de minuscules éclairs dans ses joues cramoisies. Sa broderie avait glissé de ses genoux et gisait sur le sol.

« Un peu d'air vous fera du bien, approuva-t-elle sans lever les yeux lorsque Eden ouvrit la porte donnant sur le jardin clos. Vous ne voulez pas goûter à mon pain d'épice avant de sortir ?

— Non merci. Peut-être plus tard.

— Attention à ne pas vous perdre. Marchez vers le nord, pas vers le sud.

— Où est-ce que je peux trouver Chauncey ?

— Suivez le rivage. Elle vous trouvera.

— Qui êtes-vous donc, Wardella ? J'ai le sentiment très étrange que vous et moi…

— Cela vous reviendra. N'oubliez pas : toujours vers le nord, jamais vers le sud.

— Qu'est-ce que le sud ?

— Le mauvais chemin pour sortir de notre monde, et le début de nombreux sentiers menant au Leur. Vous savez déjà, grâce à vos Rêves, ce qu'on trouve sur ces sentiers. »

Le cœur d'Eden s'emballa. Comme s'il ne restait plus

que dix secondes à jouer dans un match où son équipe était menée. Il leur fallait un panier à trois points pour arracher le match nul. Le résultat du match, devenu la vie elle-même, dépendait d'elle.

« De quel monde vous parlez ?

— Eh bien, de la bonne vieille Terre, bien sûr. Avec toutes ses merveilles et ses illusions. Vous apprendrez bientôt à vous y retrouver, métaphysiquement parlant. Vous avez toujours très sérieusement suivi vos leçons. Vous allez apprécier leur utilité.

— Des leçons ? Je suis en train de *rêver ?* » Eden frotta son pull en laine rêche de la main, provoquant un craquement d'électricité statique. Et elle n'avait jamais eu le cœur si rapide ni si chagriné dans aucun de ses Rêves bien documentés.

« Chérie, j'ai bien peur que le temps des Rêves ne soit révolu. Cette partie de votre éducation est terminée.

— *Vous êtes la Bonne Dame !* »

Wardella lui adressa un sourire réconfortant.

« Mais vous ne lui ressemblez...

— Donnez-moi juste le temps de faire un brin de toilette et vous verrez. Vous voulez bien refermer les yeux et recommencer la même manœuvre que tout à l'heure ? Respirez *à fond.* Voilà. Maintenant comptez lentement à rebours, très bien. Regarde, maintenant, Eden. Permets-moi de te dire que j'ai pris un plaisir immense à te servir de guide pendant toutes ces années. Elles ont passé si vite. Tu pleures ? Tout va bien, chérie. Je suis là, pour la dernière fois. »

INNISFALL — 28 MAI — 20 h 34

Arrivé chez lui, Geoff McTyer passa sous la douche et enfila des vêtements propres. Son téléphone portable n'avait pas sonné. Aucun message d'Eden. Il s'attabla devant du poulet extra-croustillant et de la purée achetés au passage à KFC, et dîna en écoutant les bandes de surveillance rapportées de chez les Waring.

On bavardait beaucoup dans et autour de cette maison, surtout le week-end. Geoff changeait systématiquement les bandes au moins une fois par semaine. Il n'avait aucun problème à trouver le moment adéquat. En général, la semaine, Betts, Riley et Eden partaient à 8 heures du matin pour ne rentrer qu'en fin d'après-midi. Il pouvait accéder au puits du patio dans la journée sans être visible de la route. Il avait connu quelques sueurs froides lorsque Riley avait parlé de démolir le puits et d'en récupérer les pierres pour construire un barbecue et un four d'extérieur. Mais Betts refusait de laisser son mari y toucher. Elle trouvait le puits pittoresque, même avec les frelons.

Il commença par l'enregistrement du téléphone portable d'Eden. La bande était vierge. Pas un mot. Or Geoff était venu petit-déjeuner le matin même et pendant qu'il mangeait des gaufres en discutant avec Betts, Eden avait passé plus de dix minutes au téléphone à papoter avec Megan Pardo.

Il vérifia son équipement. Celui-ci fonctionnait à la perfection.

La bande dans l'appareil à déclenchement vocal réglé sur la fréquence du téléphone portable de Betts ne donna rien non plus. *Idem* pour celui de Riley.

Toutes les bandes étaient vierges. Il pensa à un effacement accidentel, à une démagnétisation. Comme la fois où il y avait eu cet énorme orage. Sauf qu'il avait fait beau toute la journée. Geoff dut se résoudre à une autre conclusion : quelqu'un, quelqu'un qui connaissait bien les appareils microélectroniques utilisés par le Groupe des opérations spéciales et savait peut-être même où Geoff dissimulait les siens, était passé chez les Waring, sans doute peu avant le crépuscule, pour remplacer par des bandes vierges celles installées quatre jours plus tôt par Geoff.

Il s'efforça de considérer cette intrusion, cet usurpateur inconnu, comme inhérents à la vie qu'il menait et aux personnes qui l'employaient. Mais si ce qu'il subodorait s'était réellement passé, il avait l'impression de mériter mieux, malgré les circonstances, ne serait-ce qu'un coup de fil, un mot de soutien, de reconnaissance envers le temps qu'il avait investi dans sa mission, envers ses deux années et demie en Californie. Mais ç'aurait été trop demander au Vieux, hein ? Pas un mot de lui. Peut-être, dans quelques mois, le Vieux ferait-il allusion à Innisfall en présence de Geoff et lui signifierait-il son appréciation d'un petit hochement de tête.

Mais Geoff ne put continuer à ressasser cet affront présumé. Lorsqu'il ferma les yeux, il ne vit qu'Eden, et un courant d'air froid lui baignait le cœur. Ses sentiments étaient pris dans les glaces. Il n'allait plus la revoir. Ses sentiments étaient pris dans les glaces et son sang gelait. Plus jamais, jamais la revoir.

Un peu plus tard, on sonna.

Geoff redressa brusquement la tête. En pensant à ce qui, inéluctablement, attendait Eden, un besoin urgent de sommeil et de repos avait bloqué sa panique avec l'efficacité d'un anesthésique préopératoire et il s'était assoupi sur sa chaise, une aile de poulet à demi mangée entre les doigts.

La panique ressurgit. Il posa le morceau de poulet, s'essuya les doigts, saisit son Glock 19 et le glissa dans l'étui de cuir fixé à sa ceinture.

Il ouvrit en espérant presque que ce fût Eden.

L'homme avait un visage couleur de rosbif saignant, de petites cicatrices blanches comme des sections de tendon. Ses cheveux très noirs et manifestement artificiels étaient lissés en biais sur l'arrière de son crâne chauve. On aurait dit que des chiots pitbulls s'étaient fait les dents sur ses oreilles. Comme ses cheveux, ses yeux étaient d'une nuance particulièrement terne de noir. Seuls ses faux cils spectaculairement luxuriants jetaient un peu d'éclat dans la lumière du couloir.

« Geoff ?

— C'est moi.

— Haman. » Il gardait les mains enfoncées dans les poches du léger anorak marron clair qui, avec son ample pantalon kaki, étoffait sa silhouette plutôt gracile. « J'ai cru comprendre qu'on bossait ensemble. » Il regarda par-dessus l'épaule de Geoff, comme s'il s'attendait à voir quelqu'un d'autre dans l'appartement, puis reporta son attention sur son vis-à-vis.

« Haman ? Jamais entendu parler.

— Dingue, ça.

— Haman a un prénom ?

— Phil. C'est ce qui est marqué sur mon permis de conduire et ma carte American Express Gold tout neufs. Mais appelle-moi Haman. » Il regarda à nouveau dans l'appartement.

« Contrôle, dit Geoff.

— Route G. Zorro. Secteur d'Impact. Si je me souviens bien, il y a du thon rouge noirci comme plat du jour chez Tony sur Fisherman's Wharf. »

Secteur d'Impact. Geoff avait espéré un instant que le Vieux change d'avis sur Eden. Cela ne serait pas.

Geoff referma la porte sur l'assassin, s'approcha de son ordinateur personnel, déjà branché. Il entra Route G et son propre identificateur, puis Zorro, et attendit le menu de Secteur d'Impact. Après avoir vérifié le plat du jour, il revint à Haman et le fit entrer.

« Je suppose qu'elle n'est pas là, dit Haman avec un coup d'œil méprisant sur le mobilier de location.

— J'ignore où est Eden. C'est toi qui as enlevé mes bandes chez les Waring ? »

Haman hocha la tête. « T'es de Boston ? demanda-t-il.

— Plus ou moins. Qu'est-ce qu'il y avait d'enregistré ? »

Haman sortit les trois bandes d'une poche de son anorak et les posa sur la table du coin cuisine.

« KFC, hein ? J'ai mangé une pizza en venant. Mais je ne cracherais pas sur une tasse de café.

— Haman, tu vas me répondre ou il faut que je les écoute moi-même ? »

Haman se retourna d'un coup vers lui. « C'est qu'il joue au dur ! » se moqua-t-il avant de lever la main, paume vers le haut. « Les parents sont partis à Greenwood Lake. Mais pas chez eux, ils ont emprunté une maison. Celle des Hassler. La fille n'est pas avec eux. Je n'ai rien d'autre. Elle n'a pas essayé de te contacter ?

— Non.

— Elle le fera, tu crois ? »

Geoff haussa les épaules.

« Elle en pince pour toi, non ? » Geoff ne répondit pas. Haman hocha la tête comme si cela coulait de source et détourna le regard. « Tu aimes le café à l'italienne ? demanda-t-il en découvrant une cafetière et un sachet neuf de Gold Coast de chez Starbucks sur le comptoir de la kitchenette. Les Starbucks sont buvables. En général, je torréfie moi-même mes grains. Du double A kényan, du Tarrazu de Costa Rica. T'as déjà essayé le Kopi Luwak ? Ce sont des grains qui viennent de Sumatra et qui coûtent jusqu'à trois cents dollars la livre. Mais ça les vaut. On les donne à manger à une civette, *luwak* en indonésien. Comme elle n'arrive pas à les digérer, elle les excrète tout entiers. Ça donne au café un véritable arôme de… de terre, disons. Très prisé par les connaisseurs. Tu permets que je me prépare un peu de ton Starbucks ?

— Vas-y. »

Haman pénétra dans la kitchenette. « Quand est-ce que tu as vu la fille pour la dernière fois ?

— Vers midi, après le crash. Je l'ai laissée dans ma voiture dans le parking est du stade.

— Un vrai bordel, là-bas, hein ? J'y suis allé faire un tour vers 6 heures, en arrivant.

— En arrivant d'où ?

— Je ne trouve pas tes filtres.

— Dans le tiroir à côté du frigo. Tu devais déjà être sur la côte Ouest pour arriver si vite.

— Vegas. Je passe la plus grande partie de mon temps libre à Vegas.

— Tu es joueur ?

— Pas vraiment. Vegas est la ville du spectacle. Et moi j'ai un numéro.

— Ah ouais ? »

Haman garda le silence le temps de doser le café dans le filtre. « T'as de l'eau minérale ? Celle du robinet gâche le goût du café.

— Il y a de la Crystal Geyser sous l'évier.

— Génial. »

La sonnerie de son portable fit sursauter Geoff. Il espéra de toutes ses forces que ce ne fût pas Eden. Mais il fallait bien qu'il réponde, avec Haman qui écoutait dans la kitchenette.

« Allô ?

— Ah, Geoff, *enfin !* Ici Megan Pardo.

— Salut, Megan.

— Eden est là ?

— Non. Je pensais qu'elle était peut-être avec toi.

— Je n'ai aucune nouvelle. Je suis allée chez elle. Tu devrais voir la foule qu'il y a devant. Mais qu'est-ce qu'il se passe ?

— Je ne peux pas le dire.

— Enfin, *merde*, ma meilleure amie, mais d'où est-ce

que ça *sort*, tout ça ? Tu savais qu'elle était, comment ça s'appelle, médium ?

— Je n'en avais pas la moindre idée. Je tombe des nues, Megan.

— Si Eden s'est enfuie quelque part, je ne peux pas le lui reprocher. Je *prie* pour qu'elle appelle bientôt un de nous, voilà tout. Si tu as de ses nouvelles avant moi, dis-lui que je l'aime et qu'elle n'hésite pas à faire appel à moi en cas de besoin.

— Je n'y manquerai pas. Merci pour le coup de fil, Megan. Bonne nuit. »

Geoff replia son téléphone portable qu'il lâcha dans sa poche. Haman était sorti de la cuisine et ouvrait la porte du placard du couloir.

« Des clubs de golf, dit-il. Des Calloways. Sympa. Tu joues souvent, Geoff ?

— Je suis trop occupé pour ça, en général.

— Ski nautique. Ski alpin. T'es un foutu sportif, ça oui.

— Elle ne se cache pas dans un placard, Haman. »

Haman referma la porte. « Je ne crois pas non plus. Mais elle a disparu. Tu dis ignorer où elle est. Si ça se trouve, elle est partie à Hollywood engager Mike Ovitz pour qu'il la lance dans le cinéma.

— Ce n'est pas du tout le genre d'Eden Waring. »

Haman prit un portrait sous verre d'Eden posé sur la télévision dans le petit salon.

« La voix de l'expérience. Le mec qui connaît sa nana. Tu l'as déjà sautée ou je suis trop naïf ?

— Sors de chez moi, Haman.

— Le café n'est pas prêt. Et puis on va faire équipe. Tu te demandes où c'est écrit dans le ciel ? Je t'accorde que ce n'est pas la manière habituelle de procéder de Secteur d'Impact.

— Non, pas vraiment.

— Mais toi, tu connais Eden Waring et moi non.

T'es là depuis un bail. Ça fait quoi, deux ans ? Plus ? Bref, t'as pris la mesure de la gamine et des lieux, et je ne peux pas me permettre de perdre quelques jours pour trouver mes marques. C'est clair comme ça, gros malin ?

— Parfaitement.

— Si Eden n'a pas téléphoné quand j'aurai fini mon café, je suggère d'aller à Greenwood Lake chercher la maison des Hassler. Histoire de faire connaissance avec la famille. La fille contactera ou sa famille ou toi. Restons simple : on planque chez les parents et on attend. J'aurais peut-être le temps de travailler mon prochain numéro. Je t'ai dit ce que je faisais à Vegas ? Mon boulot normal, je veux dire, là c'est juste un truc d'appoint.

— Qu'est-ce que tu fais à Vegas ? » demanda Geoff, mais d'un ton qui ne semblait pas vraiment intéressé.

« Je suis travesti. Tina Turner, merde, *ma* Tina est fluo et époustouflante. J'ai un de ces visages, bon, pas terrible à première vue, à cause de feu mon taré de beau-père qui m'a offert un bain de soude quand j'avais douze ans. Je m'assois à ma table de maquillage et je commence à ajouter des choses. Cire de pompes funèbres, prothèses, lentilles de contact, perruques. J'ai un tour de taille de soixante-douze centimètres. Il reste à ma Liz Taylor quelques kilomètres au compteur. Liz, ça marche bien avec les spectateurs les plus âgés. Je me sers d'une perruque argentée qui m'a coûté plusieurs milliers de dollars. Sans compter les bijoux du costume : je n'achète que les meilleurs faux, on ne lésine pas pour recréer une légende. J'arrive sur scène *dégoulinant* de diamants. Liz dans Shakespeare. "Ô, souillures, souillures de la chair ! Si elle pouvait fondre." Formidable, putain. Ça casse la baraque. Tu te demandes sans doute qui sera mon prochain personnage. Je suis le premier à la faire, dans le coin, mais je crois que Michel l'a déjà mise dans *son* numéro de club, dans cette petite boîte de Pigalle qu'il gère depuis que Freckles est chiot. »

Stupéfait d'avoir entendu la voix d'Elizabeth Taylor sortir de la gorge de Haman, Geoff ne put que hocher la tête.

« Rona Harvester. » Pour la première fois depuis qu'il avait posé les yeux sur Haman, Geoff vit ses dents, découvertes en un grand sourire de show-biz. De fausses dents, bien entendu. « Espérons qu'on aura le temps pour ma Rona. Promis, tu vas te pisser dessus de rire. »

VOL NEW YORK-SAN FRANCISCO
— 28 MAI — 19 h 44

Bertie Nkambe descendit l'allée de droite du 747 d'United, ce qui attira le regard des passagers de première classe assez au fait de la mode pour reconnaître une cover-girl de *Paris Vogue*. Elle se laissa tomber dans son siège à côté de Tom Sherard, qui regardait par le hublot. Il n'y avait pas grand-chose à voir. Ils volaient à dix mille mètres, le ciel indigo rempli d'étoiles comme des étincelles d'un feu de brousse, une couverture de nuages sombres sur le Wind River Range, dans le Wyoming.

« Je l'ai trouvé. 26 B en classe éco.

— Qui ça ? » demanda Sherard, englué dans les profondeurs de sa morosité.

« Le télépathe qui nous tourne autour. Qui essaie de rentrer. Je l'ai chassé comme on chasse une tsé-tsé. Il a l'air d'un professeur. Avec d'horribles montures carrées, on dirait les lunettes de Woody Allen. Et ça fait beaucoup trop longtemps qu'il n'est pas allé chez le coiffeur. Il porte une chemise Gap à carreaux et une veste en velours côtelé. Trop grande pour lui, mais il a des épaules de chèvre. Il mange des cacahouètes et fait semblant de lire du Noam Chomsky en sondant ceux qui ne se méfient pas. »

Sherard accordait désormais toute son attention à Bertie.

« Il ne fait peut-être pas partie du Jeu.

— Cela *pourrait* être une coïncidence qu'il soit sur le même vol que nous. Mais bon. Si j'allais lui griller quelques neurones pour qu'on n'ait plus à se soucier de lui ?

— C'est plutôt drastique, comme solution.

— Pourquoi prendre des risques avec un télépathe ? Il y en a trop du mauvais genre.

— Ton grand-père m'a enseigné plein de choses utiles quand j'apprenais à tirer. Par exemple, qu'un simple brin d'herbe tout près du canon pouvait dévier la balle. »

Bertie s'appuya au dossier de son fauteuil en cuir et s'étira, les bras au-dessus de la tête. « Message reçu.

— Tu aurais peut-être dû aller à Londres sans moi. Tu ne t'y serais pas ennuyée tant que ça. »

Elle fit la moue. « Qui te dit que je m'ennuie ? Je ne *veux pas* être loin de toi. Et tu as besoin de moi. Regarde comme je t'ai déjà été utile. » Elle fit un clin d'œil amusé. « On ne logerait pas au Lambourne si je n'avais pas joué de mon immense célébrité. C'est toujours plein des semaines à l'avance, tu sais.

— Je n'ai rien contre le Mark Hopkins. »

Bertie appuya sa tête rase sur l'épaule de Sherard. « On peut passer de bons moments à San Francisco, même si on n'y reste qu'une nuit. Je veux dire, si tu t'autorises à t'amuser. » Comme il ne répondait pas, elle leva les yeux vers lui.

« J'imagine que tu as raison.

— Bien sûr que j'ai raison. On n'a pas vraiment besoin d'*aller* quelque part. C'est une petite suite douillette dans laquelle je me suis toujours sentie bien, et on peut s'y faire livrer d'un simple coup de fil la meilleure cuisine chinoise du monde occidental.

— Une petite suite douillette ? Combien de chambres ?

— Une seule, grande. Avec un délicieux lit extra-long, parce que je suis quelqu'un d'extra-long.

— Bertie… Alberta… Tu es encore une adolescente, et toutes ces dispositions que tu as prises sont complètement hors de…

— J'ai eu vingt ans en mars. C'est vraiment *toi* qui as choisi ces boucles d'oreilles ?

— Pour ton anniversaire ? Oui. Je passais justement du côté de Cartier quand je me suis souvenu… C'était un cadeau *d'anniversaire*, je te rappelle. Nous ne sommes pas fiancés. Et nous n'allons pas dormir ensemble.

— Tom, dit-elle d'une riche voix de contralto empreinte de chagrin et de compassion, tu as déjà eu une femme depuis la mort de Gillian ?

— Cela ne te… oui, des dizaines.

— Tu sais bien que je ne te crois pas, dit Bertie avec un sourire confiant. Ce que tu ne *savais pas* jusqu'à maintenant, c'est que je me suis gardée pour toi. Je veux dire, je ne savais pas *pourquoi*, à l'époque. Pourquoi je ne m'intéressais que superficiellement — un béguin ici, un autre là — à quelques-uns des hommes les plus attirants du monde. Tu étais heureux en ménage. J'aimais Gillian autant que je t'aime. Et pourtant quelque chose me disait… Oh, mon Dieu. Pardonne-moi, Tom. Je suis vraiment désolée. »

Il hocha la tête, tendu, sans la regarder.

« Je n'ai pas ce talent particulier, Tom, dit-elle après quelques instants.

— Si.

— Mais je ne m'en suis jamais servi pour fureter dans ta vie. Ou dans celle de Gillian. Je préfère ne pas connaître le destin de ceux qui me sont très proches et très chers.

— Changeons de sujet.

— Il y a des choses qui surgissent dans mon esprit, que je le veuille ou non. Tu as des sentiments pour moi, pourquoi le nier ? Même si tu persistes à prétendre que m'épouser serait déloyal envers mon père. Depuis que je suis venue vivre avec Gillian et toi, tu as ce sentiment de devoir. Comme si tu avais juré sur ce que tu as de plus sacré de préserver Bertie Nkambe du mal qui sévit dans le monde. C'était touchant à l'époque, mais maintenant c'est stupide. Permets-moi de te le dire. Et depuis que j'ai commencé à travailler, un peu avant mes seize ans, je m'en sors très bien toute seule dans… comment Calvin appelle-t-il ça… ce *racket* infâme. Tu crois que mon père n'approuverait pas notre amour ? Eh bien tu te trompes, Tom.

— Joseph m'aurait fait décapiter si je… non, il m'aurait décapité lui-même.

— Savoir que je m'étais donnée à un homme bon, un homme dont l'éducation lui a été confiée à la mort de son père, serait une bénédiction et une joie pour Joseph. Là. Je crois n'avoir rien d'autre à dire. À part ça. »

Elle leva son élégante tête brune et avança ses lèvres près de l'oreille de Sherard, comme pour un baiser. Elle avait une bouche pleine, bien entendu, mais avec une forme et une retenue orientale qui masquaient l'effet de ses pommettes forteresses. Ses longs doigts étaient posés sur l'autre joue de Sherard, qui voyait des bagues étinceler du coin de l'œil.

« Parfois, Tom, il faut savoir se dire… et merde, tant pis. C'est *mon* cœur, je vais là où il m'emmène. »

MOBY BAY — 28 MAI — 20 h 55

Eden contourna une masse de varech vert bronze gélatineuse, une espèce d'épave flottante au milieu de laquelle une bouteille de verre blanc opaque faisait comme un œil terne. Elle attendit le retrait de la dernière vague à s'être écrasée sur les galets du rivage puis pataugea dans les quelques centimètres d'eau, qui lui tourbillonnèrent autour des chevilles avec une séduisante phosphorescence.

Elle vit quelqu'un approcher sur la plage. Le brouillard s'était éclairci et la lune faisait briller un tas de bois de dérive, chacune des souches émoussées gainée d'éclat.

Eden et l'autre personne, une fille en caban, col relevé, cheveux blonds recouverts d'une casquette, s'immobilisèrent à trois mètres l'une de l'autre.

« Salut.

— Salut. Tu dois être…

— Chauncey. Drôle de nom pour une fille, hein ?

— Non, j'aime bien. Merci pour les vêtements, Chauncey.

— Pas de quoi. » Chauncey s'assit sur une souche en oblique et inclina la tête pour inviter Eden à l'y rejoindre. Elle avait un tout petit visage en forme de cœur, avec une ossature délicate et des traits parfaitement formés. Ses yeux ronds et noirs semblaient étonnamment grands dans si peu d'espace.

« Alors comme ça, c'est toi le nouvel Avatar. Génial. »

Eden haussa les épaules. Elle avait les mains glacées. Elle les glissa sous les manches étroites de son pull d'emprunt et laissa son regard vagabonder sur l'océan. Le brouillard en s'amincissant formait des rouleaux et des mèches. Les vagues puissantes déferlaient sur la plage, chargées d'argent comme des champions au retour d'une compétition.

« *Je ne suis pas le prince Hamlet et n'étais pas censé l'être*, cita-t-elle d'un ton maussade.

— C'est dans *Prufrock*, non ? J'aime Eliot, même si je ne sais pas toujours d'où il vient. Je suis sorcière de sixième génération, au fait. À Moby Bay, presque tout le monde a le Don, et ceux qui ne l'ont pas sont prescients. J'ai l'habitude d'être ce que je suis, j'imagine. Bien sûr, c'est de la petite bière par rapport à toi. »

Entre deux fracas de vagues, Eden crut entendre Wardella Tinch jouer de l'accordéon.

« Je ne connais pas grand-chose à la sorcellerie. Pour moi, c'est tout des contes de fées. Il n'y a pas un grand livre rituel, d'habitude ? Un truc écrit à la main sur du parchemin craquant ? Rempli de sorts et d'incantations ? »

Chauncey haussa les épaules. « Je n'en ai jamais vu. Si j'ai besoin d'un sort, je le trouve sur Internet. »

Eden sourit. Elle avait l'agréable sentiment qu'elle venait de rencontrer quelqu'un qu'elle allait beaucoup apprécier.

« Qu'est-ce que t'aimes comme musique ? s'enquit Chauncey.

— Surtout le classique. La guitare. J'en joue un peu. Mais j'aimerais l'étudier sérieusement un jour, si je trouve le temps.

— Wardella t'a dit que je faisais partie d'un groupe ? *Pussy Whip*. C'est Skelly, notre bassiste, qui a trouvé le nom un soir qu'elle batifolait sous la couette avec son copain et une giclée de ce dessert visqueux, t'as probablement compris l'association. Bien sûr il y a d'autres, euh, connotations[1]. On a un mec, le batteur, et quatre filles, c'est ce qui fait notre particularité, j'imagine. En plus qu'on soit bons.

— Hardcore ?

1. *Pussy* : chatte, *whip* : fouet, crème fouettée… *(N.d.T.)*

— Trash metal/punk, avec une composante sociale. Notre dernier album chez Scrooge Records, *Feeding the Sharks*, s'est vendu à trente-cinq mille exemplaires. Assez pour que le label nous envoie en tournée. On a le bus que *Pantera* utilisait avant de passer aux grands stades. Et un nouveau manager : Raoul Kapooshian, celui qui a fait de *Supermarket Bloodbath* ce qu'il est maintenant. Il y a une vidéo de la tournée. On espérait pouvoir en faire passer une partie sur MTV, mais ils ne veulent plus de métal depuis que *Headbanger's Ball* a été retiré de l'antenne. C'est moi qui chante et qui écris la plupart des chansons.

— Elles ressemblent à quoi ?

— Oh, elles te jettent à la gueule tout ce qui me fait chier et devrait faire chier tout le monde. Ça m'aide à tenir le coup. Aussi longtemps qu'il y a des bébés qui crèvent de faim sur la planète, la race humaine est un échec.

— Ouais.

— Si ça te dit, je te montre notre vidéo. Tu pourrais passer la nuit chez moi ? Ça ne dérangera pas Wardella. Tu n'avais pas prévu d'aller quelque part, si ?

— Non, je n'ai rien de prévu. Je n'arrive même pas à aligner deux pensées pour l'instant.

— On va juste traîner, alors. Histoire de se rafraîchir un peu, sauf si tu as déjà assez froid.

— Ça me va. Chauncey… Tu as parlé d'Internet. Je pourrais utiliser ton ordinateur pour envoyer un mail à mes parents ?

— Bien sûr. Allons-y. »

Elles marchèrent côte à côte sur les galets de la plage, traversant des filets de brouillard qui scintillaient de leurs myriades de minuscules gouttelettes d'humidité. Chauncey accompagnait ses paroles de grands gestes, créant, comme si elle écrivait dans la nuit, des boucles et des volutes de lumière bleutée qui s'évanouissaient lentement dans leur dos. Son visage brillait du même éclat. Eden trouvait cela fascinant. Chauncey sourit, dévoilant des dents au sinistre brillant de petites opales.

« Je n'ai jamais rien vu de pareil.

— Moby Bay n'est pas un endroit comme les autres. Il est protégé.

— Comme une réserve naturelle ?

— Oui, bien vu. C'est une espèce de réserve. Mais il n'y a rien de plus dingue à Moby Bay que la soirée poker chez Wardella. Tout ceci… » Chauncey fit un grand geste de la main, un geste de magicien déployant ses cartes « … n'est que la Toile dans laquelle nous nous drapons la nuit. Quand nous nous réapproprions Moby Bay, pour méditer ou nous ressourcer. Tu ne peux pas savoir comme je suis contente d'être de retour après cent jours de tournée.

— J'imagine. Mais qu'est-ce que tu veux dire par *se réapproprier Moby Bay* ? Vous la reprenez à qui ?

— Aux touristes, déjà. Je n'ai rien contre eux, ils font vivre la région. On leur restitue l'endroit pendant la journée. On a la pittoresque grand-rue du XIXe siècle, les vieilles demeures victoriennes, et puis les jardins, la micro-brasserie, le phare sur le promontoire. Mais rien pour loger les touristes, aucun de ces *bed & breakfast* typiques de la Californie du Nord. Tout ferme au crépuscule. Les touristes s'en vont. Quand il fait nuit, impossible d'arriver à Moby Bay. Sauf pour ceux qui y sont nés ou qui sont invités par quelqu'un qui y est né. »

Elles empruntèrent un chemin qui s'éloignait de la plage et montait dans la colline. Le ciel semblait très proche, dense d'étoiles, de météores, de nébuleuses flamboyantes. Les grands cyprès dégoulinaient d'humidité. Eden se sentait étourdie et en même temps euphorique, comme si quelques-uns des minuscules météores traversaient son esprit. Solide sur le plan physique, elle marchait d'un pas assuré sur les talons de Chauncey, qui lui donnait parfois un coup de main pour progresser dans le défilé abrupt.

« Si on peut venir ici en voiture dans la journée…

— On est à quinze kilomètres de la nationale. La route pour Moby Bay est bonne mais elle a plein d'embranchements. Elle suit le littoral, avec beaucoup de circonvolutions dans les criques. Et du brouillard presque toutes les nuits. Si tu reviens après le coucher du soleil parce que tu crois avoir oublié ton caméscope au Gray Whale lorsque tu y as déjeuné, tu ne reconnais plus rien. C'est même plutôt inquiétant. Une route isolée, sans lumière ni personne à qui demander son chemin. Tu prends vite le mauvais embranchement. Après tu tournes en rond pendant une heure avant de retomber enfin sur la 101. À ce moment-là, ta femme est fatiguée, tes mioches pleurent, alors tu décides de laisser tomber et de te faire rembourser ton caméscope par ton assurance.

— Pourquoi est-ce que Moby Bay est difficile à trouver de nuit ? »

Elles prirent un peu de repos au sommet de la colline. Il y avait quelques maisons sans étages à cinquante mètres de là sur la falaise. Un revêtement en séquoia, des toits en bardeaux, des patios. On sentait une odeur de barbecue. Un chien aboyait. La luminosité avait disparu de leurs visages et de leurs mains. Plus rien ne sortait de l'ordinaire. De cette hauteur, la mer était brillante et calme.

« Tout est histoire de perception, dit Chauncey. En fait, notre touriste hypothétique arrive sans problème à Moby Bay. Il parcourt peut-être deux ou trois fois la grand-rue. Et il ne la voit pas. Comme ce spectateur que l'hypnotiseur endort sur scène. L'hypnotiseur lui dit qu'il n'est pas marié alors que sa femme est juste là, au second rang, en train de glousser. Ensuite il lui dit qu'il est amoureux dingue d'un caniche de concours et qu'il veut lui demander sa main en langage chien. *Ouah ouah.* Voilà le spectateur à quatre pattes. *Wouf wouf.* Le public se tord de rire. Notre touriste descend la grand-rue en cherchant Moby Bay. On pourrait traîner devant le marchand de glaces en lui montrant nos fesses qu'il ne nous verrait pas. C'est ça, l'effet de la Toile. Malheureusement, elle brouille les ondes hertziennes. Ne compte pas sur ton portable avant l'aube. L'énergie a toujours été là — une certaine résonance, une fréquence de vibrations, je ne sais pas. Si tu n'as ne serait-ce qu'une once de perception extrasensorielle, tu reconnais et utilises ce que la Terre te donne. La plupart des gens laissent quatre-vingt-dix pour cent de leur matière grise se perdre. La partie active de leur cerveau n'est en général qu'une chose à laquelle accrocher leur ego.

— Chauncey…

— Désolée. Je parle trop. Et tu en sais tellement plus que moi.

— Justement… *Ce n'est pas vrai.* Et je ne sais pas pourquoi tu dis… pourquoi *tous* ceux que je rencontre disent que je suis ce que je suis. Je ne sais même pas ce que je suis censée être ! Ce touriste idiot dont tu parlais, c'est moi. Je tourne en rond dans ma tête. Mes cauchemars sont devenus réalité. C'est tout. En plus, Wardella me dit… qu'elle ne sera plus là quand j'aurai besoin d'elle ! »

Au bout de quelques secondes, Chauncey lui entoura les épaules et l'attira contre elle.

« Il y aura quelqu'un d'autre », dit-elle.

SAN FRANCISCO — 28 MAI — 21 h 54

Une fois installés au Lambourne, Tom Sherard se laissa convaincre par Bertie Nkambe de remonter Nob

Hill à pied jusqu'à Washington Street et de continuer ensuite dans les Ruelles de Chinatown. On trouvait là-bas le restaurant shanghaïen préféré de Bertie, établissement qui n'avait eu besoin d'aucune publicité pour acquérir une excellente réputation dans la région. Le père de Bertie avait été en affaires à Nairobi et Mombasa avec l'oncle de l'un des propriétaires. « *Guanxi* », dit Bertie, avec un de ses clins d'œil si particuliers. Cela signifiait : les relations. Difficile de ne pas se laisser fléchir par la douce insistance d'Alberta, surtout que Sherard avait besoin d'exercice après presque cinq heures d'avion. Plus il marchait, moins il dépendait de sa canne à tête de lion. Et San Francisco bénéficiait d'une merveilleuse soirée de printemps. 22 heures approchaient, en ce samedi soir, et les boutiques, marchés et minuscules restaurants des Ruelles ne désemplissaient pas.

Bertie ne passait jamais inaperçue, mais les vêtements de cuir rouge et les chaînes en or qu'elle portait ce soir-là la rendaient aussi discrète que des pétards. Si la plupart des mannequins de sa taille ne baissaient jamais leur regard de cire vers le commun des mortels, Bertie, elle, avait un sourire pour chacun. Flâner et marchander lui plaisaient. Sur le chemin du restaurant Ya Lin, elle s'arrêta une demi-douzaine de fois, ici pour admirer dans deux ou trois magasins des porcelaines du XVIIIe siècle et des écrans laqués, là pour contempler les aquarelles exposées sur le trottoir par une jeune étudiante du San Francisco Institute of Art. Bertie discutait avec les vieux Chinois dans un mandarin chantant. Elle jouissait entre autres talents d'un polyglottisme inné. Elle avait absorbé le chinois, l'anglais et le swahili chez elle avant de partir à douze ans vivre à New York chez Sherard et Gillian et fréquenter la très renommée école privée pour filles Chapin. Mais le véritable but de sa venue aux États-Unis était d'apprendre à gérer le yin et le yang de son Don.

Alberta Nkambe n'avait que trois ans lorsque le Don avait fait son apparition dans sa vie. Un mamba noir, probablement chassé de son habitat naturel par un feu de brousse, s'était glissé dans la demeure des Nkambe, sur leur caféière près de la rivière Thika. Le serpent avait trouvé à son goût un fauteuil en bambou disposé sur la véranda. Celui dans lequel Joseph Nkambe aimait à s'installer lorsqu'il mettait à profit quelques minutes de détente avant le dîner pour regarder des matches de rugby anglais. Joseph avait l'habitude, avant de s'asseoir, de tapoter les coussins de chintz vert foncé afin de leur redonner du volume. La mangouste de la famille, leur chasseur de serpents domestique, suivait un traitement chez le vétérinaire à cause d'une infection à la patte. Distrait par le doux babil de sa fille qui jouait avec deux de ses frères aînés, Joseph se pencha sans voir le serpent caché derrière le coussin.

Le mamba le mordit à la main, dans le gras au-dessus de la membrane flasque qui sépare le pouce de l'index. Joseph retira brusquement le bras et cria en voyant l'élégante tête de la mort dans son fauteuil et les perforations grises dans sa chair. On survit rarement à la morsure d'un mamba. Même avec un traitement antivenimeux immédiat, on délire plusieurs jours en souffrant mille morts avant de se retrouver avec la main et le bras estropiés.

Joseph tomba à genoux et la peur le fit en appeler à Dieu. Les hurlements de ses fils résonnèrent dans la maison et affolèrent les domestiques.

Bertie ne hurla pas. Elle posa le petit camion avec lequel elle jouait et s'approcha de son père qui, couché sur le flanc, tenait sa main mordue. Tout son bras se convulsait sous l'effet du venin de mamba, une toxine qui s'attaque aux muscles.

« Va-t'en, lui souffla-t-il. *Mamba !* »

Elle vit à quelques pas de là l'animal descendre sur le

sol de terre cuite de la véranda. Elle avait déjà vu des serpents, mais *a priori* jamais d'aussi grands. Peut-être était-elle encore trop jeune pour connaître la peur. Bien que les mambas se montrent extrêmement rapides dans leur habitat naturel, celui-là ne se déplaçait pas très vite, sans doute ralenti par un accès de prudence ou par le sol carrelé, terrain peu familier pour lui. Bertie fit un mouvement exceptionnellement vif pour une fillette de trois ans et attrapa le mamba derrière son horrible tête en pointe. Elle tint serré l'animal qui se tordait dans son poing, la gueule ouverte gorgée de haine bouillante.

Elle le regarda alors droit dans les yeux et le frappa de l'autre main. Le serpent d'un mètre cinquante perdit aussitôt toute combativité et devint tout mou dans sa main potelée. *Pumbavu*, dit-elle, un mot désignant une chose stupide qui ne méritait pas davantage d'attention. Quelques secondes plus tard, après avoir jeté l'animal sur le sol où il resta sans bouger, elle se tourna vers son père.

Le corps de Joseph vibrait comme si on l'électrocutait. Une écume sanglante sortait d'entre ses lèvres et venait souiller sa barbe grisonnante. Bertie attrapa la main blessée, qui s'était teintée de carmin autour de la morsure et enflait rapidement. Craignant qu'une infime quantité de venin passe sur puis sous la peau de sa fille, Joseph essaya de la repousser. Il sentit alors, raconta t-il des années plus tard à Sherard, une chaleur apaisante lui remonter rapidement le bras, atteindre son cœur en fibrillation et y irradier dans le reste de son corps. Ce fut comme si une vague radieuse l'emportait dans un endroit inondé de lumière au centre de l'univers. La crise s'acheva presque aussitôt. Étourdi, avec l'impression d'avoir rêvé et le mamba et sa morsure, il observa Alberta qui plaçait ses lèvres sur les perforations. Quelque chose alors le frappa fort mais sans douleur, comme un K.-O. dû à un coup de poing au menton.

Son premier souvenir fut ensuite que sa femme et un des domestiques l'aidaient à se relever tandis qu'un autre employé de maison emportait le cadavre du serpent enroulé au bout d'un balai. Il avait l'impression de se débattre pour sortir du sommeil le plus long et le plus profond de sa vie. Plus aucun trou dans la peau marron foncé de sa main, rien que deux égratignures insignifiantes en voie de guérison. Sa fille leva sans un mot les yeux vers lui avec une espèce de nuage dans son regard habituellement clair et limpide. Lorsque, sanglotant, il tendit la main vers elle, elle secoua la tête, l'évita et retourna gravement à ses jeux. Trois jours passèrent avant qu'elle parle à nouveau.

Bertie emprunta cent dollars en liquide à Sherard pour acheter une aquarelle qui lui plaisait. En dépit de sa jeunesse, elle disposait d'une fortune se chiffrant à plusieurs millions de dollars, ce dont elle se rendait à peine compte. Une banque internationale conservatrice appartenant au conglomérat financier Bellaver s'occupait d'investir ses revenus. Cela ne la gênait pas de parcourir le monde avec une carte Visa sans plafond et quelques tickets de métro. Elle comptait des amis prêts à la gâter dans vingt pays différents. Aussi voyageait-elle léger, avec juste un petit sac et un peu de rechange, préférant acheter tout ce que ne lui offraient pas les grands couturiers qui mouraient d'envie de la voir participer à leurs défilés. Bertie vendait de la mode branchée, jusqu'à la merde la plus effrontément extravagante, avec un style unique, une grande exubérance et un clin d'œil au public qui signifiait *vous êtes tous* pumbavu *si vous n'achetez pas ça*.

Son aquarelle empaquetée sous un bras, elle prit celui de Sherard de l'autre et le poussa plus ou moins jusqu'à la porte bordée de rouge de la *Forêt Élégante*, où on les attendait. Elle ne lui demandait jamais s'il souffrait de la jambe. Elle connaissait la réponse et ils préféraient tous deux éviter de se souvenir de ce que cette blessure représentait dans leurs vies.

« Au fait, dit-elle en pénétrant dans la minuscule entrée, je devrais peut-être te dire qu'on m'a sondée. »

Elle n'eut pas le temps de s'expliquer. Le propriétaire du Ya Lin, un homme entre deux âges qui lui arrivait à peu près à l'épaule et dont le sourire extatique dévoilait des couronnes en or, traversa le rideau de perles et les escorta à celle des six tables du restaurant placée sous un petit balcon d'ébène sculpté. Le balcon accueillait un petit Bouddha en pierre polie, une roche jaune aux veines ocre. Sur la table, un vase avec des fleurs de pavot rouges fraîchement cueillies. Bertie rit, cligna de l'œil et bavarda avec le propriétaire, qui se tourna à plusieurs reprises pour s'incliner devant Sherard et lui serrer la main.

« Qu'est-ce que c'est que toute cette histoire ? s'enquit ce dernier dès qu'ils furent assis et eurent un moment d'intimité.

— Tu as dû remarquer que c'était la seule table sous un Bouddha.

— Un Bouddha plutôt replet, estima Sherard en lui jetant un coup d'œil. J'espère que le balcon est solide. Et alors, ça veut dire quoi ?

— Gao réserve cette table aux événements que Bouddha doit tout spécialement bénir. » Pause. « Elle est très populaire parmi les jeunes mariés désireux d'assurer la santé et la prospérité de leurs futurs enfants.

— Tu ne lui as pas dit que nous étions…

— Mon mandarin est un peu rouillé. Je me suis *peut-être* mal fait comprendre de Gao. Mais qui sait où on sera quand on se mariera, et on se mariera, alors je me suis dit : on est à San Francisco, je suis sûre que cela ne gênera pas Bouddha…

— Alberta.

— De toute façon, j'ai toujours eu envie de cette table. Et bien entendu, toi et moi souhaitons que nos enfants soient…

— *Alberta.* »

Bertie baissa les yeux. « Tu m'as grondée.

— On se demande bien pourquoi.

— Mais tu n'es pas en colère. » Elle le regarda en plissant un peu les yeux. « Quand tu es vraiment furieux, il te vient des espèces de points blancs sur les joues. Tu veux que je te dise ? C'est l'idée d'être père qui te dérange.

— À mon âge…

— Tu n'as que quarante-trois ans. Mon père en avait cinquante à ma naissance. Tu as tout le temps que tu veux, si tu ne le laisses pas t'échapper. Si tu ne me laisses pas t'échapper. »

Elle dit cela d'un ton presque désinvolte, avec un petit haussement d'épaules et en détournant la tête, mais il entraperçut la douleur qu'elle avait si bien dissimulée jusqu'ici.

« T'es pas qu'un peu accaparante, Bertie. »

Elle ne put garder son ton espiègle. « J'espère t'accaparer tout entier. Bientôt. »

Conscient de s'être fourré lui-même dans cette situation, Sherard ne sut que répondre. À douze ans, il avait plongé son regard dans les yeux de Joseph, des yeux emplis de l'éclat du feu auxquels il se fiait davantage qu'à Dieu, en cette veille de sa première chasse au lion. Il apprenait encore, mais avait déjà assez d'expérience pour comprendre que le plus grand plaisir de la chasse précédait la mise à mort. Et Sherard admit avec un pincement de regret qu'une des joies de la vie lui avait jusqu'ici échappé : celle de voir les yeux de son premier-né, dépourvus de peur tandis qu'il se préparait, comme Tom Sherard l'avait fait, pour la cérémonie du sang.

« J'ai plus du double de ton âge, Bertie. Penses-y. Et trop de ces années me pèsent comme des chaînes.

— Non, seulement une. Celle qui vient de s'écouler. Tu ne *peux pas* m'aimer, ou tu ne peux pas te résoudre à m'aimer ? »

Il garda le silence quelques instants, sourcils froncés. « C'est une question difficile.

— Des chaînes ne font pas une cage. On peut les briser. Il suffit d'essayer. » Elle avait les yeux humides. « Tu veux bien essayer, Tom ? Pour nous deux. »

Il voulait refuser, en terminer immédiatement. Il ne doutait pas que s'il disait non, Alberta Nkambe se lèverait, sortirait, l'abandonnerait seul à la table des jeunes mariés avec le poids de la désapprobation de Bouddha sur les épaules. Dans un étrange accès de lucidité, il comprit qu'il ne voulait pas passer le reste de sa vie à revivre ce moment.

Il remplit ses poumons. « Voyons comment ça se passe, Bertie. Un jour à la fois, d'accord ?

— Un jour à la fois *ensemble*.

— Oui. » Il se sentit soulagé et tendit la main pour prendre la sienne sur la table, mettant ainsi fin à une espèce de tyrannie qu'il lui avait imposée. Le cœur de Bertie Nkambe s'affichait sur son visage. Une femme séduisante, au début de sa vie de femme, que son rapport au monde n'avait pas encore bien définie et qui avait besoin de lui pour cela.

Gao réapparut avec un thé de cérémonie, que Bertie servit. Ils en prirent tous les trois une tasse, une autre tradition à la table des jeunes mariés. Les autres convives sourirent et hochèrent doucement la tête en les observant. Vœux de bonheur et sentiments positifs imprégnaient l'atmosphère.

Sherard n'avait rien mangé ou bu depuis longtemps

qui ait vraiment du goût. Mais le thé était parfumé et délicieux, et il fut suivi d'un vin, un trésor d'argent qui lui restitua son palais. Il n'y avait pas de menus à la *Forêt Élégante*. Le cuisinier de Gao préparait chaque soir un festin collectif, et ceux qui avaient la chance d'obtenir une table mangeaient ce qu'on leur servait. Sherard perdit le compte des plats qui arrivaient grésillants, braisés ou glacés. Et ne fit pas attention à la quantité de vin qu'il absorba. Il pensa néanmoins à demander à Bertie des détails sur ce sondage qu'elle avait mentionné.

« C'était l'aquarelliste. La fille d'origine chinoise au bout de la ruelle. J'étais complètement absorbée par son travail. Je lui tournais le dos. Elle a juste soulevé un coin de mon esprit, tu vois, comme on fait avec une toile de tente, histoire de jeter un coup d'œil à l'intérieur. Simple curiosité, j'imagine. Mais elle a été habile. Elle est mieux entraînée que le manieur de pic à glace dans l'avion.

— C'est une FCM ? »

Bertie prit le temps de démolir une fleur de lotus en purée de légumes avant de livrer son verdict.

« Je ne pense pas qu'elle fasse partie du Jeu. Ce n'est pas une des nôtres, en tout cas.

— Tu n'en fais pas partie non plus, lui rappela Tom. C'est ce que voulait Gillian, et c'est ce que moi je veux. Ne prends jamais de risques, Bertie.

— Je n'ai *rien* fait.

— Elle a pu sonder assez profond pour se faire une idée sur toi ?

— Le blocage-T laisse une signature caractéristique. Mais je ne pense pas qu'il y ait de quoi s'inquiéter.

— Bien. Alors je ne m'inquiète pas.

— Moi non plus. Je ne sais même pas pourquoi je t'en ai parlé. »

Ni elle ni lui ne s'aperçurent de l'entrée d'un Chinois

en costume de soie gris acier. Des lunettes de glacier aux montures en or complétaient ses vêtements voyants. Gao, qui servait du vin à Sherard, leva les yeux et se figea comme une statue de Bouddha. Puis il s'éloigna de leur table à reculons en s'inclinant d'un air timide mais implorant devant le nouveau venu. Celui-ci s'avança, poussa du pied une chaise laquée devant lui, la retourna et s'y assit, les bras sur le dossier. Sherard jeta un coup d'œil au rideau de perles, dans l'embrasure de la porte. Deux types à l'air de gardes du corps y déambulaient en regardant à l'intérieur. Sherard sentit une odeur d'eau de Cologne, évalua les habits coûteux, les accessoires en or et la fine cicatrice qui courait comme une jugulaire sur presque toute la mâchoire de l'homme assis à un mètre de lui. En dépit de cette cicatrice, l'homme avait belle allure, jusqu'à ce qu'il retire ses lunettes noires. Ses yeux semblaient en effet abîmés, comme s'il souffrait d'une gueule de bois perpétuelle, ou d'une ophtalmie des neiges. Ils restaient vagues. Les paupières tremblaient.

« Salut. Bienvenue à San Francisco. Ma ville natale. Excellent restaurant, n'est-ce pas ? Gao est vraiment le meilleur. Ne vous souciez pas de l'addition, on s'en occupe. Ça me fait plaisir. » Il termina à bout de souffle et se caressa les lèvres du bout des doigts. Certaines femmes trouvaient cette bouche sensuelle, d'autres l'estimaient cruelle, la plupart disaient qu'elle vibrait de désir comme une mouche coincée contre une vitre. Il remit ses lunettes sur ses yeux entrouverts et claqua des doigts à l'intention de Gao en désignant le verre de vin de Sherard. Gao disparut dans la cuisine. « Je me présente : Danny Cheng. » Il tourna légèrement son visage dur et plat vers Bertie, qui le gratifia du regard qu'elle réservait d'habitude aux toilettes sales. « Question : qui diable êtes-vous, mignonne ? »

GREENWOOD LAKE, CALIFORNIE — 28 MAI

Geoff McTyer roulait dans sa Taurus vers la maison de campagne empruntée par les Waring. Assis sur le siège passager, l'homme temporairement connu sous le nom de Phil Haman passait le temps en jouant sur son portable Toshiba. Cela ne l'accaparait pas à cent pour cent et il tenait aussi à engager la discussion. Geoff opposa des monosyllabes à ses tentatives. Il se concentrait sur la conduite en s'efforçant de ne pas céder à la panique liée à la sensation d'être dépassé par les événements.

« T'es pas du genre bavard, à ce que je vois », fit Haman sans quitter des yeux le jeu vidéo grandiloquent sur son écran à matrice active. Son pouce s'activait sur le contrôleur, lançant des boules de feu sur des personnages digitalisés avec des glaives et des magiciens à deux têtes. « Peut-être juste parce que tu ne me connais pas très bien. »

Geoff ne répondit pas. Quelques kilomètres passèrent, des touffes de montagnes escarpées contre un ciel nocturne d'une douce luminosité. La lune flottait au-dessus de la cime des arbres, disparaissait parfois. Une route tortueuse. Peu de circulation.

« On arrive bientôt ?

— Oui.

— Mais encore ?

— On tourne à gauche là-haut. On traverse le barrage. Ensuite, je ne sais pas. La route suit la rive nord du lac. Il faut chercher le nom. Sur une boîte aux lettres ou quelque chose comme ça.

— Hassler.

— Oui, Hassler.

— T'es vraiment sous pression. Je comprends. Je compatis. Elle est adorable. Tu ne peux pas t'empêcher de penser à elle. Elle est bien foutue ? Bien sûr que oui.

T'en pinces pour elle. J'imagine qu'elle en pince aussi pour toi, t'es plutôt beau gars. Ça s'est passé comment, la première fois ? C'était dans ton appart' ? Ou bien, non, plutôt un soir après une excursion, t'es du genre physique à aimer le plein air. Les étendues sauvages. Toute cette marche vous a fouetté le sang. Vous faites un feu, vous montez la petite tente. Personne à la ronde sur des kilomètres. Vous avez su toute la journée que vous alliez faire l'amour. Vous n'en pouvez plus d'attendre. Baisers, pelotage. Gémissements. Je t'aime, je t'aime. Déshabillage. À moins qu'il ne fasse un peu frais. Ou qu'elle soit trop timide pour se mettre toute nue. Elle montre juste les parties dont il faut que tu t'occupes, que tu touches. Comme vous avez baissé vos jeans, c'est plus facile par-derrière. Elle est encore plus chaude que tu l'espérais. Tes mains sur ses seins et tes lèvres sur sa nuque. Et tu la fourres. Je ne te fais pas mal, Eden ? Non non ne t'arrête pas c'est si *gros* oh mon Dieu c'est si *bon*.

— Espèce d'enfoiré.

— C'est le barrage, là ? Arrête-toi de l'autre côté. »

Haman éteignit l'ordinateur portable et le rangea. Ils franchirent le petit barrage et s'immobilisèrent dans le noir au bord de la route, le lac peint par la lune à leurs pieds.

« Cette petite chérie d'Eden t'a ôté tout recul, elle t'a fait perdre de vue ta mission, décréta Haman. Mais je ne suis pas ici pour te juger. Chacun son job. Il se trouve que le mien est stupide. J'arrive, je pars. Je travaille de loin ou de près. J'apporte de quoi parer aux deux éventualités. Je le dis comme ça pour ménager ta foutue sensibilité. Personnellement, je préfère tout près. J'aime voir les yeux quand je livre. Pour ainsi dire. C'est comme dans le show-business. Rien de tel que la réaction du public devant toi. Mais je ne laisse pas la promesse d'une récompense viscérale interférer avec mon analyse de la meilleure façon de mener le travail à bien. Aucun autre facteur n'entre en jeu. La politique ne m'intéresse pas. Et ne me sors pas une de tes théories du complot. Tout est complot. J'arrive, et je repars tout de suite après. Je suis toujours très bien noté. Je ne sais pas qui décide de ma note. Je reçois mes instructions de si loin dans Secteur que si ça se trouve, il n'y a plus personne là-bas. Ce qui pourrait signifier bien des choses. Mes instructions, voilà tout ce qui m'intéresse. Parfois c'est un aveugle qui m'arrête dans la rue d'un petit coup de canne pour me murmurer quelque chose à l'oreille. Si un mois se passe sans que je livre, je commence à m'avachir. À m'inquiéter. Et puis les Voix commencent. Loin, comme une mélopée. Une espèce de déjà-vu vaudou. Je peux les ignorer un certain temps. Mais après, ça empire tellement que je n'arrive plus à dormir. *Sortez vos morts*, elles crient. *Sortez vos morts !* Qu'est-ce que ça veut dire ? Elles me tiennent pour responsable ? Je suis les instructions. J'arrive, je pars. Parfois, c'est une petite fille dans un fast-food qui me glisse une serviette froissée dans la poche. »

Les mains crispées sur le volant, Geoff regardait droit devant lui. L'éclat froid du lac Greenwood lui éclairait un côté du visage. S'il n'en était pas certain jusque-là, cela ne faisait plus aucun doute dans son esprit. Un monde qui ne laisserait pas Eden Waring vivre en paix n'était qu'un sinistre asile de fous, un enfer menaçant. Il avait changé de point de vue sur l'homme temporairement connu sous le nom de Haman. Peu importait qui il était, il avait émergé des ruines des croyances et du douteux sens du devoir de Geoff dans l'unique but de le tourmenter avant de le détruire. Geoff avait très peur. Mais la peur qui le possédait, il le sentait, avait aussi le pouvoir de le définir.

Quelques minutes s'écoulèrent dans un silence lugubre.

Puis l'assassin bâilla comme s'il avait dormi et reprit la parole.

« Bon, on localise la maison. On reste hors de vue jusqu'à ce qu'on sache si elle est là ou pas. Après, je prends le relais. Tu ne t'occupes de rien. Quand je ressors, tu me ramènes dans ce bled d'où on vient, et je ne suis plus que de l'histoire ancienne pour toi. »

Geoff tourna lentement la tête pour regarder Haman. Il comprit que l'autre mentait, que ce n'était pas du tout ce qu'il avait en tête. Il ressentit non de l'horreur, mais une quasi-euphorie.

« Et les Waring ? »

Haman haussa les épaules. « Eh bien, Geoff… Tu sais ce que c'est. Qu'est-ce que je peux faire ? À moins que t'aies une meilleure idée. »

Geoff reprit la route en accélérant trop brusquement. « Non. Finissons-en. »

SAN FRANCISCO — 28 MAI

Deux portes en bois *nan* sculptées à la main. Des chaises sculptées de style Ming. Des porcelaines du XVIIIe siècle et des vases en or moulu. Des étagères laquées noir et or. Un cheval funéraire de la dynastie Tang, sellé. Un chien Han d'émail vert. Une timbale rituelle en bronze décorée de buffles d'eau, âgée de trois mille ans. Des objets ayant survécu à d'immenses histoires enfouies. Des objets à l'aspect et à la texture séduisants qui suppliaient qu'on les touche, qu'on les vénère.

Danny Cheng était fier de son commerce établi au rez-de-chaussée d'une maison italienne blanche comme neige construite sur Russian Hill à l'époque des grands voiliers, des célèbres clippers marchands chinois, de la Grande Flotte blanche[1]. La maison originale, leur apprit Cheng, ne devait d'avoir survécu au grand incendie de 1906 qu'aux sacs en toile de jute trempés dans le vin issu de la vaste cave avec lesquels on avait protégé le toit. La flotte avait disparu depuis longtemps, mais la vue sur la baie à l'ouest du Golden Gate était tout aussi magnifique que depuis nombre de collines de la ville.

« Alors comme ça, vous vendez des antiquités, dit Sherard.

— Les belles antiquités sont plus une histoire d'amour qu'un commerce. » Cheng sourit à Bertie Nkambe, qui ne leur prêtait plus la moindre attention et se promenait entre les trésors avec une expression quasi extatique. « Qu'est-ce que je fais d'autre ? Je cultive du raisin. J'élève des pur-sang chez moi, de l'autre côté de la baie. Mon père a gagné une petite fortune à son époque, et j'ai eu la chance de pouvoir la faire fructifier. Mais le cœur des affaires de Danny Cheng, c'est le renseignement. Les informations que ni la CIA ni la NSA n'arrivent à obtenir malgré leurs systèmes d'écoute et leurs ordinateurs plus rapides que la pisse dans le vent. Ma source à moi, c'est la rue. Mais à une échelle globale. Des mots, des phrases. Un indice ici, un murmure là. Des fragments et des bribes. Un regard, un geste. Des confidences sur l'oreiller. Les bavardages recèlent toujours une part fondamentale de vérité. L'horloge informationnelle de Danny Cheng a deux jours d'avance sur le méridien de Greenwich. J'achète, je vends. Qui s'intéresse à mes informations ? Le genre d'hommes trop brillants pour ergoter. Que l'on emploie pour leur intelligence supérieure. Qui lisent des résumés. Écoutent des spécialistes. Prennent en une seconde des décisions brillantes à propos de crises et de conflits qui

1. *Great White Fleet.* Flotte de seize cuirassés blancs de la marine américaine envoyés faire le tour du monde fin 1907 en guise de démonstration de force. *(N.d.T.)*

concernent le reste d'entre nous. On a peut-être les mêmes relations ? Il vous arrive d'aller à Washington, Tom ?

— J'évite autant que je peux. J'imagine que si je me suis trompé sur la manière dont vous gagnez votre vie, c'est à cause du style des gardes du corps qui vous suivent partout. Ceux avec les tatouages tongs.

— Ces types-là ? Comme vous dites, il n'y a que le *style* qui compte pour eux. Les Tongs n'ont plus beaucoup d'importance. C'était une petite affaire de famille. Il n'y en a plus que pour le Grand Crime, maintenant. Le Grand Crime opère à une échelle intergalactique, dispose d'une immunité diplomatique et d'une ligne de tee-shirts. Vous n'allez pas me croire, mais si j'ai besoin de gardes du corps, c'est parce que mes ex-femmes me harcèlent. Elles adoreraient voir ma tête fichée sur une pique dégoulinante de mon sang. »

Il dévorait à nouveau Bertie des yeux avec un sourire de convoitise, comme s'il n'avait rien appris sur les femmes. Malgré la climatisation réglée très froide, Danny Cheng transpirait. Et commençait apparemment à trembler. Sherard remarqua un vieillard dont la tête jaune couverte de taches semblait d'une fragilité de papier mâché. Il était entré en silence dans la salle d'exposition, vêtu de pantoufles en tissu rouge, d'un pantalon de kung-fu froncé noir, d'un *gi* avec une ceinture noire et des emblèmes d'un expert en arts martiaux. Il semblait serein, modeste, et capable d'asséner des coups mortels.

Danny Cheng sembla s'apercevoir de sa présence avant même de se retourner.

« Voici mon père, Chien-Chi », fit-il tandis que ses mains tremblantes sortaient un mouchoir de sa poche.

Sherard se présenta. Chien-Chi jeta un coup d'œil à Bertie, qui s'approcha aussitôt. Ils s'inclinèrent l'un vers l'autre. Bertie avait elle aussi une ceinture noire.

Elle appela Chien-Chi « Maître ». Celui-ci positionna ses doigts en flèche d'une manière qui évoquait une patte de poulet.

« C'est un grand honneur d'accueillir quelqu'un de si grand talent dans notre demeure », dit-il tout bas à Bertie.

Danny Cheng remonta ses lunettes noires sur son front et essuya la sueur autour de ses yeux malades. Sherard lui jeta un coup d'œil.

« Oh, ce n'est rien. Un parasite attrapé en Thaïlande, ça me prend aux plus mauvais moments. J'appelle ça la fièvre des trois minutes. » Il laissa retomber les lunettes sur l'arête humide de son nez épaté. Bertie avait agrippé les mains jointes de Chien-Chi, qui restait tête baissée. Ils se tinrent ainsi quelques instants, puis Bertie s'adressa à lui en mandarin et le lâcha comme à regret, une lueur songeuse dans les yeux. Sherard se demanda ce qu'il se passait.

Danny Cheng serra et desserra les poings. « Je boirais bien un verre. Tom ?

— Danny, Bertie et moi vous remercions de votre hospitalité, mais je pense que… »

Bertie le regarda. « Tout va bien, Tom. Il est encore tôt. Et j'aimerais passer un peu plus de temps avec Chien-Chi. C'est pour cela que je suis venue. Ça compte beaucoup pour lui. »

Le bureau de Danny Cheng, dans l'aile est de la maison rénovée et agrandie, donnait sur la baie et le quartier de la Marina. C'était une pièce spacieuse à la décoration et à l'ameublement minimaux, une création *feng shui* impressionnante de grâce. Deux banquettes laquées à l'assise de cuir rouge se faisaient face sur un tapis rectangulaire gris perle qui recouvrait un tiers du sol de granit gris foncé traité à la flamme. Près de ce tapis, à deux mètres cinquante des bow-windows dépourvus de rideaux, une jolie table ovale au laqué noir faisant miroir. Elle servait de bureau à Cheng et n'était encombrée que d'un ordinateur portable, d'une petite lampe et d'un bol de bois jaune pâle empli de galets de rivière.

Cheng installa Chien-Chi près de lui, Bertie à côté du vieillard et Sherard sur la banquette opposée. Lui-même s'assit derrière la table. Une Chinoise dont la natte sinuait au milieu du dos entra avec un chariot à boissons chargé de plusieurs petites carafes remplies de liqueurs pâles, d'une bouteille de Glenfiddich et de *ginger ale* pour Bertie. Elle saisit une des carafes et versa quelques gouttes de son précieux contenu dans un verre de la taille d'un dé à coudre, qu'elle tendit à Chien-Chi.

« Liqueur de semence de serpent, expliqua ce dernier à Bertie. Très efficace pour revigorer les vieillards de mon âge. »

Danny Cheng regardait l'écran de son portable en tapotant la table de ses doigts humides.

« Plutôt costaud. Extrait du serpent cinq pas, le crotale chinois. Ainsi dénommé parce qu'une fois qu'il vous mord, vous ne faites pas plus de cinq pas avant de claquer.

— Quel âge avez-vous ? demanda Bertie à Chien-Chi.

— Je l'ignore. Il n'y avait pas d'état civil dans le quartier où je suis né. Et ma mère n'avait pas les moyens de payer un astrologue pour qu'il dresse mon horoscope dès mon entrée dans la vie. Mais vieux, c'est vieux. Je sais que j'atteins la fin de mon cycle terrestre. » Il prit une minuscule gorgée de la liqueur de semence de serpent. « J'ai eu trois femmes et quatorze enfants. Danny est le fils de ma troisième épouse, celle qui avait du sang hawaïen. Une sacrée femme. »

Danny Cheng leva les yeux. « Tu ne devrais pas parler de maman comme ça.

— C'est une insulte ? Elle avait un caractère unique et difficile à décrire, dans quelque langue que ce soit. Je ne voulais pas lui manquer de respect, même si elle m'a quitté pour un homme plus jeune qui dirigeait une franchise Buick. » Il se tourna vers Bertie. « J'ai aussi eu une fille de ce troisième mariage. Vous l'avez vue, quand nous nous sommes touché la main ?

— Oui. Elle est… ravissante. Vous pensez beaucoup à elle. »

Chien-Chi répondit à son hésitation d'un petit hochement de tête empli de tristesse.

« Qu'est-ce que vous avez vu sur moi ? demanda Danny Cheng en s'essuyant le visage avec un sourire bougon.

— Votre père, répondit Bertie, vous trouve dévoué et digne de confiance.

— Je me demandais s'il y avait des mauvais renseignements sur Bertie et moi dans ce fichier que vous consultiez, dit Sherard.

— Ça ressemble à une simple biographie, dit Danny Cheng en consultant une fois de plus l'écran de son portable. Vous étiez marié à Gillian Bellaver. Nous savons tous deux pourquoi on l'a tuée, inutile de revenir là-dessus. » Il fit une pause et pressa une touche. « Vous êtes arrivé aujourd'hui à San Francisco sur un vol United Airlines, sous le nom de G.W. Hunter. Même nom sur le registre de l'hôtel. Que signifie G.W. ? *Great White*[1] ?

— J'aime ce genre de petites blagues.

— Dûment muni de faux papiers et de fausses cartes de crédit d'une qualité irréprochable. Nous fréquentons les mêmes cercles, en fin de compte. Mais pour ne pas attirer l'attention, mieux vaut éviter de voyager en com-

1. *Great White* : jeu de mots sur grand requin blanc et grand (chasseur) blanc. *(N.d.T.)*

pagnie de l'une des plus belles femmes du monde. J'aurais déjà arrêté de suer s'il n'y avait pas Bertie Nkambe dans la pièce. En cuir de moto-cross. Et pull Michael Kors dont le col cheminée monte très haut et met en valeur ses fantastiques pommettes. Il fallait que je le dise. Ce n'est pas pour vous faire du gringue, Bertie.

— Que savez-vous sur ma tante Gillian ?

— Il ne sait rien du tout, trancha Sherard. Restons-en là.

— Je relève le défi. Je sais qu'un certain superflic est aussi parano avec les médiums que Hoover l'était à l'époque avec les défenseurs des droits des personnes de couleur. Vous le saviez aussi ? »

Sherard regarda Danny Cheng. Celui-ci tendit la main vers le verre en cristal taillé que la fille avait posé près de lui, mais il tremblait trop pour pouvoir le prendre.

« Non, dit Sherard.

— Considérez ce renseignement comme un cadeau de bienvenue. En échange… » Sa deuxième tentative pour approcher le scotch de ses lèvres sans en renverser fut couronnée de succès. Il but, reposa le verre et serra ses mains l'une contre l'autre. « En échange, je veux quelque chose de Bertie. »

Bertie pencha la tête pour dire d'un ton à moitié amusé : « Devant votre père ? »

Chien-Chi regarda Bertie et ils rirent ensemble.

« Ah, ce petit clin d'œil espiègle. Méga-excitant. Mais Danny Cheng ne pense qu'aux affaires, ce soir. Tout ce que je vous demande, c'est d'utiliser votre Don pour récupérer quelques informations. Mon honorable père et moi vous en serions reconnaissants pendant une centaine de nos vies futures.

— Pourquoi ne pas demander à cette vendeuse d'aquarelles à Chinatown ? intervint Sherard.

— Lu Ping. Ma nièce. Avoir son propre médium est plus qu'un signe de réussite, de nos jours. Je vois venir l'époque où on ne pourra plus faire des affaires ou protéger son commerce sans en avoir un. Les ordinateurs ? Qu'est-ce qu'une machine pour des esprits capables d'arrêter une horloge ? C'est une espèce de paradoxe ironique. J'ai eu la chance de trouver une autre personne dotée de talents psychiques dans la famille. Lu Ping n'en est pas dépourvue, mais le sien est inexploitable. Vous avez vraiment tué un lion à mains nues ?

— Non, ça c'était Tarzan.

— Apocryphe, hein ?

— Le talent de Bertie n'est pas exploitable non plus, affirma Sherard. Elle ne fait pas et ne fera pas partie du Jeu.

— Laissez-moi juste effacer cette information à propos du lion. Les informations erronées ont la manie d'évincer les correctes. Souvent parce qu'elles sont plus pittoresques. »

Sherard regretta l'absence de dossier sur sa banquette. Il grimaça de fatigue et tendit lentement sa jambe gauche, puis sirota son Glenfiddich en regardant Bertie et Chien-Chi discuter gravement à voix basse en mandarin.

« Permettez-moi de vous tranquilliser sur un point, dit Danny Cheng en tapant sur le clavier.

— C'est un peu trop tard pour ça, Danny.

— Je n'ai rien à voir avec le MORG. Je n'ai jamais été sociable. Et puis je n'aime pas ces salopards. Ma sœur était peut-être à bord de cet avion qui s'est écrasé aujourd'hui à Innisfall. C'est une unité paramilitaire du MORG qui a attaqué le cloître psi clandestin sur Maui, à 1 h 30 du matin. Ils cherchaient Kelane. Ils l'ont trouvée. Jusque-là, mes informations sont fiables. Les informations fiables sont calmes et bien faites, elles respirent toutes seules. Les informations fiables mettent mes mamelons au garde-à-vous. Il y a aussi d'autres choses, mais je n'y crois pas à cent pour cent. Je continue à recevoir des renseignements parcellaires. Vous allez voir que vous avez toute ma confiance, monsieur le Grand Chasseur blanc : Rona Harvester, nom de code Zéphyr, se trouvait dans l'un de ces hélicoptères noirs et c'est elle qui supervisait toute l'opération.

— Ou bien Tarzan. »

Danny Cheng revint à son portable et ses doigts volèrent sur le clavier.

« Non, attendez, ça colle. Rona Harvester était à Hawaï hier et aujourd'hui. Peu savent que depuis l'attaque du Président, elle n'est plus protégée par les services de sécurité mais par le MORG.

— Ils n'ont pas fait du bon boulot, cet après-midi. »

L'autre eut un sourire sensuel. « J'ai aussi des renseignements là-dessus. Les meilleurs qui soient. Ils sont bien roulés, ils tortillent du cul, me soufflent dans l'oreille et me tapent une branlette. »

Bertie pinça les lèvres en un sifflet muet et leva les yeux vers le plafond. Chien-Chi semblait s'être assoupi.

« L'hélicoptère noir qui a attaqué le cortège appartenait au MORG. Un hélicoptère de la police d'Hawaï qui se trouvait dans les parages l'a poursuivi jusqu'à ce que le pilote reçoive l'ordre d'abandonner et de rentrer à la base. Qui a donné cet ordre ? Aucune idée, mais ça cache plein de trucs excitants. On n'a fait décoller aucun jet de la marine ou de l'Air Force, alors qu'il y en avait de disponibles à seulement quelques kilomètres de là. L'hélicoptère noir a été vu pour la dernière fois volant juste au-dessus des arbres en direction d'un terrain militaire soi-disant désaffecté à Waimanalo Bay, sur la côte nord d'Oahu.

— J'ai vu à la télé qu'il y avait deux agents du MORG parmi les victimes du cortège. Le MORG aurait tué ses propres hommes ?

— Si telle était la volonté de Rona Harvester, oui. Elle en est sortie avec une putain d'image de Jeanne d'Arc. Vachement plus présidentielle que cet imbécile de Dunbar avec sa tête de bébé. Pour moi, l'attentat a été organisé par Rona Harvester et perpétré par les agents de la force d'élite du MORG qui ont fait un raid sur Maui et emmené ma sœur.

— Ils l'ont emmenée où ?

— La destination du plan de vol original de Transpac 1850 était Plenty Coups, dans le Montana. Vous avez forcément entendu parler de Plenty Coups. »

Sherard hocha la tête.

« Mais la trajectoire de l'appareil a été modifiée pendant le vol. Ils avaient drogué Kelane jusqu'aux yeux, mais elle a peut-être pu y arriver quand même. Arriver à interférer avec les commandes. Je ne connais rien aux DC-10. Ce n'est pas une information vérifiée, juste une spéculation. Mais mon père et moi pensons que Kelane est morte. »

Chien-Chi ouvrit les yeux. Bertie se pencha sur lui et lui prit la main.

« Elle avait un talent psychotronique ? s'enquit Sherard.

— Son esprit avait des affinités avec les machines, mais elle avait d'autres talents. Elle était neurochirurgienne, même si cela faisait des années qu'elle n'avait pas pu pratiquer. Elle passait le plus clair de son temps à fuir. Le MORG la recherchait, il la voulait à tout prix.

— Pour quoi faire ?

— C'est ce que j'aimerais savoir.

— Kelane savait pourquoi ils la traquaient ? »

Danny Cheng regarda son père. « Je pense que oui. Elle refusait de venir nous voir. Trop dangereux. Nous savions que le MORG me surveillait, qu'il surveillait cette maison.

— Sympa de nous avoir amenés ici, s'agaça Sherard.

— Ne vous inquiétez pas. Le MORG a arrêté de surveiller Danny Cheng il y a une semaine. J'aurais d'ailleurs dû comprendre à ce moment-là qu'ils avaient fini par la repérer.

— Vous avez pu en informer votre sœur ? Ou bien vous ne saviez pas où elle était jusqu'à aujourd'hui ?

— Il valait mieux que je ne le sache pas. Kelane communiquait avec moi par courrier électronique. Sans adresse de réponse. J'ai eu de ses nouvelles pour la dernière fois il y a deux jours. Elle disait qu'elle nous aimait. Elle avait l'air déprimée. Elle disait : *Je pense sans cesse à Portland. Je n'ai jamais cru qu'ils le feraient. Tout ça à cause de moi. Et j'ai peur qu'un autre Portland se produise bientôt, si je ne leur cède pas. J'ai peur. J'ai peur.* »

Mentionner Portland amena silence et tristesse. Portland… des ruines luisant encore faiblement de la chaleur nucléaire déversée parmi eux, dérangeant les harmonies magistrales de la pièce. Il était impensable qu'un autre Portland se produise dans le paysage américain. Une autre ville de taille moyenne en partie évacuée dont un cratère de trianite vert océan avait remplacé la gare routière. Dans dix ans, lorsque le cratère aurait refroidi, on l'entourerait d'un parc commémoratif. Les écoliers feraient la quête pour planter des arbustes. Bertie se frotta un côté du visage, comme si quelque chose l'avait mordue. Elle parcourut la pièce d'un regard brumeux.

« Et son *ils* désignait le MORG ? demanda Sherard.

— Qui d'autre ? répondit Danny Cheng.

— Le MORG aurait atomisé une ville américaine parce que votre sœur refusait de lui donner ce qu'il voulait ? Quelque chose qu'elle *seule* pouvait lui donner ? Elle avait toute sa tête ?

— Je n'en ai jamais douté, répondit Danny Cheng au bout de quelques instants. La folie est plutôt à rechercher au sein du MORG. *Incontrôlables* est un terme trop faible pour les décrire. Kelane était en route pour

Plenty Coups, mais je ne pense pas qu'elle avait l'intention d'y parvenir, quoi qu'il arrive.

— On n'est pas certains qu'elle se trouvait à bord.

— Je veux en être sûr. Et si elle était dans cet avion, je veux savoir pourquoi on l'emmenait à Plenty Coups.

— Quelqu'un d'aussi important que vous dans le domaine du renseignement… »

Cheng secoua la tête. « Je n'ai jamais pu obtenir grand-chose sur Plenty Coups. S'y intéresser, même de loin, revient à courir au suicide. Ils ont des mesures de sécurité absolument démentielles. C'est une installation de la taille du Pentagone, entièrement souterraine. J'ai entendu des rumeurs, dont j'apprécie le côté divertissant. Plenty Coups serait une installation destinée aux extraterrestres en visite sur Terre. Le portail vers une civilisation souterraine avancée qui remonte au temps où les singes n'étaient pas encore descendus des arbres. Un poste de commandement pour le Nouvel Ordre mondial que le MORG prévoit de nous présenter un jour où il n'y aura pas grand-chose à la télé. Le futur plus grand multiplexe cinématographique du monde, qui projettera exclusivement des vieux films de Schwarzenegger à un public léthargique. Ou encore un nouveau genre d'expérience superculte, le Disneyland des voyages vers la mort. » Il fit une pause. « Encore que ça, ce n'est peut-être pas très éloigné de la vérité.

— Kelane était neurochirurgienne ? fit Bertie comme si elle réfléchissait à voix haute. Ça pourrait avoir un rapport avec l'intérêt que le MORG lui porte ?

— Le monde ne manque pas de neurochirurgiens, répondit Danny Cheng.

— Oui, mais de neurochirurgiens médiums ? De neurochirurgiens capables — je ne fais que supposer — de travailler de l'intérieur du cerveau pour guider le laser, le couteau gamma ou je ne sais quoi ?

— Il fallait qu'elle soit superbe. Il fallait qu'elle soit

grande, avec du sang chinois et de longues jambes recouvertes de cuir rouge. Et par-dessus tout, il fallait qu'elle soit assez intelligente pour voir ce que je n'avais pas vu. Nous ferions une équipe vraiment formidable. Bertie Nkambe et Danny Cheng. Je dis cela d'un ton résolument professionnel. Restons à ce niveau professionnel. Mais vous voyez ma chemise ? Elle est complètement trempée.

— Je suis déjà prise, répliqua Bertie d'un ton très collet monté.

— On peut quelque chose d'autre pour vous, Danny ? demanda Sherard.

— J'y arrive. Le crash. Il y a eu une survivante. Une certaine Portia Darkfeather. » Il se tourna à nouveau vers son portable pour vérifier. « Un nom amérindien, je dirais. Sous contrat avec une compagnie du MORG nommée Accelerated Counter-Insurgency Defense, qui fournit un entraînement militaire avancé aux policiers et aux shérifs du pays. Sûrement très utile pour protéger et servir. ACID est également une couverture pour les forces d'élite du MORG. Portia Darkfeather a passé cinq heures en chirurgie à l'hôpital d'Innisfall et n'a toujours pas repris connaissance. Communiqué officiel de l'hôpital. » Cheng se caressa les lèvres pendant plusieurs secondes avant d'en venir au fait. « À quelle distance faudrait-il que vous approchiez de Darkfeather pour arriver à la sonder ? demanda-t-il à Bertie.

— Beaucoup trop près. Il faut un contact physique. Parfois. D'autres fois, je ne vois rien du tout. Il n'y a pas de canaux ouverts. » Elle fronça les sourcils. « Et si elle vient d'être opérée, je risque de lui causer beaucoup d'ennuis si je la touche. Si ça se trouve, je…

— J'ai entendu parler de cette histoire d'hémorragie, dit Danny Cheng. C'est vrai ?

— Laissez tomber, intervint Sherard. Je ne… Tu ne le feras pas, Alberta.

— Mais… Tom, Portia Darkfeather est peut-être au courant de tout, elle sait peut-être pourquoi le MORG a besoin à ce point d'un médium neurochirurgien. Après tout ce que Danny nous a raconté, tu n'es pas curieux ?

— Nous ne sommes pas venus pour ça. Et ce serait prendre un gros risque à plus d'un titre. Tu peux être certaine qu'elle est sous bonne garde.

— Si je pouvais toucher un de ses vêtements, ou n'importe quel objet lui appartenant, cela pourrait être un moyen sûr de…

— Non. »

Danny Cheng eut l'air frustré. Son père se tourna vers Bertie.

« Personnellement, l'idée ne m'a jamais plu. Mais Danny sait parfois se montrer très persuasif. J'ai donc consenti à cette rencontre. Nous vous remercions de votre sollicitude. Et je suis très heureux d'avoir pu faire votre connaissance.

— Quelqu'un n'aurait pas senti quelque chose, juste à l'instant ? » demanda Bertie.

Au moment où elle prononçait ces mots, Sherard prit conscience d'un frémissement qui semblait se répercuter dans toute la maison.

Cheng haussa les épaules. « On a ça tout le temps. C'est la Ceinture de feu. Quelque part vers Palo Alto, les boîtes de conserve tombent des étagères et tous ceux qui sont en train de faire l'amour jouissent trop tôt.

— Ce n'est pas un tremblement de terre », dit doucement Bertie en se levant.

Le frémissement se poursuivait, de plus en plus intense.

Quelque chose s'éleva dans la nuit étoilée de l'autre côté du bow-window auquel Danny Cheng tournait le dos. Un hélicoptère d'un noir de jais avec des moignons d'ailes et une hélice à poussée vectorielle. La maison vibrait à cause de la proximité du puissant hélicoptère, mais celui-ci ne fit aucun bruit en montant, nez pointé vers le sol, à quinze mètres d'altitude. La verrière de l'appareil de style Cobra était presque aussi sombre que son fuselage. Un canon de vingt ou trente millimètres saillait sous le nez. Des boîtes noires munies de perches en forme d'antennes étaient fixées aux ailes à l'emplacement des lance-roquettes.

Danny Cheng se retourna lentement pour voir ce que les autres regardaient.

« À laquelle de vos ex-femmes ça appartient ? » lui demanda Sherard.

Bertie fit volte-face, gagna les doubles portes du bureau et tenta de les ouvrir.

« Fermées à clef, annonça-t-elle. La fille qui a apporté les boissons ? J'ai eu le pressentiment que j'aurais dû la sonder. *Merde*.

— J'ai engagé Song il y a trois semaines, plaida Danny Cheng. Cette poupée avait de super références.

— Dont la plus impressionnante était sa chatte, intervint Chien-Chi avec un soupçon de mépris. N'est-ce pas toujours le cas ?

— Vous avez quoi sur vous ? demanda Sherard à Cheng.

— Un Glock neuf millimètres.

— Passez-le-moi et éloignez-vous des fenêtres.

— Vous allez descendre cet hélico ? Avant de commencer les hostilités, rappelez-vous qu'ils n'ont rien fait.

— Si, fit Bertie en revenant rapidement vers eux. Vous n'avez pas chaud ?

— C'est parce que vous me faites de l'effet.

— Mais vous, non. Donnez votre pistolet à Tom et prenez votre ordinateur.

— Mais il *fait* chaud, ici », dit Chien-Chi.

Sherard saisit au vol l'automatique en polymère noir que Cheng lui lançait.

« Ce n'est pas la pièce, c'est nous. Notre température monte. Ils nous inondent de radiations basse fréquence. »

Danny Cheng prit son portable et y jeta un coup d'œil. « L'écran s'est éteint. Il marchait il y a une seconde.

— Poussez-vous », dit Bertie. Elle jeta la lampe de bureau contre un mur, plongeant la pièce dans l'obscurité. Elle agrippa la table ovale et la renversa.

« Eh, ça coûte…

— Amenez votre père par ici et embrassez le sol », l'interrompit Bertie, le visage luisant de transpiration. « Nous sommes dans un four à micro-ondes. Tom, nous n'avons pas beaucoup de temps.

— Faites sauter la serrure de la porte ! paniqua Danny Cheng.

— Vos portes sont trop épaisses, lui expliqua Bertie. Un neuf millimètres égratignerait à peine la serrure. Poussez Chien-Chi de là ! *À terre.* Près des murs, mais loin des fenêtres.

— Toi aussi », lui dit Sherard en la poussant. Il prit un galet d'un kilo qui avait roulé hors du bol jaune et le lança sur la baie du milieu, en brisant les trois quarts.

« Je brûle ! » gémit Danny Cheng.

Sherard s'essuya les yeux, s'accroupit derrière la table, et visa la boîte noire sur l'aile droite de l'hélicoptère. Il se demanda s'ils se fiaient totalement à leur technologie de radar pour cuire de l'intérieur les occupants de la pièce, ou s'ils répliqueraient à la mitrailleuse quand ils verraient l'éclair des coups de feu. Il espéra qu'ils préféreraient éviter d'attirer l'attention dans ce quartier, un des plus huppés de San Francisco. Appareils de contre-mesure électroniques, UBF, leurres… il ignorait ce que contenaient les boîtes. Il voulait seulement mettre hors service l'antenne conique évoquant un pénis circoncis d'une soixantaine de centimètres de long, car il ne doutait pas que telle était l'origine des micro-ondes émises dans le bureau de Danny Cheng. Encore une minute, voire rien que trente secondes, et leur sang comme leur cerveau se mettraient littéralement à bouillir. Sherard avait déjà le plus grand mal à respirer et à aligner deux pensées.

Environ vingt mètres. Il n'avait pas tiré si souvent que cela au pistolet, même s'il ne partait presque jamais en safari sans un Colt Frontier modèle .45. Le Glock avait un chargeur de dix balles, une ligne de mire fixe, et un canon d'environ dix centimètres de long. Cela conviendrait pour une telle distance, surtout que par chance, l'hélicoptère se découpait, immobile et silencieux, sur un ciel éclairé par la lune.

Par le trou qu'il avait pratiqué dans la fenêtre, il pulvérisa l'antenne et la boîte noire derrière elle puis, juste avant que le canon à l'avant de l'appareil se mette à cracher, roula à l'abri en criant : « *À terre, à terre ! Restez couchés !* »

La pièce s'illumina de balles traçantes et l'air s'emplit d'échardes arrachées à la table ovale, d'éclats aigus provenant des éraflures creusées dans le sol de granit, de plâtre tombé du plafond. Cela dura moins de dix secondes. Plus de cent balles furent tirées. Le silence retomba ensuite, uniquement troublé par un gémissement humain.

« Bertie !

— Ça va ! Chien-Chi aussi. »

Elle avait eu la présence d'esprit de tirer une partie du tapis gris perle sur le vieillard et elle tandis qu'ils se blottissaient contre le mur.

« Personne ne se soucie de moi ? fit Danny Cheng avec humeur.

— Vous êtes touché ? » demanda Sherard. Le gémissement n'avait pas cessé.

« Non. Ça vient de dehors. »

Le puissant mitraillage avait réduit en miettes les portes du bureau. L'une d'elles pendait de ses gonds. D'un coup de pied, Cheng la fit tomber dans le couloir. Un peu plus loin, la Chinoise à longue natte se tenait sur les escaliers, une main sur la rambarde, l'autre crispée sur l'abdomen, et le sang coulait entre ses doigts.

Douleur et surprise. Elle semblait assez jeune pour ne jamais avoir envisagé de mourir.

« T'attendais pas au bon endroit, hein ? lui cria Danny Cheng. Tu comptais nous servir comment, cuits à point ? Qui a fait ça ? Qui m'a piégé ?

— Non, dit Bertie. Aidez-la, elle est… »

Du sang sortit par la bouche de la fille qui mourut sans plus un bruit, lâcha la rambarde et culbuta lentement dans les escaliers.

« Mon Dieu, gémit Bertie.

— Il y a moyen de sortir d'ici sans être vu ? demanda Sherard à Danny pour la deuxième fois.

— Par le sous-sol. Des marches qui mènent dans le jardin, derrière une porte métallique au fond de la cave à vin.

— Allons-y.

— Non, mec. Personne ne fait fuir Danny Cheng de chez lui.

— Il a raison, Danny. Où sont vos gardes du corps ? Pourquoi ne sont-ils pas venus nous aider ?

— *Personne !* »

Sherard secoua la tête avec colère, agrippa Bertie et descendit les escaliers avec elle. Elle trébucha près du cadavre de la Chinoise, faillit tomber et posa une main au sol pour se remettre d'aplomb. Quand elle se redressa, elle avait la main pleine de sang. Elle se raidit, comme déséquilibrée par un coup, et ses yeux semblèrent vouloir se révulser.

« Bertie !

— Ça va, ça va. »

Sherard lui passa un mouchoir afin qu'elle essuie le sang. Elle se retourna et supplia Chien-Chi du regard. Celui-ci sourit avec bienveillance.

« Je ne peux pas l'abandonner. Il lui arrive de se comporter comme un idiot, mais c'est mon fils. Tournez à gauche en bas des escaliers. C'est la porte tout au fond, à côté de la cuisine. Ne vous inquiétez pas pour moi.

— Au revoir, Chien-Chi », dit Bertie. Elle avait les larmes aux yeux.

GREENWOOD LAKE — 29 MAI

La Ford Taurus se trouvait depuis un bon moment là-haut, dans les bois, à l'écart de la route goudronnée. Depuis trois heures et vingt minutes, d'après la montre militaire fabriquée en Suisse que portait Geoff McTyer. Il était 1 h 20 du matin. À environ quatre cents mètres et en contrebas de la Taurus, Riley et Betts Waring, toujours debout, s'agitaient nerveusement dans le pavillon qui surplombait le lac. Les fenêtres étaient ouvertes. Des lumières brillaient dans plusieurs des pièces. Un petit feu brûlait dans la cheminée. Riley avait beaucoup grignoté dans la cuisine. Café, chips, sandwichs, barres glacées au chocolat. Il s'était ensuite affalé devant la télé grand écran et ronflait, une bouillotte au creux des reins. Ils l'auraient entendu même sans le microphone unidirectionnel monté par Geoff sur le toit de sa voiture. Betts avait fumé presque un paquet de Merits sur le balcon de devant, les coudes sur la rambarde, les yeux fixés de l'autre côté du lac sur les montagnes aux pics encore enneigés par une tempête récente.

« Guido Kukierski, dit doucement Haman. Solly Lorowitz. D. Hammon Fairchild. Al Farlow. Myron Leets. »

Ils avaient tout de suite vu qu'Eden ne se trouvait pas

dans le pavillon en séquoia. Savoir si les Waring l'attendaient ou non était beaucoup moins évident. Par moments, ils entendaient parfaitement Riley et Betts, mais un fort vent de nord troublait la réception et provoquait de fréquentes interruptions. La température, à cette altitude, n'était plus que de 7° C environ. Geoff mourait d'envie de boire le café qu'avait préparé Betts, de participer à une conversation innocente et bon enfant autour de la table de la cuisine. Ses fesses s'étaient engourdies. Il faisait assez froid pour que leurs respirations, celle de l'assassin temporairement connu sous le nom de Phil Haman et la sienne, embuent le pare-brise. Bien sûr, Geoff avait été « temporaire » aussi, chacun d'eux avait indubitablement raison sur l'autre. Même si cela donnait la nausée à Geoff de se le rappeler. Il ne pouvait pas démarrer pour réchauffer la voiture. Au milieu de ces étendues sauvages et silencieuses où le cri d'une chouette portait à plus d'un kilomètre, Betts risquait de les entendre. Il n'y avait rien à faire qu'à rester assis là en écoutant Haman marmonner.

« Walter Parks. Dixie Bob Del Valle. Jake Glaze. Troy Emmons III. Harry. Harry quelque chose. *Binks*. Harry Binks.

— Qu'est-ce que tu fais ? s'irrita Geoff.

— Non, il y avait deux Harry. » Haman paraissait troublé. « Qui était l'autre ?

— Je ne sais pas de quoi tu parles.

— Il faut que je me souvienne d'eux, de leurs noms à tous.

— Quels noms ?

— Parce qu'ils sont ceux que j'ai été. Ils méritent ma loyauté. Les filles, TinaDollyLisaRona, c'est juste ma moitié féminine, chéri, mon moi créatif superstar incendiaire. Je le parle, je le marche, je me donne en spectacle. Il me faut du clinquant, style Vegas. Je ne sais pas si je pourrais faire un boulot en tant que femme. Trop de panache, ça existe. Pendant que les filles montent sur scène, le Visage attend. Le Visage sait que ça va venir. La prochaine livraison. Le petit paquet avec le nouveau nom. Une autre mort, sa renaissance. Le Visage le ferait pour rien s'ils le lui demandaient, juste pour que les nouveaux noms continuent à arriver. Harry Ludlow ! Le voilà, l'autre Harry. Ludlow. Düsseldorf. Il y a six ans. Il a utilisé un rasoir à simple tranchant. Un seul coup, bien proprement en travers de la carotide. Il a continué à marcher et a disparu dans la foule pendant que le sujet s'asseyait sur un banc du parc en inondant son journal de rouge, il n'arrivait pas à y croire, il s'était fait trancher la gorge. En cas d'hémorragie artérielle, il suffit d'à peine cinq minutes à un cœur humain moyen en bonne santé pour vider le corps de son sang. »

Geoff ne laissa pas Haman voir qu'il tremblait. « Tu n'étais pas déguisé ? Sans vouloir t'offenser, côté apparence, t'es quand même un cas.

— Le Visage est un atout. Le Visage n'invite pas à l'inspection désinvolte. C'est une grande tache de vide. On ne s'en souvient pas parce qu'on ne veut jamais s'en souvenir. Le Visage est né pour qu'on l'évite.

— Qui es-tu en réalité ? »

Pour toute réponse, Geoff obtint un regard. Un regard décoché comme un éclair depuis les profondeurs d'un esprit délabré. Un visage, un sourire… aucun cauchemar n'aurait pu rendre justice à cet instant.

« Quelqu'un qui fait souffrir histoire de s'amuser un peu. La surveillance, ce n'est pas ce que préfère Phil Haman. Haman n'est pas du genre tranquille et furtif comme Ludlow et Belzoni. Le Visage l'a déjà compris. Haman veut de l'action. Ces gens là-bas qui attendent Eden… Il faudra bien qu'ils s'en aillent, tôt ou tard. Ça pourrait bien être tôt. Après la partie amusante. »

Tom Sherard et Bertie Nkambe venaient d'émerger dans le jardin de la parcelle double sur Russian Hill lorsque la maison de Danny Cheng explosa.

Du moins, en partie. L'aile est, où ils avaient vu l'hélicoptère noir s'encadrer dans le bow-window du bureau de Danny Cheng. L'explosion les secoua, mais ne projeta rien de leur côté. Sherard chercha en vain des yeux l'hélicoptère. Bertie, en état de choc, voulait rebrousser chemin.

« Chien-Chi ! »

Sherard l'attrapa par le bras et la poussa sous une charmille de roses grimpantes en direction d'une porte en bois percée dans le mur de pierres de plus de deux mètres de haut.

« Il ne faut pas qu'on nous retrouve ici. »

La porte était cadenassée. Sherard alla chercher un gros marteau dans une cabane à outils située à quelques pas de là et, en quelques coups puissants, arracha le moraillon rouillé du bois.

Il regarda à nouveau en arrière. Vue de leur position, la maison était sombre. Une vague fumée flottait dans l'air. Et une lueur vacillait en continu à une fenêtre du premier étage, comme si une banderole de feu s'y déployait au plafond.

Ils sortirent dans la rue derrière la maison de Cheng. Des automobiles garées les unes contre les autres encombraient le trottoir. Au coin, sous un réverbère, deux hommes sortis promener leur chien regardaient la partie de la maison de Danny Cheng qui avait explosé. Un nuage de fumée bouillonnait doucement au-dessus de la cime des arbres. Ils entendirent une sirène et partirent dans l'autre direction, vers le sommet de la colline.

La portière arrière d'une Lexus brun clair s'ouvrit

côté trottoir à deux mètres cinquante d'eux. Un homme en sortit et se tourna vers eux. Sherard vit un reflet jouer sur les épaisses lunettes. L'homme portait une veste en velours côtelé qui lui allait mal. Il leva la main vers eux, doigts tendus, peut-être pour montrer qu'il ne leur voulait aucun mal. Mais il n'alla pas plus loin.

Bertie réagit avant que Sherard puisse s'approcher suffisamment pour se servir de sa canne à tête de lion. La main que l'homme avait à moitié levée lui vola dans le visage, mettant les lunettes de guingois. Il tomba en arrière en se tordant et heurta la portière de la Lexus. Bertie, qui ne se trouvait pas plus près de lui que Tom, le maintint ainsi collé à la portière, conscient mais souffrant, avec un fort sentiment d'impuissance.

« Non ! Oh, mon Dieu, je vous en *prie*, ne faites pas ça ! Je travaille pour Hannafin ! Je travaille pour le sén...

— Vas-y doucement, Bertie », lui dit Sherard avec un coup d'œil. Le visage de Bertie exprimait une férocité maîtrisée. Son regard donnait la chair de poule, celle qu'on ressent à l'approche de l'apocalypse. Il lui posa une main sur le bras. Elle relâcha l'homme avec un haussement d'épaules méprisant.

« C'était lui, dans l'avion. Je t'avais bien dit qu'il fallait que je m'en occupe.

— Whetstone ! Je m'appelle Whetstone. Mais appelez-moi Rory. » Rory Whetstone eut du mal à se relever. Il voulut réajuster ses lunettes, traîna un peu des pieds pour assurer son équilibre. Il s'essuya distraitement le nez d'un revers de manche quand il s'aperçut qu'un peu de sang en coulait. « C'est à *ça* que ça ressemble, un blocage mental ?

— Vous n'en avez même pas vu la moitié, lui répondit Bertie. Je vous ai relâché. Il faut trois à six semaines pour se remettre d'un renversement complet de la polarité cérébrale. Quand on s'en remet. » Elle regarda par-dessus son épaule la fumée qui embrumait les lampadaires. Le hurlement des sirènes se rapprochait. Le quartier s'était éveillé tant bien que mal. Et dans ce quartier-là, tout le monde avait un chien.

« Vous nous suiviez. Vous avez tout vu, Whetstone ? Vous savez qui a fait ça à Danny Cheng ?

— Il vaudrait mieux monter dans la Lex, haleta Whetstone. Filons. Le sénateur Hannafin attend. Il veut vous parler de toute urgence, M. Sherard.

— Ben merde, fit Sherard avec un sourire abasourdi. Pourquoi ne pas organiser une réception en costard au Moscone Center ? Histoire de rencontrer tout ce que le coin compte de gens intéressants ? »

Des gyrophares bleus apparurent au bas de Russian Hill, ceux de voitures de patrouille qui arrivaient à toute allure.

« OK, mais pas les flics. Je ne suis pas tranquille, Tom.

— Bon, d'accord. Fichons le camp.

— Dis à Whetstone de ne pas me courir sur le *chi*.

— Il a bien compris, Bertie. »

MOBY BAY — 29 MAI — 2 H 46

Eden Waring s'éveilla à 2 h 45 du matin dans la chambre de Chauncey. Assis au bord du lit, quelqu'un l'observait, mais ce n'était pas sa nouvelle amie.

« Oh, non, *encore !*

— Tu comptes te montrer odieuse ?

— Je ne t'ai pas appelée. Je n'aurais pas pu, je dormais à poings fermés.

— Mais je suis là. Ce qui signifie que tu as des soucis. Je ne passe pas comme ça d'un univers à l'autre quand tout est calme dans ta tête. »

La chambre n'était éclairée que par la surface de

l'océan, aussi brillante qu'un plateau métallique récuré à la meule, et par l'écran de l'ordinateur portable de Chauncey. Cette dernière, allongée sur un matelas gonflable, dormait profondément dans son sac de couchage et sa respiration paisible sifflait entre ses lèvres entrouvertes.

Eden dévisagea son doppelganger, qui portait un chandail de hockey Mighty Ducks tiré de la garde-robe prêtée par Chauncey à Eden. Le dpg tripotait l'ongle d'un de ses orteils, qui avait besoin d'être taillé. Eden s'était fendu un ongle en marchant sur la plage en sandales ouvertes. Elle prenait en général grand soin de ses pieds, mais ce soir-là, elle était trop fatiguée.

Elle bâilla, n'ayant pu dormir tout son soûl. « Tu es où, quand tu n'es pas là ?

— Juste à côté de toi. À un cheveu derrière la barrière sensorielle. En train d'imiter fidèlement tous tes gestes.

— Tu as un doppelganger, toi aussi ?

— Ça servirait à quoi ?

— J'en sais trop rien. Je fais juste la conversation.

— Ça alors. On a une conversation ! » Le dpg jeta un coup d'œil à l'ordinateur portable de Chauncey. « Des nouvelles des parents ?

— Ils sont à Greenwood Lake. Papa souffre du dos, mais c'est tout. Je les rejoins dans la matinée.

— Tu ne leur as pas dit où tu étais. »

Eden hésita longtemps avant de répondre. « Non. Je ne suis pas bien sûre de le savoir moi-même.

— Mais ce n'est pas la seule raison.

— En fait…

— De qui provenait le mail ?

— De Betts.

— Elle a dit autre chose ? Elle a été aussi bavarde que d'habitude ?

— Pas tant que ça. Je veux dire, on s'est échangé une

douzaine de mails par jour pendant des années, quand j'étais à la fac. Je pensais à toi. N'oublie pas de t'arrêter à Circle K en rentrant. Des ragots, des blagues. Tu connais celle avec le VRP en bibles et la ménagère qui aimait passer l'aspirateur toute nue ?

— Et ce soir, pas de blague.

— Ce n'est pas ça.

— Alors quoi ?

— Ses millions de mails, Betts les a tous terminés de la même manière. Tous. "À plus, ma puce."

— Y compris l'histoire du vendeur de bibles et de la ménagère à l'aspirateur ?

— C'est un limerick.

— Ah. Et "aspirateur" rimait avec quoi ?

— Avec "Hoover", je crois. Et le vendeur s'appelait "Coover". À part ça, je ne me souviens plus bien de la blague, mais la chute était plutôt gratinée.

— Et donc ce soir Betts n'a pas terminé avec "à plus, ma puce".

— Non.

— Et ça te tracasse.

— Beaucoup, oui. »

Dans son sac de couchage, Chauncey se retourna. Le dpg l'observa en tripotant son ongle endommagé.

« Tu lui fais confiance ?

— À cent pour cent. Chauncey a été adorable avec moi. Elle me conduira au lac demain. Laisse donc ton ongle tranquille, il va finir par s'infecter.

— Pas si le tien ne s'infecte pas.

— Tout ce qui m'arrive t'arrive aussi.

— T'as tout compris.

— Mais… Je me suis fait une entorse dans la première moitié du match contre San Jose. Mon pied a enflé comme un crapaud. Huff l'a bandé, mais ça n'a servi à rien. Je n'arrivais même plus à poser le talon par terre. Sans moi, l'équipe allait se faire laminer en deuxième période. J'étais seule dans le vestiaire à pleurer toutes les larmes de mon corps quand je me suis aperçue d'un truc bizarre, j'avais le nombril qui vibrait comme s'il y avait une minuscule abeille à l'intérieur. Ça chatouillait. Même chose ce soir. Bzzzz, bzzzz. Ça m'a réveillée.

— Si tu te souviens de tes cours de physique, au niveau subatomique, on appelle ça “la résonance Kondo”.

— Je détestais les cours de physique.

— C'est pourtant la physique quantique qui rend notre — ta — duplication possible. Tu es le réflecteur, et moi…

— La fille de mes rêves.

— Sortie rapide de dribble, mortel avec la sauteuse gauchère. Vingt points dans la deuxième moitié. Démoli San Jose.

— Tout ce qui m'arrive t'arrive aussi. Tu as donc dû avoir une entorse au pied aussi. Je me suis toujours demandé comment tu avais fait pour…

— Il y a beaucoup de choses que j'aurais pu t'expliquer si tu avais un tant soit peu consenti à développer notre relation.

— Mais ce n'est pas comme si nous étions vraiment liées, fit Eden avec un petit frisson. Tu es…

— Un doppelganger. Je sais. Le nombre de fois où je vole à ton secours n'y change rien. On respectait plus les cueilleurs de coton dans les plantations qu'on ne respecte le pauv' dpg.

— Désolée. Je ne me suis toujours pas faite à la situation.

— *De nada*. Et pour répondre à ta question sur l'entorse : je suis qui tu es, mais je ne sens pas ce que tu sens. Ça ne marche pas tout à fait de la même manière dans l'autre sens. Si je me prends un coup sur la tête, tu auras la migraine. Paradoxe. Je peux imiter tes émotions, mais à quoi ça sert ? J'aimerais bien essayer de baiser, un jour. Mais sans le contenu émotionnel, ça risque de n'être qu'une banale séance de remue-popotin. À moins que… à moins que tu ne me donnes un nom et que tu m'affranchisses, missié.

— Tu recommences ?

— Tu ne peux pas me reprocher de demander…

— J'imagine que non, mais ça me fout les jetons. Si tu es "libre", comme tu dis, si tu es quelqu'un d'autre avec mon visage, mon corps et mon ADN, est-ce que ce n'est pas moi le doppelganger ? »

Chauncey marmonna dans son sommeil, comme si la question lui avait été adressée. Eden regarda Eden. Des deux, une seule avait l'air inquiète.

SAN FRANCISCO — 29 MAI

Il était 3 heures du matin et un homme élancé dont la chevelure argentée luisait au clair de lune promenait un danois marbré sur le Golden Gate. Au large, sur le Pacifique, un banc de brouillard s'élevait presque aussi haut que les piliers du pont.

Rory Whetstone n'arrêta la Lexus qu'après avoir dépassé l'homme et son chien. Tom Sherard et Bertie Nkambe sortirent de l'arrière de la voiture pour attendre Buck Hannafin. Les oreilles du danois frémirent et il leva les yeux vers le plus âgé des sénateurs de Californie.

« Amis », lui indiqua Hannafin. Il fumait un cigare et sous son Burberry, un revolver était rangé crosse en avant dans un étui style western. On voyait quelques vieilles encoches sombres sur la poignée en noyer.

« Salut, Buck, fit Sherard.

— Salut, Tom. On ne s'est pas revus depuis… la

cérémonie funèbre pour Gillian à St. Bartholomew, je crois ?

— Ça doit être ça.

— Qu'est-ce qui vous amène à San Francisco ?

— Je suis juste de passage.

— *Vous*, je ne vous remets pas, jeune femme, même si j'ai vaguement l'impression de vous avoir déjà vue quelque part.

— Bertie Nkambe. » Le danois lui léchait le dos de la main.

« Enchanté. La chienne s'appelle Championne Pardon My Fancy. Ils ont tous des noms comme ça dans les expositions canines. Elle condescend parfois à ce qu'on l'appelle Fanny. À mon âge, un homme n'a guère besoin que de sa maîtresse une fois par semaine et d'un bon chien le reste du temps. Jolie canne, Tom. Les piétons sont interdits sur le pont à cette heure de la nuit, mais toute une vie à servir vous donne quelques privilèges. On continue ? Je m'ankylose si je reste trop longtemps debout sans bouger.

— Moi aussi », fit Tom. Ils se mirent en marche vers l'extrémité du pont.

« Qu'est-ce qui nous vaut ce plaisir, Sénateur ?

— Je crois savoir que vous avez été en relation avec Danny Cheng, ce soir ?

— On a fait sa connaissance à la *Forêt Élégante* juste avant d'aller boire un verre chez lui. En guise de divertissement, on a eu droit à un hélicoptère noir qui nous a infligés quelques coups de soleil avec son faisceau de micro-ondes et a dû balancer un paquet dans la maison avant de filer en douce. Vous savez quelque chose sur les hélicoptères noirs furtifs, Buck ?

— Pas de numéro d'identification. Signature radar quasi inexistante. Certains font moins de bruit que le tic-tac d'une horloge. Par conséquent, ils n'existent pas. Un citoyen qui affirme un peu trop fort en avoir vu un reçoit la visite de deux types pas commodes qui le persuadent du contraire. Il comprend alors qu'il n'est plus un citoyen, mais un détenu. Les barbelés sont encore en option, mais ça ne va plus durer. J'ai pu voir d'assez près quelques hélicos de ce genre dans une installation du MORG que j'ai visitée dans le Montana.

— Ça se visite ?

— Quand on appartient à la Commission des finances, oui. Mais il a fallu leur casser les couilles un maximum. Installation de recherche, ils appellent ça. Scientifique, politique, militaire. Des groupes d'experts avancés qui se consacrent aux nouvelles stratégies et alliances géostratégiques. Plenty Coups. Quelle ironie dans ce nom. L'arrogance paramilitaire saute aux yeux. Nous n'avons dû guère voir qu'un dixième des installations souterraines du MORG. Il a bien fallu s'en contenter.

— Mais qui est-ce qui gouverne, dans ce pays ?

— À vous de choisir. En tout cas, sûrement pas nous, les législateurs dûment élus du Congrès. La plupart ont oublié leurs responsabilités il y a bien longtemps. Le Congrès n'a rien accompli d'important depuis plus de dix ans. Quand il y a vide gouvernemental, le fascisme s'insinue comme un gaz et personne ne s'en aperçoit tout de suite. Mais le Congrès a sa part de responsabilité dans la constitution de ce vide. Comment subvertir un républicain ? Pas besoin d'armes, le papier suffit. Depuis que je suis entré au Congrès avec mon innocence de débutant, il n'y a pas loin de quarante ans, des dizaines de milliers de pages de nouvelle législation sont présentées à chaque session. Tout cela de manière plus ou moins intéressée. Les mauvaises lois et les dotations douteuses passent avec les bonnes, parce qu'il y a foutrement trop de choses à lire, et encore plus à débattre. Ne parlez même pas de débats. Ça n'existe plus. Les débats contradictoires honnêtes, c'est du passé. Merde, la plupart d'entre nous arrivent avec de bonnes intentions. Et certains ont gardé les leurs. Mais avec la télévision parlementaire, les émissions politiques de CNN et les extraits sonores de trente secondes, on s'est tous transformés, nous les législateurs sérieux, en artistes de music-hall. Qui fait encore la différence entre Hollywood et Washington ? Trop de parlementaires ont définitivement perdu leur âme. On trouve parmi eux des alcooliques, des coureurs de jupon, des cupides, des vendus et même quelques traîtres. Les autres s'embourbent, se découragent et trouvent des excuses à l'incompétence à laquelle les accule un gouvernement bien trop gros pour accomplir quoi que ce soit d'utile au peuple qu'il est censé représenter. Tout ce qu'un gros gouvernement peut encore faire, c'est renforcer sa propre existence. »

Une voiture de la police de la route passa lentement en direction de San Francisco. Buck la salua de la main. L'agent au volant déclencha ses gyrophares en réponse.

« De braves garçons. Ils veillent sur moi quand je me balade, même si je pense pouvoir encore me débrouiller seul.

— Il y a un bon paquet d'encoches, sur ce revolver, sénateur, remarqua Bertie.

— J'étais lieutenant-colonel dans l'état-major de Hondo Hobbie, en Corée. C'était son .44. Je l'ai racheté à sa veuve après la guerre. Je n'ai jamais tiré sur personne avec, mais il m'arrive de le sortir du tiroir pour le poser sur le sous-main de mon bureau quand un lobbyiste vient me prendre la tête. Je suis réputé pour ça, paraît-il. Pas besoin d'en dire plus. Tom, vous ne voulez pas me raconter ce que vous aviez sur le feu, ce soir, Danny Cheng et vous ?

— On faisait juste connaissance. C'était la première fois qu'on se voyait. Il ne doit d'ailleurs plus rester grand-chose à voir de lui.

— Tom, grimaça Bertie.

— Ne faites pas trop vite une croix dessus. Il m'a été précieux par le passé, et ce Chinetoque rebondit mieux qu'une balle de squash neuve. Attendez qu'ils aient passé toutes les cendres au peigne fin avant d'acheter les couronnes mortuaires. Il me vient à l'esprit que je devrais sans doute vous faire part de quelques petites choses, Tom.

— Bien sûr, pourquoi pas ?

— J'ai eu une longue conversation avec Katharine Bellaver dans la soirée. Vous n'ignorez pas qu'elle et moi, on se connaît depuis longtemps et on se rejoint sur pas mal de sujets.

— Je sais, oui.

— Vous avez demandé qui gouvernait le pays. Eh bien, jusqu'à récemment, je pensais que nous étions capables de le reprendre au gang avec les hélicoptères noirs, les équipes anti-insurrectionnelles et les camps de détention fin prêts au fond des déserts et des grandes pinèdes du Sud. Nos espoirs, à Katharine, à moi et aux rares d'entre nous qui croient encore possible qu'un dirigeant déterminé sauve la république, nos espoirs ont grandi lorsque Clint Harvester a prêté serment. Clint savait ce qu'il fallait faire pour arrêter le MORG, et avec le soutien de quelques figures clés du FBI et du Pentagone, il comptait bien le démanteler. Il n'y a que sur sa femme que Clint Harvester manquait de jugeote. Rien de plus dangereux pour un homme qu'une pute de pacotille ambitieuse et un poil plus intelligente que la moyenne, et pourtant il en a épousé une. Comment et pourquoi la liaison de Rona et de Victor Wilding a commencé reste un mystère. Toujours est-il qu'elle existe. Clint l'aurait découvert tôt ou tard et aurait pris des dispositions pour que Victor Wilding quitte la vie publique, ou plus probablement, il l'aurait fait jeter dans un pénitencier fédéral. Il fallait d'abord qu'il réussisse à se dégager du doigt que Rona lui avait enfoncé dans le cul — excusez-moi, mademoiselle Nkambe, mais je ne vois pas d'autre manière de le dire. Bref, Clint a été mis hors service, probablement pour de bon, par Miss Rona et son…

— Comment ça ? Le Président a eu une attaque.

— Une attaque, vraiment ? Le bilan de santé effectué deux semaines plus tôt montrait un Clint pétant la forme. Oui, je sais. Il avait cinquante-cinq ans et il y a peut-être eu embolie provoquée par une faiblesse cérébrale due à une chute de poney dans son enfance. Tout système, tout organisme a ses lignes de fracture. Mais c'est arrivé à un moment étrangement commode. Je sais que Clint avait, disons, perdu ses illusions sur Rona. Et elle n'ignorait pas qu'il avait le MORG dans le collimateur. Ma bonne vieille parano me souffle que cette soi-disant attaque a été provoquée d'une façon ou d'une autre. Peut-être par quelque chose dans sa boisson ou sa nourriture. »

Bertie le regarda. « Vous avez vu le Président depuis que…

— Oui, j'ai pu arranger ça à l'insu de Miss Rona.

— Il ressemble à quoi ? Il se comporte comment ?

— Comme un gosse. On m'a dit qu'il avait fallu lui réapprendre à manger seul. On a beau se connaître depuis vingt ans, Clint et moi, je n'ai pas vu dans son regard la moindre lueur laissant penser qu'il me reconnaissait. Il n'était pas paralysé. Il obéissait sans problème à des ordres simples. Mais c'était comme si on lui avait extirpé du cerveau l'essentiel de son vocabulaire et l'intégralité de ses souvenirs.

— Il parlait ?

— Quelques mots. Aucun que je ne répéterais devant une dame.

— Les scanners cérébraux montrent quelque chose ? intervint Sherard. Un caillot ? Une hémorragie ?

— Ni caillot ni hémorragie. »

Bertie jeta un coup d'œil à Rory Whetstone, qui se maintenait à leur hauteur dans la Lexus. Ils avaient dépassé le pilier nord et approchaient du promontoire de Marin. La voiture de patrouille pie passa à nouveau, lentement. Bertie s'immobilisa, posa les mains sur la rambarde et regarda les lumières de la cité derrière elle, un amoncellement d'étincelles, comme le cœur d'une géode fendue. Plus loin, les fils ambre du Bay Bridge, qui semblait dériver dans la nuit comme la soie d'une araignée. La marée sombre monta derrière eux. Le banc de brouillard sur le Pacifique s'était approché, gommant les lumières et les câbles de leur pont.

« Tout va bien, mademoiselle Nkambe ? s'enquit Hannafin.

— Oui, oui. Je pense… pour en être sûre, il faudrait que je le voie, mais il n'est pas impossible que vous ayez raison, que ce ne soit pas une attaque.

— Voir le Président ? Cela fait six semaines qu'il est entouré de spécialistes. Vous me semblez un peu jeune pour avoir un diplôme de médecine.

— Ce n'est pas en médecine que je suis diplômée.

— Bertie, l'avertit Sherard.

— C'est le *Président*, Tom. Ils ont dû lui faire un blocage mental, d'après ce que le sénateur nous raconte.

— Répétez-moi ça ? fit Hannafin.

— Inverser la polarité du champ électrique cérébral provoque aussitôt une perte de connaissance. Amnésie sévère, confusion, retour des gestes et habitudes de l'enfance sont typiques durant la guérison. Quand il y a guérison.

— Seigneur, mais où avez-vous appris tout ça ?

— Elle continue à lire des bandes dessinées, fit Sherard. Buck, nous avons eu une nuit assez mouvementée et je pense que…

— Tom ! Un hélicoptère noir ! »

Sa voix exprimait une peur à vous donner la chair de

poule. Sherard lui entoura les épaules. Il mit quelques secondes à repérer l'appareil, rangé de profil dans l'air à quelques centaines de mètres du pont, côté Sausalito, à la même altitude que la chaussée.

« Ouais, c'est un de ceux que j'ai vus là-haut dans le Montana », dit Hannafin en ôtant le cigare à demi fumé de sa bouche pour cracher sur le trottoir derrière lui.

Une portière de voiture s'ouvrit et se referma. Rory Whetstone les rejoignit avec une paire de jumelles qu'il tendit à son patron.

« Mais *comment* ont-ils su ? » dit Bertie en se cramponnant à Sherard. Elle jeta un coup d'œil à Rory Whetstone, qui s'en aperçut et eut l'air gêné. En sa présence, il se comportait comme un enfant apeuré.

Buck Hannafin braqua quelques instants les jumelles sur l'hélicoptère, qui ne bougea pas et conserva une attitude neutre. Hannafin baissa les jumelles.

« Je suppose, dit-il d'un ton songeur mais le regard dur, qu'il n'y a besoin de rappeler à personne ici que s'il arrive quelque chose à Allen Dunbar, c'est votre serviteur qui prend les commandes ? »

Derrière eux, une des voitures de police stoppa, ses gyrophares en marche. Un agent s'approcha. Ils entendirent le beuglement d'une corne de brume.

« Tout va bien, sénateur ? »

Hannafin lui tendit les jumelles. « Par ici, côté Sausalito. Jetez un coup d'œil. »

Le policier était un grand jeune homme avec un corps d'haltérophile et un cou pyramidal. D'après son badge nominatif, il s'appelait Hawkins. Il régla les jumelles à sa vue.

« Vous avez déjà vu ce genre d'appareil ? »

L'autre voiture de patrouille s'arrêta. Il y avait beaucoup de lumières bleues, maintenant, diffusées par le brouillard comme les ombres de naufragés investissant le pont sans un bruit.

Le conducteur descendit sur la chaussée mais sans s'éloigner de son véhicule, et les observa avec un bras sur la portière.

Hawkins baissa les jumelles au bout de quelques secondes, les lèvres pincées comme s'il souffrait d'un problème gastrique ou d'un trouble interne moins spécifique.

« Je ne vois rien, sénateur.

— L'hélicoptère, droit devant. Pas besoin de jumelles. Mes vieux yeux ne valent probablement pas les vôtres, mon garçon, et je suis en train de le regarder. Nous sommes tous en train de le regarder.

— Désolé, monsieur, fit Hawkins avec un coup d'œil à l'autre flic.

— Ce que vous me dites en fait, c'est que vous ne voyez pas cet hélicoptère sans feux ni immatriculation qui se tient immobile là-bas parce que cela vous obligerait à faire un rapport ? Un rapport du genre qu'aucun de vos supérieurs ne veut voir arriver sur son bureau.

— Monsieur, répondit Hawkins avec une pointe de désespoir, ce n'est pas à moi de dire ce que je peux ou ne peux pas dire. »

Le danois le poussa un peu. L'agent le caressa derrière les oreilles.

« Mais pour vous, pour votre collègue et peut-être même pour le reste de la police de la route californienne, il n'y a pas d'hélicoptère noir là-bas et il est impossible qu'il y en ait eu un. »

Des bruits de pas. L'autre flic venait sur eux.

« Et vous, mon garçon, comment vous vous appelez ?

— Westernew, sénateur Hannafin. Sergent Jack Westernew. Le brouillard s'épaissit de plus en plus, sénateur, il va falloir qu'on vous fasse quitter le pont, à vous et à vos amis. Nous serons heureux de vous accompagner là où vous allez. »

Hannafin enleva son cigare du coin de sa bouche et l'examina avant de le jeter dans la baie.

« C'est très aimable à vous, sergent Westernew, fit-il avec un regard désabusé à Tom Sherard.

— Ça fait partie du boulot, sénateur. Et j'ajoute qu'à titre personnel, c'est un vrai plaisir de vous rendre service. »

GREENWOOD LAKE — 29 MAI

« Je savais bien que quelque chose comme ça arriverait un jour, déclara Betts en regardant Geoff McTyer dans les yeux. Tu n'es qu'un salaud. »

Cela réveilla Riley. « Je ne comprends pas, se plaignit-il. Qu'est-ce qu'il se passe ? Betts, mon *dos !* »

L'homme temporairement connu sous le nom de Phil Haman tenait un fusil d'assaut, un Heckler & Koch MP5. Il parcourut du regard le rez-de-chaussée du pavillon. La vue d'un piano à queue ébène fit ressurgir Visage, sa personnalité show-biz.

« Cool. Quelqu'un sait en jouer ?

— Eden n'est pas là », dit Betts à Geoff. L'acier impitoyable de son regard aurait pu lui transpercer les molaires. « Je ne sais pas où elle est. Où elle se cache. Tu perds ton temps, Geoff, si tant est que ce soit vraiment ton nom.

— Je m'appelle bien Geoff. Mais pas McTyer. Je suis désolé.

— Désolé, mon *cul*. J'aurais dû t'éjecter de chez nous avant que tu touches à ma fille. Nom de Dieu, tu me mets hors de moi. »

Haman rit et se dirigea vers le piano dont il enfonça quelques touches. L'instrument semblait accordé. Pendant ce temps-là, avec force gémissements, Riley se baissait petit à petit, posait un genou à terre et continuait à se baisser jusqu'à se retrouver à quatre pattes.

« Mettons-le sur le canapé », suggéra Geoff.

Il rangea le Glock dans son étui de ceinture, aida Betts à porter Riley jusqu'au canapé en osier recouvert de coussins en chintz, chacun décoré d'un énorme tournesol. Riley avait le teint terreux tant il souffrait. Betts essaya de repousser Geoff.

« Laisse-le tranquille. Il s'est déplacé un disque. La quatrième vertèbre lombaire. Il a fallu unc piqûre de cortisone pour que ça désenfle.

— Et toi, la maman ? l'interpella Haman à l'autre bout de la pièce qui occupait la majeure partie du rez-de-chaussée. Tu sais jouer du piano ? »

Dehors, les oiseaux s'éveillaient, même si l'aube ne donnait encore aucun signe de vie.

« Où as-tu trouvé cette attraction de fête foraine ? » murmura Betts à Geoff en arrangeant les gros coussins pour installer son mari le plus confortablement possible.

« Des armes, s'inquiéta Riley en roulant des yeux vers Geoff. Pourquoi ? »

Haman abattit le poing sur les touches. Betts tressaillit, bouche bée, comme si elle manquait soudain de souffle.

« Viens par là, maman Frisette. Et tout de suite. »

Geoff vit l'indignation refaire surface, imagina Betts criant à Haman d'aller se faire foutre. Il lui agrippa le poignet et la força à le regarder. Ce fut sur lui que Betts se déchaîna. Elle trépigna et donna des coups de pied à l'aveuglette, qui parfois aboutissaient dans les tibias de Geoff.

Il l'attira à lui, la serra. Sentit ses joues brûlantes.

« Jouez-lui du piano. Jouez ce qu'il vous demande. Donnez-moi le temps de trouver un moyen de nous en sortir.

— Nous sortir… de quoi ? lui haleta Betts dans l'oreille.

— Il nous tuera tous. Même moi. Ensuite il attendra Eden et il l'abattra aussi. Engueulez-moi, maintenant, hurlez, débattez-vous.

— Espèce de salopard ! Qu'est-ce que t'as fait ? Et nous, qu'est-ce qui nous a valu quelqu'un comme *toi ?*

— Je pourrais peut-être vous l'expliquer un j… »

Elle le frappa sur le côté du cou, assez fort pour y laisser une marque. Geoff grimaça, se secoua et vit le sourire de Haman par-dessus l'épaule de Betts. Il baissa la tête et se bagarra contre elle, pas trop fort, en la laissant répliquer. Betts hurla des insultes jusqu'à en perdre haleine. Sur le ventre, les yeux roulant comme ceux d'une vache enragée, Riley impuissant disait depuis le sofa : « Hé dis donc espèce d'enculé ne la touche pas laisse-la tranquille enfoiré !

— Continuez à vous battre, intima-t-il d'un air sévère à Betts. Haman trouve ça marrant. Il faut le distraire. »

Elle lui expédia son genou dans l'entrejambe.

WASHINGTON — 29 MAI

À 4 heures du matin, après un massage et un petit somme, Rona Harvester se glissa hors de la Maison-Blanche par le tunnel qui conduisait sous le ministère des Finances depuis le second sous-sol de l'aile est. Les quatre agents du MORG qui l'accompagnaient s'assuraient que les caméras de surveillance étaient éteintes avant que Zéphyr pénètre dans leur champ.

Trois limousines noires attendaient aux Finances. Rona fut conduite dans un petit mais élégant hôtel à l'européenne qui s'ouvrait sur la 9e Rue, juste au nord de Mount Vernon Square. Le Chassériau était un bâtiment de briques surmonté d'une mansarde en cuivre et de multiples cheminées. Il ne contenait que six suites, chacune de quatre cents mètres carrés, avec personnel et ascenseur indépendants. Les suites étaient gratuites ; la clé en platine des ascenseurs coûtait douze mille dollars la nuit. C'était le genre de cachet auquel les milliardaires brassant des affaires dans les grandes capitales ne résistaient pas. Ils y étaient aussi bien dorlotés qu'ils en avaient l'habitude. Le Chassériau appartenant au MORG, le moindre geste, le moindre mot de ses hôtes y était surveillé, analysé et archivé. La plupart des systèmes de contre-mesures auxquels les hommes d'affaires se fiaient pour assurer leur sécurité étaient conçus et commercialisés par une compagnie appartenant au MORG.

Le sixième et dernier étage de l'hôtel était réservé à Victor Wilding. On y avait créé, pour assurer une intimité totale, une suite dans la suite dont ne disposaient pas les étages inférieurs.

« Victor, mon Dieu. C'est si *bon* de te revoir. »

Leur baiser dura longtemps. Rona eut le sentiment de dépasser Victor en ardeur. Elle recula d'un pas, le dévisagea, détaillant ce que ses traits contenaient encore d'enfantin. Des cernes pathétiques sous les yeux bleus. Une bouche pincée et hagarde. Et de la peur. Rona lui enfonça les doigts dans le bras, sous l'épaule.

« Tu m'en veux.

— Non.

— C'est arrivé. On est déçus, mais on continue. Il y a un autre Avatar quelque part.

— Avec l'expérience et les capacités de Kelane Cheng ? Ça m'étonnerait. Les nouvelles de Plenty Coups ne sont pas rassurantes. Il s'affaiblit de plus en plus vite. Ce n'est sans doute qu'une affaire de semaines, tout au mieux de mois. Ensuite, je serai rappelé. Victor Wilding n'existera plus.

— Pourquoi s'affaiblit-il ? Il a toujours le corps et le

cœur solides. Il y a des années qu'on a guéri sa principale lésion cérébrale, l'épilepsie du lobe temporal. Robin Sandza n'a que trente-cinq ans. Alors *pourquoi ?*

— Je ne comprends pas bien la terminologie. Une histoire de neuropeptides qui permettent la communication entre les cellules immunitaires et cérébrales. La médecine chinoise nous enseigne que le corps contrôle le cerveau par l'intermédiaire de canaux d'énergie. L'acupuncture se base sur ce principe.

— Bien entendu. Cheng l'utilisait en parallèle aux procédures invasives traditionnelles. Et elle avait le toucher et l'instinct nécessaires pour localiser la lésion qui garde Robin dans le coma. Quelle poisse qu'elle nous ait claqué entre les doigts.

— J'ai beaucoup lu, ces derniers temps. La Bible.

— Tu lis la Bible ?

— "Esprit déprimé dessèche les os." Proverbes.

— Et alors ?

— Comment Whitman appelait-il la force vitale ? Ces confitures rouges et fluides en nous, la moelle, les os ? "Pas seulement poèmes élémentaires du corps, mais de l'âme aussi."

— Qui est Whitman ?

— Tu vois où je veux en venir ? Si je meurs maintenant, après toutes ces années, c'est peut-être pour une raison spirituelle et non mécaniste. Peut-être Kelane Cheng avait-elle la réponse, et le pouvoir de le soigner. C'est pour cela qu'il nous la fallait. Le monde regorge de télépathes, de latents, ou de psi-actifs, mais sa puissance était unique.

— Arrête. On a traqué Cheng à cause de ton obsession. La mort de Robin Sandza ne provoquera pas *forcément* la tienne. C'est toi qui t'en persuades. Tu es encore pire que mon ivrogne de papa. Tu te saoules de Bible et tu te complais dans des délires religieux.

— C'est le destin de tous les doppelgangers.

— Robin t'a libéré avant que la Faculté Psi le rende fou. Il t'a donné un nom. Ce nom suffit à prouver que tu n'es pas un doppelganger. Si tu en étais un, on ne te verrait pas sans tes vêtements, tu ferais dans ton froc en voyant un chien et tu tomberais à genoux en cherchant ta respiration si on te balançait de la lumière noire. Dpg, mon cul, oui. Tu es Victor Wilding. Ton nom, voilà ce que tu es. Le nom est plus fort que la mort. Reprends-toi, chéri. »

Wilding sourit d'un air découragé. « D'accord, il m'a donné un nom. Mais il n'a pas pu me donner une âme. C'est la différence, la différence essentielle que tu n'as pas l'air de comprendre. N'ayant pas d'âme, je reste lié à Robin. Peut-être de la même façon que lui et moi étions liés à Gillian Bellaver. N'est-ce vraiment qu'une coïncidence qu'il ait failli mourir d'une attaque il y a exactement un an ? Le jour de la mort de Gillian Bellaver ? Et même, comme l'ont montré mes recherches, à l'instant *précis* de son assassinat ? »

Rona refusait d'entendre parler à nouveau de Gillian Bellaver. Elle continuait à se demander s'il était convaincu qu'elle n'avait en rien trempé dans cette exécution, même si elle avait accueilli l'enterrement de sa rivale et némésis comme un présent des dieux démons qu'elle fréquentait depuis toujours.

« Si tant est qu'il existe un lien, il ne m'intéresse pas. Tu n'as pas d'âme ? La belle affaire. Moi non plus. L'important, c'est qu'ensemble nous ne faisons qu'un. Une bite, une chatte, un cœur, un esprit. Je moi tu nous. Peur de rien. Plus fort que la mort. Un seul.

— Oui.

— Tu m'écoutes, c'est bien.

— Oui.

— Tu as déjà l'air d'aller mieux.

— Tu es restée absente trois jours. Je déteste que tu partes si longtemps.

— Oh, comme je t'aime. J'ai besoin d'un verre, mais d'abord je veux que tu me baises à mort. Sois brutal, j'aime quand c'est brutal. Tu le sais. Pilonne-moi avec ta bite. Je ne porte rien, sous ce short de course. Tiens, voilà. Oublie Dieu. Ma chatte est Dieu. Mets tes mains dessus. À genoux devant la chatte de Rona. Prie la chatte. Voilà. Maintenant. Amant/amant. Je moi tu nous. »

SAN FRANCISCO — 29 MAI — 5 h 42

Tom Sherard entendit la voix de Bertie sortir de la chambre de la suite. Elle parlait à quelqu'un, mais pas au téléphone. Elle prononça trois ou quatre phrases qu'il ne comprit pas. Mais elle semblait davantage écouter que parler.

Il s'était couché par terre dans le salon, sur les coussins des canapés. Bertie émit d'affreux gémissements de détresse. Il se leva et entra dans la chambre. Il la trouva assise toute tremblante sur le lit, sa chemise de nuit trempée de sueur, comme si elle avait pris une douche avec. Ses yeux étaient fermés.

« Meurtre, dit-elle. Meurtre ! »

Il savait parfaitement qu'il ne fallait pas la déranger dans cette situation. Aussi attendit-il. Il n'avait pas dû dormir plus d'une heure. San Francisco s'éveillait au même rythme que lui. Il entendit dehors la cloche d'un *cable-car* dans le brouillard safran.

Bertie s'affaissa soudain, comme libérée de l'emprise d'un courant électrique. Elle respira à fond pendant près d'une minute puis tomba profondément endormie contre lui.

Sherard la débarrassa de sa chemise de nuit. Une sueur pure et inodore comme la rosée. Une peau qui luisait. Des seins fermes comme des œufs durs. Un pubis épilé selon la mode. La tenir dans ses bras le mettait en érection. Le contraire eût été inquiétant. Il soupira et alla chercher, sur le porte-serviettes chauffant à côté de la douche, une serviette de bain longue d'un mètre quatre-vingts dont il enveloppa Bertie. Elle avait retrouvé son calme, mais lui n'arriverait plus à dormir. Il la laissa dans la chambre et se fit monter un petit déjeuner.

Il avait mangé son melon et son muffin et se resservait un café en parcourant le *Chronicle* lorsque les portes de la chambre s'ouvrirent sur une Bertie ensommeillée. Elle s'avança lentement en clignant des yeux, enveloppée des épaules jusqu'à mi-cuisse dans la serviette de bain, ses épais cheveux en désordre. Elle s'assit sagement sur un canapé en face de lui.

« J'ai un de ces maux de tête ! Ça ne m'arrive que lorsque j'ai Visité. Il reste du café ? »

Il lui en versa une tasse.

« Tu ne te souviens pas ?

— Pas de tout, répondit Bertie en lâchant quelques morceaux de sucre dans son café noir.

— Où étais-tu ?

— Dans l'Astral.

— Tu as vu qui ? Parlé à qui ? »

Bertie sirota son café, tête baissée. Elle se frotta les cheveux avec une grimace.

« Où est passée ma chemise de nuit ?

— Tu l'avais trempée, j'ai eu peur que tu prennes froid.

— C'est pour ça, la serviette ?

— Oui.

— Mais tu n'es pas… resté avec moi ?

— Tu dormais à poings fermés. Tu venais de passer des moments pénibles. Tu veux manger quelque chose ?

— Je n'ai pas faim pour l'instant. » Elle releva la tête

et lui sourit. « Tu es un type adorable. Le seul à côté duquel j'ai envie de me réveiller le matin.

— En ce moment, je me sens plutôt idiot. Je nous ai mis dans le pétrin, hier soir. J'ai peur que des gens extrêmement méchants t'aient repérée.

— Ce ne serait pas de ta faute. Ni de celle de Danny Cheng.

— Alors comment le MORG est-il arrivé jusqu'à nous ?

— Fais marcher ta tête.

— Par Rory Whetstone, tu veux dire ? L'assistant d'Hannafin ? »

Bertie hocha la tête.

« D'abord il est dans le même avion que nous, ensuite il traîne autour de la maison de Cheng quand on y est.

— Ils en ont parlé à la télé ce matin. Explosion d'une conduite de gaz. Officiellement, du moins. Une vieille demeure historique de Russian Hill. Bien entendu, rien sur les hélicoptères noirs. On a retrouvé un corps dans les ruines, on suppose que c'est celui d'une employée.

— Song Li. Ça veut dire que Danny et Chien-Chi ont réussi à s'en sortir. » Elle poussa un soupir de soulagement. « *Maintenant*, j'ai faim. J'aimerais une mangue bien mûre et, mmh, voyons, un steak sandwich, coupe New York et cuisson entre saignant et à point, pain complet. Avec de la sauce au concombre. »

Sherard transmit la commande au service d'étage. Bertie se resservit en café en regardant par les fenêtres.

Quand Sherard raccrocha, elle lui dit : « Mais Whetstone n'est pas un FCM. Je l'ai sondé. Il est totalement dévoué au sénateur Hannafin. S'il renseigne le MORG, ce doit être par l'intermédiaire d'un implant. À mon avis, il s'agit d'une puce avec transpondeur enfouie derrière son oreille gauche, pas plus grosse qu'un diamant d'un huitième de carat.

— J'ignorais que tu avais aussi une vision à rayons X.

— Je n’en ai pas. J’ai l’impression d’être un monstre quand tu me parles comme ça.

— Désolé. J’ai un peu de mal à avaler ce qui coule de source pour toi. Pourquoi penses-tu qu’il a un transpondeur dans la tête ?

— Parce que ce genre de trucs affecte l’aura autour de l’implant.

— Oh. Tu as aussi lu son aura.

— Je lis l’aura de tout le monde. Je ne peux pas faire autrement. La tienne me raconte deux ou trois petites choses, ce matin.

— Je ne veux pas en entendre parler.

— Je ne t’en parle pas, dit Bertie avec un brin de suffisance. Du moins, pas pour l’instant. L’aura de Whetstone ne révèle aucune vilaine intention. Si le MORG l’utilise, c’est de cette manière-là. Pour suivre la piste du sénateur, bien entendu. Hier soir, quand j’ai repéré l’hélicoptère noir, je me suis dit qu’ils venaient peut-être pour lui. Ce qui aurait voulu dire que c’était commencé.

— Que *quoi* était commencé ?

— Ce que le MORG a prévu pour l’avenir immédiat de mon pays d’adoption.

— Tu peux préciser ?

— Je n’en sais rien pour l’instant. L’autre fille, oui, je crois. Eden Waring. Celle que nous sommes venus retrouver. Je sais où elle est, au fait. »

Sherard la dévisagea. Bertie écarquilla les yeux pour le défier de se moquer d’elle. Il préféra hausser les épaules.

« Tant mieux si c’est vrai. Je veux qu’on en finisse au plus vite et qu’on parte très loin d’ici.

— Le problème, c’est d’arriver à elle. Ça ne va pas être facile.

— Pourquoi ? Elle est où ?

— Dans un endroit appelé Moby Bay, à environ six heures de route.

— Comment tu le sais ?

— Tom… Cette nuit, j'étais dans l'Astral, où il n'y a pas de secrets, mais vraiment, je ne suis pas disposée à t'en dire plus.

— Je n'ai pas ce qu'il faut pour comprendre, c'est ça ?

— C'est plutôt que… que je ne te pense pas capable d'y faire face. Je veux que tu te fies à moi. Eden est dans une espèce de prison. Difficile d'expliquer ce que cela veut dire, mais *a priori* elle n'y court aucun danger tant qu'elle ne comprend pas ce qu'il se passe. Avant d'aller la chercher… Danny Cheng l'a dit : il faut qu'on voie cette femme à l'hôpital. Celle qui a survécu de justesse au crash de l'avion, hier. Et qui risque de ne plus vivre bien longtemps.

— Toute cette histoire me plaît de moins en moins. Je t'ai involontairement mise à nu.

— Dommage que ça ne m'ait pas réveillée…

— Bertie.

— Je suis là assise avec cette serviette, tu devrais voir ton aura. Pas besoin de dire quoi que ce soit, Tom. Ou alors juste : "Enlève ta serviette, Bertie."

— On pourrait attendre un moment plus calme, moins perturbant. Il y a une légitimité qui ne nous appartient pas encore. Pour dire les choses autrement. »

Bertie se frotta la nuque. « Mais on aurait pu finir en morceaux il y a quelques heures. Bon. Il y a du pour et du contre. Et je suis encore un peu nerveuse. Les Visites astrales me fatiguent, et tu as tant de choses en tête que tu n'arriverais probablement…

— Juste ce qu'il s'est passé ces dernières heures. Juste la mort de ma femme. Si je n'ai pas pu protéger Gillian, comment… qu'est-ce que je suis censé faire quand tu te balades toute seule dans l'Astral ?

— Pas de problème, j'y suis en sécurité. J'ai un guide formidable. Écoute, Tom. Gillian ne te l'a jamais dit, mais ses pouvoirs avaient diminué au moins de moitié par rapport à ce qu'ils étaient quand elle avait mon âge. Ça arrive, voilà tout. Sinon elle l'aurait prédit, et elle aurait réduit en charpie ce tueur sur Madison Avenue. Mais j'ai tout ce que Gillian avait au summum de ses pouvoirs, et même plus. Tu te souviens de ce que j'ai failli faire à ce pauvre M. Whetstone ?

— À merveille.

— Personne ne me fera de mal. Ni à toi.

— Alors maintenant, c'est *toi* qui me protèges ?

— T'es bien un homme, à monter parfois sur tes grands chevaux comme ça. J'ai besoin de toi, Tom. On est en chasse. J'ai besoin de tes talents si je veux réussir.

— En chasse, vraiment ?

— Je sais ce que tu ressens, mais si j'ai ce Don, c'est pour une raison bien précise. On me demande de le faire. Je ne peux pas refuser.

— Faire quoi, Bertie ?

— Ça, c'est Eden qui me le dira.

— Tu ne viens pas de me dire qu'il n'y avait pas de secrets dans l'Astral ?

— Je ne l'ai pas encore rencontrée. Elle ne peut pas y aller, pas depuis Moby Bay.

— Cet endroit m'a l'air fascinant. » À court de mots, il baissa d'un air malheureux les yeux vers la moquette. Au bout d'une minute, Bertie se leva en tenant la serviette d'une main. Elle posa l'autre sur l'épaule de Sherard, puis la remonta jusqu'à avoir le côté de son cou au creux de la paume. Il releva les yeux.

« Tu vois, c'est que… en fait, tu es…

— Oui, je suis un peu trop, parfois.

— Et pourquoi faut-il que tu sois si foutrement belle ? Comment puis-je me convaincre que je mérite cette profusion de talents ? »

Elle se toucha le front de l'index.

« Quoi qu'il se passe ici, Tom… »

Elle déplaça sa main vers le milieu de son propre sternum.

« Il n'y a là qu'un cœur ordinaire. Un cœur comme le tien. Un cœur comme celui de n'importe qui. Les mêmes sornettes et les mêmes larmes. Mais un éclair a touché mon cerveau avant ma naissance. Il aurait dû nous tuer toutes les deux, ma mère et moi. Je suis heureuse qu'il ne l'ait pas fait. L'éclair, ou ce qu'il a laissé derrière lui, est toujours là. Dans un certain état, juste avant de m'endormir, il m'arrive de le voir. Un esprit dans mon esprit. Une conscience séparée. Calme. Luisant. Puissant. Sa lumière me permet de voir des choses que tu ne vois jamais. Ne pense pas à l'éclair, Tom. Je te promets qu'il ne te fera jamais de mal. Pense juste à moi.

— C'est ce que je fais. C'est ce que je ferai toujours. »

Elle sourit, essuya un œil humide et se pencha pour un léger baiser.

« Tu t'es déjà rasé ? Je vais prendre une douche et m'habiller avant de manger.

— J'ai quelques coups de fil à passer. Un vieil ami, un ancien client de mon père qui doit toujours vivre sur la Baie. Si je pars en chasse, j'ai besoin d'un équipement adéquat. »

WASHINGTON — 29 MAI — 6 h 45

Ils prirent leur petit déjeuner puis baissèrent l'éclairage et allumèrent le lecteur de DVD dans la pièce sous l'hôtel, une pièce flottant doucement dans un bunker en béton, meublée de recoins d'acier et de daim, dépourvue de quoi que ce soit ressemblant de près ou de loin à une décoration, sans la moindre touche personnelle. Insonorisé, antichoc, imperméable aux PES, c'était le repaire d'un homme devant gérer un empire secret dans une cité de labyrinthes et d'intérêts contraires fondée dans un marécage. Victor Wilding inséra le DVD dans le lecteur. Rona attendit en bâillant. Un léger crissement dans sa mâchoire. Ces dernières vingt-quatre heures avaient été épuisantes, et elle n'avait pu s'accorder que deux petits sommes depuis Hawaï.

Pendant les périodes plus calmes, elle continuait à voir la tête de Frank Romanzo se désintégrer dans une explosion de sang, ce qui lui portait sur les nerfs. Un mouvement d'humeur, aucune résistance concrète sous son index. Mais Kelane Cheng avait refusé de se laisser briser. C'était une leçon à laquelle Rona devait à nouveau réfléchir. Il existait des absolus dans l'esprit humain.

Puis son mari fut avec eux dans la pièce sombre et prononçait à nouveau des phrases complètes. L'esprit de Rona refusa tout d'abord d'assimiler ce fait. Elle s'enfonça dans sa chaise basse pour refouler une vague de sang et fut forcée de fermer les yeux, se sentant froidement diminuée, à deux doigts de la syncope. Elle émit des sons qui pouvaient être un rire.

« Ça ne va pas ?

— Si, si. » Encore secouée, Rona jeta un deuxième coup d'œil à l'écran. Elle s'était habituée, au cours des semaines précédentes, à un Clint Harvester reclus à Camp David sans plus d'esprit qu'une momie. Et voilà qu'il parlait, avec ses modulations familières d'homme de l'Ouest, d'actes terroristes sur des parties du sol américain jusqu'ici intouchables, de cités innocentes au cœur du pays. Il parlait, au passé, d'événements encore en projet, pour ce qu'elle en savait. Et Rona savait tout. Il parlait de la détermination du pays à en finir avec cette épreuve que leur imposaient des extrémistes anonymes profitant de lois d'immigration trop laxistes. Il parlait de la nécessité de contre-mesures fortes qui commenceraient par la réinstauration de la conscription militaire pour les jeunes hommes et les jeunes femmes de dix-huit ans et la nationalisation des bureaux de police et de shérifs. Il parlait d'une purge massive de tous les éléments criminels, connus ou présumés.

« C'est la voix de qui ?

— La sienne.

— Comment ?

— Tous les mots sont là, dans ses vieux discours. Nous en avons préparé de nouveaux, comme celui que tu entends. On peut en écrire autant qu'on veut, sur n'importe quel sujet. »

L'explication et la maquette de discours lui plurent. C'est sa voix qui avait séduit Rona avant même qu'elle sache qui il était. La première fois qu'elle l'avait entendue, nettement amplifiée, c'était un jour de fête nationale, dans un champ de foire, à Great Falls dans le Montana. Il se présentait aux élections de gouverneur. Sans la moindre expérience politique préalable. La fête nationale y était célébrée à l'ancienne, avec un tournoi professionnel de rodéo. Ainsi que des fanions, des politiciens, et de jolies étudiantes à cheval.

Rona avait vingt-cinq ans. Elle était venue en avion dans le Montana pêcher à la mouche avec son deuxième mari Travis et trois de ses copains. Elle avait épousé Travis deux mois et quatre jours auparavant et avait déjà décidé que leur mariage ne durerait pas plus de trois mois. Depuis qu'elle le connaissait, il n'avait pas été sobre plus de la moitié du temps. Ils avaient signé un contrat de mariage, mais Rona avait eu l'occasion, après leur liaison éclair et leur voyage en stop jusqu'à Vegas, de plonger dans le passé irresponsable de Travis et d'obtenir, de la part d'un de ses amis intimes avec qui elle avait couché dans ce but, un témoignage enregistré donnant les détails d'un accident avec délit de fuite commis par Trav, deux personnes laissées pour mortes et une jeune fille condamnée au fauteuil roulant à vie, éléments qui ne seraient pas à l'avantage de Travis dans l'émission de télé-poubelle *Hard Copy*. Et il restait assez de jugeote à son père pour modifier son testament du tout au tout.

« Les mouvements des lèvres. Les expressions.

— Obtenus avec un logiciel de *morphing* que n'importe quel gamin peut acheter. C'est marrant.

— Il a l'air… mon Dieu, quelle émotion. J'en frissonne. Le retour de Clint Harvester. Combien de temps est-ce qu'on pourra faire durer cette supercherie ?

— Exposition limitée. Entrée et sortie d'hélicoptère sur la pelouse sud de la Maison-Blanche. Un ou deux cortèges. Clint à Burning Tree. Qui salue de la main, sourit. Il n'a pas perdu son sourire. Bien entendu, personne n'en approche assez près pour lui poser une question. Dunbar peut s'occuper des affaires courantes, des réunions du cabinet, des dîners officiels, Clint sera toujours indisposé. Tous les discours, comme celui-là, seront dans la boîte. Nous n'avons besoin que de son visage. Le décor, son costume, le motif de sa cravate, tout cela est interchangeable et indécelable sans un examen poussé. Combien de temps ? Évitons de trop tirer sur la ficelle. D'abord, les bonnes nouvelles du retour de Clint. Puis le second événement atomique sur le sol des États-Unis. Pendant que la nation est encore sous le coup, la semaine suivante, je pense, l'assassinat. Clint Harvester meurt dans tes bras. Et là, tu reprends le flambeau. »

(Rona courait l'aventure depuis sa puberté. Parcourant en autostop les routes de plusieurs pays. Découvrant ce qu'il restait d'humanité dans les endroits usés, les miséreux bas-côtés d'un continent. Apprenant. Un bon jeu de jambes lorsque les ennuis menaçaient. Un tournevis affûté en permanence dans sa botte. Et une petite bouteille de somnifère pour les candidates à la prostitution aux moments où elle avait besoin de s'approprier un peu de liquide. *J'ai su dès ma naissance combien j'étais intelligente.* Au bout d'une année avec ses chers surfeurs, Papa et Maman l'avaient retrouvée, Henry au régime sec pour la cinquième ou sixième fois de leur patiente saga, retour au billot et au couperet. À nouveau sous la garde de ses parents, elle avait terminé ses études secondaires, et en fait, cette fois-là, cela lui avait plu. Élue reine du bal de fin d'année malgré le tatouage de veuve noire juste sous son épaule droite. Le lendemain de son dix-huitième anniversaire, elle quitta définitivement la maison et atterrit à Haight Ashbury. Qui était toujours l'épicentre de la culture *flower power* et où la drogue coulait à flots. Un harmonieux cocktail de gens bénis des dieux, futiles, et déjà usés. Les week-ends, on ne pouvait aller que dans la rue. Rona essaya de nombreuses substances, joua plusieurs fois avec le feu, mais son manque de self-control laissait sortir des peurs qu'elle ne pouvait affronter. À dix-huit ans, elle avait l'égoïsme naturel des gens dynamiques laissés à eux-mêmes. Sans cesse à la poursuite d'un destin difficile à présager. Elle savait seulement, d'instinct, qu'il était en relation avec l'acquisition du pouvoir.

(Nixon avait fui la Maison-Blanche avec un dernier sourire fétide aux caméras, s'arrêtant quelques instants sous les pales de l'hélicoptère présidentiel, sans son épouse quasi catatonique à ses côtés. À Frisco, Rona passa à l'activisme politique. Le divertissement et les valeurs sociales l'attiraient davantage que les autres causes. Mais elle fut plusieurs fois arrêtée à Oakland en luttant pour les ouvriers agricoles, les étudiants dissidents de Berkeley et les Panthers du Dr Huey. Cette fréquentation involontaire des tribunaux et bureaux de la police l'amena à faire la connaissance de Bill Frederics, un jeune avocat qui progressait rapidement au sein de la branche du ministère de la Justice californienne chargée du crime organisé et du renseignement sur les activités criminelles. Elle se mit en ménage avec lui après leur deuxième rendez-vous.

(Par l'intermédiaire de Frederics, Rona eut accès à des renseignements secrets, y compris à son dossier au FBI et à la CIA. Elle en apprit bien davantage sur le pouvoir, sur son véritable détenteur dans une démocratie. Pour éliminer les idéologies et les troubles civils des minorités qui gênaient le gouvernement, il suffisait d'établir une raison logique de traiter ces minorités comme des organisations criminelles. De nouvelles forces de frappe, telles que l'Office of Drug Abuse Law Enforcement, pouvaient être créées par décret présidentiel et devenir aussitôt des monstres autonomes hors du contrôle du Congrès. Pour ses opérations, l'ODALE, qui devint rapidement la Drug Enforcement Administration, avait le pouvoir de requérir le soutien d'autres agences gouvernementales telles que le FBI, le fisc ou les douanes.

(Seul le MORG refusa de coopérer. La Maison-Blanche, où Gerald Ford terminait le mandat de Nixon, échoua à monter le refus du MORG en épingle.

(Rona n'avait jamais entendu parler du Multiphasic Operations and Research Group. Frederics n'en savait guère davantage. D'autres agences, d'État ou fédérales, avaient sans le dire plus ou moins peur des agents du MORG.

(Intéressant, se dit Rona.

(Elle commença à se documenter sur la Maison-Blanche, puis à rêver régulièrement qu'elle la visitait. Sans y avoir été invitée. Elle ouvrait des portes impressionnantes et parcourait des couloirs bordés de portraits d'anciens présidents, avec parfois une peinture champêtre. Comme il arrive dans les rêves, des gens surgissaient soudain pour lui poser des questions d'un ton quelquefois menaçant. *Oh oui, je suis à ma place ici.*

Son cœur battait à tout rompre. Montée d'une volée de marches. Un aperçu d'un homme dans une chambre, peut-être le Président. Il reboutonnait sa chemise. Il lui jetait un coup d'œil. Elle reconnaissait Lyndon B. Johnson à son visage de chien de chasse boudeur et à ses petits yeux méchants. Elle l'avait salué d'un grand geste de la main. *Tout va bien, M. le Président, je suis à ma place, ici.*

(Rona prit l'avion pour Washington afin de la visiter vraiment. Elle avait vingt et un ans. Les touristes ne pouvaient accéder qu'à une petite partie de la Maison-Blanche, mais l'odeur du pouvoir flottait partout. Rona en eut la fièvre, une fièvre légère mais tenace. Cette nuit-là, seule dans sa chambre d'hôtel bon marché à des kilomètres des monuments avec cet éclat antique de lanternes et cette adresse fameuse vers laquelle, dans son imagination, convergeaient toutes les routes sur lesquelles elle avait peiné, elle versa des larmes amères, certaine que sa place était bel et bien à cet endroit, comme ses rêves l'avaient prédit. Aucune idée de la manière d'y arriver. Tant de fils flottants dans sa vie.

(Avec un peu de réflexion, elle détermina que la politique était le lien. Il fallait de l'argent pour arriver au pouvoir, mais on y restait grâce à la politique. Rona se livra à quelques évaluations. Bill Frederics était ambitieux, jusqu'à un certain point. Il voulait devenir ministre de la Justice californienne, un apogée modeste mais sans doute le seul à sa portée. De plus, cela n'était pas pour tout de suite. Il ne disposait d'aucun héritage, et ressentait [comme Rona le découvrit au sixième mois de sa première grossesse] l'impérieux besoin de marcher à voile et à vapeur. Un désir plus puissant que l'ambition ou l'argent. Les gays de San Francisco commençaient à tomber, rongés à mort par une maladie bizarre inconnue des médecins.

(Lorsque son fils Joshua eut deux ans, Rona en

confia la garde à sa mère et déménagea à L.A. avec son tout nouveau diplôme universitaire en sciences politiques. Cette fois, elle cherchait un investissement style ruée vers l'or. Quelques millions suffiraient.)

« J'en ai assez vu, dit Rona à Victor Wilding. C'est excellent. Exactement ce dont nous avons besoin. Arrête ça. »

Wilding éjecta le DVD.

« La fille dont nous avons parlé. Elle me donne du souci.

— Ah, oui. Eden, c'est ça ?

— J'ai des Locaux partout. » Les « Locaux » étaient la division des opérations domestiques du MORG. « À Innisfall. Elle n'a pas encore réapparu. Elle n'est pas rentrée chez elle. On la pense chez une amie. Sa famille n'est pas là non plus. D'après ce qu'on m'a dit, des gens sont restés toute la nuit devant chez les Waring, comme pour une veille religieuse. Le numéro soixante-huit de Deep Creek Road se transforme actuellement en un lieu de pèlerinage pour les gens bizarres, crédules ou un peu faibles d'esprit.

— Eden va réapparaître. Casey a laissé un message sur son répondeur. J'ai demandé à Eden de m'appeler. Qui refuserait une telle opportunité ?

— J'ai fouillé dans le passé d'Eden Waring. Elle a été adoptée. Fille naturelle. Née dans un village provençal au-dessus de Saint-Raphaël. D'une adolescente française de quinze ans, confinée dans une maison de santé de très grande réputation qui a pourvu pendant un siècle et demi aux besoins des cinglés et des drogués de sang royal. Eden a vu le jour le 7 novembre 1979.

— Et en quoi son origine a-t-elle un quelconque intérêt ?

— D'après l'acte de naissance, la mère s'appelait Beaulieu. Le nom de famille le plus courant de la région de l'Esterel, avec… Bellaver. »

Rona hocha lentement la tête en comprenant où il voulait en venir.

« Un établissement hors de prix, tu as dit. La mère vient donc d'une famille riche. Je pensais les Bellaver anglais.

— Français anglicisés.

— Tu crois que Gillian Bellaver pourrait être la mère d'Eden ?

— Je sais que Robin a Visité Gillian dans un village du Connecticut nommé Mount Carmel la nuit précédant celle où il a perdu la raison et détruit cette pauvre Gwyn avant de monter en pleine tempête sur ce toit verglacé. À ce moment-là, il se croyait immortel. Il n'écoutait rien de ce que *je* lui disais.

— Je sais, tu me l'as déjà raconté une centaine de… Qu'est-ce que tu veux dire par "Visiter" ? Il s'est téléporté ?

— Non, même Robin Sandza n'en était pas capable. Il n'y a que les dpg à pouvoir le faire. Il suffit de visualiser un endroit pour s'y retrouver aussitôt. C'est un des talents qu'on ne peut pas garder une fois libéré. Le reste disparaît petit à petit avec l'âge. Il ne me reste plus de Robin que ses souvenirs. *Tous* ses souvenirs, qui sont maintenant mes cauchemars. Il a fait de moi un homme, mais a laissé trop de lui en moi.

— Ne recommence pas. Regarde Rona, chéri. Pense à qui *nous* sommes, à ce que nous sommes devenus. Je moi tu nous.

— Oui, désolé. Tu sais que je n'ai pas dormi depuis ton départ.

— Ce soir-là dans le Connecticut… Qu'est-ce qu'il s'est passé ? Comment Robin a-t-il pu… ?

— Concevoir ? Il n'a pas pu, pas dans l'Astral. Il fallait un intermédiaire. Son propre père. Peter Sandza était justement là, endormi contre Gillian. Robin a pris possession de son père. Pendant que Robin faisait l'amour à Gillian dans l'Astral, Peter agissait de même au niveau terrestre. Et avait tout oublié au réveil. C'était début février 1979. Presque exactement neuf mois plus tard, Eden naissait. Va savoir ce qu'est cette fille exactement et ce dont elle est capable. »

(Alors elle entendit cette voix dont l'amplificateur légèrement métallique du champ de foire ne parvenait pas à gâcher la sonorité, et cette voix l'attira dans la poussière, les mouches et les tas de crottin, lui fit contourner des familles toutes habillées western, jusqu'aux gamins dans leurs poussettes ombragées, esquiver les nuages roses et sucrés des barbes à papa, s'approcher de l'estrade qu'occupaient un groupe de country et, assis en rang sur des chaises pliantes en bois, des politiciens locaux, des rivaux pour des postes plus importants et plus intéressants dans l'appareil d'État.

(Clint Harvester était un homme grand vêtu d'un pantalon de serge moulant et d'une veste marron avec des empiècements en cuir style western. Des cheveux blonds dont la ligne descendait en V sur le front. Des yeux bleus qu'on ne pouvait que trouver gracieux. Une mâchoire anguleuse. Il se détachait devant les nuages. Les autres derrière lui semblaient ternes et confus dans l'éclat de son sillage. Rona l'écouta quelques minutes et classa aussitôt Clint Harvester parmi les visionnaires. Elle adorait les visionnaires. Ils volaient jusqu'aux étoiles. Ils manipulaient des concepts grandioses. Ils avaient tendance à se montrer vagues et stupides sur tout le reste. Il parla sans notes pendant les dix minutes qu'on lui avait allouées, rabâchant, alternant ironie et humour pince-sans-rire, s'attirant rires et acclamations de ses partisans d'une vingtaine d'années qui portaient des écharpes et des badges sur lesquels figurait le visage de Clint. Plus de la moitié de ses admirateurs étaient des jeunes femmes.

(Rona se glissa entre elles avant de s'immobiliser,

plus grande que la moyenne, avec un sourire radieux à l'intention du fascinant orateur debout sur l'estrade. Il ne put pas ne pas la voir. Elle n'arrêta pas de sourire, l'encourageant, l'approuvant. Il la regarda de plus en plus souvent, dépassa ses dix minutes, il fallut l'interrompre. On offrit à Rona un badge *Clint quand ça compte*. Elle le mit, puis passa derrière l'estrade où Clint s'appuyait contre un pick-up sur le plateau duquel on avait attaché un veau à tête blanche. Il portait maintenant un Stetson brun clair et buvait une bière en compagnie de son comité de soutien et d'une brune. Jolie, des éclairs de diamant tandis qu'elle vidait une grande tasse en papier, mais avec une peau abîmée par le soleil de contrées austères. Rona supposa qu'il s'agissait de sa femme. Elle se tint à trois mètres du groupe avec le sang-froid déconcertant des inspirés et des justes, jusqu'à ce que Harvester, pressentant une force irrésistible, tourne à nouveau et à jamais le regard vers elle.)

GREENWOOD LAKE — 29 MAI — 10 HEURES

Le soleil se leva. L'homme temporairement connu sous le nom de Phil Haman réclama un petit déjeuner.

Il avait entravé et bâillonné Betts au chatterton, mais en lui laissant les mains libres afin qu'elle lui joue les partitions qu'il sortait d'une des deux valises sur mesure en titane qu'il emportait toujours en voyage. L'autre contenait, sertis dans du caoutchouc mousse gris foncé, les composants de diverses armes. L'assassin n'avait jamais de problèmes avec la sécurité des aéroports : il se déplaçait en jet privé ou, s'il en avait le temps, dans son véhicule personnel, un camping-car de onze mètres.

Haman avait dépossédé Geoff de son Glock et s'était à nouveau servi de chatterton, cette fois tordu comme une corde, pour lui lier pieds et poings près du sofa qu'occupait Riley, quant à lui allongé sur le ventre avec les mains attachées dans le dos. Les deux hommes pouvaient regarder la télévision en levant la tête, mais ni l'un ni l'autre ne le firent. Riley aussi avait été bâillonné.

S'étant assuré de chacun à sa convenance, l'assassin laissa la place à Visage, qui attendit l'aube en travaillant à une imitation de Rona Harvester. Il utilisa le bar du petit déjeuner comme table de maquillage et consulta de nombreuses photographies de la première dame. Il ne parla qu'à Betts, louant son habileté pianistique, lui expliquant au fur et à mesure sa démarche pour transformer Visage en Rona.

« Je masque les petites imperfections avec du Complete Concealer. Ensuite, je mets du fond de teint, bien entendu, puis une poudre légère. Saupoudrons maintenant d'ivoire la paupière et le sourcil, ummm-hmmm ! Voilà. Je vais me servir d'une brosse numéro quatre avec ombre cacao pour dessiner une *grande* courbe le long des cils, puis remplir le creux. Après ça, je pense opter pour un brillant crémeux rose, mais je suis ouvert à toute suggestion. Le "blanc sauvage" serait peut-être le meilleur choix pour un éclairage de scène. Donne ton avis en hochant ou en secouant la tête, poupée, je te vois dans mes miroirs. »

Lorsque Betts ne put tapoter plus longtemps sur les touches d'ivoire, Visage brancha son mini-magnétophone pour écouter la voix de Rona Harvester. La première dame avait suivi des cours d'élocution pour tirer le meilleur parti de son soprano clair et agréable, mais avait réduit ou éliminé ses tics vocaux, ses mots bouche-trou et autres scories, et sa voix était dépourvue de véritable accent régional exploitable par un imitateur. Elle avait des expressions favorites. « Un point c'est tout, pas de pleurnicheries. » « Changez de mélodie, qu'on danse le tango. » Et aussi « n'essayez même pas de m'en convaincre », qu'elle prononçait généralement avec une expression exaspérée et le *regard* de Rona.

Visage montra d'abord *le regard*. Si Betts n'avait été complètement terrorisée, avec une pression sanguine bloquée à son maximum, peut-être aurait-elle ri. *Le regard* était un coup d'œil oblique qui, décoché bras croisés et visage effronté, exprimait une incrédulité absolue. Visage avait parfaitement croqué Rona Harvester.

Lorsque l'omelette au fromage fut croustillante sur les bords, la première dame, aidée de quelques faux cils, avait pris vie, légèrement caricaturale mais pleine de culot, dans la maison qui surplombait le lac. Visage n'avait pas apporté la garde-robe appropriée, mais était tombé, dans un placard de la chambre, sur des chaussures à talons qui ne lui faisaient pas mal aux pieds. Il avait enfilé, par-dessus son maillot de corps sans manches, un soutien-gorge trouvé dans le tiroir d'une commode et rembourré de mouchoirs en papier chiffonnés. Hormis cela, il ne portait qu'un caleçon. Sa peau était pâle et glabre à partir du cou, ce qui, avec sa perruque blond cendré, lui faisait une vraie tête de carnaval flottant au-dessus d'un corps vaguement féminin.

Visage fit asseoir Betts par terre à un endroit où il pouvait les garder tous les trois à l'œil pendant qu'il beurrait un toast et dégustait son omelette. Il regarda la télévision. D'anciennes rancunes s'étaient ravivées dans un de ces coins miteux du monde au nom imprononçable. Dans les ruines d'une place, des miliciens mal rasés déchargeaient en l'air leurs armes automatiques avec force exubérance et sourires pleins de chicots. C'était quelque chose qu'il fallait faire. Une invasion de sauterelles frappait un autre endroit. Les insectes grouillaient sur plusieurs kilomètres et recouvrirent en quelques instants l'objectif du cameraman envoyé rendre compte de la dévastation. Cinq élèves d'une école préparatoire privée très chic avaient reconnu avoir descendu un 747 avec un missile sol-air construit dans leur garage. Un sacré jeu de construction. La police locale avait secouru quatre femmes séquestrées depuis un an et demi comme esclaves sexuelles dans une ferme reculée de l'Ontario. L'esclavagiste, un homme à barbe noire, s'était suicidé au moment où on enfonçait ses portes. Visage se resservit un café. Enveloppées dans des couvertures, les femmes sortaient de la ferme avec cette expression qu'on avait beaucoup vue aux survivants des camps de la mort. Elles grimaçaient dans la lumière blafarde du nord. N'arrivaient pas à croire à leur liberté retrouvée. N'étaient pas sûres d'en vouloir. La vie leur devait une explication.

Dans le matin venteux de Washington, Rona Harvester traversa la pelouse sud de la Maison-Blanche en direction de l'hélicoptère qui l'attendait. Pard, le border collie des Harvester, marchait à ses côtés au bout de sa laisse. Rona avait un pansement blanc de la taille d'une carte à jouer sur le front, souvenir du grabuge sur le boulevard Ala Moana. Mais elle était toujours là, dans un tailleur rose de pratiquante, partant rendre visite à son mari à Camp David et prier avec lui. Elle salua les passants qui l'acclamaient de loin derrière les grilles métalliques. Visage descendit du tabouret pour s'approcher de la télé et observer Rona qui, arrivée au pied de la courte passerelle menant à l'hélicoptère, confiait l'animal domestique à un Marine avant de se retourner en souriant et de faire de ses poings levés ce grand geste qu'elle avait vite adopté comme signe distinctif. Visage posa son café pour imiter le sourire et le geste. Il prit note d'acheter une paire de gants identiques à celle que portait Rona.

Geoff McTyer battait violemment des jambes en émettant des sons incohérents pour essayer d'attirer son attention. Lorsque la première dame disparut de l'écran, Visage finit par regarder Geoff d'un air ennuyé, s'accroupit à côté de lui sur ses talons hauts et arracha à moitié deux des couches de son bâillon de chatterton.

« Je t'ai déjà dit… haleta Geoff. Mon père… directeur du FBI… relâche-moi, sinon…

— T'essayes encore de m'en convaincre ? » fit Visage avec la voix de Rona Harvester, en tordant son torse de côté, ce qui donna plus de volume au soutien-gorge rembourré dont les bonnets pointèrent tels des museaux de chiens d'arrêt. Ses longs cils battirent de façon moqueuse. « De toute façon, ce n'est pas mon affaire. Parles-en à *lui*. À Phil, tu comprends. Phil machin.

— Haman, espèce d'enfoiré d'imbécile, j'essaie de…

— Un point c'est tout, pas de pleurnicheries. » Visage replaça le chatterton, puis frappa durement Geoff sur la bouche pour s'assurer que le ruban tiendrait. Il leva le regard vers Betts dont les yeux rouges et paniqués fixaient quelque chose d'autre. Dehors, on venait de lancer un canot à moteur sur la surface fumante du lac. Ils entendirent tous les quatre retentir dans la maison un bruit différent, celui d'un fusil d'assaut H & K qu'on armait.

« C'est tout ce qu'il y a à faire ? » les surprit la voix d'Eden Waring. « Tirer ce petit levier vers l'arrière ? Et après ? On ouvre le feu, j'imagine. »

Visage se remit lentement sur pieds, les yeux tournés vers le comptoir sur lequel il avait eu l'imprudence de laisser, près de son assiette, l'arme que lui avait confiée l'homme temporairement connu sous le nom de Phil Haman.

« Eh bien, bonjour.

— Bonjour à vous, fit la fille en braquant l'arme sur lui. Éloignez-vous donc un peu d'eux.

— Tu es encore plus jolie que sur ta photo. D'où tu sors ?

— Vous ne me croiriez pas. Je vous ai *dit* de vous éloigner d'eux. *Maintenant.*

— Eh bien, à vrai dire, je me sens *bien plus* en sécurité à cet endroit. Sachant que tu n'essaieras probablement pas de me descendre. Parce que je ne te pense tout simplement pas du type guerrier. Oh non non non non. Je pense plutôt que tu es une jeune fille sensible qui ne connaît pas grand-chose aux armes de ce genre, ce qui te donne juste un tout petit peu peur de faire une bêtise et ça, je peux t'assurer que les balles vont vraiment *pleuvoir* dès que ton doigt touchera la détente. Elle est sensible. Je ne te dirai pas à quel point. Je te *conseillerai* de ne pas tenir la crosse contre ton épaule. Sans déconner. Un proche tout proche pourrait se faire descendre aussi. En fait, c'est plus que probable. Tu pourrais même te blesser toi-même. Vu que tu ne connais pas cette arme.

— Détachez Geoff et Riley.

— Ce n'est pas que je ne veuille pas, si ça peut te calmer. Mais *lui*, il a utilisé du chatterton. Tu sais ce que c'est. Plusieurs mètres de chatterton. Une fois tordu et noué, c'est impossible à défaire. Il faudrait trancher avec des ciseaux ou un couteau bien aiguisé. Tu as dû entrer par la porte de derrière. Non ? Mais je n'ai pas entendu de voiture. Tu es venue en VTT ?

— Betts, tu as les mains libres. Trouve des ciseaux. »

Betts, qui regardait le visage d'Eden, baissa les yeux sur ses propres mains comme si elle les avait oubliées. Elle jeta un coup d'œil à Visage, leva les mains et essaya d'enlever son bâillon. Visage se glissa derrière elle, lui bloqua un bras en l'air tout en plaçant une main sur le côté de sa tête. Son autre main enveloppa le menton de Betts, poussant la tête vers le haut et sur le côté.

« Je continue à pousser, et *clac*, dit-il. Sauf si tu poses le flingue, Eden. Vraiment, tu serais étonnée du peu de force qu'il faut pour séparer la tête de la colonne vertébrale. On n'a jamais massacré de filles, mais ça ne veut pas dire que… » Sa voix changea soudain, et Haman reprit le contrôle, très professionnel malgré son accoutrement. « … que je ne le ferai *pas*, espèce de petite conne. Maintenant, mets-toi un peu par là, maman Frisette, qu'Eden entende bien ton cou se briser.

— D'accord, dit la fille. Vous voulez cette saloperie, prenez-la. »

Elle jeta l'arme trapue comme si elle lançait des cibles pour un tir à trente mètres. L'objet décrivit un grand arc de cercle, manqua heurter une des grossières poutres de séquoia et redescendit. Dès que l'arme quitta ses mains, Eden fit volte-face pour se précipiter vers la porte de derrière.

Les réflexes de Haman valaient presque les siens. Il relâcha Betts en la poussant sur le côté, attrapa le fusil-mitrailleur d'une main, le redressa et vida un demi-chargeur sur la fuyarde.

Des balles déchirèrent la moustiquaire en pointillés au moment où Eden franchissait la porte. Elle fut touchée au moins deux fois, en haut du dos, et tomba à quatre pattes dehors sur le ponton, sans émettre d'autre son qu'un hoquet étranglé tandis que la porte se refermait en claquant derrière elle.

Haman se lança à sa poursuite. Betts, qui était tombée par terre, se redressa et l'agrippa pour tenter de l'arrêter. Il se tourna et lui décocha un coup de crosse sur le côté de la tête ainsi qu'un coup de pied au menton. Betts retomba inconsciente sur Geoff qui se débattait sur le ventre, mains liées près des chevilles. Haman pointa l'arme automatique sur Geoff, le canon à un mètre de sa nuque, puis décida d'en finir d'abord avec la fille. Comme il ne la voyait pas allongée sur le ponton, il en conclut qu'elle avait dû se traîner à l'écart de la porte.

Donc, sortir, la retourner, la regarder dans les yeux. Petite salope à la langue agile. Elle avait pris l'avantage sur Visage. Ce n'était pas sa notation à *lui* qui était en jeu. Tirer à nouveau sur Eden, une brève rafale, s'éloigner. Ou bien, non, elle lui devait bien quelques minutes de récréation. Le couteau à découper, pas le H & K. Commencer deux centimètres sous le nombril, gauche-droite, revenir, remonter jusqu'à la trachée, voir si on pouvait faire le tout en un seul mouvement coulant, finir d'une oreille à l'autre. La traîner ensuite à l'intérieur par les talons histoire de compléter le tableau familial. Mettre le feu à la baraque. Et rentrer à Vegas avant la nuit.

CAMP DAVID — 29 MAI — 10 h 40

« Il a bon appétit, dit à Rona le médecin personnel de Clint Harvester. Sur le plan physique, je dirais qu'il n'a jamais été en meilleure forme. Il court et nage au moins deux heures par jour. Il a un pouls au repos de cinquante-huit. Une pression sanguine…

— Vous appelez ça de bonnes nouvelles ? D'accord, Clint n'est pas dans un fauteuil roulant. Mais je préférerais encore ça si vous m'assuriez qu'il pourra bientôt assembler assez de mots pour prononcer une phrase compréhensible.

— Son esprit est plutôt actif, répondit R. Traynor Daufuskie d'un ton encourageant. Nous l'avons passé au scanner TEP pendant qu'il regardait la télé ou qu'on le soumettait à divers autres stimuli. Apparemment, il écoute ce que nous lui disons. Il entend les mots, mais sa capacité à en produire a pour ainsi dire disparu. Il peut obéir à des directives simples accompagnées de démonstrations. Bien entendu, nous ne savons pas définir la conscience — langage, visualisation, sens de soi-même. Le concept n'est pas mesurable avec les moyens dont nous disposons actuellement. Les compétences linguistiques de Clint se sont mystérieusement évaporées. Je dis “mystérieusement” parce que les zones cognitives cérébrales ne révèlent aucune anomalie telle que rupture d'un vaisseau sanguin. Les crises — des ratés électriques — ont lieu au hasard dans tout le cerveau, mais elles ont beaucoup diminué. Il ne s'en produit plus qu'une ou deux par jour. Évidemment, il y a eu des neurones détruits. Et ces neurones ne peuvent sans doute pas être remplacés, même si on dispose désormais de quelques preuves du contraire. Le planum temporal dans l'hémisphère droit semble normal. C'est peut-être au niveau des neurotransmetteurs qu'il y a un problème, et dans ce cas, le traitement à base de monoamine oxydase A que nous lui faisons suivre pourrait conduire à une nette amélioration.

— Je ne comprends rien à ce que vous me dites, Tray. Il me reconnaît quand j'entre dans la pièce ?

— Oui. Mais pour l'instant il n'a que des souvenirs post-trauma. Comme toujours en cas d'amnésie rétrograde.

— Il ne sait ni où ni quand nous nous sommes mariés. Il ne se rappelle pas notre rencontre. » Rona avait la tête baissée. Elle se mordit les lèvres jusqu'à ce que ses larmes coulent. « Il ne sait pas qu'il est le président des États-Unis. » Elle se tamponna les joues avec un mouchoir, puis releva les yeux avec un sourire navré. « Il n'y a aucune chance que tout lui revienne d'un coup ?

— Ne perdez pas espoir. Le cerveau humain est d'une plasticité remarquable. Le Président peut et va probablement réapprendre une grande partie de ce qui a été effacé. Mais il faut se montrer patients.

— J'aimerais ramener Clint chez nous. À la Maison-Blanche, je veux dire, pas au ranch. L'asseoir à sa table de travail dans le Bureau ovale. Qui sait ? Peut-être qu'il aura un déclic en retrouvant un décor familier, en revoyant les gens avec qui il travaille depuis trois ans.

— Eh bien… Je me demande s'il réagira à une stimulation de cette envergure. Et malheureusement, sa capacité d'attention est assez limitée. Il y a aussi le problème de son comportement primitif et agressif, de la satisfaction immédiate de ses désirs.

— Oui ?

— À deux occasions, le Président a tenté d'avoir des relations sexuelles avec des femmes qui… entraient dans son champ de vision au mauvais moment. Une agente des services de sécurité affectée à sa protection, qu'il a suivie dans les toilettes, et une infirmière des Marines venue prendre sa pression sanguine alors qu'il…

— Qu'il s'astiquait la colonne ? Je ne doute pas que vous sachiez ce qu'il convient d'administrer au Président pour l'aider à ne pas se tripoter le robinet. Par égard pour moi, si vous permettez. Traynor, mon instinct d'épouse me dit que le changement de Camp David à Washington lui fera le plus grand bien. Je veux que vous rameniez Clint ce soir. En fin de soirée. S'il vous plaît. »

Des cardinaux affluaient sur une mangeoire à oiseaux installée dans un arbre à l'extérieur de la suite du Président. Lorsque Rona entra, Clint Harvester, immobile, les observait par la fenêtre, sous la vigilance de deux agents des services de sécurité.

Il portait des vêtements en jean, ses vieilles fringues confortables de ranch. Il avait la peau bien bronzée. Il vit le reflet de Rona dans la vitre et se retourna lentement, les yeux dépourvus de la vélocité d'une pensée cohérente. Elle se dépêcha de traverser la pièce. Ses lèvres rencontrèrent la joue de son mari comme si elle embrassait une bulle de savon. Clint sourit.

« Co, fit-il.

— J'ai parlé à Tray Daufuskie. Il est très satisfait de tes progrès. Nous prions tous très fort, Clint. »

Elle se tourna vers les agents et laissa échapper deux larmes.

« J'aimerais un peu d'intimité avec mon mari.

— Oui, madame. »

Une fois les deux hommes sortis, Rona enleva la veste de son tailleur rose et s'assit, les yeux fixés sur son mari.

« Je sais que tu ne comprends pas ce que je dis. »

Les lèvres de Clint se plissèrent sans qu'on puisse parler de sourire. Il prononça quelque chose qui ressemblait à « vougle ».

« Ce n'était pas dirigé contre toi. Tu m'as toujours plu, Clint. Tu étais exactement ce que je voulais, et ce qu'il me fallait, à l'époque. Photogénique. Un prince d'une contrée lointaine. Tu as toujours réussi ce que tu entreprenais. Tu ne connaissais que dalle à la politique. Tu as pensé qu'il y avait de la place pour la courtoisie. Quelques gouttes de sang répandu, jamais plus. Tu avais besoin de moi pour ton spectacle. Je savais m'occuper des rats. Et ce sont tous des rats mangeurs d'homme, pas vrai ? »

Clint observait maintenant une mouche qui avait trouvé le chemin des vitres.

« À propos, je n'ai rien à voir avec la mort prématurée de Linda. Face à une concurrente telle que moi, il ne suffit pas d'aller bouder dans son coin. Avec un petit sourire blessé plein de dents. Elle aurait dû venir à moi les poings levés. Me ligoter et me jeter dans la stalle d'un cheval fou. Une femme qui refuse de prendre la bite d'un homme dans sa bouche ne mérite pas de le garder. Un point c'est tout. Un peu de pleurnicheries. C'est mon côté humain. Le reste de moi n'a pas besoin d'explications. J'ai un génie enragé qui fait bouillir la moelle de mes os. C'est un surfeur/poète/voyant qui m'a dit ça un jour. J'avais à peine quatorze ans. Comment pouvait-il le savoir ? Il ne le disait probablement que pour pouvoir me sauter. Et ça a marché, ça oui. J'aimerais que tu me regardes, maintenant, mais tu ne le feras pas. Si on pouvait juste revenir une dernière fois. Le Montana. Avec un faucon qui se laisse dériver vers chez lui dans le ciel aussi rouge qu'un coup de soleil. Ton vieux sac à puces endormi près du feu. Des chevaux à l'ombre du bois. Tes yeux glissant en et hors de moi comme des rapières et puis on le fait. Ah. On le fait. Le calme à notre début. Il y a des manières de vivre bien plus désagréables que la mort. Je vois ça. Toi debout là. Je comprends. Esprit déprimé dessèche les os. Quelqu'un m'a cité ça, aujourd'hui. Cette personne a des petits problèmes avec l'âme, à mon avis. Je ne m'y serais jamais attendue. Je ne suis pas à l'aise. Trop de choses remontent. Tous les jetons sont au milieu de la table. Puisqu'on parle de poker... Tu aurais été bien meilleur politicien si tu m'avais laissée t'apprendre comment truquer la donne. Mais cela t'aurait diminué. Le Peuple américain aurait compris dès que tu aurais commencé à truquer la donne. Je n'ai jamais sous-estimé le P.A. Les grands médias le gavent de conneries, comme nous leur avons enjoint de le faire. Mais il y a une connaissance enfouie au plus profond des tripes collectives du P.A. On laisse la lumière baissée et on met de la musique douce, mais à force, on ne peut plus le gaver de merde. Je le sais, et c'est la seule chose qui me fait peur. J'en rêve trop souvent. Toujours la fumée, les cadavres, le ciel rouge sang, et la guillotine qui attend au bout de rues hurlantes. Je n'ai jamais le temps de me vernir les ongles. »

Clint murmura quelque chose.

« Sérieusement. Je me demande ce que l'histoire fera de nous. Rona et Clint dans l'ambre du temps. Des mythes habillés en noir mythique. Je te prépare un cadeau. Un martyre qui vivra un millier d'années. Magnifique. J'ai l'impression que c'est le minimum que je puisse faire pour toi, pour te revaloir le trajet que j'ai accompli grâce à toi. »

Clint Harvester observa la mouche ramper vers le haut de la vitre avant de redescendre.

Se sentant bien mieux, Rona se leva, enfila sa veste et sortit. Il regarda sans émotion son reflet rose lui faire au revoir de la main.

Les deux agents des services de sécurité revinrent, s'assirent, et se remirent à surveiller Clint. Des périodes de travail de huit heures. Ils ne jouaient pas aux échecs. Ils ne regardaient pas la télé.

Au bout d'un moment, la mouche se décolla de la vitre et s'éloigna. Un mot flotta lui aussi dans l'air.

« Salope. »

Les deux agents se regardèrent.

Clint Harvester fixa la mangeoire à oiseaux comme s'il y comptait les graines dans la trémie de verre.

GREENWOOD LAKE — 29 MAI — 7 h 55

Lorsqu'il sortit, l'assassin ne trouva pas la fille sur laquelle il avait tiré là où il s'y attendait. Sur le ponton en séquoia à l'arrière de la maison, il n'y avait rien qu'un tas de bois de chauffage couvert d'une bâche goudronnée, près d'une cheminée en pierre.

Et une grande flaque de sang, du moins ce qu'il supposa être du sang, moins sombre que le revêtement du ponton.

La flaque avait commencé à bouillonner et à dégager de la brume. Voilà qui était nouveau. Il avait répandu quantité de sang dans sa vie, mais n'en avait jamais vu se comporter ainsi.

Il explora les alentours du regard. Rien qui pourrait servir de cachette. Des marches, et un chemin dallé qui traversait des petits parterres de genévriers et des copeaux de séquoia pour rejoindre l'avant de la maison. Sur le versant derrière la maison, les conifères étaient trop épars pour qu'on puisse s'y dissimuler, et peu de végétation basse poussait dans ce sol acide. Il vit une autre maison de campagne à cinquante ou soixante mètres de là, plus bas sur la pente, plus près de l'eau. De là où il se trouvait, en plein jour, avec sa perruque de marque, son soutien-gorge rembourré, son caleçon et son fusil d'assaut, il n'en voyait qu'une partie du toit et de la cheminée.

Cela ne se passait pas bien. Il avait le vague pressentiment qu'Eden Waring avait trouvé le moyen de se jouer de lui. D'un autre côté, le sang prouvait qu'il l'avait blessée. Elle avait dû aller se terrer quelque part hors de sa vue. Peut-être sous le ponton ou sous la maison. Perdant de plus en plus de sang, en état de choc.

Il regarda sous le ponton. Rien. Où, dans ce cas ? Il aperçut alors une sandale à côté du chemin, près de l'angle de la maison. Elle avait couru le plus vite possible. Paniquée. Blessée. Sa destination sautait maintenant aux yeux : le hangar à bateaux.

Il descendit la pente jusqu'au lac et au quai qui ceignait sur trois côtés un hangar à bateaux métallique recouvert d'une peinture bleu passé. Il y avait un ponton au-dessus du hangar. Des voix flottaient dans l'air calme, venues de loin sur le lac. Des pêcheurs. Les oiseaux chantaient gaiement, les écureuils jouaient avec entrain entre les arbres. Du sang maculait le cadenas. Eden n'avait pas pu entrer. Vu le peu d'avance qu'elle avait sur lui, il y aurait encore des rides à la surface du lac si elle y avait plongé. L'eau était calme, d'un vert bouteille se fondant en noir autour du hangar.

Calme. Un matin calme.

Sur le ponton au-dessus du hangar, rien que des chaises pliantes empilées et deux grands casiers de marine, l'un avec un rouleau de corde blanchie sur le couvercle. Facile : elle était dans l'autre casier, en train d'essayer de se faire la plus petite possible. En train de l'écouter. Terrifiée.

Elle aurait dû plonger dans le lac, se dit-il. Elle aurait eu une petite chance. Mais elle ne pouvait probablement pas nager avec deux balles au moins dans le dos et l'épaule.

Il la laissa entendre qu'il arrivait, mais en prenant son temps. Un léger clapotis se fit entendre lorsque le quai, qui flottait sur des fûts, s'enfonça un peu sous son poids. Il monta l'échelle métallique jusqu'au ponton, que revêtait une espèce de substance caoutchouteuse antidérapante. Il y avait un plongeoir. Eden ne s'était peut-être pas aperçue qu'elle avait laissé une autre empreinte de main sanglante en grimpant dans le casier en vinyle. Le sang pétillait dans le soleil. Disparaissait en pétillant. Si ce n'était pas la chose la plus dingue qu'il avait jamais…

Un sourire jusqu'aux oreilles, il ouvrit le couvercle avec le viseur de son H & K.

Il n'y avait rien dans le casier, rien qu'un chandail de hockey Mighty Ducks et un short de course.

Stupéfait et contrarié, il redressa brusquement la tête. Un hors-bord de la taille d'un jouet bondissait pleins gaz près de l'autre rive du lac. Il se retourna pour regarder la maison sur la pente peu boisée. Il y avait une longue diagonale de soleil matinal en travers du ponton. Et le silence.

Il regarda à nouveau dans le casier presque vide. Tendit l'autre main pour soulever le chandail. Trois trous assez nets dans le tissu, percés en oblique de gauche à droite par les balles haute vélocité à quelques centimètres sous la jointure du col et de l'épaule. Il l'avait bien chopée. Il déduisit de leur emplacement qu'il avait raté la colonne vertébrale, mais les os des épaules auraient dû voler en éclats. La privant quasiment — en théorie — de l'usage de ses membres. Il y avait deux orifices de sortie à l'avant du chandail. Une balle était restée à l'intérieur d'Eden.

Alors, où était tout le sang ? Il aurait dû y en avoir davantage.

Le peu qu'il restait du sang de la fille disparut pendant qu'il observait les trous dans le tissu.

Un petit bruit sourd derrière lui : quelque chose tombait sur le ponton.

Il fit volte-face, prêt à ouvrir le feu, l'adrénaline illuminant tel un jeu d'arcades la zone de son cerveau qui gérait la tension nerveuse. Tout le quai oscilla légèrement sous l'inertie de son mouvement.

Il ne vit que les montagnes et le ciel dégagé. Le soleil scintillait sur le grand lac. Il n'y avait personne d'autre sur le ponton. Rien ne bougeait sinon, à quelques pas de lui, la balle calibre 223 roulant en un petit demi-cercle à cause du mouvement du ponton.

« Vous pouvez la reprendre », fit la voix d'Eden Waring, qui restait invisible dans le bleu électrique.

Le fusil d'assaut MP5 cracha un flot de laiton lorsque l'assassin hacha de plomb mortel l'air et le ponton tout autour de lui. Il s'arrêta au bout de quatre secondes, reprit sa respiration. Puis il lâcha une nouvelle rafale, cette fois dans l'autre casier, celui sur le couvercle duquel le rouleau de corde avait disparu.

Il ne comprit ce qu'impliquait cette disparition qu'en sentant autour de son cou la corde s'incruster brutalement dans sa chair tandis qu'on le soulevait brusquement de terre pour le traîner en arrière vers l'échelle.

Geoff regardait dans les yeux obscurcis par la douleur de Riley lorsque les coups de feu claquèrent.

« Il tue Eden ! » hurla Riley. Puis ses yeux se révulsèrent, son teint passa du rouge à un gris livide et il s'affaissa tête la première, manquant tomber du sofa aux coussins décorés de tournesols. Geoff était impuissant, horrifié. Riley ne bougeait plus. Même pas une dernière inspiration. Fini en un instant. Le cœur.

Celui de Geoff produisait une série d'explosions. Il se tortilla pour se défaire de ses liens, en vain. Se retrouva contre Betts. Elle était allongée sur le dos. Elle respirait. Une de ses oreilles était enflée et rouge, et une contusion ornait la pommette sur laquelle Haman avait administré un coup de crosse. Le reste avait une couleur peu rassurante. Il se cogna éperdument à elle pour essayer de lui faire reprendre conscience. Qu'elle aille à quatre pattes à la cuisine s'il le fallait. Qu'elle rapporte un couteau pour le libérer.

Betts entrouvrit les yeux, cligna des paupières et le regarda sans comprendre.

« Va-t'en. »

Geoff émit des bruits de gorge affolés.

Betts gémit doucement et referma les yeux.

« Je ne me sens pas bien. Engourdie. Les mains engourdies. »

Sans voix, il essaya de lui faire comprendre.

Betts, pour l'amour du Ciel, il revient. Pas beaucoup de temps. Libère-moi.

« Je me sens malade. Mal à la tête. »

Debout debout debout.

« Mains engourdies. Je sens pas mes mains. *Arrête ça.* »

Lui parlant avec les yeux. Suppliant.

Il revient. Nous tuera tous. Debout.

Betts roula dans l'autre sens et vomit.

La porte d'entrée s'ouvrit.

Par terre, Geoff ne voyait pas la porte, mais il vit une ombre passer sur les lambris. Une ombre non identifiable, à part le renflement des seins. Tout ce qui lui vint à l'esprit fut que Haman revenait, toujours plus ou moins déguisé en Rona Harvester. Avec son ridicule soutien-gorge rembourré. Haman était là. Geoff se sentit anéanti, défait.

Une main libre. S'il pouvait juste libérer une main…

Il vit des pieds nus s'approcher de lui. De longues jambes athlétiques et bronzées. Un short de jogging, un chandail de hockey descendant jusqu'aux hanches. Il vit deux petits trous dans le chandail au niveau des clavicules. Le soleil rendait sa chevelure encore plus flamboyante, ce matin-là. Un œil louchait, comme il avait tendance à le faire lorsque Eden était tendue. Sauf que c'était l'œil droit.

Elle jeta un coup d'œil à Geoff mais s'occupa d'abord de Betts, l'aida à s'asseoir, vida du doigt le vomi de sa bouche afin qu'elle ne s'étouffe pas avec. Betts respirait normalement, sans effort, mais son regard restait vague. La fille la reposa par terre, avec un coussin sous la tête. Puis, à quatre pattes, elle souleva la tête de Riley, posa deux doigts sur la carotide. Une dizaine de secondes plus tard, elle soupira et déplaça le corps de Riley pour l'allonger sur le sofa.

Elle s'approcha ensuite de Geoff et, de ses doigts empestant le vomi de Betts, lui ôta son bâillon. La gorge de Geoff se souleva et il toussa violemment. Elle recula hors de portée en le considérant d'un œil froid.

« Ça va ?

— Oui. Je n'y crois pas. Eden, il t'a touchée. *Je l'ai vu*. Tu es salement blessée ? »

Elle haussa les épaules.

« Ce n'est rien.

— *Où est-il ?* »

Elle se détourna pour gagner la cuisine. Il vit sur son dos trois autres trous dans le chandail Mighty Ducks. Rien que des trous. Pas de sang.

« En bas sur le ponton. Attaché. J'ai jeté son flingue dans le lac.

— Comment as-tu… ? Tu aurais dû le tuer, il est trop dangereux !

— Impossible. Je ne peux pas tuer un être humain.

— Mais il t'a *tiré* dessus.

— Je te l'ai dit, ce n'est pas grand-chose. »

Elle ouvrit des tiroirs, dénicha des ciseaux et revint vers lui.

« Qu'est-ce que tu veux dire par "ce n'est pas grand-chose" ?

— Je ne suis pas blessée. OK ?

— Je vois des trous sur ton chandail. *Des trous de balles*.

— Ta voix commence à devenir trop aiguë. Pourquoi ne pas la fermer, petit gars. Je maîtrise la situation. Dommage pour Riley, quand même.

— Mais enfin, mais qu'est-ce qu'il se passe ? » Geoff parcourut les lieux du regard, la peur dans les yeux. « Je rêve ! Il est mort, et tout ce que tu dis, c'est "dommage pour Riley". Enfin ! Quoi ? Ce n'est pas l'Eden Waring que je connais ! Eden serait effondrée de chagrin. Elle adorait son papa. OK, alors ce n'est pas réel. Tu ne peux pas être Eden, donc, merde, j'en sais rien. Je dois planer. Comment ? Je n'ai pas pris de substance contrôlée depuis mes seize ans. J'aimerais *bien* être défoncé. Sinon ça veut dire que j'ai perdu, j'ai atteint le point de rupture. Tout ce que je voulais, c'était devenir commando de marine, mais je ne supportais pas le froid, ni d'être mouillé tout le temps, ils ne vous laissent pas dormir, j'ai craqué, voilà tout. On m'a viré. Mon vieux aurait pu me cracher dessus. J'ai dû craquer à nouveau quand la porte d'entrée s'est ouverte. Attends de voir qu'il apprenne ça ! Ha ha HA ! Geoff est devenu complètement chtarbé cette fois.

— Tu ne vas pas si mal. Arrête de respirer aussi fort, tu vas hyperventiler. »

Elle s'agenouilla à côté de lui et trancha le chatterton

aux ciseaux. Geoff s'assit en se frottant les poignets. Il glissa un doigt dans un des trous du chandail. En dessous, de la chair ferme. Aucune trace de blessure. Elle ne broncha pas, se contentant de sourire d'un air amusé.

« Satisfait ? »

Il retira son doigt. Il tremblait, électrisé, comme s'il avait mis le doigt dans une prise de courant.

Elle souleva lentement son chandail, le rassemblant au-dessus de ses seins nus. Elle respira profondément, enflant le torse jusqu'à faire saillir ses mamelons roses.

« Ça te rappelle quelque chose ? Ça devrait. »

Geoff se releva, baissa les yeux sur elle. Il chancelait. Il posa la main sur le dossier d'une chaise en osier, trébucha contre la table et fit tomber une lampe par terre. Sortit tant bien que mal par la porte d'entrée.

Elle eut le sentiment qu'il risquait de s'évanouir et de se blesser. Elle aurait probablement pu gérer cela un peu mieux. Elle soupira à nouveau et suivit Geoff.

WASHINGTON/QUANTICO (VIRGINIE) — 29 MAI — 11 h 24

Lorsque accompagnée de Pard, le border collie de la famille, Rona s'éloigna de l'hélicoptère qui l'avait reconduite à la Maison-Blanche, elle vit venir à sa rencontre sa directrice de communication.

« Comment va le Président, ce matin ? demanda Melissa.

— Il est en pleine forme. C'est ce que j'aimerais que vous disiez dans tous vos futurs communiqués.

— Formidable. Ça, ce sont de bonnes nouvelles.

— Il a encore quelques problèmes pour s'exprimer en bon anglais. Mais il meurt d'envie de revenir.

— À la Maison-Blanche ?

— Oui. Juste quelques jours. Avec un planning pas trop chargé. Mais je tiens à ce qu'on le voie dans un décor familier. Le monde s'est posé des questions, il attend. Le retour de Clint donnera un coup de fouet à la bourse. Je dirai à Rumsill et à Pearce de faire le plein d'opérations à terme pour le *blind trust*.

— Ce ne serait pas une violation de... »

Rona prit l'air mauvais.

« Melissa, il y a un gouffre entre l'opportunisme et la fraude.

— Je ne voulais pas...

— Achetez des *calls* S & P à échéance fin juin pour votre compte. Celui dans le paradis fiscal, bien entendu. Autre chose. Prévenez l'équipe de Clint que je leur parlerai à 14 heures. Il y a des directives strictes qui doivent être et seront suivies. Il faut éviter toute pression sur Clint. Autre chose. Je veux passer à la télé ce soir. À 20 heures, sur tous les réseaux. Dites-leur que Rona a besoin de dix minutes.

— Ça risque de...

— Mais arrêtez de m'emmerder, ce matin ! Dès que je vous demande quelque chose, vous me faites la gueule. Vous avez vos ragnagnas ? Votre petit ami s'est remis à bander mou ? Votre lune en opposition dans mon soleil est de mauvais augure ? Rona Harvester s'adressera à la nation à 20 heures. Qui va protester ? J'ai besoin de Couric ou de Barbara Walters pour faire monter ma cote ? Je suis très recherchée. Là, en ce moment, je me dirige vers le portique sud et j'ai vingt caméras braquées sur moi. Mes sympathisants sont légion. Je reçois des messages de soutien et d'amour du monde entier. Je suis la femme dont on parle le plus sur cette foutue planète. Pas besoin d'explication. *Ensuite*. À compter de maintenant, nous déménageons toutes nos opérations dans le coin sud-ouest de l'aile ouest.

— Le Bureau ovale ?

— Oui, Melissa. Et maintenant, effacez ce sourire incrédule de votre visage pendant que je salue », conclut Rona en se tournant pour répondre aux acclamations distantes d'un dernier geste avec les poings levés avant de disparaître à l'intérieur de la Maison-Blanche.

Bob Hyde en était à la moitié du jogging de cinq kilomètres qu'il effectuait sur une petite route du terrain du FBI dans la réserve de marine de Quantico, où il avait une maison de campagne. Un appel téléphonique parvint sur le portable d'un de ses gardes du corps, qui courait à trois ou quatre mètres derrière lui. L'agent prononça quelques mots dans le combiné puis se porta à la hauteur du directeur. Hyde jeta un coup d'œil ennuyé à l'homme et au téléphone qu'il tenait à la main. La matinée était chaude et il avait trop bu la veille au soir, tant avec le président par intérim qu'ensuite, lorsqu'il avait invité à dîner la maîtresse d'un parlementaire de New York. Les relations sexuelles n'avaient jamais vraiment intéressé Hyde, mais il avait développé avec l'âge une perversion à laquelle il lui arrivait de s'adonner. Sinon, son humeur se dégradait et il déprimait. L'acte l'excitait et le dégoûtait à la fois. Mais sa curiosité avait été récompensée. Le parlementaire avait raison. Pour une petite jeune, la fille avait une vessie incroyable.

« Qu'est-ce que c'est, Stahlnut ?

— Un appel urgent, monsieur.

— Rien n'est urgent quand je suis en train de courir.

— Prétend être votre fils. »

Quelques instants plus tard, le directeur s'immobilisa pour reprendre son souffle à l'ombre d'un noyer blanc qui poussait près d'un ruisseau sinueux. Au loin, une équipe de recrues du Bureau se démenait pour venir à bout d'un parcours du combattant.

« Ici Hyde.

— Papa.

— *Geoff*. Je me demandais quand j'allais avoir de tes nouvelles.

— Je sais que la ligne n'est pas sécurisée.

— Tu me raconteras plus tard, alors.

— Je ne peux pas, monsieur. Il faut que je le dise. Je ne peux pas le faire. Mener ma mission à bien. Je lui ai déjà fait trop de mal. Elle ne me p-pardonnera jamais. Riley est mort. C-c-crise cardiaque. Jamais, jamais de sa vie, elle… Mais il faut que je la protège ! Peux pas vous laisser faire ça. Je suis d-désolé. Je l'aime, monsieur.

— Tu pleures ? Qu'est-ce qu'il se passe ? Tu as perdu l…

— Non, non ! Je sais ce que j'ai fait. J'ai failli, mais je comprends, maintenant. *Elle* m'a expliqué. Comment elle pouvait être à deux endroits à la fois. Je peux comprendre ça. Ce n'est pas comme quand j'ai merdé aux commandos de marine, papa ! Je ne suis pas en train de craquer. Je, je, je me contrôle parfaitement, monsieur.

— Où es-tu, Geoff ?

— À un endroit appelé Greenwood Lake. En Californie du Nord. Dans la maison d'un certain Hassler. En fait, ce qu'il s'est passé c'est que…

— Elle est là ? Le suj… la fille Waring, elle est avec toi, là ?

— Eh bien, euh, oui. Mais c'est ça qui est difficile à expl…

— Geoff. Écoute-moi, fiston. Ne bougc pas. Tu as besoin de mon aide, apparemment.

— Contrôle parfait. Je ne suis pas fichu !

— Ce n'est pas ce que je voulais dire. Si j'ai bien compris, tu as été mis à très rude épreuve. Je vais t'aider. Tu m'écoutes ? Il y a quelqu'un d'autre, quelqu'un de Secteur d'Impact…

— Merde, pas besoin de me le dire ! Cet enfoiré est complètement dingue. Il voulait me buter aussi. » Il y eut un silence. Hyde s'épongea le front. La voix de Geoff changea. « Ce n'était pas ton idée, n'est-ce pas ?

— Geoff, non, bien sûr que non ! »

La voix de Geoff se fit plus froide. « T'es sûr que c'était pas ton plan depuis le début ? Parce que... parce que tu me détestais d'avoir merdé aux commandos de marine ?

— Je ne t'ai jamais dét...

— Et jamais aimé non plus, salaud ! Alors que c'est tout ce que j'ai jamais voulu, enfoiré, *voulu*. Comment as-tu pu me faire ça ! Me mettre dans cette position ? Eh bien, tu ne me retrouveras jamais, je peux te le promettre. Ni moi, ni Eden. Je la protège, maintenant. Tu ne lui mettras pas la main dessus. Je m'y opposerai de toutes mes forces. Dieu m'est témoin que je préférerais te tuer.

— Ne parle pas comme ça. Tu es à bout de nerfs. Et même épuisé, à ce que j'entends. Qu'est-ce qui est arrivé au type de Secteur d'Impact ?

— Neutralisé. Il a échoué. Comme tu croyais que *moi* j'échouerais, mais je n'ai pas échoué parce qu'il n'y a plus qu'Eden qui compte, maintenant. Voilà ce que je veux que tu fasses.

— Ce que... d'accord, très bien. Dis-moi.

— Envoie un hélicoptère sanitaire ici, tout de suite. Betts a besoin de soins médicaux. Et Riley, le pauvre Riley ! Je n'ai jamais voulu que ce genre de choses arrive. Mais je me rachèterai. Je le jure.

— J'arrive. Reste où tu es. Ce n'est pas un ordre, je te le demande comme un père qui s'inquiète.

— Tu parles ! dit Geoff en s'étouffant sur les mots. Je ne veux jamais... te revoir.

— Tu ne comprends pas ? Elle t'a bousillé le cerveau ? Cette fille peut être extrêmement dangereuse... Allô ? »

Hyde baissa le téléphone, regarda par terre, releva

les yeux, le visage assombri d'avis de tempêtes. Il lança le portable au garde du corps le plus proche.

« Stahlnut. Hélico avec communications sécurisées sur ce terrain de jeu, là-bas. J'attendrai.

— Oui monsieur.

— Et prévenez le QG du Tactical Air Command. Je veux un transport à Mach 2 pour Innisfall, en Californie. Prêt à décoller dans quarante minutes. Autorisation X-Ray November Sierra Sierra Delta Romeo selon la directive sur la sécurité nationale. McDurfee, faites préparer un sac de voyage par mon valet. Dites-lui de ne pas oublier mon Glock militaire et de rajouter deux chargeurs de treize balles. Puis prévenez Secteur d'Impact de l'arrivée d'un Code Rouge. Allez, au galop ! »

GREENWOOD LAKE — 29 MAI — 9 h 05

Geoff se frotta le visage avec précaution, comme s'il craignait qu'il n'ait commencé à se ramollir et à prendre une drôle de forme dans le soleil.

« Tu peux me conduire à Eden, non ?

— Pas de la manière dont *moi* je suis venue ici », répondit le dpg. Ils étaient assis sur le ponton. Il avait enlevé ses sandales et remuait ses pieds dans l'eau.

« Tu es venue comment ?

— Voyage par visualisation. Facile pour moi, impossible pour vous ôtres.

— Pardon ? » fit Geoff. Il se pencha pour puiser un peu d'eau et s'en asperger le visage.

« Je me moque juste un peu de ton accent. Tu n'as pas l'air en forme.

— Voyage par quoi ?

— Un truc de doppelganger. Mais tu as déjà eu assez de surprises pour la journée. Surcharge sensorielle. Ça va te cramer les dendrites.

— Je veux tout savoir, s'avança Geoff. Tu dis que je ne peux pas le supporter ? Tu ne me fais pas peur. J'y suis déjà allé.

— C'est juste que tu n'arrêtes pas de vomir. Tes yeux roulent dans leurs orbites. Surcharge sensorielle. Ce sera pour une autre fois. Allonge-toi un peu à l'ombre.

— Je dormirai plus tard. Il faut y aller. Je conduis. Guide-moi.

— Et Betts ?

— Les secours sont en route. Je ne veux pas être là quand ils arriveront.

— Franchement, je ne suis pas pressée de rentrer.

— Et pourquoi ?

— Qu'est-ce qu'il se passe si j'enlève mon chandail et mon short ?

— Oh, mon Dieu ! Tu ne vas pas recommencer.

— Je voulais juste te secouer un peu. Bon, une image qui disparaît vaut, etc. C'est pour ça que je l'ai fait. Bref, quand on rentrera, je retrouverai mon statut inférieur, je veux dire, je ne serai plus à nouveau qu'un doppelganger. Jusqu'à ce qu'Eden ait besoin de moi, si cela arrive. Tu ne m'en voudras pas de profiter du peu de liberté qu'on m'accorde. Et je dois avouer que ça me plaît d'être là avec toi, Geoff. Je pense qu'en ce moment, tu as plus besoin de moi que d'Eden. Alors voilà.

— Je suis responsable. Tu ne sais pas ce qui pourrait arriver à Eden !

— Eden s'est toujours montrée prudente depuis que cette histoire a commencé. C'est pour ça que quand Betts n'a pas terminé son e-mail avec son habituel “à plus, ma puce”, elle a décidé de m'envoyer faire acte de présence à sa place. Et lui rapporter des infos sur ce qu'il se passait ici.

— Donc, elle attend. Allons-y, foutons le camp.

— Elle ne s'inquiétera pas. Elle sait que je ne peux pas avoir d'ennuis à sa place. Pas de gros ennuis, en tout cas. Je lui ai déjà montré qu'on pouvait compter sur moi. Avec un peu de chance, je passerai caporal-chef avant la fin de l'année. »

Geoff frissonna et ferma les yeux.

« Quelque chose ne va pas ? »

Il frissonna à nouveau. « Je contrôle. De temps en temps, parler avec… *toi*, c'est comme prendre une gifle glacée.

— Merci bien. Il n'y a rien de frigide en moi. J'ai une température corporelle. Vas-y, vérifie encore une fois. Mets ta main sur ma poitrine. Ou mets-la où tu veux, je ne suis pas timide. Je peux faire l'amour. Eden est endormie, elle ne s'en apercevra pas. Parce qu'il n'y a pas de communication directe entre nous quand je voyage, sauf en cas d'urgence. En fait, s'il faut que je sois plus explicite, pendant qu'on le fera, mon corps d'origine, lui, aura probablement un rêve érotique. » Elle sourit, un sourire ensoleillé et flatteur d'invite. « Peu d'hommes arrivent à satisfaire deux femmes en même temps.

— Je n'ai jamais eu aussi peu l'envie de faire l'amour.

— Oh », dit le dpg. Il baissa les yeux, puis donna un coup de pied dans l'eau pour brouiller son reflet. « Je croyais que les hommes en avaient toujours envie.

— Je n'ai pas dormi. J'ai les nerfs à fleur de peau. Rien à voir avec toi.

— Ni avec ce que je suis ? » Sourcils froncés, il envoya de l'eau dans la direction de Geoff avec le pied.

Le jeune homme haussa les épaules, mal à l'aise.

« Il faut qu'on parte d'ici. J'ai parlé à mon vieux et donné un coup de pied dans la fourmilière, il y a quoi ? » Il consulta sa montre. « On est assis là depuis vingt minutes, non ? On court un risque en s'attardant. Ils sont en route. Les événements se précipitent. Où est Eden ?

— Rabat-joie.

— Tu es obligée de m'obéir ?

— Non. Et tu n'as pas le droit à trois vœux non plus, bon sang.

— Alors qu'est-ce que je peux pour toi, il y a quelque chose, à part faire l'amour, je veux dire, ce qui, promis, m'est absolument impossible pour le moment ?

— Eh bien… non, inutile d'en parler. Les humains ne respectent pas leur part du marché. Et tu es un sale menteur.

— Il arrive que les hommes changent. Pourquoi tu parles de "marché" ? Il y a donc quelque chose ?

— Possible. » Le dpg se leva brusquement, ses jambes mouillées luisant au soleil, puis s'étira, ce qui découvrit son nombril. Il baissa les bras et tripota le lobe du jeune homme. « On pourra en discuter en allant à Moby Bay. À propos, Geoff, qu'est-ce qu'on fait de ce vieil efféminé qu'on a attaché ? » Il leva les yeux vers le ponton au-dessus d'eux, puis jeta un coup d'œil éloquent au Glock automatique compact que Geoff avait fourré dans sa ceinture.

Le jeune homme sembla hésiter.

« Si tu veux mon avis, reprit le dpg, tu ferais mieux de le tuer. Tu lui rendras service. Encore une heure et son maquillage va fondre au soleil. Et on ne pourra plus distinguer sa tête de son cul. »

Geoff grimpa à l'échelle, suivi de près par le dpg d'Eden.

L'assassin avait les pieds et les poings liés et était réduit au silence, toujours aussi baroquement mauvais malgré les liens de bande grise. La perruque Rona Harvester était de travers. Il posa sur Geoff un regard chargé d'une haine qui paraissait tout aussi indestructible que le soufre.

Geoff sortit l'arme. Se tint immobile, sans viser. L'assassin eut un petit sourire et bâilla, puis ferma ses paupières aux cils recourbés. Elles eurent un joli chatoiement. Avec une grimace, Geoff rangea le Glock. Se retourna et vit le dpg le regarder avec une expression légèrement désapprobatrice. Il frémit.

« Ses collègues prendront soin de lui. Allons-y.

— Pourquoi tu ne l'as pas tué ? lui demanda le dpg alors qu'ils quittaient le quai.

— Ce ne sont pas nos buts mais nos goûts qui font de nous des monstres, répondit Geoff. J'ai lu ça quelque part. Disons que je ne veux pas m'habituer à ce goût-là. »

Le dpg sourit. Du sourire d'Eden, une fille calme à fossettes.

« Tu n'es peut-être pas si loser que ça, après tout. Je l'indiquerai dans mon rapport. »

Geoff et le dpg prirent quelques minutes pour passer voir Betts. Ils l'installèrent aussi confortablement que possible, lui donnèrent de l'eau et un analgésique que Geoff dénicha dans le sac à main de Betts. Elle avait le visage enflé. Elle agrippa la main du doppelganger en marmonnant quelque chose. Elle ne semblait pas consciente de l'endroit où elle se trouvait.

En descendant les marches du porche pour rejoindre la Taurus de Geoff, ils entendirent un hélicoptère.

ENTRE LA BASE AÉRIENNE D'ANDREWS ET INNISFALL — 29 MAI — 19 h 05 ZOULOU

Un F-16B au rayon d'action accru par l'adjonction de deux réservoirs largables de cinq cent soixante litres conduisit le directeur du FBI, Robert Hyde, en Californie. À onze mille sept cents mètres d'altitude, trois kilomètres au-dessus d'un orage en formation devant les Rocheuses à l'ouest du Kansas, Hyde parlait sur un canal satellitaire sécurisé avec l'agent spécial Dolph Hackett, du bureau extérieur du FBI à Sacramento.

« Qu'est-ce que vous avez trouvé, au lac ?
— Le type sous couverture de Secteur d'Impact, répondit Hackett.
— Statut ?
— On le ramène ici en hélico.
— Qu'est-ce qu'il raconte ?
— On me dit qu'il n'y est pas du tout. Complètement désorienté. Quand on lui a demandé des renseignements sur la fille, il, euh, s'est mis à glousser. D'après ce que je sais. Il refuse de parler à quiconque n'est pas de Secteur d'Impact.
— Mettez-le au frais jusqu'à ce qu'une équipe de SdI arrive pour l'interroger. Les parents ?
— La femme a été battue. On l'a transférée en hélico à l'hôpital d'Innisfall. Le mari est décédé, apparemment de cause naturelle, bien que cela reste à déterminer.
— Localisation du fugitif ?
— Il prend des petites routes, direction sud par sud-ouest. Je ne sais pas si nous pourrons encore le filer bien longtemps, vu la faible portée du système de localisation antivol. Deux de nos hélicoptères furtifs ont décollé de Travis avec des détecteurs infrarouges et des appareils de reconnaissance photographique. Mais la région dans laquelle se trouve le fugitif est très boisée, ce qui ne facilite pas la surveillance.
— Je ne veux pas le savoir. Je vais personnellement appeler Shepherd au NSA. Il nous faut un satellite dédié. Je ne veux pas qu'on me dise qu'on a perdu le fugitif.
— Non, monsieur, nous ne le perdrons pas.
— Et je veux une confirmation pour la fille.
— Les hélicos arriveront sur zone dans moins de dix minutes. Nous saurons alors si elle est avec le fugitif.
— Bon boulot, Hackett. J'avais le plus grand respect pour votre père. Il serait fier de vous.
— Merci, monsieur le directeur. »

MOBY BAY — 29 MAI

Midi sonnait en ce dimanche lorsque Eden eut rattrapé son sommeil en retard. Quand elle se leva, elle avait mal en haut du dos et se sentait contusionnée en trois endroits sur les épaules, comme si elle y avait pris des coups violents avec le bout rond d'un manche à balai.

Elle mangea un yoghourt dans la cuisine avec Chauncey, qui lui déconseilla de manger beaucoup plus. Pour célébrer ce week-end du Souvenir[1], son père donnait un barbecue auquel tout Moby Bay assisterait. Wick McLain, un homme affable au visage étroit caractérisé par une moustache en cascade et une barbe piquante de plusieurs jours, était l'un des peintres locaux qui se partageaient une galerie sur Main Street. Il s'affairait déjà, sur la terrasse, avec son barbecue à gaz en acier inoxydable à trois mille dollars à peine moins grand qu'un fourneau de restaurant. Quelques voisins installaient des tables sur la pelouse qui descendait sur cinquante mètres jusqu'au promontoire surplombant les eaux bleues du Pacifique.

En l'honneur de son invitée, Chauncey dénicha dans la discothèque familiale quelques vieux 78 tours de Django Reinhardt dont elle nourrit le changeur de disques Bose.

« J'ai cru t'entendre parler en dormant, cette nuit, dit-elle.

— Possible. J'ai eu le sommeil agité. » Eden ne pouvait s'empêcher de bâiller.

Roald, le frère de Chauncey, déboula dans la cuisine

1. Le *Memorial Day*, dernier lundi du mois de mai, est férié aux États-Unis en souvenir des soldats américains morts au champ d'honneur. *(N.d.T.)*

avec un commando d'amis, tous munis d'équipement militaire Toys "R" Us.

« Ne touchez à rien », les avertit Chauncey alors qu'ils encerclaient une grande table couverte de tartes en train de refroidir. Mia McLain s'était levée à l'aube pour les préparer.

« On meurt de faim.

— Vous pouvez avoir le reste de cette boîte de biscuits salés. Mangez-les dehors.

— Où est passé tout le Kool-Aid ? » geignit Roald, la tête dans le réfrigérateur.

Quelques-uns des garçons ne quittaient pas Eden des yeux.

« C'est toi qu'on a vue à la télé.

— Ouais, sans doute.

— Comment tu savais qu'il allait s'écraser ?

— Elle a eu une pression, imbécile.

— Une quoi ?

— Une prémonition, Stevie, corrigea Chauncey.

— Ah, ouais. J'en ai tout le temps, moi.

— N'importe quoi, Stevie, fit l'autre garçon.

— Repose ce lait, dit Chauncey à son frère. On a juste assez pour le barbecue, je n'ai pas envie de prendre la voiture pour aller faire les courses à la coop.

— J'ai soif.

— Si, c'est vrai. C'est toi qui dis des menteries.

— Tu sais même pas ce que c'est, une prémo… une prémo-ni-ssion.

— C'est quand on voit des trucs qui sont pas encore arrivés.

— Ah ouais ? Dis-moi quelque chose qu'est pas encore arrivé. »

Stevie plissa le visage en se mordant les lèvres. Mais rien ne lui vint.

L'autre garçon avait des cheveux roux en bataille et il

lui manquait deux dents de devant. Il adressa un grand sourire à Eden.

« Il se prend pour un chevalier jedi capable d'endormir les gens avec ses pouvoirs mentaux.

— J'ai endormi mon *chien* juste en le regardant.

— Ouaouh. De toute façon, ton chien dort tout le temps.

— Arrête un peu, Sterling », intima Chauncey au garçon roux, qui semblait à un an de la puberté. « Il y a vraiment des fois où tu ouvres trop ta grande bouche. Roald, il y a des sodas sur la terrasse, si tu vois ce que je veux dire. Dans la glacière. »

Désireux de se vanter, le roux ignora Chauncey et s'adressa à Eden : « Je peux déjà faire quelque chose qu'aucun des autres garçons ne sait faire. »

Chauncey lui frotta énergiquement le côté de la tête avec ses phalanges. Il fit semblant de s'évanouir, puis lui sourit impudemment.

« Qu'est-ce que je viens de dire sur ta grande bouche ? Tu es sous serment. Garde ça pour les mardis soir. De toute façon, cela n'intéresse pas Eden. Elle a plus de Talent que vous tous réunis. »

Mia McLain entra dans la cuisine. Elle ressemblait beaucoup à sa fille, mais avec des hanches plus larges et une complexion plus rose.

« N'encombrez pas la cuisine, les garçons.

— Sterling cherche la punition, fit sévèrement Chauncey.

— Mais *non*, répondit Sterling d'un air boudeur. De toute façon, elle est des nôtres, non ? » Il jeta un coup d'œil à Eden. « T'y as rien dit ?

— Tu *ne lui* as rien dit. Eden sait tout sur Moby Bay, répondit Chauncey. À plus tard, Sterling. »

Une fois les garçons partis, Chauncey regarda sa mère.

« Il peut être vraiment pénible.

— Eh bien, quand on a autant de Talent si jeune, on ne sait pas trop comment se comporter. » Elle sourit tendrement à Chauncey. « Tu avais oublié ?

— Arrête ! J'étais un *ange*, comparée à Sterling.

— Ouh là ! Pas dans mon souvenir. » Mia McLain regarda Eden qui, nerveuse, grattait les restes de vernis sur ses ongles. « Comment ça va aujourd'hui, Eden ? Bien dormi ?

— Je ne me rappelle pas bien, éluda Eden. Merci de m'avoir laissée passer la nuit chez vous.

— Pas de quoi. Les filles, vous avez le temps d'aller nager un peu avant que tout le monde arrive.

— Ça te dit, Eden ? »

Eden regarda l'horloge de la cuisine en se demandant ce que devenait son doppelganger, parti depuis presque dix heures. « Bien sûr.

— Mais je te préviens, continua Chauncey. Pas de maillots. On aime la nature, par ici. Ça te va ?

— Du moment que les gamins ne nous traînent pas autour pour se rincer l'œil. Qu'est-ce que Sterling sait faire qui le rend si fier ? »

Chauncey et sa mère échangèrent un très bref coup d'œil.

« Oh, fit Mia McLain avec désinvolture, on doit appeler ça de la conjuration. Chauncey te donnera plus de détails, si ça t'intéresse vraiment. Nous conjurons tous plus ou moins, à Moby Bay. C'est compris dans le territoire.

— De la magie ?

— Si tu veux. Blanche, bien sûr.

— Par opposition à la noire.

— Ça, c'est tabou, dans le coin.

— La magie blanche, c'est par exemple faire flotter en l'air une carte à jouer tout autour de la table ? Des trucs comme ça ?

— Voilà, dit joyeusement Chauncey. Des trucs comme ça. Viens, on va à la plage.

— N'oubliez pas l'écran total, leur rappela Mia. Et prenez plein de serviettes pour vous emmitoufler. L'eau est vraiment *froide.* »

INNISFALL — 29 MAI — 13 h 15

Tom Sherard et Bertie Nkambe déjeunèrent dans un Denny's de la périphérie d'Innisfall. Ils voyageaient dans une Ford Expedition louée par Sherard à San Francisco.

« Mieux vaut passer le moins de temps possible ici, dit-il.

— Je sais. Tu ne finis pas ton assiette ?

— Non, sers-toi. » Bertie avait déjà englouti une assiette de fruits et une omelette au jambon. Elle avait commandé un milk-shake au chocolat en guise de dessert. Son métabolisme était aussi efficace qu'un haut-fourneau, mais il lui fallait courir cinquante kilomètres chaque semaine pour éliminer toutes ces calories. Elle avait revêtu une tenue de jogging.

« Le stade sera sous scellés, dit Sherard. Ça m'étonnerait que tu puisses t'approcher vraiment de l'endroit où l'avion s'est écrasé. Tu en arriveras peut-être à deux ou trois cents mètres. Je me demande bien pourquoi tu penses que cela vaut le coup.

— Je ne serai qu'un joggeur du dimanche parmi d'autres sur le campus. Après les événements d'hier soir chez Danny Cheng, ils nous ont sans doute sur leurs listes, mais seule, on ne me reconnaîtra pas.

— Ces radios bidirectionnelles qu'on a achetées au Wal-Mart n'ont qu'une portée limitée.

— Arrête de te faire du souci », dit-elle en mangeant

d'une fourchette assurée et en se tamponnant les lèvres avec une serviette en papier.

« Qu'est-ce que tu espères trouver là-bas ? »

Bertie jeta un coup d'œil à sa montre-bracelet de sport. « Le crash a eu lieu, voyons, il y a à peu près vingt-cinq heures. L'empreinte est encore forte. L'éther grouille d'impressions. Je ne sais pas ce que je vais visualiser ou ressentir. Ça pourrait être effrayant. Écrasant. Mais il se peut que j'apprenne quelque chose d'important. Le fait est… »

Bertie leva les yeux en souriant vers la serveuse adolescente qui lui apportait son milk-shake au chocolat.

« Excusez-moi, vous seriez pas Whitney Houston ? On se demandait, en cuisine.

— J'aimerais bien. Ça doit être les cheveux et les pommettes. Je sais siffler, mais je suis incapable de chanter.

— Mademoiselle, je pourrais avoir l'addition ? » demanda Sherard. Il reporta son attention sur Bertie. « Tu disais ?

— Qu'il n'est pas impossible que Kelane Cheng soit encore dans les parages.

— Portia Darkfeather a été la seule survivante.

— Parfois, quand on décède de mort subite ou violente, on a du mal à passer au niveau suivant. On a tendance à rester à celui-ci. Pendant des décennies, voire des siècles de temps terrestre. Tu te souviens de ma séance photo à Gettysburg, en août dernier ? Tu serais stupéfait si je te disais le nombre de soldats nordistes et sudistes que j'ai vus là-bas, des victimes de la bataille qui refusaient d'accepter leur destin. N'arrivaient pas à partir. J'en ai vu toute une rangée à cheval qui se détachait au loin contre le ciel, au coin venteux de nulle part. Et il y avait un garçon, un unijambiste avec une béquille de fortune, l'un des nombreux fantômes qui se dressaient comme des saules dans une crevasse de sang.

Il s'est approché davantage que les autres. Il ne devait pas avoir plus de dix-huit ans. On a discuté. Il s'appelait Hannibal Raines. Il venait de l'Ohio, si je me souviens bien. Il voulait savoir où était passé son régiment. Quelle tristesse ! Je n'ai pas été des plus photogénique, ce jour-là. J'ai dit à Len que j'avais mal au ventre, mais c'était au cœur que j'avais mal. »

Sherard ressentit une chaleur soudaine, une bouffée qui lui monta à la tête et lui troubla un instant la vue.

« Gillian est donc toujours dans le coin, n'est-ce pas ? Comme les âmes de ces morts de la guerre de Sécession. Et tu l'as vue. Pas vrai ? » Bertie cilla, mais ne détourna pas le regard. « Pourquoi tu ne me le dis pas ?

— Je ne peux pas, Tom. Je ne peux pas parler de cela pour l'instant. Il y a des Mystères que je dois honorer.

— Si seulement j'avais ton pouvoir. Si seulement je pouvais la voir une dernière fois ! »

Bertie tendit la main par-dessus la table pour lui caresser la joue.

« Tu la verras, Tom. Promis. »

ROUTE 299 DE CALIFORNIE — 29 MAI —
13 h 40

« Pourquoi est-ce qu'on s'arrête ? » demanda le dop pelganger d'Eden à Geoff McTyer.

Ils venaient de quitter la deux-voies pour pénétrer dans un camping le long d'une rivière. Malgré le soleil au zénith, une canopée d'arbres immenses en ombrageait la plus grande partie. C'était une région très verte et quasi sauvage sur le versant est de la chaîne côtière. De l'eau jusqu'aux genoux, des pêcheurs à la mouche parcouraient la rivière en cuissardes et lançaient leurs lignes dans de longs puits de soleil. Des enfants insensibles aux charmes de la nature jouaient à des jeux vidéo sous des auvents de camping. Un couple âgé oscillait côte à côte dans un hamac double. Hamburgers et hot-dogs grésillaient sur les barbecues, dont la fumée dérivait au-dessus du camping en une brume bleutée.

« Soif, fit Geoff.

— Moi aussi, maintenant que tu le dis. »

Geoff le regarda. Ils avaient emprunté des petites routes sans décapoter la Taurus, mais le dpg avait le visage luisant, comme s'il était resté plus d'une heure au soleil.

« Tu rougis.

— Je me sens rouge.

— Tu ne t'es pas mise au soleil.

— Tu n'as toujours pas compris, hein ?

— Compris quoi ?

— Eden a dû aller nager, ou bien elle prend un bain de soleil. Elle n'a pas trop profité du grand air de tout le printemps. »

Geoff regarda ses cuisses et appuya son pouce dessus, y laissant une marque blanche. Le dpg lui sourit.

« Je suis ce qu'Eden est. Je sais ce qu'elle sait. La seule différence entre nous, c'est qu'elle est gauchère et moi droitière. Image en miroir. Nous avons chacune un but, mais c'est elle qui mène la danse, pour ainsi dire. Comment ça fonctionne ? C'est un genre de dichotomie aussi banal que les stéréo-isomères dans les composés organiques. Tu as suivi des cours de chimie O ? Non ? Essayons de t'expliquer. Je vais prendre le calcium-éléonate comme exemple, juste pour prouver que l'apparition de doppelgangers est aussi naturelle qu'un tournesol ou un olivier. Le calcium-éléonate est composé de deux stéréo-isomères de même composition chimique, et la façon dont ils sont imbriqués fait que l'un est l'image de l'autre. La nature produit aussi des molécules gauchères ou droitières dans les acides aminés. Mais c'est l'acide aminé gaucher qui produit l'ADN, l'ARN et d'autres protéines de vie. Que fait l'autre type ? Il veille à ce que l'organisme reste en bonne santé. Voilà, tu as un exemple parfait du rôle d'un doppelganger. Comme je ne suis pas tout le temps nécessaire, il n'est pas utile que je sois visible tout le temps. Passons aux effets de mirage et aux propriétés optiques des ellipses qui se produisent de façon naturelle dans le substrat atomique…

— Tu ne vas pas recommencer !

— Ne fais pas l'idiot. Il n'y a pas de quoi avoir peur. Je croyais t'avoir expliqué que les dpg étaient là pour servir. Comme la molécule-R, nous nous rendons très utiles sans que vous ne vous aperceviez jamais de rien. Les gens religieux nous appellent "Anges gardiens". C'est superbe, ici, tu ne trouves pas ? Pourquoi on ne resterait pas un petit peu, pour la nuit, disons ? Tu te rappelles cette épicerie générale, là où tu t'es arrêté il y a quelques kilomètres pour faire le plein ? J'y ai vu du matériel de camping, et aussi des canoës à louer. Allez, Geoff, laissons tes nerfs se reposer un peu. Il faut que tu apprennes à te détendre.

— Mes nerfs vont très bien.

— Ah ah. Si tu le dis. Qu'est-ce que tu regardes ?

— J'ai cru voir un hélicoptère.

— Encore ? Tu crois toujours qu'on nous suit ?

— Je ne sais pas. Je ne vois pas comment. » Geoff regarda la portion de ciel visible entre les arbres et se frappa soudain la tempe du plat de la main. « Oh, merde !

— Ça doit faire mal. Qu'est-ce qu'il y a ?

— Le LoJack. Je n'y ai pas pensé. Je suis vraiment trop con.

— Je suis bien d'accord, mais c'est quoi, un LoJack ?

— Le système de localisation antivol de ma voâture.

La police d'Innisfall a dû leur donner la fréquence. Mais il a une portée limitée, et je ne sais pas si ça marche vraiment, dans ces montagnes. »

L'explication sembla laisser le dpg de marbre.

« Eh bien, s'ils savent à peu près où on est et s'ils ont envoyé des hélicoptères, je ne pense pas qu'ils puissent nous retrouver sous ces arbres. Je vais quand même me débarrasser du LoJack, au cas où.

— Ça va prendre du temps ?

— Une demi-heure, peut-être. Le plus dur, c'est d'y accéder. »

Le dpg sourit. « Une demi-heure ? Parfait. Je vais aller me balader, si tu n'as pas besoin de moi.

— Ne te perds pas.

— Je ne peux pas me perdre. Je veux dire, je peux réintégrer mon corps d'origine en un quart de seconde, chaque fois qu'elle le veut. C'est toi qui serais perdu. »

Geoff le dévisagea.

« Pour l'instant, il n'y a que moi qui puisse aider Eden. La garder en vie. Tu ne sais pas de quoi mon père est câpâble. Et sans Eden, qu'est-ce que tu es ? »

MAISON-BLANCHE — 29 MAI — 16 h 25

Avant de rejoindre son équipe, Rona Harvester discuta avec quatre des principaux membres de celle de son mari : le secrétaire général de la Maison-Blanche « Pep » Slingbury, le conseiller pour la sécurité nationale Bayard « Beau » Chanson IV, Cody Vollers, directeur des communications de la Maison-Blanche, et Val Domingues, porte-parole du gouvernement.

« Comme vous le savez, je suis allée à Camp David ce matin. J'y ai vu Clint et Tray Daufuskie, et j'ai pris la décision de ramener Clint ici. »

Ils se tenaient sur la terrasse en contrebas du solarium, au sud de la résidence. Les géraniums roses et les pétunias violets étaient en fleurs. Les couleurs préférées de Rona. Elle était habillée décontracté, Wrangler taille huit, chemisier de calicot et mouchoir noué avec désinvolture autour du cou. Ils buvaient des boissons gazeuses. Rona avait interdit tout alcool à la Maison-Blanche, sauf le vin et le champagne aux dîners officiels. Elle avait bien trop souvent nettoyé le vomi de son père quand elle était jeune, et n'avait jamais absorbé la moindre boisson alcoolisée.

Les quatre hommes eurent l'air mal à l'aise, mais aucun ne s'enhardit à prendre la parole.

Rona sourit. « Clint et moi avons eu une gentille petite conversation. Bien sûr, c'est surtout moi qui ai parlé, il n'est toujours pas débarrassé de son léger défaut d'élocution. Mais je le connais. Je sais que cela lui fera le plus grand bien de retrouver son bureau. Et je suis sûre que le peuple américain…

— Mme Harvester, l'interrompit Beau Chanson avec un petit mouvement nerveux des épaules, le Président a assurément l'air en forme — je l'ai vu en fin de semaine dernière —, mais je me demande si nous ne sommes pas un peu trop optimistes en le présumant capable de… de s'exposer autant que vous l'envisagez alors qu'en toute honnêteté, il ne semble pas au maximum de ses capacités intellectuelles.

— Je ne suis jamais trop optimiste pour quoi que ce soit à part ma prochaine partie de jambes en l'air, Beau. Mais je ne doute pas qu'associée à notre extraordinaire communauté d'esprit, notre relation existante de vingt-deux ans, à mon mari et moi, nous permettra de surmonter les petites difficultés auxquelles Clint sera confronté en reprenant ses fonctions. Je serai là pour lui, à ses côtés, vingt-quatre heures sur vingt-quatre. Pour en revenir au peuple américain et à ce qu'il veut… » Elle tourna son sourire vers Cody Vollers. « … il est apparu on ne peut plus clairement qu'il souhaite être rassuré sur son pays. Le peuple américain est toujours bouleversé par Portland. Il veut que l'homme qu'il a élu à cinquante-six pour cent par un vote populaire soit *ici*, à son bureau, pour le guider en cette période difficile.

— Mme…

— Oui, Pep ?

— Je sais — nous savons tous — vos qualités de cœur, votre loyauté, et c'est… très stimulant pour tout le monde…

— Vous suez quand vous sortez des conneries plus grosses que vous, Pep.

— Dans ce cas, puis-je parler aussi franchement que me semble l'exiger mon devoir, étant donné les circonstances ?

— Pep, vous me connaissez et je vous connais. Il n'est pas question que vous ne me parliez pas franchement.

— Merci. Notre président, Clint, sans doute mon ami le plus cher… » Ses lèvres tremblèrent. « Cet homme que j'admirais sans réserves est… il est complètement… il est sorti de cette attaque avec l'esprit d'un très jeune enfant. Dieu sait que je donnerais ma vie pour le guérir. Mais c'est bel et bien un fait médical.

—… Et une déformation grossière. À quel point exactement son esprit est-il endommagé ? Nous n'en savons rien. Tout ce que je sais est ce qu'il avait en tête avant l'attaque, et ce que je crois être dans son cœur maintenant. Ensemble, Clint et moi pouvons y arriver, nous pouvons remplir la tâche qu'on lui a confiée. Ensemble, nous allons rassurer le peuple américain en lui montrant qu'il existe bel et bien de l'espoir dans un monde monté contre nous. Mieux vaut la foi que la peur. L'espoir est un baume pour les cœurs qui souffrent. Nous rendons au pays son chef adoré. »

Une fois encore, Rona subit leur silence. Elle but quelques gorgées de jus d'orange dans son verre à pied.

Elle les observa froidement en se demandant lequel allait la défier. Elle paria sur Beau Chanson, et celui-ci ne la déçut pas.

« Eh bien, voilà un exemple parfait d'inspiration mal utilisée », fit-il avec son fameux grognement va-t-en-guerre. C'était précisément ce qu'elle attendait. Beau était une vieille fortune de Birmingham, ailier de basket et amateur de chasse à courre. Ils avaient monté à cheval ensemble en Virginie. Un jour, au club de chasse, elle était entrée sans prévenir dans la suite de Beau alors qu'il ne portait qu'une chemise déboutonnée. Elle l'avait gratifié d'une caresse amicale : « Je comprends maintenant pourquoi on vous appelle "M. Beau-balancier" » tandis que lui la regardait avec un sourire méprisant. Cela aurait dû s'arrêter là, mais il avait dit alors : « Durcissez-la si vous voulez, Rona. Mais je préférerais la fourrer dans une ruche plutôt que de *vous* sauter. »

« Des scrupules, Beau ?

— Des scrupules ? Pour l'amour du Ciel ! Comment pouvez-vous avoir l'impudence de vous croire capable de mener à bien cette *comédie* — j'irai même jusqu'à parler de mystification pure et simple — sans détruire l'âme de notre république ? Votre plan ne fait pas honneur à Clint ! Acceptons que son temps soit révolu. Vous vous êtes toujours montrée très astucieuse dans vos ravages, mais il faut réexaminer votre ligne de conduite et ne pas réduire à un denier ce qu'il y avait d'or massif en Clint.

— Vous avez piqué cette réplique à votre vieux tribun confédéré d'arrière-grand-père, j'imagine. Vingt dieux, on savait baratiner à l'époque.

— Vous seriez bien avisée d'accepter mon conseil, répondit Beau Chanson avec un regard furieux.

— Dites-moi… Vous avez toujours cette vieille ruche que je vous avais envoyée à l'époque ? »

Slingbury et Vollers prirent un air perplexe et incertain. Chanson posa son verre.

« Je crois avoir abusé de cette petite réunion. Je vais faxer ma démission à Allen Dunbar et partir à Nantucket finir ce long week-end avec ma femme et mes enfants. »

Rona souriait. Dans son sourire, un serpent était lové.

« Taratata, Beau. Vous ne démissionnez pas. Et vous, Slingbury, si l'idée vous en a traversé l'esprit, laissez tomber. Personne ne se retire de l'équipe ou du cabinet de Clint. Aucune excuse ne sera admise. Je vous *affirme* que nous montrerons ensemble notre force et notre soutien à Clint à l'occasion de son retour. Vous m'avez l'air d'avoir perdu toute ardeur à servir la nation, les gars ! C'est pitoyable. Comme on disait quand j'étais gamine, il y a bien longtemps, à la paisible et prospère époque d'Eisenhower : "Si ça ne vous plaît pas, tant pis pour vous."

— Vous croyez me faire peur ? » Beau Chanson était dans une telle fureur qu'une de ses artères menaçait d'éclater.

« Je vous donne une chance de sortir gentiment une fois notre petite réunion de motivation terminée. Sinon, ça va cogner dur, y compris sur vous.

— Et où vous croyez que cette menace va vous mener ? fit Chanson entre ses dents serrées.

— Jusqu'où faudrait-il aller ? Loin ? » Rona se leva, les yeux au ciel comme si un ange venait d'y apparaître. « Remonterons-nous jusqu'à l'université Auburn en 1963 ? À ce prématuré dans les toilettes de la résidence universitaire ? Le bébé d'un *Noir*, mis au monde en pleine nuit par une fille d'un club d'étudiantes exclusivement blanc ? Très efficacement étouffé. Mais pensez-vous que la mère, cette meurtrière, se pose des questions, même maintenant qu'elle approche de la soixantaine dans sa confortable propriété, est-ce qu'elle se souvient encore de ce fœtus de six mois expulsé rouge et dégoulinant jusqu'à ce qu'elle tire et retire la chasse pour le noyer ? Est-ce qu'elle voit, les nuits où le vent meurt, où les premiers gels apparaissent, où elle n'arrive pas à dormir et replonge dans un passé qu'elle ne peut plus changer, est-ce qu'elle voit son premier-né s'accrocher à la vitre comme un fantôme non fini ?

— Monstrueux », estima Beau Chanson en fixant Rona avec un mélange de désespoir et de peur, l'expression d'un homme dont les sens lui font soudain défaut. Les autres détournèrent le regard, la honte aux joues, un soupçon de terreur dans le regard.

« Les vieux péchés subsistent, dit Rona en soupirant comme si elle le regrettait sincèrement.

— Les dossiers. Ils avaient tous été effacés », souffla Chanson avec la voix de celui qui prononce ses dernières paroles au juge qui le pend.

« Mais on n'avait pas fait taire tout le monde. C'est toujours comme cela, j'imagine. Quelqu'un d'autre en a assez de son boulot ? Peppy ? Non ? Formidable ! J'espère vous revoir tous mardi matin, à 8 heures précises, dans le Bureau ovale. Désolé pour Nantucket, Beau. Mes amitiés à Mimsy et à ses cinq enfants survivants quand vous la reverrez. »

Rona avait fait attendre sa propre équipe dans le solarium aux vitres blindées intégré dans la résidence de la famille présidentielle au deuxième étage. Elle s'excusa et aborda le premier point à l'ordre du jour.

« Où est la fille ? »

C'est Peach Boondecker, la plus résistante aux critiques acerbes parmi les anciens de l'équipe de Rona, qui l'informa qu'on l'ignorait.

« Sans doute se cache-t-elle jusqu'à l'extinction des

projecteurs. Qui pourrait le lui reprocher, la pauvre enfant ?

— Je ne pourrais jamais assez insister là-dessus : je la veux. Je veux Eden machin-chose *ici*, à Washington, et mieux vaut que ce soit fait avant demain à l'heure du thé.

— Nous savons qu'elle a un petit ami. Mais ils ne vivent pas ensemble. Il est flic. Le dimanche étant son jour de congé, nous n'avons pas pu…

— Je n'arrive pas à croire que vous gériez tout cela aussi mal, Peach. Tant pis. Melissa, trouvez-moi Katharine Bellaver. Comme c'est un long week-end, elle devrait être dans sa ferme à Westchester. » Rona se tourna vers la secrétaire qui gérait ses rendez-vous. « Ingrid, révisez mon emploi du temps concernant la comtesse von Alstine et les Femmes contre l'excision. Je ne participerai pas au dîner, finalement, mais je prononcerai bien le discours-programme à 21 h 30. »

Un autre membre de son équipe entra dans le solarium lui tendre un papier. Un appel pour elle, sur la ligne sécurisée de sa chambre.

« Rona ? fit Victor Wilding. J'ai pensé qu'on devait en parler. Robert Hyde est en route pour Innisfall à bord d'un jet de l'armée de l'air. Il devrait atterrir dans vingt minutes.

— Pourquoi ?

— De toute évidence, le FBI est à la recherche de la fille et a une bonne piste pour arriver jusqu'à elle. En plus, Hyde prend ça très à cœur. Il ne veut pas qu'on l'ait. Elle doit être très forte. Plus impressionnante qu'on ne l'imaginait.

— Tu sais en quoi consiste leur piste ?

— D'après nos sources dans la police californienne, le FBI a accédé aux fréquences d'un LoJack appartenant à un jeune flic d'Innisfall nommé Geoff McTyer. On sait aussi qu'ils ont mis en alerte une unité commando de l'armée de l'air à Travis. Des hélicos. L'équipe d'intervention du FBI à Frisco a quitté la région de la Baie il y a quelques minutes en mettant le cap au nord.

— Elle est avec son copain quelque part sur la route.

— J'ai d'autres infos sur lui. On a son dossier. McTyer était le nom de jeune fille de sa mère. C'est le fils de Robert Hyde, et il travaille sous couverture pour le FBI.

— Alors ça fait longtemps qu'ils sont au courant pour Eden Waring ! Mais si le gamin de Hyde est intime avec elle, pourquoi tant d'agitation ? Hyde qui vole à Mach 2 vers la côte Ouest, le FBI qui a mis en branle ses unités d'intervention… Oh, ouais, attends un peu, bordel…

— Voilà.

— Le gamin, McTyer, s'est retourné contre eux ? Contre son père ? Il en pince pour Eden Waring. Et maintenant, il la protège. Ce qui veut dire qu'elle est dans le collimateur d'Impact. Tout comme sa mère à l'époque. C'est pour ça qu'ils fuient.

— T'as tout compris.

— Victor, il faut les trouver avant eux ! Tu as quoi, sur place, à Innisfall ?

— Une grosse équipe. On surveille le FBI, bien entendu, mais cela ne nous donne pas beaucoup d'avance sur eux. Pour l'instant, on ne peut qu'espérer un coup de pot.

— Le FBI. Ces enculés. Toujours à nous faire chier.

— Si nécessaire, on les affrontera, cette fois. MORG contre FBI. Je me fiche des conséquences.

— Trouve Eden Waring, c'est tout, le supplia Rona. Le Congrès est en vacances et la Justice est une coquille vide. On peut gérer les retombées. Victor, je vais parler avec Katharine Bellaver. Aujourd'hui. Si ça se trouve, Eden est déjà en contact avec elle.

— Sois prudente. Elle a des alliés puissants. Ne leur donne pas une raison de s'unir contre toi.

— C'est *nous* qui prenons le pouvoir, Victor. Plus vite Katharine Bellaver aura le message, mieux on s'entendra. »

INNISFALL — 29 MAI — 13 h 50

Les enquêteurs du National Transportation Safety Board et de la Federal Aviation Administration avaient bouclé, avec l'assistance d'une section de la Garde nationale, la quasi-totalité du campus sud de l'université de Shasta. Bertie Nkambe et les autres joggeurs du dimanche ne purent approcher à moins de deux cents mètres de l'endroit où l'avion s'était écrasé. Des gens pique-niquaient sur une colline qui dominait le stade et quelques chercheurs de curiosités observaient à la jumelle ce qu'il se passait autour de l'épave du DC-10. L'air sur la colline boisée était plus frais qu'à proximité du site, mais Bertie ne pensait pas qu'elle aurait aimé y pique-niquer tant qu'il subsistait la plus infime odeur de corps brûlé dans l'atmosphère.

Elle s'arrêta le temps de boire à sa bouteille d'eau et se servit d'un des talkies-walkies à portée limitée achetés au Wal-Mart pour rendre compte à Tom Sherard, qui l'attendait de l'autre côté de l'aéroport dans la Ford Expedition.

« Impossible d'approcher suffisamment pour arriver à quoi que ce soit.

— Partons, alors. D'après la carte, ça nous prendra bien deux heures pour aller à Moby Bay. Il n'y a pas d'itinéraire direct, il faut traverser les montagnes par les petites routes.

— Laisse-moi juste le temps de reprendre ma respiration et de faire mes exercices de *tai chi.* Viens me chercher dans vingt minutes. »

Bertie rangea le talkie-walkie dans son sac banane et entama ses exercices.

Trois filles âgées de huit à dix ans sortirent des arbres et empruntèrent la piste de jogging. Elles passèrent non loin de l'endroit ensoleillé où Bertie se concentrait sur son *tai chi.* Elles étaient engagées dans une discussion animée et s'interrompaient les unes les autres, sans pourtant se disputer.

« Ben, je ne peux pas le ramener à la maison.

— On va quand même pas le laisser mourir.

— Il est peut-être pas en train de mourir.

— Il en a l'air, en tout cas, le pauvre minou.

— Je pourrais demander à maman.

— T'as déjà trois chats, Jana.

— Il est bien à quelqu'un. Il a un collier. »

Bertie se décontracta et inspira profondément. « Qu'est-ce qui se passe, les filles ? » demanda-t-elle.

Elles s'arrêtèrent pour la dévisager. Décidèrent qu'elle était OK. L'une d'elles montra quelque chose dans leur dos, le long du chemin de jogging.

« Il y a un chaton dans un arbre. Un chaton blanc. On dirait qu'un chien ou quelque chose l'a abîmé. Il a une oreille déchirée et il saigne. Et il est tout sale.

— J'ai senti une odeur de fumée, dit une autre fille.

— Je m'appelle Bertie. Et toi ?

— Jana », répondit la plus petite et plus jeune.

Les autres se présentèrent à leur tour.

« Grace.

— Danielle.

— Frangines ?

— Cousines, répondit Danielle. Toutes les trois.

— Où est-ce qu'il est, ce chaton ?

— On peut vous le montrer.

— Faut que j'y aille, fit Jana.

— Mais non », répliqua la plus âgée, Grace. « Maman a dit deux heures et demie et il n'est que 20.

— Faire pipi, je veux dire !

— Oh. T'aurais dû y aller dans les bois. D'accord, dis à maman qu'on arrive. » Elle leva les yeux vers Bertie. « Vous voulez voir ?

— Bien sûr. J'adore les chats. Quand j'étais petite, on en avait un couple à la ferme.

— Quelle race ? Siamois ?

— Non, des lions d'Afrique », répondit Bertie. Grace et Danielle se regardèrent, se confirmant l'une à l'autre qu'elles étaient trop malignes pour se laisser abuser. Bertie haussa les épaules. « J'ai grandi en Afrique. »

Elle répondit à une dizaine de questions sur son enfance et la caféière au Kenya le temps que les filles la conduisent à l'endroit où elles avaient découvert le chat blessé.

Il n'était pas facile à voir, tapi dans un chêne à trois ou quatre mètres du sol, à un endroit où deux branches feuillues rejoignaient le tronc. C'était un jeune persan avec une entaille croûteuse sur l'oreille. Seule une partie de sa fourrure, sur et autour de la tête et de la poitrine, là où il avait pu se nettoyer seul, avait une couleur blanche ou grisâtre. Tout le reste était roussi ou strié de noir. Le chat avait perdu presque toutes ses moustaches, apparemment dans le feu auquel il avait échappé. Il fermait les yeux, comme trop épuisé pour faire attention à elles.

« Vous croyez que ce petit chat était dans l'avion qui s'est écrasé ? demanda Danielle.

— Tout a brûlé à bord, répondit la plus vieille. Sauf la dame qui est à l'hôpital. Elle a été éjectée, mais elle ne survivra pas. C'est ce que la mère de Rich lui a dit, et elle est infirmière en chirurgie.

— Voyons voir ça », dit Bertie en s'approchant de l'arbre. Le chat entrouvrit les yeux. Bertie se tint parfaitement immobile, le regard levé, une main tendue loin au-dessus de la tête. Elle resta ainsi, décontractée, sans un mouvement, assez longtemps pour que les filles s'agitent.

« Qu'est-ce que vous allez faire ? s'enquit Grace.

— Trouver un moyen de le faire descendre. L'emmener chez un vétérinaire pour qu'il le recouse et lui fasse des piqûres. Une chose est sûre, il était dans l'avion. Ça l'a traumatisé, mais je suis sûre qu'il s'en remettra.

— Qu'est-ce que ça veut dire, traumatisé ? demanda Grace.

— Il a peur. Il est en état de choc.

— Comment vous savez que ce n'est pas une chatte ? s'enquit Danielle.

— Oh… c'est juste l'impression qu'il me donne. Je ne sais pas trop pourquoi.

— *Danielle. Gracie !*

— C'est Jana. Il faut qu'on y aille. Merci de prendre soin de lui, Bertie. Vous allez l'adopter ? »

Bertie sourit mais sans baisser les yeux. Elle consacrait presque toute son attention au chat. La main droite toujours levée, les doigts déployés bougeant doucement comme si elle lisait une inscription en braille spectral. Le persan avait levé la tête et la fixait.

« Je laisserai Warhol décider, dit-elle. Quand il se sentira mieux et que nous aurons pu discuter. »

ROUTE 299 DE CALIFORNIE — 29 MAI —
14 h 25

Ils attendaient Geoff et le doppelganger d'Eden Waring sur le pont qui enjambait la Burnt Oak River dans la petite ville montagnarde de Valleyheart, à une centaine de kilomètres à l'est de Moby Bay. Deux 4 × 4 du bureau du shérif et une unité de la police de la route californienne. Geoff les repéra à huit cents mètres de distance de la route qui descendait en un lacet étroit jusqu'à l'agglomération.

Il s'arrêta en dérapant. La capote était baissée. Il regarda le pont dans la vallée, vit le soleil se refléter sur des jumelles. Ils l'attendaient.

« Oh mon Dieu.

— Tu devais avoir raison, pour l'hélicoptère, reconnut le dpg. Tu ne peux pas faire demi-tour ? »

Geoff évalua ses chances. Une falaise bordait la route sur le côté droit, une forte pente boisée sur le côté gauche, derrière une glissière de sécurité presque au même niveau que la route.

« Le temps de faire demi-tour, ils seront montés jusqu'ici. Et s'ils font les choses correctement, ils ont une voiture derrière nous, qui devrait nous rejoindre d'une minute à l'autre.

— Recule. Juste pour te mettre hors de vue des shérifs sur le pont.

— Pourquoi ?

— Tu descends.

— Pour quoi faire ?

— Qui est-ce qu'ils veulent vraiment, toi ou moi ? Ou Eden, je veux dire ?

— Eden.

— Recule, puis descends et passe la glissière. Trouve-toi de quoi t'accrocher. Débrouille-toi juste pour qu'ils ne te voient pas.

— Qu'est-ce que tu vas faire ? »

Le dpg lui sourit.

« Tu verras bien. Quand tout sera terminé, si tu ne me vois pas dans les parages, récupère ta voiture et va à Moby Bay. Cherche la maison des McLain. Eden habite chez eux.

— Toutes les forces de l'ordre du nord de la Californie doivent avoir le signalement et l'immatriculation de ma voiture, maintenant. S'ils utilisent des hélicoptères…

— Pas faux. Tu ferais peut-être mieux d'emprunter une de leurs bagnoles et de te brancher sur leurs radios. Allez, bouge. »

Geoff passa la marche arrière, remonta la pente dans un hurlement de pneus, s'arrêta après un virage serré. Ils entendirent une sirène derrière eux.

« Laisse tourner le moteur », dit le dpg.

Geoff jaillit de la Taurus, enjamba la glissière, descendit sur les talons trois ou quatre mètres de la pente qui se terminait en précipice, et agrippa un rhododendron à fleurs violettes bien ancré dans le feldspath. Il leva les yeux mais ne put voir la route. Le visage d'Eden apparut alors au-dessus de la glissière.

« Donne-moi une vingtaine de minutes. Ça devrait suffire pour qu'ils rappellent ce foutu hélicoptère. Reste caché, puis va au pont. J'ai ta voiture. Ne t'inquiète pas, j'en prendrai bien soin. »

La Taurus conduite par le dpg d'Eden était rendue à mi-chemin de la Burnt Oak River lorsque l'autre voiture de la police de la route californienne surgit dans son dos, gyrophares bleus en action.

Il continua à descendre à 40 kilomètres-heure, empêchant à coups d'embardées la voiture de patrouille de le dépasser pour lui couper la route.

À quinze mètres des Ford Explorer de la police qui bloquaient le pont, il s'arrêta, remonta sur ses cheveux les lunettes de soleil bon marché que Geoff lui avait achetées, posa les mains en haut du volant et attendit que les chiens de garde de diverses juridictions convergent vers l'automobile. Armes au poing. L'un d'eux lui braquait même un fusil d'assaut sur la tête, comme s'il le soupçonnait d'avoir découpé des bébés en petits morceaux avant de boire leur sang.

La portière côté conducteur fut brusquement ouverte en grand.

« Sortez de la voiture ! *Maintenant !* Les mains bien en vue.

— Oui monsieur l'agent. Ne tirez pas, s'il vous plaît. »

L'un des shérifs adjoints, une femme, l'écarta de la voiture. Assez rudement. Elle avait le front tout suant et une bouche triste presque dépourvue de lèvres. Son badge indiquait R. HUMBARD. Un autre shérif adjoint saisissait ses menottes. Ça n'ira pas, décida le doppelganger.

« Êtes-vous Eden Waring ?

— Qui ça ?

— Est-ce que vous vous appelez Eden Waring ?

— Non.

— Où est l'homme qui était avec vous dans la voiture ?

— Il se cache dans le coffre. Il a un fusil. À votre place, je ferais attention. »

Cela détourna leur attention. Assez longtemps pour que le dpg échappe au shérif adjoint Humbard, parcoure à toutes jambes la douzaine de mètres le séparant de la rivière et y saute.

La fonte des neiges avait amené à environ un mètre quatre-vingts la profondeur de la Burnt Oak River, qui courait claire et agile sur un lit encombré de gros rochers. Il y en avait moins près du pont, à l'endroit où le dpg avait sauté. Celui-ci ressurgit dans un courant qui l'emporta sous le pont. Le shérif adjoint Humbard ne put qu'entrapercevoir sa tête rouge et trempée avant qu'il disparaisse à nouveau.

« Au secours ! » cria le dpg pour plus de réalisme, sa voix éveillant un écho dans la pénombre tapie sous la seule arche du pont en béton.

« Elle est dans la rivière ! » avertit Humbard en dévalant elle-même la berge mais sans approcher des eaux tumultueuses. Elle remonta d'une secousse ses lunettes de soleil mais ne vit rien sous le pont. Elle escalada la berge presque en à-pic et courut de l'autre côté. Pendant ce temps, quatre de ses collègues shérifs adjoints et un flic de la route s'efforçaient de ne pas se mettre en danger en faisant sortir du coffre de l'automobile ce qu'ils pensaient être un homme armé d'un fusil — aussi dangereux qu'un cobra en colère. Ils restèrent bien en arrière, leurs fusils braqués, tandis que le shérif déverrouillait le coffre en actionnant le levier adéquat dans l'habitacle de la Taurus.

Le shérif adjoint Humbard regarda en aval un coude aux berges moins abruptes où la rivière s'élargissait en une série de petits rapides. Le dpg restait invisible.

Elle courut à l'un des 4 × 4 prendre une lampe torche sur le siège avant.

Le coffre de la Taurus était ouvert, mais avec le couvercle baissé. Il y avait beaucoup de cris.

Humbard dévala à nouveau la berge et disparut avec sa torche sous le pont.

Les policiers et shérifs adjoints se demandaient tous comment soulever le couvercle du coffre sans risquer leur vie.

Un hélicoptère militaire était apparu à cent cinquante mètres au-dessus de leurs têtes, projetant son ombre sur la scène. Il ne faisait pas plus de bruit qu'un petit hors-bord. Ils devaient lever les yeux pour s'assurer qu'il était là. Seul l'un des shérifs adjoints, ancien réserviste, avait déjà vu un hélicoptère furtif. Dans cette campagne reculée, un tel spectacle était aussi inquiétant que l'apparition d'un ovni en plein jour et ne pouvait qu'accroître la tension.

Un des shérifs adjoints eut une idée. Il prit dans le matériel de sauvetage de son 4 × 4 une corde en dacron terminée par un crochet, puis se glissa sur la banquette arrière de la décapotable pour jeter corde et crochet par-dessus le couvercle, qu'il put ainsi soulever.

Humbard revint sur la route avec des vêtements trempés et une paire de sandales en cuir mouillées qu'elle avait trouvés sur la berge. Elle regarda l'hélicoptère presque silencieux en surplace, puis rejoignit ses collègues qui déchargeaient le coffre de la Taurus. Une boîte à outils, un extincteur, un sac de gym et une valise en métal, fermée à clef.

« Shérif ? fit Humbard. Voilà ce qu'elle portait quand elle a sauté dans la rivière. Plus aucune trace d'elle. »

Elle essora un chandail de hockey Mighty Ducks, qu'elle étendit sur le capot de la Taurus, y adjoignit un short de course en nylon et les sandales.

« Vous pensez qu'elle a coulé sous le pont ?

— Non, shérif. Elle a dû s'extraire du courant pour ôter ses vêtements. Du moins, si c'est tout ce qu'elle portait. Je n'ai pas trouvé de sous-vêtements. Mais je peux vous garantir qu'elle n'est pas sous le pont. Il n'y a pas de quoi se cacher.

— Elle a peut-être replongé pour descendre le courant nue sous l'eau.

— Pas impossible, oui, avec des étapes, sauf que je ne l'ai jamais aperçue. Et plus bas, la rivière est moins profonde, on ne peut plus que patauger ou faire du raft. »

Le shérif caressa sa petite barbe poivre et sel en regardant le chandail de sport étalé sur le capot de la Taurus. Il ôta ses lunettes de soleil aux verres réfléchissants jaunes pour examiner le chandail de plus près, puis le prit entre ses mains. Sur la banquette avant, Humbert fouillait l'automobile.

« Je ne vois ni sac ni portefeuille.

— Il y a une étiquette avec un nom, dit le shérif. Voyez si vous arrivez à lire ça, Rache. »

Il lui passa le chandail. « Oui, shérif. On dirait Chan… non, c'est un *u*, ce qui donne *Chauncey*, McLain. »

L'hélicoptère repartit, traversa la rivière, passa au-dessus des habitants groupés à l'autre bout du pont et trouva un endroit dégagé en face de la station-service Chevron, un pâté de maisons plus loin. Il se posa en travers, bloquant la rue principale de Valleyheart.

Le shérif se retourna pour l'observer. Une lumière bleue clignotait dans le cockpit. Il ne vit personne à l'intérieur. Mais au vu de sa taille, l'appareil pouvait contenir huit hommes en plus du pilote.

« Shérif, l'appela un de ses adjoints. Vous feriez mieux de venir voir ce qu'il y a dans cette valise en métal.

— Si c'est une tête coupée, remballez-la. Cela fait à peine une demi-heure que je suis sorti de table.

— Non, shérif, ce sont des armes. Du matériel de haute qualité. Un calibre 50 démonté avec une lunette sacrément grosse. Et aussi un MP-5. »

Le shérif regarda à nouveau l'hélicoptère. Une de ses portes venait de s'ouvrir.

« Refermez quand même. J'ai le pressentiment qu'on va bientôt nous retirer l'affaire. Il vaudrait peut-être mieux ne pas trop en savoir. »

Ils tombaient de l'hélicoptère, maintenant. Des hommes en anoraks ou en gilets pare-balles bleu foncé, coiffés de casquettes de base-ball portant au pochoir la mention FBI en grosses lettres blanches. Six hommes. Dont trois munis d'armes automatiques.

Un autre hélicoptère, jumeau du premier, arrivait sur les lieux. À l'avant de la Taurus, le shérif adjoint Humbert leva la tête en se protégeant les yeux d'une main en visière, puis regarda son chef.

« McLain, fit celui-ci en haussant les épaules. Il y en a à Moby Bay. L'un est peintre, il me semble. Je me souviens avoir vu ses paysages marins il y a quelque temps.

Ils me plaisaient bien, mais les prix étaient un peu trop salés pour ma bourgeoise et moi. »

ROCKVILLE (MARYLAND) — 29 MAI — 16 h 20

L'homme aux cheveux roux patientait depuis plus d'un quart d'heure dans le bureau sombre du presbytère de l'église de l'Immaculée Conception, dans les faubourgs de Washington, lorsque le père Giles Ducannon entra, un sourire d'excuse aux lèvres.

« Désolé de vous avoir fait attendre, monsieur... Barnes, je crois ?

— Joe Barnes. » Victor Wilding se leva mais sans tendre la main. Il tenait sa Bible, une *new standard version* à la reliure luxueuse. « C'est très aimable à vous de me recevoir un dimanche après-midi. C'est sans doute votre journée la plus chargée de la semaine.

— Pas vraiment. Je n'ai guère que la messe du matin à dire puis le confessionnal à tenir avant celle de 10 h 30. Sinon, je rattrape mon retard de lecture et je travaille mon jeu court sur le green, derrière. J'arbitre un match de softball féminin à 17 heures. Mais je suis toujours disponible pour une visite à domicile ou à l'hôpital. Ou pour une confession. »

Ducannon regarda Wilding avec une expression d'attente. C'était un quinquagénaire solide, bâti comme une machine de siège médiévale. Les cheveux qu'il lui restait semblaient de la rouille autour de ses oreilles, d'où ils descendaient en pattes effilées vers son menton. Il portait des lunettes à fine monture métallique avec des verres ronds teintés couleur pleine lune.

« Je ne suis pas catholique.

— Je vois. » Ducannon jeta un coup d'œil à la Bible. « Mais vous avez peut-être des questions à me poser ?

— En effet.

— J'espère pouvoir vous venir en aide. Puis-je vous proposer une tasse de thé ou de café ? »

Au point focal du bureau se dressait une statue en albâtre grandeur nature d'une Vierge Marie qui ne semblait pas avoir beaucoup plus de quinze ans. Une légère expression d'émerveillement sur le visage, elle rayonnait comme le cœur d'un diamant. Une fois de plus, elle attira le regard de Wilding. Celui-ci déclina l'offre du prêtre qui, d'un geste et d'un sourire, invita son visiteur à s'asseoir avec lui.

« Était-elle la femme parfaite ? s'enquit Wilding.

— Pour nous, oui. Je suis père mariste. De la Société de Marie.

— Y a-t-il pu avoir immaculée conception ?

— Une fois, et une seule.

— Je n'ai aucun doute à ce sujet. Je n'y vois rien d'étrange. »

Ducannon l'encouragea d'un hochement de tête.

« Je pense qu'il faut que je vous dise… Je ne m'appelle pas vraiment Barnes. Mais pour diverses raisons, je ne peux pas vous dévoiler ma véritable identité. »

Ducannon hocha la tête et pesa soigneusement sa question : « Avez-vous commis un crime ?

— Je ne suis accusé d'aucun crime. Je ne suis pas en fuite.

— D'accord, fit le prêtre après quelques instants. Poursuivons donc. Être accusé d'un crime signifie que certaines autorités ont connaissance de ce crime.

— Oui. » Le regard de Wilding erra dans la pièce pour finir, inévitablement, par se poser sur la blancheur polaire de la Vierge. « Je suis moi-même, disons, un homme d'autorité. Pour qui les lois ordinaires ne s'appliquent pas.

— Mais il existe une autorité ultime. Le Tout-Puissant.

— Je suis disposé à le croire.

— Avez-vous commis un crime que vous souhaitez

confesser à Dieu afin d'alléger le fardeau qui pèse sur votre âme ?

— Votre question comporte deux problèmes. Dire que j'ai commis un crime revient à affirmer que Pol Pot manquait de goût. Quant à mon âme… je n'en ai pas.

— Tous les enfants de Dieu en ont.

— Comme je vous l'ai dit, dans mon cas les lois ordinaires ne s'appliquent pas.

— Les lois de Dieu sont immuables. Rien n'a changé sur cette Terre depuis qu'Il l'a créée. Nous avons tous une histoire de péché et de culpabilité, de souffrance et de rédemption par Sa grâce. Les larmes de la misère commune et un désir d'apaisement salent nos fleuves et nos océans ; les cris et les prières, dialogue d'une solitude insupportable, remplissent notre atmosphère. Ce sont les bruits et les blessures que le temps répète, sans fin, sans favoriser quiconque. Êtes-vous en train de mourir ?

— Je ne sais pas. Je pense que oui.

— Et vous avez peur.

— Il y a trop de lumière ici. Vous pouvez faire quelque chose ?

— La seule lumière est celle de la très sainte Vierge. Sa lumière n'a jamais faibli et ne s'éteindra jamais. J'ai remarqué que vous n'arriviez pas à la quitter des yeux.

— Je n'ai pas eu de mère.

— Vous étiez orphelin ?

— Pas d'une façon que vous pourriez comprendre. Pouvons-nous parler de l'âme ?

— Bien entendu.

— Selon les lois naturelles ou, j'imagine, spirituelles, si une femme vous met au monde, vous naissez avec une âme.

— Exact.

— Il y a de bonnes âmes et de mauvaises âmes.

— On est en droit de se le demander. Et je reconnais

avoir des problèmes avec la réalité de l'enfer théologique. Quoi qu'il en soit, Dieu chérit toutes les âmes. Notre bien-aimée Marie aussi. Et le salut est à portée de main de tous. » Wilding transpirait abondamment et se frottait la bouche de la main. « Vous êtes malade ? demanda Ducannon d'un air inquiet.

— Non. C'est *lui* qui est malade. Il s'affaiblit gravement. Il risque de mourir d'un jour à l'autre.

— De qui parlez-vous ?

— De mon p-p-pè-rrre. En quelque sorte. De celui qui m'a créé.

— Dieu le Père ? Mais Dieu est éternel.

— *Non.* Robin Sandza a eu les pouvoirs d'un dieu, mais il n'avait que quinze ans quand il… quand je… quand je suis *apparu*. Quand j'ai été créé. À partir de rien, de son art illégitime. Moins qu'une côte empruntée. Ou une ombre.

— Votre Bible vous dira que… »

Une lueur de folle appréhension passa dans le regard de Wilding.

« Hébreux 11,3. "Les mondes ont été formés par une parole de Dieu, de sorte que ce que l'on voit provient de ce qui n'est pas apparent." J'étais, moi, une pensée qui s'est faite chair, faite à son image, et reléguée à mes péchés attitrés. Vous buvez, mon père ? J'ai toujours aimé me calmer les nerfs avec un petit verre de whisky irlandais.

— Eh bien, pourquoi pas. Cela pourrait être… Si vous voulez bien m'excuser une m… »

Wilding réagit avec un sursaut violent qui, pour ne rien comporter d'ouvertement menaçant, n'en fut pas moins effrayant.

« Tant pis ! Ne bougez pas. N'essayez pas d'appeler quelqu'un. Je ne suis *pas* fou. Je veux juste… ne pas mourir. Continuer. Faire partie des éternels. »

Ducannon se réinstalla sur son siège et fixa intensément Wilding en mordant sa lèvre inférieure de ses dents renforcées d'or.

« Dans ce cas, vous devez confesser vos péchés à Dieu. Vous libérer.

— Suis-je un homme ? Ou bien en ai-je seulement l'air ?

— Vous en êtes un. Un homme qui a grand besoin d'être soulagé de ses souffrances, quelle que soit la nature de… »

Wilding posa sa bible sur ses genoux, saisit un coupe-papier sur la table près de sa chaise et se le plongea dans la paume de la main gauche avec assez de force pour que le sang jaillisse. Ducannon eut l'air choqué.

« Non ! »

Wilding laissa tomber le coupe-papier par terre et ferma sa main blessée. « Est-ce que je saigne comme un homme ? Je saigne, je sens la douleur. La pluie me mouille. J'ai mes mauvais moments. J'adore faire l'amour. Au cas où vous vous poseriez la question, je suis même capable de concevoir un enfant. Je ne suis pas une simple réplique châtrée, une saloperie de mule. » Wilding se pencha en avant sur le bord de son siège. « Mais je n'ai pas d'âme. Robin ne pouvait pas m'en donner ! Sans âme, il n'y a pas de lien… non avec l'homme, mais avec Dieu, avec l'éternité. Vous ne croyez pas à l'enfer ? Au feu éternel ? Moi, l'enfer, je ne trouverais pas ça si mal ! Parce qu'au moins il est *là*. L'enfer n'est pas rien. L'enfer est *quelque chose*. Ce serait une bénédiction pour moi, car au moins je ne disparaîtrais pas lorsque *mon* créateur rendra son dernier souffle. » Il jeta un coup d'œil à son poing tendu. Sa manchette se teintait de rouge. « Oh, désolé, j'ai mis du sang sur votre tapis. »

Ducannon avait sorti son mouchoir. « Laissez-moi m'occuper de ça, monsieur… Vous ne voulez toujours pas me dire votre nom ?

— Appelez-moi Vic », répondit Wilding d'un ton las.

Ses yeux dérivèrent jusqu'à la Vierge tandis que le prêtre nouait le mouchoir autour de sa blessure.

« Vous devriez faire soigner ça... Vic. Quand vous partirez. Si je vous conduisais à l'hôpital ?

— À St. Elizabeth, peut-être ? Chez les cinglés ? Vous ne m'aurez pas comme ça, mon père.

— Je m'inquiétais simplement de la gravité de...

— Ça ne saigne presque plus. Il m'arrive d'être trop impulsif. Mais je me suis déjà infligé pire. C'est notre petit secret. Dans une heure, il ne restera pas une trace de ma blessure. Je guéris vite. Ne vous inquiétez pas pour le tapis. Il n'est pas abîmé. Mon sang disparaîtra. » Wilding se mit debout. Ducannon leva les yeux vers lui. « Vous recevrez un chèque par la poste d'ici deux ou trois jours. Une jolie petite contribution. L'église a toujours l'usage de quelques billets, j'imagine. Écoutez, je me sens mieux, maintenant. Vraiment. Un homme dans ma position n'a personne à qui se confier. On pourrait peut-être se revoir. Peut-être que si je... je ne sais pas. Je prononçais des vœux ou quelque chose comme ça. Tant qu'il est encore temps.

— Dieu est toujours à l'écoute.

— J'ai besoin... j'ai besoin d'une porte de sortie, mon père.

— Vous me l'avez très bien fait comprendre, Vic. »

VALLEYHEART — 29 MAI — 14 h 44

Debout les mains sur ses hanches invisibles, le doppelganger d'Eden Waring se séchait au soleil en regardant les types du FBI traverser le pont à petites foulées en direction du barrage routier. L'autre hélicoptère furtif s'apprêtait à atterrir sur un terrain de base-ball à quelques centaines de mètres en aval.

Si quelqu'un avait regardé de son côté, il n'aurait vu

que des gouttes d'eau flottant dans l'air. Quelques-unes descendaient lentement, comme glissant sur un morceau de verre, pour s'écraser parfois par terre. Mais ce phénomène passa aussi inaperçu qu'une nuée de moustiques devant des arbres aux teintes diverses comme celles d'un mélange de salades vertes.

Il se demandait ce qu'il allait faire maintenant. Il s'inquiétait d'avoir abandonné Geoff McTyer un kilomètre plus haut sur la montagne. Le shérif ou celui qui prendrait la direction des opérations ne tarderait sans doute pas à faire fouiller la route. Une autre diversion s'imposait.

Les deux 4 × 4 qui formaient le barrage routier avaient leur capot tourné vers la ville. Derrière les Explorer, le shérif et ses adjoints observaient l'approche de l'équipe du FBI et le deuxième hélicoptère au-dessus des arbres.

Cinq véhicules en tout, avec la Taurus de Geoff et les deux voitures de patrouille de la police de la route. Plus deux hélicoptères. Sans compter les quelques voitures et la camionnette qui attendaient côté agglomération qu'on les laisse franchir la rivière. Le barrage avait quant à lui bloqué un camping-car, un pick-up et un bus paroissial plein d'enfants bruyants qui se penchaient presque tous aux fenêtres. Il y avait aussi un peu de circulation sur la rivière, avec les canoës qui passaient sous le pont.

L'homme qui semblait commander l'équipe du FBI prit le shérif à part. Deux agents examinèrent la Taurus de Geoff. Un troisième se mit au volant d'un des 4 × 4 et repartit sur le pont, apparemment vers le terrain de base-ball où le deuxième hélicoptère allait atterrir. Le shérif n'avait pas l'air ravi. Le doppelganger se rapprocha à portée de voix.

« James Brooker, agent spécial responsable des opérations sur le terrain à San Francisco. Vous êtes le shérif Udale ?

— Jones. Udall, c'est mon prénom, avec deux l.

— D'accord. Est-ce que vous détenez la fille et son petit ami, shérif ?

— Non. Elle était seule dans le véhicule lorsque nous l'avons arrêtée. Elle nous a dit qu'il se cachait dans le coffre avec un fusil, mais cela s'est avéré inexact. Ce n'était qu'une tactique de diversion. Mais qui a fonctionné. Elle a échappé à mon adjoint avant qu'on puisse la menotter, a couru jusqu'à la rivière et y a sauté sans hésiter. Nous ne l'avons pas revue depuis.

— Elle a peut-être coulé ?

— Peu probable. L'eau est claire et peu profonde. Beaucoup de gens l'ont vue sauter. Elle est ensuite sortie de l'eau sous le pont, où elle s'est déshabillée. C'est son chandail que vous voyez sur le capot de la Taurus.

— Elle s'est déshabillée ? Elle s'est mise toute nue, vous voulez dire ?

— Il faut croire. Elle ne portait pas grand-chose au départ.

— Une jeune femme dans le plus simple appareil qui parvient à s'échapper avec tous ces gens qui traînent bouche bée dans le coin ? Ça me paraît assez invraisemblable, shérif Udall.

— Jones. Je m'appelle Jones. Je vous dis juste ce que nous avons vu et que nous croyons vrai.

— Mais vous ne savez pas non plus où est le jeune homme, puisque vous ne l'avez pas trouvé dans ce coffre de voiture.

— Il est sans doute descendu un peu plus haut sur la montagne.

— Vous avez envoyé des adjoints fouiller la route ?

— Négatif. Nous pensions qu'il était dans le…

— Vous voulez bien le faire pour moi maintenant, shérif ? Vu qu'il ne semble plus y avoir de danger immédiat par ici.

— D'accord. Et si nous le trouvons et qu'il est armé ?

— Shérif U... Jones. Ce jeune homme a beaucoup de valeur pour nous. S'il lui arrive la moindre égratignure, je vous promets que nous vous tannerons le cul et transformerons vos testicules en beurre de noix premier choix. Informez vos adjoints, shérif Jones. »

Le shérif haussa les épaules et dépêcha deux de ses adjoints dans le second 4 × 4. Il envoya Rachael Humbard et un agent de la police de la route plus bas sur la rivière vérifier que rien ne leur avait échappé. L'agent spécial Brooker pressa le bouton d'émission de son talkie-walkie pour ordonner à l'hélicoptère posé en face de la station-service Chevron de reprendre l'air. Le dpg d'Eden Waring le suivit sur le pont et le traversa derrière lui. Maintenant que l'hélicoptère avait dégagé le passage, il était temps de lancer la petite poursuite qu'il avait concoctée.

Robert Hyde fut le premier à sortir de l'hélicoptère qui venait de se poser sur le terrain de base-ball. Quatre garçons et une fille avec des gants et des battes l'observèrent près de l'écran arrière.

« Désolé pour votre match, leur dit Hyde. Rentrez chez vous, maintenant, les enfants.

— Qui êtes-vous ? voulut savoir le plus effronté des garçons.

— Le directeur du FBI. Je viens de Washington. Cette affaire concerne la sécurité nationale. Veuillez vous disperser tout de suite. »

Hyde n'avait jamais su s'adresser aux enfants. Ils restèrent où ils étaient. « Moi, mon père, il est garde forestier », dit un autre.

Le 4 × 4 du bureau du shérif arriva. Un des agents venus en hélicoptère avec Hyde lui tendit un talkie-walkie. « M. Brooker, monsieur. Je vais m'occuper des joueurs de base-ball.

— Oui, Brooker. Où est mon fils ? » Hyde écouta.

Ce qu'il entendit ne lui plut pas et il coupa la parole à Brooker. « Et la fille ? » L'explication fut plus complexe. Hyde observa des formations nuageuses de babeurre. Il se mit en marche vers la première base. L'autre agent du FBI, un nommé Wellford, rejoignit les enfants près de l'écran arrière.

« Ce que vous me racontez là n'a aucun sens », se plaignit Hyde avec colère.

Il ne se sentait pas bien. Sa folle ruée à travers les fuseaux horaires l'avait laissé avec une migraine que son remède habituel n'avait su dissiper. Il n'avait rien pu avaler de toute la journée. Et quelque chose dans l'histoire de cette fille se débarrassant de ses vêtements avant de disparaître le touchait à un niveau encore plus profond, un niveau viscéral. Hyde s'était imprégné plusieurs semaines durant des exploits des médiums. Face au monceau de preuves rassemblées par son prédécesseur Carsten Burrows, il n'avait eu d'autre choix que de croire aux pouvoirs paranormaux, du moins à ceux manifestés par Robin Sandza. La croyance, avait-il découvert, valait mieux que la peur. Mais la peur était de retour, avec son aiguillon de mort. Et si Eden Waring possédait des Dons encore plus stupéfiants ?

Il passa un savon à Brooker sans être sûr qu'il le méritait. Hyde tremblait. Les joueurs de base-ball couraient à qui mieux mieux vers le centre du village. Wellford revint avec un sourire qui disparut dès qu'il vit l'expression de son directeur.

« Ils sont sympa, ces gosses. Je leur ai raconté que j'avais joué quatre ans en division d'honneur avec les Orioles, jusqu'à ce que mon bras lâche. Puis j'ai dégainé mon arme favorite.

— Vous avez dégainé votre arme, agent Wellford ?

— Je leur ai donné de l'argent pour qu'ils se paient une glace. Raymond Chandler disait souvent : "Mon arme favorite est un billet de vingt dollars."

— Je ne crois pas le connaître.

— Un auteur de romans noirs. Mon père les collectionnait. Avec les vieilles émissions de radio. *Boston Blackie. Sam Spade, détective*. Vous vous sentez bien, monsieur ? »

Robert Hyde s'était passé une main sur le visage comme pour le débarrasser d'épaisses toiles d'araignées.

« J'ai connu mieux. Je vais marcher un peu, jeter moi-même un coup d'œil dans la ville.

— Bien monsieur. Voulez-vous que je…

— Non, restez ici et surveillez toutes les communications. » Hyde fit deux pas, hésita, se retourna vers Wellford. « Les vieilles émissions de radio. Je n'ai pas l'habitude de me souvenir de mon enfance, mais j'en écoutais avec mon père. Il y en avait une qui passait à l'heure à laquelle je lui rendais visite, toutes les semaines. On l'avait hospitalisé pour ce qu'on appelait à l'époque une psychose traumatique. De nos jours, on appellerait ça un état de stress post-traumatique ou quelque chose comme ça. Il ne s'en est jamais remis. Je ne l'ai jamais entendu prononcer mon nom. Mais ce n'est pas à cela que je pensais. Il y avait cette émission de radio, ça s'appelait *Whistler*, je crois ? Il avait le pouvoir d'obscurcir l'esprit humain.

— Je crois que c'était Lamont Cranston. *The Shadow*. "Qui sait quel mal se tapit…"

— *The Shadow !* Vous avez raison. C'est bien l'Ombre qui obscurcit l'esprit des hommes afin qu'ils ne le voient pas. Quelles bêtises. Je n'écoutais la radio qu'avec mon père. Je suis sûr qu'il ne faisait rien d'autre. Qu'il passait toutes ses journées à regarder le mur dans sa petite chambre de l'hôpital des vétérans. Et à écouter la radio. En sentant… j'ignore s'il sentait quoi que ce soit. Ma mère refusait que j'écoute ces émissions à la maison, ou que j'aille au cinéma. Elle disait que cela stimulerait trop mon imagination et que je mouillerais encore davantage mon lit. Son *mépris*. J'aurais encore préféré qu'elle me fouette, mais elle ne levait jamais la main sur moi. Voilà comment j'ai appris que l'imagination était une mauvaise chose. Mais ce n'est pas à cela non plus que je pensais. Pourquoi j'y penserais ? Je ne suis plus un enfant. Ça ne m'a jamais plu d'être un enfant. Et vous ?

— Moi, oui, monsieur. Je jouais beaucoup au ballon.

— C'est vrai, vous jouiez au base-ball. Les Orioles. Tant mieux pour vous, Wellford. Je crois que je vais faire cette promenade, maintenant. »

Presque tout Valleyheart se pressait à proximité du pont ou devant chez le marchand de glaces, un demi-pâté de maisons avant, pour suivre de près les allées et venues des forces de l'ordre. Les gosses galopaient un peu partout. Une autre unité du bureau du shérif bloquait maintenant la circulation en provenance de l'ouest de Valleyheart. À l'exception des quelques rafts et canoës sur la rivière, la ville avait été très efficacement coupée du reste du monde.

Le dpg avait dans l'idée d'emprunter quelque chose de solide, un grand pick-up ou un gros 4 × 4, le genre avec des projecteurs supplémentaires sur le pare-brise, pour traverser le barrage à l'autre extrémité de la ville tous phares allumés et klaxon bloqué. Histoire d'attirer un maximum de poursuivants et de les éloigner de la cachette précaire de Geoff. Celui-ci devrait ensuite se débrouiller pour rejoindre Moby Bay. Le dpg pensait s'en tenir là pour la journée. Eden s'impatientait, et le doppelganger sentait cette impatience malgré l'absence de toute communication directe entre eux. C'était comme un réveil par téléphone *via* l'éther.

Valleyheart était une petite ville dans laquelle les quelques rues transversales se terminaient abruptement au bout de deux ou trois pâtés de maisons, ou continuaient sans revêtement comme des allées résidentielles avec, posées sur de longues parcelles, des charpentes en A et des maisons en rondins.

Derrière une église qui aurait bien eu besoin d'une nouvelle couche de peinture blanche s'ouvrait un parking dans lequel l'asphalte s'était transformé en gravier. Une seule voiture y était garée, un Toyota Land Cruiser aux amortisseurs renforcés pour affronter la montagne. Personne ne devait l'avoir lavé depuis six mois, vu la quantité de boue séchée qui maculait ses vitres latérales. Il semblait abandonné. Exactement ce qu'il lui fallait, si le propriétaire ne l'avait pas verrouillé et avait laissé la clef de contact à portée de main. Valleyheart semblait le genre d'endroit où les habitants négligeaient de fermer leurs maisons et leurs voitures à clef.

La portière côté conducteur n'était pas hermétiquement close. La vitre teintée et sale était entrouverte. Le dpg se hissa sur le marchepied pour jeter un coup d'œil à l'intérieur et vit un trousseau de clefs sur le siège conducteur. Il ouvrit la portière, prit les clefs et s'assit au volant.

Le pitbull laissé à l'arrière poussa un seul grognement et bondit aussitôt sur lui entre les sièges. Le dpg le sentit avant de le voir, se jeta en glapissant de terreur contre la portière et tomba dehors sur le gravier. Le pitbull, qui portait un collier étrangleur, sauta sur lui alors qu'il se retournait, et ses mâchoires de la puissance d'un piège à ours lui enserrèrent le bras droit juste sous le coude. Terrifié, souffrant tellement qu'il n'arrivait pas à hurler, le doppelganger fut cloué sur le dos par les pattes du chien. L'animal secouait son horrible et massive tête tandis que ses dents acérées s'enfonçaient de plus en plus dans le bras paralysé.

Une douleur atroce explosa dans le bras droit d'Eden, qui en lâcha le bol en bois plein de chips qu'elle transférait de la cuisine à la terrasse de la maison surplombant le Pacifique. Elle tomba sur un genou en se serrant le bras avec l'autre main.

« Ça va, Eden ? s'inquiéta Chauncey.

— Une crampe dans le bras. Je ne sais pas d'où ça vient. Regarde-moi ce gâchis. Je suis désolée.

— Ne t'inquiète pas, je vais ramasser. Si tu te mettais une compresse froide sur le bras ? Il y en a dans le congélateur.

— Je vais en chercher une pour toi », proposa Roald McLain. Il s'était pris de béguin pour Eden et la suivait avec déférence depuis qu'elle était revenue de la plage avec Chauncey.

« Merci. »

Eden grinça des dents et s'affala sur un banc en séquoia. Beaucoup trop de douleur. Que se passait-il ? Elle sentit alors une secousse dans son esprit, une espèce de collision d'auto tamponneuse avec un autre esprit, et tout d'un coup ce fut comme si elle tombait du ciel, à mille kilomètres par seconde, pour traverser un bosquet d'arbres vert clair et foncé puis atterrir dans une lumière insupportable d'où provenait la douleur. Tout cela en restant assise à l'ombre sur un banc en séquoia de la terrasse, avec les dalles rugueuses sous ses pieds nus. Et Roald qui s'agenouillait à côté d'elle pour appliquer la compresse sur la douleur.

Débarrasse-moi du chien, il me casse le bras ! J'ai peur des chiens ! Rappelle-moi, Eden !

« Merci, Roald, murmura Eden en tenant la compresse. Ça soulage. Il faut que j'aille euh, aux toilettes. Je reviens tout de suite, les amis. »

Une fois dans la salle de bains, elle ferma la porte à clé avant de soulever précautionneusement la compresse. Elle vit son bras en train d'enfler. Noir et bleu, la chair déchirée par des dents féroces.

Il y a quelqu'un qui arrive ! Rappelle-moi !

Eden leva les yeux vers le miroir au-dessus du lavabo, vit son propre corps nu se tordre frénétiquement sous un pitbull qui en tenait le bras entre ses mâchoires.

Elle eut un mouvement de recul, secoua la tête avec colère, regarda à nouveau.

Changement de point de vue. Cette fois, elle vit un visage masculin. Cinquante-cinq à soixante ans. Cheveux gris coupés en brosse. L'expression dure et hostile d'un homme à l'esprit fermé depuis longtemps au rire. Elle ne l'avait jamais vu auparavant. Elle s'en serait souvenue. Un fanatique religieux, un destructeur d'un genre ou d'un autre. Un égotiste avec un austère masque de pierre. Une terreur infantile luisait pourtant dans ses yeux quand il rendit son regard à Eden, comme si son écran protecteur émotionnel ne fonctionnait plus. Sa peau avait l'air terne.

« Très bien », dit Eden. Elle grinça des dents pour refouler la douleur dans son bras. « Qu'est-ce qu'il se passe ici, au juste ? »

Il trembla, à moins que ce ne soit l'instabilité, la finesse de son image troublée par le vent de la montagne.

« Ce n'est pas possible. Vous ne pouvez pas… vous n'existez pas.

— Pas dans les limites de votre réalité, confirma Eden avec indifférence. Vous voulez bien faire quelque chose pour ce pitbull, maintenant ?

— Quoi ?

— Vous êtes bouché ? Il va m'arracher le bras. Vous avez une arme ? » Elle avait demandé cela au hasard, mais il hocha lentement la tête.

« Alors sortez-la, monsieur, et *tirez* sur cette saloperie de chien ! »

Il baissa les yeux. Sa main glissa sous sa veste. Mais il ne dégaina pas. Il la regarda à nouveau dans les yeux.

« Où est-il ? Qu'avez-vous fait de mon fils ?

— Je ne sais pas de quoi vous parlez. Je ne vous connais pas. »

Il commençait à ressembler à la preuve vivante qu'il existait une vie après la mort. « Mais où êtes-vous ? Je ne vous *vois* pas. Je risque de vous toucher. »

Ça suffit, décida Eden. Elle était loin de lui, mais elle comprit d'une façon ou d'une autre qu'elle pouvait y arriver. Suspendre sa résistance et sa panique. Prendre le contrôle de ses pensées, de ses actions. L'exaltation d'Eden eut le pouvoir d'une tempête céleste, d'une grande vague atteignant le rivage du Pacifique. Elle chevaucha cette vague pour surfer jusque dans l'esprit de l'homme…

« Tu l'as tué ! Espèce d'enfoiré, pourquoi t'as descendu mon chien ? »

Robert Hyde découvrit à quoi ressemblait de presque sortir de sa peau.

Il sentit quelque chose remuer dans son esprit, y ramper comme un gros insecte. Il regardait le corps du pitbull, tué d'une balle entre les deux yeux par le Glock 21C qu'il tenait à la main, la moitié de la tête réduite en morceaux sanglants. Il se retourna. Deux hommes convergeaient sur lui, des habitants des forêts au regard plein de colère et aux cheveux sales qui leur tombaient sur les épaules. Derrière eux, des agents du FBI arrivaient à toutes jambes. Mais il pouvait gérer la situation.

« Votre chien m'a attaqué. J'ai dû l'abattre.

— Buster n'a jamais attaqué personne, mec, Dieu m'en est témoin ! Je devrais te botter le cul jusqu'à ce que…

— Allons, messieurs, pas de précipitation. »

Le copain du propriétaire du chien jeta un coup d'œil circulaire, blêmit à la vue des armes automatiques braquées dans leur direction, s'arrêta net et prit l'autre par le bras.

« Harris… »

Hyde dut s'y reprendre à deux fois pour réussir à rengainer son arme. Son visage restait dépourvu de toute expression. Son cerveau se sentait comme une lune vide au milieu d'un espace obscur, la cosse d'un fruit disparu.

« Pas dans les limites de votre réalité », entendit-il Eden Waring répéter.

Le propriétaire du chien avait posé un genou à terre et rassemblait les restes de son animal.

« Oooh, Buster. » Il se mit à sangloter. « Putains d'enfoirés du gouvernement. Descendre un chien comme ça et n'en avoir rien à foutre. Pareil qu'à Ruby Ridge, hein ? Eh bien, je te pisse à la raie, salopard. Je vous pisse tous à la raie ! »

L'agent Wellford rengaina lui aussi et regarda le directeur. « Vous nous avez fait peur, monsieur.

— Vous avez trouvé mon fils ?

— Pas encore, monsieur. Le shérif a peut-être quelque chose. C'est ce qu'il dit, en tout cas.

— Allons lui parler. »

Eden se sentait très fatiguée. Son bras avait désenflé. Elle pleurait doucement quand elle s'assit sur le rebord de la baignoire.

« C'est tout ?

— Oui.

— Riley… Betts. Il faut que je rentre à la maison. *Maintenant.*

— À mon avis, dit son doppelganger, ce n'est pas une très bonne idée. »

Un coup sur la porte. Chauncey McLain.

« Ça va, là-dedans ?

— Oui, Chauncey. Pas de problème.

— La fête a commencé. Tu dois mourir de faim, ma belle.

— J'arrive tout de suite. »

Eden fit couler de l'eau froide dans la baignoire, se lava le visage et rafraîchit ses yeux douloureux à l'aide d'un gant de toilette. Elle le roula ensuite en boule et le jeta avec colère.

« Geoff, gémit-elle. Comment a-t-il *pu ?* Je lui ferai voir. Oh, mon Dieu, comme je lui ferai voir, il aura ce qu'il mérite.

— Tu ne devrais peut-être pas le juger trop sévèrement.

— Tu vas la boucler, oui ?

— J'essaie juste de te faire entendre la voix de la raison. Je sais à quel point tu es bouleversée.

— Ferme-la, maintenant. Sérieusement. Je ne veux plus parler. Il faut que je réfléchisse. C'est si horrible. Hier. Je veux juste revenir à hier, me réveiller dans mon lit, repasser une nouvelle fois ma robe, revoir mon discours. Je veux mon diplôme, nom de Dieu, je l'ai mérité ! Si mes pouvoirs sont si grands, pourquoi je ne peux pas faire *ça ?*

— Il existe des lois physiques que nous ne pouvons transcender. Tu devrais te brosser les cheveux. »

Eden se brossa sans se regarder dans le miroir. Incapable de se supporter plus longtemps. Ou de supporter son doppelganger.

« Laisse-moi seule, maintenant.

— Une suggestion. Je pourrais enfiler tes vêtements et me joindre à la fête, histoire de te laisser le temps de te reposer et de réfléchir.

— Pas question », dit Eden, en forçant les poils de la brosse à passer dans ses cheveux rebelles.

À Valleyheart, dès que le premier hélicoptère se posa en face de la station-service Chevron, Geoff décida d'oublier tout ce que le doppelganger avait prévu et de repartir. Le dpg lui avait dit où trouver Eden. C'était tout ce dont il avait besoin de sa part. Ou de la part de *ça*. Penser au dpg le plongeait toujours dans une grande confusion — *flippé* décrirait sans doute mieux son état émotionnel. Il préférait ne penser à rien d'autre qu'à se rendre à Moby Bay de toute urgence. Les flics l'avaient repéré et surveillaient les routes. Inutile d'espérer récupérer sa voiture. Mais une rivière coulait en bas, une rivière rapide qui brillait dans le soleil. Il y avait vu des gens passer en canoë, en kayak ou en raft. Et la Burnt Oak River, il n'en doutait pas, descendait les montagnes pour aller se jeter dans l'océan plus au nord. Près de Moby Bay, avec un peu de chance.

Pour la rejoindre, il n'avait d'autre choix que le chemin le plus difficile. Une pente très abrupte, presque un à-pic. Des corniches moussues et des ravins dans lesquels s'entrecroisaient des troncs couchés, très peu ensoleillés à cause des grands arbres. Pas le moindre vrai sentier qu'il aurait pu suivre.

Et une fois qu'il aurait rejoint la rivière, il lui faudrait un canoë.

Ils avaient quitté Innisfall depuis une demi-heure, après un détour par les urgences vétérinaires, lorsque le téléphone de bord de la Ford Expedition louée par Sherard à San Francisco sonna. Sherard jeta un coup d'œil à Bertie Nkambe, qui n'avait pas l'air moins surprise que lui. Assommé par une dose massive d'antibiotiques, Warhol, le chat persan maintenant propre, dormait sur ses genoux dans une couverture de bébé.

« Quelqu'un sait que nous sommes là ? demanda Sherard.

— Non, personne. Oh, je sais, j'ai commandé une grande pizza croûte fine aux anchois et aux trois fromages chez Flying Pizza. Livraison par avion. Allez, détends-toi, souris ! »

Sherard sourit. « Je n'aime pas les anchois.

— C'est pour Warhol. Tu pourrais peut-être décrocher ce fichu téléphone, Tom.

— Je sens que je vais le regretter, grommela-t-il avant de rediriger l'appel sur les haut-parleurs.

— Je suis bien en communication avec Jungle Jim, le propriétaire de la canne à tête de lion ? »

Danny Cheng. Sherard secoua la tête d'un air à la fois stupéfait et ennuyé.

« Allô, l'homme avec la vilaine fuite de gaz ? » fit Bertie, aux anges.

La voix de Cheng semblait rauque et forcée, comme s'il avait avalé beaucoup de fumée.

« Les fuites ont été colmatées. Notre émission ne comportera ni noms de personnes, ni noms de lieux, ni excuses. Business-business, aujourd'hui. Vous n'êtes vraiment pas trop grande pour moi, vous savez. Je peux faire face à un mètre quatre-vingts de jambes longues, de fesses rebondies et arrogantes, de seins de la couleur de poires mûries dans leur plat chaud de crème brûlée à la cannelle.

— Je mesure un mètre quatre-vingt-trois sans talons. Comment va votre père ?

— Il va bien et vous fait ses amitiés, répondit Cheng après une quinte de toux.

— Comment vous avez fait pour nous retrouver ? voulut savoir Sherard.

— Dois-je vous rappeler que je suis l'Infomaniaque ? Brûler ma maison ne m'a pas privé de mes moyens. J'ai pensé que vous pourriez avoir changé d'avis et suivi ma suggestion. Dans ce cas, il vous fallait un moyen de transport.

— J'aimerais avoir de meilleures nouvelles pour vous, dit Bertie. Mais je n'ai qu'un chat.

— Un chat ?

— Un survivant dont nous seuls nous sommes souciés. Un chaton mâle. Warhol, d'après son collier. C'est vrai qu'il lui ressemble. Bref, je m'entends bien avec les chats. Celui-là appartenait à quelqu'un dont nous avons parlé hier soir. Quelqu'un avec un nom amérindien. C'est tout ce que j'ai pu savoir pour l'instant. Warhol a beaucoup souffert, et pour l'instant il ne songe qu'à dormir. Plus tard, j'aurais sans doute des informations qui pourront vous servir. Où êtes-vous ? »

Cheng s'éclaircit la gorge et toussa longuement. « En lieu sûr. Dans l'hacienda de campagne d'un grand Américain. Il en reste encore quelques-uns qui ne se laissent ni acheter ni intimider. Vous vous souvenez peut-être l'avoir rencontré hier soir. Vous l'avez beaucoup impressionné, grande fille. Il aimerait parler encore avec vous de cet autre éminent fonctionnaire dont la chance a tourné. La poisse absolue, je veux dire, comme si un proche du fonctionnaire en question l'avait provoquée.

— Impossible, trancha Sherard. Trop dangereux. Nous avons des raisons de croire que votre hôte est sur écoute à son insu.

— Certains experts de premier plan d'une compagnie privée bien connue peuvent neutraliser cela », répondit Cheng après avoir pesé ses mots quelques instants.

Sherard jeta un coup d'œil à Bertie, qui hocha la tête. « Disons cela autrement. Grande Fille pense qu'un aide de notre ami, un aide loyal en qui il a toute confiance, a pu récemment subir une opération chirurgicale en consultation externe, peut-être l'ablation d'un grain de beauté suspect derrière son oreille gauche. Vérifiez ses antécédents médicaux. Si on lui a enlevé un grain de beauté, ou même un simple kyste sébacé, on a pu le remplacer par quelque chose de très discret. Cela pourrait être confirmé par une bonne clinique privée, en Suisse, par exemple, ou à Buenos Aires.

— Grande Fille ? » Danny Cheng lui demandait son opinion.

« Le pauvre m'a l'air de trop travailler. Des vacances

lui feraient le plus grand bien pendant qu'on vérifie. Ce serait bien qu'il prenne l'avion dès ce soir.

— Bon, ça, ce sont *ses* projets de voyage. Et les vôtres ? Vous ne traînez pas autour de la zone sensible, n'est-ce pas ?

— On attend le livreur de pizzas, répondit Sherard. Et votre voix diminue.

— On m'a un peu trop cherché, hier soir. Il y a quelqu'un qui va souffrir. » Une nouvelle et violente quinte de toux. « Faut que j'aille cracher encore du noir et faire une petite sieste. On se reparlera. Comme la pute triste, j'ai trop le *blues* pour me servir de ma bouche. »

Geoff McTyer atteignit la rivière après vingt minutes d'efforts, les orteils en compote à force de s'écraser au fond de ses chaussures de course inadaptées à la descente. Les eaux impétueuses coulaient avec bruit derrière les arbres de plus en plus épars. Il avait très soif, mais même à une telle distance de la civilisation et aussi pure que l'eau paraisse, on courait toujours le risque d'attraper une maladie parasitaire. Il lécha ses lèvres sèches et enflées, sentit le goût du sang là où l'inférieure s'était à nouveau gercée, et resta une ou deux minutes à trois mètres de la berge pour reprendre sa respiration et s'habituer à la lumière. Il avait effectué l'essentiel de la descente dans une ombre épaisse. Ici, le soleil brillait plus fort mais tamisé, comme filtré par les vitrages d'une serre.

Il entendit des voix, et soudain un canoë passa devant lui. Les deux canoéistes auraient pu le voir en levant les yeux s'ils n'avaient été trop occupés à négocier un haut-fond non loin de la rive. Et à rire. Le fond en aluminium du canoë cabossé racla ensuite les rochers, à quinze mètres de là en aval, et l'embarcation ralentit, donnant légèrement de la bande, virant de travers dans un courant secondaire à l'écart de la passe principale.

Les deux étudiants, un garçon et une fille, sortirent d'un bond du canoë pour le haler sur la rive. Ils portaient des shorts et des chaussures de randonnée, et avaient enfilé leurs gilets de sauvetage sur leurs sweats à manches longues. Ils étaient mouillés, la fille était même trempée. Malgré cela, ils passaient un très bon moment. Ils donnèrent à Geoff l'impression de regarder, depuis la fin de sa vie, le bonheur qu'il avait connu en pareilles circonstances avec Eden. La fille attrapa un sac à dos dans le canoë et annonça qu'elle allait se changer. Le regard qu'elle adressa au garçon l'invitait à la suivre au milieu des arbres, où personne ne les dérangerait.

Geoff se dit que cela lui laissait un quart d'heure, peut-être vingt minutes, pour voler leur canoë. Tout dépendait s'ils allaient vraiment faire l'amour ou se contenter de batifoler en mettant des vêtements secs. Il leur faudrait vraisemblablement le reste de l'après-midi pour retrouver la civilisation et signaler le vol. Si le canoë contenait autre chose — nourriture ou sacs de couchage, par exemple —, il le leur laisserait.

Dix minutes plus tard, il dévalait le courant vers le pont de Valleyheart. Il y avait deux ou trois canoës et quelques kayaks échoués près du pont, sur lequel le barrage n'était toujours pas levé. Même s'ils laissaient maintenant les véhicules entrer en ville après contrôle par les shérifs adjoints. Il vit un hélicoptère sur un terrain de base-ball et des agents du FBI un peu partout. Une force tactique, mais qu'il ne connaissait pas. Probablement Secteur d'Impact, le groupe sous couverture créé par son père entre autres pour répondre au MORG. Geoff n'avait jamais rien vu de tel que cet hélicoptère, énorme et menaçant chasseur furtif à rotors.

Il craignit quelques instants que les flics aient étendu leurs recherches et arrêtent tout ce qui circulait sur la rivière. Il s'aperçut alors que les embarcations appartenaient à un groupe paroissial ayant interrompu son excursion pour déguster sandwiches et crèmes glacées. Aucun des membres des forces de l'ordre ne leur portait la moindre attention.

La rivière devenait plus vive et un peu difficile en approchant du pont. Il dut se concentrer pour manœuvrer le vieux canoë entre les gros rochers. Outre un gilet de sauvetage de rechange jaune, il portait une paire de lunettes de soleil rafistolée au ruban adhésif dénichée au fond du canoë. Et il était mouillé, ce qui lui aplatissait les cheveux et les lui collait au front. Ils devaient avoir des photos de lui, maintenant, là-haut sur le pont, mais l'officielle figurant sur sa carte du FBI remontait à presque trois ans. Quant à celle de la police d'Innisfall, plus récente, elle ne l'avait de toute façon jamais beaucoup avantagé.

Il avait atteint le pont en baissant la tête au maximum, au cas où un autre hélicoptère aurait survolé les lieux avec des caméras à champ très large. Il se méfiait des merveilles technologiques, de *la* chance sur un million de se faire repérer par un ordinateur programmé pour comparer sa structure osseuse faciale, numérisée à partir d'un instantané, avec celle figurant dans son dossier médical.

Mais ce n'est pas une technologie aussi rapide que l'éclair qui eut raison de Geoff. Ce fut le hasard. Et une paire de lunettes bringuebalantes qui ne lui appartenait pas.

SACRAMENTO (CALIFORNIE) — 29 MAI —

15 h 47

À Sacramento, capitale de la Californie, les bureaux du FBI étaient plutôt calmes en ce dimanche veille de jour férié, mais l'agent spécial placé à leur tête, Dolph Hackett, avait rappelé tous ses hommes partis en congés ou en week-end. Le directeur pouvait arriver avant la fin de la journée et Hackett, qui venait d'avoir trente-deux ans et progressait bien au tableau d'avancement, se comportait d'une manière inhabituellement coincée tant avec les employés administratifs qu'avec les agents qu'on n'avait pas dépêchés à Innisfall. Ne pas savoir ce qu'il se passait exactement l'ennuyait et l'inquiétait. S'il savait qui était Eden Waring, il ignorait pourquoi, officieusement, on la recherchait, pourquoi Hyde s'intéressait tant à elle. Toutes les opérations entreprises par le FBI pour la localiser étaient, dans l'esprit d'Hackett, extralégales. Du moins, tant qu'on ne lui avait pas montré les autorisations appropriées. Ils agissaient dans une telle urgence qu'on aurait pu croire le pays en guerre. Et qu'est-ce que le petit ami de Waring, ce Geoff McTyer agent de police dans une petite ville, avait de si important pour mériter la désignation « en fuite » ?

Sans compter ce type de Secteur d'Impact, ce travesti temporairement connu sous le nom de Phil Haman, qui restait assis sans quasiment rien dire dans la salle d'interrogatoire. Et ce depuis presque cinq heures et demie. Il buvait beaucoup de café noir et se rendait souvent aux toilettes, mais refusait d'ôter ce maquillage répugnant, d'enlever la perruque et le soutien-gorge rembourré, d'enfiler des vêtements d'*homme*. Par quoi il complétait sa sale imitation de Rona Harvester, se demanda Hackett, par les tics et la voix parfaitement juste ?

Hackett était tenté d'essayer de soutirer quelques informations utiles à Haman (pour utiliser son nom de code actuel). Mais les assassins le dérangeaient, comme ils dérangeaient la plupart des jeunes agents carrés et ambitieux que le FBI arrivait encore à recruter et à conserver. Ils avaient tous entendu parler de Secteur d'Impact, mais ils évitaient d'en discuter. Certains se demandaient parfois très discrètement qui y dirigeait les opérations. Où que fût ce *y*. Secteur d'Impact, croyaient savoir certains agents, était allié à l'unité du Groupe d'opérations spéciales exclusivement dédiée à la surveillance du MORG. Absolument tout le monde au FBI croyait religieusement que le MORG se démenait pour leur faire couper les crédits et avait pour but ultime de démolir le J. Edgar Hoover Building afin d'en pousser les gravats dans le Potomac. Seuls les efforts d'Allen Dunbar, très récemment encore vice-président de la Commission d'enquête sénatoriale sur le renseignement *et* de la Commission d'enquête sénatoriale sur la justice, avait jusqu'ici pu maintenir un équilibre relatif entre les pouvoirs des deux agences rivales.

Le père de Hackett avait été directeur adjoint des enquêtes durant les dernières années du règne de Hoover et avait su à peu près tout ce que l'on pouvait savoir sur les particularités personnelles et les défaillances officielles du fondateur du FBI. Mais « Hardball » Hackett n'avait jamais dénigré ni son patron ni le FBI pendant qu'il élevait deux de ses fils pour qu'ils l'y rejoignent. Si Charles avait très vite fait défection pour se faire embaucher par l'organisation Blackwelder, Dolph, lui, avait hérité de la loyauté paternelle. Il respectait Robert Hyde, et il tolérait les missions sous couverture parce que tout le monde le faisait : il fallait adopter les tactiqucs dc l'cnncmi si on voulait survivre. Il n'appréciait pas pour autant de se retrouver en contact avec un tueur implacable comme Haman le travesti. Et on lui avait enjoint de laisser Haman en isolement jusqu'à nouvel ordre. Une visite, peut-être du chef de Secteur d'Impact — qui qu'il fût —, n'était pas à exclure.

Cédant à la curiosité, il se rendit dans le local où un miroir sans tain permettait aux deux agents qui se relayaient toutes les demi-heures de surveiller le travesti installé dans la pièce voisine.

« Qu'est-ce qu'il fait ? s'enquit-il.

— Des mots croisés. À peu près toutes les quinze minutes, il se lève pour se servir une tasse de café. Il la boit et va pisser. Debout, soit dit en passant. La porte ouverte. Il revient, commence de nouveaux mots croisés. Il n'a pas touché aux sandwiches qu'on lui a fournis. Oh, tenez, regardez ça. »

Haman avait posé son crayon et son recueil de mots croisés. Quelque chose l'avait affecté, une vague peur. Il porta la main à sa gorge, sur laquelle une corde avait laissé une brûlure. Il regarda lentement à gauche, puis à droite. Puis il se tourna sur sa chaise et examina l'ensemble de la pièce. Une table, trois chaises en bois, une étagère sur laquelle il n'y avait que la machine à café ainsi que des bols en plastique pleins de sachets d'édulcorants artificiels et de doses de crème sans lait. Dans un coin, une fontaine à eau réfrigérée, avec sa grosse bonbonne de vingt litres en verre bleu posée à l'envers. Des stores sur la fenêtre est. La porte des petits cabinets était restée ouverte. Haman continua à se masser la gorge. Il se pencha brusquement pour regarder sous la table, se redressa aussitôt et explora à nouveau les lieux du regard, en tournant la tête et le buste au lieu de ne bouger que les yeux.

Il s'immobilisa enfin. Son regard se fixa sur le miroir derrière lequel l'observaient Hackett et l'autre agent du FBI. Il semblait conscient d'une présence. Un sourire à la fois étrange et effrayant se dessina sur ses lèvres. Reprenant son crayon et son magazine de mots croisés, il se réinstalla dans sa routine : siroter du café en remplissant la grille.

« Qu'est-ce que vous en pensez ? demanda l'agent à Hackett.

— Un tantinet agité, comme disait ma nounou anglaise.

— Ouais. Je me demande à quoi il ressemble sans son maquillage. Vous allez lui parler ?

— Non. On n'a pas à s'en occuper. Fichons-lui la paix jusqu'à ce que SdI nous le retire. »

Dans la salle d'interrogatoire, la fontaine d'eau éructa. Le crayon que tenait Haman se brisa en deux. L'homme regarda la fontaine, les morceaux de crayon, puis allongea le bras pour les poser sur la table à côté du recueil de mots croisés. Il eut l'air de prendre une décision. Il se leva et commença lentement à se déshabiller, en commençant par la perruque à la Rona Harvester. Le soutien-gorge rembourré et le caleçon tombèrent. Puis les faux cils. Il gagna les toilettes et s'y démaquilla à l'aide d'une serviette humide. Quand il revint dans la salle d'interrogatoire cul et visage nus, l'agent qui l'observait avec Hackett sursauta.

« Nom de Dieu, vous avez vu ça ? Il n'a que du tissu cicatriciel sur les os. »

Hackett eut une grimace de dégoût. « Dites à Leona d'aller à Target lui acheter de quoi s'habiller. Une salopette, par exemple. Et un de ces grands Stetson, histoire de lui cacher une partie du visage. »

L'assassin temporairement connu sous le nom de Phil Haman s'assit et croisa les bras sur sa poitrine osseuse. Ses yeux se fermèrent presque aussitôt. Il respira trois fois profondément par la bouche et sa tête bascula en avant. Il s'endormit ainsi en quelques secondes, la bouche ouverte. Un filet de salive dégoulina d'une commissure jusqu'au menton, d'où il tomba goutte à goutte. Ils entendirent un ronflement râpeux.

Dolph Hackett secoua la tête et retourna à la salle de réunion qui servait de centre de commandement pendant que le directeur conduisait en personne une opération à proximité des bureaux de Sacramento. Lorsqu'il eut à se préoccuper à nouveau de Haman, un de ses agents souffrait d'une épaule cassée et d'une commotion cérébrale, un autre avait le larynx broyé, et l'assassin avait disparu.

MOBY BAY — 29 MAI — 16 h 28

Deux fois déjà Chauncey, désireuse de voir ce que devenait son amie, s'était approchée de la porte de sa chambre, dans laquelle Eden versait toutes les larmes de son corps. À sa troisième venue, le silence régnait à l'intérieur. Elle frappa et obtint une réponse étouffée qu'elle interpréta comme une invitation à entrer. La maison devenant de plus en plus bruyante, surtout dans la cuisine, elle referma la porte derrière elle. Presque tous les habitants de Moby Bay semblaient arriver en même temps pour prendre part au barbecue et assister au feu d'artifice patriotique qui serait tiré à la nuit tombée au bord du Pacifique. Une musique forte et dansante sortait des haut-parleurs extérieurs : la reprise par Linda Ronstadt du *Back in the USA* de Chuck Berry.

Eden était couchée en position fœtale sur le lit de Chauncey. Les volets étaient fermés. Chauncey se glissa à côté d'elle, lui tamponna le dessous des yeux avec un mouchoir en papier et lui tint la main.

« Qu'est-ce que tu as découvert ? demanda Eden.

— Tu connais les hôpitaux. Ils ne donnent jamais de détails. D'après leur ordinateur, Betts est dans un état grave mais stable. Ni visites ni coups de fil.

— Je ne peux pas l'appeler ? Mais *pourquoi ?*

— C'est tout ce que je sais. »

Eden se redressa. « Et pour Papa ?

— J'ai appelé les trois salons funéraires. Il est chez Brickalow.

— Oh mon Dieu, mon Dieu, *Riley*. Je ne peux pas, je

dois… il faut que je rentre chez *moi*, Chauncey ! Je veux voir Betts, il y a des dispositions à prendre. Des gens à appeler, les frères de Riley, sa sœur… »

Chauncey lui serra la main plus fort. « Eden, écoute-moi. Je ne sais pas comment tu as découvert qu'il était arrivé quelque chose à tes parents. Je n'ai sûrement pas à le savoir, vu que tu es l'Avatar et que tes pouvoirs surpassent mon…

— Tu vas arrêter, oui ? Je te demande juste de me conduire à Innisfall, ou alors de me prêter ta voiture, que je…

— Il se passe quelque chose, jusque-là, je comprends, et tu es peut-être en danger. L'homme du salon funéraire à qui j'ai parlé au téléphone a semblé… surpris, quand je lui ai demandé, pour Riley. Surpris, et sur ses gardes. Et il a posé trop de questions. Qui j'étais, si je savais où te trouver. Il m'a demandé trois fois si j'étais *sûre* de ne pas savoir comment te contacter, et d'une voix bizarre, comme s'il ne me croyait pas.

— Et alors ? C'est un salon funéraire. Ils ont mon père. Il y a des procédures à suivre, j'imagine.

— Il voulait savoir comment j'avais appris que Riley était, euh, comment j'avais appris son décès. Comme s'il s'agissait d'une information confidentielle. Et pourquoi est-ce que Betts n'a pas le droit aux visites ? Si elle était en soins critiques, encore. Mais j'ai un mauvais pressentiment sur toute cette histoire. Je sens qu'il y a un piège qui t'attend là-bas…

— Je suis chez moi, à Innisfall. C'est là que j'ai grandi. J'y ai des amis, ils m'aideront.

— C'étaient tes amis, hier. Avant que l'avion s'écrase. Mais aujourd'hui ?

— C'est vraiment dégoû… Qu'est-ce que tu veux dire exactement ?

— Je pense que tu le sais parfaitement. La dernière fois que j'ai regardé les infos à la télé, il y avait toujours une foule devant chez toi. Tu dois avoir quelques messages intéressants sur ton répondeur. Tu es devenue célèbre d'un coup, Eden. Mais il y a une espèce d'hystérie religieuse qui se construit autour de ta célébrité. Tu as déjà attiré des disciples. Les crédules et les dévots te prennent comme source d'inspiration. Et tu pourrais être une proie pour le mauvais type de personnes, pour les Mauvaises Âmes. Certaines travaillent pour les gouvernements.

— Merci, j'avais bien besoin qu'on me foute la trouille. » Eden se tut et respira lentement. Bien que rougis par les larmes, ses yeux n'avaient rien perdu de leur vivacité. Chauncey la dévisagea avec inquiétude. Eden reprit la parole d'une voix plus calme : « Je sais, Chauncey. Tu as en grande partie raison. Il y a un garçon que j'aimais et avec qui j'ai fait l'amour. Il… Il m'espionnait depuis le début. Je ne sais pas pourquoi. Qui l'a envoyé pour… pour *m'observer*, m'humilier, me trahir ? Mais je le découvrirai. Et je peux te garantir que *personne* ne s'en tirera si facilement. » Elle leva les yeux vers son amie. « Tu as raison, il faut que je sois prudente. Je ne me sens pas spéciale, mais je sais que je suis différente. Je l'ai toujours été. Depuis toute petite, je fais des rêves. Des rêves prophétiques. J'ai rêvé de Portland. Trois fois. Et c'est arrivé. Je ne pouvais *rien* faire. La nuit dernière, j'ai rêvé d'une autre ville. Pour la troisième fois. Ça devient plus clair pour moi, mais j'ignore toujours où elle se trouve. Il y a une grande université, pas loin du centre-ville. Et juste à l'extérieur de la ville, une grande rivière, très large. Ou un lac. C'est très beau. La ville est vallonnée et verte, avec beaucoup d'églises. Je pense qu'en ce moment même, une bombe est en route pour cet endroit. Des milliers de gens vont mourir. Je ne peux pas laisser faire ça. Il faut que je les arrête, qui qu'ils soient. Je suis vraiment dégoûtée pour Riley. Et triste pour Betts. Mais je sais qu'elle peut se passer de moi un petit moment. Et j'ai à faire. À faire. Aide-moi, s'il te plaît, Chauncey. Je me sens si seule. »

ENTRE VALLEYHEART ET MOBY BAY —

29 MAI — 16 h 57

Deux gros hélicoptères gris foncé « Conan » très peu connus (du grand public) se dirigeaient vers la côte au-dessus des séquoias du parc de Humboldt, au sud-est du cap Mendocino. Destination : Moby Bay, en Californie, latitude 40° 28' 19" nord, longitude 124° 24' 46" ouest, et plus précisément une maison avec vue superbe sur le Pacifique située à deux mille huit cents mètres du centre du village, une habitation de cinq pièces à un étage, équipée de deux salles de bains et d'un cabinet de toilette, avec un revêtement de séquoia et un toit de bardeaux, sise sur un long promontoire pratiquement dépourvu d'arbres qui descendait en pente douce vers la plage. La demeure où Wick et Mia McLain vivaient avec leurs deux enfants Chauncey, vingt et un ans, et Roald, qui venait d'en avoir treize.

Le FBI n'avait de dossier sur aucun des adultes McLain. Rien de compromettant n'était sorti des ordinateurs des organismes de crédit. Wick, artiste indépendant, dépassait parfois le plafond de sa carte Visa, mais il réglait ponctuellement les mensualités de son automobile et de sa maison, aussi sa cote de crédit restait-elle plutôt bonne. Les McLain semblaient les citoyens pratiquants typiques d'une petite ville américaine — sauf que, bizarrement, il n'y avait pas la moindre église à Moby Bay.

Comme le montraient les photos de reconnaissance transmises par les caméras numériques de la NSA embarquées à bord de « Jack Flash », le satellite K-234 récemment positionné en orbite géocentrique au-dessus de cette portion du littoral californien, les McLain organisaient un barbecue pour le week-end du Souvenir. On comptait déjà soixante convives, et d'autres arrivaient encore. La plupart se trouvaient à l'extérieur. Robert Hyde dénombra douze autres personnes qui circulaient à l'intérieur de la grande maison. Les salles de bains étaient toutes occupées.

Hyde n'avait pas prévu qu'il y ait une fête. Cela faisait trop de monde à trier une fois posés, avec l'hélicoptère Bravo volant autour de la zone d'atterrissage pour prévenir toute fuite. Il leur aurait fallu du renfort, mais le temps manquait. Ils avaient de plus abandonné un agent à Valleyheart pour donner sa place dans l'hélicoptère à Geoff.

Le directeur s'abstint de regarder une nouvelle fois son fils, qui était assis à l'avant derrière le pilote, le dos contre la console de communications sur laquelle deux moniteurs informatiques affichaient les photos satellites. La pensée qu'il s'était trouvé à un cheveu de le tuer torturait Hyde. Une vilaine migraine l'affligeait, due en partie à ses efforts pour chasser le souvenir d'un pitbull en colère qui semblait léviter et d'une voix féminine désincarnée exigeant qu'il dégaine son Glock pour *tuer* l'animal. Ce passage momentané hors de la réalité, il se l'était expliqué comme un murmure de psychose, une brève incapacité mentale provoquée par le stress, la désorientation, les contraintes d'un vol de plus de trois mille kilomètres à presque Mach 2, et peut-être aussi par une légère défaillance du système d'alimentation, défaillance qui aurait privé son cerveau d'une fraction de l'oxygène requis pour son fonctionnement optimum.

De cette partie-là de son expérience paranormale, il était sorti comme il le fallait. Il lui avait trouvé une explication rationnelle. Le reste le hantait toujours, comme la voix de la radio dans le silence de la triste et minuscule chambre de son père lorsqu'il lui rendait visite. Le rire irritant et moqueur. *L'Ombre sait…*

Devant son impuissance à gérer l'agression du pitbull, quelqu'un avait agi à sa place. Quelqu'un avait… non, quelque *chose*… Non. C'était une *présence*, ni démoniaque ni vraiment humaine, une espèce de nuage sombre mais *féminin* qui poussait dans son esprit avec la force d'un poing, qui le poussait *lui* à l'écart. Lui, son moi, son ego, sa volonté. Qui le neutralisait. Qui prenait le contrôle.

« Tu l'as tué ! Espèce d'enfoiré, pourquoi t'as descendu mon chien ? »

C'était la première chose dont il avait eu conscience ensuite, la première chose qu'il avait entendue.

Debout dans le soleil, le chien en sang à ses pieds et le Glock à la main, il avait récupéré la totalité de son esprit. Qu'elle avait simplement quitté, ou peut-être *abandonné*, une fois son but atteint.

Le pouvoir d'obscurcir l'esprit des hommes…

Hyde tremblant d'angoisse qui pensait : *Vous ne pouvez… vous n'existez pas.*

L'odeur du sang du chien. Sa propre sueur qui jaillissait froide comme une pluie d'hiver. Les arbres qui oscillaient doucement dans le vent d'un après-midi dégagé.

À nouveau sa voix à elle, empreinte d'un léger mépris.

Pas dans les limites de votre réalité.

« Heure d'arrivée estimée ? » exigea Hyde du pilote de l'hélicoptère Alpha. Ils volaient à 270 kilomètres-heure et leur altitude de 1 200 mètres leur permettait de franchir sans problème les modestes sommets de cette partie de la chaîne côtière.

« Neuf minutes et vingt secondes, monsieur.

— Reçu. » Le directeur revint aux caméras haute

résolution du satellite et à leur scan méticuleux des personnes présentes chez les McLain. Il chercha le visage d'Eden Waring, dont une fenêtre dans le quart supérieur droit de l'écran affichait, à fins de comparaison immédiate, le portrait publié dans l'annuaire de sa faculté. Geoff aurait dû l'assister dans ce processus de reconnaissance. Mais Hyde ne savait que faire de ce fils hostile et rétif. De toute évidence, Eden Waring avait obscurci l'esprit du garçon aussi facilement que celui de son père. Elle avait retourné son propre sang contre lui. La déprogrammation arriverait peut-être à restaurer l'équilibre mental et la loyauté de Geoff. Pour l'instant, il ne représentait qu'une gêne et un danger potentiel.

Mieux aurait valu, songea Hyde, que le canoë à bord duquel Geoff passait sous le pont de Valleyheart arrive juste quelques battements de cœur plus tard. Son propre pouls battait vite et fort lorsqu'il avait levé les yeux et reconnu ceux de son fils, émergeant comme deux comètes bleues dans la pénombre lorsque ses lunettes de soleil mal accrochées glissèrent au bout de son nez retroussé. Hyde venait de vomir au bord de la rivière, où il s'était rendu pour échapper au soleil et voir l'endroit où le shérif adjoint Rachael Humbard déclarait avoir retrouvé le chandail, le short et les sandales de la fille. L'endroit où la fille avait disparu. Sans réapparaître sinon par la voix, envahissant, violant l'esprit du directeur. Le souvenir de cet événement récent avait fait remonter en lui une bile au goût de peur, lui avait donné une telle nausée que les muscles de son estomac s'étaient contractés et qu'il avait failli s'évanouir.

La reconnaissance :

Un jeune homme seul dans un canoë, un jeune homme avec le visage carré et les yeux de Geoff, et même un père inattentif n'aurait pu faire autrement que de reconnaître ces yeux-là. Se jetant de la rive, Hyde était tombé dans le canoë au moment où il passait, avait dégainé à nouveau son arme dont il avait pressé le canon sur la nuque du garçon. Rien qu'un millimètre, une légère pression de l'index sur la détente double action, et il l'aurait tué.

Furieux de la trahison de Geoff, mais plus effrayé encore par ce qui le contrôlait peut-être.

Une turbulence en air clair sur le versant nuageux de la montagne, récemment dévasté par un incendie, secoua l'hélicoptère. Hyde regarda la nuque de son fils. Geoff avait très peu parlé depuis qu'il s'était remis du choc de voir son père dans cette contrée reculée de la Californie du Nord. Une autre apparition magique à prendre en compte. Il était d'une humeur moins abattue qu'apathique. Il ne voulut rien dire sur la fille qui avait voyagé avec lui, sauf qu'elle n'était pas Eden Waring. Il ne connaissait pas son nom. D'accord, il l'avait prise en voiture, mais c'était tout. Où se trouvait-elle maintenant ? Haussement d'épaules. Aucune idée. Les yeux plongés dans ceux de son père, une expression calme et boudeuse. Aucun indice révélateur tel que clignement d'yeux, mouvement oculaire, langage corporel subreptice. Hyde avait l'habitude de démasquer les menteurs. Pour l'instant, il ne pensait pas que Geoff mentait.

Hyde baignait dans une peur épaisse et profonde. Car il savait qu'Eden Waring *avait* été là, quelque vingt minutes auparavant. Et même moins. Elle l'avait obligé à tuer un pitbull. C'était sa voix qu'il avait entendue dans sa tête, la même voix que sur l'enregistrement du discours embrouillé d'Eden à la cérémonie de remise des diplômes.

Une dernière question criée à Geoff : *Où est Eden ?* Un autre haussement d'épaules, une torsion triste des lèvres. Peut-être Geoff le savait-il. Mais il ne dirait plus rien. Il tremblait, épuisé, debout au soleil près du canoë échoué au bord de la rivière. Possédé, aurait pu penser

Hyde avec des fourmillements dans la peau. Mais il s'empêcha de le penser. Il avait besoin de dépasser cela : son propre dérapage, cette interruption temporaire, non un trou noir mais un éblouissement. L'impuissance qui avait suivi, la perte de soi et le trou dans ses souvenirs.

Ne pas tenir compte du témoignage de ses sens, se concentrer sur les faits connus.

Il y avait eu avec Geoff une fille qui, selon le shérif, ressemblait à Eden Waring. On avait retrouvé les empreintes digitales d'Eden partout dans la voiture, mais elle sortait avec lui depuis presque deux ans. Passons. La fille, qui qu'elle soit, avait réussi à échapper au barrage routier. D'accord. Pour continuer, il leur restait — et il ne leur restait que ça — un nom sur une étiquette d'un chandail de hockey. Chauncey McLain de Moby Bay, Californie. Geoff n'avait pas réagi à ce nom. Mais c'était très probablement vers Moby Bay qu'il se dirigeait. Il n'y avait pas grand-chose d'autre à l'ouest de Valleyheart par la route qu'il avait empruntée. D'accord. Allez-y. En force. Retournez cette putain de ville si nécessaire. Mais trouvez-moi Eden Waring.

« Ceci devrait vous intéresser, monsieur. »

Le technicien informaticien de l'armée de l'air désignait un des trois écrans de la console de communications devant lui. L'image numérique transmise par Jack Flash. La pelouse des McLain. Le technicien avait entouré l'image de deux jeunes femmes qui marchaient lentement côte à côte vers l'extrémité du promontoire. Elles tournaient la tête l'une vers l'autre et semblaient en grande conversation. La plus grande se servait beaucoup de ses mains. Elle ne portait pas de chaussures. Toutes deux étaient vêtues d'un haut sans manches et d'un short.

« Elles sont sorties de la maison il y a peut-être trente secondes. Je ne les avais pas encore vues.

— Isolez et rehaussez », ordonna Hyde.

Le technicien tapa sur son clavier. Les caméras à bord de Jack Flash ne permettaient qu'une plongée à quelques degrés de la perpendiculaire. Impossible de voir le visage des femmes. Hyde regarda à nouveau le portrait d'Eden Waring tiré de l'annuaire de la faculté. Il s'y connaissait en visages, même s'il avait longtemps ignoré le sien. Cela faisait des années qu'il ne s'était pas regardé, y compris dans le miroir du barbier ou celui de l'armoire à pharmacie, et il ignorait totalement quand ses cheveux avaient commencé à grisonner. Eden n'était pas d'une beauté ravageuse. Mais elle avait du charme, quelque chose de différent, de rare. Un air un peu féroce — des sourcils effrontés, un regard de défi, direct et perspicace. Un sourire large et peu marqué qui semblait se moquer de se voir fixé dans le temps par l'objectif du photographe. Elle avait l'air sur le point d'éclater d'un rire joyeux, ou peut-être se sentait-elle simplement satisfaite d'elle-même, savourait-elle une sensualité capable de bouleverser Geoff McTyer. Chez la plupart des êtres humains, le visage révèle la vie passée et future, il montre la routine, l'absence de chaleur intellectuelle ou de danger. Elle avait pour sa part un visage de gardienne émérite. La gardienne d'une frontière innommable dont le voyageur approchait à ses risques et périls.

L'hélicoptère cahota à nouveau. Hyde vit dodeliner la tête sombre et mal coiffée de Geoff McTyer, comme s'il était tombé profondément endormi dans le harnais qui le maintenait sur son siège.

« Je pense que nous pouvons identifier une des femmes, monsieur. »

L'informaticien avait retrouvé six secondes exploitables dans les images rehaussées transmises par Jack Flash, et avait encore agrandi ces dernières. La plus grande des deux femmes semblait réagir à quelque chose, peut-être tressaillait-elle à cause d'une mouette volant vers elles du bas du promontoire. Un clic à la fois, sa tête pencha sur le côté et son visage se révéla petit à petit lorsqu'elle porta son regard vers le haut et loin sur sa gauche. Le soleil se refléta sur chacun des verres ovales de ses lunettes noires.

« Stop », intima Hyde.

Le technicien s'activait sur son clavier. Son logiciel prit le portrait d'Eden Waring, le copia, et leur présenta des vues en 3D sur plusieurs plans. L'homme sélectionna celui qui lui semblait le plus proche de l'angle du visage sur l'image satellite et transféra le tout sur un troisième écran. Il fredonnait tout bas, satisfait de son travail. Il pressa trois touches et l'ordinateur recréa en 3D le portrait de l'annuaire de la faculté avec lequel il remplaça celui de l'image du visage levé prise par Jack Flash.

« Ouaip, fit-il. On doit avoir cinq pour cent de facteur d'erreur, mais à mon avis ça nous place en tête de classement.

— Vous pouvez vous débarrasser des lunettes de soleil ?

— Ça vient. Tout de suite. Plus de lunettes de soleil. Ouaip, ouaip, ouaip. Passons aux calculs comparatifs.

— Inutile, décréta Hyde. C'est Eden Waring. » Il regarda sa montre. Encore six minutes. « Revenez en mode observation. Elle est à nous. »

Quand il s'étira dans son siège et jeta un nouveau coup d'œil sur son fils, il vit que celui-ci, bien éveillé, le regardait comme en proie à une pression terrible derrière les yeux.

Comme s'il savait quelque chose que même maintenant, il ne voulait pas dire.

« Fais-moi confiance, dit Bertie Nkambe à Tom Sherard avec une expression à la fois émerveillée et consternée. Moby Bay n'est pas réel. Rien n'est réel, ici. Regarde Warhol, il le sait aussi. *Mbeya sana*. Il n'aime pas cet endroit. »

Sur les genoux de Bertie, le chat blessé avait ouvert les yeux. Il semblait un peu endormi par les antibiotiques et les analgésiques, mais dressait les oreilles et essayait de se lever. Elle caressa l'animal qui refusait de se tenir tranquille malgré les calmants. « Doucement, doucement », lui murmura Bertie.

Ils descendaient Main Street à faible allure face à l'horizon et à l'immense mais tranquille océan d'or capitonné. Main Street avait une longueur de quatre pâtés de maisons, avec côté est tous les magasins, des bâtiments de deux ou trois étages soit en cyprès et bardeaux de séquoia, soit en briques recouvertes de lierre sombre. Chaque magasin s'était paré de banderoles patriotiques ou de bannières étoilées, et les grands drapeaux claquaient dans la brise constante. De vieux chênes s'alignaient dans un espace vert au bord de l'océan. À une extrémité de Main Street, se trouvait le bâtiment rouge et gris abritant l'hôtel de ville et la caserne des sapeurs-pompiers volontaires ; à l'autre, un phare trapu en pierre, récuré à blanc et marqué par un siècle et demi de tempêtes, s'élevait sur un promontoire entouré de jardins, de nébuleuses de fuchsias ensoleillées et d'arbustes en fleurs.

« Pas réel ? Moby Bay figure sur la carte, Bertie, c'est même comme ça que nous l'avons trouvé. Et le guide touristique en parle comme "l'un des plus anciens et des plus pittoresques villages côtiers de Californie du Nord, fondé en 1847", si je me souviens bien.

— Et alors ? » commenta Bertie qui, la bouche entrouverte, explora les lieux du regard. « Le village peut n'avoir que cent cinquante ans, le site est plus vieux que ça, *beaucoup* plus vieux. Cinq mille, dix mille ans, je n'en sais rien. J'ignore depuis combien de temps ils vivent ici.

— Qui ça ? Pour le moment, on ne voit pas grand monde. Tout est fermé. Un dimanche après-midi. » La seule réponse de Bertie consista à secouer la tête d'un air perplexe tout en se mordant la lèvre inférieure dans son agitation. Quelque chose montait en elle. « À moins que tu veuilles dire que les gens qui vivent ici ne sont pas réels non plus ? Dans ce cas, à quoi leur servent leur caserne de pompiers et leur salon funéraire ? Qu'est-ce qu'ils mangent quand ils vont déjeuner au pub Gray Whale ? »

Elle accueillit cette tentative d'humour d'un haussement d'épaules.

« Ils sont bien réels. J'en suis certaine. Probablement insupportables de réalité, par moments. Cela arrive quand les Déchus de Terra et Malterra établissent une zone neutre pour régler leurs différends. Une zone neutre, mais pas paisible pour autant. Un salon funéraire ? Personne n'est immortel. Les Déchus et les élus des dieux ont une durée de vie finie. Beaucoup plus longue que la nôtre… bien entendu. »

Sherard voyait son pouls battre sur sa gorge. Cela venait. Une des rares humeurs lugubres, un antiravissement. Une Vision. Bertie tressaillit légèrement en regardant droit devant elle et en serrant Warhol dans ses bras. Elle s'appuya soudain sur le cuir du dossier, les paupières affolées, les yeux révulsés.

« Bertie ! »

Elle s'était mise à trembler. Sherard la toucha. Warhol souleva la tête et cracha de manière possessive. Sous les doigts de Sherard, Bertie était froide et ne réagissait pas. Il lança un regard furieux au chaton et dit doucement : « Bertie ? J'aimerais bien que tu ne fasses pas ça. » *Comme si elle avait le choix*, songea-t-il. « Où es-tu ? »

Un gros soupir sortit de la gorge de Bertie. Il voulut l'aider, mais il savait qu'il ne pouvait rien faire. Lorsque Bertie débutait une crise, une transe psychique ou quel que soit le nom qu'il fallait donner au charme qui la saisissait, elle ne se ressentait pas de l'expérience. Parfois, si cela comprenait une épreuve, elle se mouillait. Il ne supportait pas le spectacle de sa souffrance, même si elle semblait moins souffrir que les fois précédentes.

Il se gara près du phare, laissa le moteur tourner et abandonna Bertie à ses visions, ne prenant que le temps de porter le bout de trois de ses doigts à ses lèvres afin de transmettre un baiser à celles de Bertie. Elle soupirait toujours, mais les muscles de ses bras et de ses épaules semblaient décontractés. Blotti sur ses genoux, Warhol cracha à nouveau vers lui, mais sans avoir la force de dresser la queue.

Il grimpa le sentier menant à la base du phare et jeta un coup d'œil derrière lui à la Ford Expedition bleu foncé, dont les vitres teintées lui masquaient Bertie, et à la ville morte et muette. Il sentit un frisson sinistre lui parcourir les épaules. Quelque chose avait changé dans l'atmosphère de cet après-midi clément. La brise s'était transformée en bourrasques un peu mordantes qui traversaient le promontoire vers le sud-ouest. Pas le moindre nuage à cet endroit-là, au bord de la terre, mais du mauvais temps mijotait le long de la chaîne côtière, des empilements de nuages illuminés d'éclairs.

Le son d'un accordéon tout proche l'arracha à ses pensées. Il contourna le phare et découvrit une vieille femme assise sur un banc public. Elle s'interrompit au milieu d'une phrase musicale pour lui sourire.

« Bonjour !

— Bonjour », répondit Tom. Voir quelqu'un était un vrai soulagement, après les allégations et la crise de Bertie. « Je commençais à croire qu'il n'y avait personne.

— Oh, les dimanches veilles de fête, on ferme boutique tôt, à une heure de l'après-midi. La journée de demain sera épuisante, je vous le garantis, on va avoir des *tonnes* de touristes. Alors on fait la fête un jour plus tôt. Tous les autres sont au barbecue. Mais on laisse toujours quelqu'un en ville jusqu'au crépuscule, jusqu'à l'heure officielle de fermeture de Moby Bay. Il nous est déjà arrivé d'avoir la visite d'une bande de motards, et parfois de vandales, même si Moby Bay n'est pas facile à trouver. On ne se sent pas si seul que ça quand on est de fermeture, et puis j'ai mon accordéon.

— Cet endroit est donc bien réel, dit Tom avec un sourire qui lui sembla un peu bizarre.

— Certainement ! Quelqu'un vous a dit le contraire ? » Elle posa l'accordéon à côté d'elle sur le banc et le regarda attentivement, puis eut un sourire joyeux. « Oh, je vois. Cette ravissante jeune femme qui vous accompagne. Alors comme ça, elle est presciente ? Bien, bien. »

Sherard regarda par-dessus son épaule. Il ne put voir l'Expedition là où il l'avait garée ; il en était forcément de même pour la femme restée assise. Il reporta son regard sur elle, la curiosité peinte sur son visage.

« Je m'appelle Wardella. Wardella Tinch.

— Tom Sherard.

— Très heureuse de faire votre connaissance, Tom. De quelle région de l'Angleterre êtes-vous originaire ?

— D'Afrique orientale. J'ai passé très peu de temps en Angleterre, à vrai dire. Comment saviez-vous qu'il y avait quelqu'un avec moi ? »

Wardella fouilla dans un sac au crochet posé à ses pieds et en sortit une paire de jumelles. « D'ici, je domine toutes les routes qui conduisent en ville. J'ai vu votre splendide 4 × 4 approcher à plus d'un kilomètre et demi. Je me suis dit, non, on est fermés, détourne-les. Puis quelque chose m'a prise et j'ai compris qu'il fallait vous autoriser à venir jusqu'ici.

— Vous avez peut-être eu tort », dit Bertie dans le dos de Sherard, et il l'entendit armer le fusil à pompe Benelli M3, une des trois armes qu'il avait empruntées à un vieux client de son père vivant à San Francisco. La crosse contre l'épaule, Bertie s'avança aux côtés de Sherard sans lui accorder le moindre regard. Il aperçut au passage ses yeux, qui semblaient un peu fiévreux. Elle braquait le Benelli droit sur Wardella Tinch, dont le visage avait peut-être très légèrement rougi depuis que Sherard l'avait rencontrée. Elle n'avait pas pour autant cessé de sourire.

« Ah, vous voilà, dit-elle. Alberta, je crois ? C'était le prénom de la sœur de ma mère, je l'ai toujours aimé autant que le mien. Je m'appelle Wardella, à propos.

— Va-t-il falloir que je vous tire dessus, Wardella ? demanda froidement Bertie.

— Oh, non, je ne pense pas que cela soit le moins du monde nécessaire.

— Alors n'essayez pas de me faire le coup du changement.

— Je ne pourrais pas. Je veux dire, je ne suis pas un de *ceux-là*.

— On peut toujours le découvrir de la mauvaise manière.

— Si je comprends bien, vous êtes très avancée, dit Wardella en la fixant avec son sourire aimable.

— Oui.

— Et la raison — ou plutôt la *personne* — pour laquelle Tom et vous êtes venus est évidente.

— Je pense aussi.

— Je ne peux pas vous aider. Une fois que je l'ai

amenée en lieu sûr à Moby Bay, notre relation a pris fin.

— Qu'est-ce que cet endroit peut avoir de sûr ? » demanda Bertie, qui braquait toujours les cinquante centimètres de canon noir sur Wardella.

« Bertie, qu'est-ce que tu…

— Pas maintenant, Tom. Il faut que tu me laisses m'occuper de ça.

— Désolée pour tous vos ennuis, fit Wardella. Mais nous avons l'intention de garder l'Avatar ici à Moby Bay. Quoi que vous puissiez penser de *nous*, nous valons mieux que ce qu'Eden aurait à affronter d'autre.

— Où est-elle, en ce moment ? demanda Bertie d'un air menaçant.

— Au barbecue, avec sa nouvelle amie et protectrice Chauncey, qu'elle a rencontrée hier soir. » Wardella se tourna pour désigner la limite nord de Moby Bay, à moins d'un kilomètre et demi de là, avant de leur faire face à nouveau. « Vous n'êtes pas fatiguée de pointer ce truc sur moi ? demanda-t-elle à Bertie.

— Non. Vous avez menti pour qu'Eden reste ici ?

— Je vous croyais mieux informée. Je n'ai pas la permission de mentir.

— Mais vous êtes entrée dans son esprit et vous l'avez trompée. »

Wardella eut un léger mouvement de recul et considéra l'accusation.

« Comment le savez-vous ?

— Je connais la Bonne Dame d'Eden. Je sais qui elle est en réalité.

— Oh. » Wardella hocha la tête avec respect. « Eh bien, vous êtes *vraiment* exceptionnelle. Quant à ma petite… tromperie, j'ai le droit de, euh, *bluffer* si le jeu en vaut la chandelle. Eden avait besoin d'être retirée, très doucement, du monde dans lequel elle a grandi afin d'être préparée au monde tel qu'il est vraiment. Nous faisons le maximum pour son bien-être et son amélioration finale. Nous savons tous, n'est-ce pas, qu'elle n'a plus sa place dans *votre* monde. J'ai discerné son destin dans ma boule de cristal dès l'instant où j'ai vu son visage aux infos télévisées. Elle serait chassée tel un pauvre faon sans défense puis détruite par les Malterriens de Mordaunt. Inutile de dire qu'Eden représente une menace considérable pour l'emprise qu'ils ont réussi à établir sur cette planète.

— J'en ai assez entendu, s'impatienta Sherard. Bertie, il est temps de sortir Eden d'ici.

— J'ai bien peur de ne pouvoir l'autoriser, répondit Wardella. Maintenant, c'est vraiment l'heure de la fermeture. Pour vous deux. »

Wardella reporta son regard sur Sherard au moment où Bertie criait : « Tom ! Détourne les yeux ! »

Elle avait un temps de retard. Sherard se retrouva soudain à cligner des yeux dans l'épaisse atmosphère de gaz d'échappement d'une rue new-yorkaise, le bruit cuivré d'une arme automatique traînant dans la tête, au milieu du vacarme de la circulation et de hurlements, de hurlements épouvantables. Il regarda le corps de Gillian Bellaver s'écrouler comme celui d'une danseuse prise de crampes. À cinq ou six mètres de lui. Les mains pleines de sang s'éloignant du corps.

« Tom ! Au secours ! Viens, je suis blessée. »

On ne lui avait pas tiré dessus, à lui. Ses jambes allaient bien. Cette fois, il arriverait à elle. Gilly serait sauvée.

Un véritable flot de joie le priva de toute prudence. La mort de Gillian n'avait donc été qu'un affreux cauchemar. Dans un instant, il la prendrait dans ses bras. Elle ne serait plus là sur le trottoir allongée avec un regard mort au milieu d'une vague de sang.

Gillian.

La rue de New York... les trous cernés de dentelles

laissés par les balles dans une vitrine… le reflet de cet instant de terreur… la foule figée… les niveaux de verre teinté de lumière pure et brûlante s'enfonçant profondément dans le ciel bleu… Tout cela cessa dans sa tête, toute sensation s'évanouit au profit de la lueur dans les yeux de sa femme pendant qu'il s'en approchait. Il entendit une voix, une voix qui lui criait *Arrête… ne la touche pas!* mais de trop loin pour qu'il en tienne compte. Tout ce qui lui importait était de prendre sa femme dans ses bras, de retrouver sa propre vie dans son pouls bien portant.

Gilllllliannnn!

On le saisit soudain par le col de sa veste de brousse pour le tirer en arrière. Sa mauvaise jambe céda et il s'effondra en grimaçant de douleur au moment où Bertie ouvrait le feu bien trop près de son oreille avec le Benelli, puis le contournait en réarmant le fusil pour finir de disperser la tête de Wardella Tinch sur le banc public et les fleurs sauvages qui poussaient dessous.

« Bon Dieu ! »

Bertie se tourna vers lui en baissant le fusil. La haine lui congestionnait le visage et sa poitrine se soulevait. Elle ne put réfréner un haut-le-cœur et jeta le Benelli en tombant à genoux pour vomir.

« Pourquoi ? Pourquoi tu lui as tiré dessus ?

— Tom. Trouve-moi… de l'eau. La fontaine, là.

— Tu te rends compte de ce que tu as *fait?*

— Oui. » Un nouveau haut-le-cœur. « Atomisé… une vieille dame. Elle était dans ton *esprit*, Tom. Tu sais ce qu'elle préparait ? Dès que tu l'aurais touchée, elle t'aurait bouffé le cerveau en guise d'amuse-gueule et serait partie en trottinant rejoindre leur barbecue tribal. Jette un œil dans tout ce… toute cette saleté si tu en as le courage. Dis-moi ce que tu vois. Mais ne t'approche pas trop. Et ne touche à rien, il y en a encore une partie en vie. »

Il alla d'abord à la fontaine tremper son mouchoir avec lequel il baigna le visage brûlant de Bertie, qui resta allongée sur l'herbe propre en ouvrant et se fermant les yeux.

« Là on est *vraiment* dans le pétrin, Bertie, quel que soit ton motif.

— Oui, mais pas dans le genre de pétrin que tu crois. C'est effectivement une faute de goût d'en tuer un dans son habitat. Ça lance les autres à votre poursuite.

— Qui ? Quels autres ?

— Va voir, Tom. Va voir ce qu'il reste de Wardella Tinch. Ensuite, il faut qu'on parte. Ça va aller. Laisse-moi juste encore une minute pour me remettre. »

Il la dévisagea quelques instants, empli de peur et de stupeur. Elle sourit comme si son expression l'avait piquée au vif. Il s'approcha alors du banc public.

Par chance, il avait le vent dans le dos. Depuis toute petite, Bertie tirait à la perfection. On aurait pu récolter avec une grosse éponge humide ce qu'il restait de la tête de Wardella traversée par cet ouragan de gros plombs. Pourtant, fait incroyable, elle semblait respirer encore. Sous son chemisier brodé, sa poitrine trempée de sang bougeait, comme si quelque chose sous le tissu s'efforçait de sortir.

Le coton commença à se déchirer. Sherard vit des dents, entendit un grognement, puis un museau et une petite tête tigrée se dégagèrent et s'ensanglantèrent en continuant à se débattre contre les vêtements trempés et collants. Puis il y eut deux têtes aux emplacements des seins, leur nez noir à ceux des mamelons. Des têtes canines dégoulinantes de sang, sans corps, avec des yeux vifs et anguleux brûlants de haine envers lui.

« Tu es toujours désolé ? entendit-il dire Bertie. Dans leur monde, ces choses sont des *fisi.* » C'était le mot swahili pour hyène. « En pire, je crois. »

Sherard recula, le souffle coupé. Bertie se redressa

brusquement sur l'herbe. Elle pointa le doigt vers le ciel, où une étendue de nuages orageux se colorait, dans le soleil qui baissait, de la profonde nuance lie-de-vin d'une terrifiante marque de naissance.

« Tom ! »

Il les vit. À environ deux kilomètres, en altitude, des hélicoptères jumeaux similaires à l'appareil de combat qui, la veille au soir, s'était élevé tel un fantôme de l'autre côté de la fenêtre de Danny Cheng. Ces hélicoptères-là aussi devaient être furtifs : aucun bruit ne leur parvenait sous le vent. Mais ils étaient plus gros, assez pour transporter huit à dix hommes, peut-être des forces d'assaut. Et ils arrivaient à une vitesse ahurissante droit sur Moby Bay.

Lorsque Sherard baissa les yeux, Moby Bay, la ville, n'était plus là. Bertie et lui se tenaient sur un promontoire rocheux où le vent sifflait entre des arbres squelettiques ; les mouettes montaient en flèche au-dessus des grandes vagues. Le phare avait disparu. Wardella Tinch et ses créatures aux dents pointues aussi. Les chênes coriaces façonnés par le vent bordaient toujours le promontoire, mais il n'y avait plus de modestes constructions avec de grands drapeaux se déployant dans le vent de plus en plus puissant, il n'y avait plus rien sur la route que sa Ford Expedition de location.

Bertie avait ramassé le fusil à pompe et tirait Sherard par la main. « Tom, viens ! »

En courant, il vint à l'esprit de Sherard qu'il pourrait charger l'autre arme d'importance qu'il avait emportée, un vieux mais toujours fonctionnel Holland & Holland calibre 50, le même fusil que son père, un des derniers chasseurs d'éléphants, lui avait légué au début des années soixante.

Un de ses plus anciens souvenirs concernait un crâne d'éléphant que son père gardait dans son bureau à Shungwaya. On avait ouvert ce crâne à la scie à ruban afin d'exposer l'astucieuse structure osseuse alvéolaire qui protégeait le cerveau pas plus gros qu'une miche de pain. Le crâne était étonnamment léger pour sa taille — il arrivait déjà à le soulever à six ans — mais assez solide pour soutenir des défenses pouvant peser jusqu'à soixante-dix kilos chacune.

Sherard savait que ce principe de construction cellulaire avait été repris pour la construction des avions modernes, où le poids jouait un rôle capital.

Chacune des cartouches de calibre 50 contenait quatre cent soixante-dix-sept grains de poudre et générait deux tonnes d'impact au sortir des deux longs canons jumelés du H & H. Il n'existait pas de fusil plus puissant.

Et après ce qu'il s'était passé sur Russian Hill dans la maison de Danny Cheng, Sherard aurait aimé déterminer ce qui représentait le défi suprême pour un chasseur : un éléphant mâle capable de charger à 50 kilomètres-heure à travers des buissons épineux qui auraient déchiqueté un homme, ou un autre putain d'hélicoptère en train de préparer un mauvais coup.

« Faim ? demanda Chauncey McLain à Eden.

— Je ne crois pas pouvoir avaler quoi que ce soit. »

Elles étaient revenues vers la maison et vers les invités qui faisaient la queue devant les plats de côtelettes fumantes et la douzaine de garnitures. Sur la terrasse, le grand écran de la télé à projection diffusait l'image de Rona Harvester avec la mention *En direct de la Maison-Blanche.* Assise sur un sofa de la Blue Room, la première dame avait toujours la tête bandée, mais avec un bandage plus petit. À voir son expression avenante, Eden supposa qu'elle n'annonçait pas de mauvaises nouvelles au pays.

Les deux jeunes femmes s'arrêtèrent pour la regarder.

« Qu'est-ce qu'il se passe ? » demanda Chauncey à

quelqu'un de sa famille. Au milieu de tous ces bavardages, elles n'entendaient pas bien.

« Le Président reprend le boulot.

— Alors pourquoi ils ne sont pas ensemble ? Où est-ce qu'il est ?

— Entre Camp David et la Maison-Blanche.

— Encore un discours de Rona pour nous remonter le moral, dit quelqu'un d'autre.

— Oh, arrête un peu, Jim. Elle a traversé des moments vraiment difficiles.

— Je me demande pourquoi elle ne porte pas un pansement couleur chair au lieu de ce bandage, commenta Eden.

— Je me posais la même question, dit Chauncey avec un soupçon de mépris. Pas besoin de mendier ma compassion. Si je veux que tu l'aies, je te la donnerai volontiers.

— "Elle a les yeux d'un représentant en bibles. Mais en bibles de luxe", voilà ce que Betts disait sur elle... Betts est très bon juge de caractère. »

Chauncey lui prit la main. « On ira la voir demain. Promis. »

Eden se sentit glacée par le vent qui soufflait plus fort et emportait quelques assiettes et serviettes en papier. Chauncey frissonna et Eden lui mit un bras autour des épaules.

À ce moment-là, elle crut entendre Geoff McTyer. *Eden peux pas les arrêter l'amour de Dieu cours fuis !*

« C'est l'heure du pull, dit Chauncey avec un sourire. Rentrons. » Elle leva la main pour écarter des mèches blondes de ses yeux. « Qu'est-ce qui se passe ? » demanda-t-elle lorsque le regard d'Eden quitta son visage pour plonger dans le ciel. Eden vit la balle du tireur d'élite arriver à six cents mètres de distance, elle vit la balle tout entière comme momentanément stoppée dans son esprit ; mais la voix — oui, c'était bien celle de Geoff —

et le flash prémonitoire ne lui laissèrent pas le temps de réagir. Elle ne put qu'assister à la suite, voir la balle à bout pointu passer à travers la main levée et la tête de Chauncey sans que les os ne la gênent, la chair insignifiante, aussi molle qu'une banane verte face à une telle vitesse et à une telle puissance ; Eden entendit le téléviseur imploser derrière elles, le verre tout aussi insignifiant lorsque la balle le traversa, traversa ensuite le mur en séquoia derrière l'appareil et finit par fracasser la cheville d'une gamine de sept ans qui, dans la cuisine des McLain, se dressait sur la pointe des pieds pour placer des œufs mimosas sur un plateau.

Le poids de Chauncey qui s'effondrait raidit d'un coup le bras d'Eden. Des fragments osseux luisaient comme des arêtes de poisson là où un flot de sang et de fluide cérébro-spinal jaillissait, près du milieu du front de la fille morte. Eden baissa la tête en suivant des yeux le corps de son amie galvanisé par l'onde de choc qui lui avait éclaté les valvules cardiaques. La deuxième balle du tireur la manqua et alla abattre l'un des habitués des soirées poker de Wardella Tinch qui se tournait pour regarder la fille tombée par terre.

Tandis que, de plus en plus choquée, Eden se penchait sur Chauncey en tentant vainement de nettoyer le front de son amie avec sa paume, les yeux fixes et sans expression de Chauncey reprirent soudain vie et se tournèrent vers elle. Ses petits seins se soulevèrent lorsqu'elle inspira. Le tremblement cessa. Chauncey leva la main, toucha le trou dans son front et siffla doucement.

« De Dieu, ça donne la migraine, dit-elle avant de sourire avec bienveillance à Eden. C'est *toi* qu'ils veulent, non ? »

Mia McLain sortit de la cuisine en portant l'enfant à la cheville en miettes. La fillette mangeait un cookie, et exception faite des quelques larmes sur ses joues, ne semblait pas consciente d'être blessée.

« Melanie a bobo », dit Mia. Elle regarda sa fille. « Tu n'es pas belle à voir ! Tu ne peux pas te relever ?

— Oui, m'man, une seconde. C'est quand même pas le truc le plus marrant qui me soit arrivé, tu sais. » Elle tendit la main à Eden, qui se recula en inspirant fortement, comme si ce geste amical lui avait brûlé la peau. Derrière elle, la personne âgée touchée au sternum par le deuxième tir se relevait en soufflant et en riant. Eden tourna brusquement la tête en entendant ce rire, puis refit tout aussi brusquement face à Chauncey, la bouche ouverte comme si ses mâchoires s'étaient bloquées.

Quelques-uns des convives observaient sans s'émouvoir les hélicoptères en surplace un peu plus au nord. D'autres s'étaient rassemblés autour d'Eden et de Chauncey, formant un bouclier humain entre elles et le tireur.

« Une sacrée gâchette, ce type, regretta Wick McLain. Merde, j'espère que ça ne va pas nous gâcher la fête. »

Tous ceux qui se trouvaient à portée de voix l'assurèrent qu'ils passaient un très bon moment.

Chauncey se releva et s'étira. Quelqu'un lui passa une serviette pour qu'elle s'essuie le front. Elle voulut à nouveau toucher Eden, qui s'éloigna précipitamment à quatre pattes. La fillette que Mia tenait dans les bras éclata de rire, projetant des miettes de cookie.

« Elle a *peur.*

— Apparemment, ils vont débarquer ici, dit l'un de ceux qui observaient les hélicos. Je me demande combien ils seront ?

— Ça a vraiment de l'importance ? » Le vieil homme qui avait pris une balle dans le sternum gloussa en insérant un doigt dans le trou de sa cravate. « Ces côtelettes peuvent attendre, Wick, non ?

— Mais si eux sont assez nombreux, répondit Wick en pointant le pouce vers les appareils, plus personne n'aura faim. »

Mia le regarda d'un air sévère et eut un mouvement de tête en direction d'Eden, toujours accroupie sur la terrasse, les yeux fous, déjà en pleine hystérie muette.

« Pauvre petite, la plaignit quelqu'un.

— Cela fait partie de son éducation. Mais elle n'a pas besoin de voir ça, répliqua Chauncey en se levant. Sauf si elle le veut. Et elle ne le veut pas, c'est moi qui vous le dis. Pas vrai, Eden ? Tu ferais mieux de rentrer un moment. Va t'allonger. Tu es l'une de nous, maintenant. Plus personne ne t'embêtera, jamais. Je te le promets, petite. »

« Posez-nous ! Posez-nous maintenant ! » cria Robert Hyde au pilote de l'hélicoptère Alpha.

L'appareil fondit sur le promontoire en une attitude tactique, une descente à vous nouer les tripes.

« Ils l'emmènent à l'intérieur ! signala un observateur dans l'hélicoptère Bravo.

— Allez par ici, par ici, bouclez la maison ! Plus personne n'en sort ou n'y rentre ! Présence d'enfants ! Utilisez des grenades fulgurantes, des tasers et des pulvérisations de poivre quand nécessaire ! Nous avons déjà un coefficient de perte de deux !

— Monsieur… intervint le tireur de l'hélico Alpha. Monsieur, je sais que je n'aurais pas dû rater, mais l'autre fille, celle que j'ai touchée à la tête… je n'y crois pas… elle s'est remise debout !

— Coefficient de perte de un, corrigea Hyde avec un sourire tendu. Et fermez votre putain de gueule.

— Ne descendez pas, dit Geoff d'une voix que seuls quelques-uns des occupants des deux hélicoptères entendirent dans leurs écouteurs, je vous préviens, *n'y allez pas.* »

Il était menotté par une main au cadre derrière son siège. Il n'avait pas détaché les yeux du visage de son père depuis plusieurs minutes.

Lorsque l'hélicoptère Alpha décrivit un cercle et descendit se poser, une petite foule d'invités au barbecue marchait déjà vers la zone d'atterrissage présumée, non loin de l'extrémité du promontoire. Un éclair illumina brièvement le ciel à l'est. Ce n'était pas un comité d'accueil amical. Aucun d'entre eux ne souriait. La grande silhouette de Wick McLain venait en premier, comme un patriarche, sa grande moustache en guidon de vélo dans le vent.

« Quelqu'un voit des armes ? Ils ont l'air de vouloir résister ?

— Négatif, négatif !

— Pour l'amour de Dieu », fit Geoff d'un air abattu avant de fermer les yeux au moment où l'hélicoptère heurtait durement le sol.

Six agents de l'équipe d'intervention FBI de San Francisco, revêtus de leur tenue protectrice, sortirent de l'hélicoptère Alpha à vingt mètres des adultes et adolescents des deux sexes qui approchaient d'un pas décidé. Les agents ne portaient aucune identification. Robert Hyde savait qu'il se ferait souffler dans les bronches par le ministère de la Justice. Jusqu'à ce qu'il mette les choses au clair avec l'attorney général[1] quant à l'importance de cette mission.

« Nous sommes venus pour Eden Waring ! » Le chef d'équipe utilisait un mégaphone malgré le peu de bruit que produisait l'hélicoptère : on se serait compris en chuchotant juste sous les rotors.

« Vous êtes sur une propriété privée », dit Wick McLain, toujours en tête, d'une voix raisonnable. « Qui se trouve aussi être une région sacrée. Si vous regagnez votre hélicoptère et repartez tout de suite, l'incident sera clos. »

1. Équivalent du ministre de la Justice. *(N.d.T.)*

Les agents se déployèrent en demi-cercle et se mirent en marche.

« Écartez-vous, s'il vous plaît ! beugla le mégaphone. Nous voulons Eden Waring, rien de plus. Nous savons qu'elle est dans la maison ! Amenez-la-nous ! Il ne sera fait de mal à personne si vous coopérez. »

Wick McLain se tourna pour s'adresser à ses amis et à son fils Roald d'un ton légèrement surpris : « Bon, ils disent ne vouloir faire de mal à personne ! Vous y croyez, vous ? »

Ils secouèrent la tête tous ensemble. Il y eut quelques grognements graves de mauvais augure. Wick les retint du geste, sourit et se tourna vers son fils, qui lui rendit son regard d'un air impatient.

« Moi d'abord ? »

Wick réfléchit à la requête du garçon précoce en lissant son extravagante moustache. Les autres émirent un murmure d'approbation.

« *Mange* », dit son père à Roald.

Glapissements féroces, clameurs avides et gémissements de plaisir liquides. Un bruit comme le sifflement sec des sauterelles une année de fléau. À l'extérieur de l'appareil, les hurlements des membres de l'équipe d'intervention que ni les grenades fulgurantes, ni les tasers, ni les pulvérisations de poivre ne pouvaient protéger d'un assaut auquel ils n'étaient pas le moins du monde préparés, d'horreurs telles qu'ils n'en avaient jamais vues. Leurs esprits cédèrent avant que leurs corps se brisent.

« Sortez-nous de là ! » hurla Geoff McTyer au pilote en se tordant dans son siège.

Son père demandait à l'hélicoptère Bravo d'ouvrir le feu et de déposer des renforts.

« Non ! dit Geoff. Espèce d'idiot, on va tous se faire tuer ! Ne vous approchez pas d'eux ! Battez en retraite ! »

Les quatre hommes encore dans l'appareil virent des restes humains presque impossibles à identifier jaillir du pique-nique des carnivores et s'abattre sur le fuselage et les fenêtres. Quelque chose vola par la porte ouverte et vint rouler sur le plancher. Une tête humaine dont la mâchoire inférieure et une des oreilles avaient été proprement retirées. La langue sortait des profondeurs de la gorge, comme l'érection rose d'un chien. Le tireur qui avait à deux reprises ouvert le feu sur Eden Waring voulut claquer la porte. Une chose sombre et perçante vint sur lui en se glissant sous les pales du rotor. L'homme fut arraché du seuil par les serres de quinze centimètres d'un jeune mais superbe griffon.

La déesse à plumes, une des merveilles de ce maelström de créatures surnaturelles, avait au front une tache plissée comme le nombril d'une orange. Sa longue chevelure blonde flottait entre ses grandes ailes déployées. Elle attrapa le tireur par les épaules, lui goba les yeux, puis le lança sur les rochers près de la mer avant de se tourner vers la maison et de s'élever en flèche au-dessus de l'hélicoptère Bravo avec un cri transcendant. Des éclairs déchiraient le ciel bas et querelleur.

« *À mort* les intrus et pilleurs de notre paisible communauté ! » s'écria le père de Chauncey, la fin du monde dans le regard et les mains tendues, le carnage tachant le sol autour de lui.

Une rafale de balles traçantes crachée par le canon de .50 de l'hélicoptère Bravo l'éclaira, mais il absorba les vingt balles et resta debout. Il leva à nouveau les mains. Un tourbillon de poussière s'éleva devant lui, s'assombrit, devint tornade. Des éclairs électriques illuminèrent les visages terrifiés des occupants de Bravo.

L'hélicoptère Alpha commença à décoller mais fut allégrement ramené au sol par des adolescents forts comme les jeunes grizzlis dont ils avaient l'apparence.

« Libérez-moi ! » supplia Geoff McTyer en s'adressant à son père. Le grand hélicoptère forçait et tremblait, ses rotors formant un flou brumeux tandis que le pilote tentait de s'arracher du sol.

Le plus grand des ours-garous sauta droit en l'air, presque à trois mètres de hauteur, et passa par la porte pour atterrir en douceur sur le plancher de l'appareil. Il explora l'intérieur du regard avec un rugissement intimidant et, d'un mouvement brusque, arracha la tête du pilote qu'il expédia, toujours avec son casque, à travers le pare-brise tel un boulet de canon. L'hélicoptère plongea aussitôt. Le visage de Geoff s'écrasa sur le siège du pilote et deux de ses dents de devant se brisèrent. L'ours-garou se tourna vers Geoff qui, du sang plein la bouche, se recroquevillait derrière le siège du pilote. Un collier de fourrure scintillante se hérissa autour de la tête de l'animal. Il ramena la patte en arrière pour frapper à nouveau. Geoff ferma les yeux et baissa la tête d'un air résigné. Quelle foutue journée.

Mais la décapitation attendue ne vint pas.

« Yo ! C'est quoi, ça ? »

Geoff releva les yeux.

« Hein ? Qu'est-ce que… ? »

L'ours-garou dit d'une voix d'adolescent qui se brisait tous les trois ou quatre mots. « Pourquoi t'es menotté au siège ? T'es avec eux ou pas ? C'est quoi, ton nom ?

— Geoff. Je suis… non. J'étais avec eux. Avec le FBI, je veux dire. Tout ça, ce n'est pas de ma faute. Je ne voulais pas qu'ils viennent. Je leur ai dit de ne pas le faire. Nom de Dieu, mais qu'est-ce que vous *êtes ?*

— Nom de qui ? Dieu a oublié qu'on existait », dit l'ours, la voix glissant encore de fausset à basse. Il tendit la patte, agrippa la menotte qui reliait Geoff au siège et la brisa d'une simple torsion.

« Où est Eden ? » demanda Geoff d'une voix stridente.

L'ours-garou le regarda prudemment de derrière son long museau.

Derrière eux, Robert Hyde se détacha du pont sur lequel il était resté allongé et étourdi depuis la chute de l'appareil, et logea cinq balles dans le visage et la tête de la bête. Celle-ci tomba en arrière hors de l'aéronef et Hyde se précipita pour claquer la portière.

Il y eut un flash étourdissant dans le ciel lorsqu'un éclair jailli de la tornade détruisit l'hélicoptère Bravo. Père et fils tressaillirent lorsque leur appareil fut secoué par l'onde de choc et bombardé de débris. Le verre qui n'avait pu être blindé pour des raisons de poids vola en éclats ou se fendilla.

« TU SAIS PILOTER ÇA ? demanda Hyde.

— J'en sais rien ! Je n'ai que dix heures de vol sur notre hélico de police ! Ce truc-là ressemble plutôt à une navette spatiale !

— Pilote-le si tu ne veux pas qu'on meure ici ! Sors-nous de là ! »

Geoff déboucla le harnais du pilote décapité et en tira le corps hors du siège de gauche.

« Du sang, gémit-il. Tout ce sang !

— Ne me laisse plus JAMAIS tomber !

— Ferme-la, salaud ! Mes mains. Elles glissent. » L'odeur de tout ce qui s'était répandu sur le siège le fit se retourner avec un haut-le-cœur.

« Allez ! »

Son père braquait son Glock sur lui comme si une telle menace avait la moindre substance. Geoff ne fit pas un mouvement pour prendre les commandes. « Pas sans Eden !

— On s'en occupera plus tard. Fais ce que je te dis !

— Espèce de fils de pute ! » répliqua Geoff, et il leva de la main gauche le levier de pas pour expédier au-dessus de l'eau bleue, telle une autre mouette affolée, l'hélicoptère qui fumait et vibrait follement, laissant derrière lui la tempête, le massacre et le *noli me tangere* de Moby Bay.

« Eden, debout ! Allez, bouge-toi, on va te sortir de là ! »

Accroupie dans un coin sombre de la chambre de Chauncey, Eden leva des yeux ternes. Sa bouche eut du mal à former des mots.

« Qui… êtes-vous ?

— Moi, Bertie. Le grand type à la porte, c'est Tom. » Elle ajouta en sous-vocalisant : *Nous sommes des amis. Tu peux nous faire confiance.*

« Les hurlements. *Oh.* Qu'est-ce qu'il se passe ?

— Du vilain. Qu'il vaut mieux que tu ne voies pas. À mon avis, tu en as déjà assez vu. » Bertie releva Eden et jeta un coup d'œil à Tom.

« La voie est libre, dit-il. Me demande pas pour combien de temps. Allons-y.

— Où m'emmenez-vous ?

— Voir ta mère.

— Betts ? » dit Eden, le regard fou de confusion. Mais Bertie, momentanément plus grande et plus forte qu'elle, arriva à la traîner vers la porte d'entrée.

« Ta vraie mère.

— Vous mentez. Où est Chauncey ? J'ai vu Chauncey se faire tuer ! Et puis elle… Euh. Elle s'est juste… relevée, comme si de rien n'était. Pourtant c'est arrivé !

— Ça a l'air sympa, comme truc. Tu nous raconteras plus tard. Tom ? »

Une explosion secoua la maison et une teinte orange emplit le ciel noir. Des débris saupoudrèrent le toit. Le Holland & Holland à la main, Sherard poussa la contre-porte et jeta un coup d'œil à l'extérieur. Une épaisse fumée huileuse venait du bord de l'océan passer devant la maison.

« Un des hélicos, annonça Sherard. Amenons-la au 4 × 4.

— Je ne veux pas y aller ! gémit Eden.

— Elle se remet à paniquer. » Bertie sourit gentiment à Eden. « Tu nous apprécieras plus quand tu nous connaîtras un peu mieux. » Elle lâcha Eden de la main droite, lui souleva doucement le menton de la main gauche, et l'assomma d'un solide uppercut.

Sherard passa son fusil à Bertie, ramassa Eden et se la jeta sur l'épaule. Sa jambe estropiée frémit, lui arrachant une grimace.

« Tu y arriveras ? demanda Bertie d'un ton inquiet.

— Tu me crois déjà plus bon à rien ? Et où diable as-tu appris à faire le coup de poing comme ça ?

— Mohammed Ali a appris à mon frère, et Kieti m'a montré. Quand on boxait, Kieti n'a jamais réussi à m'assommer, mais moi je l'ai expédié *deux fois* au tapis.

— Suis-moi et tire sur tout ce qui a l'air un tant soit peu inamical.

— Sur *ça*, par exemple ? » dit Bertie en voyant le griffon avec la jolie petite tête de Chauncey s'élever de derrière la Ford Expedition et déployer ses deux mètres d'envergure dans les ténèbres suffocantes qui les entouraient.

« Très bon exemple. Qu'est-ce que c'est ?

— Posez-la et je vous laisse la vie sauve, proposa Chauncey.

— Corps de lion, ailes d'aigle, visage d'ange, admira Bertie. Toute une ménagerie en une seule femme. Oh, j'oubliais, vous puez encore davantage que la merde de chacal. » Elle épaula en demandant à Tom : « Sur quoi je tire sur ce machin ?

— J'ai changé d'avis, je ne vais pas vous laisser vivre », dit Chauncey, qui se jeta sur Bertie toutes griffes dehors.

Du premier des deux coups du fusil de chasse à canons jumelés, Bertie lui brisa une aile. Son plan de vol annulé, le griffon s'écrasa tête la première dans un parterre de fleurs à trois mètres de Bertie. Il la regarda avec colère à travers une vague couronne de pétunias rouge et blanc déracinés.

« Salope ! » fit Chauncey en essayant de remuer son aile blessée. Elle se traîna en avant et se ramassa pour bondir, ses griffes de lion saccageant davantage encore le jardin. « Mais il ne te reste plus qu'une balle.

— Prends ça », répondit Bertie en ouvrant à nouveau le feu. La lourde balle pénétra par la jolie petite bouche de Chauncey et ressortit au milieu d'une bouillie de matière cérébrale pulvérisée. Le griffon s'effondra.

« Allons-y ! »

Sherard boita lourdement vers le 4 × 4 avec son fardeau. Bertie le dépassa à toutes jambes et se mit au volant. Le moteur tournait. Sherard fourra Eden à l'intérieur et ils partirent.

« Joli tir, la félicita-t-il aussitôt qu'il eut retrouvé son souffle. Dommage qu'on ne puisse pas le monter en trophée, un griffon aurait fait un joli sujet de conversation dans la vieille propriété. » Ses mains tremblaient. Un peu plus tard, il se retourna pour regarder le manteau de fumée et aperçut des créatures qu'il ne put identifier se rassembler autour du griffon abattu. Un éclair parcourut le ciel au-dessus de la baie pendant qu'ils la contournaient. La pluie martela le 4 × 4. La route de terre battue devenait vite glissante, mais ils utilisaient les quatre roues motrices.

« Ils vont nous poursuivre ? demanda Sherard.

— Ils ne s'éloignent probablement pas de chez eux. Espérons, en tout cas. On fait quoi, maintenant ? dit Bertie en se concentrant sur la conduite.

— Commençons par quitter Moby Bay. Tu sais qui ils étaient ? Ou ce qu'ils étaient ?

— Des métamorphes. Pour en savoir plus, il faudrait que j'en aie un sous la main et que je plonge dans leur généalogie. Ça ne me passionne pas plus que ça. Dis-moi… C'est normal de se sentir aussi excitée quand on s'est trouvé en mauvaise posture ? »

Sherard rit. « Y a-t-il une pensée que tu ne voudrais pas partager ?

— Avec toi, aucune.

— C'est plutôt normal, oui. D'abord l'adrénaline de la peur, puis la merveilleuse sensation que tu as survécu. Après, tu as envie d'une cigarette et d'un verre, et par-dessus tout tu es envahi par l'instinct de survie…

— Par celui de propager l'espèce. *Oui.*

— Nous ne sommes plus seuls, lui rappela Sherard.

— Mais, Tom, j'ai déjà dégommé une vieille dame et un griffon, aujourd'hui, l'adrénaline me sort par les oreilles, et… » Elle conclut d'une voix zézayant et pleurnicharde : « Bertie veut *baiseeeeer.*

— On n'est pas encore sortis d'affaire. Le plus urgent est de localiser un aéroport correct et d'y louer un avion.

— Oui chef. » Bertie se concentra sur la route étroite et déserte sous le violent orage, renifla une fois ou deux. Des larmes coulèrent de ses yeux grands ouverts. « Je faisais juste la maligne. Histoire d'éviter de penser à… à certaines choses. En réalité, je suis épuisée et je me retiens de hurler.

— Je sais.

— Et tu n'arrêtes pas de serrer les poings.

— Je sais.

— Tu n'aurais pas dû arrêter de fumer. Cela ne me gêne pas vraiment, du moment que tu ne fumes pas à la maison une fois que… nous serons… mariés. » Elle pleura plus fort, lâchant de grosses rafales de sanglots en réponse aux coups de tonnerre sur leurs têtes et dans son cœur. « Si nous vivons jusque-là.

— On s'en sortira. Je devrais peut-être conduire.

— Je m'en sors bien, bordel ! »

Tirée du sommeil par les mouvements du 4 × 4 sur la

route sinueuse et non goudronnée, Eden gémit doucement sur la banquette arrière.

Le téléphone de bord sonna.

Sherard et Bertie se regardèrent. Elle essuya son œil trempé, frissonna et faillit leur faire quitter la route.

« Merde ! »

Le téléphone sonnait toujours. Sherard se frotta la mâchoire, puis haussa les épaules et prit l'appel sans rien dire de compromettant. Il écouta quelques instants.

« Oui. Je reconnais votre voix. Oui. Je comprends. » Il jeta un coup d'œil à Eden. « On a rempli notre tableau de chasse, et là on est en chemin. » Bertie le regarda d'un air inquiet. Sherard lui adressa un petit signe négatif de la tête et continua à écouter. « Je vois. Très bien. Bien entendu, je vais demander confirmation. Oui, il y a un numéro que je peux appeler. Une fois que j'aurais eu confirmation, vous pourrez nous attendre dans la soirée. »

Il replaça le téléphone numérique dans sa fente du tableau de bord.

« C'était qui ? demanda Bertie.

— Le chef de la majorité au sénat, Buck Hannafin. Laisse tomber l'aéroport. Il semblerait qu'on reste en Californie. Mets le cap au sud pour l'instant. Par les petites routes. On s'arrêtera dès qu'on pourra le faire sans danger. Il va falloir que je trouve une cabine téléphonique pour appeler Katharine. »

WASHINGTON — 29 MAI — 22 h 42

« Intéressant », dit Rona Harvester dans le combiné du téléphone sécurisé lorsqu'elle apprit la nouvelle. Elle se trouvait dans son bureau à la Maison-Blanche, que décoraient des artefacts des Indiens des Grandes Plaines et un tableau de Rona montant le hongre appaloosa offert par Clint pour leur cinquième anniversaire de mariage. Elle rentrait tout juste de l'hôtel Watergate et n'avait pas encore ôté ses chaussures, alors qu'elle souffrait le martyre depuis une heure et demie à cause d'un vilain cor entre deux des orteils de son pied gauche. « Mais qu'est-ce qu'on peut en faire ?

— Probablement rien, pour l'instant, répondit prudemment Victor Wilding.

— Tu m'avais donné l'impression qu'on tenait Hyde par les couilles.

— Seulement si une propriété de l'armée de l'air était compromise aujourd'hui. Hyde a commis de graves manquements à la procédure en faisant décoller de Travis ces hélicoptères furtifs Conan. Le Pentagone ne les a pas encore certifiés pour le service actif. Tu sais le prix que coûtent ces appareils : le haut commandement va hurler. Mais l'attorney général en est à sa troisième ou quatrième lune de miel avec Hyde depuis qu'il l'a couvert sur l'affaire Alfiero.

— Dans ce cas, c'est Clint qui décide, non ? Je veux dire *moi*, bien sûr. Et tu sais combien j'aime serrer des *cojones* de VIP.

— Doucement, Rona. Moi aussi, j'aimerais m'en débarrasser, mais il a beaucoup de soutien dans cette ville. Les dossiers noirs du FBI sont aussi épais que les nôtres. »

Rona changea de sujet, sans abandonner le précédent. « Nous savons donc, grâce à l'interception de ces photos satellites de la NSA, qu'Eden est bien à Moby Bay, en Californie.

— Du moins elle s'y trouvait il y a quelques heures à peine. Identification formelle. Les Conan faisaient route sur Moby Bay la dernière fois qu'on a eu de leurs nouvelles. Il y a longtemps qu'ils auraient dû rentrer à Travis. Selon le chef mécano de l'escadre furtive, aucun ravitaillement en vol n'avait été prévu. Sous peine de se retrouver à court de carburant, les hélicos auraient dû remettre le cap sur la base à 19 h 30, heure du Pacifique. Depuis quelques heures, une violente tempête de printemps fait rage dans le coin. Plus aucune couverture satellite.

— Quelles sont les possibilités ?

— Soit les hélicos se sont posés quelque part pour attendre la fin de la tempête, soit ils sont allés à Moby Bay, ils ont cueilli la fille et ils ont essayé de semer la tempête en fonçant vers le sud le long de la côte. Aucune recherche sérieuse ne peut être entreprise avant le crépuscule.

— Je pense à ce qui est arrivé à Transpac 1850. Je veux dire, qu'est-ce qui lui est *vraiment* arrivé, selon nous ?

— La boîte noire montre que quelque chose ou quelqu'un interférait méchamment avec l'avionique. Ça avait presque l'air délibéré.

— Kelane Cheng. Ses ondes cérébrales contre une simple machine. Il n'y a pas photo. Et si Eden Waring avait le pouvoir de Kelane ? Il y a des médiums qui arrivent à faire pleuvoir rien qu'en regardant les nuages, non ? »

Il ne répondit pas tout de suite. Il buvait quelque chose.

« Si. Un exercice classique de notre programme de formation.

— Si Cheng pouvait changer la trajectoire d'un DC-10, peut-être Eden Waring sait-elle provoquer une méga-tempête pour accueillir des hélicoptères. Peut-être, j'en sais rien ! J'*adore* cette gosse ! Il faut absolument que je la rencontre.

— Si ça se trouve, elle est morte, maintenant, dit-il avec un bâillement qu'elle prit pour une abdication.

— Je ne crois pas. Nous allons la trouver. Victor, si Bob Hyde est mort, *c'est la guerre**. Mais au cas où il réapparaît, et s'il réapparaît les mains vides, je pense que nous devrions tenir l'épée de cérémonie prête pour lui.

— À part les événements d'aujourd'hui, le mio — *mieux* — qu'on ait sur lui est qu'il aime bien se faire administrer à l'occasion une douche dorée par une adolescente.

— Et si on retrouve un ou deux cadavres de pilotes dans les épaves de ces Conan ? »

Wilding ne répondit pas tout de suite. Rona entendit des cubes de glace s'entrechoquer dans le verre pendant qu'il buvait.

« Alors les chefs d'état-major sortiront la croix et Allen Dunbar lui-même ne pourra venir en aide à Bob Hyde.

— Et Clint devra, j'imagine, prononcer une brève allocution télévisée pour accepter, la mort dans l'âme, la démission du directeur. De combien de temps tu as besoin pour préparer ça ? Le mieux, ce serait qu'il ait un costume sombre et une cravate sobre, tu sais, comme pour un enterrement.

— Vingt-quatre hores » — il s'éclaircit la gorge — « *heures*, à peu près. » Rona ne put manquer le traînement dans sa voix, le défaut d'élocution.

« Tu ne m'as pas l'air très gai, chéri. » Elle allait lui demander ce qu'il buvait, mais préféra s'en abstenir.

« Fatigué, c'est tout.

— Qu'est-ce que j'aimerais qu'on soit ensemble ce soir ! Mais j'ai encore beaucoup à faire, je ne pourrais probablement pas bien dormir avec Clint dans la pièce d'à côté. J'avoue que l'avoir à nouveau si près de moi me donne la chair de poule. Comme si j'allais être hantée.

— Pas toi. Rien ne peut t'atteindre, Rona. »

Elle n'aima pas ça. Non qu'elle se sentît insultée, mais parce que cela montrait qu'il avait le moral bas, très bas, ce soir-là. Qu'il suivait chacun des battements du cœur de plus en plus faible de Robin Sandza, là-bas à Plenty Coups. Wilding était pour sa part un jeune homme en bonne condition physique, tous ses médecins le disaient. Mais les annales médicales recensaient plusieurs cas de personnes en bonne santé mortes de peur. Indubitablement, Victor avait peur, ou du moins glissait vers la peur. Qu'est-ce que Rona pouvait y faire ? Le seul médicament qu'il pouvait prendre sans effets de bord débilitants était l'aspirine. Les antidépresseurs déchaînaient chez lui une manie aiguë et une paranoïa violente qui, par le passé, avaient entraîné la purge d'agents du MORG jusqu'alors irréprochables. Pour le moment, Rona avait besoin d'un Victor Wilding stable et sain d'esprit qui la soutienne avec détermination.

« Et si tu venais ici, Victor ? Demain étant férié, j'ai un planning relativement léger. Nous passerons de bons moments ensemble.

— D'accord. Je vais lire encore un peu jusqu'à ce que j'aie sommeil.

— Qu'est-ce que tu lis ? demanda-t-elle sans réfléchir.

— *L'Apocalypse de saint Jean.* »

RÉGION DÉSERTIQUE DE BASKING ROCK,
CALIFORNIE — 29-30 MAI — 18 h 43-0 h 20

Geoff avait parcouru cent kilomètres vers le sud le long de la côte californienne lorsque des problèmes d'avionique le forcèrent à poser l'hélicoptère Conan. Sur cette partie sauvage du littoral, il ne put trouver d'autre terrain plat qu'une crique. La plage ombragée était moitié sable, moitié rochers. Il sous-estima la longueur de l'hélicoptère de combat. Au moment de toucher terre, l'appareil heurta un gros rocher de son fenestron et bascula sur bâbord, projetant sur Geoff le corps du pilote décapité, qu'il avait déposé sur le siège de droite. La pluie d'étincelles provoquée par le frottement des rotors sur les rochers se déversa par le trou dans la fenêtre à côté de lui.

Geoff coupa le contact, mais un voile de fumée envahit le cockpit en quelques secondes. Il écarta le cadavre, détacha sa ceinture et essaya la radio. En vain. Il espéra que la balise d'urgence qui émettait la localisation de l'appareil fonctionnait, elle, mais il ne connaissait pas la plupart des instruments de bord. C'était déjà un petit miracle qu'il soit arrivé jusque-là.

Sanglé dans la cabine, Robert Hyde saignait d'une oreille et ne semblait qu'à demi conscient. Geoff le fit sortir et revint dans l'hélicoptère chercher une trousse de secours et du matériel de survie.

L'océan brillait mais la crique, qui se terminait sur trois côtés par d'abruptes parois recouvertes de forêt, avait commencé de s'assombrir. La marée montait. En se basant sur la hauteur du bois flottant et des autres détritus abandonnés par l'océan, Geoff estima que la marée haute submergerait presque entièrement la plage.

Il revint avec les vivres et le matériel à l'endroit où il avait laissé son père assis contre un morceau de bois poli par les vagues. Robert Hyde leva les yeux vers lui, bien que tenir la tête droite semblât lui donner le vertige.

« Où sommes-nous ?

— Je ne sais pas.

— Tu es blessé ?

— Ça va, Papa. Juste quelques dents cassées. Et toi ?

— Mal au crâne. Ma tête… a l'air ramollie de ce côté. »

Geoff regarda. Le sang poissait les cheveux de son père au-dessus de l'oreille blessée. « Mieux vaut ne pas y toucher. Ils ne vont pas tarder à nous retrouver. On te conduira à l'hôpital. Ce n'est peut-être qu'une plaie au cuir chevelu.

— Je vais avoir besoin de ton aide. »

Les yeux de Geoff parcoururent la crique, puis le roulé-boulé des vagues à huit cents mètres d'eux.

« On ne peut pas partir d'ici à pied, Papa. Ne t'inquiète pas. Ils nous retrouveront. »

Son père frissonna. « Ce n'est pas ce que je voulais dire. Il faut qu'on… accorde nos violons. Je crois qu'on est les seuls survivants. J'ignorais complètement que de telles horreurs existaient sur Terre. Mais nous ne les avons pas vues. Nous n'avons *pas* vu ces choses. Nous étions en… en mission d'entraînement. Une tempête soudaine nous a séparés de l'hélicoptère Bravo. Nous avons mis cap au sud. Pour rentrer à Travis. Mais nous…

— Papa.

— On ne peut pas dire ce qu'il s'est passé. Parce que la vérité est complètement dingue. Ils vont… euh… Ils t'enfermeront, ils m'enfermeront *moi* dans une petite chambre jusqu'à la fin de mes jours. Une chambre comme celle de mon père à l'époque. » Ses traits exprimaient une profonde angoisse. Il se rapprocha de Geoff et lui agrippa fortement l'épaule. « Il restait simplement assis comme ça. Je ne voulais pas aller le voir parce que… parce qu'il ne disait jamais mon nom ! *L'Ombre le sait.*

— Quoi ? Papa, comment expliquer ce qu'il y a dans cet hélico que j'ai piloté jusqu'ici ? Regarde donc, *regarde-moi*, je suis couvert de sang. Et il y a un pilote militaire sans tête à l'intérieur ! Il manque huit autres hommes. Quelle explication tiendrait la route ? Cette petite chambre dont tu parles, c'est la chambre à gaz !

— M… Mais nous… »

Geoff toucha le visage de son père. Sa peau était froide.

« Il va bientôt faire nuit. Il y a une couverture de survie dans la trousse de secours. Il te faut de la chaleur. On trouvera sûrement plein de bois flottant au-dessus de la ligne de marée. Je vais allumer un feu.

— Tu… Tu dis que je suis foutu, c'est ça ? Que ma carrière est foutue ? Tout ça à cause de cette fille ?

— Eden n'a rien à voir là-dedans ! C'est toi, c'est *ton* obsession, tu ne comprends pas ? Eden ne ferait jamais de mal à une mouche. Elle ne te menaçait pas. *Pourquoi ?* Pourquoi ne pouvait-on pas simplement la laisser tranquille ? Au lieu d'envoyer un monstre comme Phil Haman à sa poursuite. Ne me parle pas des horreurs de cette Terre ! Certaines sont de ta faute ! »

Le regard de son père alla se poser sur quelque chose derrière Geoff. Son corps se raidit et il hurla.

« Ils reviennent ! Dieu, aie pitié de nous ! »

Geoff se tourna en tirant de sa ceinture le Glock automatique ramassé sur le plancher de l'hélicoptère. Il ne vit rien sinon quelques nuages lenticulaires, des formes vagues bas sur l'horizon. Le nuage le plus près de l'embouchure de la crique avait la forme d'un spectre, avec des ailes, un corps et une queue. Influencé par les abominations qu'il avait vécues, Geoff pensa distinguer un visage dans le nuage, un tentacule griffu qui se déployait vers eux. Il se déplaça pour le masquer à son père, qu'il repoussa contre le tronc écorcé.

« Ce n'est rien. Des nuages. »

Son père respira par la bouche. Ses yeux se fermèrent un instant.

« J'ai soif. »

Geoff lui fit boire un des paquets de cent grammes inclus dans les rations, puis l'enveloppa dans la couverture d'une trousse de survie trouvée à bord de l'hélicoptère.

« Tu devrais te mettre à l'aise. Je vais allumer un feu. La température va bientôt chuter. J'ignore combien de temps il va falloir attendre avant que… qu'une équipe de recherche nous retrouve.

— C'est mon pistolet, non ?

— Ouais. » Geoff ressortit le Glock de sa ceinture, retira le chargeur et compta les balles restantes. Huit cartouches calibre 45. Il n'avait aucune raison de penser qu'il en aurait besoin, encore qu'il devait y avoir des ours bruns de Californie dans la région. Ils ne se montreraient probablement que vers l'aube pour venir pêcher dans les flaques laissées par la marée.

Il frissonna en repensant à la chose-ours à la voix de gamin qui avait bondi avec tant de facilité dans l'hélicoptère lorsqu'ils décollaient des lieux de la catastrophe à Moby Bay.

Nom de Dieu, mais qu'est-ce que vous êtes *?*

Nom de qui ? Dieu a oublié qu'on existait.

Les petites vagues écumantes montaient de plus en plus haut sur la plage et baignaient maintenant le plancher de l'hélicoptère. S'il y avait eu un feu électrique à bord, un système automatique l'avait étouffé. Geoff transféra son père sur un rebord sec de six mètres de large, un peu plus loin que la ligne de marée haute, puis rassembla du bois et alluma un feu à l'intérieur d'un cercle de pierres. Il n'y avait pas d'alcool dans la trousse de survie. Il prépara du thé fort et des rations d'œufs brouillés. Son père but un peu de thé sucré mais refusa de manger. Geoff avala une barre énergétique. Il portait un blouson de vol qu'on lui avait donné à Valleyheart. Il estimait que la deuxième couverture de survie lui permettrait de passer la nuit sans problème, sauf si la température descendait en dessous de cinq degrés Celsius.

Il rassembla davantage de bois pour alimenter le feu. Il était déjà plus de 21 heures et on voyait des étoiles au-dessus de l'océan de plus en plus sombre. Plus près du rivage, le ciel était brumeux. Son père avait besoin de se soulager mais ne put se lever sans aide. Il se plaignit d'une douleur dans les reins. Geoff chercha avec la torche des traces de sang dans le flot irrégulier d'urine. Celui-ci était plus sombre qu'il ne l'aurait dû. Après avoir réinstallé son père le plus confortablement possible, il examina aussi sa blessure à la tête. Plus d'hémorragie externe. Il n'avait aucun moyen de savoir ce qu'il se passait à l'intérieur du crâne. Certaines personnes pouvaient subir de gros chocs sans dommages significatifs au cerveau. D'autres dans les mêmes circonstances ne devaient de survivre qu'à la chance. Son père était conscient et agité, chaud mais sans sueur. Il ne réagit pas lorsque Geoff lui adressa la parole.

Épuisé, Geoff s'allongea sur le rebord moussu en utilisant une des trousses de survie en guise d'oreiller. Il avait un pistolet de détresse dans la poche de son blouson de vol. Il résolut de ne pas fermer les yeux. Il espéra que la caféine du thé l'aiderait à les garder ouverts.

Une heure et demie plus tard, un hurlement de son père le tira d'un sommeil agité.

L'instant d'avant, il était dans sa voiture avec l'assassin, qui cachait ce qu'il avait de visage en s'enveloppant la tête de gaze. L'assassin prétendait que la gaze le rendait invisible.

Maintenant, un des pieds de Geoff ruait en direction du feu faiblissant et une crampe lui raidissait la cuisse. Il s'assit en jurant, se pétrit le quadriceps des deux mains et chercha son père du regard. Il avait disparu.

« Papa ! »

Des pleurs apeurés lui glacèrent le cœur, et le spectacle qu'il découvrit en explorant frénétiquement les alentours du regard faillit le lui briser.

La marée remplissait la crique tout embrumée et recouvrait presque l'hélicoptère. La forêt qui s'élevait en pente raide sur trois des côtés de la baie semblait enveloppée de la gaze utilisée par l'assassin dans son rêve. La lune brillait juste au-dessus, sa lueur délimitant les grands arbres droits qu'on aurait crus découpés dans du papier noir et entre lesquels flottait la brume océanique. Ici et là, des ravins rocheux s'éloignaient des flots rampants en taillant dans les montagnes. Dans l'embouchure du plus grand de ces ravins se trouvaient plusieurs énormes rochers. Sur l'un d'eux, comme sur une scène sphérique, Geoff vit plusieurs silhouettes sans rien d'humain (cela au moins était clair malgré le brouillard) et, à leurs pieds, une autre silhouette bien trop humaine et reconnaissable se tordait lentement, un bras tendu au-dessus de la tête pour parer la violence ou la terreur dont ses observateurs la menaçaient en silence.

Geoff voulut prendre le Glock automatique qu'il avait rangé sous son blouson de vol, mais il n'était plus là.

Son père sanglotait. Suppliait.

Il n'arrivait pas à trouver l'arme. Il n'avait plus que le pistolet de détresse, avec une seule fusée, et une lampe torche.

« Papa ! »

Toujours handicapé par la crampe dans sa cuisse, il sauta à bas du rebord et avança vers le ravin, de l'eau jusqu'aux chevilles, le faisceau de sa torche braqué sur les créatures du rocher.

« Éloignez-vous de lui ! Laissez-le tranquille ! »

Elles se contentèrent de changer de position pour se rapprocher d'un même mouvement de son père en tournant le dos à Geoff. Elles s'agenouillèrent lentement autour de lui, le masquant aux regards. Soudain, les sanglots cessèrent.

Geoff glissa et tomba sur les rochers lisses de la plage, laissa échapper la torche, qui clignota et s'éteignit en roulant sur une saillie en pente sous la surface. Hurlant de frustration, il se précipita pour tenter de la récupérer, s'éclaboussant le visage d'eau qui lui piqua les yeux.

En tâtonnant dans l'océan, il toucha un pied nu et une cheville ; sa main remonta sur un mollet svelte mais souple avant qu'il ne la retire d'un coup et se recule précipitamment en rouvrant ses yeux endoloris.

« Oh, *merde !*

— Je t'ai fait peur ?

— D'où vous sortez ? Vous êtes tombée du ciel ? » Il ne savait vraiment pas pourquoi il avait dit cela, mais cela la fit rire.

« Oui. Mais pas comme toi », répondit-elle avec un coup d'œil vers l'hélicoptère Conan sous l'eau. Elle tourna à nouveau la tête vers lui. Elle aurait été jolie sans cette bizarrerie, cette affreuse torsion de la bouche. Et il y avait une espèce de marque, de cicatrice ronde sur son front aussi brillant que la lune qui jouait à cache-cache avec les nuages au-dessus d'eux.

Comme si elle savait ce qu'il regardait, elle se masqua la bouche de la main.

« Je sais, ce n'est pas joli-joli. Je n'arrive pas à remettre les lèvres comme il faut, mais ça va venir. À force d'essayer. Il me faut un miroir, mais je n'ai pas encore eu le temps pour ça. Essaie donc d'imaginer de quoi tu aurais l'air, toi, si on t'avait tiré deux balles dans la figure, aujourd'hui. Oh-oh. Désolée. Je t'ai fait peur, j'ai l'impression ? »

Les poumons de Geoff lui semblaient deux sacs de ciment dans sa poitrine. Il émit des sons étranglés en essayant de respirer.

« Ne t'inquiète pas, mon pote. Je ne sous-entendais pas que tu allais souffrir. Ce qu'il t'arrive à partir de maintenant ne dépend que de toi. Je m'appelle Chauncey. Et toi ? » Derrière la main vaguement tenue devant la bouche, elle avait l'air de mastiquer.

« Geoff », répondit-il en un soupir. Il essaya de se

lever. Il n'y avait qu'une soixantaine de centimètres d'eau, mais ses genoux ne répondaient plus. Il n'arrivait pas à se mettre debout. Ce qui l'inquiéta davantage que l'apparition surnaturelle.

Chauncey lui montra à nouveau sa petite bouche. « C'est mieux, comme ça ? » Elle sourit. Un sourire affreux, mais il hocha la tête. « D'accord. J'ai dit que j'y travaillerai. C'est le problème quand on subit un traumatisme sous une autre forme. Je pense qu'il va me falloir un bon moment pour arriver à quelque chose avec mon pied. »

Elle sortit lentement sa jambe de l'eau. Elle avait la même forme que la droite jusqu'à la cheville. Mais plus bas, au lieu d'un pied menu, Geoff vit une patte de lion sur laquelle des perles d'eau dégoulinaient des griffes ébène.

« C'est comme marcher avec un pied dans un seau », se plaignit Chauncey. Sa caricature de sourire lui souleva brusquement une joue, comme si le visage était soudain devenu du plastique mou, indomptable. Dans le fossé de sa bouche, il y avait une lueur humide sur une dent brisée sur le devant. Chauncey sentit l'anomalie et du pouce se lissa la bouche pour la remettre à peu près dans sa position initiale. Mais celle-ci était maintenant trop grande, d'une largeur grotesque. Elle tapota doucement sa lèvre inférieure, réduisant une affreuse protubérance. « Oh, zut, geignit-elle en léchant et tapotant. Mais je ne veux pas t'embêter avec mes petits problèmes cosmétiques. On devrait parler de ton avenir. Comme tu le vois, ton père a déjà pris sa décision. »

Geoff avait oublié son père et les créatures d'ombre qui l'entouraient. Mais quand il regarda, il le vit assis, seul, jambes croisées, sur le rocher à l'embouchure du ravin. Il tournait vers Geoff un visage blanchi par la lune. Avait-il les yeux ouverts ? Geoff ne pouvait en être certain à cette distance.

« Papa ? Ça va ? » Il essaya à nouveau de se lever.

« Ça va plus que bien, dit Chauncey. Il a retrouvé son honneur. »

Geoff s'efforça de progresser dans l'eau, mais celle-ci semblait épaisse et lourde, elle s'agrippait à ses pieds, le retenait. Il fit une pause pour retrouver sa respiration, et durant ces quelques secondes il vit son père lever le Glock automatique et en placer le canon sous son menton. Le tenir des deux mains et presser la détente, et la brume autour de lui se teinta alors de rouge tandis que ce qu'il restait de sa tête basculait sur sa poitrine.

« Paaapaaaaaaa ! »

Chauncey avait posé sa main sur son épaule.

« Tout va bien. Je te l'ai dit. Notre honneur a été satisfait, et ton père s'est racheté de la manière la plus honorable qu'il lui restait.

— Non ! Laissez-moi ! Saloperies de monstres ! Vous l'avez *forcé* à se tuer !

— Faux. Nous n'avons pas ce genre de pouvoir. Nous ne pouvons forcer personne à agir contre sa volonté. Nous ne pouvons chercher vengeance, ni tuer de sang-froid.

— Vous l'avez fait de bon cœur, aujourd'hui !

— C'est là où tu te trompes. Nous pouvons nous défendre sur nos terres, sur notre domaine, par tous les moyens nécessaires. Cette dispense est limitée aux frontières de notre domaine. Tu es en colère et tu as peur, mais je ne peux pas te faire de mal, Geoff. Tous autant que nous sommes, nous ne pouvons que te raisonner. T'expliquer tes choix.

— De quoi vous parlez ?! Qu'est-ce que vous avez fait à Eden ?

— Nous lui avons donné asile. Et aujourd'hui, vous avez violé cet asile. Je ne sais pas où elle est. Pendant que nous étions… occupés, les autres l'ont emmenée, de force.

— Quels autres ? Ça n'a pas de sens. Rien de tout ça n'a de sens. Pourquoi fallait-il qu'il meure ?

— Tu ne sais pas qui ils étaient ? insista Chauncey.

— Non !

— Ni où ils sont partis ?

— Oh mon Dieu ! »

Aucun son n'accompagna l'apparition des flammes, dont il n'eut conscience qu'en voyant leur reflet dans les grands yeux noirs de Chauncey. Il sentit la chaleur, puis le brouillard de la baie prit une coloration orange. Il détourna les yeux et vit les flammes engloutir le corps de son père, toujours assis sur le rocher comme un immolateur sacré dans une manifestation de protestation asiatique. Debout à distance, presque entre les arbres, de petits groupes d'observateurs, noirs sauf à l'emplacement ambre vif de leurs grands yeux obliques. Les flammes jaillissaient et tourbillonnaient. La chaleur était intense. Cette chaleur et la combustion de son père, tout cadavre qu'il fût, emplirent Geoff d'un vertige de nausée et de désespoir.

« Alors tu n'as rien à me dire. »

Geoff fixa le bûcher, déglutissant, pleurant.

« Laissez-moi tranquille.

— Tu n'as pas encore entendu tes choix.

— On va envoyer des gens nous chercher. Ils nous trouveront au matin. Il faut juste que je passe la nuit. »

Elle hocha la tête. « C'est un des choix. Être secouru.

— Oui.

— Tu as vu les Auditeurs qui attendent là-bas, n'est-ce pas, Geoff ?

— Les quoi ?

— Si tu choisis d'être secouru, nous partirons tous en te laissant ici. Tous sauf un, que les Auditeurs choisiront parmi eux pour te tenir compagnie jusqu'à la fin de tes jours. Prends un peu de temps pour leur jeter un coup d'œil et essayer d'imaginer à quoi la vie va ressembler. Tu seras surveillé en permanence, par des yeux qui ne clignent jamais. Qui ne se ferment jamais. L'Auditeur ne te parlera pas. Il n'aura rien à dire. Il ne fera qu'observer et attendre.

— Attendre quoi ?

— Que tu pètes les plombs comme un pauvre type jeté aux oubliettes. Il paraît qu'en moyenne, ça prend quarante-huit heures. Quarante-huit heures avant que tu te mettes à parler à ton Auditeur. À parler, parler, parler. À supplier, gémir et implorer son pardon en pleurnichant. Mais le pardon est l'affaire du Pardonneur. Lui n'est qu'un Auditeur. *Ton* Auditeur, jusqu'à la fin de tes jours. »

Geoff fit courir sa langue sur ses dents cassées. Ses lèvres se contractèrent en une position figée, une espèce de rictus.

« Ou bien… » Chauncey avait travaillé à son sourire. Cette fois-ci, il était presque correct. « Tu peux rentrer vivre à Moby Bay. Quelques mortels — par exemple Mycal, le mari de Wardella — font ce choix et beaucoup d'entre eux finissent par s'adapter. Tu seras… toléré, et je te promets que nous ne sommes pas si difficiles à supporter sous notre apparence de tous les jours. Tu pourrais même épouser l'une de nous. La vie est simple et plutôt facile à Moby Bay, sauf des jours comme aujourd'hui, mais ce genre de problèmes est plutôt rare. Il y en a toujours avec les Mauvaises Âmes, les Déchus de Malterra. Ceux qui ne croient pas au pardon divin. Ça les rend *méchants*, c'est moi qui te le dis. »

Geoff tremblait. Il ne pouvait plus regarder Chauncey. Il regarda donc les flammes et les restes de son père qui partaient en fumée.

« Le troisième choix, bien sûr, est le meilleur, reprit Chauncey. Il satisfait…

— Votre honneur ? Quelle sorte d'honneur des monstres comme vous ont-ils donc ?

— Et voilà, tu confonds l'apparence avec le mal. Tous les Déchus ne sont pas mauvais. Les Mauvaises Âmes sont prisonnières d'une forme humaine. Sauf Mordaunt, qui est *Deus inversus*, l'Obscurité de Dieu. Vous, les mortels, vous pouvez vous réjouir que cela soit ainsi. Cela vous donne une chance de combattre, au moins, même si le mal a eu le dessus pendant la dernière centaine de millénaires. Peut-être parce que ce n'est jamais ennuyeux. La raison pour laquelle *nous* sommes des métamorphes est incluse dans le marché de la rédemption. Au contraire des Malterriens, nous pouvons éventuellement finir par retrouver l'état de grâce. D'abord, nous apprenons nos leçons. Pour comprendre la nature de toutes les créatures qui nagent, volent, marchent ou rampent, nous endossons leur identité. » Son sourire était maintenant correct, quoique un peu triste. « Mais putain, qu'est-ce que ça peut être difficile ! D'apprendre à se métamorphoser, je veux dire. Mon frère n'a que treize ans, et il est déjà meilleur que moi à ce petit jeu.

— Treize ans ? Mais… quel âge avez-vous ?

— Oh, je suis antédiluvienne. En années terrestres, j'ai vingt-deux ans. Vie, mort, renaissance, nous traversons des cycles de renouveau comme tout ce qui est vital dans la nature. Cela rafraîchit notre apparence, nous permet de conserver notre vivacité intellectuelle. Je suis née un 28 juillet, la dernière fois. Ce qui fait de moi un Lion. Tu veux revoir ma patte ? J'imagine que non. Cela faisait dix-huit mois que je travaillais sur ce foutu griffon. Maman dit que j'ai toujours été trop ambitieuse. Elle a sans doute raison. Prendre plusieurs parties corporelles du monde animal pour les combiner ensemble, c'est plutôt tordant, mais épuisant. Roald, ce petit con, dit que j'aurais dû commencer avec une poule. Qu'est-ce que tu penses de son ours-garou ? Il a remporté le premier prix dans la catégorie des moins de dix-huit ans à notre petite fête du solstice d'hiver.

— Ours-garou ? C'est ça… que c'était ?

— Enfin bref. Revenons à toi. Ce troisième choix. Si tu prends le contrat rédemption totale. C'est vraiment une affaire. Épargne-toi dans cette vie, et tu charrieras un lourd bagage dans la prochaine. Tu accompagnes la gale, l'obscurité et le mildiou. L'âme mérite une livraison propre, Geoff.

— Je… ne sais pas q-quoi faire. »

Elle hocha la tête. « Normal. Tu as besoin d'un peu de temps. Tu es perdu, tu as froid. Jette un peu de bois sur ton feu, réchauffe un peu de ce café instantané que contient ta trousse de survie. Enveloppe-toi dans une couverture. Je serai dans le coin si tu as besoin de parler.

— Non. Q-quelle heure est-il ?

— L'heure n'a plus de signification pour toi, Geoff. »

Ses yeux le piquaient. Il se frotta la gorge pour essayer d'y réduire la tension qui l'étouffait. Il se détourna de Chauncey, vit à nouveau les flammes sur le rocher comme les branches rayonnantes d'un arbre alimenté par le cœur consumé de son père.

« Dis-moi, Geoff… »

Il se retourna vers Chauncey. Elle tendait la main droite. Il vit un Glock automatique compact posé sur sa paume.

« C'est à toi, non ? »

Il resta quelques instants les yeux fixés sur l'arme, puis fit trois pas dans l'eau en direction de Chauncey. Le ressac derrière la baie embrumée était comme le sang qui traversait son cœur. Ses doigts se refermèrent sur la glissière terne et noire du Glock en effleurant le poignet de Chauncey. Contact inattendu et, en un sens, réconfortant. S'imaginer aveugle et trouver une fleur dans le noir. Un seul battement de son cœur dit *courage*.

Geoff leva la tête et la regarda dans les yeux.

« Je croyais l'avoir perdu », lui dit-il. Il souleva le pistolet. Le tint comme s'il s'agissait d'une clé en équilibre au bord de la serrure d'une porte mystérieuse. « Merci.

— Ce que tu prends pour la fin n'est qu'un autre endroit à visiter.

— Je voulais revoir Eden. » Il n'y avait pas la moindre tension dans sa voix, aucune note de chagrin. Il sentait son esprit clair, ouvert à toute possibilité, soulevé loin au-dessus du commun des mortels, de la tristesse de l'apitoiement sur soi-même et d'autres perceptions simplement humaines, immaculé comme un observatoire. La réalité était tout aussi claire, comme l'éclat de nouvelles étoiles ; son but était désormais gravé avec netteté dans le firmament, mais juste assez grand pour répondre aux besoins de l'humble événement.

« Je sais, dit Chauncey. Voilà ce que je peux te promettre. Si un jour elle a besoin de notre aide, nous la lui accorderons. »

Deux

Si je ne m'étais pas réservé le feu,
Je n'aurais rien pour ma part.

Méphistophélès dans *Faust*,
Ire partie, scène 3

WASHINGTON — 30 MAI — 0 h 50

Une fois terminée sa discussion avec Victor Wilding, Rona alla se tonifier dans la salle de gym de la Maison-Blanche. Elle se fit ensuite masser et un protégé du médecin personnel de Clint Harvester lui administra une injection de B12. Juste avant minuit, elle prit un léger repas dans sa suite au premier étage. De sa chaîne hi-fi Bose sortait de la musique *bluegrass* rapide : Ricky Skaggs, Alison Krauss. Plusieurs membres de l'équipe R vinrent des bureaux de la première dame, dans l'aile est, lui apporter des dossiers et repartir avec des instructions. Certains larmoyaient un peu ou semblaient dopés à la caféine. Tous furent impressionnés et comme toujours un peu intimidés par le dynamisme et la fraîcheur de Rona. Elle ne piqua qu'une seule colère durant ces visites, lorsqu'elle découvrit qu'elle ne pouvait voir les couvertures des trois magazines d'information qui avaient décidé à la dernière minute de publier un article sur son accrochage à Hawaï.

Katharine Bellaver arriva à la Maison-Blanche à minuit quinze. Rona la fit patienter le temps de conclure ses coups de fil. Deux minutes avec la nouvelle jeune épouse d'un magnat mondial des médias dont elle recherchait l'amitié. Trois minutes trente avec le président français (Rona, qui prenait depuis cinq ans des leçons bihebdomadaires de français, réussit à faire dans cette langue une plaisanterie un peu salace que le Président ne connaissait pas.) Quatre-vingt-dix secondes avec Allen Dunbar, qui semblait un peu déprimé par la chaleur régnant en Inde et par le retour annoncé de Clint à la Maison-Blanche. Et dix minutes avec la journaliste et présentatrice de journal télévisé Barbara Walters.

Le majordome de service avait installé Katharine dans le solarium. Rona entra en coup de vent. Elle s'était délibérément vêtue avec simplicité pour cette rencontre : Wrangler Riatas prêt-à-porter, sandales tressées, ample chemise de lin et deux cordons de perles cheyennes. Elle avait aussi épinglé, sur une poche de sa chemise, son badge porte-bonheur *Clint quand ça compte* datant de l'époque où il faisait campagne à l'arrière des camions pour devenir gouverneur du Montana. Katharine avait un jour fait remarquer à quelqu'un, qui l'avait répété à quelqu'un d'autre, etc., que Rona semblait succomber non sans frénésie aux diktats de la mode depuis son arrivée à la Maison-Blanche. Gnek gnek. Rona avait déjà versé le sang pour des affronts plus bénins. Mais elle détestait Katharine Bellaver de toute façon. D'une antipathie instinctive, en réaction aux privilèges et à la lignée. Sans compter que Katharine avait été une très bonne amie de Clint.

« Katharine, je suis *absolument* désolée de vous avoir fait attendre. »

Katharine leva les yeux du livre de photographies d'Ansel Adams qu'elle feuilletait lentement. « Je vous en prie, Mme Harvester.

— Thomas peut-il vous servir quelque chose ? Un café, par exemple ?

— Il me l'a déjà proposé, mais non, merci. » Elle regarda la tête bandée de Rona et se mordit délicatement la lèvre inférieure. « Et *vous*, comment allez-vous, après cette épreuve ?

— Je ne souffre plus que d'une légère migraine.

— C'était un fragment de balle ? Je n'aurais pas cru qu'un projectile quelconque puisse pénétrer dans ces limousines.

— On ne sait pas trop. » Il s'agissait en réalité d'une petite lime à ongles préparée par Rona pour l'occasion. Dans le tumulte et la confusion, aucun des autres occupants de sa limousine ne l'avait vue se blesser délibérément le front avec lorsqu'elle avait porté les deux mains à son visage. « Merci infiniment d'avoir interrompu vos vacances. Je sais le peu de repos que vous laissent ces interminables réunions sur les violations des droits de l'homme. Un sujet dont, bien entendu, nous savons tous l'importance.

— Peach Boondecker a laissé entendre que c'était urgent. » Katharine regarda Rona avec un petit sourire et cet impassible visage de porcelaine dont Jackie Kennedy avait fait l'une de ses plus magnifiques défenses. Dans la bouche de Katharine, « urgent » avait semblé un peu ridicule, mais c'était une diplomate professionnelle. « Peach m'a affirmé ne pouvoir me donner plus de détails. J'ai supposé qu'elle n'en avait pas. » *Augmente la mise ou abats ton jeu*, disait le sourire de Katharine.

« Il s'agit d'une affaire assez personnelle, annonça Rona.

— Concernant Clint ? Il est là ?

— Non. Il devrait bientôt arriver, vers 2 heures du matin.

— Si tard ?

— Nous voulions éviter toute agitation.

— Oui, bien sûr, admit Katharine avec un rien de

dérision dans l'œil. Étant donné l'heure, la foule sur Pennsylvania Avenue est plutôt conséquente. Avec ses pancartes CONTENT DE VOUS REVOIR, CLINT. » Elle ne mentionna pas les pancartes RONA, ON VOUS AIME, plus nombreuses encore que celles adressées au Président.

« Rien de tel qu'un débordement spontané d'affection pour vous donner du cœur à l'ouvrage, observa Rona.

— Tout à fait. Mais… Clint est-il prêt à reprendre le collier ?

— Autant qu'il puisse l'être.

— Et la pression ? Cela m'inquiète, Mme Harvester.

— Personne ne se soucie plus de la santé de mon mari que moi. Je peux le soulager d'une bonne partie de sa charge, et je suis disposée à le faire. À propos, puisque vous appelez le président des États-Unis “Clint” comme s'il était toujours l'un de vos confidents et partenaires sexuels — ce qui ne me gêne plus du tout —, cela arracherait-il votre langue de patricienne de m'appeler “Rona” ?

— Eh bien, non, je ne pense pas. » Katharine fit une pause significative, sourit. « Rona. » Elle croisa les mains dans son giron, pencha légèrement la tête. « Votre information — à propos — est à la fois rance et inexacte. Clint et moi nous sommes toujours beaucoup trop respectés pour nous rouler dans le foin. Alors, que se passe-t-il ?

— Je veux que vous me disiez où est votre petite-fille et quand vous comptez la voir. »

Katharine baissa les yeux et sa tête s'inclina légèrement, comme si elle avait pris un petit coup sur la nuque. Quand elle les releva, elle s'était reprise, on ne décelait aucune fêlure dans la porcelaine et son sourire contenait juste la bonne dose de perplexité.

Rona bâilla grossièrement. « Je vous en prie, épargnez-nous toute dénégation de merde. Je sais tout des circonstances de la naissance d'Eden, y compris l'identité probable de son père. Je suis sûre que vous avez assisté à la naissance. Pourquoi avez-vous fait adopter le bébé ? Gillian était trop cinglée à l'époque pour élever sa propre fille ? Ou peut-être aviez-vous peur de ce qu'elle avait apporté dans notre monde ?

— Vous m'aviez demandé si je désirais… un rafraîchissement. Je crois que j'aimerais en avoir un, maintenant.

— Un verre de xérès ? Oh, c'est vrai, vous n'en buvez pas. Moi non plus. Voyons, à cette heure de la soirée, vous vous êtes déjà brossé les cheveux et les dents, vous vous installez pour lire une vingtaine de minutes avant de dormir et vous préférez un Stoly *on the rocks*. Je me trompe ? Personnellement, je n'ai jamais pu lire au lit. Ça me donne toujours le torticolis. Thom-*as !* »

Le regard posé sur quelque chose dans le dos de Rona, Katharine garda un silence songeur jusqu'à ce que le majordome eût quitté la pièce après avoir servi les boissons demandées et suivi la suggestion de Rona de réduire l'éclairage à une lumière de crépuscule sans ombre.

« Cul sec ! » fit Rona d'un ton enjoué en levant son verre de punch aux agrumes pour trinquer avec Katharine. Elle ôta ses sandales tressées et ramena ses petits pieds sous elle sur la causeuse. Katharine roulait son verre de cristal entre ses mains en regardant les lumières de Washington par les fenêtres du solarium.

« Les services de sécurité n'aiment pas qu'on soit là-haut la nuit, lui dit Rona. Ils ont peur des snipers.

— Il semble que par les temps qui courent, ni vous ni moi n'ayons le droit à beaucoup d'intimité.

— Quel monde, dit Rona en buvant. Mais j'ai appris il y a bien longtemps à étudier toutes les traces de pattes qui entourent mon point d'eau, à me familiariser avec les habitudes des… créatures qui les laissent.

— Jusqu'à il y a trente-six heures, ma petite-fille a vécu exactement le genre de vie que j'avais prévu et espéré pour elle. Elle peut encore retrouver cette vie.

— Oh, je ne crois pas, non.

— Ce ne sera pas facile, mais avec l'aide de ceux qui l'aiment…

— Soyons réalistes, Katharine.

— Votre vision de la "réalité" est écœurante.

— Eden s'est *révélée*, vous ne comprenez pas ? Vu son ascendance, elle doit être très spéciale. Vous connaissez Bob Hyde ; il voit en tout médium un ennemi potentiel de la nation. Le FBI a pas mal merdé sur les recherches psi, et au lieu de suivre la tendance, il espionne tous les médiums actifs qu'il découvre. Aujourd'hui, Bob a lancé ses équipes d'intervention sur les traces d'Eden, probablement avec l'ordre de l'abattre à vue. »

À voir la réaction de Katharine, on aurait pu croire que Rona lui avait lâché une allumette enflammée sur les genoux. « D'après mes informations, ajouta Rona d'un ton apaisant, Bob pourrait avoir gravement sous-estimé Eden. Les hélicos de l'armée de l'air qu'il a réquisitionnés pour cette chasse à l'homme auraient dû regagner depuis bien longtemps leur base californienne. Mais revenons à ma question. *Avez-vous eu des nouvelles d'Eden aujourd'hui ?*

— Non.

— Savez-vous où elle se trouve ?

— Si je le savais…

— Vous ne me le diriez pas ? Vous vous rendez compte que c'est une erreur *monumentale* ? Je croyais que vous vous inquiétiez pour elle. Votre argent et vos relations ne suffiront pas à la protéger. Hyde et le FBI sont implacables. Tout autant que les agents d'une centaine de nations impatientes de voir notre pays échouer. Ils trouveraient Eden très utile à leurs desseins. Il ne reste qu'un seul endroit sur Terre où elle serait en sécurité… *Ici*, Katharine. À la Maison-Blanche. Sous *notre* protection souveraine. »

Katharine but deux ou trois gorgées et ferma les yeux quelques instants.

« Vous livrer Eden ?

— Pourquoi pas ? Vous l'avez déjà fait. Que croyez-vous qu'elle pensera de vous une fois qu'elle saura tout ?

— Elle a toujours su qu'elle avait été adoptée.

— Je dirais plutôt abandonnée, rétorqua impitoyablement Rona. Sans justification. De sang-froid. Vous n'en vouliez pas. C'est comme ça qu'elle verra les choses. Vous pouvez penser ce que vous voulez de moi, je sais comment fonctionnent les êtres humains. J'en ai démonté plein, de mon temps.

— Laisser les ruines là où elles sont tombées », dit Katharine. Elle secoua résolument la tête. « Ce qui compte… c'est la manière dont on répare ses erreurs. Dont on dit qu'on est vraiment désolé. Tom… »

L'impair n'échappa pas à Rona. Katharine plongea les yeux au fond de son verre avec une petite grimace.

« Vous disiez ?

— Rien.

— Tom ? Tom Sherard ? Le mari de Gillian, c'est bien ça ? *Encore* un de vos ex-amants, d'ailleurs. La vic est pleine de situations intéressantes comme celle-ci. » Rona rayonnait, elle vibrait presque comme une corde de violoncelle qu'on viendrait de pincer. « Oh, je comprends. C'est *lui* que vous avez envoyé, je me trompe ? Pour ramener Eden. Vous voyez ? Encore une erreur. Vous auriez dû aller la chercher vous-même, au lieu de vous prélasser en attendant qu'on vous l'amène. Elle va vous en vouloir pour cela, Kath.

— Je pense qu'il est temps que je prenne congé.

— Déjà ? J'espérais vous voir passer la nuit ici. Nous avons un ou deux lits de libres. Des lits historiques. D'importantes personnalités y ont saigné et y sont mortes.

— C'est très aimable à vous… Rona. Mais je vais partir.

— Clint sera là dans une heure. Je pensais que vous auriez aimé le saluer. » Rona prit le temps de savourer la lueur d'émotion dans les yeux de Katharine. « Il y a une toute petite chance qu'il se souvienne de vous. »

Katharine se leva en posant son verre. Elle dévisagea Rona jusqu'à ce que celle-ci ravale son étrange sourire.

« Je n'arrive pas à comprendre de quelle manière vous pouvez abuser de lui comme vous comptez si manifestement le faire. En courant le risque de… de rendre Clint pathétique, de l'humilier aux yeux du monde.

— Croyez-moi, il n'y a pas le moindre risque.

— Que pouvez-vous espérer obtenir ?

— Ici, à la Maison-Blanche, nous faisons juste le maximum pour remettre d'aplomb le navire de l'État. Pour protéger vos intérêts vitaux comme les miens. À propos, d'après les sondages, une majorité de loyaux Américains pensent que l'ONU est obsolète et qu'elle représente une menace pour notre souveraineté et notre sécurité interne. Tous ces petits dictateurs de merde avec un PNB de vendeur de hot-dogs ambulant qui votent contre la nation la plus puissante du monde sur des sujets vitaux pour notre développement économique… quand je lis ça, ça me donne envie de gerber sur mon *Washington Post.* Vous et moi, il va falloir qu'on discute de ce que vous faites au Congrès. Bonne nuit, Katharine. J'ai hâte de rencontrer Eden. Nous nous entendrons à merveille. Je communique bien avec les gamins de son âge : mes sondages montrent que ce sont mes plus grands supporters.

— Vos sondages ? Vous avez presque l'air de vouloir vous présenter aux élections », dit Katharine en s'arrêtant sur le chemin de la porte.

Rona n'avait pas pris la peine de s'extraire de la causeuse pour raccompagner Katharine. Elle lui retourna son regard en plongeant ses yeux droit dans les siens. « Aux présidentielles ? Pour quoi faire ? Je suis déjà dans la place. »

MOBY BAY — 30 MAI — 7 h 12

Les huit hélicoptères de recherche et de sauvetage de la Garde nationale californienne, de vieux Hueys au rayon d'action accru par l'adjonction de réservoirs supplémentaires, apparurent peu après le lever du soleil dans la région de Moby Bay. Ils découvrirent que déjà la ville se préparait pour un afflux massif de touristes. Des camions de livraison déchargeaient des caisses de nourriture et de boissons chez les vendeurs de glaces, les boutiques de beignets et les deux cafés-restaurants de Moby Bay, le Gray Whale et le Keg'n'Burger. Les commerçants nettoyaient au jet d'eau le trottoir devant leurs établissements ou remplaçaient les banderoles bleu, blanc, rouge endommagées par la tempête de la soirée.

Peu de temps après arriva, escorté par des voitures de patrouille de la police de la route, un convoi de berlines gouvernementales et de camionnettes à huit places parti à 2 h 30 de Sacramento. Vingt-six agents du FBI venus de San Francisco et de Sacramento. Ils achetèrent six douzaines de beignets et du café pour leur petit déjeuner, qu'ils prirent en montrant des photos d'Eden Waring à tout le monde.

Chauncey et Roald McLain aidaient leur père à installer sur le trottoir une exposition d'artistes peintres locaux. Trois agents du FBI, menés par Dolph Hackett de Sacramento, demandèrent à voir Chauncey. L'un d'eux portait un sac de preuves. Hackett informa Wick McLain qu'ils avaient quelques questions à poser à sa fille, y aurait-il un endroit plus tranquille que la rue où ils pourraient lui parler ? Wick fulmina, de quoi s'agit-il, ma fille n'a rien à se reprocher, et Chauncey le rassura d'un sourire, bien sûr que non, Papa, tout ira bien, alors Wick dit, bon, d'accord vous n'avez qu'à utiliser mon bureau, derrière, mais soyez gentils, laissez la porte ouverte, que je garde un œil sur ma fille.

Ils présentèrent à Chauncey une photo d'Eden Waring. Elle l'examina pensivement, puis laissa apparaître une lueur de reconnaissance. « Oh, c'est la fille qu'on a vue à la télé, non ? Celle avec la prémonition sur le crash à Innisfall, qui a sauvé plein de monde, c'est ça ?

— Mais vous ne la connaissez pas personnellement ? demanda Hackett.

— Non. Si je l'avais rencontrée, je pense que je m'en souviendrai. Mais vous savez, je rencontre plein de monde en tournée. »

Sur un coup d'œil de Hackett, l'agent qui portait le sac de preuves en sortit le chandail de hockey Mighty Ducks, tout froissé, avec le nom de Chauncey cousu dessus. « Ceci vous appartient-il, mademoiselle McLain ?

— J'en ai eu un comme ça, c'est vrai. Numéro 12. Il m'arrivait de le porter pendant notre tournée de l'automne dernier.

— De quelle tournée parlez-vous ?

— Je fais partie du groupe *Pussy Whip*. Vous n'écoutez jamais de métal ? » Le plus jeune des agents sourit mais n'osa rien dire devant son chef. Ses cheveux bouclés et sa mâchoire volontaire plaisaient à Chauncey. Elle s'adressa exclusivement à lui. « Nous avons sorti trois albums. Je ne pense pas qu'on en trouve par ici, mais je pourrais vous en envoyer un. Notre dernier s'appelle *Feeding the Sharks.* » Elle retourna le chandail et examina l'étiquette. « C'est bien mon chandail, il y a mon nom ! C'est dingue, non ? Je n'ai pas la *moindre* idée d'où j'ai pu le laisser, mine de rien, on a quand même joué dans trente-neuf endroits différents en quarante-six jours. »

Dolph Hackett la cuisina encore dix minutes au sujet d'Eden. Elle resta charmante et loquace, mais ne livra pas la moindre information utile. Ils ne voulurent pas lui laisser son chandail. Hackett dit qu'il lui serait peut-être rendu plus tard. Lorsqu'ils prirent congé, le jeune agent du FBI parla pour la première fois.

« Comment vous êtes-vous blessée ? »

Un plâtre volumineux mais léger englobait son pied gauche jusqu'à la cheville.

Elle lui adressa son plus beau sourire de la matinée.

« Oh, juste en chahutant. Au revoir, ravie de vous avoir rencontrés. Et bonne chance, hein ! »

Chauncey les regarda partir avant de rassembler les tasses de café vides et de les jeter dans une corbeille à papier. Elle bâilla. Elle n'avait pas dormi de la nuit. Aucun des citoyens de Moby Bay n'avait dormi. Il y avait eu un sacré ménage à faire. Mais le plâtre sur son pied était l'un des deux souvenirs de leur confrontation de la veille avec des hélicoptères d'attaque et des agents gouvernementaux que personne ne retrouverait jamais, fût-ce en les cherchant jusqu'à la fin des temps. Peut-être étaient-ils perdus dans une région sauvage quasiment inhabitée, ou tout au fond d'un cimetière maritime.

Le deuxième souvenir était bien entendu Eden elle-même. Qui n'était pas perdue, juste portée disparue pour le moment. Chauncey se réconforta avec cette pensée. Elles se reverraient.

RANCH FLAMING RIVER, IVANHOE (CALIFORNIE) — 30 MAI — 8 h 50

Eden entendit des voix loin à l'extérieur, mais moins lointaines que le bruit des moutons. Elle ouvrit les portes à volets de sa vaste chambre et posa le pied sur le sol foncé d'une véranda tellement polie qu'elle en luisait. Elle leva la tête et vit un toit incliné, des ventilateurs à l'ancienne au plafond, des lanternes métalliques rouges sur les murs blanchis à la chaux, des meubles rustiques style mission du XVIIIe siècle. L'éclat du ciel sans nuages derrière les petites montagnes boisées lui fit venir les larmes aux yeux. Elle vit une étable couverte d'ardoises mexicaines rouges, deux éoliennes, une bergerie, un petit verger, quelques peupliers *cottonwood* le long d'une rivière que des bancs de sable divisaient en de multiples ruisseaux d'argent liquide, et une mare marécageuse sur laquelle des canards nageaient entre les roseaux. De l'autre côté de la rivière, du bétail paissait dans des prairies ouvertes sur les contreforts. Elle aperçut un cavalier à côté duquel trottait une meute hétéroclite de chiens de ranch conduite par un danois.

Des voix.

Eden secoua la tête pour s'éclaircir les idées. Elle éclaircit aussi sa gorge sèche. Elle avait les nerfs à vif. Et l'estomac dans les talons. Elle sentit une odeur de feu de bois et de viande grillée, avança dans l'ombre de la véranda jusqu'à une cour dont la taille approchait celle d'un terrain de football américain. Trois bâtiments de ferme, dont l'hacienda d'où Eden venait de sortir, clôturaient en partie la cour, que traversaient ici ou là de larges chemins en gravier conduisant qui à une petite chapelle surmontée d'un clocheton abritant une cloche en bronze, qui à une piscine alimentée à l'une de ses extrémités par une fontaine faite d'une vieille cheminée en briques d'adobe à demi stuquées, qui à des potagers où rochers, sable et morceaux de bois flottants gris mettaient en valeur les cactus verts, les mufliers écarlates et les grappes de tomates grosses comme une balle de tennis, qui à des fours extérieurs dans une construction d'adobe crépi en forme de pain, qui à un fumoir et à une fontaine à trois niveaux couverte de tuiles en céramique de la taille d'un timbre-poste. Près de la cuisine, une tonnelle ouverte s'élevait entre deux chênes de Californie pluriséculaires.

Trois Hispano-Américains s'activaient, dont l'un tenait le long manche d'une poêle à frire grande comme une plaque d'égout. Sous la tonnelle, quatre personnes avaient pris place autour d'une table en bois massif et venaient apparemment d'entamer leur petit déjeuner. Eden n'avait jamais vu les deux Asiatiques. Les deux autres lui étaient virtuellement inconnus. Ils étaient allés la chercher à Moby Bay pour la conduire au milieu de la nuit dans ce ranch situé Dieu savait où avec ses souvenirs écœurants, sa migraine monumentale et ses nerfs qui lui rôdaient sous la peau comme des araignées. Une nommée Luisa l'avait aussitôt guidée jusqu'au splendide lit à baldaquin entouré de rideaux diaphanes d'une chambre fraîche éclairée aux chandelles. Luisa lui avait administré une cuiller à soupe d'un liquide sombre destiné à calmer sa migraine et ses nerfs sans presque jamais cesser de parler, opposant ses mots de réconfort espagnols aux gémissements d'Eden. Elle lui avait ensuite appliqué sur la tête des tissus froids imprégnés d'un liquide agréablement astringent. Eden avait sombré dans un profond sommeil entre la troisième et la quatrième application.

« Quelqu'un pourrait me dire où je suis ? »

Ils ne l'avaient pas vue arriver. Le grand Anglais se leva aussitôt et s'avança vers elle. Il boitait. Elle se souvint qu'il s'appelait Tom. La beauté africaine qui se tournait maintenant vers elle en souriant était Alberta. Eden se souvenait vaguement avoir été assommée par « Bertie », comme l'Anglais l'avait appelée pendant leur long voyage. Eden ne savait absolument rien d'autre sur eux. Ni d'où ils venaient, ni ce qu'ils lui voulaient. Ils s'étaient montrés aimables mais très peu loquaces. Pas du genre à la déposer au prochain arrêt de bus. Aux pauses pipi, Bertie l'accompagnait aux toilettes, comme si Eden avait la force de s'enfuir. Ses sentiments à leur égard alternaient entre la peur et l'indifférence, puis les heures passant et la nuit tombant, elle ne s'était plus intéressée à rien. À demi consciente, elle voulait simplement que cesse de la torturer la vision de Chauncey McLain se relevant avec au front l'énorme et horrible trou que venait d'y percer une balle.

Moby Bay n'est pas un endroit comme les autres. Il est protégé.

Comme une réserve naturelle ?

Oui, bien vu. C'est une espèce de réserve. Mais le truc le plus dingue à Moby Bay, c'est la soirée poker chez Wardella.

Ouais, bien sûr.

« Bonjour, Eden. On pensait que tu dormirais plus longtemps. Ça te dirait, un petit déjeuner ? »

Eden campa sur sa position et le regarda dans les yeux.

« Vous voulez bien répondre à ma question ?

— Cette *shamba*, c'est le ranch Flaming River. Moutons, vaches laitières, quelques chevaux. Tu es en Californie centrale, du moins à ce qu'on m'a dit. Je suis tout aussi nouveau que toi, ici. D'habitude, j'habite au Kenya. Le Flaming River tire son nom des couleurs que la rivière prend au soleil couchant par des belles journées comme celle-ci. Le propriétaire s'appelle Buck Hannafin, cela fait cent quarante ans que ce ranch est dans sa famille. Buck est aussi le chef de la majorité au Sénat. » Eden hocha sèchement la tête : tout le monde savait cela en Californie. « Il est parti faire du cheval, mais il ne devrait pas tarder. » Sherard sourit avec bienveillance devant son expression toujours irritée. « Allez, viens. Tu as sûrement faim. On n'a rien réussi à te faire avaler, hier soir.

— Qu'est-ce que je fais ici ? demanda Eden sans bouger.

— L'attention dont tu étais l'objet depuis presque deux jours te plaisait ?

— *Non.*

— Tu es ici pour te reposer et essayer d'oublier tout ça.

— Pourquoi devrais-je vous faire confiance, à vous ou aux autres ? » dit Eden avec un coup d'œil derrière lui à Bertie et aux Asiatiques. Des Chinois, décida-t-elle.

« D'abord, parce que nous comprenons très bien le… les difficultés dans lesquelles tu t'es trouvée.

— Et qui sont ?

— Certaines personnes ont une peur quasi psychotique de toi et de ce que tu représentes.

— De moi !

— Une ou plusieurs de ces personnes sont probablement responsables du meurtre de ta mère.

— Oh, mon Dieu ! Betts… est *morte ?*

— Non. Désolé, je n'ai pas réfléchi avant de… Je suis heureux de t'annoncer que Betts se remet et se trouve maintenant en sécurité, grâce à Buck Hannafin. Elle n'est pas loin d'ici, dans une clinique privée où la sécurité passe avant tout. Tu ne courrais pas beaucoup de risques à lui rendre visite aujourd'hui. Je ne parlais pas de Betts, mais de ta mère naturelle, avec qui j'ai été marié pendant douze ans. Elle s'appelait Gillian. Tu lui ressembles beaucoup, Eden. Je te montrerais des photos d'elle dans un moment. Toi et moi avons sûrement beaucoup de choses à nous dire. Mais d'abord, essaie de manger un morceau, de profiter du soleil, de reprendre des forces. »

Sa voix était aimable, et sa compassion, espéra Eden, sincère. Elle y répondit par un flot de larmes. Sherard lui passa le bras autour des épaules.

« Je suis désolée, sanglota Eden. Tout a été si foutrement *infernal*.

— Je peux t'assurer que tout ira beaucoup mieux pour toi, à présent. »

Elle se raidit sous son bras.

« Ah oui, vous croyez ? Vous ne savez pas quels rêves je fais ! Surtout que j'en ai fait un autre, hier soir. Le troisième de la série. Et après le troisième rêve, *ça se produit.* »

Buck Hannafin approcha de la tonnelle sur son grand hongre bai. Ses chiens — deux colleys et un Rhodesian ridgeback fauve, plus le danois noir et brun — couraient autour de lui en réclamant des gâteries pour conclure leur balade. Il leur distribua des biscuits Milk-Bone qu'il puisait dans une sacoche de selle. Deux employés d'écurie se précipitèrent pour s'occuper du cheval. Buck portait un jean blanc, une chemise blanche ouverte sur sa poitrine bronzée et une paire de bottes d'équitation en cuir jaune canari. Très impressionnant, qu'il soit ou non en selle. Il s'avança vers Eden, ôta son chapeau de paille de *rancher* et la surprit en la saluant d'une révérence digne d'un grand d'Espagne. Il se redressa ensuite avec quelques craquements.

« Pendant une minute, j'ai bien cru avoir devant moi Audrey Hepburn en personne, elle avait exactement cet air-là quand elle a visité le ranch en 1958, ou peut-être en 1959.

— Audrey Hepburn ? » répéta Eden qui n'en connaissait que le nom. Mais Buck Hannafin pensait manifestement lui avoir adressé un grand compliment, aussi lui rendit-elle son sourire. « Merci. » Hannafin lui était des plus familier, elle l'avait souvent vu à la télévision et dans les journaux pendant son enfance et son adolescence. Riley et Betts méprisaient la plupart des politiciens, mais Betts avait été bénévole dans deux des campagnes d'Hannafin. S'il convenait à Betts, alors… Eden tendit la main, que Buck saisit délicatement en la regardant dans les yeux. « Et merci de… d'avoir pris soin de Betts.

— Elle est en très bonnes mains. Nous avons sorti un juge de son lit à 3 heures du matin pour lever l'ordonnance de protection de témoin du FBI, mis Betts à bord d'un avion-ambulance pour le Nevada, puis l'avons changée d'avion pour la conduire ici depuis Tahoe. Un monomoteur sans plan de vol, piloté par un de mes neveux. Maintenant, elle se repose confortablement à un endroit où personne ne pourrait s'approcher d'elle, même en sachant où la trouver. Autant traverser tout nu et de nuit un égout rempli de barbelés. Et vous bénéficiez de la même garantie, étant placée sous la protection de Buck Hannafin. » Il prit gentiment Eden par l'épaule et la conduisit à la tonnelle. « Voilà les biftecks d'aloyau et les œufs retournés qui arrivent. Asseyons-nous. Je suppose que vous avez fait la connaissance de tout le monde ?

— Pas vraiment.

— Mon vieil ami Chien-Chi, de San Francisco, et son fils Danny. Ils ont eu un petit revers de fortune avant-hier soir. »

Danny Cheng portait ses lunettes noires d'aveugle. À

peine leurs doigts s'effleurèrent-ils qu'Eden retira sa main.

« Oh mon Dieu. *Votre* maison ?

— Eh bien, ils en ont sauvé l'essentiel, répondit Danny avec un sourire étrange. Vous m'avez à peine touché. Qu'avez-vous vu d'autre ? »

Eden secoua rapidement la tête, mais ses yeux s'étaient ternis. Danny essaya de lui reprendre la main. Bertie tendit la sienne pour l'en empêcher.

« Hé, Danny, dit-elle. Si vous voulez des infos, regardez la télé et lâchez un peu les pauvres parapsychiques que nous sommes. C'est du travail, et ça peut être dur pour une fille. »

Eden regarda Bertie, sa vue s'éclaircissant. Des questions dans les yeux.

Bertie haussa les épaules en souriant.

« Ben oui, moi aussi, fit-elle. Mais on causera boutique plus tard. »

Eden gardait une bonne place dans les médias en cette journée du Souvenir. On parlait beaucoup aussi de la disparition du directeur du FBI. Officiellement, Robert Hyde avait accompagné un corps expéditionnaire d'élite mais non officiel en « mission d'entraînement » en Californie du Nord. Une énorme opération de recherche et de sauvetage avait été lancée. Pas d'autres détails.

Et le président Clint Harvester était revenu de Camp David à la Maison-Blanche après le long rétablissement consécutif à son attaque. Le médecin personnel du Président, R. Traynor Daufuskie, lut à la presse un bref communiqué proclamant que Clint « rongeait son frein » et « désirait à cent pour cent » se remettre au travail. Il y avait du vent dans la roseraie où Daufuskie fit ces déclarations. Le soleil jetait des étincelles dans le verre de ses lunettes. Il devait tenir sa cravate pour éviter qu'elle lui vole dans la figure. Une fois sa lecture achevée, il leva les yeux sans sourire, un peu comme celui qui regarde son peloton d'exécution se mettre en place à dix pas, et rendit abruptement le podium au porte-parole du gouvernement, Val Domingues, qui annonça que le Président s'adresserait à la nation et au monde mardi soir à 21 heures depuis le Bureau ovale. Ce serait un discours majeur. Entre-temps, le Président et Mme Harvester profitaient de la tranquillité de ce jour férié pour se détendre ensemble dans la résidence. Steven Spielberg avait envoyé à la Maison-Blanche une copie de son dernier film, non encore sorti en salles, et ils avaient prévu de le regarder après le dîner avec quelques intimes. C'était tout. Pas de questions.

Le réseau télévisé qu'ils regardaient à l'ombre de la tonnelle passa la parole à un correspondant à l'extérieur du parc de la Maison-Blanche, qui remplit son temps d'antenne en choisissant quelques sympathisants parmi la foule rassemblée sur Pennsylvania Avenue dans l'espoir d'entrapercevoir le couple présidentiel. Tous avaient l'air de très bonne humeur et poussaient des acclamations lorsque la caméra se braquait sur eux. Avec le retour de leur président, ce serait bientôt la fin des Mauvaises Choses qui avaient rendu le pays nerveux. Clint aurait les réponses.

« Quels enfoirés de menteurs, commenta Buck Hannafin en caressant les oreilles de son danois Championne Pardon My Fancy. Je ne comprends pas comment ils peuvent réussir leur coup. S'adresser à la nation ? Clint n'arrivait même pas à lacer ses chaussures la dernière fois que je l'ai vu, il y a à peine cinq semaines.

— Si on a pratiqué un blocage mental sur lui, avança Bertie Nkambe, il a pu s'en remettre spontanément.

— C'est ce que vous m'aviez dit. Vous parieriez dessus ?

— Ça non. »

Mal à l'aise, Hannafin remua dans sa chaise en rotin sans quitter l'écran de télévision des yeux. L'image satellite était très nette. « Quelque chose se trame, dit-il. Une combine de Rona. Vu que ni les scrupules, ni la retenue ne l'ont jamais étouffée, ça pourrait avoir des conséquences extrêmement tragiques pour chacun de nous. »

Eden but quelques gorgées de son deuxième verre de jus d'orange.

« Qu'est-ce que vous appelez *blocage mental* ? demanda-t-elle à Bertie.

— L'inversion des polarités du champ électrique cérébral. Ça te bousille méchamment l'esprit. Comme si tu étais frappée par la foudre, en plus précis. Mais je ne crois pas que ce qui est arrivé au Président soit un phénomène naturel.

— On peut maîtriser cette discipline, intervint Chien-Chi. Mais seule une toute petite partie des adeptes y parvient. Il faut savoir très précisément diriger la Force vitale. Cela s'apparente à la manière dont on donne forme à son image-miroir. Ce qui n'est possible qu'aux adeptes gauchers. » Il sourit à Eden. « Et j'ai remarqué que vous étiez gauchère. »

Sans répondre, Eden grimaça comme si elle avait par négligence laissé ce vieillard ironique et réservé accéder à son esprit. Elle n'était pas sûre de vouloir l'avoir pour ami. Ni lui, ni aucun d'entre eux.

« Comment peuvent-ils prendre le risque de faire passer Harvester à la télé s'il n'en est pas capable ? » demanda Sherard à Hannafin, qui secoua la tête d'un air déconcerté.

« C'est faisable, dit Danny Cheng. De manière indétectable, donc sans courir le moindre risque. J'ai des amis dans l'informatique. Tout ce dont ils ont besoin, c'est de la voix du Président, par exemple sur des enregistrements de quelques vieux discours. Et aussi d'une caméra dans son bureau vide. Ils peuvent lui donner l'apparence qu'ils veulent, lui faire dire n'importe quoi, cela aura l'air fluide, comme si c'était du direct.

— On peut sans doute abuser un certain temps le peuple américain avec des trucages, dit Hannafin. Mais les fonctions présidentielles consistent surtout en des réunions et des conversations téléphoniques, sinon rien ne se fait. Pour l'instant, il y a une conspiration du silence quant à l'état réel de Clint, mais cette conspiration prendra *forcément* fin un jour. Rona est dans une impasse. Toute la question est de savoir si elle a complètement perdu l'esprit. Ou si elle croit pouvoir se sortir de n'importe quelle situation grâce au soutien et aux ressources de Victor Wilding. Où sont les limites ? Qu'est-ce qui nous attend ? Le jour où Rona Harvester a posé le pied à la Maison-Blanche, j'ai commencé à avoir vraiment peur pour notre pays. Et il n'y a pas que moi au Congrès qui… »

La chaise d'Eden racla sur le sol lorsqu'elle la repoussa en arrière. « Excusez-moi », dit-elle avant de s'enfuir, tête basse. Bertie s'apprêtait à la suivre lorsque Tom Sherard voulut l'en dissuader d'un geste. Bertie y réfléchit, secoua la tête et suivit Eden.

Quand elle l'eut rattrapée, les deux jeunes femmes parcoururent en silence les huit cents mètres qui les séparaient de la rivière. Elles lancèrent tour à tour des bâtons dans l'eau où deux des colleys du ranch allaient les chercher. Au bout d'une dizaine de minutes, Eden soupira et jeta un coup d'œil à Bertie.

« Je suis désolée. C'était très mal élevé de quitter la table comme ça. Mais je n'aurais pas supporté d'entendre une parole de plus. »

Bertie haussa les épaules. « Surcharge sensorielle. J'ai moi aussi traversé quelques mauvaises passes, ces derniers temps.

— Pour l'instant, je… Je me fiche complètement des problèmes des autres. Je suis à vif, intérieurement. Je veux juste voir Betts. La prendre et la tenir dans mes bras. Qu'elle me tienne dans les siens.

— Je vais t'y conduire », proposa Bertie.

PLENTY COUPS (MONTANA) — 30 MAI — 5 H 45

Pendant qu'Eden dormait et rêvait, les avions arrivèrent, comme chaque jour à la même heure. En ce jour férié, l'effectif des installations du MORG à Plenty Coups, à quinze kilomètres à l'est de la ville délabrée du même nom et trente-cinq à l'ouest de Billings, était réduit d'un tiers. Seuls quatre des avions de deux cent seize places de la flotte d'Airbus se posèrent, à trois minutes d'intervalle, sur une des deux longues pistes d'atterrissage. Il y avait à Plenty Coups une tour de contrôle, un centre de maintenance avec camions de pompiers et chasse-neige, six grands hangars et un terminal de fret. Le MORG possédait aussi sa propre flotte de fret, constituée de 747 et de quelques avions-cargos de construction russe. Tout ce que ses installations usaient ou jetaient arrivait et repartait par la voie des airs, y compris les déchets. Les appareils civils ou militaires n'atterrissaient qu'exceptionnellement sur cet aéroport, et aucun ne pénétrait dans cette zone rigoureusement interdite au vol sans une habilitation de très haut niveau. Les avions, peints en gris clair, n'avaient d'autre marquage que leurs numéros d'immatriculation fédéraux. Au début, pendant la construction des bâtiments, on avait même occulté les hublots des Airbus. Pratique abandonnée lorsqu'on avait constaté les fréquentes crises d'angoisse et de vertige qu'elle provoquait parmi les passagers.

Deux des avions arrivèrent de leur base de maintenance, le peu fréquenté aéroport municipal de Billings. Un autre vint de Denver, un aller-retour quotidien de deux heures et demie. Le quatrième avait décollé de la Silicon Valley. À Plenty Coups, tout le monde travaillait treize heures par jour pendant trois jours d'affilée, ce qui rendait la situation tolérable pour les employés qui habitaient loin : Californie, Colorado ou État de Washington. La paie, même pour le personnel de maintenance, était très généreuse, bien au-dessus des niveaux de la fonction publique. Cela compensait des inconvénients mineurs tels que rester bloqué un ou deux jours supplémentaires par les conditions météorologiques. Le Multiphasic Operations and Research Group achetait à prix d'or le silence absolu des quatre mille cent employés de Plenty Coups.

Des bus au gaz naturel escortés par des jeeps de gardes armés et sur le qui-vive vinrent à la rencontre des avions. Les employés qui arrivaient furent admis électroniquement à prendre place à bord des bus. Ceux-ci partirent ensuite en convoi, espacés de trente mètres, et roulèrent deux kilomètres et demi dans la plaine nue sur une deux fois deux voies bordée de pare-neige. Sauf par très mauvais temps, deux hélicoptères survolaient en permanence les installations.

Le convoi avait pour destination un terminal en surface construit, curieusement, comme un fort de cavalerie du XIXe siècle, mais avec une palissade de clôture en poteaux de béton armé et des battants de portail d'entrée hauts de trois mètres cinquante et épais comme une porte de coffre bancaire. Les gardes avaient des armes automatiques mais portaient des uniformes du 7e régiment de cavalerie du colonel Custer, un caprice de Victor Wilding, grand collectionneur d'objets de western. Personne ne lui avait fait remarquer l'ironie sous-jacente[1].

Derrière le portail, la route se divisait et passait sous terre pendant cinq cents mètres pour aboutir à un autre portail anti-souffle, franchissable par les dix-huit roues, qui s'ouvrait sur une aire de stockage de la taille d'un pâté de maisons. C'est là qu'on déchargeait les fournitures pour acheminement et que les employés passaient un poste de contrôle pour aller prendre un des tramways qui partaient toutes les deux minutes. Les installations de Plenty Coups avaient la forme d'une roue d'un kilomètre et demi de diamètre. Trois tramways de cinq wagons en parcouraient la circonférence en s'arrêtant à chacun des douze rayons, où les employés franchissaient d'autres portes sécurisées pour accéder à leurs zones de travail. Les trottoirs roulants qui équipaient sur toute leur longueur ces douze rayons complétaient le cycle de transport utilisé par les employés pour venir de chez eux jusqu'à leurs bureaux, usines ou laboratoires.

Des caméras surveillaient et enregistraient la moindre portion du trajet. Positionnées au centre de la roue, les zones les plus sensibles telles que les divisions Formation Psi et Ingénierie neurologique bénéficiaient des mesures de sécurité les plus modernes et les plus draconiennes. Personne n'avait jamais réussi à pénétrer à Plenty Coups sans l'autorisation et l'identification adéquates, et les procédures d'identification incluaient à certaines occasions un scan corporel complet à même de révéler la moindre anomalie physique. Le meilleur moyen pour accéder à Plenty Coups consistait à s'y faire embaucher. Mais le MORG appliquait des cri-

1. Le 7e régiment de cavalerie, sous le commandement du colonel Custer, a été anéati par les Sioux en 1876 lors de la célèbre bataille de Little Big Horn. *(N.d.T.)*

tères extrêmement stricts et vérifiait votre passé avec une application paranoïaque.

Par ailleurs, l'Ingénierie neurologique recrutait activement des sujets dotés de talents utiles mais dépourvus de déficience cognitive et psychologiquement incapables de s'adapter à la vie en société. Souvent des personnes mises en liberté conditionnelle par les prisons civiles et militaires.

30 MAI — 17 h 46

Pour convaincre le Dr Marcus Woolwine de quitter la CIA et de venir diriger la division d'Ingénierie neurologique du MORG, Victor Wilding lui avait donné infiniment plus d'argent et de latitude dans ses recherches, en lui promettant qu'aucun comité de supervision ne viendrait fourrer son nez dans ses affaires. Woolwine rendait directement compte à Wilding, aux moments qu'il choisissait à sa convenance.

Wilding détestait s'éloigner à ce point de ses quartiers généraux à l'hôtel Chassériau, mais il estimait nécessaire de se rendre à Plenty Coups au moins trois fois par an. Woolwine vint l'accueillir à sa descente d'avion. On les conduisit aux installations sous escorte armée.

Woolwine était un petit homme chauve et bronzé qui approchait des quatre-vingts ans. Il jouait encore beaucoup au tennis, et portait, à l'intérieur comme à l'extérieur, des verres-miroirs pourtant passés de mode depuis longtemps.

« J'ai étudié toutes les bandes vidéo récupérées par vos agents à l'endroit où le vol Transpac 1850 s'est écrasé. Celles de la remise de diplômes dans le stade. Eden Waring y apparaît souvent. Il paraît qu'elle n'a ni frères ni sœurs ?

— Aucun dont nous aurions connaissance.

— Peut-être alors est-elle capable d'exploits remarquables. Sur l'une des bandes, d'une excellente qualité, on voit deux Eden Waring. Au même moment, mais à cinquante mètres de distance.

— Quelqu'un de sa promo qui lui ressemblait.

— Nous nous sommes livrés aux mesures et traitements d'image habituels. L'accumulation de ressemblances exclut une simple coïncidence.

— Et alors ?

— Alors Eden Waring sait faire apparaître son doppelganger. Nous savons que Kelane Cheng en était capable aussi. Sur une bande un peu floue et filmée de loin, on voit brièvement une silhouette qui pourrait être celle du dpg de Cheng s'éloigner de l'épave en flammes du DC-10.

— *Qui pourrait être.*

— Peut-être qu'au moment de mourir, Cheng a libéré son doppelganger afin d'entrer en contact avec Eden Waring. Cela aurait des implications qui m'intriguent énormément. Quand pourrai-je la rencontrer ?

— Nous ne savons pas où elle est. Le FBI avait la mère adoptive d'Eden, Betts Waring, à sa disposition à l'hôpital d'Innisfall. Mais quelqu'un au bras très long, *a priori* Katharine Bellaver, l'a transférée dans une clinique privée qui l'a sans doute admise sous un faux nom. Toutes les forces de l'ordre que nous contrôlons en Californie vérifient les admissions des établissements hospitaliers de leur juridiction. Et le cadavre de Riley Waring a été transféré hier dans un funérarium de sa ville natale. L'enterrement aura lieu mardi matin. Nous le couvrirons, mais il ne faut pas trop compter qu'Eden prenne le risque de s'y montrer.

— Dommage. Cette fille peut avoir une valeur immense. Elle est peut-être l'interface divine entre notre monde et tous les niveaux de perception extrasensorielle. Sans parler de la possibilité qu'elle soit la clé de la survie de Robin Sandza. »

Victor Wilding réprima l'épouvantable et familier sentiment d'être suspendu au-dessus du néant par un fil.

« On trouvera Eden Waring. Nous avons d'autres points à discuter. »

Woolwine garda le silence quelques instants.

« Vous procédez donc à *Babycakes*, finit-il par dire.

— Comme prévu dès le début.

— Mais vous ne souhaitez plus confier le… le projet à une équipe de votre soi-disant Force d'élite.

— Non. »

Woolwine eut un petit sourire satisfait.

« Je vous avais prévenu, monsieur. On peut les avoir entraînés autant qu'on veut, les avoir motivés à fond — les avoir programmés, si vous préférez — à coups de prétextes politiques ou quasi religieux, tous les terroristes, américains ou non, attirent l'attention sur eux. Le World Trade Center, l'immeuble fédéral d'Oklahoma City, le palais des congrès de Portland… inconsciemment, les auteurs de ces attentats se trahissent. Ils *veulent* qu'on les capture, que le monde connaisse leur infamie sacrée dans ses moindres détails. Aussi font-ils délibérément des fautes d'inattention qui conduisent à leur arrestation et leur apportent la publicité qu'ils recherchent. *Briar Rose* aurait pu terminer aussi comme cela. Les jours qui ont suivi l'événement, tous lcs médias ont publié des portraits-robots très ressemblants de l'équipe de *Briar Rose*.

— Oui, je sais.

— Tout cela parce que l'atrocité d'une destruction nucléaire pesait sur l'inconscient de ces hommes pendant qu'ils allaient à Portland y placer et y activer la bombe. Et donc, alors qu'il fallait qu'ils restent anonymes, qu'ils ne soient que des visages dans la foule, ils transmettaient un avertissement télémagique aux plus prescients, qui ont remarqué leur présence près de *ground zero* la veille de l'explosion. Vous avez été bien avisé de suivre mon conseil en faisant… professionnellement neutraliser l'équipe et disperser ses cendres aux quatre vents une fois leur mission accomplie. Mais je ne peux m'empêcher de me demander, Victor, pourquoi…

— *Babycakes* sera le dernier, je peux vous l'assurer.

— Bonté divine, j'espère bien. Bien sûr, cela ne me regarde pas, pardonnez ma petite indiscrétion. Manifestement, certains problèmes politiques peuvent être résolus de la manière la plus satisfaisante en prenant une initiative hardie, si inutile que cela paraisse au début. Je ne suis pas un politique. Vous m'avez demandé de vous fournir une équipe d'une fiabilité absolue. Des spécialistes efficaces et psychologiquement capables d'incinérer des milliers de leurs semblables sans sourciller.

— On dirait la description de tueurs psychopathes.

— Oh, non. Non non non. Autant avoir un de *ceux-là* en train de se promener avec une pancarte "Je vais faire sauter une bombe atomique à Paducah" autour du cou. Même le meilleur des psychopathes naturels, qui sont des gens bien plus sympathiques que vous ne le pensez, a ses défauts et ses idiosyncrasies létales. Randy et Herb, d'un autre côté, n'ont pas le moindre défaut humain.

— Alors ils ne sont pas humains.

— Eh bien, il y a là matière à débat », répondit Woolwine avec son petit sourire inoffensif.

Les installations de Plenty Coups comprenaient trois gymnases, dont deux pour les simples employés. Randy et Herb jouaient au racquetball dans le troisième, réservé aux cadres.

Les deux hommes semblaient avoir dans les vingt-cinq ans. Ils étaient couverts de sueur et rayonnaient de bonne santé. Randy, brun et trapu, avait la vivacité et le dynamisme d'un félin en chasse. Herb, blond, mince, réussissait grâce à ses longs bras et à sa rapidité trompeuse à renvoyer sans forcer des coups qu'on aurait pu croire hors de sa portée. Des cicatrices circulaires en fossette ornaient le corps de Randy en haut du torse et sur le mollet gauche, quelques centimètres sous le genou ; Herb était tatoué : un voilier sur l'épaule, le populaire fil de fer barbelé de ghetto autour du biceps. Leur match se déroulait dans une atmosphère très compétitive mais bon enfant.

Woolwine et Wilding les observèrent de la galerie qui surplombait les courts.

« En quoi forment-ils une équipe idéale ? demanda Wilding au chef d'Ingénierie & recherche neurologique.

— Pour commencer, ils sont en empathie physiologique totale lorsqu'ils exécutent une tâche complexe dans laquelle la performance de l'un dépend de celle de l'autre. Ni Randy ni Herb n'ont à supporter le fardeau des émotions humaines et donc la diminution d'efficacité qu'elles provoquent. L'amour, la haine, la colère, la peur et surtout l'angoisse : tout cela nuit à la mémoire de travail. En manipulant divers composants chimiques présents à l'état naturel dans le cerveau, tels que catécholamines et opioïdes, nous avons débarrassé leur système limbique de ces émotions tout en intensifiant les motivateurs tels que confiance en soi et enthousiasme. Ces motivateurs, à leur tour, facilitent l'accès à cet état extatique baptisé "flux" par mon estimé collègue Mihaly Csikszentmihalyi. Les athlètes, eux, appellent ça "la Zone". Les performances maximales sont atteintes sans effort. Dans cet état, rien ne vous détourne de votre but. Tout ce qui est susceptible de le faire est… définitivement écarté, mais sans émotion.

— Des psychopathes produits par génie biologique.

— Si vous y tenez. Mais les psychopathes naturels,

s'ils existent sans empathie envers les autres êtres humains, ont leurs fantasmes pervers et sont inévitablement animés par la peur de commettre des atrocités qu'ils suscitent chez les autres. Randy et Herb ne peuvent pas fantasmer. Leurs rares rêves sont banals et sans saveur. Ils sont, pour simplifier, les premiers d'une race : biologiquement conçus pour les jeux et le travail, qui, pour eux, représentent une seule et même chose. Ils sont intelligents, ingénieux et loyaux. Compétitifs, mais toujours sous contrôle.

— Ils ont leurs implants ?

— Oh oui. Ils sont prêts. Randy et Herb seront sous la surveillance constante de l'équipe de communications d'Oiseau de proie affectée à *Babycakes*.

— Et leurs besoins sexuels ?

— Normaux et sains.

— Ça risque de poser des problèmes. Quand ils auront envie de baiser, ils iront draguer, ce qui attirera l'attention sur eux. »

Woolwine hocha la tête. « Mais plutôt que de trafiquer leur libido au risque d'affecter leur habileté, il a semblé préférable de les pourvoir en charmantes agentes de l'équipe de soutien *Babycakes* durant leur séjour à… Mais bien sûr, je ne connais pas la cible visée. Souhaitez-vous rencontrer Randy et Herb ?

— Non.

— Quand aura-t-on besoin d'eux pour…

— Le dispositif est prêt. Ils peuvent partir demain. J'ai quelques minutes. Je veux voir RS pendant que je suis là.

— Certainement.

— Y a-t-il eu amélioration ?

— Je crains que non.

— Si vous pouviez faire tout cela pour Randy et Herb, pourquoi n'arrivez-vous pas au moins à stabiliser Robin Sandza ? Son corps va bien. Que son cerveau soit abîmé ou pas, il devrait vivre au minimum jusqu'à cinquante ou soixante ans.

— Dans son cas, il y a des impondérables, répondit Woolwine sans avoir conscience des causes de l'angoisse de Wilding. Et il nous reste encore à isoler dans son cerveau primitif les composants chimiques, ou les mécanismes, qui sous-tendent sa volonté de vivre. Peut-être s'agit-il d'un problème de "cécité affective". Ou, si l'on accorde crédit à l'existence d'une "âme", qui n'est peut-être qu'un "second moi" éthéré comme le doppelganger… »

Wilding tressaillit, puis secoua la tête avec contrariété. « Débrouillez-vous pour qu'il ne nous échappe pas. Sa fille sera peut-être la solution. Je vais la faire amener ici. À n'importe quel prix. »

RANCH FLAMING RIVER — 1er JUIN — 21 h 30

Bertie Nkambe fit venir à ses frais Kirk et Wendell de New York en avion pour s'occuper du changement de look. Kirk était le coiffeur et Wendell le maquilleur auxquels elle avait recours pour la plupart de ses séances photo. Ils gagnaient chacun trois mille dollars par jour.

« Ça les vaut, avait-elle joyeusement affirmé à Eden quand elle lui avait parlé de son idée. Crois-moi, je me réveille parfois le matin avec une tête de vieux poisson et une couverture pour *Elle* à faire. Je dépends de Kirk et de Wendell pour redevenir redoutable.

— Pourquoi ai-je besoin d'un nouveau moi-même ? avait demandé Eden en reprenant d'un ton sceptique les paroles de Bertie.

— Parce que le vieux toi-même figure en couverture de *People* cette semaine. Et en haut de la première page du *USA Today* d'hier. Tu es plus intéressante qu'une rock star. Tous les médias ne parlent plus que de perception extrasensorielle.

— Bertie a raison, intervint Tom Sherard. Mieux vaut que tu changes de tête, par précaution.

— Eh bien… Comme ça au moins, je pourrai assister à l'enterrement sans qu'on m'embête, pas vrai ? Betts n'est pas encore assez rétablie pour y aller. Il… Riley est le seul père que j'ai connu.

— Il faut y réfléchir.

— Ça veut dire non ? s'enflamma Eden. Désolée, Tom. Je te connais depuis deux jours et je comprends tes motivations. Ma mère a connu une mort horrible, mais ça n'a rien à voir avec moi. J'ai presque vingt-deux ans, et *personne* ne va régenter ma vie.

— Je te demande seulement de ne pas risquer ta peau en prenant une décision sous le coup de l'émotion. »

Eden jeta un coup d'œil interrogateur à Bertie. « Et donc c'est toi sur toutes les photos que tu m'as montrées ? Kirk et Wendell arrivent à changer à ce point ton apparence avec des ciseaux et du maquillage ?

— Ce sont de vrais génies. Tu ne te reconnaîtras pas. »

Pendant quelques instants, la tension qu'elle avait subie revint ternir le regard d'Eden. Puis elle sourit.

« De toute façon, je ne me reconnais plus. Alors qu'est-ce que ça peut bien faire ? D'accord, allons-y. »

Rasé de près et bien chaussé, Buck Hannafin revint du bureau à Ivanhoe où, vu l'imminence de son retour à Washington, il avait passé la plus grande partie de la journée au téléphone ou en vidéoconférence pour préparer les réunions de la commission. Il arriva au ranch à 21 h 30. Les autres, à l'exception de Bertie, s'étaient rassemblés dans la salle de jeux, meublée de tables de billard, de backgammon et de poker, ainsi que d'un abat-jour Tiffany et d'un râtelier empli de fusils de chasse, certains datant de plus d'un siècle, mais bien entretenus. Des trophées — grizzly, cerf, mouflon d'Amérique — alignaient leur éclat patiné sur les lambris noueux. Il y avait du whisky, en abondance, dans des carafes ventrues. Un air de jadis, de cette époque où de solides gaillards bottés et affublés d'impressionnantes moustaches assuraient leur domination, créaient des empires avec des prairies et des bois. Dans une telle pièce, une présence féminine semblait une insolence. Les lumières étaient tamisées.

Comme Bertie l'avait demandé, on avait placé une grande coupe de cristal au centre de la table de billard, elle-même recouverte d'un feutre rouille. Au fond de la coupe de soixante centimètres de diamètre reposait une chandelle votive blanche.

Buck regarda deux fois Eden lorsqu'il entra, la seconde avec un sourire perplexe. Eden lui rendit son sourire mais il ne comprit qui il regardait qu'en reconnaissant sa fossette.

« Bon sang de bois ! Si vous aviez gardé un visage impassible, j'aurais juré ne vous avoir jamais rencontrée, Eden. »

Eden rit. Buck lui mit le bras autour des épaules, regarda la coupe de cristal sur sa table de billard puis le reste de l'assistance.

« Bon, qu'est-ce que vous mijotez, par ici ? Où est mademoiselle Bertie ? »

Elle entra au même moment, le persan de Portia Darkfeather blotti dans les bras. Malgré les pansements aux endroits où le vétérinaire avait rasé les poils roussis afin de soigner les brûlures, Warhol semblait en bonne santé. Il portait le collier orné de diamants fantaisie que Bertie lui avait acheté.

« Désolée pour le retard. Je devais m'assurer que Warhol était prêt.

— Qu'avez-vous en tête ? Une espèce de truc psychique où on se met tous autour de la table ? Un… une séance, comme vous dites ? Je ne pense pas pouvoir vous être bien utile, vu que je ne crois pas…

— Ce n'est qu'une expérience, le coupa Bertie avec insouciance. Comme Warhol n'est peut-être pas à son meilleur, je pense que nous pourrions avoir besoin d'un peu d'énergie mentale supplémentaire dans la pièce. OK, Danny et Chien-Chi, mettez-vous à ma gauche en milieu de table, Tom et Buck à ma droite, et Eden, face à moi en bout de table. Peut-on baisser encore un peu les lumières ? Super. Toute cette mise en scène ne vous plaît pas ? » Elle regarda Danny Cheng. « Ne vous inquiétez pas. Rien de sinistre ne va vous sauter à la figure. Normalement. Si vous enleviez vos lunettes noires, Danny ? Cela nuit à l'empathie que nous cherchons à créer. Tom, allume la chandelle, s'il te plaît.

— Qu'est-ce que je dois faire ? demanda Eden en souriant bravement.

— Toi et moi allons nous concentrer sur Warhol. Et Warhol… Eh bien, si ça se trouve, il va faire une sieste, allez savoir. Dans ce cas, l'expérience est terminée et on se rabat sur le poker. » Elle effleura avec deux doigts le haut du crâne de l'animal, dont les yeux rétrécirent paisiblement. La flamme de la chandelle restait fixe dans la coupe de cristal. Les autres l'observaient sans y avoir été enjoints. Au-dessus de leurs têtes, un flamboiement menaçant brilla dans les yeux artificiels des animaux sans corps.

Ils respirèrent. Observèrent. Gardèrent le silence. Les yeux de Warhol s'agrandirent. Dans le silence, son ronronnement avait une monotonie de moteur, un bruit de voyage. Ses yeux s'agrandissaient, se rétrécissaient. Ceux affaiblis de Danny Cheng pleurèrent, il les essuya. Le visage de Chien-Chi était un masque noble et serein. Tom Sherard ressentit une certaine légèreté, comme si on le transportait. Il vit à travers la chandelle d'autres feux, solitaires, dans des endroits où il était allé chasser enfant et ne retournerait jamais. L'estomac d'Hannafin grommela. Ses paupières lui semblaient lourdes, comme s'il s'était endormi debout.

En regardant le chat placide, Eden sentit une brise lui caresser doucement le visage et lui apporter l'odeur de la prairie, un arôme de sauge et de pâturage chauffé par le soleil. La petite flamme grandit entre Warhol et elle, prit la forme d'un pilier, mais un pilier torsadé qui emplissait son esprit comme un énorme incendie. Fascinée, elle perdit conscience de ce qui l'entourait. Les yeux bleus et rusés du chat persan étaient comme le centre magnétique de ce tourbillon, de ce pilier d'une beauté irréelle. Elle sentit qu'elle pourrait tomber tête la première dans les pupilles en fusion de ces yeux attirants, tomber sans dommages dans le feu qui les entourait, tomber comme un faucon aux ailes repliées, au milieu de torrents de vent, dans ce bleu sans fond. Des soubresauts agitèrent son corps. Ses poumons se vidèrent, et ce long soupir s'acheva en un plongeon de calme très léger, un sentiment permanent de paix. Puis il y eut une autre petite secousse. Eden leva les yeux avec surprise, comme si on lui avait donné un coup de coude pendant qu'elle sommeillait.

Il fait chaud là où elle se trouve maintenant. Très chaud. Un vent vif tire sur sa nouvelle coiffure et apporte une odeur de chevaux. Du sommet d'une petite colline, elle regarde la plaine infinie, de l'herbe coupante rendue craquante par le soleil. Aucune route ne monte vers l'endroit où elle se trouve. Elle voit quelques petits arbres épars, pas assez pour parler de bosquet. Des chevaux constellés de mouches fouettent de leurs queues leurs flancs frissonnant dans l'ombre rare. Au loin, de vieilles montagnes, plissées et pâles comme du vieux denim, se dressent sous un unique nuage d'une noirceur céleste.

Des pierres comme un lit de rivière à sec entourent la tombe, des éclats de mica dans la terre récemment pelletée. La tombe est ouverte et le soleil tombe directement au fond, sur lequel repose un cercueil neuf et verni dont la quincaillerie brille, trop chaud pour qu'on puisse le toucher. Il n'y a pas d'ombre pour cet enterrement. Sur la poignée de la pelle plantée droit dans le sol, un vieux chapeau de cow-boy noir est joyeusement accroché, comme en deuil pour rire.

Eden entend quelqu'un chanter : un chant funèbre indien, syncopé, aigu.

Portia Darkfeather est là, à moitié cachée par un cheval, son étalon Dark Valiant. Elle a ôté sa chemise qu'elle tord pour en extraire des flots de sueur sans interrompre son chant funèbre.

Elle déploie la chemise essorée sur la selle et lève la main pour détacher ses cheveux, qu'elle laisse couler en rivière noire. Le vent lui envoie des mèches çà et là sur le visage. Un nez en bec d'aigle, d'épais sourcils, une peau d'un rouge de bronze, à n'en pas douter un visage d'Indienne des Grandes Plaines. Sa complainte solitaire s'interrompt soudain lorsqu'elle s'aperçoit de la présence d'Eden.

Darkfeather contourne Dark Valiant, qui lui donne un petit coup de museau. Le buste long, nue au-dessus de la ceinture d'argent et de cuir repoussé qui maintient son grand Wrangler, elle marche droit sur Eden en imprimant quelques secousses à sa tête afin que sa chatoyante chevelure aile-de-corbeau sèche plus vite. Le regard empreint de vie sauvage, les yeux d'une blancheur de diamant. Elle sourit.

« Salut. Je m'appelle Portia. Je n'attendais personne d'autre. Désolée, mais je n'ai que ça à me mettre.

— Pas de problème. Moi, c'est Eden. Il fait chaud, hein ?

— Ouais. Chaud. J'ai l'habitude. J'ai grandi dans cette chaleur. Mais on aura peut-être de la pluie lorsque le Pardonneur arrivera. »

Eden regarde l'emplacement de la tombe.

« Besoin d'aide ?

— Merci, mais il n'y a qu'une pelle. Et après tout, mourir n'est que se retrouver seul avec soi-même, non ? Je veux dire, personne ne peut le faire à votre place.

— Non, j'imagine. Comment c'est arrivé ?

— Un accident d'avion. Mais vous le savez déjà. »

En un éclair, mais sans douleur, Eden revoit les événements du jour de la remise des diplômes. Elle hoche la tête.

« Ouais. C'est vrai. Qui d'autre va venir, vous avez dit ?

— Le Pardonneur.

— Ah oui, bien sûr. Et après vous partirez.

— Voilà. Mais on a encore un peu de temps. Venez, allons nous accroupir à l'ombre. Il y a probablement des choses que vous voulez savoir. Dites-moi, comment va Warhol ?

— Très bien. Vous lui manquez.

— Il me manque aussi, mon chaton, fait Portia Darkfeather avec un soupçon de larme dans l'œil. Désolée de ne pas pouvoir vous offrir de rafraîchissements. Je vous l'ai dit, je n'avais pas prévu d'avoir de la compagnie aujourd'hui. Mais je suis contente de vous voir, Eden. » Darkfeather regarde autour d'elle avec un petit mouvement d'épaules inquiet lorsqu'un nuage, ou une ombre, atténue un instant l'éclat du soleil. Elle refuse de lever les yeux. « Il ne me reste que quelques minutes. Qu'avez-vous besoin de savoir ?

— Portland. Pourquoi, qui, tout ça. Et surtout, quand. C'est pour bientôt, non ?

— J'en ai bien peur.

— Vous savez où ?

— Madison, dans le Wisconsin.

— Il est encore temps de l'empêcher ?

— Ça, je ne sais pas. Rona n'a pas…

— Rona *Harvester ?*

— Une très mauvaise personne. Mais pas une Mauvaise Âme. Moi non plus. » Elle cligne des yeux et une larme tombe. « Le Pardonneur ne peut pas voir les Mauvaises Âmes. Elles sont le mal à l'état pur, aucun espoir pour elles. » D'autres larmes tombent, elle sanglote. « Je ne sais pas ce qu'il me dira.

— Calmez-vous, Portia. Mais que veut Mme Harvester ? »

Darkfeather s'essuie les yeux, retrouve sa voix après un dernier sanglot tremblant.

« La réponse tient en un seul mot : le *pouvoir*. Elle va prendre la suite de Clint après la prochaine explosion atomique. Elle va le faire assassiner, ce qui n'est pas une mauvaise chose vu qu'il a le cerveau complètement bloqué. Je ne sais pas comment ils ont fait ça. Il y a un endroit qui s'appelle Plenty Coups, un peu plus à l'ouest. Posez votre front contre le mien, je vais vous le montrer. Et aussi tout ce qu'il s'y passe. »

Leurs fronts se touchent. Tempe contre tempe, et Eden se glisse dans l'esprit réceptif de Darkfeather. Elle déglutit, ses sens déchaînés. Puis des éclairs, des images à vous engourdir l'esprit. *Éclair, éclair*. Elle se retire en catastrophe.

« Oh, non. Oh… non ! »

Eden ferme quelques instants les yeux. Le vent, plus fort sous les arbres, la secoue. Elle sent la chaleur du jour comme un poids dans ses poumons. Mais le ciel s'est assombri. Il y a un poing de tonnerre dans son cerveau. Nerveux, l'étalon et le cheval de bât marmonnent et bronchent. Lorsqu'elle relève les yeux, Portia Darkfeather a disparu.

« Portia ! »

Oh… elle est juste à côté. Près de la tombe. S'agenouillant en pénitence aux pieds du Pardonneur, ses cheveux sur ses seins nus. Il pose brièvement la main sur le sommet du crâne de Portia, qui lève les yeux, lui parle. Eden n'entend pas ce qu'elle dit. Le Pardonneur sourit, mais d'un sourire féroce. Ses cheveux blonds retombent un peu en désordre sur ses épaules. Son costume en peau de serpent est par contre impeccable, comme la dent en or de son sourire. Des éperons en argent affûtés comme des serres saillent des talons de ses bottes.

Darkfeather tremble.

Bien qu'elles viennent juste de faire connaissance, Eden se lève pour aller la défendre. Une main la retient doucement.

Elle se retourne et découvre le visage de la Bonne Dame.

« Je croyais t'avoir perdue.

— Bien sûr que non, tu ne m'as pas perdue, lui répond Gillian Bellaver.

— Ne me retiens pas comme ça. Pourquoi est-ce que je ne peux pas aider Darkfeather ? J'ai vu sa vie. Je sais tout ce qu'elle a subi. Il faut que *quelqu'un* prenne sa défense !

— Non, Eden. C'est trop tard. On ne peut plus rien dire pour la défendre. »

Le nuage est furieux, sombre et bas au-dessus du cimetière, comme des guêpes se multipliant dans un bourdonnement brutal.

« Je ne veux pas voir ça », gémit Eden, mais elle regarde quand même, réconfortée par le bras de Gillian sur ses épaules. Les chevaux du Pardonneur sont noirs et bien soignés, ils ont de petits sabots d'argent et en les voyant, eux et les têtes gracieuses et patientes des chevaux noirs, Eden se sent grisée. Derrière les chevaux, le chariot luit comme un morceau de clair de lune.

« Moi, on ne me fera *jamais* monter dans ce truc », dit-elle lorsque le Pardonneur prend la main de Darkfeather toujours à genoux pour la relever et l'emmener.

« Ne fais pas l'idiote. Ni l'étourdie. Il n'y a ni récompense éternelle, ni châtiment éternel. Juste des leçons à apprendre. Ou à réapprendre.

— Et les Mauvaise Âmes ?

— Elles apprennent lentement, reconnaît Gillian avec un petit sourire. Très lentement.

— Il y a un couple avec lequel je dois traiter. Vite. Aide-moi.

— Impossible, Eden. Ce n'est pas ainsi que les choses se passent. Ici, là-bas, où que ce soit.

— Je déteste la manière dont les choses se passent ! Tu m'as *manqué*. Toujours. Ils m'ont délibérément tenue à l'écart de toi. Tu trouves ça juste ?

— La vie n'a pas à être juste. Ni compréhensible. Seulement utile. Les leçons, Eden. Tu es restée trop longtemps, maintenant. Montre-leur de quoi tu es capable, chérie. »

Eden cligne des yeux pour évacuer les larmes, sent Gillian lâcher prise. Il y a une piste de feu derrière la tombe, des plissures sur le sol sec, un sillage ocre jaune qui monte quelque part dans l'air sombre. À moins qu'il ne descende… l'obscurité s'épaissit et Eden, prise de vertige, ne distingue plus le haut du bas, la gauche de la droite. Des vents puissants essayent de lui faire quitter terre. Eden se sent fragile, incomplète. Abandonnée.

« *Mère !* »

Le silence.

WASHINGTON — 2 JUIN — 8 h 20

« Bonjour, monsieur le Président.

— Bonjour, monsieur le Président. »

L'air vif et fringant, Clint Harvester traversait, discrètement guidé par sa femme, les bureaux de la Maison-Blanche situés à la périphérie du Bureau ovale. Un costume marron à deux boutons, taille quarante-six, une large et discrète cravate à carreaux que sa taille et sa corpulence lui permettaient de porter sans avoir l'air d'un clown, une chemise bleu clair à poignets mousquetaires, des chaussures Peal marron foncé. Clint avait eu le droit à une séance de gym, à une friction et à un bon petit déjeuner, qu'il avait pris avec sa cuiller en plastique et un bavoir pour récupérer ce qu'il renversait. Il était tout sourire, bien qu'en l'observant de près, on aurait trouvé ses sourires un tantinet timbrés.

Il y avait de nouveaux visages parmi les secrétaires, dont deux provenaient de l'équipe R, mais il n'aurait pas reconnu celles d'avant. Mary Ellen Connaught, sa secrétaire personnelle depuis le parlement du Montana, avait été écartée du cabinet de travail du Président. Rona avait toujours besoin de Mary Ellen, et celle-ci poserait moins de problèmes en isolement. Bien que Rona ait payé très cher la coopération de Mary Ellen, elle n'avait pas confiance en cette vieille fille quinquagénaire, qui buvait en cachette.

Les initiés de Washington, et tout particulièrement le monde des médias, que conduisait un écrivaillon de best-sellers de journalisme d'investigation à la nature moralisatrice de moine castré, essayaient depuis le retour du Président d'obtenir une flamme publiable en attisant les braises de la rumeur. Tous réclamaient quelques minutes avec le Président pour vérifier par eux-mêmes sa soi-disant forme physique. Les correspondants à la

Maison-Blanche grognaient eux aussi et harcelaient leurs sources, même si Rona leur avait interdit de quitter le petit coin qu'ils occupaient à la Maison-Blanche. La presse pouvait se montrer persuasive avec les fonctionnaires en poste depuis longtemps à la Maison-Blanche, mais Rona avait la terreur de son côté et tous ceux qui y travaillaient savaient avec quelle efficacité elle pouvait l'utiliser.

Assistaient à la réunion au sommet dans le Bureau ovale six membres de l'équipe de Clint et deux de celle de Rona, plus, à la demande de cette dernière, le conseiller pour la sécurité nationale, Beau Chanson. Les hommes du Président murmurèrent « bonjour » comme s'ils avaient un bridge mal fixé à ménager en plus de leurs réputations. Clint leur sourit. Il fredonnait une mélodie simple restée stockée dans un groupe de cellules mémorielles de son cerveau dérangé, un *jingle* commercial entendu à la télé.

Souriant aussi, Rona fit s'asseoir Clint dans un fauteuil en cuir placé à côté de son bureau. Elle sortit de son sac un Rubik's Cube qu'elle tendit à son mari afin qu'il joue avec. Pour une raison inconnue, ce jouet le fascinait, peut-être à cause de ses couleurs vives. Rona s'installa sur la chaise de Clint derrière son bureau. Le tailleur bleu qu'elle avait choisi ce jour-là s'accordait parfaitement au champ indigo piqué de cinquante étoiles sur le drapeau dans son dos.

Beau Chanson fixait une tache de jaune d'œuf sur la cravate de Clint Harvester. Personne d'autre dans le Bureau ovale ne voulait le regarder. Rona mit ses lunettes pour parcourir les deux pages résumant les manifestations en cours et à venir à la Maison-Blanche, pour lesquelles Clint serait indisposé à la dernière minute. Elle s'éclaircit la gorge. Beau Chanson lui jeta un coup d'œil et adopta plus ou moins une expression de défi. Manifestement, les fidèles de Clint l'avaient choisi comme porte-parole.

Rona lui adressa un sourire décontracté. « Crachez le morceau, Beau.

— La question se pose, madame le… Mme Harvester, de savoir combien de temps les meurtriers peuvent rester impunis s'ils ont sur les mains du sang qui refuse de partir. »

Rona pencha la tête avec une combativité indéniable. « Ça vient d'un film, je crois ? Non, attendez… D'une pièce de théâtre. Comment elle s'appelait, déjà ? Rappelez-le-moi, Beau.

— Lady Macbeth, répondit Beau d'un ton maussade en inspectant ses propres mains. Mais bien entendu, je n'avais pas l'intention de vous comparer à…

— Ah oui, je me souviens ! J'ai lu ça au lycée. Lui, je l'ai adoré, mais elle, pas du tout, au contraire. Elle avait de grandes idées, mais elle a craqué au moment crucial. »

Beau hocha la tête, l'air tendu.

« L'analogie n'est pas bonne, trancha Rona. Nous n'avons assassiné personne. Le discours de Clint, l'autre soir, a été une idée de génie. Il a fait grimper la température patriotique dans tout le pays. Mon pays. Votre pays. La nation la plus prospère du monde. Clint nous l'a asséné. Courage, l'Amérique ! Qu'est-ce que cela peut faire, l'origine exacte de son discours ? C'était ses *propres* mots. Tous les discours sont une forme de manipulation. Cela équivaut-il à des regards coupables et à des mains pleines de sang ? J'ai perdu mon mari. Oui, c'est vrai. Dieu le bénisse, je risque de ne jamais le retrouver. Entier, cordial, aimant. Ma force et mon inspiration. » Rona fit une courte pause pour essayer de se rappeler si elle enregistrait. Oui, c'était un magnétophone à commande vocale. « L'homme que j'aime si profondément a pour ainsi dire disparu. C'est une tragédie que nous devons tous supporter. Et nous ne pouvons pourtant pas perdre de vue ce que nous avons gagné depuis son élection à la magistrature suprême. Clint Harvester n'est rien de moins que l'Abraham Lincoln de notre époque ! Un symbole de ce qui est et sera toujours juste en Amérique. *Clint quand ça compte* est devenu plus qu'un simple slogan. La formule résonne dans l'esprit du peuple américain comme les paroles d'"America is beautiful". Notre homme du Montana, contrée aux cieux immenses. Parcourant à cheval la frontière en brandissant haut les principes de notre nation. Dieu merci, notre pays respecte davantage encore l'image que l'idéalisme. Comment pouvons-nous nous permettre de perdre Clint Harvester maintenant ? D'accord, poursuivre dans ce nouvel optimisme que les sondages vont nous montrer cette semaine relève plus ou moins de l'escroquerie. Et alors ? Clint en jette, non ? » Elle jeta un coup d'œil affectueux à son mari, et s'aperçut avec un frémissement de surprise qu'il avait complété le Rubik's Cube et jouait tranquillement avec un de ses lobes en la dévisageant avec gentillesse. « Il est vachement plus présentable que Boris Eltsine, qui essaie toujours d'oublier sa soif et tient à peine debout dans les cérémonies officielles. » Rona s'arrêta le temps de reprendre sa respiration. « Laissons derrière nous nos petites crises de culpabilité et nos mains métaphoriquement pleines de sang, voulez-vous ? Comme disent les jeunes, c'est port' naouak. On a un putain de pays à diriger. »

HOLBROOK (CALIFORNIE) — 2 JUIN — 10 h 30

Le Funérarium et Crématorium Shipp & Proffit (« entreprise familiale créée en 1926 ») était situé sur West Sutter, dans un quartier datant du tournant du siècle où l'on ne voyait guère que de grandes demeures en bois de style victorien, restaurées et occupées par des avocats et des antiquaires. Fort commodément, un seul pâté de maisons séparait le petit hôpital municipal du funérarium, dont l'hectare de terrain comprenait aussi un jardin de prières non confessionnel et un ruisseau qui serpentait entre des saules resplendissants.

Les parents de Riley Waring étaient décédés, mais le fait que son frère Carl dirige la municipalité d'Holbrook transformait l'enterrement en un événement officiel local. Carl et son épouse avaient de surcroît engendré neuf enfants, dont trois leur avaient donné des petits-enfants. Betts ne pouvait pas assister à la cérémonie et nul ne savait où se trouvait Eden. Malgré cela, on notait la présence des deux télévisions locales et de trois émissions de télé-poubelle nationales, chacune avec sa propre camionnette de liaison satellite garée sur Sutter. Il faisait beau et toute cette agitation médiatique — on voyait même un cameraman audacieux debout sur le patin d'un hélicoptère qui volait en cercles — avait attiré une foule d'autochtones qui espéraient apercevoir Eden. Les gens qui arrivaient au funérarium parlaient presque tous d'elle. Ayant plus ou moins prévu un certain désordre, Carl avait mobilisé des policiers de réserve en conséquence. Et quatre motards de la police de la route californienne s'étaient présentés pour constituer une escorte. De grands types sur des Harley modèle police. Carl ne les avait pas demandés, mais il fut touché de l'attention. Il enverrait un mot au commissaire dès qu'il retournerait au bureau.

Shipp & Proffit pouvait transformer ses trois salons du rez-de-chaussée en une vaste pièce genre temple afin d'accueillir de très grands enterrements. Presque deux cents personnes étaient venues rendre un dernier hommage à Riley Waring lorsque son frère Carl se leva pour prononcer son éloge funèbre.

Il y eut deux retardataires, que Sandy Proffit III

escorta depuis le sous-sol et fit entrer par une porte latérale. La plus grande partie de l'assistance regardait Carl, un homme imposant avec ce genre de visage aimable que beaucoup de femmes trouvent attachant, des cheveux teints trop foncés pour son âge et un problème de poids qui menaçait toujours d'échapper à son contrôle. Il n'accorda aux retardataires qu'un bref coup d'œil, juste assez long pour se rendre compte qu'il ne les connaissait pas.

L'homme était grand, avec un visage buriné et des rides comme des pistes au coin de ses yeux gris vifs un peu tombants — le visage d'un habitué du grand air —, une démarche claudicante et une canne d'aspect plutôt intéressant, sombre, noueuse et surmontée d'une tête de lion en or. La jeune femme qui l'accompagnait portait une simple robe noire sans manches, un collier de perles et des lunettes noires qui lui cachaient la majeure partie du visage, comme un masque de justicier. Ses cheveux blonds coupés court étaient lissés en une pointe de flèche étroite. Ils prirent place sur un côté de la salle agrandie. La jeune femme posa ses mains sur la bible qu'elle avait apportée et s'assit calmement, le visage tourné vers Carl et, derrière lui, vers le cercueil en bois de rose flanqué de couronnes de fleurs. Carl endossa son fardeau de tristesse et se mit à parler de son frère.

Dans la camionnette de surveillance du Multiphasic Operations and Research Group, qui portait le logo d'un fleuriste établi à cinquante kilomètres au nord d'Holbrook, les techniciens de la section Oiseau de proie passaient des bandes enregistrées par les caméras braquées sur le parking, les portes et allées extérieures du funérarium Shipp & Proffit. Une douzaine de bandes défilaient ainsi, à trop grande vitesse pour un œil humain, sur autant d'écrans d'un scanner informatisé baptisé Face-Up. Une technologie conçue par une société appartenant au MORG. L'ordinateur puisait dans une base de données les caractéristiques faciales d'Eden Waring pour les comparer à celles de la vingtaine de jeunes femmes ayant à peu près l'âge d'Eden qui assistaient à la cérémonie.

« On s'attend à ce qu'elle se soit déguisée, expliquait un technicien à l'un des agents du MORG affecté à l'enterrement. Mais pour tromper Face-Up, il aurait fallu qu'elle modifie radicalement ses traits en prenant au minimum quinze kilos en moins d'une semaine. Ça fait beaucoup d'Häagen-Dazs.

— Donc Face-Up saura y faire face ?

— Ouah. Ils vous ont trouvé à l'école du rire ? » Le technicien, un type chauve avec une énorme et arrogante moustache en broussaille, tripota amoureusement son clavier. L'écran central, un peu plus grand que les autres, lui proposait l'image d'une personne. Il figea cette image, la rehaussa, fit apparaître dans une fenêtre la photo d'Eden qui figurait dans l'annuaire de sa faculté. Il rehaussa cette image-là aussi. La superposa à l'autre. Dans la première, le visage se levait vers la caméra de surveillance dirigée sur une entrée du sous-sol.

« La voilà. Je crois qu'elle me branche plus en blonde. Il vous faut une sortie papier, les gars ? Une affiche western genre *Wanted*, ça vous dit ? S'il y a une récompense, j'étais là le premier. Comme toujours. »

« Oncle Carl ? »

L'assistance s'était dispersée. Carl Waring venait de se recueillir et de prier quelques instants près du cercueil. Il se retourna et découvrit la blonde arrivée en retard. Un peu à l'écart, l'homme venu avec elle les observait, bras croisés. Elle ôta ses lunettes de soleil en s'avançant. Il la reconnaissait, maintenant. Des larmes coulèrent. Ils s'enlacèrent.

« Tu es venue.

— Bien sûr.
— Tu as vu Betts, Eden ?
— Oui. Elle est blessée, mais ça ira.
— Comment… ? Je ne comprends pas ce qu'il s'est passé.
— J'espère pouvoir te l'expliquer. »

Deux des employés du funérarium avaient fait leur apparition et attendaient pour fermer le cercueil.

Carl jeta un coup d'œil à l'homme qui accompagnait sa nièce en se demandant qui cela pouvait bien être. « Je te conduis au cimetière ? demanda-t-il à Eden. On pourra parler en chemin. Il n'y aura que la famille, là-bas, Marge, les enfants… et le pasteur, bien entendu. »

Eden tourna la tête vers Tom Sherard, qui hocha la sienne.

« Bien sûr, Carl. Oh, je te présente Tom. Un ami. Tom, tu veux bien nous suivre dans ton 4 × 4 ? »

Sherard hocha à nouveau la tête, lui sourit et s'appuya sur sa canne pour sortir en boitant.

Bras dessus, bras dessous, Carl et Eden regardèrent une dernière fois Riley. Son visage comme une sculpture sur bois artistiquement peinte dans le cercueil immaculé et étincelant. Il portait un costume croisé qu'Eden n'avait jamais vu. Elle se saisit la gorge comme si elle venait de s'y coincer des orties, émit un son qui tenait à la fois du soupir et du sanglot. Sembla sur le point de s'effondrer. Carl la regarda, inquiet et perplexe. Sandy Proffit III s'avança en douceur pour débarrasser Carl de la fille en convulsion. Il avait l'habitude de situations de ce genre.

« Il va juste lui falloir quelques minutes pour se remettre, dit-il. Je vais l'emmener dans mon bureau. Monsieur le maire, si vous êtes prêt à rejoindre votre famille… »

Carl hocha la tête sans un mot. Eden s'éloigna en pleurs, appuyée sur Proffit et sur une femme imposante qui ne semblait présente que pour de telles crises. Ils parlèrent doucement à Eden. Carl s'essuya les yeux. Les autres employés de Shipp et Proffit, qui attendaient de pouvoir transférer le cercueil de Riley dans le corbillard garé à l'arrière, tirèrent un rideau entre Carl et la dépouille de son frère. Carl sortit d'un pas mal assuré dans le vestibule où sa femme et ses enfants l'attendaient, l'air sombre.

Ils prirent place dans des limousines qui attendaient dans la rue. Carl resta sur le trottoir, les yeux fixés sur l'entrée principale, en souhaitant qu'Eden sorte, que ce soit terminé. Des gens des médias, des caméras; une petite foule se pressait derrière les barrières de police, en suspens comme des vautours attendant que meure la mule du chercheur d'or.

Il remarqua que l'homme venu avec Eden sortait du parking au volant d'une Ford Expedition. Au lieu de tourner à gauche pour rejoindre le petit cortège, celle-ci prit Sutter dans l'autre sens, en direction de l'autoroute. Carl ne comprit pas pourquoi. L'homme partait ? Il entendit un hélicoptère dans le ciel. L'appareil continuait à décrire des cercles, comme il le faisait à leur arrivée presque une heure plus tôt. Carl ne leva pas les yeux. Il avait le front en sueur. Il croqua deux pastilles contre les brûlures d'estomac.

L'hélicoptère atterrissait derrière Shipp & Proffit. Il descendait près de la cour dans laquelle étaient garés les corbillards. On chargeait dans l'un d'eux les corbeilles et couronnes de fleurs près du cercueil de Riley, qu'on avait introduit par le hayon. Certaines des fleurs se dispersaient comme de la paille dans le tourbillon produit par l'hélicoptère en train d'atterrir.

Deux hommes en blazers bleu foncé sortirent du funérarium par l'entrée principale, descendirent d'un pas rapide la rampe d'accès pour handicapés et se dirigèrent vers Carl. Lunettes de soleil. Une allure « nous prenons le contrôle ». Comme les types des services de sécurité qu'on voyait marcher, l'air attentif, au pas de la limousine présidentielle. Ces deux-là aussi avaient les petits récepteurs radio et l'oreillette avec le cordon en queue de cochon qui disparaissait sous leur col de chemise.

« Carl Waring ?

— Oui ? »

L'un des hommes lui montra des papiers. Photo, empreinte du pouce, le nom d'une agence dont Carl ne saisit que les quatre majuscules en gras. M-O-R-G. *Que diable se…*

L'agent qui s'était adressé à lui remonta ses lunettes de soleil sur ses cheveux. Il avait un visage taché de son, comme une feuille de métal piquée de rouille, et des yeux aussi expressifs qu'un judas de porte.

« Vous pouvez maintenant accompagner votre frère à sa dernière demeure. Nos condoléances.

— Mais… J'attends…

— Eden vous fait ses excuses. Elle ne pourra pas vous rejoindre au cimetière, vous et votre famille.

— Elle… Mais qu'est-ce que vous racontez, je ne comprends pas le problème.

— Il n'y a aucun problème, M. Waring », intervint l'autre agent, un type dégingandé avec une expression de raisin aigre. « Vraiment aucun. Rien qui doive vous inquiéter. Vous voulez bien monter dans la limousine de tête, maintenant, monsieur ? Je crois que le corbillard est en route. »

Carl jeta un coup d'œil entre les deux hommes. Le corbillard remontait lentement l'allée vers la rue. Et plus bas, dans la cour, escortée à pas synchronisés par deux hommes assez semblables à ceux qu'il avait devant lui, Eden avançait vers l'hélicoptère noir, qui ressemblait décidément à une guêpe.

« C'est Eden ! Où est-ce que... Mon Dieu ! Vous l'avez *menottée ?* »

Aucun des deux hommes ne prit la peine de regarder. « Je ne pense pas que vous ayez vu des menottes, monsieur, dit Taches de Rousseur. C'était probablement le soleil qui se reflétait sur un de ses bracelets. Il n'y avait pas de menottes. »

Carl hésita, se redressa un peu. « Messieurs, je ne sais pas qui vous êtes, mais je suis pour ma part le maire de cette ville et *j'exige* de savoir où vous emmenez ma nièce. Est-elle en état d'arrestation ? Montrez-moi votre mandat d'arrêt. »

L'un des flics locaux qui réglait la circulation dans la rue s'approcha pour voir ce qu'il se passait.

« Je peux vous aider, monsieur le maire ? »

L'agent du MORG à l'air aigre jeta un coup d'œil à la plaque du flic. « Affaire gouvernementale. Vous vous aventurez dans des eaux où vous n'avez plus pied, agent Pat. »

Carl n'apprécia pas la manière dont son cœur réagissait, et il eut soudain le souffle court. Eden avait disparu dans l'hélicoptère. Il vit avec une consternation grandissante l'appareil s'élever, rester quelques instants en surplace, puis virer vers l'est et prendre de la vitesse. Il ignorait que les hélicoptères pouvaient se déplacer si rapidement.

« C'est un scandale ! De quelle autorité ! Vous n'avez pas le droit ! J'exige !

— Du calme, Votre Honneur. Votre nièce fait un petit voyage. Certaines personnes désirent lui parler. Tout ira bien. Elle sera traitée avec tous les égards, promis.

— Pays libre ! Droit constitutionnel !

— Je crois qu'il va en faire dans son froc, dit le dégingandé à son partenaire. Vraiment.

— N'en parlons plus, suggéra Taches de Rousseur.

Veuillez monter en voiture, monsieur. Vous avez peut-être besoin qu'on vous aide ?

— Vous feriez mieux de ne pas le toucher », prévint le flic nommé Pat. Puis, à l'agent aigre : « Vous croyez regarder quoi ?

— Je regarde quelque chose ? Je ne vois rien. Ou peut-être un tas de vieilles crottes de chien.

— Apprends un peu à faire preuve de psychologie, Kyle », le réprimanda Taches de Rousseur.

L'agent dégingandé leva vers le ciel un visage dégoûté. « Mon Dieu, je ne supporte pas de me retrouver en division d'honneur ! »

Plus personne ne dit rien pendant une douzaine de secondes. Carl n'arrivait plus à parler. Il étouffait, voyait rouge. Se sentait impuissant. Impressionné par le silence qui se prolongeait. Il avait toujours été le premier de sa classe, le capitaine de son équipe. Et il avait été réélu deux fois maire d'Holbrook. Impressionné ? Carl Waring ? Un vrai sacrilège émotionnel.

Gay Lee, sa fille de neuf ans, sortit la tête par la fenêtre de la première limousine du cortège. « Papa, tu *viens ?* cria-t-elle. Ma robe me gratte. Je *déteste* les robes neuves ! »

Carl la regarda, puis s'efforça de voir l'hélicoptère noir, si c'était encore possible, devant le blanc des nuages d'été. Aucune trace de l'appareil. Il regarda à nouveau les agents du MORG. Retrouva sa voix. Mais elle sonnait atrocement faible à ses oreilles.

« Nous vous poursuivrons en justice.

— On est en république », répondit Taches de Rousseur avec un petit sourire suffisant.

WASHINGTON — 2 JUIN — 14 h 45

Rona Harvester interrompit la visite de la Maison-Blanche qu'elle faisait effectuer au couple présidentiel sénégalais pour prendre l'appel sur un téléphone sécurisé.

« On l'a ! » jubila presque Victor Wilding, un changement bienvenu par rapport à son humeur et à son ton précédents.

« Formidable, Victor ! Des problèmes ?

— Aucun. Nous l'avons juste endormie par précaution.

— Voilà qui me paraît sage. Où l'emmenez-vous ?

— À Plenty Coups. J'y suis déjà et j'ai pensé, comme tu prévois d'aller dans ton ranch la semaine prochaine, que ce serait plus pratique que tu la rencontres ici, où nous pouvons garantir ta sécurité.

— Bonne idée. Je suppose qu'à part ça, tout va bien ?

— Le cake est sorti du four. Livraison le six. Au fait, si tu n'as pas regardé les infos…

— Je ne regarde pas les infos, il n'y a que moi qui m'intéresse, répondit Rona en ne plaisantant qu'à moitié. Mais j'ai eu un appel de l'attorney général. Leurs équipes de sauvetage ont localisé un des hélicoptères Conan ?

— L'appareil s'était écrasé dans une criquc isolée où, semble-t-il, certains cultes pratiquaient des sacrifices rituels. Ils ont découvert des fragments de ce qu'on pense être des os humains sur un rocher servant d'autel.

— Ça te fout pas un peu les jetons ?

— Les restes du pilote étaient dans l'hélico, mais aucune trace de Robert Hyde pour l'instant.

— Et tu penses que…

— Les experts en médecine légale du FBI sauront

peut-être faire parler les morceaux d'os qui n'ont pas brûlé. Mais seulement si on a l'ADN de Hyde quelque part. Il gardait peut-être un échantillon de sperme congelé dans le frigo de son bureau, avec un bol de crottes de nez et une boule de peluches de nombril.

— Tu es *vraiment* de bonne humeur, aujourd'hui. Je t'aime de tout mon cœur.

— Je suis impatient de vous revoir, madame le Président.

— Oh, Victor. Ne sablons pas le champagne tout de suite. »

PLENTY COUPS — 2 JUIN — 16 h 05

La fille fut logée dans la chambre de l'appartement qu'on réservait à Victor Wilding lors de ses visites. Elle dormait d'un sommeil induit par le mélange de narcotiques injecté avant le décollage de l'aéroport d'Oakland à destination de Plenty Coups, mélange qui l'avait laissée hébétée et muette pendant tout le trajet. Marcus Woolwine s'était déjà rendu à son chevet afin de pratiquer une prise de sang et de surveiller la mise en place d'une perfusion sanguine, un cocktail chimique qui refoulait la peur et les souvenirs inopportuns tout en améliorant son moral au niveau, disons, de celui d'une Miss Univers tout juste couronnée. Elle portait autour du crâne un bandeau conçu par Woolwine pour stimuler diverses zones cérébrales par électromagnétisme et lui fournir des informations et instructions préenregistrées qui lui seraient utiles au réveil. Deux infirmiers du service médical de Plenty Coups veillaient sur elle, mais en civil. Le Dr Woolwine leur avait spécifié de porter des sandales, un short et une chemise imprimée polynésienne. On avait sélectionné des teintes et des odeurs apaisantes pour atténuer l'apparence masculine et plutôt austère de l'appartement et remonter encore plus le moral d'Eden lorsqu'elle sortirait de ce sommeil artificiellement profond. Dès qu'ils connaîtraient ses préférences, elle disposerait de son propre appartement et de tout ce qu'elle désirait. Mais elle n'aurait plus jamais un instant de solitude, ne remettrait plus jamais le pied à la surface du monde.

Non que son autre vie lui manquerait, assura Woolwine à Victor Wilding, sa mère adoptive et ses amis de fac. Ce qu'il restait de cette vie ne figurerait plus dans ses souvenirs que comme un agréable rêve d'enfance.

« Seul l'intéressera désormais de plaire à la plus importante personne de sa vie : son gardien, son mentor, son ami. Son soupirant, si vous préférez. Elle est au zénith de sa beauté et de sa vulnérabilité, à cet âge. Et c'est très tentant. Mais prenez garde de ne pas abuser à votre profit des affections que nous allons créer.

— Comme vous voudrez. Combien de temps faudra-t-il pour qu'elle me fasse entièrement confiance ?

— J'aimerais disposer de trois jours. Si c'est urgent, je dois pouvoir descendre à moins de cinquante heures, mais…

— Trois jours ! On ne serait pas en train de prendre un gros risque, avec toute cette ingénierie cérébrale ? On ne risque pas de détruire ce qui la rend unique ? »

Woolwine leva l'index pour mettre son interlocuteur en garde. « N'oubliez pas que nous nous livrons avec cette fille à du conditionnement positif. À du renforcement des besoins émotionnels de base. À de l'amélioration, par le biais de l'hyperesthésie hypnotique, de la sensibilité au plaisir. Nous la rendons *très* heureuse, même paisiblement endormie. Vous vous souvenez peut-être de l'affaire Peter Sandza…

— C'est parce que son père l'a délibérément lâché du toit de la Faculté Psi que Robin Sandza est sous respirateur depuis plus de vingt ans. Mais bien entendu, je ne *vous* en tiens pas responsable. Vous faisiez partie de l'équipe adverse, à l'époque. Vous suiviez les ordres.

— Exactement. Peter Sandza a représenté à la fois un défi sur le plan de la remise en état — je l'ai récupéré dans une condition physique déplorable — et un exploit sur celui du conditionnement émotionnel *négatif*. Nous avons fouillé dans la dynamique inconsciente à notre disposition… Peter était engagé dans une poursuite à la vie à la mort, qui avait pris la forme d'une quête archétypale dans le cerveau paléo-mammifère… et renforçait sa volonté de retrouver à tout prix son fils. Nous nous sommes bien gardés de toucher au mordant que lui conférait ce but. Nous ne voulions pas qu'il perde quoi que ce soit de sa ruse animale. N'oubliez pas qu'à dix ans, Peter Sandza avait accidentellement tué son père au cours d'une partie de chasse. L'archétype classique devenu la plus horrible des réalités. Dès lors, sa vie a été façonnée par cet acte de violence accidentelle. Ayant mis à mort la divinité, Peter a ensuite cherché à se racheter en se lançant dans une quête douloureuse contre ce que nous tenons communément pour les maux du monde. Mais cette quête n'était pour l'essentiel qu'une illusion orchestrée par le Magicien Noir archétypal : Childermass, notre fondateur. La quête de Peter a servi un temps — au début — de préparation rigoureuse et de tests. Peter a compensé ce qui aurait pu devenir une monomanie pathologique en se mariant et en engendrant son propre fils. Il menait donc une vie "normale" — avec des guillemets — aux moments où il lui fallait poser la bannière et quitter momentanément l'arène.

— Mais comment l'avez-vous conditionné pour…

— Peter avait été capitaine de corvette dans la marine. Il appelait souvent "Skipper" le jeune Robin, et dans ces cas-là le garçon lui donnait invariablement du “Commandant”. Un terme d’affection autant que de respect.

— Toutes ces informations, vous les avez obtenues en hypnotisant Peter ?

— Tout à fait. Nous avons supposé que Peter Sandza surmonterait les obstacles placés en travers de son chemin par le Magicien noir et finirait par retrouver son fils. Nous avons renforcé dans l’esprit de Peter l’usage du surnom de Robin. “Skipper” serait dès lors l’un des tout premiers mots qui franchiraient ses lèvres. Et Robin répondrait sûrement par un joyeux “Commandant”. Le seul mot qui forcerait Peter à détruire aussitôt son fils par n’importe quel moyen à sa disposition. En l’occurrence, Peter, sur le toit, retenait Robin, qui était suspendu dans le vide, et quand il l’a entendu dire “Commandant”, il l’a lâché pour qu’il aille s’écraser sur les rochers. Il ne faisait qu’obéir à un instinct plus puissant que celui que nous avons transgressé. Peter adorait son fils. N’oublions pas que Robin avait acquis un statut mythologique dans l’inconscient de Peter. Le cercle s’était refermé. Peter avait tué son père, et sa peur primaire était que Robin finisse tôt ou tard par le tuer *lui*. Peur qui a permis à Peter d’assurer temporairement le rôle de son propre père. Il s’est tout simplement défendu comme son père n’avait pas pu le faire. »

Woolwine eut alors un geste que Victor Wilding lui avait rarement vu : il enleva ses verres-miroirs et le regarda bien en face. Ses yeux au jaune de vieil ivoire luisaient d’une extase effrayante.

« J’ai écrit le dernier acte d’une grande tragédie préécrite lorsque l’homme a commencé à marcher debout. Fascinant, non ? »

Wilding tourna le regard vers la porte de sa chambre, fermée, et se resservit en bourbon. Woolwine déclina l’offre d’un geste sans cesser de le fixer. Celui-ci aurait bien aimé qu’il remette ses lunettes.

« Cette fille est du sang de Peter Sandza. Elle a la bravoure de Gillian Bellaver. C'est mon dernier espoir. Docteur, quoi qu'elle ait dans le cerveau qui la rende unique… n'y touchez pas. Nous ne pouvons plus nous permettre de tragédies. »

Woolwine se leva sans le moindre effort malgré son âge. Il déploya son mètre soixante-dix sur ses jambes arquées mais robustes.

« Si vous voulez bien m'excuser, je suis en retard pour mon match contre le Dr Fries. Nous préférerions ne pas perdre notre court. » Il remit ses lunettes réfléchissantes sur son nez d'un geste machinal mais quelque peu dédaigneux. « Au fait, au cas où cela pourrait vous tranquilliser… dites-vous bien que Marcus Woolwine n'a jamais échoué. »

16 h 40

Victor Wilding avait rendez-vous dans le Centre de planning et de suivi avec le directeur et chef stratège des opérations de l'Accelerated Counter-Insurgency Defense, un nommé Willis « Bronc » Skarbeck.

Bronc Skarbeck était un homme maigre aux cheveux teints en rouge piment et aux yeux bleus toujours furieux. À l'époque où il commandait le corps des Marines, quelqu'un lui avait soufflé le poste de président du comité des chefs d'état-major. Peu après cette amère déception, Skarbeck avait subi une crise psychotique et s'était sexuellement intéressé à la petite-fille de seize ans d'un juge de la Cour suprême suivie par sa psychologue de femme. Ils avaient pris la mer ensemble à bord d'un voilier de neuf mètres avec l'intention de faire le tour du monde. Et n'avaient même pas atteint la baie de Chesapeake. Privé de sens marin par une demi-bouteille de rhum, Bronc avait vu les gardes-côtes mettre un terme à ses folies peu après qu'il frôle la poupe d'un grand yacht. Ce soir-là, le général Willis Skarbeck avait fait l'ouverture des journaux télévisés.

Malgré sa carrière fichue, son mariage brisé et le séjour à l'hôpital psychiatrique imposé ensuite par une décision de justice, il gardait de la valeur aux yeux de Victor Wilding, qui lui proposa un emploi : trouver un moyen de renverser le gouvernement américain dans une opération de style militaire mais sans affronter l'*establishment* militaire en place, et préparer l'application de ce plan.

Foutaises, dit Bronc, impossible sans intervention massive d'un grand axe étranger comme la Russie, actuellement en voie de guérison (d'une période de démocratie), ou des potes à yeux bridés qu'elle s'était trouvés à l'est.

On le pressa d'y réfléchir davantage. En partant du principe que les Américains, s'ils étaient suffisamment effrayés par une menace extérieure à leur sécurité (un super-groupe anonyme de terroristes soutenu par une douzaine de nations individuellement incapables de vaincre les États-Unis dans un conflit armé), et s'ils pouvaient se tourner vers quelqu'un qui leur semblait capable de garder en vie leurs espoirs et leurs rêves, toléreraient qu'on jette la Constitution et leurs droits de citoyens aux oubliettes pour leur fournir la sécurité qu'ils désiraient. De toute façon, la plupart d'entre eux se souciaient peu de politique. Ils voulaient juste ne rien changer à leurs habitudes. Un besoin essentiel de la nature humaine.

Bronc proposa donc l'ACID, une espèce de protecteur pour toutes les forces de l'ordre locales du pays. ACID fournit l'argent, la formation et le matériel, qui furent acceptés avec reconnaissance. ACID utilisa une immense vague de profits générée par le trafic mondial de drogue du MORG pour unifier les forces de l'ordre locales, depuis les commissions chasse et pêche des États jusqu'aux polices des grandes villes. Moins de quarante-huit heures après l'urgence nationale posée par Bronc comme hypothèse, un décret-loi placerait son Accelerated Counter-Insurgency Defense aux commandes. Tous les commandants d'une installation militaire américaine, dont beaucoup soutenaient clandestinement le MORG (soutien obtenu par la menace ou le chantage) seraient relayés ou remplacés par des membres d'ACID. L'évacuation des administrations sises à Washington serait conduite dans le calme. On avait préparé pour les législateurs des bunkers dans les campagnes du Maryland ou de Virginie, où ils pouvaient s'attendre à un long séjour pendant que Clint Harvester dirigerait le pays depuis le ranch présidentiel. Mais Rona ajouta bientôt son grain de sel avec des idées encore plus audacieuses que celles que Bronc osait concevoir.

L'explosion de deux ou trois engins nucléaires sur le sol américain était la partie la plus regrettable du schéma directeur. Rona elle-même avait hésité à utiliser des bombes atomiques. Mais seule la terreur nucléaire et la menace d'autres bombes avaient le pouvoir d'unir les masses et de transformer en quasi-idolâtrie leur soutien aux Harvester.

Les Américains prieraient Jésus. Mais seule Rona pourrait leur donner espoir, leur rendre leurs vies.

Selon ses propres conditions.

La principale installation du Centre de planification et de suivi était une carte en trois dimensions des États-Unis générée par ordinateur et basée sur des clichés satellites à haute résolution. Elle avait la taille d'un terrain de football américain et on pouvait en obtenir une vue globale depuis la galerie qui faisait le tour du bâtiment à la manière d'une piste de course dans un gymnase. Des cabines de réalité virtuelle criblaient cette galerie, dans lesquelles les techniciens pouvaient surveiller les opérations du MORG jusque dans vingt villes à la fois en suivant dans les rues ou les gratte-ciel les agents équipés de transpondeurs, de caméras et de senseurs sophistiqués. Ils pouvaient prendre l'ascenseur avec eux. Prévoir au fur et à mesure de l'avancée de la mission les situations potentiellement délicates et en aviser le chef d'équipe. Les superordinateurs n'avaient besoin que du numéro des rues, à partir duquel ils créaient un environnement de réalité virtuelle complet, jusqu'aux clients de la terrasse d'un café et au basset en train de se soulager sur une bouche d'incendie.

Les contributions de Marcus Woolwine à la réalité virtuelle, Randy et Herb, avaient quitté Plenty Coups à midi en emportant, à l'arrière de leur 4 × 4 Jimmy modèle 1997, une grande quantité de matériel de pêche et un engin nucléaire aussi puissant que celui d'Hiroshima, rangé dans ce qui ressemblait à une grosse boîte à outils, conçue pour bloquer les radiations de neutrons. Le centre P & S suivait la progression de Randy et Herb, qui roulaient vers l'est sur l'interstate 90 dans les prairies du Wyoming. Ils dîneraient à Rapid City, dans le Dakota du Sud, où Randy céderait le volant à Herb. Ils avaient réservé dans un Comfort Inn près de Sioux Falls. Ils y dormiraient avec la boîte à outils dans la baignoire et des agents du MORG en alerte toute la nuit dans les deux chambres adjacentes. À quatre-vingt-huit kilomètres d'altitude au-dessus du Comfort Inn, un satellite dédié monterait lui aussi la garde. Comme celui qui avait explosé à Portland, l'engin nucléaire était de confection russe et avait fait partie d'un stock de réserve de cent trente-deux bombes. Le haut commandement des services secrets russes avait perdu la trace d'au moins quatre-vingt-quatre de celles-ci. Le MORG en possédait six et connaissait la localisation de vingt autres.

Victor Wilding consacra peu de temps à cet aspect de son briefing. Le compte à rebours pour la destruction d'une autre ville américaine de taille moyenne avait commencé. Wilding n'avait procédé qu'à un seul changement, quoique fondamental, au cours des dernières vingt-quatre heures, dû aux conditions climatiques prévues sur le haut Midwest. Le matin fixé pour l'explosion de la bombe, il y aurait apparemment aux environs de la cible initiale, Madison dans le Wisconsin, un front froid venu du Canada qui emporterait en quelques heures sur Chicago les restes de radioactivité (jusqu'à un niveau mortel de 800 rems). La division domestique du MORG disposait d'une grande base d'opérations près de Chicago. Et Victor Wilding y avait passé de bons moments. Il aimait cette ville trépidante et ne souhaitait pas la voir contaminée.

D'un autre côté, il n'était jamais allé à Nashville et détestait autant la musique country que Rona l'appréciait. On y prévoyait pour l'heure H un beau temps de fin de printemps, et les retombées, d'après les météorologistes du MORG, seraient confinées aux basses Appalaches, très peu peuplées.

Aussi Randy et Herb avaient-ils mis le cap sur Nashville. Un nouveau site pour le *chemodan*, le nom russe de ces bombes nucléaires éminemment portables, avait été choisi. La facilité d'accès était garantie. Va pour Nashville.

« Parlons de l'assassinat, maintenant », dit Victor Wilding à Bronc Skarbeck.

PIÑATA HOT SPRINGS (CALIFORNIE) —
2 JUIN — 19 h 45

Il restait encore une trace de crépuscule lorsque Tom Sherard vit l'enseigne Greyhound près de l'extrémité sud de la rue principale de Piñata Hot Springs. Il pénétra dans le parking de graviers derrière le café de style pisé qui servait d'arrêt de bus. Il souffrait atrocement de sa mauvaise jambe. Trop d'heures sur la route, trop d'heures à conduire sans destination précise pour s'assurer que personne ne le suivait. Aux alentours de midi, après son départ du funérarium d'Holbrook, il avait restitué la Ford Expedition à l'agence de location de l'aéroport de Fresno et en était reparti au volant d'un autre 4 × 4.

Comme son nom l'indiquait, Piñata Hot Springs était une station thermale et touristique, située entre des montagnes sèches et poussiéreuses à une centaine de kilomètres au nord-ouest de L.A. Le café, Mintoro's, semblait populaire parmi les autochtones, dont la plupart conduisaient des pick-up. Le genre bourré d'options. Il n'y avait aucun bus en vue.

Sherard trouva un emplacement où garer le 4 × 4 dont il sortit avec sa canne. Le froid qui s'apprêtait à régner au cœur du désert imprégnait la nuit tombante. Dans le café, une petite foule attendait que des tables se libèrent, mais il la vit dès qu'il entra, assise vers le fond d'un confortable box de coin, tête baissée appuyée sur une main, qui feuilletait distraitement un magazine de mode. Devant elle, dans une assiette flanquée d'une tasse de café, un sandwich intact.

Elle tressaillit lorsqu'il s'assit en face d'elle, puis lui adressa un sourire las. Un souvenir remonta un peu brutalement en lui quand il vit l'œil gauche d'Eden loucher, comme celui de Gillian lorsqu'elle était très fatiguée et sous une tension intense. Eden portait le maillot jaune pâle et le pantalon de treillis aux immenses poches qu'elle avait emportés au funérarium d'Holbrook dans son sac à bandoulière.

« Salut, Eden.

— ’lut. J’ai bien cru que t’allais me poser un lapin et m’abandonner au milieu de nulle part.

— J’assurais mes arrières, au cas où.

— Tu as dû en apprendre beaucoup sur la manière de traquer ou d’être traqué, dans ta profession.

— Une profession en voie de disparition, j’en ai bien peur. Tu es arrivée quand ?

— Vers sept heures, sept heures et quart. Le bus avait du retard. » Elle étouffa un bâillement. « Désolée. J’ai bu six cafés depuis midi, mais je n’arrive toujours pas à garder les yeux ouverts. Ils ont dû faire quelque chose à mon dpg. » Craignant une oreille indiscrète, elle avait jeté un coup d’œil autour d’elle en prononçant ces mots. « Le droguer, même si nous lui avions demandé de se montrer coopératif.

— Oui, ils ont probablement pris cette précaution. » Il sourit et eut l’impression qu’il n’aurait pas dû. Il haussa les épaules, mal à l’aise, tout en l’observant. « Ça doit être comme d’avoir un jumeau, j’imagine. Vous êtes émotionnellement proches.

— Ce n’est pas la même chose. Il n’y a pas vraiment de relation. Je ne pense pas tant que ça à lui, pas plus que tu ne penses à ton ombre. On arrive à s’entendre, malgré son état d’esprit. Qui doit être le même que le mien, je suppose. J’ai toujours su que mon dpg existait, et que si j’en avais besoin… comme aujourd’hui…

— Comment l’as-tu fait venir ? Je suis parti, comme prévu, mais je n’ai pas arrêté de me demander si tout s’était bien passé.

— Rien de spectaculaire. Je n’ai pas besoin de méditer. Je ne tombe pas en transe. Il faut que j’aie un problème que je ne peux pas résoudre toute seule. Que je sois dans une situation critique. J’ai une drôle de sensation, un bourdonnement, comme si j’avais une abeille dans le nombril. Et mon dpg est *là*, mais je suis la seule à le voir. Tant qu’il ne s’est pas habillé. » Elle baissa la tête, comme si elle trouvait cela embarrassant. « Je suis allée dans la salle de bains de Sandy Proffit — toute en marbre noir et avec des robinets en or, soit dit en passant — et il m'y attendait. Il était blond aussi, ça m'a surprise. Je devais m'attendre à voir mon ancien visage. Je lui ai donné ma robe et j'ai enfilé les vêtements que j'avais apportés. Nous avons parlé de ce qu'il pouvait arriver, de l'endroit où on risquait de l'emmener. Puis les types du MORG se sont pointés, comme on le pensait, et tu connais la suite. J'ai attendu une heure et j'ai marché jusqu'à la gare routière. J'ai bien fait attention. Je ne pense pas qu'on m'ait vue quitter le funérarium. Je suis allée à la cabine qu'on avait sélectionnée hier et j'ai appelé Bertie pour lui dire que tout se passait bien de mon côté.

— Sais-tu si ton doppelganger est à Plenty Coups ? »

Eden secoua la tête.

« Je manque de l'énergie mentale nécessaire pour le localiser, pour voir ce qu'il voit quand il est conscient. Je suis épuisée. Je ne sais pas trop combien de temps je vais encore tenir sans savoir exactement ce qui est réel. »

Elle explora à nouveau le café du regard, lentement, de ses yeux tristes. Sherard lui prit la main.

« On va partir dans une minute. Ça fait longtemps que tu as conscience d'exister en deux exemplaires ?

— *Deux* à ma connaissance, répondit Eden avec un léger frisson. S'il y en a plus, je suis probablement schizoïde. Je n'ai pas le pouvoir de garantir ma santé mentale. » Elle sourit avec difficulté. « Quand je l'ai découvert ? C'était une des leçons que m'a enseignées en rêve la Bonne… ma *mère*, quand j'étais gamine. »

— Gillian », fit Sherard avec un sourire tendu. Il ne put alors s'empêcher de demander, même s'il savait le moment mal choisi : « Eden, tu peux me conduire à elle ?

— Bertie pense que oui. Mais il faut que je demande à Gillian. À *maman*. Je ne sais pas pourquoi j'ai tant de mal à l'appeler *maman*. Je n'ai pas l'habitude de penser à elle comme ça. Tom, cela risque de prolonger indéfiniment ta souffrance, non ? Gillian a tourné la page. Elle voudrait que tu fasses paleil. Pareil. Zut, ma langue s'embrouille. Je suis si fatiguée. S'il te plaît, Tom, n'en parlons plus pour le moment. Tu as dit qu'on pouvait partir. Partons, n'importe où. Je me fiche de l'endroit où on passera la nuit. » Ses yeux se fermèrent un instant, sa tête bascula légèrement en avant, comme si elle s'endormait. Puis elle releva les yeux, inquiète. « Mais on ne peut pas… tu ne peux pas… Peter Sandza… Je ne veux pas faire ce que Gillian a fait.

— Je n'y pense même pas, Eden, dit-il d'un ton froid.

— Je ne parle pas de sexe. Bien sûr que non. Je sais que toi et Bertie… Tom, Gillian a provoqué une hémorragie chez Peter. Il a eu une attaque pendant la nuit qu'il a passée à côté d'elle, simplement parce qu'elle a rêvé. Elle a tué sa meilleure copine en rêvant. Une fille sujette à des saignements de nez. On ne m'a jamais autorisée à dormir ailleurs de toute mon enfance. Quand mon équipe de basket se déplaçait, il fallait que j'insiste pour avoir une chambre individuelle. Celle que j'avais à la maison ne pouvait être à proximité de celle de Betts et de Riley, parce que Betts savait. Je ne me suis jamais autorisée à m'endormir quand j'étais avec mon copain. Je peux faire saigner les gens quand je rêve de vrais rêves. Quand je vois le futur. J'ai remarqué que beaucoup de monde saignait du nez le jour de la remise des diplômes, et ce n'était pas à cause du crash, mais à cause de *moi* qui voyais le crash avant qu'il se produise.

— Je suis au courant, pour le saignement. Gillian et moi avons toujours dormi ensemble. Mais quand nous

nous sommes mariés, cet aspect de son pouvoir s'était beaucoup affaibli.

— Dieu merci, il y a donc de l'espoir.

— Tous les espoirs sont permis pour toi, Eden. »

Ils dormirent non loin de Piñata Hot Springs, dans la suite d'honneur d'un golf-hôtel appartenant à un vieil ami de Buck Hannafin. Eden dut passer une nuit relativement tranquille : lorsque Sherard frappa à sa porte, à 8 h 15, elle avait déjà quitté sa chambre.

Elle lui avait laissé une note et une reconnaissance de dette — ce qui le fit sourire — pour les deux cents dollars dont elle avait soulagé son portefeuille afin de s'acheter quelques affaires. Il la retrouva sur un des courts de tennis, vêtue d'une tenue en vente à la boutique de pro, en train de disputer un match contre le professionnel résident du golf-hôtel. Elle avait un style de jeu un peu erratique mais meurtrier : le basket n'était apparemment pas le seul sport dans lequel elle excellait. Le professionnel, un Hispano-Américain petit et robuste à la cinquantaine bien sonnée, n'avait rien perdu de son jeu mais presque tout de ses jambes, aussi Eden lui donnait-elle du fil à retordre. Sherard prit son petit déjeuner sur la terrasse qui surplombait les courts et feuilleta le *L.A. Times* en gardant l'œil sur la jeune fille.

Qui, une fois son match terminé, s'arrêta près de sa table, le visage trempé, une serviette autour du cou, avec dans les yeux une lueur qu'il ne lui avait jamais vue.

« J'espère que tu ne m'en veux pas, pour l'argent.

— Bien sûr que non. Tu avais l'air en forme, là-bas. Tu veux manger ?

— Je meurs de faim, mais je vais d'abord nager. Tu joues au golf, Tom ?

— Avec un handicap de huit, en général. »

Elle regarda en direction du premier tee.

« Ils louent des clubs, ici. Je pourrais nous réserver un neuf-trous aux environs de quatre heures et demie, quand il ne fait pas trop chaud.

— D'accord. »

Elle prit un verre d'eau posé sur la table et le vida. Sherard sourit. Eden explora à nouveau les alentours du regard. « C'est joli, dans le coin.

— Je trouve aussi.

— Tu crois qu'on peut rester une autre nuit ?

— Si tu veux. »

Eden baissa la voix.

« Bertie part quand dans le Wisconsin ?

— Demain après-midi, en jet privé. Un autre bon ami du sénateur. L'avion sera également à notre disposition, quand tu seras reposée et prête à partir. »

Eden hocha la tête. Il vit la tension remonter dans son corps, jusqu'à ce qu'elle s'en débarrasse d'un haussement d'épaules.

« Tu penseras à ça plus tard, lui dit-il. Joue à fond, dors bien, recharge tes batteries.

— Difficile de ne pas y penser. Je ne suis pas sûre de pouvoir le trouver, même avec l'aide de Bertie. Je n'ai pas réussi à localiser celui de Portland pendant le Rêve. Je ne sais même pas à quoi ressemble cette saloperie. Je n'arrive pas à le visualiser. Si je le rate, on risque tous d'en mourir.

— Tu es tout ce qu'était Gillian, et même davantage. Tu y arriveras.

— Tu n'as pas besoin de m'accompagner, tu sais, Tom.

— Ne sois pas ridicule. Je ne sers peut-être à rien dans ton domaine, mais j'ai d'autres talents. Tu as rêvé, cette nuit ?

— Comme toujours.

— Des cauchemars ?

— Non. C'était paisible. Je ramenais le cheval de

Portia Darkfeather chez elle à sa place. Il s'appelle Dark Valiant. J'aimerais bien qu'il m'appartienne. Avoir un cheval et vivre dans le Montana. Ils ont un ciel vraiment merveilleux, là-bas. On peut passer des jours avec juste le bruit du vent. C'est un genre de solitude qui m'irait bien. Je pourrais me sentir en sécurité, dans cet endroit.

— N'oublie pas qu'il y a sous la prairie quelque chose de beaucoup moins agréable.

— Plenty Coups. L'endroit où Darkfeather a travaillé et a été formée. Dommage qu'elle soit partie. Elle aurait pu me montrer un de ces engins. Si c'est là qu'ils les gardent. Elle m'a montré comment désamorcer cette saloperie. Qui est russe, au fait.

— Comment tu le sais ? »

Eden leva les mains.

« Je sais beaucoup de choses sans savoir *comment* je les sais ! J'y ai réfléchi, donc…

— Donc maintenant, tout dépend *a priori* de ce que ton doppelganger saura découvrir pour nous. Tu lui fais confiance ? »

Eden haussa à nouveau les épaules et se détourna brusquement.

« La dernière fois que je l'ai envoyé quelque part, il a fallu que je le libère d'un pitbull. Dieu sait ce qu'il va lui arriver cette fois. Il est moi, ce qui signifie qu'il a tous mes, euh, défauts. Là où il trébuche, je tombe. Je ferais mieux d'aller me changer. » Elle se retourna pour le regarder et lui adresser un bref sourire. « À plus tard. »

Sherard observa Eden s'éloigner à petites foulées et réfléchit longuement à une information utile. Si elle avait raison, si l'engin nucléaire était vraiment d'origine russe, probablement volé dans leur réserve de bombes portables, Buck Hannafin devrait pouvoir obtenir discrètement une description de ce que les équipes adéquates du Nuclear Energy Search Team devraient dénicher, une fois qu'ils se retrouveraient tous à Madison. Buck avait envisagé, avant d'y renoncer à contrecœur, d'avertir les agences gouvernementales impliquées dans le contre-terrorisme qu'une menace potentielle pesait sur le pays. Le MORG étant une de ces agences, il en serait informé aussi. Et annulerait l'opération, ou changerait de cible.

Réfléchir à la menace qu'ils avaient décidé d'affronter, au risque mortel qu'ils couraient, eux et pas loin de trois millions d'innocents, pesa sur la digestion de Sherard. Il quitta la terrasse et chercha un téléphone public pour appeler Hannafin.

SAUSALITO (CALIFORNIE) — 30 MAI-1er JUIN

L'assassin autrefois connu sous le nom de Phil Haman s'était procuré une nouvelle identité quelques heures seulement après avoir usé de violence pour s'enfuir de la salle d'interrogation des bureaux du FBI à Sacramento. Parmi tous ses talents, celui de pickpocket n'était pas le moindre. Même chose pour les déguisements : un petit tour au supermarché lui fournit tout le nécessaire pour un changement d'apparence radical, auquel il se livra dans la partie handicapés des toilettes d'un Burger King en bas de la rue. Il ne doutait pas un instant que le FBI réfléchirait à sa défection et craindrait une opération interne. Il partit vers le sud dans une voiture de location facturée à un vendeur en produits pharmaceutiques de Seattle, l'abandonna à Oakland, d'où il se rendit en taxi à Berkeley. Là, il changea une fois de plus d'identité dans un hôtel de troisième zone. Il traversa la baie grâce au BART. À San Francisco, un *cable-car* le lâcha sur Hyde Street à moins de deux pâtés de maisons du ferry pour Sausalito, et au crépuscule il longeait les six immeubles le séparant de Poppa Too Sweets', un bistro-péniche amarré aux quais qu'il possédait par l'intermédiaire d'une société écran. Au-dessus du restaurant, il se réservait un nid d'aigle, petit mais ultrasécurisé, dans lequel il se débarrassa de l'identité numéro deux, se doucha, but une demi-bouteille d'un des meilleurs pinots noirs de la côte nord et s'accorda un somme qui dura quatorze heures.

Il rêva qu'il tuait Eden Waring. Quand il s'éveilla dans son repaire sécurisé, elle occupa ses premières pensées. L'après-midi débutait avec une brume légère. Il leva les yeux vers la bande de ciel gris au-dessus de son lit étroit. Il sentit l'odeur de l'océan, entendit des voix non loin de là sur le quai et le gémissement du ferry en approche. Il se sentait calme, en sécurité, et n'avait pas trop envie de se morfondre sur la difficulté de sa situation et sur sa disgrâce potentielle. Ce qu'il affrontait était pourtant clair à ses yeux. Il avait tué la fille, forcément, puisqu'il ne ratait jamais sa cible. Elle était morte, puis avait ressuscité d'entre les morts. Il était désormais prêt à l'accepter. Intervention surnaturelle. Résurrection. Elle avait voulu se venger, mais l'assassin avait lu dans les yeux de Geoff McTyer son incapacité à tuer un être humain. Quelle lopette. Ce serait donc au fantôme ou il ne savait quoi d'Eden Waring de s'en charger, si celui-ci choisissait de le poursuivre. Pour l'instant, l'assassin était certain de lui avoir échappé. Il ne sentait pas sa présence dans la maison. Ce n'était qu'une question de temps, pensait-il. Il savait qu'il reverrait Eden Waring, ou son ombre. Et maintenant ? Comment se débarrasser définitivement d'un fantôme ?

D'ici là, l'assassin se souciait plus de sa réputation professionnelle. De son renom à Secteur d'Impact. Si on lui en donnait l'opportunité, il pourrait expliquer la mort puis la résurrection d'Eden Waring. Mais cela n'arriverait pas. Ils ne le débriеferaient jamais. Il n'avait pas de contact direct avec eux. De numéro de téléphone à appeler. Ils ne viendraient pas le chercher. Mais ils devaient déjà savoir qu'il avait foiré sa mission. Ils l'avaient jugé. Cela figurerait dans son dossier.

La peur d'une mauvaise notation lui brûlait le cœur comme un fer rouge.

Secteur d'Impact intercéderait-il pour lui, arrangerait-il les choses avec le bureau de Sacramento ? Il s'était montré un peu brutal avec un ou deux agents, en partant. Il ne pourrait donc pas rentrer prochainement à Vegas. Ce qui bouleversait Visage. Visage avait besoin des feux de la rampe pour survivre. Tout ce dont l'assassin avait besoin, lui, c'était d'une notation parfaite.

Il se leva et prit une nouvelle douche. C'était comme se sentir jeune à nouveau.

L'assassin sélectionna une nouvelle fausse identité — visage plus nom — dans sa réserve secrète. La perruque appropriée, comme les sourcils et la moustache correspondants, sortirent de la garde-robe et de la malle à maquillage que Visage laissait dans cette cachette. Il remplit le terrain vague lunaire dont son miroir entouré d'ampoules lui renvoyait le reflet. Se servir de ses talents familiers l'apaisa. Quand il eut fini, il ressemblait, dans le miroir grossissant, à un homme séduisant de trente-cinq ans maximum. Il s'appelait désormais Corey. Corey DeSales.

Il se nourrit puis, à la nuit tombée, choisit un des garçons qui travaillaient sur les quais. Il le ramena dans son nid d'aigle, où régnait désormais un séduisant éclairage tamisé. Malgré le charme et l'expérience du garçon, ni lui ni le nouveau visage que l'assassin s'était donné ne parvinrent, en dépit de tous leurs efforts, à le faire bander durablement.

Corey paya le garçon, le renvoya et se replia sur une

autre bouteille de vin, la lumière d'une chandelle sur son nouveau visage lugubre, sa poitrine étroite et sa quéquette flasque. Il n'avait pas besoin de sommeil. Ce qu'il lui fallait, c'était une chance de se racheter. Mais Secteur d'Impact pourrait choisir de le punir.

La pire punition qu'il puisse concevoir était de ne plus jamais avoir de leurs nouvelles.

WASHINGTON — 3 JUIN — 19 h 45

Buck Hannafin rencontra un groupe de personnes choisies pour la confiance qu'il pensait pouvoir leur accorder, c'est-à-dire des membres du Congrès et des personnalités importantes de Washington à la réputation professionnelle immaculée, à la vie personnelle vierge de peccadilles telles que financement politique illégal, fraude électorale, parjure, corruption, détournement de fonds, toxicomanie, liaison déraisonnable ou relation sexuelle avec un mineur. Rien dont Rona Harvester pourrait tirer profit. La rencontre se déroula en terrain neutre, dans une ferme de la région de Middleburg, en Virginie, la résidence secondaire de Roswell Fullmer, l'associé principal d'un grand cabinet d'avocats de la côte Est. Fullmer avait servi avec compétence son pays au poste d'attorney général, aussi Hannafin l'avait-il convié à assister à la réunion.

Parmi les neuf autres participants, la directrice de la CIA Wanda Chevrille, une femme à l'esprit complexe et au paisible visage de religieuse, le chef de la division renseignements des services de sécurité Nick Grella, l'amiral Wesley Sobieski, président du comité des chefs d'état-major, et John Wellford McGarvey, qui avait été le secrétaire général de la Maison-Blanche pendant les deux premières années du mandat de Clint Harvester avant qu'un conflit personnel de trop avec Rona l'amène à démissionner.

Fidèle à ses habitudes, Buck Hannafin entama sans ambages la réunion.

« Pour reprendre la notion de Ronald Reagan — qui, me semble-t-il, l'avait lui-même empruntée à quelqu'un d'autre, mais peu importe — nous avons un *empire du mal* parmi nous. Les décrets-lois pouvant servir de base légale à une dictature fasciste existent depuis déjà un certain temps. Bien entendu, les artisans de cette conspiration séditieuse sont Rona Harvester et son amant Victor Wilding. »

La représentante de la CIA secoua la tête en silence d'un air dégoûté.

« Cela ne figurera pas dans les journaux de demain, intervint Nick Grella, mais aujourd'hui, pendant que Clint Harvester posait avec ses clubs de golf à Burning Tree, le service de sécurité a été officiellement viré de la Maison-Blanche. La signature "présidentielle" qui figure sur le mémo de transfert est forcément un faux, mais un faux d'excellente qualité. Nous n'arriverions probablement pas à obtenir des experts graphologues du FBI un consensus à présenter à l'attorney général. N'empêche que j'ai vingt-quatre heures pour remettre nos dossiers au MORG. »

L'amiral Sobieski étudiait les copies des décrets-lois que McGarvey avait eu la présence d'esprit d'emporter en quittant ses fonctions. Il poussa un sifflement sinistre.

« J'étais déjà au courant de l'existence de quelques-uns, mais nom de Dieu ! D'où est-ce qu'il sort, celui-là ? Le décret-loi 13083 supprime le dixième amendement de la Constitution et révoque toute autorité locale ou étatique ! » Il se tourna vers Roswell Fullmer. « C'est attaquable, sur le plan juridique ?

— Largement, Wes, répondit Fullmer. Indignation

publique, amplement relayée par les médias, conduisant à un amendement constitutionnel soutenu par d'honorables hommes de caractère à l'indépendance absolue, ainsi que Daniel Webster a jadis décrit notre Sénat. » Il sourit, ses yeux bleu paon emplis de nostalgie. « Le bon vieux temps, aimons-nous à penser.

— Il reste toujours au Congrès une poignée d'élus prêts à se battre, dit Buck. Mais le législateur le plus habile que j'y connaisse abandonne la politique à la fin de son mandat pour reprendre la banque familiale.

— Il nous restera vous, Buck, fit McGarvey.

— Jusqu'à ce que mon pacemaker lâche, John. N'oublions pas la manière dont j'ai survécu. Mes ancêtres avaient pas mal d'argent de côté, ce qui m'a évité, contrairement à Lyndon et à d'autres du même acabit, d'avoir à voler une élection pour débuter en politique. Et la puanteur de l'ambition n'a jamais séduit mes narines. »

L'amiral Sobieski reposa ses copies des décrets-lois. « Bon Dieu, le complexe militaire est relégué à la gestion des transports publics et à la distribution des vivres !

— Une fonction essentielle de la loi martiale, rappela McGarvey. Qui bien entendu soutient la dictature déguisée en décret exécutif. Tout le pouvoir est placé entre les mains de la présidence, et ce, du jour au lendemain, alors que le Président est manifestement incapable de la moindre décision rationnelle.

— Un véritable coup monté, commenta Buck. Mais en l'état actuel, Clint Harvester est à la fois la force et la principale faiblesse de Rona et de ses ambitions de grandeur. Les décrets-lois ne peuvent être annulés. Il faut donc le plus vite possible relever légalement Clint de son mandat. Aucun décret-loi n'accorde à Rona le droit de lui succéder.

— Du moins, nous l'espérons », intervint Wanda Chevrille en se mêlant à la conversation à la manière d'un champion d'échecs prêt à bondir. Comme tous les véritables partisans de Clint, elle considérait Rona comme de la racaille. « Mais Mme Harvester modèle depuis longtemps sa carrière sur celle d'Eva Peron. Elle bénéficie d'un soutien populaire. Il ne lui manque apparemment qu'un bon prétexte. »

Buck resta quelques instants les yeux baissés en se frottant le front. Il savait quel était ce prétexte et se désolait de devoir le cacher à ses amis.

« Si un tel décret-loi existe, dit Fullmer, il ne peut être que récent, et lorsque le véritable état mental de Clint Harvester sera de notoriété publique, la justice n'aura aucune difficulté à prouver la supercherie. » Il regarda chacun de ses invités. « Sauf, bien entendu, en cas de disparition programmée de tous les membres des branches judiciaires et exécutives et de la plupart des personnes assises à cette table. »

Cela jeta un froid qui dura toute une minute et les fit se rapprocher les uns des autres sous le coup de l'émotion. L'amiral Sobieski, le seul à boire un alcool fort, se resservit en bourbon.

« Grâce au décret-loi 1099, dit Buck, les communications seront aux mains de notre nouveau gouvernement, ce qui empêchera le pays d'entendre d'autre voix que celle de Rona Harvester. »

Un autre silence.

« À moins que Clint Harvester ne recouvre toutes ses facultés et sa voix à lui, reprit Buck. Hautement improbable. Rona en fera en martyr avant.

— Qu'est-ce que vous voulez dire, Buck ? questionna Wanda en plissant les yeux.

— Je prétends qu'une fois que les ambitions de Rona auront franchi un certain seuil, Clint lui sera plus utile mort que vivant. Je pense vraiment que l'idée lui en a traversé l'esprit.

— Sacredieu », fit McGarvey sans désapprouver. Personne dans la pièce ne connaissait Rona mieux que lui.

Buck hocha gravement la tête, puis s'adressa au chef des renseignements du service de sécurité.

« Nick, quelle est la probabilité de pouvoir disposer assez longtemps de Clint pour le faire certifier incompétent par des psychiatres ? Inutile de compter sur son médecin personnel, Tray Daufuskie est déjà compromis.

— Combien de temps nous faut-il ?

— Je ne suis pas une sommité médicale, mais on m'a affirmé que quatre heures suffiraient.

— Maintenant que le MORG s'occupe de la sécurité à la Maison-Blanche… aucune chance.

— On n'a qu'à le kidnapper, dans ce cas ?

— Soyez réaliste, Buck », le rabroua Wanda.

Il sourit. « Je ne parlais pas au sens propre. Je voulais dire, j'imagine, qu'il fallait rendre Clint disponible pour une évaluation sans que personne ne s'en aperçoive. » Il regarda Nick Grella.

« Je vous le répète, nous n'avons plus la responsabilité du Président. Un point c'est tout, comme dit Rona.

— Vous n'avez pas accès au président à la Maison-Blanche. Quand est-il le plus vulnérable, si vous voulez bien nous dévoiler quelques secrets professionnels ?

— Ce n'est pas un secret. “Rawhide” est vulnérable dès qu'il sort de la Maison-Blanche. En campagne. En visite officielle. En vacances. Je déteste qu'il se rende au ranch présidentiel.

— Ah bon ? Pourquoi ? Il n'y a pas plus de deux habitants au kilomètre carré, par là-bas.

— Le ranch Big Country a une superficie d'environ quatre-vingts kilomètres carrés. Le Président et Mme Harvester n'apprécient pas la compagnie quand ils se promènent à cheval, et là-bas, ils vont se promener tous les jours, sauf par trop mauvais temps. Ils galopent sur un terrain accidenté, et on a toutes les peines du monde à rester en contact visuel sans hélicoptère ni avion léger. Sans compter le risque, même si ce sont des cavaliers accomplis, que "Rawhide" tombe et se brise le cou. Ils peuvent facilement semer nos hommes à cheval. Les Harvester aiment se donner à fond, s'exciter à mort, puis mettre pied à terre dans un endroit discret pour, euh, avoir une relation sexuelle. »

Wanda Chevrille, que le personnel de la CIA avait surnommée la Reine vierge, laissa échapper une petite grimace. « Pensez-vous qu'ils aient toujours... des relations dans sa condition ?

— D'après ce que nous avons entendu dire, répondit Nick, il n'y a guère plus que ça qui l'intéresse.

— Rona part-elle parfois se promener seule à cheval ?

— Ça lui arrive, lorsque le Président est occupé.

— Complètement seule ?

— Je crois, oui. »

Buck Hannafin et Nick Grella se regardèrent à nouveau. Nick semblait mal à l'aise ; Buck bougea dans son fauteuil en cuir et se pencha vers lui, une lueur jouant dans ses yeux comme sur des sabres affûtés.

« Crachez le morceau, Nick. Qu'est-ce que vous savez ?

— Ce ne sera annoncé que dans un jour ou deux, mais avant qu'on nous retire la protection du Président, Zéphyr a planifié une semaine de repos à Big Country. Départ prévu dimanche.

— Ça colle. Rona a les couilles de bronze d'un taureau minoen, mais elle n'ose pas exposer Clint à la Maison-Blanche plus longtemps. Nous avons un peu de temps devant nous. Quelques jours, peut-être une semaine. Pour moi, cela ne fait aucun doute : il arrivera un regrettable accident au Président pendant cette semaine de repos. Du côté des écuries, ou une fois lancé au grand galop sur la plaine. »

Wanda Chevrille parut sur le point d'inciter à nouveau Buck à plus de réalisme, mais se ravisa. Le silence régna dans la pièce, uniquement brisé par les toussotements nerveux de deux ou trois personnes. Buck Hannafin étudia les visages soucieux et blafards de ces fonctionnaires de longue date placés le dos au mur.

« On le fait ? » exigea-t-il de savoir, d'un ton menaçant, indigné. « On essaye de sauver Clint Harvester et d'envoyer Rona où elle devrait être, derrière les barreaux ? Elle ne pense qu'à la conquête et à nous pousser vers la sortie, une sortie aussi rapide que de la strychnine dans la gorge d'un rat. »

PLENTY COUPS — 6 JUIN — 13 h 20

Après une matinée à faire de la planche à voile et à ramasser des coquillages, le doppelganger d'Eden Waring alla déjeuner avec son meilleur ami Victor Wilding sur la terrasse du Muronga Reef Club, dans lequel il possédait des parts. La terrasse pavée était ombragée par plusieurs structures en kiosque surmontées de toits de chaume. Quelques mètres plus loin, la plage de sable blanc descendait dans les eaux peu profondes du lagon, turquoise près de la rive, bleu foncé derrière le récif de corail au-dessus duquel s'élevaient des mouettes, des frégates et quelques fous de Bassan. Le dpg explora les alentours d'un regard satisfait. En quittant la plage, il avait enfilé une robe de shantung jaune citron fendue jusqu'à la taille sur le côté. Derrière la terrasse et la fosse des marcheurs sur braises, il y avait des *bures* de luxe en chaume et en rondins groupés autour de patios et de petites piscines d'eau de mer. Surplombant l'hôtel, un vieux volcan érodé couvert de jungle bloquait le tiers du ciel, dans lequel n'apparaissait encore aucun nuage. Il séjournait là depuis assez longtemps pour savoir que les nuages s'accumuleraient vers le milieu de l'après-midi pour déverser des flots de pluie. Il serait temps alors d'aller faire une sieste pelotonné dans son hamac. Le dpg ne se rendait pas bien compte de la manière dont il passait ses journées. Il nageait, naviguait, jouait au tennis ou plongeait d'un canoë à balancier avec son tuba. L'aube, la chaleur et l'humidité de midi, le sable fin comme un velours chaud sous ses pieds nus, la sueur, les torrents de pluie, les bains frais. La garde-robe à se damner, choisie dans la boutique de l'hôtel. Les soirées aux flambeaux, les guitares, la danse, les beaux garçons qui le draguaient tous. Mais c'était impossible : Victor n'approuverait pas. L'obscurité tropicale illuminée par de lointaines tempêtes, la lueur intense des étoiles et d'une lune jaune, les longues vagues qui se répandaient sur les récifs. Tout cela formait dans son esprit un flou satisfaisant. Il n'aurait pu dire depuis combien de temps il était là. Un bronzage régulier et très prononcé recouvrait son corps. Des jours, des semaines ? Quelle importance ?

« Tu t'amuses bien ? lui demanda Victor Wilding d'un ton aimable.

— Oh, j'adore cet endroit ! » Le dpg le regarda comme s'il craignait que la question n'annonce de mauvaises nouvelles. « Il ne faut pas déjà que je parte, si ?

— Tu peux rester aussi longtemps que tu voudras, Eden. »

Le dpg lui adressa un sourire reconnaissant. « Qu'est-ce qu'on mange ? » Il regarda la nourriture posée sur la table. Tranches d'ananas, melon, petites bananes rouges, ainsi que d'autres fruits qu'il ne put identifier. Filets de mahimahi, curry de poulet thaï et crevettes à l'ail mijotées dans des poêlons en cuivre.

« Vas-y, l'incita Wilding.

— Qu'est-ce que je te sers ? demanda le dpg en se rappelant les bonnes manières.

— Je crois que je vais juste prendre un peu de poisson grillé et des patates douces, Eden. »

Le sourire du doppelganger flotta un peu. Il avait l'habitude que Victor l'appelle ainsi, mais cela lui laissait toujours une impression d'imposture. Dommage qu'il ne puisse pas se souvenir de son vrai nom. Ni d'où il venait. Il voulait que Victor l'aime pour lui-même, pas parce qu'il lui rappelait quelqu'un. Mais ce n'était qu'un malaise caché sous la surface de choses brillantes et agréables comme un banc compact de petits poissons noirs qui s'égaillaient dès qu'il agitait la main dans l'eau.

Ils bavardèrent en mangeant, et le dpg levait parfois la tête avec un sourire heureux quand des amis le saluaient en passant près de leur table. Il s'était fait tellement d'amis depuis son arrivée au Reef Club.

« Tu as prévu quelque chose, cet après-midi ? demanda nonchalamment Wilding.

— Steve et Gerry. Tu sais, le couple en lune de miel.

— Les Australiens.

— Voilà. Ils ont proposé de m'emmener en jeep aux chutes de Tiara. Ça pose un problème, tu crois ?

— Aucun en ce qui me concerne, Eden. Je comptais me balader avec toi après le repas. J'aimerais te présenter quelqu'un. »

Venu de Nadi, l'hydravion de Turtle Airways s'apprêtait à se poser sur la surface calme du lagon pour débarquer les nouveaux clients de cette petite île retirée en mer de Koro, puis repartir avec ceux dont les vacances se terminaient.

« Oh… il est dans l'avion ? »

Wilding secoua la tête. « Non. Il vit ici, à Muronga, depuis des années. À moins d'un kilomètre d'ici sur la route.

— D'accord, Victor. Pas de problème. » Le dpg entama un blanc de poulet en sauce.

« Temps mort », dit Marcus Woolwine, assis à côté de Victor Wilding.

« Eden ? » fit Wilding.

Le dpg leva les yeux, fourchette levée. Eut un sourire hésitant.

« Feu rouge », prononça Wilding.

Le dpg changea. Rien de spectaculaire : ses mouvements ralentirent un peu. Il mâcha la bouchée de poulet prise dans son assiette, les yeux toujours fixés sur et derrière Wilding, le regard empli d'une expression que Robert Louis Stevenson, qui avait lui aussi séjourné dans ces îles du Pacifique comme dans d'autres, avait qualifié d'« agréablement brumeuse ». Il n'avait pas conscience, n'avait jamais eu conscience de la présence à leur table de Marcus Woolwine qui, derrière ses verres-miroirs, surveillait avec beaucoup d'attention ce qu'il considérait comme sa création.

Ils se trouvaient en réalité dans une cafétéria ordinaire, l'une des cafétérias réparties dans les installations de Plenty Coups, toutes identiques à l'exception du décor thématique. Seules évoquaient les mers du Sud les reproductions sous cadre de tableaux de Paul Gauguin qui cherchaient à briser la monotonie des murs de béton. La nourriture était bien réelle. Tout ce que ses sens transmettaient d'autre au dpg quant à son environnement venait de Woolwine. Malgré tout, celui-ci n'était pas pleinement satisfait.

« Quelque chose ne va pas ? s'enquit Wilding.

— Je ne sais pas trop. J'ai cru détecter une légère hésitation quand vous l'avez appelée par son nom, un peu comme si elle se demandait à qui vous parliez. Vous l'avez remarquée aussi ?

— Une fois ou deux. À l'instant. Son regard s'est vidé un instant. Mais on aurait dit, vous savez, que j'interrompais le fil de ses pensées. Tout le monde réagit comme ça. Et elle a aussi ces petits passages à vide quand je ne lui parle pas. On dirait des mini-crises d'épilepsie.

— Oui, oui, dit Woolwine un peu vexé, cela arrive

souvent quand on surcharge massivement le système sensoriel. C'est une question de précision dans le réglage du protocole de médicaments psychoactifs.

— Sinon, elle me semble bien, dit Wilding d'un ton apaisant. C'est remarquable. Mais quand saurons-nous si elle a toujours ses pouvoirs ?

— On en saura plus cet après-midi, une fois la phase un terminée. Mais à votre place, je ne m'inquiéterais pas. Bon, si nous laissions cette chère enfant terminer son repas ? »

Wilding regarda à nouveau le doppelganger d'Eden Waring. Celui-ci avait avalé sa bouchée de poulet. La main qui tenait la fourchette reposait près de l'assiette. Les lèvres étaient entrouvertes. Il balançait tout doucement le haut de son corps, avec toujours cette lueur de ravissement somnolent dans ses yeux à demi fermés.

« Eden, feu vert. »

Sans le moindre signe qu'il sortait d'une suspension hypnotique, le dpg transféra sa fourchette dans sa main gauche, prit un couteau et se coupa un autre morceau de poulet. Marcus Woolwine, qui n'existait toujours pas pour lui à cet état de conscience, continua à l'observer avec attention tout en caressant distraitement son crâne chauve bronzé aux UV. Comme s'il avait rangé au fond de son esprit quelque chose qu'il n'arrivait pas à retrouver.

« Comment s'appelle-t-il ? demanda le doppelganger à Wilding.

— Qui ça ? » fit Wilding, interrompu dans le fil de ses pensées. « Oh, tu veux dire… Il s'appelle Robin. »

Le dpg sourit à quelqu'un d'imaginaire qui passait à proximité, salua de la main une personne tout aussi imaginaire qui arrivait de la plage inexistante avec un sarong et une fleur orange dans les cheveux.

« Tes amis sont mes amis », dit-il.

MADISON (WISCONSIN) — 6 JUIN — 14 h 45

Moins d'une heure après son arrivée à Madison, Eden se rendit compte avec une vive déception et une panique croissante que ce n'était pas la bonne ville.

De la terrasse de leur suite, au dernier étage de l'hôtel, elle avait une vue dégagée sur le nord et l'ouest. Il soufflait ce jour-là un vent idéal pour la voile, et d'innombrables bateaux tiraient des bordées sur le lac Mendota. Le soleil se reflétait sur le dôme de l'observatoire de l'université du Wisconsin. L'immense campus occupait plusieurs kilomètres carrés le long de la berge, parsemés de bâtiments aux colonnades de calcaire et aux murs de vieille brique recouverts de lierre ainsi que de constructions plus récentes et plus hautes, toutes de verre et d'acier. Impressionnant, comparé à Cal Shasta qui n'existait pas trente ans plus tôt. Mais ce n'était pas celui qu'elle avait vu en Rêve. Le lac, le plus grand des deux que comptait la ville, n'avait ni la bonne taille, ni la bonne couleur, avec du bleu là où elle s'attendait à un marron tirant sur le vert. Et il était trop près du campus.

Eden se frotta les tempes, ferma ses yeux fatigués et s'efforça de se concentrer. Elle souffrait d'une migraine, non de celles survenant pendant ses règles mais plutôt de celles que provoquait chez elle une exposition prolongée au soleil. La journée de la veille comme la matinée avaient été douces et très peu ensoleillées en Californie du Sud, avec des nuages bas pendant la quasi-totalité de la journée. Elle avait quitté la Californie avec Tom Sherard à bord d'un jet Citation qui avait décollé avant 9 heures de l'aéroport de Santa Barbara. Eden avait somnolé pendant la plus grande partie du voyage. Dans son rêve, elle se balançait doucement dans un hamac sur la terrasse, chez elle, tandis que

Winky, son vieux labrador, promenait sur sa main pendante sa langue chaude et mouillée. Elle avait été sortie de ce rêve par une véritable hallucination qui lui avait donné la chair de poule.

Un parfait inconnu était assis en face d'elle dans un des profonds fauteuils pivotants en cuir du Citation X. Un homme âgé, mais qui semblait robuste. Avec un crâne chauve au bronzage cannelle et des lunettes de soleil réfléchissantes dans lesquelles Eden distingua nettement son propre reflet. Il bougeait les lèvres comme s'il lui parlait, mais Eden n'entendait rien. Elle savait être seule, à bord du jet privé volant à plus de huit mille mètres au-dessus du Midwest, avec les deux pilotes, l'hôtesse et Tom. À en croire son reflet, elle portait un collier de fleurs d'hibiscus rouges et blanches.

Eden sursauta comme sous l'effet d'une décharge électrique et l'hallucination prit fin. Tom Sherard lui jeta un coup d'œil perplexe. Elle ne lui raconta pas ce qu'elle avait vu, mais elle savait que ce n'était pas un reliquat du Rêve. L'homme existait bel et bien. Qui il était, ce qu'il signifiait pour elle, elle n'en savait rien. L'hallucination la laissa en proie à une nausée indéfinissable qui s'ajouta à la migraine pesant derrière ses yeux.

Elle quitta la terrasse en se frottant les paupières. Le portable à l'oreille, Bertie Nkambe discutait avec son agent dans le grand salon de la suite. Tom Sherard attendit qu'Eden le rejoigne avec une trace d'anxiété sur son visage d'ordinaire stoïque de chasseur.

« Ce n'est pas ici », annonça-t-elle, trop fort, car elle n'arrivait pas bien à contrôler sa voix. « On n'est pas dans la bonne ville. Peut-être que l'engin était censé venir ici, que Portia Darkfeather m'a dit la vérité. Mais si le MORG a changé de plan après son décès, elle ne pouvait pas le savoir. »

Bertie dit à son agent qu'elle le rappellerait. Elle

s'approcha d'Eden et lui entoura les épaules. Eden tremblait.

« Qu'est-ce qu'on fait, maintenant ? demanda Sherard.

— *Je n'en sais rien* », répondit Eden, le désespoir peint sur le visage.

PLENTY COUPS — 6 JUIN — 15 h 05

Accompagné de Victor Wilding, le doppelganger d'Eden marcha huit cents mètres pieds nus sur la piste à jeeps qui, du Muronga Reef Club, partait vers le sud. Ils dépassèrent un marché fidjien et une petite église méthodiste avant d'atteindre une allée au bout de laquelle un bosquet de palmiers abritait un bungalow. Des fruits à écales vertes jonchaient le sol devant la porte. Des poules picoraient dans un enclos. Ils s'avancèrent jusqu'à la véranda ombragée. Il semblait ne pas y avoir âme qui vive dans les environs, et pourtant le dpg avait l'étrange impression que plusieurs personnes les observaient. Il entendit sortir du bungalow un sifflement vague qu'il ne put identifier. Et la porte, ouverte, laissait s'échapper un courant d'air froid.

Du regard, il interrogea Wilding, qui semblait tendu.

« Il est chez lui ?

— Il y est toujours, répondit Wilding. Tout va bien, tu peux t'approcher… je veux dire, entrer. »

Wilding posa sa main entre les épaules du dpg et le guida pour franchir le seuil. Dans la pièce, des meubles de bambou et de rotin, des coussins et des oreillers colorés, des tapis sur le sol de roche polie. Les stores étaient presque fermés. Il aurait dû faire très sombre, avec ces fenêtres occultées et ces palmiers autour du bungalow. Mais une lumière faible et égale se répandait partout, et par un trou du *tapa* qui recouvrait le haut plafond de chaume, un petit spot éclairait un hamac.

Dans lequel Robin, l'ami de Victor Wilding, avait l'air profondément endormi.

« Il te ressemble, Victor.

— Nous sommes… jumeaux.

— Oh ! » Les yeux du dpg passèrent du visage en bonne santé de Wilding à la pâleur du masque mortuaire dans le hamac. « On arrive à un mauvais moment ? chuchota-t-il.

— Non, répondit Wilding avec un soupir apparemment douloureux. Il dort tout le temps. »

Le doppelganger ne comprit pas.

« Il s'est blessé au cours d'une chute. À la tête. Il ne peut pas se réveiller.

— Il ne devrait pas voir un docteur ?

— Il a eu les meilleurs. Il y avait cette chose, au fond de son cerveau… Tu l'as vue, tu sais à quoi elle ressemble.

— Ah bon ?

— L'étoile de mer en couronne d'épines. Celle qui détruit la barrière de corail. Je pensais… J'ai entendu dire que Mark t'en avait montré une quand il t'a certifiée, l'autre jour.

— Ah, ce truc horrible… oui, je l'ai vu. » Mark, son moniteur de plongée, était plutôt sympa malgré sa tête rasée et ses manières de monsieur je-sais-tout. Le dpg frissonna en se rappelant l'horrible et vorace couronne d'épines ressemblant à un extraterrestre qu'on lui avait montrée. On aurait dit de petits buissons bruns avec des épines de cactus et des bras extensibles qui s'agrippaient au corail et en dévoraient la chair tendre jusqu'à ce qu'il en meure. Le double d'Eden regarda à nouveau Robin, s'en approcha doucement. Il entendit ce sifflement, ce bruit de respiration qu'il avait déjà remarqué en entrant, vit un nuage de vapeur sortir du masque transparent fixé sur le bas du visage de Robin. Bizarre qu'il ne l'ait pas remarqué plus tôt.

« Les neurochirurgiens ont tout enlevé, bien sûr, dit Wilding d'une voix qui semblait maintenant manquer de force. Et aussi des parties endommagées du cerveau. Mais il n'est jamais sorti du coma. »

Le dpg tourna brusquement la tête et découvrit Mark à quelques pas de Victor Wilding. Jambes arquées, peau bronzée, Mark portait ses lunettes réfléchissantes même à l'intérieur.

« Allez, Eden, l'encouragea-t-il. Plonge. Va voir ce que tu trouves et reviens nous le dire.

— OK. » Le dpg détourna le regard et le leva vers le soleil qui brillait juste au-dessus de sa tête, puis ajusta son masque. Comme on le lui avait enseigné, il se laissa tomber en arrière de l'embarcation basse et s'enfonça palmes les premières dans un environnement radicalement différent qui n'était pas l'océan mais quelque chose d'une composition saline similaire : le fluide chaud à l'intérieur du cerveau de Robin. Les lobes plissés tels des récifs étaient immenses, d'une échelle effrayante, entrelacés de veines d'un rouge profond et emplis d'intenses éclairs bleu pâle tremblotant, des orages non du ciel mais de l'esprit qui vivait toujours au milieu de cette zone à l'abandon. Il y régnait un bruit surprenant. Des craquements d'électricité statique, des timbales, des sifflets, des petites détonations. Il nagea lentement au sein de tout cela, avec seulement un battement de pied de temps en temps pour maintenir son allure dans cet univers. Il regarda dans les crevasses profondes, perdu mais craignant de se perdre davantage encore s'il se glissait dans un de ces ravins alambiqués. Il fallait les explorer, mais un peu d'aide ne serait pas de refus, maintenant qu'il était arrivé. Il appela donc.

Robin ? Je suis là. Tu m'écoutes ?

NASHVILLE (TENNESSEE) — 6-7 JUIN — 15 h 10-0 h 26

Le lac Old Hickory, juste à l'est de Nashville alias « Music City », est une retenue d'eau de presque cent soixante kilomètres sur la rivière Cumberland et dispose de presque six cent cinquante kilomètres de rives boisées. Vu de plusieurs kilomètres d'altitude, il ressemble à un de ces dragons en papier gaufré qu'on voit dans les parades du nouvel an chinois. Old Hickory est un centre de la culture hors-bord et house-boat qui prolifère sur les lacs artificiels et les rivières du Sud. Les manoirs appartenant à des artistes de country ou à des cadres de « Music Row » sur ses promontoires sont complétés par des house-boats dont certains mesurent plus de trente mètres et sont assez chic pour valoir plusieurs centaines de milliers de dollars.

Le house-boat à bord duquel Randy et Herb, depuis peu arrivés de Plenty Coups, passeraient la nuit avec leur engin nucléaire d'une kilotonne était amarré au quai d'une crique toute en longueur au bout d'une voie privée patrouillée par des spécialistes en sécurité du MORG. Seuls les membres de l'équipe chargée d'assurer leur protection et de préserver leur anonymat étaient informés de leur présence. Randy et Herb s'étaient arrêtés en route dans le sud-ouest du Kentucky pour faire le plein dans une station Texaco près de la sortie numéro 38 de la route paysagère Pennyrile. Ils y avaient aussi embarqué leur guide, un agent de la division domestique du MORG qui avait grandi à Gallatin, connaissait par cœur le rivage en dents de scie du Old Hickory et ignorait ce que Randy et Herb transportaient en plus de leur matériel de pêche. Il leur avait obtenu les bons permis, et une fois les deux hommes installés, les avait emmenés sur le lac dans la barque incluse dans la location.

Quand ils revinrent à quai, vers 18 h 30, alors que sur la rive ouest le soleil bas se glissait entre les grands hickorys et les chênes des marais, deux jolies femmes grillaient des steaks dans la vaste coquerie. L'une venait du bureau de Los Angeles de la division domestique, l'autre était basée à Washington. Elles se présentèrent : Cheryl et Sandi. Cheryl avait une frange nacrée d'écolière, une mâchoire sexy et un léger bégaiement. Sandi était une grande blonde fébrile sans le moindre artifice, le genre qu'on qualifie en général de « femme à hommes ». Elles avaient atterri à Nashville dans l'après-midi et en repartiraient par un des premiers vols du matin. L'agent du MORG qui les avait conduites au house-boat raccompagna le guide de pêche. Il ne reverrait plus jamais Randy et Herb.

Les femmes n'eurent pas autant de chance.

Après les faux-filets saignants, les pommes de terre sautées et la salade mélangée, les femmes nettoyèrent la coquerie pendant que Randy et Herb se douchaient et se changeaient. Ils passèrent ensuite trois heures à jouer à la canasta dans le grand salon meublé et décoré avec la *joie de vivre** d'une morgue danoise. Il n'y avait rien à boire. Personne ne parla de soi, ils étaient en mission et leurs vies privées n'avaient aucune importance. Ils n'écoutèrent pas de musique. Sandi raconta deux plaisanteries et découvrit que Randy et Herb, dont le badinage vif et branché s'entremêlait de jargon de prison, n'avaient pas vraiment le sens de l'humour. Le bégaiement mièvre de Cheryl portait à tel point sur les nerfs de Sandi qu'elle se retenait de la frapper à coups de talons avec sa sandale. Elle se mit à mâcher sa voluptueuse lèvre inférieure pendant la partie de cartes. Par le bow-window oblique leur parvenait une traînée éclatante de lac, comme du feu sous-marin, et une lune à trois jours d'être pleine.

Vers 23 heures, Randy, qui avait des cheveux noirs et lisses et des favoris démodés, posa ses cartes, bâilla et gagna une des cabines. Une minute plus tard, Sandi se leva à son tour, passa boire un verre d'eau dans la coquerie et alla le rejoindre.

Il s'était déjà déshabillé, ne gardant que ses chaussettes, et se tenait assis au bord de la couchette à deux places. Sandi se demanda s'il avait aux pieds quelque chose qu'il tenait à protéger, mais cela lui convenait parfaitement, elle détestait sucer des orteils, ce dont tant de types étaient friands. Elle jeta un coup d'œil aux cicatrices accrochées comme des sangsues pâles au corps de l'homme. Il avait été touché à plusieurs reprises, à vue de nez par du neuf millimètres ou du calibre 40. Son pénis était plus petit que le pouce de Sandi. Elle ôta son bain de soleil sans plus attendre.

« Inutile de te déshabiller, lui dit Randy comme incapable d'affronter ses nichons fermes et plantureux. Je n'ai pas besoin d'autant. »

Et à 23 h 10, Cheryl se blottissait nue contre Herb dans l'autre cabine en espérant que ses préférences sexuelles ne la d-d-débecteraient pas.

Vers minuit, les derniers grondements de circulation sur le lac s'étaient tus. Seule Sandi ne dormait pas, qui était insomniaque et que la pipe demandée par Randy avait excitée. Malgré son apparence fruste, Randy était un de ces types tatillons peu amateurs de chatte ou de l'orifice voisin. Sandi essaya de se satisfaire elle-même, mais n'y parvint pas. De par son éducation puritaine, elle avait toujours un peu honte de se masturber.

Quelques bonnes gorgées de Black Label l'auraient calmée, mais il n'y avait pas d'alcool à bord. Et elle ne pourrait jamais s'endormir à côté de Randy et de ses sinus encombrés. Elle n'avait rien pour se promener sinon les deux ponts du house-boat. Aucune lecture sinon les œuvres complètes du révérend Billy Graham et des magazines d'activités de plein air. Dans lesquels des hommes camouflés jusqu'aux yeux relevaient la tête du cerf peu méfiant qu'ils avaient massacré avec leurs arcs de chasse futuristes. La discothèque se limitait à du gospel blanc alors qu'elle avait des goûts plutôt classiques. Elle jouait de l'alto au sein d'un orchestre de chambre, chez elle, à Fairfax County. La télé satellite lui proposa une énigme numérique. Le message RECHERCHE DE SIGNAL s'affichait en permanence à l'écran. Qu'est-ce qu'elle était censée faire, mettre ce foutu house-boat sens dessus dessous ? Apparemment, c'était encore parti pour une de ces nuits où elle ferait des réussites et mangerait une pizza décongelée gluante sur le coup des 3 heures du matin. Elle n'avait pas le droit de téléphoner. Toddie, son yorkshire-terrier, lui manquait.

Elle se demanda pourquoi Randy et Herb étaient là. En quoi consistait leur mission.

Bien entendu, cela ne la regardait en rien.

Mais à part courir nue dans les bois et hurler à la lune, elle n'avait rien à faire sinon à penser à Randy, à Herb et à la drôle de paire qu'ils formaient. Ils ne ressemblaient pas du tout aux agents habituels du MORG. Le renseignement faisait l'ordinaire de Sandi, au service du MORG chargé de la Russie. Se lancer dans des conjectures était pour elle une habitude tenace.

Randy et Herb n'avaient pas apporté beaucoup de matériel. Deux ou trois sacs de sport, actuellement dans leurs cabines. Le matériel de pêche, y compris la grosse boîte à outils (du genre de celle que les mécaniciens auto itinérants comme son père emportaient de boulot en boulot), était là dans le salon, dans un renfoncement près de la coquerie, avec les cannes, les cuissardes, les casiers et un moteur de rechange pour la pêche à la traîne. Un cadenas fermait la boîte. Ce qui semblait un peu exagéré pour son contenu : appâts, hameçons, fil, moulinets supplémentaires.

Si du moins Randy et Herb n'y gardaient rien d'autre.

Sandi rôda encore et encore, sans un bruit, s'arrêtant pour jeter un coup d'œil à la boîte à outils. Puis, sans raison précise, peut-être juste par désœuvrement, elle la souleva.

Eh bien mon Dieu. Elle ne s'attendait pas à un tel poids. Elle dut lâcher la boîte, en reculant son pied nu au plus vite pour éviter qu'il se fasse écraser, et le bruit du choc sur le pont hérissa le duvet blond sur son dos nu. La bouche soudain sèche, elle battit en retraite dans la coquerie. Elle se servit un verre d'eau et s'appuya de la hanche contre l'évier. Elle voyait son reflet, pin-up de calendrier nue rose et crème sur la fenêtre obscure. Elle jeta plusieurs nouveaux coups d'œil à la grosse boîte à outils. Cela ne la regardait toujours pas.

Mais maintenant, il fallait qu'elle sache.

Le cadenas était solide, mais Sandi en avait fait capituler de plus solides encore avec ce qui lui tombait sous la main. Celui-ci ne lui résista que quarante-trois secondes. Elle l'ôta, souleva le couvercle massif et comprit aussitôt pourquoi la boîte pesait si lourd : elle était doublée de plomb sur plus de cinq millimètres, et dans ce cercueil de plomb reposait une espèce de cabas scellé jaune de confection russe, propriété des forces balistiques. Elle n'y toucha pas. Elle avait une idée assez précise de son contenu : une bombe à implosion au plutonium. Au vu de sa taille, Sandi en estima la puissance à une kilotonne. Si elle explosait en surface, survivre dans un rayon de six cent cinquante mètres autour de *ground zero* serait hors de question. Et les humains exposés souffriraient de graves blessures dans un rayon s'étendant à douze kilomètres.

Sa première réaction fut l'inquiétude, la seconde, une confusion totale.

Si Randy et Herb étaient des agents du MORG, que faisaient-ils avec…

Portland.

Et maintenant Nashville ?

Dieu du ciel. Elle bossait pour eux depuis douze ans. *Pourquoi ?*

Les cuisses et les avant-bras couverts de chair de poule, Sandi referma le couvercle et s'accroupit en tremblant pour remettre le cadenas.

Tire-toi d'ici !

Elle sentit qu'on la touchait à l'épaule et sursauta en poussant un cri aigu. Elle aperçut Randy vêtu de ses seules chaussettes et expédia par réflexe le poing vers son menton. Randy inclina la tête de cinq centimètres avec la rapidité d'une mangouste et le coup ne fit que lui effleurer la mâchoire. Il la frappa durement au plexus solaire de ses doigts raidis, et le grand corps de Sandi s'affala sur le sol de la coquerie. Tout son souffle lui échappa. Randy fut aussitôt sur elle. Il prit la main qui tenait le cadenas, posa son pied droit sur la saignée de son coude et tordit brusquement le poignet vers le corps : le bras de Sandi étant prisonnier, la torsion en brisa le radius et le cubitus. Elle lâcha le cadenas et perdit le contrôle de sa vessie. On voyait tous ses plombages mais elle n'arrivait ni à respirer, ni à hurler. Randy recula et jeta un coup d'œil circulaire au moment où Herb sortait de sa cabine en tirant Cheryl par la main. Les yeux encore emplis de sommeil, Cheryl titubait sans résister mais regimba néanmoins en voyant Sandi se tordre sur le pont.

« Je ne sais pas ce qu'il se passe, dit-elle, mais j-j-je… »

Le regard de Randy passa de Herb à Sandi : « La

petite coquine a cru bon de jeter un coup d'œil à *Babycakes*. Je vais m'occuper de ça. »

Herb couvrit de sa main la bouche de Cheryl qui se débattit, le regard soudain inondé de terreur.

« Et elle ? »

Randy réfléchit quelques instants au cas de Cheryl avant de hocher la tête.

« Ne salis pas davantage, dit-il. On est en location, merde. »

MADISON — 7 JUIN — 2 h 35

Le système nerveux dopé par toute la caféine qu'elle avait ingurgitée — en pilules et en cola — pour garder un minimum de vigilance, Eden Waring écarta sa chaise du bureau sur lequel elle regardait l'écran d'un ordinateur portable. « Trouvé », annonça-t-elle calmement.

Bertie Nkambe dormait, recroquevillée sur le sofa. Tom Sherard posa son livre, s'approcha d'Eden et se tint derrière sa chaise pour regarder l'écran à matrice active sous le même angle qu'elle.

« Tu en es sûre ?

— C'est bien l'école que j'ai vue en Rêve. Même style de bâtiments, soit ancien et genre collégiale, soit moderne et en caisse à savon. Vandy a aussi un observatoire, mais plus petit que celui de l'université du Wisconsin.

— L'université Vanderbilt ? » Elle avait accédé à leur site Web, qui présentait l'établissement et proposait un tour du campus. « C'est où ? demanda Sherard.

— Nashville. Une capitale d'État, comme Madison. Voyons s'ils ont un site Web. Ça nous permettrait de voir de quoi la ville a l'air, en espérant qu'il y a un grand lac dans les environs. Comme ça, je serai vraiment sûre. »

La meilleure source que le moteur de recherches lui dénicha fut le site de la commission des films du Tennessee, qui fournissait des informations et des photos aux décorateurs de Hollywood à la recherche de décors naturels dans la région. Elle imprima une photo du capitole de Nashville, de style néo-grec et situé près du centre-ville, qu'elle examina avant de ressortir sur le balcon prendre l'air et jeter un autre coup d'œil sur Madison, rayonnant mais presque paralysé, à cette heure tardive, contre le lac noir.

« Les capitoles sont différents, dit-elle en posant sur Sherard un regard rouge et perçant dans le silence de la nuit. Celui de Madison a un dôme, pas celui de Nashville. Il y a de grands stades dans chacune des villes. Le lac que j'ai vu doit être Old Hickory. D'accord. Maintenant, je n'ai plus aucun doute. C'est Nashville. Mais je n'en sais pas plus. Que Dieu vienne en aide aux habitants de Nashville. Moi, je ne crois pas pouvoir le faire. »

SAN FRANCISCO — 2-6 JUIN

L'assassin qui s'appelait désormais Corey DeSales avait passé la plus grande partie de la semaine à se rendre disponible dans la région de San Francisco. Des jours et des nuits sans s'arrêter, sans presque jamais dormir dans sa cachette de Sausalito. À traverser la baie tous les jours. À se promener dans Berkeley près de l'université, à regarder les éventaires des bouquinistes sur Telegraph. À se frayer un chemin dans la foule autour des vendeurs ambulants qui bordaient Sproul Plaza. Toujours prêt pour le contact qui arriverait, cela ne faisait aucun doute dans son esprit, maintenant qu'il était à nouveau disponible. L'assassin avait endossé une nouvelle identité, mais Ils le reconnaîtraient. Même si, par précaution, il avait changé de visage, il restait le même en essence, une essence qui lui était aussi personnelle que ses empreintes digitales. Et qui, il le savait, figurait dans les dossiers de Secteur d'Impact. Ils avaient conçu une machine qui observait la Terre depuis un de leurs satellites espions et pouvait le localiser en quelques minutes.

À San Francisco, il prenait le *cable-car*, traînait sur la marina et dans Ghirardelli Square, l'Embarcadero et le Golden Gate Park. Le temps était en général au beau l'après-midi, les nuits restaient douces jusqu'au retour du brouillard.

Il se rendait au moins tous les soirs à Chinatown. D'abord par goût pour ce qu'on y mangeait. Ensuite parce qu'il aimait acheter des babioles pour décorer sa piaule. Et aussi à cause de cette fille qui vendait des aquarelles à un pâté de maisons du restaurant Ya Lin — « Forêt Élégante » —, dans ce coin de Chinatown qu'on appelait les Ruelles.

Elle avait toujours un sourire pour lui, même avant qu'il achète deux de ses œuvres (une vue impressionniste de Grant Avenue et trois effigies souriantes de dieux domestiques chinois). L'assassin lui trouvait du talent. Elle s'appelait Lu Ping et suivait durant la journée des études d'architecture. Il ne savait pas grand-chose d'elle. Ils parlaient surtout art. À sa quatrième ou cinquième visite, elle lui recommanda chaudement, puisqu'il semblait intéressé par les *objets** chinois, d'aller voir la nouvelle collection exposée dans la galerie chinoise de l'Asian Art Museum.

Elle le regarda alors dans les yeux, ce qu'elle n'avait que très rarement fait depuis qu'il avait pris l'habitude de passer sur le trottoir où elle exposait sa production, et lui proposa une date. Samedi à 16 h 30, une demi-heure avant la fermeture du musée, lorsqu'il commencerait à y avoir moins de monde. Elle se détourna ensuite pour sourire à un nouveau client potentiel qui voulait lui poser une question sur une de ses aquarelles.

L'assassin accueillit la proposition de Lu Ping avec un léger hochement de tête. Il ne s'attarda pas davantage. Il descendit la ruelle et tourna à droite sur Clay Street. Il y avait un restaurant qu'il aimait bien près de Stockton. En montant au premier étage dans une épaisse atmosphère d'huile à wok et de riz grésillant, il croisa un vieil aveugle qui descendait les escaliers caoutchoutés. L'assassin s'effaça pour laisser passer le vieillard sans pour autant le quitter des yeux. Il observait avec soin tous ceux, aveugles ou pas, qu'il croisait de près.

Le Chinois, sentant sa présence, s'arrêta et hocha la tête. Un sourire ajouta de nouvelles rides à son fragile visage de papier à lampion.

« La musique chinoise s'est développée à partir d'une gamme de cinq notes », dit-il lentement.

L'assassin ne répondit pas et reprit son ascension. Il entendit le vieillard descendre en tapotant le mur de sa canne.

Cela arrivait parfois de cette manière. Une jeune vendeuse d'aquarelles dans une ruelle de Chinatown. Un aveugle avec une canne. Il avait été contacté. Secteur d'Impact le remettait au travail. Il ne put par la suite se rappeler en quoi avait consisté son dîner, mais cette nuit-là il dormit comme un loir dans son nid d'aigle sur la péniche, au-dessus de Poppa Too Sweets', sans entendre les rythmes du restaurant qui balancèrent la coque jusqu'à 3 heures du matin.

Dans l'appartement bondé d'antiquités dont son oncle disposait sur Jackson Square, Lu Ping but une deuxième tasse du thé Shu Mal Ébène blanche qu'avait préparé Chien-Chi.

« Quelle épreuve, fit-elle en se frottant les tempes.

J'espère qu'il ne s'est pas rendu compte que j'étais toute tremblante à l'intérieur.

— Tu t'en es très bien sortie, la rassura Danny Cheng.

— Je ne pourrais même pas te décrire à quoi ça ressemble de sonder son esprit. Ça m'a fait flipper pour plusieurs jours. Si les serpents à sonnette avaient des souvenirs…

— C'est fini, maintenant, gamine. Du moins pour toi. Mais ne t'approche plus des Ruelles pendant environ une semaine. Jusqu'à ce qu'on soit sûrs qu'il a quitté la région. » Il lui tendit par-dessus la table quinze billets de cent dollars extraits de la liasse de plusieurs centimètres rangée dans son pantalon. « Achète-toi un joli truc. » Il ajouta une pièce en or d'une once. « Et voilà de quoi te porter bonheur pour tes examens.

— C'est très gentil à toi, tonton ! Il était armé, je te l'ai dit ? À part ça, je ne vois rien qui pourrait te servir. Qu'est-ce que tu veux de ce salopard ? Un travesti tueur à gages pour le gouvernement… Je veux dire, je t'en ai déjà parlé. Ce type est complètement cinglé.

— C'est ce qui fait son charme », estima Danny en jetant un coup d'œil sur l'écran de son éternel ordinateur portable. Il tapa sur quelques touches afin d'enrichir sa base de connaissance. Danny Cheng, l'homme information. « Même les fous ont des mobiles.

— La musique chinoise s'est développée à partir d'une gamme de cinq notes », dit Chien-Chi en riant sous cape.

Le samedi suivant à 16 h 34, vêtu d'un de ses costumes en shantung gris qui jetait autant de reflets qu'un aquarium, Danny Cheng entra dans le couloir de la galerie chinoise qui hébergeait l'exposition la plus récente, une collection de vieux instruments de musique chinois léguée par un avocat de San Francisco lié à la Mafia.

Derrière ses lunettes aussi noires que la peinture laquée qui décorait une guitare de la dynastie T'ang, il étudiait le catalogue de l'exposition. Une douzaine d'autres visiteurs déambulaient dans la galerie, dont un jeune homme d'environ trente ans. Tignasse brune, sourcils bruns et moustache brune accrochée à la lèvre supérieure, le tout trop exactement de la même teinte pour sembler naturel. Et des lunettes, de lourdes montures en corne posées sur un nez à l'arête haute.

L'assassin ne lui accorda qu'un bref regard. Danny garda la tête baissée sur son catalogue tandis qu'il faisait le tour des vitrines. Un haut-parleur avertit de la fermeture du musée dans quinze minutes. Il ne resta plus que quatre autres visiteurs, plus les gardiens.

Danny leva la tête pour jeter un coup d'œil au reflet de l'assassin dans l'épaisse vitre qui protégeait des gongs et des tambours fragiles. Il ne se retourna pas.

« La musique chinoise s'est développée à partir d'une gamme de cinq notes, dit l'assassin sur le ton de la conversation.

— Sans demi-tons », compléta Danny avec un petit hochement de tête approbateur. Il referma alors son catalogue, le glissa sous son bras et consulta le cadran bleu de sa montre Breitling. « Une limousine beige sur Tea Garden Drive, dit-il. Dans cinq minutes. »

Il sortit rapidement de la galerie, abandonnant l'assassin à sa contemplation des gongs et des tambours.

Cinq minutes plus tard, celui-ci émergea dans le soleil et la brise fraîche du Golden Gate Park. Une température d'environ dix-huit degrés. La limousine se trouvait à l'endroit indiqué. Debout près d'une des portières arrière, un chauffeur de maître le regardait.

L'assassin n'avait encore jamais été contacté ainsi, par quelqu'un d'apparemment très haut placé à Secteur d'Impact. Peut-être l'Homme lui-même. Cela l'excitait et l'inquiétait à la fois. Ce changement de routine pouvait concerner sa notation. Ou alors, on avait besoin de lui pour une mission de la plus haute importance, sans précédent dans sa carrière.

Il s'avança jusqu'à la limousine. On lui ouvrit la portière.

Danny Cheng fit signe à l'assassin de prendre place sur le strapontin. Il observa un instant son vis-à-vis de derrière ses impénétrables lunettes noires. Puis tendit la main, paume vers le haut, en un geste qui exigeait quelque chose.

« Identité actuelle. »

L'assassin lui remit son portefeuille sans hésiter. Danny consulta le permis de conduire, les cartes de crédit et de visite, puis rangea le tout dans le portefeuille qu'il lui rendit.

« Cela conviendra, monsieur D. Mais nous aurons besoin de photos pour d'autres documents qui pourraient se révéler utiles. Ne bougez pas, gardez le menton levé et continuez à regarder dans cette direction. »

Il y eut un éclair aveuglant, issu d'un appareil photo dissimulé à l'arrière de la limousine. L'assassin cligna des yeux. Quand il put voir à nouveau, Danny Cheng lui tendait une grande enveloppe scellée.

« Cinq mille en liquide », annonça-t-il.

L'assassin hocha la tête, prit l'enveloppe et la glissa dans sa poche. Il sourit légèrement, désormais à son aise, le pouls plus calme. Il attendit.

« Impatient de retrouver le show-business ? » interrogea Danny Cheng. Il pressa un bouton sur une console située à main gauche. Près de son genou, la porte d'un placard se rétracta, laissant apparaître un petit écran de télévision. L'assassin pivota de quelques centimètres sur son strapontin pour mieux voir. « Voilà le show, dit Danny. Et notre star. »

La vidéo ne durait que quelques minutes. Cela suffisait amplement. Tout d'abord stupéfait, l'assassin sentit ensuite une vague d'exaltation glacée le parcourir. Quelle audace. Il arrêta de regarder avant la fin. Il réfléchissait déjà, non à ce qu'Ils lui demandaient de faire, mais à la manière de l'accomplir. Il pouvait refuser, bien entendu. Sortir de la limousine beige sans un mot. La limousine s'éloignerait. Il se trouvait dans le Golden Gate Park. Le tireur pouvait être n'importe où… sur un toit du musée ou en haut du bâtiment de l'Académie des sciences californienne, de l'autre côté de Music Concourse. Entre les arbres d'un monticule proche. Il serait mort avant d'avoir fait dix pas.

Quoi qu'il choisisse, il était mort. Même s'il accomplissait sa mission. Mais s'il la menait à bien, sa notation refléterait cet ultime triomphe. Un triomphe dont on parlerait très longtemps, à voix basse. Ils pouvaient se montrer cruels, c'était dans la nature des activités de Secteur d'Impact. Mais Ils n'avaient pas fait une croix sur lui après son échec. On lui donnait la chance de se racheter, de sortir justifié de la vie. Selon ses termes. Sur la scène de son choix.

Visage allait apprécier.

PLENTY COUPS — 7 JUIN — 4 h 30

Réveille-toi, bordel !

Le doppelganger d'Eden Waring remua dans le hamac où il dormait comme un bienheureux. Il s'efforça d'ignorer ce bruit ennuyeux, qui sonnait d'abord clair dans son esprit pour s'évanouir ensuite comme un écho dans un rêve enclos de noir lorsqu'elle poussait la voix vers l'oubli sans céder à ses exigences. Voilà. Pendant quelques instants, le silence.

Ne te rendors pas !

Le hamac se mit à osciller de plus en plus fort. « Stop ! » cria-t-il, mais il ne put s'agripper et fut projeté sur le tapis qui recouvrait le sol de sa *bure* au Muronga Reef Club. Il s'assit, sonné, frotta son arrière-train meurtri, puis tenta de remonter dans le hamac afin d'y retrouver le sommeil. D'exclure l'intruse de son esprit.

Au lieu de cela, il se retrouva debout, comme relevé par le pouvoir d'un dieu antique qu'il aurait involontairement offensé durant son séjour à Fidji. Il trembla de superstition, regarda autour de lui d'un air désorienté. Il entendait au loin le bruit familier des vagues sur la barrière de corail qui entourait…

Arrête ça ! Tu n'es pas dans un paradis tropical. Ils t'ont droguée. Et ça a été infernal pour moi, je n'ai pas dormi depuis quarante heures.

« Va-t'en. »

Il se mit aussitôt à tituber malgré lui en direction de la salle de bains. Il essaya de résister, jambes écartées et tête baissée comme un âne, ses pieds nus glissant sur les tapis d'herbe tressée. Il s'accrocha à l'encadrement de la porte dont il fut arraché d'un coup, l'inertie le précipitant dans la baignoire. Un coude fit sonner la porcelaine.

« Aïïïe ! »

Ça m'a fait mal aussi, j'ai le coude tout engourdi. Arrête de me résister, imbécile !

« Pourquoi tu ne me laisses pas tranquille ? Je m-m'amusais tellement ! Et je n'ai plus besoin de toi ! »

Ce dont tu as besoin, c'est d'une douche froide.

Le dpg tenta de se recroqueviller au fond de la baignoire, les mains sous les aisselles. Une des mains se libéra. Son bras se dressa. Il grinça des dents et serra le poing, refusant d'empoigner le robinet de la douche.

« Non… Je… ne veux pas. »

Tu vas… le faire… quand même.

Ses doigts s'ouvrirent d'un coup pour se refermer sur

le robinet. L'eau jaillit du pommeau et trempa sa nuisette. Les jets d'eau s'affinèrent. Il ne pouvait y échapper, de même qu'il ne pouvait échapper à son bourreau.

Traite-moi de tous les noms si tu veux, mais t'as intérêt à dessoûler si tu veux que je te laisse sortir de là.

« Je ne suis pas soûle ! »

Tu es pire que ça. Mais ce n'est pas de ta faute.

Quinze minutes plus tard, le doppelganger d'Eden Waring, tête baissée et nu dans une grande serviette-éponge, était assis par terre dans la salle de bains.

Bon, on recommence. Où es-tu ?

Sanglot. « Je… Je ne sais plus. »

Dans les installations souterraines du MORG à Plenty Coups, dans le Montana.

« Mais… »

Fidji est une espèce d'hallucination qu'ils ont conçue pour toi. Pour te garder de bonne humeur afin que tu coopères.

« Qui ça, ils ? Victor et Mark, tu veux dire ? »

Victor ? Victor Wilding, j'imagine. Qu'est-ce qu'il t'a demandé de faire pour lui ?

« Rien ! C'est juste un ami ! On déjeune ensemble tous les jours. »

De quoi vous parlez ?

« Je ne sais pas. Je ne me souviens plus. »

Réfléchis !

« Arrête ! Tu me fais mal à la tête. J'ai déjà assez mal comme ça. »

Bois plus d'eau. Élimine les drogues qu'ils t'ont données.

« Toute cette eau me fait pisser comme une vache ! »

Tant mieux. Bon, alors, qu'est-ce que Victor Wilding t'a demandé de faire ?

« Rien ! Il est vraiment sympa. Il a été plus sympa avec moi que tu ne l'as jamais été. » Obéissant à une robuste poussée mentale, le doppelganger leva la bouteille d'eau de source. En but encore quelques gorgées malgré la sensation de ballonnement. Il s'étouffa et un peu d'eau lui dégoulina sur le menton. « Victor et moi sommes allés voir Robin », raconta-t-il d'un ton maussade. Il se concentra pour se remémorer la visite. « Je me souviens, Mark était là aussi. »

Robin ? Robin Sandza ?

« Non, Wilding. Le jumeau de Victor. Il s'est blessé en tombant et il est inconscient depuis… oh, longtemps, m'a dit Victor. Vingt ans. »

Vingt ans dans le coma. J'ai eu une vision de Robin il y a une semaine. Et on m'a raconté tout ce qui a été fait pour lui. Victor Wilding n'est pas son frère. Je crois que Wilding était un doppelganger. Il en est peut-être toujours un, c'est pour ça qu'il tient absolument à garder Robin en vie.

Le dpg frissonna. « Un doppelganger ? Sûrement pas. En étant un moi-même, je m'en serais aperçu. »

Oui, si tu étais dans ton état normal, ma petite. Tu as vu Robin, mais est-ce que tu es entrée en contact avec lui ?

« Évidemment. Je l'ai appelé et il est venu. On est allés se promener… sur le récif. Celui à moitié détruit par la couronne d'épines. »

Je ne sais pas de quoi tu parles.

« Je lui ai tenu la main. Il est gentil. Mais il était… parti trop loin pour discuter avec moi. Il a quand même réussi à me dire ce qu'il voulait. Il a touché son front, puis… il a désigné le ciel. Il veut qu'ils le laissent partir. »

Tu l'as dit à Victor Wilding ?

« Non. Je n'ai pas pu. Il aime tant son fr… Robin. »

Il s'inquiète de son existence à lui, oui. Qu'est-ce que tu as raconté à Wilding ?

« Qu'il fallait que je passe plus de temps avec Robin

avant de savoir quelque chose. Je peux me lever, maintenant ? C'est bientôt l'aube. Je veux mettre des vêtements. Et j'ai faim. »

Je ne veux pas que tu t'habilles. Tant que tu ne portes rien, ils ne peuvent pas te voir.

« Mais ce sont mes a… »

Essaie de comprendre une bonne fois pour toutes. Ils te prennent pour moi, la seule et unique Eden Waring. Ils m'ont — t'ont — emmenée à Plenty Coups dans l'espoir que tu puisses réparer le cerveau de Robin. Que tu puisses le ramener à la vie. Mais Robin veut mourir.

« Oui. »

Tu peux le trouver ? Aller le voir sans que personne ne s'en rende compte ?

« Je crois. Il était juste au bout de la route, à environ huit cents mètres du Reef Club. »

Et merde ! Il faut *que tu arrêtes d'halluciner.*

« J'essaie ! Tu peux être vraiment salope, des fois. Si j'avais mon nom à moi, je ne serai jamais *et de loin* quelqu'un comme… »

Tais-toi et écoute-moi. Je suis fatiguée. Dans un jour ou deux, peut-être dans seulement quelques heures, des centaines de milliers de gens vont mourir si je ne fais rien pour l'empêcher. Je ne sais pas si tu peux m'aider. Peut-être. D'abord, je veux que tu retrouves Robin. Il est quelque part dans ce truc souterrain. Trouve-le, et débranche sa prise.

« Que je le *tue ?* »

Libère-le. C'est ce qu'il veut de toi. De nous. De moi.

« C'est vrai, concéda le dpg. Le pauvre. Mais… et Victor ? »

Dommage que je ne puisse pas voir sa tête quand il apprendra la nouvelle.

NASHVILLE — 7 JUIN

Le jet Citation X dans lequel Eden, Tom Sherard et Bertie Nkambe arrivaient du haut Midwest survola Old Hickory à basse altitude et atterrit à 9 h 18 sur une piste nord-sud de l'aéroport international de Nashville.

Bertie avait passé la plus grande partie du voyage au téléphone avec sa mère, chez elle au Kenya, et avec son frère Kieti à Paris. Grâce à l'autre téléphone crypté du bord, Tom Sherard avait informé Buck Hannafin et donc Chevrille des derniers développements. Eden, après la longue et éprouvante séance secrète avec son doppelganger, avait enfin pu dormir dans un profond et moelleux fauteuil en cuir à gants, un pain de glace contre la nuque.

Sur le lac étincelant que l'avion survolait à six cents mètres d'altitude, Randy et Herb se détendaient en lisant les pages sportives de l'édition dominicale du *Tennessean* sur le pont inférieur du house-boat. Ils étaient partis de bon matin pêcher deux heures durant dans les anses voisines, avaient nettoyé leurs prises et mis leurs filets dans de la glace, puis s'étaient préparé leurs petits déjeuners. Saucisses au micro-ondes, œufs brouillés et café noir. Les corps de Cheryl et de Sandi, enveloppés chacun dans une bâche bleue, avaient depuis longtemps quitté le bord, aux bons soins d'une équipe des Domestiques spécialisée dans la dispersion des cadavres. La police scientifique n'aurait pu relever la moindre preuve que les femmes avaient séjourné à bord.

Il restait encore la plus grande partie de la journée à Randy et Herb pour se la couler douce.

Une limousine vint chercher Eden, Bertie et Tom Sherard pour les conduire à un hôtel sur West End, face au campus de Vanderbilt. Pendant le trajet, Eden garda les yeux ouverts assez longtemps pour reconnaître le visage de Garth Brooks sur un panneau d'affichage. En concert dimanche 7 juin à 19 h 30. D'après le chauffeur aux allures de grand-mère, c'était la première fois qu'il se produisait à Nashville depuis très longtemps, si l'on exceptait une visite à l'International Country Music Fan Fair qui l'avait vu signer des autographes pendant vingt-trois heures d'affilée. Trisha Yearwood monterait sur scène avec lui, et cela se passerait dans un endroit immense appelé l'Adelphia Coliseum.

Eden bâilla. Elle n'écoutait jamais de musique country.

« Il faut que je m'entraîne, dit-elle. Sinon ça ne va pas aller. Il a une salle de gym, cet hôtel ? »

On leur avait attribué une suite avec terrasse au dernier étage de l'hôtel. Nashville était bondé de fans de Brooks, mais Sherard n'avait eu aucune difficulté à réserver la suite au dernier moment. L'un des trusts de Katharine Bellaver possédait quatorze pour cent des actions de la chaîne à laquelle l'hôtel était affilié.

Personne n'avait faim, sauf Bertie, comme toujours. Elle croqua deux barres de céréales puisées dans sa réserve de nourriture diététique avant d'accompagner Eden à la gym.

Sherard descendit trois étages en ascenseur et pénétra dans une autre suite, plus petite, qu'il avait réservée aussi.

Deux hommes venus en hâte de Washington à bord d'un jet du ministère de l'Énergie y finissaient de défaire leurs bagages. C'était d'anciens colonels de l'état-major russe, spécialistes en armes nucléaires, formés au NPO Impulse à Stalingrad avant la fin de la guerre froide. Ils appartenaient désormais à une équipe internationale qui traquait les ogives nucléaires, les obus d'artillerie et les bombes de l'arsenal russe dont on avait perdu la trace. Ils étaient vêtus de manière décontractée, style république bananière, et munis d'accréditations du ministère de l'Énergie, service d'évaluation des risques. Mikhaïl, qui demanda à ce qu'on l'appelle Mike, avait des traits grossiers et des cheveux bruns aussi épais qu'une haie de jardin. De teint très coloré, Aliocha, qui souhaitait qu'on l'appelle Alex, avait un sourire paresseux machinal et des yeux bleus prompts à s'enflammer.

Ils avaient apporté un jumeau de ce qu'ils espéraient être l'engin acheté par le MORG à des milliers de kilomètres de Krasnoïarsk 26, dans un bazar de terroristes sur les steppes désolées, pour le faire exploser dans le Tennessee. Une réplique fidèle dans ses moindres détails, à qui il ne manquait que la charge de plutonium, une charge grosse comme une balle de softball et pesant trente-trois kilos. Alex raconta cela à Sherard avec le sourire suffisant et hostile qu'on ne s'étonne pas de voir un expert en destruction massive arborer devant un profane.

Lorsque Eden, rosie et rafraîchie par sa séance d'entraînement sur le StairMaster, entra dans leur suite avec Bertie, les deux Russes regardèrent Bertie d'un air d'admiration lascive et Eden d'un air de scepticisme absolu.

« Où est ta boule de cristal, chérie ? dit Alex en prenant encore plus de couleurs.

— Il faut vraiment que j'écoute ça ? demanda avec mauvaise humeur l'intéressée à Tom.

— Lâchez-la un peu, les gars, les avertit Tom.

— Pas de problème, fit Mike. Après tout, on ne risque guère que notre cul, ici. Et notre cul sera cuit si vous n'êtes pas vraiment ce qu'on nous a raconté.

— Je ne crois pas à la PES, dit Alex. Ils disent comment, déjà, dans ces bons vieux États-Unis ? Si c'est pas de la merde, ça doit être du cirage.

— Pourquoi est-ce qu'il vous manque une partie de

l'annulaire ? lui demanda Eden en jetant un coup d'œil désinvolte à sa main gauche.

— La faute à une portière de voiture, *chérie*.

— Je peux regarder ? » Eden tendit la main gauche, paume vers le haut. Alex eut un petit sourire narquois mais lui confia ses quatre doigts et demi. Eden sembla songeuse. Elle retira sa main.

« Vous faites un peu de fièvre, dit-elle.

— Je suis en parfaite santé, se moqua Alex.

— Je ne parle pas de ce genre de fièvre-là. Ça fait quoi, des années, non ? Elle vous a agressé avec une paire de ciseaux mais vous êtes toujours fou d'elle. C'est peut-être d'ailleurs ce que vous avez préféré dans votre relation. »

Une expression perplexe chassa le sourire qu'affichait Alex. « Ce n'était qu'une perforation de l'ongle. J'ai négligé de m'en occuper et ça s'est infecté. Comment est-ce que…

— Au moins, reprit Eden, Nadia n'a pas endommagé la marchandise à laquelle elle comptait s'attaquer en réalité, n'est-ce pas, Alex ? »

Bertie regardait l'homme de biais entre ses paupières mi-closes. Les yeux d'Alex n'arrêtaient pas d'aller et venir entre Eden et elle.

« Tu as raté quelque chose, dit-elle à Eden.

— Qu'elle a touché la clavicule en essayant de lui trancher la gorge, tu veux dire ? Et que le bout d'une des lames s'est cassé ?

— Voilà. Le bout y est toujours. Son aura est un peu moins brillante dans cette zone.

— M… Mais… » balbutia Alex.

Les deux femmes se tournèrent vers Mike, qui recula d'un pas, les mains levées en un geste de supplique feinte.

« Eh, pas moi ! Ma vie est un livre ouvert. Je vous dirai tout ce que vous voulez savoir. »

Bertie sourit et le rassura en lui tapotant l'épaule. Sherard regarda Bertie puis Eden avec curiosité. Eden semblait momentanément désorientée. On aurait dit que son esprit battait la campagne, mais il la connaissait désormais suffisamment pour ne pas s'y laisser prendre.

« On devrait peut-être se mettre au boulot, maintenant », fit-il. Il se tourna vers Alex. « Les gars, où vous avez planqué la fausse bombe qu'il faut qu'Eden regarde ?

— Dans la chambre », répondit Alex qui, les yeux fixés sur Eden, essayait toujours de retrouver son sang-froid.

Ils franchirent la porte à deux battants qui séparait le salon de la grande chambre. Bertie explora les lieux du regard, puis s'avança jusqu'à la porte de la terrasse qu'elle ouvrit après en avoir tiré le rideau. Ils entendirent des cloches d'église.

« Quelle belle matinée », s'extasia-t-elle.

L'engin apporté par les Russes tenait dans une valise de titane carrée de quarante-cinq centimètres de côté et de trente centimètres d'épaisseur. Mike ouvrit la valise sur une table ronde à l'aplomb d'un luminaire. La bombe était à l'intérieur d'un sac de transport, lui aussi verrouillé. Mike sélectionna une autre clef de son trousseau. Toujours un peu songeuse, Eden fixait le sac. Bertie se tenait juste de l'autre côté de la porte-fenêtre, sur la terrasse qui surplombait le centre de Nashville et le stade sur la Cumberland, à quelques pâtés de maisons de l'hôtel. Elle inspira plusieurs fois à fond. Eden promena lentement son regard sur ce qui l'entourait. Sherard se sentit mal à l'aise, il savait que quelque chose se passait entre les deux femmes. Mais il ne pouvait rien dire.

Mike sortit la fausse bombe du sac. Elle ressemblait à un gros ordinateur portable, mais dans un boîtier d'acier poli, et avec le détonateur, un clavier en cyrillique, serti dans un compartiment sécurisé par du verre blindé. Quelqu'un avait placé un *smiley* autocollant sur le rectangle en verre. Les Russes étaient les champions de l'humour noir.

Eden jeta un coup d'œil à l'engin et s'effondra avec un gargouillis, comme si elle avait une attaque.

« Oh, *mon Dieu !* fit Bertie en se précipitant pour s'agenouiller à ses côtés. Oh, mon Dieu, qu'est-ce qu'il se passe ?

— Je n'en sais rien, répondit Sherard. Relevons-la. »

Alex l'aida à porter Eden sur un des lits jumeaux. Elle avait les yeux mi-clos et le visage congestionné. Le gargouillis s'était transformé en un bruit de crécelle caractéristique d'une gorge qui cherche désespérément de l'air.

Bertie se tourna vers Mike. « Pauvre petite, elle est diabétique. » Sherard leva aussitôt les yeux : il ignorait ce fait. Mais il vit le regard de Bertie et continua dans la même voie.

« Vous pouvez lui trouver quelque chose dans le minibar ? Du jus de fruits, de préférence.

— Bien sûr. Je reviens tout de suite.

— Alex, vous voulez bien aller chercher un gant d'eau froide dans la salle de bains ? »

Alex hocha la tête. Bertie maintenait Eden sur le lit. Mike était parti dans le salon. Dès qu'elle entendit l'eau couler dans la salle de bains, Bertie abandonna Eden, alla en quatre pas rapides fermer la porte de la chambre, se tourna vers Sherard et chuchota : « Tu as toujours le Glock de Danny Cheng sur toi ?

— Bien sûr.

— Quand il revient, balance-le-lui dans l'oreille. Démolis-le, mais ne le tue pas.

— De qui tu veux parler, d'Alex ?

— Non, lui est OK, il a juste une sale attitude. C'est Mike, le fruit pourri. »

Alex ressortit de la salle de bains avec un gant de toilette. « Que dois-je faire ? demanda-t-il à Bertie.

— Est-ce qu'elle a avalé sa langue ?

— Comment voulez-vous que je le sache ? »

Eden se redressa soudain, les yeux révulsés. Elle enlaça Alex et eut un haut-le-cœur, comme si elle allait lui vomir à la figure. Alex rejeta la tête sur le côté. Il ne vit pas Mike revenir. Mike découvrit Bertie en train de gémir au pied du lit et Eden qui semblait convulser. Il ne s'aperçut pas que Sherard se glissait derrière lui. Sherard le frappa au-dessus de l'oreille avec la partie métallique du Glock.

Mike avança encore d'un pas en titubant, tomba sur un genou avec un grognement muet. Sherard le frappa une seconde fois, d'un swing plus puissant. Alex cria quelque chose. Mike tomba face contre terre et ne bougea plus, la bouteille de jus de fruits toujours à la main. Alex voulut se lever du lit mais Eden s'accrocha à lui jusqu'à ce que Bertie intervienne et projette une de ses longues paumes pâles à deux ou trois centimètres du front de l'homme. Si Alex avait pu lire les lignes de cette main, il aurait découvert une très vieille âme dans un corps de jeune femme.

« Votre cerveau, Alex, frit ou brouillé ? Restez assis jusqu'à nouvel ordre. Eden, tu dois pouvoir le lâcher, maintenant.

— Enfin ! » fit Eden en vidant ses poumons d'un coup. Elle repoussa Alex, dont Bertie retint l'attention avec sa main tendue. Pendant un instant, Alex faillit se lever et résister, mais quelque chose dans les yeux de Bertie, dans la tension de son corps, la somme et le pouvoir de son *chi*, l'en dissuada.

Sherard enjamba Mike, se positionna de manière à surveiller les deux hommes à la fois et braqua le Glock sur Alex. Qui les injuria en russe, le visage assombri par l'animosité.

Eden prit le gant et se le passa sur la figure.

« J'ai *vraiment* failli lâcher prise, à un moment. Est-ce que j'ai été aussi bonne que Julia Roberts dans *Potins de femmes* ?

— Je n'ai pas vu le film, mais tu as été super, la rassura Bertie. Maintenant, on ferait mieux de s'organiser, et fissa.

— Qu'est-ce qu'il se passe ? » s'enquit Sherard.

Bertie ramena à elle la main qu'elle tenait près de la tête d'Alex et ôta un des bracelets en cuivre émaillés entourant son autre poignet. Elle s'éloigna d'Alex, s'agenouilla près de Mike et pressa le bracelet arrondi près de son oreille droite.

« Un implant, annonça-t-elle. On voit à peine la cicatrice. Tu te souviens de Rory Whetstone, le bras droit d'Hannafin ? Même topo. Le MORG les a eus tous les deux. J'ai vu l'implant de Mike en lisant son aura. La seule différence, c'est que le sien est bidirectionnel. Je viens juste de lui couper le sifflet. » Elle remit son bracelet à son poignet avec les autres. « Des aimants, dit-elle. Mais c'était sans doute trop tard. J'ai le pressentiment qu'un paquet d'agents du MORG est déjà en route. Maintenant, tout dépend de qui ils seront. Des gros bras armés ou des FCM. Je crois que je préférerais les types armés.

— Pas moi, dit Sherard en désignant du menton le Glock qu'il avait à la main. On a que ça, à moins qu'Alex…

— Non, je ne suis pas armé, et qu'est-ce que c'est que toutes ces conneries sur les implants ? »

Bertie se releva sur un genou.

« Je peux faire un peu de chirurgie au canif pour vous montrer.

— On n'a pas le temps, intervint Eden.

— C'est vrai, je n'y pensais plus… Alex, prenez votre fausse bombe et fichons le camp. Eden et moi avons laissé dans la suite des signatures que les FCM suivront aussi facilement qu'un arc-en-ciel en néon.

— Allez-y, partez tous les trois, fit Sherard. Je les attends ici.

— Inutile, Tom. Tu pourras n'en avoir que deux ou trois avant qu'ils te finissent. De toute façon, il nous en faut un si on veut avoir une chance de retrouver la vraie bombe. Alex, vous êtes convaincu, maintenant ?

— Je crois qu'on ferait mieux d'abandonner les Russes, dit Sherard.

— Bonne idée. Comme ça c'est *vous* qui désamorcerez cette foutue bombe, si jamais vous la trouvez à temps.

— Il est convaincu », assura Eden en encourageant Alex du regard.

Celui-ci jeta un coup d'œil à Mike et s'adressa à Bertie : « Puisque vous semblez avoir réponse à tout, vous pouvez me dire s'il nous a trahis ?

— Non, il ignorait qu'on lui avait mis un mouchard dans le crâne. En profitant probablement d'une opération de chirurgie dentaire. C'est ce qui en fait la beauté, et l'horreur.

— Laissez-moi lui lier les mains, alors. Si ces mystérieux “ils” le trouvent attaché et inconscient à leur arrivée, ils ne l'exécuteront peut-être pas.

— D'accord », concéda Sherard. Puis, à Bertie : « Et pour ces signatures télépathiques, ces empreintes qu'on laisse dans l'air ?

— On ne fait rien. Qu'ils nous suivent.

— On va où ? »

Bertie ne répondit pas. Elle semblait momentanément distraite, attirée par d'autres sons, par une autre voix.

Sherard se tendit et écouta aussi. Mais il n'entendit que les cloches de l'église qui sonnaient non loin de là.

Même si aucun œil humain ou artificiel ne pouvait le voir, le doppelganger d'Eden Waring ne tarda pas à découvrir, au cours de ses incursions dans les longs couloirs des installations souterraines éclairés *a giorno*, qu'il existait certaines zones dans lesquelles il ne pouvait se rendre sans déclencher un gros chambard d'alarmes. Les lumières rouges qui clignotaient et les énormes portes métalliques qui montaient du sol, il pouvait s'en accommoder. Mais il déclarait forfait devant les gaz mortels et les chiens tueurs en liberté. Ces récompenses pour les employés du MORG que démangeait l'exploration d'endroits interdits figuraient en évidence dans les zones rouges.

De plus, il souffrait toujours d'hallucinations (comme Eden les avait appelées), même si sa vision du paradis devenait plus éphémère à chaque récurrence. C'est pendant que lui revenait ce qui n'avait jamais existé qu'en essayant de s'orienter, il avait pénétré dans des zones de sécurité minimum. Mais personne n'était venu étudier la cause du problème, leurs moniteurs n'ayant manifestement pas mis sa présence en évidence. Au bout de trente secondes, les avertisseurs lumineux avaient cessé d'émettre leurs éclairs et les portes piégeuses s'étaient rétractées avec un *clang* de métal super durci.

Il avait faim et froid. Pour des raisons pratiques, Eden lui avait interdit toute nourriture, les substances qu'il ingérait restant visibles dans son tube digestif. Son estomac était vide. Il avait une dernière fois vidé sa vessie et ses boyaux trop révélateurs avant de partir à l'aventure.

Dimanche matin, très tôt. Les installations de Plenty Coups semblaient quasi désertes. Et interminables. Et très déroutantes avec leurs couloirs fonctionnels tous identiques. Il avait très envie de retrouver Fidji, ses palmiers, ses eaux bleues. Il marchait pieds nus sur le sol froid, en frissonnant presque à chaque pas. Au bout de quinze minutes, après avoir eu à deux reprises les nerfs secoués par des alarmes, il était prêt à abandonner, à battre en retraite dans son hamac — le mobilier de style mers du Sud de sa suite était bien réel — et à s'accorder un rêve pittoresque.

Seulement, cela mettrait Eden dans une colère telle que le dpg ne parviendrait jamais au seul véritable rêve qui comptait vraiment : avoir un *nom*, se voir accorder une vie bien à lui.

Dans laquelle il pourrait toujours, s'il le voulait, vivre en Polynésie jusqu'à la fin de ses jours.

Il n'avait pas le choix. Il fallait obéir à Eden.

Fais-le, pensa tristement le doppelganger. Aide Robin Sandza à trouver le repos éternel. Cela ne posait pas de difficultés particulières. Quelques circuits à débrancher. Robin lui avait déjà montré comment, lorsqu'il lui avait fait visiter son cerveau.

Mais où *diable* était-il ?

BOZEMAN (MONTANA)/
RANCH BIG COUNTRY — 7 JUIN

Il était presque 8 h 30, en ce dimanche matin, lorsque *Air Force One* atterrit sous la protection du MORG (trois hélicoptères en vol et des patrouilles de périmètre au sol) sur la piste récemment portée à trois kilomètres de l'aéroport Gallatin de Bozeman. Un 747 identique transportant limousines, camping-cars et support logistique s'y était posé une demi-heure plus tôt. La première dame avait banni presque tout le monde d'*Air Force One*, y compris le corps de presse itinérant, n'y acceptant que le nouveau détachement du MORG chargé de la sécurité présidentielle et l'équipage militaire du 89e escadron de transport aérien. Lorsque les journalistes, cantonnés à Bozeman, arriveraient dans un troisième avion, le Président aurait débarqué et se dirigerait vers le ranch présidentiel.

On avait placé Clint Harvester sous sédatifs pour ce voyage dans son État d'origine, mais à une dose assez légère pour qu'il puisse descendre la passerelle et gagner la limousine sans aide extérieure. Il y avait peu de monde pour les accueillir, par ce début de matinée : la petite ville de Bozeman compte environ trente-cinq mille habitants lorsque tous les étudiants de l'université d'État du Montana sont présents. Rona vit quelques pancartes et banderoles à huit cents mètres de là, à l'aérogare. Elle poussa le coude de Clint pour qu'il agite la main et espéra que personne ne l'avait pris en photo en train de bâiller.

Il somnola dans la limousine sur le trajet de cinquante kilomètres qui les séparait du ranch. Des barrages routiers, des voitures et des pick-up arrêtés au bord de la chaussée, et derrière les barrières, à des hameaux nommés Lingo ou Beaver Hut situés à l'intersection de deux routes, quelques drapeaux agités, des boy-scouts en uniforme, des randonneurs, des vieillards et des bébés. Des visages pour la plupart amicaux, même si, à en croire Rona, on ne pouvait jamais savoir à quoi pensait un Indien. Elle avait descendu sa vitre et affichait une expression joyeuse, levait gaiement les pouces. La caravane avançait à 60 kilomètres-heure, assez vite pour que les badauds ne puissent que vaguement entrapercevoir leur président.

Sauvegarder les apparences à Washington pendant toute la semaine avait été un véritable calvaire, aussi Rona se réjouissait-elle de se retrouver à la maison, presque coupée du monde au milieu de soixante-dix kilomètres carrés de pâturages d'été, de prairies subalpines, de vallées suspendues et de cirques boisés. Une région sans routes. Des pics montagneux de tous côtés. De l'eau claire et vive, d'immenses cèdres rouges, des pistes d'animaux couverts toute l'année d'aiguilles de pins et de croûtes de neige dure. Trois mètres cinquante de neige les hivers ordinaires, six à neuf lorsque le temps se déchaînait.

Il n'y aurait bientôt plus personne à qui faire signe de la main, mais Rona garda sa vitre baissée. L'asphalte prit fin, devint une route de terre battue et de pierrailles récemment nivelée qui se dirigeait en oblique vers un col. La pureté, la force stupéfiante du vent sur son visage. La profonde respiration des bois — mélèzes, érables des Rocheuses, sapins, une douzaine de variétés de pins qui poussaient à côté de la route. Un endroit typique pour les embuscades des voleurs de grand chemin, songea-t-elle curieusement. Le vieux poste Bardstown. *La bourse ou la vie.* Mais elle voulait garder ouverte la vitre teintée. Elle se rappela des voyages dans le pick-up de Clint lorsqu'il faisait campagne : boue et fumier, cuirs et lainages moites, carottes de tabac et tabac à priser, des émanations qui persistaient même après un lavage à grandes eaux. Le parfum d'un pays à vaches. Pas si désagréable que ça tant que vous n'essayiez pas d'engloutir un Big Mac en roulant les fenêtres fermées à cause de l'orage. Visite de piscines et de bureaux de poste, de clubs de gym et de salons de coiffure, de dépôts de betteraves et de parcs d'engraissement. Aucun vote n'était trop éloigné pour qu'on le néglige. Chanter à tue-tête avec Hank Junior, Buck Owens et le baryton sombre et mélancolique de John R. S'arrêter sur le bord de la route lorsqu'ils ne pouvaient plus tenir. Le faire en plein midi debout contre une vieille grange, paille et sciure se glissant dans ses cheveux tandis qu'ils cognaient contre les planches. Ou après minuit, en altitude, planant presque à mi-chemin de la lune à cause de l'Acapulco Gold, frissonnant ensemble cul nu sur une couverture par terre, les couilles de Clint aussi serrées que des pruneaux par le froid. Trois, quatre heures de sommeil par nuit. Épuisant. Mais grisant. Clint était un gagnant et ils le savaient, même avant sa première victoire haut la main. Du plaisir et de l'amusement du début à la fin. Rona s'aperçut, avec un accès de nostalgie inattendu, qu'elle ne s'amusait plus autant dans la vie. Mais c'était le prix à payer pour son destin.

Après un petit lac qui recouvrait à moitié le bois mort jonchant ses rives placides, les arbres cédèrent la place à une prairie rocheuse et à des pâturages ensoleillés parsemés de touffes de fleurs comme la fourrure d'un lynx. Elle vit des veaux à tête blanche et une lente procession de cavaliers venus du ranch touristique Broken Wheel, voisin du Big Country. Ils étaient presque arrivés.

Clint Harvester produisit des bruits de réveil, s'éclaircit la gorge. L'air frais du matin l'avait revigoré. Rona lui jeta un coup d'œil. Il regardait derrière elle, les yeux tout ahuris par la distance bleue. Puis il sembla voir quelque chose, ou quelqu'un, dans les pâturages. Rona tourna la tête. Les premiers vacanciers d'été, des citadins à cheval. Quelques mules de bât. En tête du cortège d'une douzaine de cavaliers, une jeune femme dont l'abondante chevelure brune surmontée d'un Stetson blanc ou crème ondulait sur les épaules. Rona connaissait la plupart des femmes guides qui travaillaient au Broken Wheel, mais elle ne pensait pas avoir déjà vu celle-là. De profil, la femme avait pourtant quelque chose d'étonnamment familier.

Clint s'était déplacé sur la banquette pour s'approcher de Rona. Elle lui jeta un nouveau coup d'œil. Il regardait toujours par la fenêtre, et elle le vit qui respirait fébrilement tandis que son visage s'emplissait de tristesse. Sa main se leva. Il tendit le doigt.

« *Linda !* » dit-il.

Au Big Country, la demeure principale avait été édifiée deux ans auparavant à l'entrée d'un canyon très encaissé pour remplacer la construction en rondins à un seul niveau érigée quasiment sans aide en 1909 par le grand-père de Clint Harvester. Le gérant du ranch, Cletus Huckey, vivait désormais avec sa femme dans l'ancienne maison familiale. Les Huckey étaient sexagénaires, et Cletus aimait à dire en guise de plaisanterie qu'ils étaient mariés depuis si longtemps qu'ils avaient entamé leur deuxième bouteille de Tabasco. La nouvelle résidence de Clint et Rona, à huit cents mètres de là, se dressait sur un promontoire rocheux près de la limite nord-est du ranch. C'était une maison de sept cent cinquante mètres carrés construite en cèdre et en pierres au milieu de vieux pins et sapins, avec une cascade, un bassin de natation et des jardins. Il y avait de grandes vérandas sur plusieurs niveaux. Le plan en était ouvert, avec vue sur les montagnes et les vallées depuis la pièce principale. Les cheminées baroques en granit et stéatite disposaient de fours de cuisson intégrés, et la plus proche de la cuisine comprenait même un fourneau. La salle à manger, avec là encore une cheminée en pierres de taille rouges, pouvait accueillir vingt-quatre convives. L'étage comptait quatre chambres à coucher. Le niveau inférieur de la maison était consacré à la détente, avec une zone d'exercices comprenant un jacuzzi et des douches à vapeur. Il y avait, bordée de granit, une piscine peu profonde pour Clint.

On avait aménagé dans le granit du sous-sol un abri dont seul un tir direct de missile balistique intercontinental viendrait à bout. Sur le pic Silverdust, à dix kilomètres de là, une installation radar déguisée donnerait au Président le temps d'atteindre l'abri en cas d'ouverture imprévue des hostilités.

À quelques minutes de marche de la maison, mais à l'écart des étables et des parcs à bestiaux, les bureaux du ranch présidentiel et quatre maisons d'hôtes bien équipées étaient répartis parmi les hauts conifères et les peupliers, séparés les uns des autres par les méandres d'un ruisseau à truites. L'agence de communications de la Maison-Blanche avait installé trois paraboles satellites à côté des bureaux, qui incluaient un studio de télévision au grand complet. Deux groupes électrogènes du type de ceux utilisés pour les tournages en extérieur, suffisants pour les besoins énergétiques de l'ensemble du ranch et placés près du studio à l'intérieur de camions blindés, étaient protégés vingt-quatre heures sur vingt-quatre par les forces d'élite du MORG. De jour comme de nuit, d'autres membres de ces forces parcouraient à cheval les pâturages avec des fusils longue portée et des jumelles à vision nocturne. La propriété comptait des douzaines de caméras de surveillance, mais la plupart auraient échappé à un œil non initié. Deux hélicoptères armés se tenaient prêts au combat sur la base de Bozeman, à douze minutes de vol. On testait quatre fois par jour l'alimentation en eau du ranch. Rona ayant décidé que cela ferait trop médiéval d'avoir un goûteur sur place, le MORG utilisait pour cela deux des colleys du ranch. Leur santé restait bonne.

Rona aimait la grande pompe de la Maison-Blanche au passé chargé d'histoire, mais elle appréciait encore plus ses repos au ranch.

En arrivant, elle installa Clint au rez-de-chaussée avec deux agents du MORG et un entraîneur personnel pour superviser sa séance avec la machine de musculation. Elle se changea, enfila des nippes tout-terrain, préféra des tennis à ses bottes qui lui faisaient mal aux pieds quand elle ne les portait pas régulièrement. Elle sortit et, seule, se rendit en voiturette de golf jusqu'à la plus grande des maisons d'hôte, que flanquaient deux grandes cheminées en pierre. Elle entra en saluant d'un geste deux autres agents du MORG, toujours en costume de ville mais sans vestes, qui montaient la garde devant la maison sur la véranda.

Victor prenait un brunch au soleil sur l'autre véranda, à l'arrière du pavillon. Il avait l'air détendu et sourit à Rona, qui essuya un morceau d'œuf sur sa lèvre inférieure avant de l'embrasser avec ardeur. Elle se laissa ensuite tomber sur une chaise capitonnée.

« Ouf, pas trop tôt, soupira-t-elle.

— Tu veux grignoter quelque chose ?

— Non merci. Ce jean est plus ajusté que la dernière fois où je l'ai mis. Quelles nouvelles ?

— Tout va bien de mon côté. Et du tien ?

— Aussi, puisque tu es là. »

Wilding étala du beurre aux pommes sur du pain à la farine de maïs.

« Je ne t'ai pas vue froncer les sourcils, juste là ?

— Non, je plissais les yeux. Il y a beaucoup de lumière, ici. » Rona modifia la position de sa chaise par rapport aux fenêtres. Sur une impulsion, elle tendit la main vers le beurre aux pommes et en mangea une cuillerée. « La vache ! Personne ne le réussit mieux que Jonquil Huckey, bénie soit-elle. » Elle se régala d'une autre cuillerée, se lécha les lèvres et soupira. « Clint m'a un peu secouée, sur le chemin, finit-elle par admettre.

— Ah oui ? Comment ça ?

— En passant devant le Broken Wheel, il a vu une colonne de cavaliers, et en particulier une des employées du ranch qui les conduisait dans les montagnes pour une randonnée équestre. Elle ressemblait à Linda, tu vois, elle avait le même genre, la même silhouette et la même coiffure que feu la première Mme Harvester.

— Et alors ?

— Il a dit son *nom*. Avec cette lueur dans les yeux. Clint s'est *souvenu*, bon Dieu de bon Dieu. Il s'est souvenu avoir été marié ou du moins l'avoir connue il y a vingt-trois ans.

— Un flash-back isolé, avança Victor au bout de quelques instants. Cela ne veut pas dire qu'il récupère.

— Mais la possibilité a toujours existé. Il n'y a pas longtemps, il m'a vachement *troublée* avec son Rubik's Cube. Il le termine en deux ou trois minutes. C'est de la mémoire aussi, non ? Et je l'ai surpris hier qui déplaçait des pièces sur l'échiquier en or et en jade qu'un de ces nègres des sables, un cheikh je ne sais quoi, lui a offert pour son cinquante-troisième anniversaire. Clint avait l'air de… d'essayer de comprendre comment on jouait.

— À ta place, je ne m'inquiéterais pas. Il ne va pas retrouver toutes ses facultés d'un coup. » Il fit une pause et la regarda dans les yeux. « Pas dans le temps qu'il lui reste. Marcus Woolwine me l'a assuré. »

Rona se mordit la lèvre et haussa les épaules.

« J'ai eu un peu les jetons, j'imagine. J'étais sur les nerfs. Puisqu'on parle de Woolwine, comment s'en sort notre chaman en chef avec Eden Waring ?

— Il obtient des résultats remarquables.

— Elle peut soigner Robin Sandza ?

— On ne sait pas encore. Marcus et moi lui avons présenté Robin il y a deux jours. Nous sommes certains qu'ils sont entrés en contact à un niveau de compréhension. Comme dit Marcus. Mais c'est encore une gamine, pas l'Avatar expérimenté et neurochirurgien qu'était Kelane Cheng. On ignore pour l'instant ce qu'elle pourrait faire pour lui et le temps que cela prendra. Après la visite d'Eden, il a eu l'air d'aller mieux. Encourageant, non ?

— Tout à fait. Tu as bientôt fini de manger ? Non que je veuille te bousculer, mais j'aimerais bien t'enlever ton pantalon. Comme je viens de te le dire, j'étais terriblement sur les nerfs. »

Wilding sourit. « On devrait faire le point sur les trucs importants.

— Ta bite est importante. » Elle approcha sa chaise. Mit sa main encore plus près, sous la table. « Continue, lui enjoignit-elle. Pendant que je te prépare. La mise à feu est pour quand ?

— 23 h 15, heure d'été du Centre.

— Je dirais plutôt dans une dizaine de minutes, vu comment c'est parti.

— On va nous voir depuis la c-cuisine, dit Victor en regardant par-dessus son épaule.

— Ceux qui me voient faire ça feraient mieux de *rester* dans la cuisine. Ah, fichue fermeture Éclair ! OK, ensuite.

— Une heure plus tard, on lance notre rafle. Washington, New York. En prenant pour prétexte un appel téléphonique d'un p-porte-parole du Hamas, qui menace d'éradiquer les sales capitalistes blancs occidentaux et leurs pays satellites au Moyen-Orient. La b-bande sera ensuite transmise à tous les m-médias.

— C'est moi qui te fais bredouiller ? demanda Rona avec une expression espiègle tout en dégageant le pénis du caleçon. Tout le monde est représenté ?

— Non, mais on aura liquidé quatre-vingt-dix pour cent des membres de l'exécutif et du judiciaire en moins d'une heure. Avec quelques exceptions de taille. Nous avons été incapables de retrouver la trace de Buck Hannafin depuis que son secrétaire particulier a démissionné. Buck a annulé ses rendez-vous et ses réunions de commission. D'après la rumeur, il aurait été admis à la clinique Mayo sous un faux nom. Cancer de la prostate.

— Ouais, bien sûr. Si Buck se planque, c'est qu'il se passe quelque chose. Buck Hannafin va nous poser un problème. Un gros problème. Tu ferais mieux de le retrouver.

— On le retrouvera. Wanda Chevrille est toujours aussi insaisissable, peut-être partie en retraite religieuse dans ce cloître qu'elle affectionne dans l'ouest du Maryland. Le vice-président est à Bonn en train d'essayer de convaincre les Boches de ne pas se retirer de l'OTAN. L'attorney général est au chevet de sa mère malade dans le Maine. L'amiral S-Sobieski est parti hier en O-Oh ! Océanie pour inaugurer le nouveau super-porte-avions de la marine, je ne p-peux pas le contacter là-bas. Nom de Dieu, Zeph, j'allais me reprendre une tasse de café. »

Le visage de Rona était enfoui entre ses cuisses.

« Mm-mm, marmonna-t-elle.

— Les bandes sont prêtes. Clint s'adressant à la nation depuis le ranch présidentiel. Clint invoquant son pouvoir exécutif. La d-désinformation pleuvra du monde entier. Qui est-ce ? Qui d'autre est impliqué dans ce complot ? Londres, Paris, Israël, Séoul. Tout le monde sera en état d'alerte militaire maximum. La rumeur fera de Washington la prochaine cible. Le chaos. L'exode de masse. Puis les v-vraiment mauvaises nouvelles. » Il inspira brusquement. « Le p-président des États-Unis est… *Aaaah*, Zeph ! »

Elle releva les yeux en souriant, une main toujours autour de la tige empourprée.

« Et une nouvelle légende pour notre époque surgit dans l'obscurité de la peur et du désordre, haute de trois mètres cinquante, des éclairs jaillissant de la pointe agile de son épée. » Rona descendit sa main sur le sexe de Victor et lui administra lentement plusieurs pressions qui le conduisirent au summum de l'extase. « Ça m'étonnerait qu'on puisse emprunter Excalibur au British Museum. Ah, mais *voilà* une épée. Sans sous-entendus peu flatteurs, chéri. Ou alors Excalibur est dans la

Tour de Londres avec tous les bijoux de famille. » Elle caressa du pouce les bijoux gonflés de Wilding, puis le lâcha inopinément.

« Excalibur est un m-mythe, j'en ai peur. Tu ne vas quand même pas me laisser comme *ça !*

— Bien sûr que non. Allons allons ! Assez parlé boulot. Approche, chéri, viens jouer avec la p'tite Rona jusqu'à ce qu'il soit l'heure d'enfiler la cotte de mailles. »

Rona savait qu'on les voyait de la cuisine pendant qu'elle faisait se lever Victor de sa chaise, Victor qui riait, la peau rouge autour des racines de ses cheveux courts, Rona qui s'amusait à le remorquer vers la chambre par son pénis en érection. Dieu du ciel, qu'est-ce qu'elle aimait ça de cette manière, comme le général George S. Patton était censé l'avoir remarqué dans un autre contexte. La main sur une quéquette enthousiaste, et le reste de la nation qui suivrait bientôt.

RANCH BROKEN WHEEL — 7 JUIN — 10 h 15

Les quatorze cavaliers partis du ranch de Broken Wheel marquèrent une halte dans la prairie de Mahoon Falls. L'altitude leur donnait une vue exceptionnelle sur trois massifs montagneux, sur les forêts domaniales et les ranchs de la Black Alder Valley. Soit sur plus de cent kilomètres carrés. Un endroit idéal pour les photos.

Buck Hannafin et trois des hommes qui l'accompagnaient gagnèrent un bosquet de cèdres et de vieux pins situé environ huit cents mètres plus haut. Ils suivirent pour cela une mule de bât et une certaine Courtney Shyla, la femme qu'une heure auparavant, Clint Harvester avait confondue avec sa première épouse. Dix ans plus tôt, étudiante en biologie et en écologie à l'université du Montana, Courtney avait travaillé au Broken

Wheel durant ses vacances d'été. Elle avait ensuite opté pour une vie d'aventures et avait pour employeur actuel l'armée des États-Unis, où elle était commandant dans les Forces spéciales.

Son patron, le général de corps d'armée Royce Destrahan, dirigeait l'U.S. Special Operations Command, et avait à ce titre autorité sur toutes les unités militaires d'élite. Dont celle de Shyla et les SEAL de la marine. Destrahan était aussi le gendre de Buck Hannafin. Quant aux deux autres hommes, il s'agissait de Nick Grella, qui connaissait tous les dispositifs de sécurité du Big Country, et d'un sous-officier des Forces spéciales, le meilleur tireur à grande distance dont disposait l'armée.

« Chouette endroit pour le base-jump, commenta Courtney lorsqu'ils atteignirent la falaise qu'elle avait sélectionnée pour leur reconnaissance. Attention où vous mettez les pieds, messieurs. Suivez la mule. »

L'immense falaise en pente à soixante-dix-huit degrés se dressait à plus de mille deux cents mètres au-dessus de la vallée. Le terrain consistait surtout en talus d'éboulis plus ou moins bien stabilisés par les yuccas et les buissons d'airelles. Il y avait des pins de Murray et des épicéas tachetés de soleil en nombre suffisant pour les dissimuler aux jumelles d'éventuels observateurs.

Destrahan avait étudié l'aménagement du Big Country sur les photos satellites, mais il tenait à s'assurer que le MORG n'avait pas installé quelques surprises. Courtney Shyla déballa le télescope monté à dos de mule et en installa la monture à fourche sur un trépied. Le télescope astronomique 250 mm était motorisé et permettait d'observer des lumières célestes de magnitude dix. Braquées sur le ranch, ses lentilles grossirent la cicatrice que les barbelés avaient laissée sur l'arrière-train d'une vache distante de presque dix mille mètres.

Courtney relia le télescope à une caméra CCD, à un ordinateur portable et à une imprimante à jet d'encre.

Pour ses repérages, le tireur d'élite disposait d'une paire de jumelles 40 × 150 de conception japonaise, aux normes militaires. Buck rangea son cigare d'un air coupable devant le froncement de sourcils de Courtney l'écologiste. Nick Grella étiqueta les photos au fur et à mesure qu'elles sortaient de l'imprimante.

« Vous avez déjà fait du rodéo ? » demanda Buck à Courtney.

D'un geste, elle écarta un insecte de sa joue.

« Oui, monsieur le sénateur. J'ai été championne nationale dans ma catégorie trois ans d'affilée avant que je trouve les garçons plus intéressants que le rodéo.

— Lorsque vous avez travaillé au Broken Wheel, l'été, il vous est arrivé d'aller au Big Country ?

— Non, jamais, j'avais bien trop de boulot pour ça. »

Buck sourit. En bas, dans la prairie, elle avait ôté la perruque d'abondantes boucles noires incluse dans son déguisement de cow-girl, perruque qui lui tenait chaud et sous laquelle elle suait. Il supposa que son métier l'obligeait à adopter cette rigoureuse coupe au carré militaire, mais toutes ces boucles lui allaient sacrément bien.

« Dans ce cas, personne ne devrait vous connaître, là-bas. Vous n'êtes jamais sortie avec un de leurs cow-boys ?

— Non, monsieur le sénateur. »

Buck hocha vaguement la tête et observa deux crécerelles monter dans un courant thermique.

« Les gars, dit-il alors, si vous avez vu ce que vous vouliez voir, venez donc m'écouter un moment. » Une fois qu'il eut toute leur attention, Buck s'adressa à son gendre. « Dis-moi tout en deux mots, Royce.

— On peut le faire.

— Mille cinq cents mètres en plongée, de nuit, sur

cibles mouvantes, intervint le tireur avec une froide délectation. Affirmatif, la phase initiale est faisable, monsieur.

— Oui, bien sûr, mais proprement, ou en versant inutilement un gros paquet de sang de chaque côté ? J'ai plutôt l'impression que dès que vous vous attaquerez à leur périmètre, celui-ci se repliera autour de "Rawhide", qu'on poussera aussitôt dans son abri souterrain. Dans lequel vous ne pourrez pénétrer sans mettre sa vie en danger. Je me trompe ?

— C'est comme ça que ça marche, reconnut Nick Grella.

— Tout dépend de la manière dont on coordonne notre action, Buck. Il y a de multiples angles d'attaque, à la fois au sol et depuis les airs. Cela fera des victimes, forcément. Huit, peut-être dix chez nous. Mais *eux*, on les aura tous, promis. Je ne tiens pas les forces d'élite du MORG en bien haute estime.

— Et si l'un d'eux a pour consigne de retourner son arme contre le Président à la première difficulté ? »

Le général Destrahan inspira, expira, et finit par hocher la tête.

« C'est le coefficient de perte que nous ne pouvons pas nous permettre.

— Le meilleur moyen de sortir Clint de là n'est donc peut-être pas d'attaquer en faisant pleuvoir les flammes de l'enfer, mais d'agir en douceur de l'intérieur de la maison, qui est l'endroit où ils se sentent le plus en sécurité. Ceux qui protègent la famille présidentielle sont nouveaux dans ce travail. Rona pouvait penser ce qu'elle voulait lorsqu'elle a confié la protection du Président au MORG, l'expérience compte beaucoup. Pas vrai, Nick ? Bon, à quel moment de la journée les gens sont-ils le plus décontractés, en général ? Vers l'heure du dîner, au crépuscule, juste après le début de soirée.

— Oh, non, Buck. Non non non. Reggie me tuera si elle découvre que j'ai laissé son père…

— Pourquoi pas ? Cela ne peut être que *moi*, Royce. Ils ne te laisseront sûrement pas entrer avec tous tes gros bras. Ni même sans. Ils repéreront le général Royce Destrahan à deux cents mètres de la porte d'entrée. "Désolé, général, le Président et Mme Harvester sont souffrants, mais nous leur ferons part de votre visite." D'un autre côté… » Buck regarda Courtney Shyla. « Si nous équipons le commandant ici présent de lunettes à monture de corne et d'un téléphone portable, je peux la faire passer pour un membre de mon équipe.

— De toute façon, Mme Harvester ne te laissera pas entrer.

— Bien sûr que si. Tu sais pourquoi ? Parce qu'elle prépare quelque chose d'énorme et que je suis la mouche dans son soufflé. Comme disaient les mafiosi à l'époque : gardez vos amis près de vous, et vos ennemis plus près encore. Bordel, elle sera ravie de me voir à sa porte.

— Avec quoi ? Tu n'arriveras jamais à introduire une arme en douce. Ce n'est pas une bonne idée, Buck. Arrêtons les bêtises et parlons de…

— Mon général ?

— Oui, commandant ?

— Je vous demande pardon, mon général, mais je crois que l'idée du sénateur Hannafin n'est pas dépourvue de mérite.

— Commandant, j'ai déjà…

— Laisse-la parler, Royce. »

Destrahan hocha la tête, mais croisa les bras.

« Eh bien, mon général, à mon avis, ça ne sert à rien d'essayer d'introduire une arme dans la maison : il y en a forcément déjà à l'intérieur. Sans doute pas à portée de main pendant que tout le monde dîne, par contre. L'élément de surprise est déterminant pour toutes nos opérations. Je sais qu'à un moment donné, j'aurais l'occasion de… de récupérer l'arme d'un des types du MORG. » Elle sourit. « Et après ça, aucun ne m'échappera. Mon général.

— Ça m'a l'air de tenir debout, Royce, dit Buck Hannafin. Et tu m'as dit il n'y a pas deux heures avoir toute confiance en cette jeune femme.

— J'ai confiance en un plan bien conçu avec une voire deux solutions de repli. Si un seul coup de feu est tiré dans cette maison, la partie est perdue. »

Courtney Shyla tira alors un couteau d'obsidienne préhistorique d'un étui dans sa botte. Elle en passa le fil sur une feuille d'aulne, qui se coupa en deux sans presque frémir.

« Un simple murmure, mon général.

— On va faire une équipe du tonnerre, s'extasia Buck.

— Buck, sans vouloir t'offenser, tu n'es plus aussi rapide qu'autrefois.

— Toi, ça fait un bout de temps que tu ne m'as pas vu sur une piste de danse. C'est le jeu de jambes qui compte, pas la rapidité. Avec de l'audace et un peu de courage, on peut réussir là où une compagnie entière de Rangers échouerait. Il se trouve juste que j'ai un mauvais pressentiment. Je m'invite donc à dîner au ranch présidentiel ce soir. Ce serait chouette d'avoir ton accord, Royce, mais tu sais bien que ce n'est pas indispensable. »

Destrahan soupesa la proposition tandis que son regard passait de Buck à Courtney Shyla. L'idée ne parvint pas à l'emballer mais il finit par hocher la tête.

« Très bien, commandant. Je conviens que vous devriez y arriver, dans une certaine mesure. Comment comptez-vous sortir le Président de là et le remettre en mains sûres ?

— Eh bien… Voyons… On invoquera une urgence

médicale, mon général. Le Président perd connaissance, un étourdissement ou quelque chose comme ça. Un peu d'hydrate de chloral devrait faire l'affaire.

— Continuez. »

Elle regarda Nick Grella.

« Quel est l'hôpital de la région prêt à s'occuper du Président en cas d'accident ou de maladie soudaine ?

— Bozeman. Douze minutes en hélico. Une équipe sanitaire de la base aérienne de Mountain Home. L'hélico est sur son aire à Deaconness Hospital. L'équipe comporte un cardiologue et un chirurgien d'urgences, placés en alerte permanente.

— Une fois le Président à l'hôpital, une équipe des services de sécurité déjà sur place peut le tenir à l'écart de n'importe qui, y compris du MORG, le temps nécessaire à l'examen psychiatrique.

— OK, dit Destrahan. Quant à moi, je lancerai une attaque de diversion sur le périmètre, au signal que le commandant Shyla nous donnera de l'intérieur. On se débrouillera pour ressembler à des fachos cinglés opérant de l'arrière d'un pick-up.

— Audacieux, fit Buck d'un ton admiratif.

— Ça laisse quand même un putain de paquet de variables. La moindre n'étant pas la première dame. »

L'attention de Buck sembla flancher. Il saisit distraitement le cigare qui lui avait un peu plus tôt attiré la désapprobation de Courtney Shyla, le tourna et le retourna entre ses doigts, en trancha le bout avec son coupe-cigares, pêcha au fond d'une poche une allumette de cuisine qu'il gratta sur un des éperons en argent faits main fixés au bout de ses jambières en cuir. Il prit son temps, fit son numéro devant l'assemblée avec l'air suffisant de celui qui allume un cigare à cinquante dollars pièce. Il tira quelques bouffées.

« Quant à Miss Rona... finit-il par dire. Le Destin a sa manière de prendre la main. »

NASHVILLE — 7 JUIN — 11 h 20

Eden, Tom Sherard et Bertie Nkambe atteignirent l'église des Beloved Souls, à trois pâtés de maisons de leur hôtel, et attendirent pour y pénétrer que Bertie rafraîchisse leur piste en sondant l'esprit de deux pratiquants qui montaient les marches. Elle s'était déjà livrée deux ou trois fois à cet exercice, d'abord dans le hall de l'hôtel puis au cours des quelques minutes nécessaires pour gagner l'église à pied. La dame aux cheveux gris-bleu qu'elle sonda en premier ne se rendit compte de rien, mais son mari s'immobilisa pour promener autour de lui un regard inquiet protégé par d'épaisses lunettes. Bertie lui sourit. Pauvre type. Il avait besoin d'une greffe de foie, mais il y avait beaucoup de monde avant lui sur la liste d'attente. Sa femme et lui espéraient tous deux un miracle, ce jour-là.

Eden se mit dans le chemin de trois adolescents qui bavardaient sans l'avoir remarquée. Elle fit semblant de manquer une marche et l'un des garçons vint à son secours. Elle s'accrocha à lui en riant et en s'excusant, et le lâcha quelques secondes plus tard lorsqu'elle en eut assez vu et laissé sa signature en pâture aux FCM. Un garçon sympa. Chrétien rené, mais avec un péché flambant neuf sur la conscience pour remplacer les vieux qu'on lui avait pardonnés : il avait fauté avec sa petite amie la nuit dernière. Il saignait un peu du nez lorsqu'il rejoignit ses amis, et cela pesa sur la conscience d'Eden. Elle n'arrivait pas à lire une aura ni à écraser une conscience de son *chi* à distance comme Bertie. Elle pouvait visualiser un événement futur assez puissant et assez proche dans le temps. Mais pour exercer son pouvoir de lire un être humain, pouvoir qui lui avait été révélé durant le stress phénoménal subi au cours des derniers jours pleins de péripéties extraordinaires, elle avait besoin d'un contact physique. L'énergie paranormale qu'elle canalisait n'était pas encore contrôlable. On lui avait enseigné que pendant ses Rêves, elle était dangereuse pour les personnes prédisposées. Parmi lesquelles on ne comptait malheureusement ni les télépathes expérimentés, ni les Fouille-Cervelles.

Elle regarda Tom Sherard.

« Tu es certaine de vouloir le faire ? » demanda-t-il.

Eden lui montra la mâchoire contractée et le poing déterminé qu'elle arborait lorsque son équipe de basket-ball se rassemblait durant les matches difficiles. *Donne-moi juste le ballon et bloque.* « Je peux le supporter. J'ai de la pratique, maintenant, tu as oublié ? Débusquons ces ordures. »

Elle enfila sur sa tête le bandeau de jogging bleu que Bertie lui avait donné à l'hôtel. Il ne s'accordait pas très bien avec sa jupe plissée et son chemisier en soie.

L'église, de construction récente et d'un style qu'on ne pouvait qualifier que d'avant-biblique, embaumait la peinture et la charpente achevée depuis peu. La nef toute de verre et d'acier jaillissait vers le ciel et ses vitraux représentaient des colombes de la paix. Des tapis veloutés vermillon la traversaient d'un bout à l'autre. Un immense crucifix de bois peint, mi-Renaissance de conception comme d'exécution, pendait tel un balancier d'horloge haut de six mètres au zénith du plafond voûté. Jésus sur sa croix tournait doucement, et un tour complet pouvait prendre plusieurs minutes. Un spectacle étonnant.

« Des baptistes du Nouveau Testament, dit Eden à Sherard à voix basse. Le Vieux Testament ne fait plus trop recette, de nos jours. »

Il y avait derrière l'autel un orgue retentissant avec des étages de tuyaux et un chœur de quatre-vingt-dix voix. Les sièges étaient disposés comme au théâtre.

Une chaîne de télévision locale retransmettait l'office, qui serait également rediffusé dans la soirée du dimanche sur le réseau Trinity, dont un étendard pendait de la tribune.

Des trois offices dominicaux, celui de 11 h 30 semblait le plus couru. La plupart des trois mille cinq cents places étaient déjà occupées, mais ils n'avaient pas prévu de s'asseoir ensemble. Eden fut placée dans le bas-côté gauche, à six rangées de l'autel. Bertie monta à la tribune. Sherard choisit de rester debout en bas, dans le fond. Une jeune fille voulut lui céder sa place lorsqu'elle vit sa canne. Il la remercia et lui expliqua qu'il attendait quelqu'un.

Ils sont sympas, à Nashville, se dit-il. Il avait la peau plutôt froide et la bouche sèche. Tout était menacé *en ce moment même*. S'ils échouaient, ils seraient probablement vaporisés ou calcinés avec une bonne partie de la population. Impossible de savoir combien de temps il leur restait : un jour ? une heure ? une minute ? Il regarda vers l'autel et vit le bandeau bleu. Eden baissait la tête en une attitude recueillie. Sherard n'avait aucun dieu à prier. Sa seule foi, peu solide, était en Eden Waring et en l'autre jeune femme, celle qu'il aimait. Il avait aussi une arme, plaquée contre son corps, sous la veste. Elle lui faisait l'effet d'un jouet, vu les pouvoirs qui se libéreraient peut-être bientôt dans ce lieu saint.

L'office commença par une sonnette, puis vint le prélude : « Gloire à Dieu au plus haut des cieux. » Un placeur à la boutonnière fleurie lui tendit un livre de cantiques en souriant. Sherard n'était pas le seul encore debout : il y eut des retardataires, mais il restait beaucoup de place derrière la dernière rangée de sièges. Les placeurs déployaient en silence des chaises pliantes. Sherard leva les yeux et repéra Bertie à l'extrémité de la tribune courbe. Elle chantait au premier rang avec l'assemblée en examinant la congrégation à la fois du regard et de tous ses sens au-delà du cinquième.

Il essaya de tenir son rôle — garder un œil sur les retardataires — sans savoir à quoi ou à qui s'attendre. Un jeune couple avec un petit enfant, tous trois blonds comme les blés et la mère à nouveau enceinte. Des adolescents : noirs, blancs et asiatiques. Un grand jeune homme qui commençait à se dégarnir arriva. Il poussait le fauteuil roulant d'une femme un peu penchée et portant perruque qui semblait plongée dans quelque somnolence secrète. Un couple de quinquagénaires homosexuels, bronzés et vêtus de costumes Prada. Un gros avec des yeux tachetés et la bouche plissée en une expression dédaigneuse. Sa femme, mince et nerveuse, gardait près de son nez un mouchoir roulé en boule dans lequel elle éternuait comme un chat.

Pendant que le pasteur adjoint souhaitait la bienvenue et lisait les faire-part, une femme svelte d'une trentaine d'années fit son apparition. Chevelure brune nouée de manière désuète, costume rayé, lunettes sans monture aux verres octogonaux fumés. Elle regarda Sherard dès qu'elle entra. Quand il lui rendit son regard, elle eut un sourire pas spécialement intéressé avant de prendre un livre de cantiques et de s'asseoir au bord d'une des chaises pliantes à côté de la femme immobile en fauteuil roulant. Le grand jeune homme debout derrière le fauteuil fixait l'énorme corps suspendu du Christ qui, les poignets et les chevilles percés, les yeux levés vers le ciel, tournait toujours, presque imperceptiblement, au-dessus des fidèles assis aux premiers rangs devant l'autel.

Sherard retrouva Eden. Elle avait toujours la tête baissée. Il chercha Bertie du regard. Elle n'était plus sur la tribune et il ne put l'apercevoir. Cela le troubla. Il résista à un méchant accès de panique.

Le cantique était « Ô que chantent un millier de langues ».

Tandis que la congrégation donnait de la voix, Sherard fut à nouveau la proie d'une sensation de panique. Il eut l'impression de se dissocier de l'église et des fidèles autour de lui, qu'on lui avait ouvert le cerveau afin d'y laisser une chose sombre s'y introduire, comme un chat noir se glisse par l'entrebâillement d'une porte. Entre en *lui.* S'y installe avec un petit ronronnement satisfait tout en promenant sur les lieux un regard curieux. Tripote son esprit avec la patte comme s'il jouait avec une souris. La souris tremblait, paralysée de terreur.

Alors comme ça, c'est Eden Waring ? Inespéré. Ne bouge pas de là, mon gars.

Il avait perdu le contact avec son corps. Aussi facilement qu'on déplace un pion sur un échiquier, il fut repoussé de soixante centimètres et collé le dos au mur. Impuissant. Il pouvait bouger les yeux, et un peu la tête. Respirer. Sa vision n'avait ni couleur ni profondeur. Ses oreilles semblaient bouchées.

La femme entrée peu de temps auparavant dans la nef se tenait maintenant debout à côté de lui, le recueil de cantiques à la main. Elle chantait avec l'assemblée. Sherard avait du mal à entendre les mots qui franchissaient ses lèvres, mais une autre voix sonnait haut et fort dans son esprit, une voix rauque de contralto. Celle de la femme, supposa-t-il, mais différente de la première qu'il avait entendue et qui avait dit *Alors comme ça c'est Eden…* Cette voix-là avait semblé appartenir à une femme bien plus âgée. Aiguë, avec un léger chevrotement.

Et si je te prenais ton arme, Tom ?

Il ne pouvait rien faire pour l'en empêcher. Elle portait en bandoulière un grand sac noir dont elle dissimula l'ouverture au placeur quelques pas plus loin à l'aide du recueil de cantiques, puis souleva le Glock par la crosse et le laissa tomber dedans.

Sherard regarda derrière elle les autres retardataires rassemblés au fond de la nef : le jeune couple blond et leur gamin, les adolescents, la vieille dame presque comateuse qui semblait rongée par la maladie dans son fauteuil roulant. Le couple homosexuel. Le gros homme. Sa femme mince et apparemment allergique à tout, y compris à son mari. Le grand jeune homme avec le début de calvitie qui accompagnait consciencieusement la femme en fauteuil roulant. Son petit-fils, ou peut-être son neveu… Non, en fait, ils n'étaient pas de la même famille. Ils travaillaient juste ensemble.

Au moment où Sherard comprenait cela, le grand type bientôt chauve se retourna pour lui décocher un regard curieux.

Vous avez vu ? Il m'a lu. C'est peut-être un latent.

Une quatrième voix s'éleva alors dans son esprit captif, juste au moment où tous — à part le couple blond dont l'enfant de deux ans ronflait dans les bras de son père — tournaient brièvement la tête vers lui : *Tout le monde est un latent, Franc. Ferme-la et concentre-toi. Donne plutôt un coup de main à Mae. Elle a du mal. La fille lui donne du fil à retordre.*

Et d'autres voix encore, comme si Sherard avait une demi-douzaine de radio branchées en même temps dans son esprit.

Penny a raison.

Concentrez-vous, tous.

Brisez-la.

Elle est l'Avatar. Même en s'y mettant tous, on ne peut pas forcer un Avatar. Il faut qu'on se regroupe et qu'on attende d'autres instructions.

C'est moi qui dirige cette opération, Joel. Pas toi. La voix de la vieille femme. *Trouvons une prise, d'accord ? Merci.*

C'est à cause de l'église. On n'arrive à rien dans une église. Les vibrations nous sont défavorables. Et je suis en train d'attraper une putain de migraine.

Sherard vit la femme du gros homme éternuer à nouveau. Elle était pathétique. Le gros homme la regarda, les yeux sillonnés de nombreuses veines.

On aurait dû te laisser dans le bus, Heidi.

Va te faire foutre, Gordo ! J'ai toujours fait ma part.

C'est à cause de son bandeau. Mae parvint à cette conclusion une fois l'hymne terminée et les dernières réverbérations de l'orgue éteintes. La congrégation récita le *Gloria Patri*. Sherard ne décela aucun mouvement dans le fauteuil roulant et les yeux de la vieille femme semblaient vides, pourtant sa voix continuait à résonner avec force : *Il y a quelque chose dans le bandeau qu'elle porte. Peut-être un de ces bracelets de cuivre. Le cuivre aussi bloque les pensées. J'ai beau essayer, je n'arrive pas à me frayer un chemin à travers.*

J'ai une idée, proposa la femme debout à côté de Sherard.

Extraordinaire, Roxanne.

Ta gueule, connard. J'ai pris son Glock à Tommy. Si je le lui rendais et que je le forçais à aller lui brûler la cervelle ?

Nous n'avons pas l'autorisation de tuer un Avatar, répondit Mae avec mauvaise humeur. *Mais tu m'as donné une idée. Si nous ne trouvons pas d'accès à la tête de cette fille, nous allons passer par le cœur. M. Sherard ! Vous avez entendu ? Si oui, hochez la tête. Bien. Roxanne va relâcher un peu sa prise pour vous permettre de rejoindre la fille. Vous la ramenez ici, et nous partons tous ensemble sans déranger personne. Oh, oui. Elle le fera, mon mignon. Sinon je vous promets que le second avènement causera beaucoup de ravages dans les premiers rangs.*

Sherard regarda le Christ suspendu. Malgré ses capacités mentales et visuelles restreintes, il voyait bien que le crucifix tournait de plus en plus vite au bout du câble qui le reliait aux poutrelles d'acier du toit. La figure martyrisée, avec sa couronne d'épines et sa croix de six mètres, toutes deux en bois massif, devait approcher de la demi-tonne.

Il sentit soudain à nouveau le sol sous ses pieds. On le poussa légèrement en avant et il faillit tomber, mais put s'appuyer sur sa canne pour reprendre son équilibre. Le reste de la congrégation, plongé dans une prière silencieuse, gardait la tête baissée et les yeux fermés. Il leva à nouveau les siens vers le Christ crucifié. Celui-ci tournait encore plus vite. Ses yeux purs et tourmentés, chacun de la taille d'un œuf de dinde, balayèrent l'église jusqu'à ce que la vitesse du mouvement les brouille en un regard surréaliste. Quelques fidèles levèrent la tête et eurent un hoquet de surprise.

Sherard entendit dans sa tête le rire sardonique de la délégation des FCM derrière lui.

Tu ferais mieux de te dépêcher, Tom.

Roxanne le tenait toujours sous son emprise télépathique, juste au cas où, mais une partie de l'esprit de Sherard avait recouvré sa lucidité. Il pouvait marcher, sa vue s'était éclaircie, il entendait mieux. Derrière leurs rires, il perçut l'urgence, et même la peur.

Les Fouille-Cervelles du MORG. Les Mauvaises Âmes, comme Bertie les avait appelés. Les condamnés du paradis. Dans la maison de Dieu, que leur présence déshonorait, les Fouille-Cervelles n'avaient d'autre force que celle du nombre.

Tout le monde regardait le Jésus tourbillonnant lorsque Sherard pressa le pas dans l'allée. Eden, à demi dressée, levait les yeux. Elle se tourna d'un coup pour balayer du regard le visage de Sherard. Sembla comprendre l'essentiel de la situation.

Amène-la-nous !

Eden quitta sa rangée de sièges. Une grande partie de l'assemblée s'était levée. Quelques personnes hurlèrent et le pasteur s'avança, la bible à la main, le geste lénifiant. L'organiste se mit à jouer, pour des raisons que lui seul connaissait, « L'hymne de bataille de la République ». L'orgue se détraqua, ses tuyaux émirent des grognements si horribles et des cris si perçants que les fidèles se bouchèrent les oreilles de douleur.

Amène-la !

Eden tendit la main, toucha le front de Tom. Ses yeux brillèrent, sa bouche se tordit en une grimace de colère. Elle jeta un coup d'œil aux FCM déployés dans le fond de l'église. Ils n'étaient qu'à quelques secondes de l'enfer.

« Tom, donne-moi ta canne ! »

Roxanne tenta de le bloquer, de déconnecter à nouveau son esprit de son corps, mais elle lui avait accordé un peu trop de liberté. Sherard parvint à s'obliger à tendre sa canne à Eden. Qui ne la prit pas, mais fit rapidement courir sa main gauche sur le bois noueux et la tête de lion dorée.

« Maintenant occupe-toi d'eux. Fais-leur leur fête, Tom ! »

Elle lui toucha à nouveau le front, en chassant Roxanne. Tom sentit toutes ses forces lui revenir, couler en lui comme d'une fontaine. Il n'eut pas besoin de demander de précisions à Eden. Il se retourna, leva la canne et la lança par-dessus la tête de ceux des fidèles restés assis en larmes, les mains crispées en un geste de prière.

La canne vola, descendit, pointa, évita les têtes et les corps innocents. Elle flotta à quelques pas des Fouille-Cervelles, qui battirent en retraite ou essayèrent de lancer leurs propres sorts afin de transformer le bois dur en échardes ou en sciure. Puis le lion grogna et la canne se mit à fouetter et à punir. Elle brisa têtes et os, écrasa oreilles et nez, trop rapide pour qu'on pût l'esquiver. Alors que la canne chassait les Fouille-Cervelles de l'église, le crucifix s'arrêta brusquement de tourner et trembla au bout de son câble.

« Viens ! » dit Eden en tirant Sherard vers une sortie latérale qui s'ouvrait près de l'autel.

« Attends, je ne sais pas où est Bertie !

— Elle saura se débrouiller toute seule. Il m'en *faut* un, Tom ! Avant qu'ils se soient tous échappés.

— Vas-y, je te retrouverai.

— Où est-ce que…

— Je tiens à récupérer ma canne. Je peux la siffler pour qu'elle revienne ?

— Imbécile », fit Eden avec un sourire fugace. Puis elle partit en courant et disparut.

Lorsque la vieille femme en fauteuil roulant vit Eden avec la canne de Sherard, elle reconnut les propriétés spéciales conférées à l'objet et en conclut que la situation allait se gâter. Sa décision de filer donne la mesure du respect qu'elle avait acquis envers Eden Waring en seulement quelques minutes.

Sans attendre que son accompagnateur la pousse à l'extérieur, Mae interrompit la postcombustion mentale et voulut se retrouver dehors. Son fauteuil roulant à propulsion manuelle modèle standard fit volte-face et fonça dans le vestibule par les portes capitonnées, gagnant de la vitesse sur le tapis tandis que Mae restait immobile comme une momie en belle robe de soie, que le déplacement d'air lui décalait la perruque sur le crâne et que sa vieille chair prenait une apparence de cire dégoulinante entre la naissance des cheveux et les clavicules. Seul le jaune entre les paupières presque closes d'un œil prouvait qu'il restait encore un souffle de vie dans son corps. Mais aucune mouche ne s'était posée sur son esprit.

Ils avaient donc sous-estimé les pouvoirs qu'Eden pouvait mobiliser, et les autres payaient maintenant cette erreur. Elle les entendit hurler et appeler à l'aide sous les coups implacables de la canne africaine. Pas pour Mae, non merci. *Bye-bye*, mes petits. De toute façon, les plus jeunes télépathes avaient besoin d'un échec de temps en temps pour souligner le sérieux de leur formation.

Certains paroissiens tentaient de quitter l'église au même moment que Mae et encombraient la grande entrée en bêlant comme des moutons perdus. Probablement tous des nouvelles âmes, supposa Mae. Un peu de spectacle suffisait à les jeter dans la confusion. Et ils ne se souciaient pas le moins du monde d'une vieille femme en fauteuil roulant qui avait besoin de sa camionnette pour handicapés où l'attendaient ses deux infirmiers robustes et dévoués, de son petit repas en intraveineuse et d'un peu de réflexion. Elle avait vu Eden Waring à l'œuvre. Absolument splendide, vraiment. Mais, sous une apparence ou sous une autre, Mae était sur Terre depuis les débuts de la sorcellerie. Elle pourrait apprendre une ou deux petites choses à cette gamine prétentieuse.

Le simple fait de garder le fauteuil en mouvement exigeait beaucoup de ressources, et elle ne pouvait en même temps s'occuper des gens sur son chemin, sauf à choisir de les faire tomber raides morts. L'approche manquait de raffinement. Mae avait quelques scrupules. Aussi opta-t-elle pour la voie des airs.

Aussitôt pensé, aussitôt fait. Une altitude de deux mètres cinquante devrait suffire, se dit-elle, les portes de l'église dépassant allégrement les quatre mètres de hauteur. L'entrée, avec sa forme traditionnelle de vulve (*entrez et soyez rené*), contrastait avec l'architecture branchée de l'église. Par bonheur, les deux portes étaient ouvertes. Le fauteuil roulant décolla du tapis et passa au-dessus de la tête des paroissiens, les effrayant encore davantage que ne venait de le faire le crucifix tourbillonnant.

Mae sortit de l'église et fonça droit dans le *chi* courroucé de Bertie Nkambe, debout bras croisés sur le sentier entre les plates-bandes d'azalées à floraison tardive.

Mae avait prévu de virer à droite et de poser délicatement le fauteuil roulant dans la rue à un pâté de maisons de là, à côté de sa camionnette pour handicapés qui l'attendait en double file. Mais elle s'aperçut qu'elle ne contrôlait plus sa trajectoire. Le comportement du fauteuil volant avait changé : il montait. Et montait encore, l'air soufflant sur le visage partiellement paralysé de Mae.

Elle tentait de reprendre le contrôle lorsque, montant toujours, elle croisa West End Avenue à 65 kilomètres-heure. À la vue du fauteuil volant, un livreur perdit le contrôle de sa camionnette et alla s'encastrer dans l'arrière d'un bus municipal. Mae sentit des points chauds dans son cerveau, comme si plusieurs petits vaisseaux sanguins venaient d'éclater au même moment. Le sentiment d'indignation qu'elle ressentait diminuait davantage encore sa capacité à reprendre le contrôle.

Où êtes-vous ? Vous ne pouvez pas me faire ça !

Une volée d'oiseaux s'égailla depuis les branches d'un sycomore à l'intérieur de la clôture de fer noir qui séparait West End du campus de Vandy. Arrivé au niveau du toit de deux bâtiments en brique quasi séculaires occupant chacun un côté d'un petit parking, le fauteuil roulant commença à ralentir. Il y avait devant lui une cour et quelques grands chênes. Le campus n'était guère fréquenté en ce dimanche matin : les remises de diplômes étaient terminées et la session d'été n'avait pas commencé.

Le fauteuil roulant s'immobilisa à quinze mètres d'altitude au milieu de la grande cour rectangulaire. Mae s'efforça une dernière fois de communiquer avec le jeune esprit supérieur qui avait terrassé le sien.

Faut que j'y aille. Ciao, Mae.

Attendez. Vous ne pouvez pas me laisser comme ça !

Oh ! Bon, d'accord, puisque vous insistez.

Le fauteuil plongea, mais seulement de quelques mètres. Il traversa l'abondant feuillage qui couronnait un chêne vénérable et s'arrêta net, tout droit, sur une branche de l'épaisseur d'une conduite d'égout. Les roues tournaient dans le vide de chaque côté de la branche. Des feuilles et des branches plus fines étreignirent et enlacèrent Mae comme une nymphe timide dans un livre pour enfants de l'époque victorienne.

Je vous revaudrai ça, ma jolie. Vous pouvez y compter. Mais Mae avait le sentiment horrible qu'elle n'était plus assez puissante pour qu'on l'entende, encore moins pour qu'on la respecte.

Le pasteur avait réussi à restaurer l'ordre, à défaut de la tranquillité, en persuadant ses ouailles de chanter un autre cantique avec le chœur. Environ un tiers de la congrégation s'était estimé spirituellement rassasié pour ce dimanche.

Parmi ceux qui avaient choisi de partir, peu accordaient foi à ce qu'ils avaient vu. Ils proclamaient croire en Dieu mais ne reconnaissaient guère le miraculeux dans leurs vies. Certains des paroissiens avaient vu Tom Sherard propulser sa canne à tête de lion dans la direction des Fouille-Cervelles. *Quoi ? Qu'est-ce qu'il faisait ? Qu'est-ce que ça voulait dire ?* D'autres, déjà distraits par l'incompréhensible, en l'occurrence le crucifix en rotation, avaient assisté à la volée de coups et à la déroute des FCM. Mais quand les sens sont surchargés, l'esprit se ferme ou se met en avance rapide jusqu'à ce qu'il retrouve un minimum de rationalité, en l'espèce jusqu'au moment où les coups de canne pouvaient s'expliquer par une espèce d'absurde échauffourée, dans laquelle un accès d'hystérie juvénile aurait jeté des adolescents.

(Tout le monde craignait que le crucifix tombe, merde, ça faisait *peur* !)

Comme beaucoup de monde sortait de l'église en même temps que lui, personne ne fit spécialement attention à Tom Sherard. L'exode se déroula globalement dans le calme : des visages stupéfaits, quelques sourires embarrassés. De jeunes enfants pleurnichaient dans les bras de leurs parents. Les Fouille-Cervelles avaient disparu. Une femme s'évanouit dans le vestibule, ce qui permit de constater qu'elle ne portait aucun sous-vêtement, même à l'église. Sherard entendit des sirènes, à encore environ un kilomètre et demi. Il vit sa canne discrètement posée sur le tapis contre le mur. Il la ramassa et sortit sur le parking par le côté.

La canne lui sembla différente. Son bras lui fourmilla de la paume jusqu'au coude. Bien que perplexe, il ne put s'empêcher de sourire. Ce qu'Eden avait fait semblait avoir irrévocablement transmuté la canne en quelque chose de plus… vivant. Quelque chose d'investi (comme l'aurait peut-être dit son vieil ami et mentor Joseph Nkambe) du considérable pouvoir *juju* [1] d'Eden. Il avait le sentiment qu'en cas de besoin, il pourrait fendre du granit d'un seul coup de cette canne.

Sur West End, une voiture de police s'était arrêtée derrière le bus accidenté. Sherard entendit Eden l'appeler. Il regarda autour de lui et la repéra assise à l'avant de la camionnette louée par les Russes à leur arrivée à l'aéroport. Alex tenait le volant.

Lorsqu'il s'approcha, la portière latérale glissa en position ouverte sur Bertie Nkambe, qui lui sourit joyeusement.

1. Croyance africaine proche du vaudou. *(N.d.É)*

« Regarde un peu ce qu'on a attrapé. »

Sherard entendit une série d'éternuements assourdis et vit, recroquevillée sur la dernière banquette, la femme mince nommée Heidi. Elle leva son visage de lapin sur lequel elle pressait un mouchoir trempé et leur jeta un regard furieux.

« Vous ne m'auriez *jamais* attrapée si je n'avais pas eu la migraine. Ça me prive de mes pouvoirs. Dans mes bons jours, je suis meilleure que vous, ma belle.

— Vous aurez peut-être une chance de le prouver, répliqua nonchalamment Bertie. D'ici là, Heidi, si vous tenez vraiment à ce que je m'en occupe, votre migraine pourrait devenir bien pire.

— Je vous l'ai déjà dit. Je ne sais pas où est l'engin ! Ça ne relève pas de notre service. Nous sommes venus en renfort, en cas de besoin.

— Racontez-nous quelque chose qu'on ne sait pas, alors, dit Eden pendant qu'Alex sortait du parking.

— Si je n'ai pas très bientôt une dose de Demerol, je vais me mettre à me cogner la tête contre les parois de la camionnette.

— Essaie encore une fois, petite Heidi », fit Alex.

Un silence. La femme grogna.

« À droite », dit-elle soudain.

Alex brûla un feu rouge et tourna à droite pour remonter West End.

« Il y a une faculté de médecine et un hôpital à Vanderbilt, dit Heidi d'une voix soumise. J'ai une assurance médicale. Et un billet d'avion pour quitter la ville. À 15 heures.

— Aucune chance, dit Sherard en consultant nerveusement sa montre-bracelet qui indiquait midi moins dix.

— Je sais peut-être quelque chose qui vous fera me laisser prendre mon avion. J'y ai réfléchi. Alors peut-être que ça va coller d'une manière ou d'une autre. »

Les autres attendirent qu'elle développe sa pensée. Au niveau de la 24e Rue, Alex tourna à gauche en suivant la direction qu'indiquait un panneau bleu sur lequel se découpait un H blanc.

« Je suis venue en avion de Washington avec Gordo et quelques-uns des gamins. Mae voyage en avion-ambulance, et les autres sont de divers coins du pays. Comme je l'ai dit, nous étions en réserve. Nous savions qu'il s'agissait de nucléaire, point barre.

— Savent pas faire la différence entre la merde et le cirage, fit Alex en réutilisant son expression américaine préférée.

— Fermez-la. De toute façon, je n'ai pas envie de parler. Laissez-moi en finir. Bref, Gordo et moi étions déjà dans l'avion quand quelqu'un que je connaissais depuis la fac a embarqué : Sandi Goldfarb. Elle bosse aussi pour le MORG, au service Russie. On se croisait des fois à la boîte. On n'était pas très liées, vous savez, on se racontait juste ce qu'il y avait de neuf.

— Où est-ce que tu veux en venir, Heidi chérie ? fit Alex par-dessus son épaule.

— Par là, là où c'est marqué Urgences, ils devraient pouvoir m'en donner. Où est-ce que je veux en venir ? Hier, Sandi prend le même avion que moi, et aujourd'hui elle est morte.

— Comment vous le savez ? s'étonna Bertie.

— De la même manière que vous savez ce que vous savez. Un simple contact suffit. Je parle de précognition, fillette. J'ai vu Sandi morte. Le cou brisé. Probablement assassinée. Parce qu'elle n'était pas dans un corbillard. Elle était allongée quelque part par terre, nue, sur une bâche bleue. Les yeux grands ouverts. Merde, on a beau l'avoir déjà vu plein de fois, ça secoue toujours.

— Quel rapport avec notre problème ? » questionna Sherard.

Les yeux fermés, Heidi se tenait la tête. Des larmes lui roulèrent sur les joues.

« Je n'en sais rien ! Sandi m'a dit qu'elle devait rencontrer une autre fille et qu'elles passeraient toutes les deux la nuit à Nashville. Pour le boulot. Si elle en savait davantage, elle ne pouvait pas me le dire, mais à un moment elle a laissé échapper qu'elle espérait pouvoir faire du ski nautique. Plus tard, quand elle s'est levée pour aller aux toilettes, j'ai jeté un coup d'œil dans son sac. Elle avait un billet de retour pour 8 h 30 ce matin. Mais je sais qu'elle n'a pas pris cet avion.

— Ça ne nous avance pas, lui dit Bertie.

— Réfléchissez un peu. Un voyage professionnel. Juste pour la nuit. J'ai compris qu'elle venait ici coucher avec un type, un des nôtres. Soit c'était en fait un maniaque à tendances homicides, soit… soit Sandi est tombée sur quelque chose qu'elle n'avait pas à savoir et on l'a aussitôt exécutée.

— Vous dites qu'elle travaillait au service Russie du MORG ? demanda Eden. Elle parlait russe ?

— Bien sûr, c'est ce qu'elle étudiait à l'université.

— La bombe est russe. Nous savons au moins ça. D'où la présence d'Alex.

— À votre place, je ne lui dirais rien, avertit celui-ci.

— OK, ça se tient à peu près, dit Heidi au moment où Alex s'arrêtait devant l'entrée des urgences. Écoutez, j'essaie de coopérer, là. Je veux dire, je ne tiens pas à être coincée ici à Music City quand il y a un gros badaboum de prévu.

— On n'a toujours aucune piste, remarqua Sherard.

— J'essayais de me souvenir d'autre chose. C'est marrant, la précognition, parfois on n'a qu'un vague flash, parfois on a des détails. Sur la bâche que j'ai vue, il y avait une inscription dans un coin. À la peinture noire, au pochoir, je pense. C'était marqué *Holly Marie, Hendersonville, TN*… TN voulant dire Tennessee. »

Silence dans la camionnette. Heidi s'empoigna le front, qu'elle serra en pleurant de douleur.

« Vous ne comprenez toujours pas ? Sandi espérait pouvoir faire du ski nautique. Le *Holly Marie ?* Ça doit être le nom d'un bateau. Elle a été tuée sur un bateau ! Un bateau qui est forcément immatriculé quelque part, non ? »

PLENTY COUPS — 7 JUIN — 17 h 15

Le doppelganger d'Eden Waring avait passé l'essentiel de la journée à errer dans les installations de Plenty Coups. Il s'était perdu dès la première heure. Avait mal aux pieds depuis la deuxième, et la faim qui tiraillait son estomac depuis bien avant midi avait petit à petit dégradé son humeur. Une odeur de nourriture émanant d'un chauffe-plats de la cafétéria ou la vue d'un distributeur automatique lui mettaient presque les larmes aux yeux. Mais la faim le perturbait moins que son isolement, que sa longue période d'invisibilité. Il n'était ni humain ni fantôme. Sa solitude était absolue. Désormais, même la routine habituelle consistant à filer jour après jour Eden, son corps d'origine gaucher, lui semblait plus attirante que ces heures à se traîner dans cette installation climatisée, cette construction brillante technologiquement précise mais sans aucune émotion, dans laquelle les perspectives mornes se succédaient et où chaque pas était d'un ennui mortel. Cela aurait même déprimé un rat. Empli de cette humeur morose, il en venait quelque peu à craindre de ne plus jamais pouvoir partir. L'idée lui était venue, comme germée d'une graine qu'un oiseau aurait lâchée dans son esprit après l'avoir transportée dans son bec pendant un millier de kilomètres, qu'un grand danger menaçait Eden, un danger d'une origine totalement inattendue. Quel avenir attendait un doppelganger privé de son corps d'origine ? La terreur du rien, au-delà de ce qu'il était capable de définir ou d'endurer.

Le dpg se demanda ce que Robin Sandza aurait à envier une fois qu'il l'aurait libéré. Mais il avait mimé sa supplique avec une telle éloquence lorsqu'il s'était touché le front du doigt avant de désigner le ciel.

Des kilomètres de marche, des douleurs aux pieds, de moins en moins d'énergie. Mais un sentiment d'urgence ravivé.

Trouve-le. Et fais-le.

Tant qu'Eden était toujours en vie et pouvait récompenser son dpg en le libérant.

Le doppelganger s'était déjà choisi un nom. Cela le ragaillardit, pendant que dans les installations souterraines il faisait le tour des endroits interdits en cherchant mécaniquement Robin Sandza, de répéter *in petto* ce *nom* adorable, si important et si attendu. D'imaginer des invitations. Des présentations. La joie, la *magie* de ces trois syllabes.

Salut, je m'appelle Guenièvre !

LAC OLD HICKORY — 7 JUIN — 18 h 35

« Eh bien, je sais que je l'ai vu de ce côté du lac », dit l'agent de la Tennessee Wildlife Resources Agency en pilotant son bateau de patrouille, un Whaler de dix mètres équipé de moteurs jumeaux Johnson de deux cent cinquante chevaux. « Si ça se trouve, je l'ai peut-être même arrêté pour une petite infraction. Ils savent faire la fête, sur ces gros culs de frime, surtout les étudiants, aux vacances de printemps. Ils viennent à toute une bande en louer un en se partageant les frais. Les plus chahuteurs nous facilitent pas la vie. S'imaginent que sur l'eau, les règles habituelles du comportement humain ne s'appliquent pas. Ou alors ils se noient. Les plongeurs du shérif ne retrouvent pas toujours les corps : il y a douze mètres de profondeur, là-dessous, quinze les années de grandes eaux, et c'est très sombre. Un house-boat, ça avance pas vite, mais faut de l'expérience pour en piloter un sans le balancer sur un chicot ou dans un autre bateau. Ça nous rend bien service qu'ils les laissent à quai. Le *Holly Marie.* J'vais vous dire pourquoi j'oublie pas ce nom-là. Ma grande sœur a baptisé l'une de ses jumelles Holly et l'autre Hallie, ou Hayley, je sais plus. Vous dites que vous n'avez aucune idée de l'endroit où il mouille ?

— Tout ce que nous avons trouvé, c'est le nom du propriétaire, répondit Tom Sherard. Windcastle Marine, Inc. Et les informations d'immatriculation que vous nous avez cherchées.

— M'en aurait fallu davantage pour me rappeler quelque chose », dit l'agent, prénommé Carlisle. Un peu plus de trente ans, un visage que le soleil avait taché, plissé, et brûlé peu auparavant autour des yeux bleus et sur les hautes pommettes. « Eh bien, tant qu'il nous reste du jour… Après, je ne vous garantis rien. »

À l'ombre de la cabine, Heidi, la FCM dont une dose de Demerol n'avait qu'à peine soulagé l'intense mal de tête, grogna et déplaça de quelques centimètres la poche de glace qu'elle pressait sur son front. Elle n'avait rien dit depuis deux heures à part « allez vous faire foutre ». Elle avait refusé de porter un gilet de sauvetage. Bertie Nkambe et Eden Waring, qui avaient enfilé les leurs, se tenaient à la proue du Whaler d'où elles scrutaient le rivage et les nombreuses petites criques devant lesquelles ils passaient. Alex s'était allongé sur quelques coussins flottants et observait le ciel en fumant.

Dans près de la moitié des criques, on trouvait un quai flottant ou un abri à bateaux. Et des hors-bord, des scooters des mers, deux ou trois voiliers, des pontons ou des pédalos. Les biceps dans des brassards orange fluo, des enfants sautaient des quais. D'autres, plus âgés, sillonnaient le milieu du lac sur des scooters des mers, et ralentissaient à la vue de la poupe rayée orange et vert du bateau de patrouille.

Pour justifier l'usage d'un patrouilleur de la TWRA, Sherard s'était inventé un ami intime dont la belle-fille rendait visite à des amis sur le *Holly Marie*. Il y avait une urgence familiale et on n'arrivait pas à joindre la fille sur son téléphone portable. Sherard raconta que ses affaires l'ayant conduit à Nashville, il s'était proposé pour la retrouver.

Nul ne savait ce que l'agent avait pensé de Heidi et d'Alex, mais Sherard devait les garder à portée de main. Heidi pouvait encore leur servir, et ils ne pourraient se passer d'Alex s'ils découvraient l'engin nucléaire caché dans le house-boat.

Carlisle vit une de ses connaissances qui rentrait tranquillement avec deux pêcheurs à bord d'une plate propulsée par un Merc 75 hors-bord. Il ralentit le patrouilleur pour se placer en parallèle à trois mètres d'eux.

« Ce type-là, expliqua-t-il à Sherard, ça fait vingt ans qu'il vit sur l'Old Hickory. Connaît tout le monde. Voulez bien tenir la barre pour moi ? Faut juste rester à son niveau. »

Carlisle descendit sur le pont et héla le type au chapeau fatigué qui, assis à la poupe, tenait le gouvernail.

« Salut, Homebrew.

— Tiens, Carlisle ! Ça boume, mon pote ?

— Pas de problème. Et toi, ça va ?

— Très bien, merci. Je te présente Macon Oldsmar et son fils Ben. Sont descendus du Kentucky voir ce que c'était que la vraie pêche.

— Enchanté, les gars. Dis donc, Homebrew, j'aurais besoin d'un coup de main… Ce monsieur est pour ainsi dire en mission humanitaire. On cherche un house-boat appelé *Holly Marie.*

— Mouais, je ne suis plus aussi doué qu'avant pour les noms, tu sais. Dis-moi plutôt de quoi il a l'air, et s'il est sur le lac, possible que je puisse t'indiquer où. »

Carlisle sortit son carnet de sa poche de poitrine. « Vingt-deux mètres, construit par les ateliers McAllan à Bowling Green. Fond plat, quatre mètres quatre-vingts de largeur au fort, deux ponts supérieurs, incliné, et une passerelle surélevée, ce qui, je dois dire, est plutôt inhabituel.

— Ouais, avec ces machins-là en remorque, on passe pas les sauts-de-mouton. Bon, ça marche. J'en ai vu un de ce genre chez Marvin il y a quatre ou cinq semaines, pour une révision et une couche de peinture. Ils le repeignaient en un jaune superbe. Appelle Marvin, il saura sans doute où il est amarré maintenant. »

20 h 15

Le crépuscule.

Le Whaler de la TWRA contourna un coude ombragé et abandonna le milieu brillant du lac au profit d'eaux plus sombres. De longues criques étroites, derrière lesquelles un long promontoire rocheux bloquait les dernières lueurs du jour, s'enfonçaient de cinquante à cent mètres dans les pentes boisées. Quelques lumières perçaient entre les arbres, celles de maisons sur ou au-dessus du rivage. Deux ou trois bateaux de pêche s'attardaient sous le promontoire.

« Un bon coin pour la perche, ici, leur signala Carlisle. Beaucoup de structures submergées. À cette heure de la soirée, rien ne vaut la pêche au leurre.

— Un house-boat jaune », annonça Bertie, debout à

la proue avec une paire de jumelles. « Vers la droite, la prochaine anse ou je ne sais quoi.

— Bonne nouvelle, fit Carlisle en actionnant la barre. On commençait à manquer de carburant.

— Aucune lumière dans le house-boat, rendit compte Bertie. Il y a une route et une clôture avec un portail. Cadenassé.

— Faut croire que tout le monde est parti au restaurant ou au concert de Garth Brooks », dit Carlisle en approchant le patrouilleur du quai découvert, face au grand house-boat, avant d'immobiliser la proue contre la défense.

« Je vais laisser un mot, lâcha Sherard.

— D'accord. Est-ce que l'une des jeunes femmes pourrait nous amarrer ? »

Eden sauta sur le quai et enroula autour d'un poteau l'extrémité d'une corde synthétique fixée à un taquet de proue.

« Assurons-nous juste qu'on va pas déranger », dit Carlisle en actionnant pendant un quart de seconde la sirène du patrouilleur. Une seule lumière s'était allumée : celle déclenchée par Eden en s'approchant du détecteur de mouvements placé au sommet du poteau. Ils attendirent. Le coup de sirène ne provoqua aucune réaction : le house-boat resta impassible.

Tom et Bertie rejoignirent Eden sur le quai. Alex se leva, s'étira, jeta un coup d'œil à Heidi qui continuait à soulager sa migraine avec la poche de glace.

« Tu viens, *chérie* ?

— Allez vous faire foutre.

— Je dois vous rappeler à tous qu'il s'agit d'une propriété privée », fit Carlisle avec un brin de nervosité.

Alex sortit son portefeuille et lui montra son accréditation. Le soleil s'était couché mais une chaleur lourde régnait dans la crique et Alex avait le visage en sueur.

« Ministère de l'Énergie, service d'évaluation des risques. Traduction, c'est moi qui commande ici, pas vous.

— Vous êtes américain ? demanda Carlisle de plus en plus mal à l'aise.

— Russe. Du calme, Carlisle. C'est fini le temps où on était les gros méchants.

— Je pensais…

— Vous venez avec nous. N'approchez pas de votre foutue radio. »

Sur le house-boat, Sherard cherchait un moyen d'entrer.

« Fermé à clef, signala-t-il. Et probablement sous alarme.

— Il va falloir entrer par effraction, en conclut Bertie d'une voix un peu tendue.

— Attendez un peu… » protesta Carlisle.

Alex lui tapota l'épaule. Carlisle se déroba avec colère.

« Je ne sais pas pour qui vous vous prenez, mais vous êtes sur le point de commettre un…

— Carlisle, on est à quinze mètres d'un engin nucléaire volé d'une puissance d'une kilotonne, un engin probablement armé et avec le compte à rebours enclenché. Une arme assez puissante pour vaporiser cette extrémité du lac. Très mauvais aussi pour la faune et la flore que vous êtes chargé de protéger. Ce n'est pas des conneries, petit ! J'ignore s'il nous reste cinq heures ou cinq minutes pour la désamorcer… Où est votre flingue ?

— Euh, les agents de la TWRA n'ont pas d'armes de poing.

— Alors attrapez une clef anglaise et brisez une vitre. Tout de suite.

— Mon Dieu. Mon Dieu », gémit Carlisle, qui commençait à saisir quel genre d'agent était Alex.

L'alarme du house-boat n'était pas branchée. Sherard trouva un interrupteur derrière la porte dont Carlisle venait de briser la vitre teintée. Ils descendirent les quatre marches qui conduisaient au salon en allumant d'autres lumières. Il faisait chaud, à l'intérieur. Bertie et Eden suivaient Sherard. Ils explorèrent les lieux du regard. Eden traversa lentement le salon jusqu'à la coquerie, mais pas en ligne droite. Le visage de plus en plus tendu, elle sembla contourner quelque chose par terre. Bertie partit dans l'autre sens, en direction d'une des cabines.

« Qu'est-ce qu'il se passe ? s'inquiéta Carlisle. Qu'est-ce qu'elles font ? »

Eden revint dans le salon en effectuant le même petit détour et en jetant un coup d'œil par terre. Elle avait du mal à respirer.

« La bombe n'est pas là, dit-elle. Elle *était* là, mais ils l'ont emportée. » Elle désigna l'alcôve dans laquelle des cannes et un moteur de pêche à la traîne étaient rangés. « Il n'y a pas très longtemps.

— Qu'est-ce qu'il y avait, par terre, dans la coquerie ? s'enquit Sherard. À l'endroit que tu as évité ?

— Un corps. Celui d'une femme. Le cou brisé. Heidi avait raison. »

Bertie sortit de la seconde cabine.

« Deux femmes. Toutes les deux mortes. Mais quelque chose m'échappe. Je sens de la peur. Celle d'une des femmes. Celle qui est morte à cet endroit. » Bertie se pencha, passa sa main déployée au-dessus du tapis. « Mais *lui*... Aucune émotion. Ni colère ni plaisir. Il l'a fait comme on tord le cou à un pigeon. Blond, un mètre soixante-dix-huit, un mètre quatre-vingts. Pas laid, à part ses longs bras de singe. » Bertie leva ce qu'elle tenait dans son autre main. « Rasoir jetable. Oublié par ceux qui ont fait le ménage derrière. L'après-rasage qu'utilise le blond ne m'intéresse pas vraiment. J'ai oublié de mentionner qu'il était tatoué. Du barbelé, un voilier sous l'épaule droite. »

Carlisle n'aurait pu écarquiller davantage les yeux.

« Mais… q-qui êtes-vous donc ?

— Tu as parlé de *deux* hommes, petite, fit Alex en s'adressant à Bertie.

— Exact. Il y avait ici deux femmes et deux hommes. Mais je ne vois pas encore l'autre type.

— Une décharge, dit Eden qui semblait prise de nausée. Oh mon Dieu. Elles sont enterrées dans une décharge ! Au milieu de déchets à incinérer. Oh merde. »

Carlisle sauta littéralement hors de son chemin lorsqu'elle remonta rapidement les marches pour sortir.

« Faut que j'aille aux toilettes », se plaignit-il. De la sueur lui perlait au front et au menton. Ses yeux s'étaient enfoncés dans leurs orbites.

Alex l'y autorisa d'un hochement de tête et regarda Tom Sherard.

« Attends un peu », dit Tom sans quitter des yeux Bertie qui rôdait dans le salon en promenant les mains sur les objets sans les toucher vraiment. Les meubles, le téléviseur à projection, la table sur laquelle Randy, Herb et leurs malheureuses invitées avaient passé le temps en jouant à la canasta. Il y avait deux jeux de cartes sur la table. Bertie en prit un qu'elle battit d'un air songeur avant de le reposer. Elle regarda longuement le téléviseur puis gagna la coquerie, passant d'une énorme enjambée au-dessus de l'endroit où avait reposé le corps de Sandi Goldfarb.

Lorsqu'elle revint, elle s'arrêta à nouveau à quelques pas du téléviseur, qu'elle fixa du regard.

« Allume-le pour moi, Tom.

— Tu ne peux pas… ?

— Non. Ce n'est pas permis. Toi. S'il te plaît. »

Il passa devant elle, prit la télécommande et pressa le bouton POWER.

Cela ne provoqua rien d'autre que l'apparition d'un point lumineux au milieu de l'écran. Pas d'image ni de son. Du moins, que ses sens puissent détecter.

Bertie recula en chancelant, les mains plaquées sur les oreilles, un hurlement de douleur coincé dans la gorge. Elle tomba en se tordant de douleur.

« *Éteins !* »

Sherard écrasa le bouton OFF. Le point lumineux disparut. Bertie se releva tant bien que mal, le talon d'une main pressé contre le front.

« Oh, bon sang. *Merde*, ça fait un mal de chien !

— Qu'est-ce qu'il s'est passé, Bertie ? »

Elle le regarda. S'effleura les oreilles.

« Quoi ? Désolée, je ne t'entends pas. C'est la foule, la plus grande, la plus bruyante de… Je suis presque sourde. »

Alex regarda Sherard.

« Ça lui arrive souvent ?

— Seulement lorsqu'elle tourne à plein régime. »

Eden revint dans le salon en descendant les marches deux à deux. Elle jeta un coup d'œil à Bertie. *Qu'est-ce qu'il y a ?* sous-vocalisa-t-elle.

« Une foule énorme. Des lumières. Ce grand stade qu'on a vu, en ville, sur le fleuve. C'est là qu'ils sont allés.

— Dans un pick-up rouge, ou peut-être un 4 × 4, je ne sais pas, ajouta Eden d'un ton excité à l'intention d'Alex et de Sherard. Un gros. Le conducteur a eu du mal à franchir le portail.

— PES ? lui demanda Sherard.

— Non, déduction logique. »

Elle leva la main droite. Elle avait des petites taches de peinture rouge au bout des doigts.

« Quoi ? Qu'est-ce que tu as dit, Eden ? Je suis sourde. »

Eden leur montra ce qu'elle avait dans la main gauche. Un épais morceau de plastique courbe.

« Il a dû casser un feu de stationnement en passant le portail. On cherche donc un gros véhicule rouge avec une aile un peu abîmée, l'aile avant gauche, sauf s'il sortait en marche arrière. »

Bertie secoua une ou deux fois la tête, comme pour s'éclaircir les idées.

« Quel est le plus grand spectacle de ce soir, à Nashville ? demanda-t-elle à Carlisle qui sortait d'un pas mal assuré de la salle de bains en se tamponnant le visage avec une serviette.

— Garth Brooks. Guichets fermés. Soixante-dix mille billets. » Il jeta un coup d'œil à sa montre. « Commencé à sept heures et demie. » Il eut un sourire mièvre. « J'aimerais bien y être.

— Vous y allez, fit Eden en l'attrapant par la manche de sa chemise. On a besoin de votre bateau. »

Comme il tardait à réagir, Eden le lâcha et fonça à nouveau dans les escaliers.

Tom Sherard était près d'Eden lorsqu'il entendit le coup de feu. Elle s'arrêta brusquement dehors, sur le pont inférieur du house-boat, regardant d'un air surpris quelqu'un à droite sur le quai. Ses mains se levèrent lentement, un geste de vulnérabilité. Et Sherard fut brutalement ramené dans son passé, dans une rue de New York, au milieu de coups de feu et de hurlements, et Gillian par terre qu'il ne pouvait déjà plus aider.

Non, pas encore ! Pas Eden !

Il poussa sur sa bonne jambe et plongea en hurlant dans le seuil, se jetant sur la fille immobile. Il n'entendit pas le deuxième coup de feu claquer au moment où il la plaquait, la soulevait, la sortait par son inertie de la ligne de tir. Ils tombèrent ensemble et roulèrent sur le pont. Il ne ressentit de douleur que dans l'épaule et le coude sur lesquels il avait atterri. Il écrasa la fille stupéfaite sur le sol, protégeant son corps du sien, et regarda par-dessus son épaule.

Sur le quai, Heidi manœuvrait avec habileté la culasse d'un fusil afin d'introduire une nouvelle balle dans le canon. Troisième coup de feu. Sherard sut qu'il était touché, à peu près au milieu du dos, mais l'impact était faible.

« Arme à feu ! » cria-t-il pour prévenir les autres. *A priori* une Winchester, avec un canon d'une cinquantaine de centimètres, sans doute de calibre 223. À la taille du chargeur, il vit que Heidi disposait encore de plusieurs balles.

Il ne pouvait rien faire. Heidi était trop loin. Elle le descendrait dès qu'il approcherait. Et Eden ne bougeait pas. Si quelqu'un venait les secourir, Heidi l'aurait aussitôt dans sa ligne de mire.

Elle fit monter une autre cartouche dans la chambre. Bien que crispé par la migraine, son visage était calme. Elle avança d'un pas. Sherard estima, un peu à regret, qu'elle se trouvait maintenant à quinze mètres. Elle allait le viser à la tête, l'abattre, puis continuer à enchaîner les coups de feu jusqu'à ce que son chargeur soit vide et qu'Eden soit morte dans ses bras.

Il entrevit quelqu'un d'autre sur le pont, près de la porte. Heidi, qui braquait le canon sur lui, s'aperçut aussi du mouvement et s'en trouva distraite. Son quatrième coup de feu frappa une rambarde chromée à quelques centimètres au-dessus de la tête de Sherard.

Soudain Heidi ne tenait plus le fusil. On put croire un instant qu'elle l'avait jeté. Ses deux mains étreignaient l'air. Le canon d'acier bleui de l'arme renvoya la lumière d'un des projecteurs en surplomb lorsque, tournant comme une hélice, il monta à plus de trois mètres au-dessus de la tête de Heidi pour redescendre ensuite canon le premier vers son visage levé. L'arme percuta avec violence sa bouche béant de surprise, d'où jaillirent des morceaux de dents. Son corps eut un soubresaut puis se raidit tandis que le canon, telle une deuxième colonne vertébrale, celle-ci en acier, s'enfonçait en elle, franchissait la gorge et traversait l'œsophage jusqu'à l'estomac.

Heidi trembla, les mains toujours tendues, les pieds comme cloués sur le quai, les yeux exorbités. Le sang glouglouta en se déversant comme d'une petite source de sa bouche déformée et poisseuse.

La culasse du fusil recula et une cartouche monta dans le canon.

Toujours allongé sur Eden, Sherard détourna les yeux pour regarder le visage d'Alberta Nkambe. Sa lignée nilotique ressortait plus que jamais dans ses traits d'origines mêlées ; son visage dur semblait celui d'un dieu meurtrier. Son regard luisait d'une vie surnaturelle. La scène, mémorable, valait le souvenir d'un lion surgissant des hautes herbes et chargeant par bonds de dix mètres pour arriver en trois clins d'œil si près de lui qu'il n'avait jamais oublié l'odeur de la chaleur et de la rage dans le sang du fauve.

Il eut là aussi l'impression de sentir la rage de Bertie — une odeur comme celle de l'acier fondu à l'acétylène, ou d'un éclair dans un ciel bouillonnant — lorsqu'elle déchaîna l'intégralité de son *chi* sur l'infortunée Heidi clouée sur place.

Le fusil que Heidi avait à moitié avalé commença à cracher dans ses intestins, les coups de feu se succédant avec une telle rapidité que culasse et détente en semblaient floues. Les détonations ne semblèrent pas produire le moindre bruit et on ne les détectait que par les plis qui apparaissaient un peu partout sur le devant du pantalon de Heidi, près de l'entrejambe, tandis que le tissu se teintait de rouge. Puis les pieds de Heidi décollèrent du quai et elle dansa quelques instants avec gaucherie, une danse irrégulière qui rappela à Sherard un serpentaire hachant de ses serres une vipère sur le sol. Tout mouvement cessa d'un coup lorsqu'elle dépassa l'extrémité du quai et plongea hors de vue.

Sherard s'assit lentement. Ce n'est qu'à ce moment-là qu'il prêta attention à sa nuque, dont la partie droite était engourdie, chaude et ensanglantée. Il se tâta avec précaution et trouva l'orifice d'entrée de la balle. Celle-ci était restée dans le muscle de son cou sans, espéra-t-il, se fragmenter. Il ignorait à quelle distance elle s'était approchée de la moelle épinière ou du cerveau postérieur.

L'autre balle avait pénétré de biais le gilet de sauvetage qu'il n'avait pas eu le temps d'enlever. Il l'ôta alors et chercha la balle du bout du doigt, mais ne put la trouver. Faire quelque chose, peu importait quoi, réduisait ses frissons et l'empêchait de penser qu'il venait de frôler la mort.

Néanmoins, la petite balle dans son cou lui causerait des ennuis, et il le savait.

Eden avait ouvert les yeux. Elle avait du mal à faire le point. Elle produisait des sons, mais aucun mot.

Bertie, le visage désormais détendu, s'agenouilla à côté de Sherard et examina sa blessure. Il lut ses pensées sur son visage, même si elle s'exclama d'un ton joyeux :

« Hé, c'est rien, Tom, une piqûre de *panga*.

— Ouais, je me suis déjà blessé plus gravement dans des buissons épineux. »

Il tourna la tête et cracha du sang sur le pont, serra et desserra les mains, à l'affût du moindre signe de faiblesse. Puis il se leva, avec l'aide de Bertie. Eden se redressa lentement, les regardant toujours l'un et l'autre sans la moindre expression, essayant de retrouver ses esprits.

Carlisle s'éclaircit la gorge à plusieurs reprises. « J'ai une trousse de premiers secours sur mon bateau.

— D'où sort ce fusil ? » demanda Sherard.

Du sang lui suintait sur l'arrière de la langue.

« C'est celui que j'ai eu gamin. Je m'en sers surtout pour les serpents. Elle n'a pas eu de mal à le trouver. Je suis désolé.

— Ce n'est pas de votre faute. » Sherard se sentait de plus en plus dans les vapes. Il n'avait pas le temps pour ça. Mais il craignait de tomber en état de choc. « Vous avez du remontant, dans votre trousse de premiers secours ? demanda-t-il à Carlisle.

— Oui monsieur. Du bourbon tout ce qu'il y a de costaud.

— Allons le chercher, alors. »

Carlisle sembla prêt à fondre en larmes.

« Il va falloir que je fasse un rapport. Oh nom de Dieu. Comment je vais pouvoir expliquer qu'une femme a pris dans les tripes des balles tirées par mon fusil qui était enfoncé dans sa gorge ?

— Un malheureux accident, dit Bertie. Mais ça lui a soigné sa migraine. Et elle est au fond pour de bon. Comme votre fusil. À moins que vous ne teniez à le récupérer, Carlisle.

— Mais qu'est-ce que vous racontez ? »

Alex entoura les épaules de Carlisle.

« Elle veut dire qu'il ne sert à rien de se soucier de quelque chose qui n'a jamais eu lieu. Si personne ne l'a vu, alors ce n'est pas arrivé, chéri. Un de nos foutus préceptes russes. Maintenant il faut qu'on se magne le *cul*. Je l'ai bien dit ? Magner nos jolis petits culs et nous tirer d'ici.

— Vous pouvez nous emmener en bateau jusqu'à Nashville ? demanda Bertie.

— Où… Où est-ce que vous voulez aller ? » Il avait l'air de vouloir à tout prix éviter de passer plus de temps avec eux.

« Au stade, dit Bertie. Garth Brooks va tout faire

péter pour la première fois de sa carrière. Tom, je vais te rafistoler du mieux que je peux. Mais tu devrais…

— Non, pas d'hôpital. Pas encore. Où est passée ma canne ? Oh, merci, Alex. » Sherard avait maintenant le visage et les mains glacés. Il agrippa fermement sa canne à tête de lion, s'efforça de ne pas respirer trop vite. Du sang poissait son col de chemise. « Comment tu te sens, Eden ?

— Ça va », répondit-elle en se tenant la nuque et en regardant Tom avec une expression d'horreur. « On t'a tiré dessus ? Qui ? Quelqu'un voudrait m'expliquer…

— Je publierai ça sur l'Internet astral, fit Bertie en la poussant doucement vers le patrouilleur. Tu pourras le lire en chemin. Ça te fera un bon exercice. »

RANCH BIG COUNTRY — 7 JUIN — 20 h 15

« Buck Hannafin ! Sur ma vie ! Vous êtes bien la *dernière* personne que je m'attendais à voir frapper à ma porte ce soir. »

Buck et Courtney Shyla ayant été annoncés, Rona avait eu le temps de se remettre de sa surprise. Le fait qu'elle soit venue les accueillir elle-même confirma à Buck que, coïncidence mise à part, Rona pensait pouvoir tirer profit de la chance de l'avoir sous la main. *Gardez vos amis près de vous…*

« Mes humbles excuses pour cette intrusion, Rona, mais je me trouvais chez votre voisin et…

— Au Broken Wheel ? » D'un geste, Rona signifia qu'il n'avait pas à s'expliquer, mais Buck vit une arrière-pensée traverser son regard. La curiosité féminine prit le dessus lorsque Rona se tourna vers Courtney avec son sourire le plus avenant. « Entrez, entrez, dit-elle. Faites comme chez vous ! Bien entendu, vous dînez avec nous. Je vais demander qu'on s'occupe de vos chevaux. » Elle jeta un rapide coup d'œil par-dessus l'épaule de Courtney en direction du poteau d'attache au pied des marches. « Trois chevaux ? Il y a quelqu'un avec vous, Buck ? »

Buck et Courtney ôtèrent leurs Stetson en franchissant le seuil. Buck enlaça brièvement Rona pour envoyer les habituels baisers en l'air près de ses joues.

« Le cheval pie s'appelle Ezekiel, Mme Harvester, dit Courtney. Nous l'avons récupéré chez le vétérinaire il y a un petit moment, il boitait et avait besoin d'une opération du jarret. » Elle tendit sa main gantée. « Je m'appelle Courtney Shyla. » Sa pomme d'Adam monta et redescendit nerveusement. « Très honorée de vous rencontrer, Mme Harvester.

— Tout le plaisir est pour moi, Courtney. Buck et vous êtes parents ?

— Courtney est la fille aînée de mon demi-frère Max », répondit Buck. Ayant été officiellement accueillis, Buck et Courtney commencèrent à ôter leurs jambières.

« Merveilleux », fit Rona avec un très bref coup d'œil à Buck tandis que son sourire se teintait d'amusement. « Alors comme ça, vous preniez un peu de repos au Broken Wheel ? Certaines personnes essayent de vous contacter depuis des *jours*, mon petit Buck. » Elle passa le bras autour de la fine taille de Courtney, la séparant en douceur d'Hannafin, et les guida vers la grande salle.

« Vraiment ?

— À propos de S. 723. Nous voulions votre avis. » Devant son petit coup d'œil, elle clarifia : « Clint et moi. Mais nous n'allons pas parler législation ou politique ce soir, même si je n'aurais pu rêver d'une meilleure occasion d'entendre votre point de vue. Maintenant que nous sommes quatre, nous pourrons faire un bridge après le dîner. Vous jouez au bridge, Courtney ?

— Oui madame. » Lèvres entrouvertes, Courtney évalua d'un regard empli d'un émerveillement puéril les généreuses proportions du vestibule à plusieurs niveaux. Un capitaine des Marines se tenait à dix pas de là, assis sur un banc, le dos contre le mur, la main sur une mallette noire. C'était celle qui contenait le manuel des codes avec les options de frappe pour les missiles balistiques intercontinentaux et leurs semblables embarqués dans les sous-marins. Sachant l'état du Président, Courtney fut saisie d'angoisse à la vue de cette mallette. Elle se demanda si la carte d'authentification codée qui identifiait le président des États-Unis en cas d'urgence se trouvait maintenant entre les mains de Rona. Elle vit un deuxième homme, sans doute un garde du corps du MORG, debout à l'étage supérieur sur l'escalier hélicoïdal, et compta trois caméras de surveillance. « Vous avez une maison fabuleuse, Mme Harvester.

— Merci. Clint et moi avons beaucoup réfléchi et n'avons pas rechigné à l'ouvrage pour aménager cette demeure qui accueillera nos vieux jours... Et je vous en prie, appelez-moi Rona », insista la première dame en pressant la taille de Courtney au-dessus de la ceinture. Elle n'y sentit que du muscle. « Ce soir, ce sera vous et moi contre les garçons. » Une nouvelle pression, plus haut. « Ah, Courtney, qu'est-ce que je ne donnerais pas pour être aussi en forme que vous ! Ou pour avoir votre âge, tant qu'à faire.

— J'ai hâte de passer un peu de temps avec Clint, dit Buck. Je ne voulais pas le bousculer, vous comprenez.

— Nous ne rendrons jamais assez grâce à la délicatesse de nos bons amis. Malheureusement, Clint est indisposé, ce soir. Il s'est déjà retiré.

— Indisposé ? Rien de grave, j'espère.

— Un peu de fatigue, pour l'essentiel. Je suis sûre que vous le comprenez.

— Qui fera le quatrième au bridge, alors ? »

Ils pénétrèrent dans la grande salle et Victor Wilding, un verre à la main, se leva du siège qu'il occupait près d'une cheminée. Sa chevelure rousse et ondulée était lissée en arrière, encore humide d'un sauna et d'une douche. Ses pommettes et le bout de son nez retroussé luisaient comme un sou neuf à cause de la chaleur du feu de bois.

« Vous connaissez Victor, je crois ? demanda Rona à Buck d'un ton informel.

— On s'est rencontré à deux occasions très éloignées dans le temps, répondit Buck en s'avançant pour rattraper le pas. Comment allez-vous, M. Wilding ?

— À merveille. Content de vous revoir, sénateur.

— Et voici Courtney… Shiloh, avez-vous dit ? *Shyla*, je n'avais pas bien saisi. Elle figure quelque part dans le foisonnant arbre généalogique Hannafin. C'est donc une parente de Buck.

— Très heureux de faire votre connaissance, Courtney. »

Devant ce rituel de politesses et de fausse bonne humeur, Buck réfrénait l'envie de cracher sur le sol de terre cuite. Il avait déjà vu la première dame se comporter de cette manière et savait la fragilité de sa façade : elle était remontée à bloc et plus ou moins en train de se goinfrer d'amour-propre, merde, et lui aussi. Wilding avait des gestes un peu trop précis et souriait comme quelqu'un qui a passé la plus grande partie de la journée à boire. Sans vraiment bien supporter les alcools forts. Une lueur dans le regard comme le judas dans le cœur d'un haut-fourneau. Elle et lui nourrissaient de grands espoirs. La soirée serait mémorable, se dit Buck. Si toutefois ils y survivaient.

Un valet patientait près du bar. Buck passa commande. Courtney demanda un Coca. Rona, qui ne buvait pas d'alcool, garda Courtney à ses côtés en tirant une ottomane à proximité de l'âtre de stéatite afin de disposer les sièges de manière plus intime. Le bavardage d'avant-dîner fut animé mais purement formel. Buck et

Victor Wilding s'observaient sans beaucoup de considération. Buck s'était toujours demandé comment quelqu'un d'apparence aussi juvénile pouvait diriger depuis maintenant dix ans une organisation comme le MORG. Wanda Chevrille et feu (?) Robert Hyde avaient tous deux rassemblé des données qui relevaient en grande parie de la conjecture. Wilding s'était taillé une réputation au sein du Multiphasic Operations and Research Group en accroissant considérablement la présence du MORG dans le trafic international des armes, ce qui avait enrichi le Trésor de plusieurs milliards de dollars. Pour grimper rapidement les échelons, la technique est toujours la même, quels que soient l'entreprise ou le gouvernement. Prendre un mentor, retourner ses partisans en secret contre lui et le déposer. Les monstres qui réussissaient le mieux dans le renseignement étaient à la fois des charmeurs de serpents et des travailleurs acharnés. Buck avait trop d'expérience pour s'offusquer outre mesure qu'on puisse avoir du sang sur les mains. Les mauvais fruits finissaient par pourrir d'eux-mêmes jusqu'au trognon. Ce qui lui déplaisait le plus chez Wilding, c'était sa manière tranquille de s'attaquer à la Commission des finances, de chercher des milliards frais pour construire un empire tout en refusant avec arrogance de reconnaître les diverses commissions de surveillance du Congrès.

Rona posa beaucoup de questions à Courtney, qui avait endossé une personnalité de naïve émerveillée et sembla ravie de jouer la comédie pour effectuer sa reconnaissance des dispositifs de sécurité. La première dame avait approuvé un complexe d'alarmes périmétriques bien au-delà de la maison, mais le système dépendait fortement des caméras infrarouges. On avait bien essayé d'utiliser des détecteurs de mouvement, mais dans une région où abondaient élans, cerfs, ours bruns ou noirs, blaireaux et parfois même couguars, tous noctambules, de telles alarmes n'avaient aucune utilité. Et dans la maison, Rona tenait à son intimité. Les services de sécurité s'étaient contentés de surveiller les — six — points d'accès au rez-de-chaussée avec des caméras et des détecteurs de mouvement. On ne branchait ces derniers que lorsque tout le monde s'était retiré pour la nuit, en général peu avant l'aube. Quand ils venaient à Big Country, le Président et son épouse étaient censés porter des balises de repérage, mais d'après Nick Grella, ils les oubliaient presque toujours.

Courtney s'adressa tout bas à Buck tandis qu'ils marchaient côte à côte. Une caméra en gros plan sur son visage n'aurait pas vu ses lèvres bouger. L'appareil acoustique que Buck avait substitué à celui qu'il utilisait d'ordinaire aurait, quant à lui, capté un chuchotement derrière un mur.

« Le Président est indisponible pour la soirée.

— Alors c'est raté.

— Pas encore, je peux changer de mode de propulsion.

— Pardon ?

— La première dame en pince pour moi.

— J'ai remarqué.

— Elle va nous inviter à passer la nuit ici. Wilding est déjà à moitié beurré. Faites semblant. Ne tardez pas à rouler sous la table. Il n'y aura plus que la première dame et moi, et elle sera chaude. Une fois qu'on sera seules, c'est moi qui mènerai la danse.

— Je ne peux pas vous demander de…

— Comme je vous l'ai dit, je marche à voile et à vapeur.

— Oh. »

À l'extérieur de la salle à manger seigneuriale, avec son plafond voûté haut de sept mètres cinquante et ses souches de cheminée rustiques, la température était tombée autour des dix degrés. Dans l'âtre, des flammes dévoraient un vieil hickory. Les fenêtres à apport solaire encadraient un panorama de pics montagneux. La lune était dorée dans une auréole brumeuse. Une météorite scintilla, très, très loin dans le noir.

Ils étaient au milieu de leur repas de truite pochée, de steak d'élan et de riz sauvage lorsque Clint Harvester fit son apparition, vêtu de son seul pyjama dont le haut n'était qu'à peine boutonné. Il avait enfilé des baskets, en se trompant de pied et sans les lacer. L'air soucieux, un garde du corps du MORG s'avança derrière Clint qui hésitait sur le seuil à quinze mètres du fauteuil dans lequel Rona lui tournait le dos.

Victor Wilding, le premier à l'apercevoir, poussa Rona du coude. Les autres levèrent les yeux lorsqu'elle se retourna, un verre de cabernet-sauvignon à demi levé.

Buck Hannafin vit la main de Rona trembler. Saisissant sa chance, il écarta son siège de la table, se leva, et avant que quiconque puisse dire ou faire quoi que ce soit, s'approcha main tendue de Clint Harvester avec un grand sourire aux lèvres.

« Monsieur le Président ! Quelle joie de vous revoir. Rona vous disait un peu souffrant, ce soir. »

Rona reprit ses esprits et posa son verre de vin. « Non, Buck. »

Il l'ignora. Clint Harvester restait debout sans lui répondre, le corps en légère oscillation et l'air un peu perplexe, aussi Buck lui prit-il la main droite et la secoua avec enthousiasme en plantant son regard dans le sien.

« Désolé, Mme Harvester, dit le type du MORG dans le dos du Président, mais il a entendu des voix et…

— Il devrait dormir, à cette heure », conclut Rona en se mordant la lèvre inférieure d'exaspération. Elle sourit à Courtney, s'excusa, et s'avança vivement aux côtés de son mari.

« Vous ne me reconnaissez pas, monsieur le Président ? C'est moi, Buck Hannafin. »

Les yeux de Clint bougeaient, mais pas comme s'il cherchait quelque chose dans la pièce. Il semblait très absorbé, à la manière d'un petit enfant qui, assis par terre, compte ses billes en les rangeant dans son sac.

« Hafffn », souffla-t-il.

Prenant son époux par le bras comme pour lui apporter un soutien dont il aurait désespérément besoin, Rona se tourna face à Buck avec une expression décidée et un demi-sourire qui le défiaient de faire le pas fatidique.

« Il ne vous connaît pas, Buck. Pourquoi ne pas en rester là pour l'instant ? On s'amusait tellement. »

Le regard de Buck se durcit, mais il sourit, plus à Clint qu'à Rona, et lâcha à contrecœur la main du Président. Il jeta un coup d'œil par-dessus son épaule. Victor Wilding se servait un autre verre de vin, son troisième ou quatrième depuis le début du dîner. Il se contentait de laisser Rona gérer la situation. Buck lut une mise en garde dans les yeux de Courtney.

« Pourquoi ce numéro, Buck ? demanda Rona. À quoi bon confirmer ce que, j'en suis sûre, vous saviez déjà, étant Buck Hannafin ? »

Il regarda Rona et ses épaules s'affaissèrent un peu. « Je pensais qu'il avait pu faire quelques progrès. Je pensais que voir un vieil… un visage amical pouvait… »

Elle secoua la tête.

« Bon, j'emmène Clint à l'étage. Finissez votre repas. Je ne pourrais vous dire quand vous en ferez un autre. »

La sonnerie d'un téléphone portable retentit.

Courtney éclata en sanglots. « Le Président est malade ? Qu'est-ce qu'il se passe ? Je ne comprends pas ! »

Buck lui jeta un coup d'œil, comprit qu'elle se lançait dans une improvisation. Il aurait aimé savoir laquelle.

Victor Wilding saisit le téléphone portable posé à côté de son assiette et l'ouvrit avec une grimace d'ennui.

En désespoir de cause, Buck posa la main sur le bras de Rona qui, sur le seuil, faisait rebrousser chemin à son mari.

« Laissez-moi lui parler encore, Rona ! Laissez-moi essayer, je crois que Clint m'a reconnu.

— Ne me touchez pas, Buck ! cracha Rona en tournant brusquement la tête vers l'agent du MORG qui servait de nounou à Clint. Pourquoi vous restez là sans bouger, vous ? Faites lâcher mon bras à ce vieux con ! »

Courtney poussa un hurlement hystérique, porta sa serviette à sa bouche et s'effondra à bas de sa chaise comme si elle n'avait plus un os dans le corps. Buck savait qu'elle allait prendre le couteau d'obsidienne dissimulé dans sa botte. Tout se mettait en place, ici, *maintenant*, juste sous leurs yeux. Il tira à nouveau Rona par la manche. Conscient d'avoir affaire à un sénateur des États-Unis, l'agent du MORG essaya de le séparer de Rona.

Victor Wilding se leva brusquement de son siège, le téléphone portable contre l'oreille.

« Quoi ? QUOI ? »

Son visage se relâcha d'un coup. On ne vit plus que le blanc de ses yeux, comme s'il tombait assommé par un grand coup de poing.

Manifestement en bonne forme physique, Clint Harvester se dégagea de la prise de Rona et, pour la première fois, regarda Buck droit dans les yeux.

« Aidez-moi », dit-il.

La joie monta en Buck. Il lâcha Rona et recula. Il regarda Rona qui, elle, regardait Victor Wilding pardessus son épaule.

Le bras gauche de Clint se leva soudain. Buck crut à un mouvement involontaire. Le coude frappa Rona au visage et lui brisa le nez. Elle recula en titubant et tomba sur les fesses.

Ils entendirent tous un gémissement d'angoisse devenir de plus en plus aigu et se transformer en hurlement, mais il ne sortait pas de la gorge de Rona.

Victor Wilding avait lâché son téléphone portable et s'agrippait la gorge dans un paroxysme d'autoviolence. Il tomba sur un chariot de service, roula au sol au milieu de la nourriture éparpillée et des plats projetés en émettant d'atroces bruits d'animal ébouillanté. Accroupie du même côté de la table que lui, Courtney Shyla tenait bas son couteau d'obsidienne en une position de combat, mais comme eux tous, elle était distraite par le spectacle de Wilding se tordant dans les affres de l'agonie. La plus distraite était Rona, elle-même choquée, les restes de son nez atrocement déplacés sur un côté, presque collés à sa joue droite, sur laquelle le sang dégoulinait.

« Gahh… fit-elle d'une voix étouffée. Qu'est-ce qu'y a… Victor ? »

Trois autres agents du MORG et la moitié du personnel de maison accoururent. Courtney vit des armes dans beaucoup de poings et rangea le couteau dans sa botte. Étant la moins éloignée de Victor Wilding, elle fut la première à l'atteindre.

« Apportez de la morphine ! hurla-t-elle afin de couvrir ses cris. Et faites venir l'hélicoptère sanitaire, vite ! Ce type est en train de brûler ! »

La montre digitale de Victor Wilding indiquait 21 h 26.

PLENTY COUPS — 7 JUIN — 20 h 44-21 h 24

Dans l'installation souterraine du MORG, le dopelganger avait presque renoncé à trouver Robin Sandza lorsqu'il vit le Dr Marcus Woolwine venir vers lui dans l'un des nombreux corridors presque identiques.

Il le suivit dans l'espoir qu'il irait rendre visite à Robin avant la nuit.

Une carte-clé ouvrit l'accès à un ascenseur privé. Un ascenseur peu spacieux, mais le dpg se cala au fond dans un coin pendant l'interminable descente. Il pénétra à la suite de Woolwine dans ce qui ressemblait à une unité à sécurité maximale d'un laboratoire de contrôle des maladies contagieuses. Avec des sas séparés par une salle « propre ». Un technicien désinfecta Woolwine et le revêtit d'une toge, de gants et d'un masque. La procédure semblait ennuyer Woolwine. Il n'eut quasiment aucun mot pour ceux qui travaillaient là.

Réprimant une envie de bâiller, le dpg dériva vers une fenêtre d'où l'on voyait l'intégralité de ce qui constituait depuis des années l'univers de Robin Sandza.

Celui-ci reposait dans une salle qui n'avait rien de bien accueillant, non dans un lit mais sur un coussin d'air, sans qu'aucune partie de son corps ne touche quoi que ce soit. De l'air chaud, espéra le dpg, car le corps mince et pathétiquement pâle de l'homme était nu. Ce qu'il restait de cheveux sur son crâne barré de cicatrices était aussi blanc que de la poussière de lune. Il avait un masque respiratoire sur le visage. Des câbles et des perfusions le reliaient à plusieurs moniteurs et systèmes de maintien des fonctions vitales. Nourri à la manière d'une tomate hydroponique, il lui fallait un cathéter, et pourtant ses boyaux restaient perpétuellement vides.

Mais en entrant derrière Marcus Woolwine, le dpg vit l'autre Robin Sandza, l'athlétique et dynamique garçon de vingt ans, appuyé sur un mur vierge de sa crypte stérile en forme de caverne.

Robin s'ennuyait aussi. Mais se réjouissait de sa venue. Il s'avança en souriant.

Ça t'a pris du temps, le réprimanda-t-il.

Rien que la journée. Désolée, je n'ai pas apporté de fleurs.

Ton œil louche. Comme celui de Gillian lorsqu'elle était fatiguée.

Elle est déjà venue te rendre visite ?

Non. Mais on se reverra. Une fois que ce sera terminé.

Le dpg jeta un coup d'œil à Marcus Woolwine, qui examinait la sortie papier d'une des machines.

Tu as une idée de la manière de s'y prendre ? Il suffit juste que je débranche quelques trucs après son départ ?

Ça ne marcherait pas. Ils ont des systèmes de secours. Et des systèmes de secours pour les systèmes de secours. Il faut que tu retournes dans le cerveau. Le cerveau postérieur, je te l'ai montré la dernière fois, je crois ?

Je me souviens. Là où toute vie commence dans la matrice.

Et là où toute vie finit. Va dedans et coupe le courant. Ça ne prendra que quelques secondes.

Le doppelganger d'Eden regarda à nouveau Woolwine. Celui-ci souriait d'une manière étrange, comme s'il savourait une plaisanterie. Cela ne pouvait qu'être une coïncidence, mais il regardait droit dans sa direction. Il se tourna alors vers la vitre et adressa un signal à quelqu'un.

Oh-oh, fit Robin, et soudain il n'était plus à ses côtés.

Le plafonnier encastré s'éteignit. Une quasi-obscurité régna durant quelques secondes. Mais le courant n'avait pas été coupé : le dpg voyait toujours les clignotements et gribouillages nocturnes sur les écrans des moniteurs de Robin, entendait toujours le souffle rythmique de son respirateur.

Puis la lumière revint, un éclat furtif d'ultraviolets qui lui coupa la respiration.

De la lumière noire.

Le doppelganger sentit son corps se vider de toute

énergie. Ses poumons se bloquèrent. Ses genoux se firent aussi faibles que s'il avait passé les deux dernières heures à grimper les marches d'une tour imaginaire. Il vit ses mains. Elles tremblaient.

Si *lui* les voyait, Marcus Woolwine les voyait aussi. Le voyait de la tête aux pieds. Impuissant. Paniqué.

Woolwine souriait à nouveau.

« Exactement ce dont je me doutais depuis le début, depuis que le labo n'a pas retrouvé l'échantillon de sang qu'on t'avait prélevé. Le tube était vide. Ton sang semblait avoir disparu du jour au lendemain. Et j'avais aussi remarqué à table que tu te servais davantage de ta main droite que de ta gauche. Alors comme ça le nouvel Avatar nous a roulés en envoyant son doppelganger à sa place. Pour quoi faire ? Quelle bêtise es-tu en train de préparer ?

— Peux pas... respirer. Éteignez... la lumière.

— Pour que tu disparaisses à nouveau ? Je ne prendrai pas ce risque. Maintenant que je sais qui — ou *ce que* — tu es, je veux t'étudier. De très près. La lumière noire n'est pas mortelle pour les doppelgangers. Il n'y a que le décès de ton corps d'origine qui peut mettre fin à ton existence. L'ultraviolet et l'infrarouge ne font que beaucoup t'affaiblir. Et t'incommoder par la même occasion, sans aucun doute. »

Le doppelganger était à quatre pattes. « Oui... Ça me fait mal. Je vous en *prie*, éteignez-la !

— Si tu coopères, je te laisserai t'habiller et ensuite, une fois convenablement enchaînée, tu pourras partir. Avec moi. Mais pourquoi es-tu revenue voir Robin ? Allons, la vérité.

— Robin... veut... mourir.

— Hors de question. On m'a chargé de le garder en vie, et je n'échoue jamais. Nous ne t'exposerons plus à Robin Sandza. Victor devra bien comprendre que le risque est trop grand. Regarde Robin une dernière fois, si tu veux, Eden. Oh, pardon, j'oubliais : tu n'as *pas* de nom. Ni d'existence, sauf lorsque ton corps d'origine le veut. Tu es astucieusement faite, mais sans importance. Une façade sans âme, un faux, un non-être.

— J'ai… un nom. Et je… serai quelqu'un… de trop fort pour vous. »

Le dpg entendit la voix de Robin.

On peut arrêter ça.

Comment ? Je ne peux pas bouger. Je suis collée sur cette saloperie de sol.

Je vais t'aider.

Le dpg leva la tête. Cela lui donna l'impression d'avoir un joug en fer autour du cou. Il regarda le corps immobile de Robin Sandza, suspendu comme une marionnette dans un méli-mélo de câbles et de perfusions, une lueur violette autour du corps. À l'emplacement de sa tête et de son visage, il vit une aura différente, une lumière aussi distante que si elle provenait d'une nébuleuse de l'espace profond. Mais la lumière explosa avec la vitesse de la pensée dans la pièce stérile.

L'un des projecteurs ultraviolets au plafond se brisa dans une bouffée de fumée. Woolwine leva les yeux, puis regarda le dpg d'un air accusateur.

« Qu'est-ce que tu fais ? Il te faut un tranquillisant ? »

Deux autres lumières éclatèrent, douchant son crâne chauve de fragments brûlants. Woolwine se renfrogna et leva les bras pour se protéger.

« Arrête ça, salope ! » Il fouilla dans une poche de sa grande blouse blanche et en sortit une seringue.

La pression sur son corps s'étant allégée, le doppelganger réussit tant bien que mal à se relever, localisa les dernières sources de lumière noire et les neutralisa.

Woolwine lâcha l'ampoule de laquelle il venait d'extraire un puissant narcotique et s'avança vers le dpg. Mais il ne put le trouver sans la lumière noire.

« Scellez la pièce ! » cria-t-il à quelqu'un de l'autre côté de la vitre.

Le dpg gifla violemment Woolwine, qui recula en chancelant, ses lunettes de travers révélant un œil surpris.

Le moniteur cardiaque de Robin Sandza se mit à biper pour signaler une urgence.

Woolwine se ressaisit et se lança en avant, l'aiguille brandie telle une petite rapière. Prêt à poignarder une chair qu'il ne pouvait voir. Un coup, un deuxième… rien ici, ni *là*, ni derrière lui. La pièce luisait désormais de la lueur funéraire de Robin. Woolwine leva soudain la tête vers ce qui supportait le corps menu de Robin. Vit ce dernier flotter en toute liberté, s'élever vers le plafond en dôme, le visage tel un masque mortuaire lumineux. Les yeux ouverts. Des yeux extatiques, sans douleur.

« Non ! Non ! Non ! »

Le dpg d'Eden poussa brutalement le médecin par la gauche. Woolwine trébucha et tomba, écrasant sous son poids la seringue qu'il tenait à la main.

Robin ?

J'y suis presque. J'aurais bien besoin qu'on me pousse, moi aussi. Mais vas-y doucement. Tu ne connais pas ta force. Tu vois le cordon bleu brillant ? Coupe-le pour moi, s'il te plaît.

Où vas-tu ?

Je ne sais pas trop pour le moment. C'est trop loin. Mais je sais que c'est là où je veux aller. Je sens la gravité qui me retient. Coupe juste le cordon.

Voilà. Adieu, Robin.

Marcus Woolwine s'était relevé, mais avait perdu ses lunettes. Le doppelganger observa ses yeux qui regardaient le tracé plat sur le moniteur cardiaque. On n'entendait plus le souffle du respirateur. La solution saline et l'alimentation chimique gouttaient inutilement au bout des perfusions intraveineuses. Il vit le corps de Robin, blanc et léger comme une plume d'aigrette, flotter de plus en plus haut, se mettre à luire, diaphane, se dissiper atome après atome.

Adieu... Guenièvre. Bonne chance. Dis à Eden que tu mérites ta liberté. Que c'est moi qui l'ai dit. Nous la méritons tous... pour être, pour essayer.

La porte de l'ex-prison de Robin était ouverte, et la pièce grouillait de techniciens médicaux stupéfaits par le courant de lumière dévorant mais pacifique qui avait remplacé le corps de Robin. Il ne semblait rester de lui qu'une fine coulée de cendres étincelantes. Pris de rage, Marcus Woolwine grognait en frappant tous ceux qui se tenaient, impuissants, à côté de lui. De la salive mêlée de sang lui coula de la bouche. Il s'était mordu la langue.

Le doppelganger d'Eden Waring s'éloigna. Il n'avait plus rien à faire dans cet endroit. Lui aussi se sentait très léger. Il monta quatre ou cinq fois et se retrouva à distance confortable de l'installation souterraine. À l'air libre, sur cette bonne terre du Montana, sur une éminence à environ un kilomètre et demi du faux fort brillamment éclairé qui marquait le site de Plenty Coups. Il dégusta une violente bourrasque de vent entre ses dents serrées, se baigna dans la lumière des étoiles. Une tempête sévissait dans les cieux, loin à l'ouest, aussi belle, cinglante et brutale qu'un tableau de Van Gogh. Un grondement de chariots traversait le ciel, arrivant avec un panthéon de dieux pour une enquête céleste. Il sentit que cela avait un rapport avec Robin, que cela faisait partie de sa rédemption. À moins que ce ne soit la condamnation de ceux qui s'étaient si mal servis de lui et de ses pouvoirs ?

Il attendit qu'Eden le remarque et le rappelle.

RANCH BIG COUNTRY — 7 JUIN — 21 h 54

L'hélicoptère sanitaire venu de Bozeman était arrivé juste avant la tempête qui, descendue des montagnes, traversait à toute allure les terres du Big Country comme une puissante locomotive à vapeur.

L'un des deux aide-soignants venus en hélicoptère avec autant de médecins voulut s'occuper du nez saccagé de Rona Harvester, mais elle n'arrêtait pas de lui échapper pour se traîner vers l'endroit où Victor Wilding gisait sur le sol, si agité qu'il avait fallu l'attacher pour pouvoir tapoter une veine et y insérer une perfusion. Un des infirmiers de garde au ranch lui avait déjà administré de la morphine. Wilding avait une température de 41° C et un pouls de 180. Sa pression sanguine diastolique était de 150, la systolique, bien trop haute, de 270. À tout moment, ses valvules cardiaques pouvaient lâcher, un vaisseau sanguin majeur pouvait éclater dans son cerveau.

Rona toussa le sang descendu dans sa gorge. « Victor ! Ça ne fait rien ! Tu sais bien que la mort de Robin n'a aucune importance ! Ne te *fais* pas ça ! Victor, nom de Dieu, *j'ai besoin de toi !* »

Le cardiologue venu en hélicoptère recommanda un sédatif. Deux de ses collègues maintinrent Rona pendant qu'on le lui administrait en intramusculaire. Elle ne s'arrêta pas pour autant de hurler, sauf pour cracher des caillots de sang. Sa crise d'hystérie, ajoutée au tonnerre qui secouait les fenêtres et aux grands éclairs flamboyants qui transformaient visages et objets en frises gothiques, portait sur les nerfs de tout le monde.

Sauf sur ceux de Clint Harvester, qui ne semblait pas le moins du monde perturbé et restait tranquillement assis sur sa chaise au milieu de l'agitation générale. Ses yeux se posèrent sur le visage rouge et gonflé de Victor

Wilding, dont les traits semblaient une taille-douce de l'effrayant spectacle extérieur. Peut-être le comportement du Président pouvait-il s'expliquer en partie par la présence de Buck Hannafin qui, debout derrière lui, lui posait une main sur l'épaule. Buck ne sut où était passée Courtney Shyla qu'en entendant un autre hélicoptère, miraculeusement épargné par les éclairs, arriver en suivant le torrent.

Aussitôt Wilding sous intraveineuse et enveloppé de glace, il fut sorti de la maison. Un deuxième hélicoptère sanitaire s'était posé dans une clairière à une centaine de mètres en amont de la demeure. Presque tous les employés de maison et les agents du MORG suivirent les brancardiers jusque devant l'entrée principale, où les assaillirent la pluie, la grêle et les feuilles portées par le vent.

Protégée par un poncho dont le capuchon dégoulinait de pluie, Courtney était rentrée par une autre porte. Du couloir de la salle à manger, elle attira discrètement l'attention de Buck, et lorsqu'il se tourna vers elle, lui signifia par gestes ce qu'elle attendait de lui. L'aide-soignant et l'infirmier qui s'efforçaient d'allonger Rona sur une autre civière ne s'aperçurent pas que Buck quittait la pièce avec Clint Harvester.

L'agent du MORG chargé de ne pas quitter le couple présidentiel des yeux s'avança pour les intercepter. « Monsieur...

— Pour l'amour du ciel, s'impatienta Buck avec un geste de la main, je vais juste faire en sorte que le Président ait l'air convenable. Restez avec Miss Rona, donnez un coup de main en cas de besoin, nous revenons en moins de deux. »

Devant le porche, les quatre hommes qui faisaient descendre à Victor Wilding une volée de marches à angle droit le lâchèrent lorsqu'un éclair cisailla la cime d'un mélèze à quinze mètres d'eux, décochant un torrent d'étincelles dans les nuages bas. Une branche fumante s'écrasa sur le bas de la demeure, recouvrant un agent du MORG et deux domestiques. Des fenêtres se fracassèrent.

Le brancard dévala vingt marches puis s'arrêta momentanément à la verticale. Le visage de Wilding sembla luire d'une lueur bleu pâle, comme une flamme de gaz. Sous ses lourdes paupières, ses yeux avaient l'air vides. Les os de ses tempes saillaient et les veines de son front et de son cou étaient enflées. Avec ses vêtements noirs trempés, ses cheveux collés par la pluie et les sangles de cuir qui entouraient ses poignets et ses chevilles, il ressemblait assez au monstre tout juste déballé dans le *Frankenstein* de James Whale.

Aucun des témoins ne comprit vraiment ce qu'il se passa ensuite. La plupart crurent qu'un autre éclair avait frappé le cadre métallique du brancard et électrocuté Victor Wilding.

Un éclair renferme assez de puissance pour stopper un cœur et carboniser des poumons, tout comme il est théoriquement assez puissant pour animer une créature imaginaire dans le film de James Whale. Mais personne n'a jamais vu ou entendu parler d'une personne presque entièrement consumée dans ses vêtements par la foudre — non pas brûlée de manière méconnaissable mais *volatilisée*, à l'exception des morceaux de talon et d'orteils qu'on allait retrouver dans ses chaussures de randonnée Timberland. Les chaussures et les vêtements de Wilding restèrent intacts, sans que la chaleur qui avait atteint en quelques instants plusieurs centaines de degrés ne roussisse le moindre lacet. Une combustion spontanée aussi brillante et aussi chaude que l'explosion d'une étoile.

Courtney Shyla escorta la civière de Rona Harvester, apaisée par une intramusculaire d'Adavan et protégée des fureurs de la tempête par une couverture, jusqu'au second hélicoptère sanitaire, un vénérable Jolly Green Giant pouvant recevoir jusqu'à quinze civières. L'agent du MORG assigné à Rona grimpa à bord derrière elle et y fut accueilli d'un coup sur la nuque par l'un des paramilitaires de Royce Destrahan.

Courtney regagna la maison par une porte latérale et grimpa à l'étage des chambres, où elle tomba sur un autre agent du MORG devant la suite du Président. L'homme semblait surexcité. Il brandissait un fusil d'assaut, mais n'en avait pas ôté le cran de sûreté. Quel con, pensa-t-elle.

« Le Président s'habille. Qu'est-ce que vous faites ici ? »

Courtney ne voulait pas de corps à corps, même avec un type de toute évidence incompétent. Elle lui tira dans le genou avec le HK Mark 23 à silencieux qu'elle cachait sous son poncho, et lorsqu'il s'effondra, souffrant trop pour arriver à hurler, elle l'anesthésia d'un coup de matraque en cuir fourrée au gros plomb avant de le traîner dans une chambre, dont elle referma la porte.

Buck Hannafin réapparut avec Clint Harvester qu'il avait habillé et chaussé. Courtney leur donna à chacun un poncho à capuchon. Buck enfonça un Stetson sur la tête de Clint et ils descendirent, Courtney gardant le doigt sur la détente du .45. Mais personne ne se présenta pour les affronter. Ils sortirent par la porte latérale et marchèrent une centaine de mètres dans les bois détrempés pour rejoindre l'hélicoptère en attente. La pluie avait perdu une partie de son piquant et de sa rage obliques.

« Dommage que nous ne puissions monter à cheval ce soir, dit Buck à Courtney en embarquant. Mais c'est mieux comme ça. »

Sur sa civière, Rona Harvester tourna vers eux un regard terne. Clint monta le premier en lui jetant un coup d'œil. Une coque transparente fixée sur les joues par du ruban adhésif protégeait son nez d'éventuels dommages supplémentaires. Derrière cette protection, les yeux de Rona enflaient à s'en fermer et commençaient à noircir.

« Dommage », dit Clint. Sans s'adresser à personne en particulier, il ne faisait que répéter un des derniers mots de Buck. On le guida jusqu'à un siège et Nick Grella l'aida à boucler son harnais.

« Ça va, monsieur le Président ? »

Clint leva les yeux en souriant vaguement, mais ne sembla pas reconnaître Nick. « Bonbon ? » demanda-t-il.

L'un des paramilitaires à bord s'approcha avec quelques M & M, que le Président se mit à croquer d'un air satisfait.

« Des changements dans nos plans ? s'enquit Buck.

— Aucun. Nous prendrons un autre appareil à Bozeman pour foncer jusqu'à Hailey à travers les Bitterroots. »

Les rotors tournaient. « L'Idaho, dit Buck. Il n'y a pas une clinique privée de tout premier ordre du côté de Sun Valley ? Si, bien sûr. Un des meilleurs services de chirurgie reconstructive qu'on puisse trouver d'ici à Lausanne, en Suisse. J'imagine que c'est un plus pour Miss Rona. C'est quoi toute cette agitation, là-bas ?

— Un éclair qui est tombé sur un arbre. Et aussi sur le type en civière, d'après ce que j'ai entendu sur la radio.

— Victor Wilding, précisa Courtney.

— C'est vrai ? Eh bien, il va falloir que Plenty Coups se cherche un nouveau directeur. »

Rona gémit des profondeurs de la pénombre dans laquelle on l'avait consignée.

« Le MORG n'aura besoin de personne, grinça Buck.

Du moins quand j'aurais fini de soulever le rocher qui protège ce nid de vipères. Il va peut-être falloir attendre un peu que cette mousson du Montana faiblisse.

— On ne peut pas. S'ils constatent la disparition du Président, ce n'est pas dans la pluie qu'on va être, mais dans la merde. Étonnant comme ces tempêtes surgissent de nulle part.

— Une coïncidence », dit Buck en s'asseyant avec un soupir laborieux. Il adressa un sourire de côté à Clint Harvester. Il résista à l'envie de tendre la main pour enlever une miette de chocolat du menton de celui qui serait bientôt l'ex-président. Non que Clint aurait été conscient de l'indignité du geste. Mais Buck, lui, l'aurait été, et il se sentait déjà assez déprimé comme cela.

NASHVILLE — 7 JUIN — 21 h 22

Carlisle amarra son patrouilleur à la marina près de l'Adelphia Coliseum, de l'autre côté de la Cumberland. Les voix de Garth Brooks et de Trisha Yearwood en train de chanter « In Another's Eyes » semblaient flotter sur le nuage de lumière brillante qui auréolait le grand stade.

Ils virent deux parkings de surface et un troisième à six niveaux qui semblait plein. Des milliers de voitures, de camping-cars, de camionnettes en tout genre. Ils débarquèrent et restèrent quelques instants immobiles sur la rive, l'air démoralisé, à regarder tous ces véhicules.

Tom Sherard repéra deux voitures de la police municipale dans la rue. Il avait relevé le col de sa veste pour dissimuler le sang qui maculait son cou et son col de chemise. Il tenait sa canne à tête de lion dans l'autre main, la droite s'étant engourdie. Il ne sentait plus rien dans l'avant-bras, presque jusqu'au coude. Le moindre mouvement semblait rapprocher la balle de sa moelle épinière. Mais il pouvait toujours marcher.

« Combien de temps ça dure, en général, un concert de ce genre ? demanda-t-il à Carlisle.

— Difficile à dire. Il a dû commencer à 19 h 30. Garth aime leur en donner pour leur argent. À mon avis, il en a encore pour vingt minutes.

— On commence par où ? » voulut savoir Bertie en secouant lentement la tête. De leur position, les parkings semblaient interminables. Le stade était énorme.

« On est cinq », résuma Carlisle. Désormais intégré à l'équipe, il sentait qu'on comptait sur sa contribution. « On pourrait se séparer pour que chacun explore une partie des parkings et des niveaux. On prévient la police ? »

Alex transportait la fausse bombe dans sa valise. « Laissons les flics en dehors de ça. Il faudrait tout leur expliquer et on n'a pas le temps.

— Alex doit rester avec moi », dit Eden. Elle désigna la valise du menton. « Ça aussi. Les autres... » Elle ne put réprimer un flot de larmes. « Remontez dans le bateau de Carlisle. Tirez-vous d'ici. Tom, tu devrais être à l'hôpital. Alex et moi... on peut y arriver.

— Aucune chance, décréta Bertie. Alex a raison, on n'a pas le temps. Carlisle, où est votre lampe torche ? » Il brandit une Maglite métallique alimentée par trois piles. « Bien. Prenez ce parking-là. Si vous trouvez leur véhicule avant nous, grimpez sur le toit et faites un signal. Trois coups brefs. Tom et moi prenons l'autre parking de surface. Alex et Eden...

— Allons-y », dit Eden.

« On monte ou on descend ? » demanda Alex au rez-de-chaussée du parking.

Eden garda le silence quelques instants puis pressa le bouton du haut.

« Commençons par le toit. »

Garth Brooks chantait « Ain't Goin' Down 'Til the Sun Comes Up ». Les étages de béton et d'acier semblaient légèrement vibrer sous l'action de ses amplificateurs.

Pendant leur lente ascension, Eden se frotta les tempes et se dandina.

« T'as un copain ? lui demanda Alex.

— Plus maintenant.

— Alors peut-être que toi et moi…

— Super, Alex, c'est tout ce à quoi vous pensez en ce moment ?

— Ça vaut mieux que de penser à l'autre chose », fit-il en haussant les épaules.

Ils sortirent de l'ascenseur sur le toit éclairé par des lampes à vapeur de sodium. Le stade tanguait. Eden ferma les yeux une seconde en tournant lentement la tête.

« On ferait mieux de commencer à chercher, conseilla Alex.

— C'est ce que je fais. Fermez-la. S'il vous plaît. »

Elle faisait aller et venir son pouce droit sur le bout de ses autres doigts. Puis sa tête s'inclina.

Alex sortit un paquet de cigarettes. Eden se redressa et ouvrit les yeux.

« Ne fumez pas, ça va m'embrouiller.

— J'ai cru que tu t'endormais.

— Ce n'est pas ici. Descendons. »

Ils gagnèrent le niveau inférieur par les escaliers. Des acclamations enthousiastes s'élevèrent dans le stade.

Eden répéta le même exercice que sur le toit. Avec le même résultat négatif.

« Ils ont pu changer de bagnole quelque part, dit Alex. Comment tu ferais pour savoir laquelle on cherche ? Ils ont aussi pu cacher l'engin dans une poubelle.

— Ça laisserait une signature. Qu'est-ce que vous attendez de moi, Alex ?

— T'es déjà un ange. Moi, on me demandera des comptes si je suis atomisé ce soir. »

Eden avait déjà franchi la porte pour descendre au niveau inférieur. Alex inspira profondément et décida de fumer malgré tout. Ils étaient probablement foutus. Il pensa à Eden et haussa à nouveau les épaules. Dommage qu'ils ne puissent pas mourir en faisant l'amour. Ces salopes américaines étaient trop coincées.

« *Alexxx !* »

Il se cogna le tibia avec la valise métallique en descendant les marches. Lorsqu'il ouvrit la porte, il ne vit pas Eden.

« Où tu es ?

— Ici ! » Sa voix résonnait et il n'arrivait pas à déterminer d'où elle venait.

« Ça ne m'aide pas ! cria-t-il.

— Niveau bleu, section, euh, G. À gauche en sortant des escaliers. »

Alex boitilla dans cette direction, la valise à la main.

Le pick-up rouge avait été garé en épi dans un des coins du niveau, face aux lumières de Nashville de l'autre côté de la rivière. Eden regardait l'aile avant gauche, mais sans y toucher. Elle jeta un coup d'œil à Alex et pointa le doigt.

« Une éraflure. Et un des feux de stationnement est cassé. » Elle fouilla dans ses poches. « Qu'est-ce que j'ai fait de ce morceau de…

— On s'en fiche, du moment que t'en es sûre. » Alex posa la valise en titane. Le plateau du luxueux pick-up était coiffé d'un couvercle métallique amovible destiné à améliorer l'aérodynamisme du véhicule. Un couvercle muni d'une serrure.

Alex sortit une trousse à outils et une mini-torche électrique d'une poche de sa veste. Il sélectionna un crochet. Sa main tremblait. Il s'appuya sur l'arrière du pick-up. Il y eut un crépitement, un éclair bleu. Alex fut rejeté à un mètre cinquante sur le béton. Ses yeux étaient fermés mais ses paupières s'agitaient convulsivement. Il ne faisait pas un bruit.

« Alex ! » Eden s'agenouilla à côté de lui. Est-ce qu'il respirait ? Elle posa la main sur son propre front humide, leva les yeux vers des chiffres sur un poteau rayé de bleu.

Bertie. Viens ici, vite.

Elle ne perdit pas de temps à essayer de trouver un pouls. Elle posa la paume de sa main droite sur le tiers inférieur du sternum d'Alex et appuya sa main gauche par-dessus, dans la position adéquate pour un massage cardiaque. Elle se mit à compresser rapidement la poitrine d'Alex. Cinq compressions, une pause pour insuffler de l'air, et on recommence. Ils avaient donc piégé le camion avant de l'abandonner. Elle s'absorba dans la routine de la réanimation, la sueur lui piquant les yeux. *Je suis à vous, Alex : vous me voulez, je suis à vous. Mais respirez, bon sang !*

Eden n'aurait pu dire depuis combien de temps elle s'activait sur Alex lorsqu'elle entendit la porte de la cage d'escalier cogner contre le mur et le bruit de pas précipités.

« Bertie ! »

La douleur dans les épaules tandis qu'elle poursuivait ses efforts pour ranimer Alex. Elle leva les yeux à l'arrivée de Bertie.

« Qu'est-ce qu'il s'est passé ?

— Ne touche pas au camion. Il est électrifié. »

Soudain Alex frissonna sous ses mains, toussa et vomit. Bertie se pencha et lui tourna la tête afin qu'il ne s'étouffe pas avec ce qu'il avait rendu.

Eden s'assit et s'essuya le visage. « Où sont Tom et Carlisle ?

— Ils arrivent. Alex ? Hé, Alex ! Vous m'entendez ?
— Mmh. »

Bertie l'aida à se redresser.

« J'ai soif. Où suis-je ?

— Le camion vous a électrocuté, expliqua Eden.

— Mal à la tête, se plaignit-il.

— Je viens juste de vous redémarrer le cœur, vous vous occuperez de votre tête vous-même. »

Elles l'appuyèrent contre un pilier.

« La bombe est dans le camion ? demanda Bertie.

— Forcément. Mais il y a un champ électrique entre elle et moi. Un bouclier. Je ne peux pas passer à travers pour la trouver.

— Et si j'arrivais, tu sais, à ôter ce champ électrique de ton chemin ? À l'écarter un petit moment ?

— Mais si tu le laisses s'échapper…

— Je sais. Le bouclier va te renvoyer ton *chi* droit dessus, et tu vas te retrouver par terre comme Alex. Ou pire.

— Il faut essayer. Alex ! On a besoin de vous. »

Ils entendirent la porte de l'ascenseur.

« J'espère que c'est Tom, fit Eden. Le stade va se vider d'une minute à l'autre, maintenant. Une fois le parking plein de spectateurs venus récupérer leur voiture, il y aura trop de bruit pour qu'on arrive à quelque chose, toi ou moi.

— Je reviens tout de suite, dit Bertie avant de partir en courant vers l'ascenseur.

— Qu'est-ce que tu veux, petite ? Alex ne se sent pas bien.

— Je sais. Désolée. Mais il faut que vous me mettiez en marche la fausse bombe. Vous pouvez y arriver ?

— Bien sûr, pas de problème.

— Réglez la minuterie à, disons, quatre minutes.

— La minuterie, d'accord. » Alex ouvrit la valise en titane et sortit le sac jaune qui contenait la fausse bombe atomique. Ses gestes manquaient d'assurance et ses yeux larmoyaient. « Et maintenant, tu fais quoi, chérie ?

— Je suis ma procédure habituelle pour désamorcer un engin nucléaire.

— Bravo. Je t'ai déjà dit que je te voulais comme nana ?

— Oui, Alex. Arrêtez de me regarder et réglez cette foutue minuterie. »

Bertie revint en courant.

« D'après Carlisle, Brooks en est à la moitié de son premier rappel, et il n'en fait toujours qu'un. Tom et lui vont essayer d'interdire l'accès à ce niveau par la vertu du pouvoir absolu dont la Wildlife Resources Agency a investi Carlisle. »

Eden eut un sourire tendu.

« Au boulot. »

Bertie se tourna vers le camion rouge. Elle tendit les mains tout près du métal, sans le toucher. Elle les plaça ensuite en clocher contre son visage et baissa légèrement la tête, comme pour prier. Elle frissonna.

« Prête, annonça-t-elle à Eden. Quand tu veux.

— Alex ?

— Un instant. Voilà… la minuterie est réglée. Quatre minutes, compte à rebours enclenché. Et maintenant ? »

Eden l'ignora.

« Vas-y, Bertie », dit-elle doucement.

Bertie fit un son incompréhensible. Elle sembla poussée en avant, en proie à une tension atroce. Les facettes de son visage se mirent à luire, et chacun des os de son crâne eut l'air de briller sous sa peau tendue.

« Ouais ! » hurla-t-elle.

Eden vit le champ à haute énergie autour du camion. Une entité frémissante, agitée de pulsations. Qui l'effrayait. Mais elle devait canaliser sa propre force, se glisser à travers ce filet d'une énergie titanesque jusque dans la zone neutre que Bertie s'évertuait à ménager.

« Mais *comment* vous faites ça ? » s'étonna Alex, les cheveux dressés sur la tête. Il recula comme face à la mort en personne.

Eden sonda, fut repoussée. *Peur, peur*. Dix jours auparavant, elle ne pensait qu'à la remise des diplômes. Bertie gémit de douleur, elle tenait bon, elle laissait ouverte une brèche dans le champ. Eden ne pouvait la laisser tomber, même au prix de la destruction de son propre esprit.

Elle entendit l'engin tictaquer. Sur la banquette arrière. Elle s'approcha. Là, le voilà. Jumeau de l'autre, à une exception mortelle près.

Tiens le coup encore un peu, Bertie.

Eden bondit en pensée sur la fausse bombe à l'extérieur du camion. La minuterie indiquait deux minutes et cinquante-huit secondes.

« Bonne nuit Nasvhille ! » cria Garth Brooks dans le stade.

Bonne nuit, Nashville. Le spectacle était terminé. Il ne manquait peut-être plus que le feu d'artifice.

Eden arrêta la minuterie sur la bombe factice à deux minutes et quarante-neuf secondes.

C'était facile, quand on savait comment s'y prendre. On levait les yeux vers un ciel dégagé, on y voyait un avion qui ne s'y trouvait pas mais dont on savait qu'il arrivait et qu'il allait s'écraser. Impossible d'arrêter un DC-10 en plein ciel. Mais une bonne vieille petite horloge digitale, pas de problème. Merde, elle était l'Avatar, après tout, non ?

Se sentant habile et sûre d'elle, Eden se glissa à nouveau dans la cabine.

Il commence à m'échapper, dit faiblement Bertie dans l'esprit d'Eden.

J'ai presque fini. Facile quand on savait comment s'y

prendre. Sauf qu'elle ne savait pas. Elle se contentait d'interférer d'une manière ou d'une autre avec le mécanisme, juste en le voulant. Elle comprendrait plus tard. Occupe-toi juste de l'autre minuterie, arrête-la, que Bertie puisse lâcher prise.

Sauf que ça ne marchait pas.

Oups.

Qu'est-ce qui ne va pas ?

Merde.

Encore, encore !

Marche pas.

« Alex ! J'y arrive pas... Ça ne veut pas s'arrêter comme l'autre minuterie ! »

Le stade commençait à se vider. Plusieurs milliers de personnes allaient venir récupérer leurs voitures.

S'il te plaît, Eden, dit Bertie dans son esprit.

« Il reste combien de temps ? » La voix d'Alex. « Il doit y avoir une sécurité. Il faudrait que je la voie pour savoir ce qu'ils ont fait exactement. »

Combien de temps ? De Bertie, cette fois. D'un ton pressant.

Une heure. Mais si je me retire maintenant, je ne pourrais plus y retourner !

Eden, je suis à bout de forces. Je ne peux plus retenir le bouclier. Écarte-toi !

Non ! Il faut que je le fasse !

S'il faut que tu fasses quelque chose... fais-le maintenant !

Eden fixa la bombe sur la banquette arrière. Avec cette minuterie qui refusait de s'arrêter. Cinquante-neuf minutes. Aucun danger immédiat. Mais cela ne changeait rien. Elle ne pouvait rien faire. Elle eut l'impression d'avoir le corps et l'esprit bloqués. Cela ne lui était plus arrivé depuis ses douze ans. Sur la ligne avec plus qu'une poignée de secondes de jeu dans le match, mais elle n'arrivait pas à effectuer son lancer franc. Elle se trouvait à nouveau sur la ligne mais ce match d'il y a longtemps, cette partie-là était terminée, comme *toutes* les parties. Cette fois, c'est le monde qu'elle avait échoué à tirer d'affaire, pas juste quelques coéquipières.

Elle eut alors l'impression de sentir des doigts en acier plonger dans son esprit figé et bloqué. Les doigts s'enfoncèrent et la sortirent par la brèche une fraction de seconde avant que celle-ci se referme dans un aveuglant zigzag d'énergie.

Quelques instants, elle perdit le contact avec son corps, ses sens hors service, à la dérive, pauvre âme nue dans un néant brillant.

Elle sentit une gifle, sa tête bascula, elle ouvrit les yeux et distingua le visage luisant de Bertie à quelques centimètres du sien.

« MAIS BORDEL, qu'est-ce que t'attendais ? !

— Je n'arrivais pas… Je… mon Dieu ! J'ai complètement merdé. *Ça va exploser !*

— La bombe ? » fit Alex avec son sourire exaspérant. Un genou à terre, il remettait l'engin factice dans le sac jaune.

« Oui ! lui hurla Eden. Cette putain de bombe atomique ! La bombe dans ce pick-up qu'on a passé toute la journée à essayer de… »

Bertie lui plaqua une main sur la bouche. « Hé, pas si fort. Calme-toi, d'accord ? Arrête de crier. »

Le cœur d'Eden martelait sa cage thoracique. Elle battit des paupières à l'intention de Bertie, versa quelques larmes sur la main qui lui scellait la bouche.

La main vint alors caresser son front trempé, et Eden se glissa toute tremblante dans les bras de Bertie. Bertie la serra, la berça doucement, sourit.

« Tu es restée inconsciente trois ou quatre minutes après que je t'ai ramenée de l'autre côté du bouclier. »

Eden sanglota.

« J'y suis pas arrivée… on va tous… »

Bertie tourna la tête.

« Alex, montrez donc à Eden ce que vous avez là-dedans. »

Alex rouvrit le sac. Assez grand pour qu'Eden voie les chiffres lumineux sur la minuterie digitale du détonateur.

Cinquante-quatre minutes et huit secondes. Sept. Six.

« Mais... »

Bertie la secoua sans ménagement. « Oui, Eden, c'est la bombe qui était dans le pick-up ! » La peau glacée par le choc, le cœur battant toujours à tout rompre, Eden ne comprenait pas. « Alex n'aura besoin que de deux ou trois minutes pour la désamorcer lorsque vous aurez regagné le bateau.

— Mais...

— Tu les as échangées, Eden.

— J'ai fait *quoi ?*

— Les deux bombes étaient identiques, sauf qu'il y en avait une d'amorcée et pas l'autre. Tu n'arrivais pas à arrêter l'autre minuterie. Alors tu les as interverties.

— Comment ?

— Si je le savais, et si je pouvais le faire, ce serait moi, l'Avatar. Mais je ne suis pas aussi bonne que ça, et de toute façon je ne *veux pas* être l'Avatar.

— Moi non plus.

— Il faut absolument qu'on en discute. Mais plus tard. Il commence à y avoir pas mal de monde dans le coin. Et j'ai faim.

— Mademoiselle Nkambe ? » appela Carlisle.

Eden et Bertie se retournèrent. Debout à quatre ou cinq mètres de là, Carlisle semblait se demander s'il pouvait approcher davantage. Une voiture qui reculait faillit le heurter. Les étages du parking tremblaient sous le poids des voitures se dirigeant vers les sorties.

« Un problème, Carlisle ? » demanda Bertie, mais son

expression montrait sans ambiguïté qu'elle connaissait déjà la nature du problème.

« M. Sherard est tombé. Il ne peut plus bouger. J'ai appelé une ambulance, mais il a besoin de vous. »

Il n'avait pas fini sa phrase que Bertie le dépassait en courant, Eden sur ses talons.

SUN VALLEY (IDAHO) — 8 JUIN — 10 h 35

Rona Harvester s'éveilla au soleil dans une suite pleine de fleurs de la clinique Camberlane. Une intraveineuse s'enfonçait dans le dos de sa main droite, reliée au lit par une sangle de cuir qui passait autour du poignet. Sa main gauche était elle aussi sanglée. Elle sentit un goût de vieux sang au fond de sa gorge. Ses paupières avaient l'air collées. Elle parvint à entrouvrir l'œil droit, mais pas davantage qu'une simple fente. Sa lèvre inférieure était sèche, et lorsqu'elle la lécha, elle sentit la tension d'une bande chirurgicale sur ses joues.

Dans la chambre, une infirmière en rose cherchait où poser un nouveau panier de fleurs. Elle se rendit compte que Rona essayait de parler et lui sourit par-dessus son épaule.

« Bonjour, Mme Harvester. »

Rona frissonna. Respirer par le nez la faisait atrocement souffrir. Elle respira donc par la bouche. Elle avait la gorge douloureuse et la langue sèche.

« De l'eau. »

L'infirmière lui apporta une tasse avec une paille orientable. Rona aspira quelques gorgées.

« Le docteur va venir vous voir d'un instant à l'autre », promit l'infirmière. Un visage d'Asie du Sud-Est, avec un corps menu et une queue de cheval. Rona toussa et essaya une nouvelle fois de s'humecter les lèvres. Une espèce de dé à coudre en caoutchouc lui entourait l'index droit. L'infirmière vérifia sa pression sanguine sur un moniteur.

« Où suis-je ? » Des souvenirs insupportables tentaient de prendre forme dans son esprit. Elle n'était cohérente que par intermittence.

« À la clinique Camberlane, Mme Harvester. À Sun Valley. On vous a conduite ici du Montana quand vous êtes tombée de cheval hier soir.

— De cheval ? Je ne… me souviens pas. »

Un autre visage dans la pièce. Un Noir, jeune, petite bouche, sourire tout en dents, moustache.

« Bonjour, Mme Harvester. Je suis le Dr Wheeler. Comment allons-nous ce matin ?

— Pourquoi… on m'a attachée ?

— Vous avez subi une opération de chirurgie réparatrice du nez. On vous a placé une protection, mais en dormant, vous auriez pu par inadvertance…

— Victor. Où est Victor ? Il est arrivé qu-quelque chose à *Victor* ! Je me souviens qu'il… a reçu un coup de fil. Et ensuite… oh, merde ! »

Wheeler grimaça avec compassion mais secoua la tête.

« J'ai peur de ne pas savoir de qui vous parlez. Le sénateur Hannafin pourra peut-être vous renseigner. Si vous vous sentez capable de recevoir de la visite.

— Buck… Hannafin ?

— Oui. Il est arrivé très tôt ce matin.

— Quel… jour sommes-nous ?

— Lundi, Mme Harvester.

— Il y a une télé ici ? Allumez-la ! Je veux voir… les infos. CNN.

— Certainement. Dois-je dire au sénateur Hannafin que vous préférez ne pas…

— Non. Faites-le entrer. *Maintenant.* »

Rona entendit un des présentateurs de CNN et tourna la tête sur l'oreiller plat. En attendant l'arrivée de

Buck, elle essaya, le cœur battant à cent à l'heure, de se souvenir de la soirée de la veille. C'était au-dessus de ses forces. Ils lui avaient administré un sédatif très puissant. Elle regarda l'écran de la télé, vit l'image en double pendant quelques instants. Un reportage. La base aérienne de Ramstein, en Allemagne. Quelque chose sur Allen Dunbar. Une vue d'*Air Force Two* au sol. Le soleil se levait, c'était donc… il y a des heures. L'avion décollait. Mais qu'est-ce qu'il se passait ? Rona comprit, après un sursaut de mémoire, que les informations n'auraient dû ce matin-là parler que de ce qu'il restait de Nashville. Du nouveau choc subi par la nation.

« Bonjour, Rona. Désolée pour votre accident, mais j'ai cru comprendre que vous vous trouviez ici en très bonnes mains. »

Elle tourna à nouveau la tête.

« Buck. » L'image d'Hannafin sur son seuil avec la jeune cow-girl du Broken Wheel. « Je ne tombe pas de cheval. » Puis elle se souvint. La mêlée dans la salle à manger. Le coude de Clint dans son visage. « Où est mon mari ?

— Clint a été admis à l'hôpital militaire Walter Reed il y a environ une heure suite à un examen psychiatrique.

— Un examen psy… ? Ordonné par qui ?

— Cela prendra du temps, bien entendu, mais comme son cerveau semble organiquement intact, Clint devrait récupérer toutes ses facultés. Disons qu'il s'agit d'un vilain cas d'amnésie. Officiellement, l'ex-président a eu une autre attaque, mais sa vie n'est pas en danger et il se repose tranquillement.

— L'*ex*-président ? »

Buck jeta un coup d'œil au téléviseur fixé au mur en face du lit de Rona. Se vit derrière une forêt de microphones dans un des hôtels de luxe de Sun Valley. Il baissa le volume, regarda Rona, les yeux un peu rouges.

Il restait dans sa poitrine un nœud dur de colère sur lequel une tronçonneuse se serait cassé les dents.

«Le nouveau président des États-Unis, Allen Dunbar, a prêté serment devant le juge à la Cour suprême Rumsill ce matin à 5 heures, en Allemagne, à bord d'*Air Force One*. Le président Dunbar est arrivé à la Maison-Blanche il y a quarante minutes et s'adressera dans quelques instants à la nation. La Bourse a chuté d'environ trois cents points à l'ouverture, mais elle se redresse gentiment. Ah oui. Cet engin nucléaire que quelqu'un a négligemment laissé traîner dans un parking de Nashville a été récupéré et désarmé par le Nuclear Energy Search Team. Cela ne figurera pas dans la presse, mais j'ai pensé que vous aimeriez le savoir. À mon avis, Rona, on peut dire que tout est terminé.»

Malgré son agitation, elle n'oublia pas de sourire, comme lorsqu'on lui posait une question hostile pendant une conférence de presse.

«Je n'ai pas la moindre idée de ce dont…»

Buck sourit aussi, jeta un coup d'œil au moniteur près de son lit.

«J'ai peur d'avoir un peu trop prolongé ma visite. Votre pouls semble accélérer.

— Je veux parler à Victor ! cria Rona. Un téléphone ! *Qu'on m'apporte un téléphone, bordel !*» Lorsque Rona subissait un stress intense, sa voix devenait aussi rauque et aussi criarde que celle d'une oie.

L'expression du visage de Buck Hannafin la refroidit d'un coup.

«Non ! Oh, *non !* Qu'est-ce que vous voulez dire ? Victor ? Mort ? Je ne vous *crois pas !* C'est… vous essayez… vous m'embrouillez, mais ça ne…»

Sa voix lui manqua. Elle regarda Buck dans les yeux pour qu'il les baisse, mais y lut une vérité inéluctable. Des larmes perlèrent au coin de ses paupières entrouvertes.

« *Vous*, dit-elle dans un murmure. C'est vous qui avez tout manigancé ! C'était une espèce d'embuscade, hein ? Vous inviter dans *ma* maison ! Qu'avez-vous fait de *Victorrrrr* ?

— Il est mort, asséna Buck, et vous ne le verrez plus jamais étant donné qu'il n'en reste pas même de quoi faire une étincelle en enfer. » Ses lèvres s'amincirent en une ligne étroite. Rona tressaillit. En dépit des sédatifs, son pouls dépassa les 130, à en croire l'affichage du moniteur. Elle se mit à trembler tandis que Buck reprenait : « Je venais pour Clint. Et pour lui seulement. Je n'ai rien à voir avec le… la disparition opportune de Wilding. Il semble ne la devoir qu'à lui-même. » Buck claqua des doigts. « Combustion spontanée, m'a-t-on dit. Un des mystères de la nature. Tout comme Wilding. »

Rona produisit des sons confus mais emplis de chagrin. Il la regarda sans compassion. Sa peine ne le touchait pas.

« On pourrait dire que le Destin a pris la main. Au fait, l'un des premiers actes officiels de notre nouveau président sera de nommer Nick Grella à la tête du FBI jusqu'à ce qu'on retrouve Bob Hyde. Ce qui semble des plus improbable, vu qu'il a disparu dans la nature depuis plus d'une semaine. L'une des priorités de Nick, et de la justice, sera de démanteler le Multiphasic Operations and Research Group. Je crois bien que cela ne vous laisse pas beaucoup d'amis d'un côté ou de l'autre du gouvernement. Vous arracher votre peau de traîtresse, Rona, vous détacher la viande des os pour clouer votre squelette à la porte des chiottes serait un plaisir immense. Mais cela pourrait finir par nuire à Clint. On lui laisse le soin de s'occuper de vous quand il sera guéri et capable de comprendre ce que vous lui avez fait et ce que vous avez tenté de faire au pays. D'ici là, je suis sûr que vous jouirez d'une retraite confortable au Big Country. Ne vous donnez pas la peine d'aller à la Maison-Blanche, vous n'y seriez pas reçue. Dès que votre équipe aura fini d'emballer vos affaires, elle sera mise dehors. Bonne journée ! »

Buck sortit et suivit le couloir jusqu'à une terrasse qui offrait une belle vue sur les montagnes Sawtooth. Plusieurs patients en fauteuil roulant y profitaient de la brise fraîche du matin. Mais voilà que venait les déranger un bruit persistant qui sortait de la clinique. Buck remit son Stetson et prit une minute entière pour allumer son cigare. Il descendit ensuite les marches dallées pour rejoindre la limousine qui l'attendait sur l'allée circulaire.

Il hésita avant d'y monter. Tendit l'oreille. Même à cette distance, il entendait Rona Harvester hurler à l'intérieur de la clinique. Buck secoua la tête, sachant qu'il tirait trop de plaisir de cet instant. Oh, et puis merde. Il se mit à rire. D'un grand rire qui lui souleva le ventre et lui mit les larmes aux yeux.

NASHVILLE — 9 JUIN — 3 h 40

Tom Sherard se réveilla au milieu de la nuit avec l'impression de flotter debout sous l'eau. Il arrivait pourtant à respirer normalement, sans la canule insérée dans son nez après l'opération chirurgicale pratiquée sur son cou pour retirer un petit morceau de plomb juste à côté de la *medulla oblongata* — la jonction du cerveau et de la moelle épinière. Il était passé à un millimètre et demi de mourir sur le sol de ce parking adjacent au stade de Nashville. La paralysie partielle provoquée par l'inflammation aurait dû le clouer sur son lit du service des soins critiques de l'hôpital universitaire Vanderbilt, et il était — avait été — sous perfusion. Mais il pouvait soulever ses bras à sa guise et effectuer de lents mouvements de brasse vers la lumière qui vernissait la surface de cet élément dans lequel presque rien ne l'empêchait de bouger. Un élément fluide, aussi dépourvu de couleur qu'un ciel avant l'aube, ni chaud ni froid : de la même température que son sang. Les mouvements de ses bras et de sa jambe libre y créaient des rides et des nuances arc-en-ciel. Il trouvait cela fascinant.

Allez, Tom. Encore un petit effort.

Il entendit la voix dans sa tête, sut à qui elle appartenait.

Où es-tu ?

Continue à avancer. Vers le haut.

Je suis coincé.

Mais non. Ce n'est que la peur fondamentale que tout le monde ressent à la perspective de quitter son corps. Mais tu peux revenir quand tu veux. Tu vas juste me rendre Visite un petit moment. C'est probablement notre dernière chance avant très longtemps.

Quitter son corps ? Il regarda vers le bas, et il était là, ou plutôt *c'*était là, puisque lui-même flottait à quelques dizaines de centimètres au-dessus du lit dans ce service d'hôpital bondé. Assez haut pour se cogner la tête aux dalles du plafond. Mais il n'y avait pas de plafond au-dessus de lui. Il n'y avait rien, rien que l'Élément opaque avec sa bordure spectrale, une lumière douce et adorable. Un cordon de lumière bleue, une lumière aussi fine qu'une couture de botte et aussi fraîche qu'un néon, reliait par le bas de la colonne vertébrale son corps non matériel au corps endormi. Un truc vraiment chouette. Cela le rassura. Et lorsqu'il fut rassuré vint la dernière poussée qui le conduisit dans un autre monde, un monde de souvenirs.

Un soleil si brillant que ses yeux se fermèrent d'eux-mêmes. Il sentit un léger vertige, avança en titubant de quelques pas pour retrouver l'équilibre. Il entendit un éléphant et un arbre rempli d'oiseaux. Il inspira l'air froid du pays dans lequel il avait vu le jour. Il ouvrit les yeux sur des kilomètres d'herbes épaisses et jaunes, avec des baobabs et de minces bosquets d'acacias et d'arbres à fièvre. Il vit aussi une rivière brune avec des hippopotames apathiques couchés sur la berge ou immergés jusqu'aux yeux dans les mares de saison sèche, les petits accrochés au dos de leurs mères. Il était revenu chez lui, au plus profond du Masai Mara, la région sauvage de son enfance.

Au soleil, il était un peu plus de 8 heures. Sherard savait où trouver Gillian et les autres. Il était assez près du camp pour les entendre discuter, pour sentir l'odeur du café que préparait pour le petit déjeuner le cuisinier que son père emmenait toujours en safari, un homme âgé mais robuste à qui il manquait un tiers du visage, les hyènes attrapant leurs victimes endormies par la tête. Sherard marcha dans cette direction, davantage conscient des mouches bleues s'élevant du tas d'excréments devant lequel il passait que du cordon fin et flexible ondulant dans son dos tel un fil d'araignée qu'agiterait une légère brise. Il marcha facilement, sans boiter, ses jambes lui semblaient jeunes et vigoureuses.

Le premier à le voir fut Mojo, le berger allemand de son père, dernier titulaire du collier de laiton hérissé de pointes que des générations de chiens Sherard avaient porté, Mojo qui se dressa tant bien que mal sur ses pattes pour l'accueillir. Sa mère leva les yeux en souriant. Lorsqu'elle était morte, à vingt-huit ans, écrasée sous un camion retourné, son enfant unique venait d'avoir deux ans. Tom avait hérité de son corps anguleux et de ses longues jambes, mais pas de ses petites boucles cuivrées.

« Bonjour, mon fils.

— Mère, quel plaisir de te voir. »

Tom l'embrassa sur la joue et se tourna vers son père, qui s'était levé de sa chaise de camp, la main gauche autour d'une de ces pipes de maïs qu'il confectionnait lui-même. Donal Sherard ressemblait aux souvenirs que Tom gardait de lui depuis sa mort en 1961. Le corps de son père avait fini par succomber aux dommages massifs subis pendant les révoltes Mau-Mau, à une vie de chasse au gros gibier et à son cœur irrémédiablement brisé par la disparition de Deborah. Lorsqu'il l'avait épousée, il comptait trente et une années de plus qu'elle. Tom avait les mêmes yeux gris aux lourds cernes que Donal, les yeux d'un homme qui ne rataient rien et ne pardonnaient aucune faiblesse chez les autres.

Comme toujours, Donal était parti chasser à l'aurore. Ses bottines de désert à semelles de crêpe, délacées, étaient rangées sous sa chaise et il portait des pantoufles en feutre, concession de ses dernières années aux souffrances que lui infligeaient ses pieds souvent fracturés.

« Alors comme ça, on t'a encore enlevé une balle. Cette fois, j'ai bien cru que tu allais définitivement nous rejoindre.

— J'aurais bien… » commença Tom, mais il ne finit pas sa phrase. Il regardait Gillian, assise dans la troisième chaise de camp près du feu. À nouveau entière, svelte, le regard tranquille mais pénétrant.

Il sentit son père lui lâcher la main.

« Certainement pas ! fit Donal. Il y a encore beaucoup de choses en jeu. Tu vas retourner, arrête tes bêtises. Mais je te comprends. Comme Pease l'a écrit dans son beau livre sur les lions : "On part en Afrique voir des sauvages, et on ne les trouve qu'en rentrant chez soi."

— C'est le monde que je veux », dit Sherard sans quitter Gillian des yeux.

Elle répondit pour eux tous.

« Mais ce n'est pas une destination, Tom.

— Qu'est-ce que c'est, alors ?

— Le pays des souvenirs. La “forêt de l’esprit” des vieilles tribus. J’ai pensé que tu trouverais plus agréable qu’on se rencontre ici plutôt que sur le plan astral, où il y a énormément de monde. Et beaucoup trop de distractions, certaines plutôt désagréables pour les novices du voyage astral.

— Combien de temps est-ce que je peux rester ?

— Le temps n’a pas de signification, ici », dit son père en bourrant sa pipe de tabac turc, et sa mère hocha la tête.

« Et il n’est pas linéaire, ajouta Gillian. Avant, Maintenant et Après coexistent.

— Vous pouvez voir l’avenir ? » demanda Tom, ses yeux passant d’un visage à l’autre. « Quand serons-nous tous réunis… Je veux dire, est-ce que cela peut durer aussi longtemps que nous le voulons ?

— Nous avons d’autres vies, maintenant, Tom », dit doucement sa mère. Elle fit un geste de sa main ouverte et il vit la terre-mémoire disparaître sous ses pieds, vit un univers de nébuleuses luire de vie. « Là-bas. » Deborah regarda son mari. « D’ailleurs, on devrait y aller. Tom et Gillian ont beaucoup de choses à se dire. »

Donal hocha la tête avec un coup d’œil à la pipe qu’il s’apprêtait à allumer.

« Oui, bien sûr, tu as raison. Moi qui me réjouissais de pouvoir tirer quelques bouffées de cette bonne vieille pipe de maïs. Tant pis. » Il rangea la pipe dans une poche de sa veste de brousse et tendit à nouveau la main à Tom. Le vieux chien poussa un aboiement rauque, et se transforma lui-même en nébuleuse.

Son père disparut alors que Tom s’accrochait à sa main. Il se tourna vers sa mère, n’en vit que les yeux elliptiques et souriants dans une éblouissante lumière céleste. Il murmura quelques mots de regret. Et sentit le bras de Gillian se glisser sous le sien.

« Tu as une autre vie ? demanda-t-il d’un ton empli

de désespoir. Tu vas disparaître sous mes yeux, toi aussi ? Dis-moi qui tu es, dis-moi où je peux te retrouver. Et je te retrouverai, crois-moi. »

Elle rit.

« Non, Tom. Je suis toujours Gillian. Mais plus pour longtemps. Mon séjour dans l'astral touche à sa fin. Ensuite, je choisirai… la vie la plus utile pour la croissance de mon âme. Dans l'Avant ou l'Après.

— Dans l'Avant ? Le passé ?

— Ce n'est pas plus difficile pour moi de naître il y a cinq cents ans — en temps terrestre — que dans cinq cents ans. Avant ou Après, vraiment, c'est la même chose : les mêmes batailles que nous livrons encore et encore. Seule l'horrible technologie change, pas les convoitises ni les ambitions sociales. Nos tribulations terrestres semblent dictées par la génétique, malgré tous les efforts des Éclairés pour redresser le genre humain. » Elle secoua la tête dans un moment de découragement. « Non, tu ne me retrouveras pas. Tu es coincé dans Maintenant pour un bout de temps. Mais… Ce n'est pas aussi dur et aussi sinistre que j'ai l'air de le dire. » Gillian sourit. « Il y a toujours l'amour, Tom, et les enfants que je n'ai pas pu te donner.

— Je ne sais pas de quoi tu…

— Tu veux que je te montre une partie de ton avenir, Tom ? Tu tiens vraiment à le connaître ?

— Tu savais que tu allais mourir, ce jour-là, à New York ?

— Pas consciemment, non. Mais je m'y préparais depuis la naissance d'Eden.

— Tu ne savais même pas qu'elle existait ! »

Elle tourna son visage vers lui.

« Il n'était pas nécessaire que je sois au courant de l'existence d'Eden durant ma vie terrestre. Cela l'aurait mise en danger alors qu'elle n'avait pas encore les moyens de se défendre. Je lui ai plutôt servi de tuteur sur le plan astral. Elle a une grande force de caractère, des amis loyaux et un but, du moins si elle l'accepte. Et c'est là où tu as un rôle à jouer, Tom. Il y a *deux* femmes dans ta vie, maintenant. Belles, impétueuses, talentueuses. Elles ont toutes les deux besoin de toi. Et tu épouseras l'une d'elles.

— L'une… ? Mais… je croyais… de qui tu parles ? »

Gillian l'embrassa. Une certitude. Mais lorsqu'il essaya de l'attirer plus près de lui, elle n'était plus là. Il n'entendit que le murmure de sa voix, à moins qu'il ne s'agisse là encore que d'un souvenir, qui s'évaporait en même temps que le paysage, un vol spectral d'aigrettes s'élevant du bord de la rivière, le soleil déclinant.

« Tom ? »

Deux visages inquiets autour de son lit d'hôpital, l'aube à la fenêtre.

« Où est-ce que j'étais ? » demanda-t-il d'une voix pâteuse, ne se souvenant presque plus de rien.

« Tu bougeais les orteils, dit Bertie en pleurant de bonheur.

— Tu seras sorti en un rien de temps », confirma Eden Waring, qui semblait ne pas avoir dormi depuis plusieurs jours. Elle était épuisée, son œil gauche louchait, mais cela n'entamait en rien sa beauté. Le portrait de sa mère. Un visage qu'il avait adoré pendant douze ans et qu'il ne se lasserait jamais de voir.

Bertie lui tenait une main, Eden l'autre.

Sa vie, Sherard le savait, pourrait devenir très compliquée s'il ne faisait pas attention. *Loyal*, voilà le mot qu'avait utilisé Katharine Bellaver.

Rien de tel qu'un vrai dilemme sentimental pour révéler la force de caractère d'un homme.

Il adressa un sourire reconnaissant aux deux femmes et se concentra sur le mouvement de ses orteils.

RANCH BIG COUNTRY — 14 JUIN — 7 h 20

Rona sortait sa pouliche rouanne Sun Dancer de l'écurie lorsqu'elle entendit un des agents du service de sécurité nommé Bannister l'appeler. Elle glissa son pied dans l'étrier, monta en selle et baissa les yeux vers Bannister qui, suivi de Gorman, l'autre agent de service le matin, se précipitait pour la rattraper. Tous deux portaient des Wrangler neufs et des chemises style western avec de gros boutons-pression nacrés. Manifestement, à voir leurs expressions, courir en bottes neuves leur faisait mal aux pieds.

« Où est-ce qu'on va se promener, ce matin ? » demanda Bannister avec un sourire amical. Il n'avait même pas l'âge de son fils Joshua.

« *Je* vais me promener, et seule. Je vous l'ai dit et je l'ai dit à votre patron, je tolère votre présence tant que vous ne vous mettez pas en travers de mon chemin. Sinon, je n'y suis pas obligée.

— Bien madame. Nous pensions…

— Et je ne crois pas que ni l'un ni l'autre ne soyez déjà montés à cheval. Pendant que vous traînez au Big Country, prenez donc quelques leçons. Jess vous préparera des montures à votre portée.

— Quand comptez-vous revenir, Mme Harvester ? demanda Gorman.

— Je vous le répète pour la dernière fois. C'est *mon* ranch. Je vais et je viens à ma guise, et je n'ai pas besoin qu'on prenne soin de moi.

— Bien madame. »

Rona fit avancer Sun Dancer en direction du portail tubulaire qui barrait la route. Gorman se dépêcha de lui ouvrir. Ni lui ni ses collègues n'avaient été affectés au Big Country pour la protéger, Rona le savait. Ils étaient là pour l'espionner. Mais elle ne s'y trompait pas.

Sun Dancer savait ce que Rona aimait pour ses promenades matinales, savait quelles pistes emprunter. Cinq ou six kilomètres de trot, puis trois de plus au galop jusqu'à Gunflint Spring, la source alimentant l'un des ruisseaux qui traversaient les pâturages du Big Country. Aucun problème pour Sun Dancer, un hybride d'arabe et d'Orloff russe, élevé pour l'endurance et les terrains difficiles.

La neige lâchée trente-six heures plus tôt par une tempête de fin d'été avait déjà à moitié fondu. Le soleil s'apprêtait à se lever pour rejoindre le dernier quartier de lune dans un ciel que rosissait l'aurore.

La veille, on avait enlevé les bandages de son nez reconstruit. Sous la bordure de son Stetson, des cernes jaunes et des marbrures violettes entouraient toujours ses yeux moroses. Rona avait refusé de se regarder dans un miroir. Son moral était déjà au plus bas et elle avait encore des crises de rage, comme ce blaireau qu'elle avait vu un jour. Trois jours avec la patte arrière dans un piège de braconnier, de plus en plus épuisé mais mordant toujours l'acier, grognant à la vue et à l'odeur des hommes et des chevaux. Cette fureur était mauvaise, elle le savait, qui non seulement mettait son cœur au supplice mais l'empêchait de penser à un moyen d'échapper au piège dans lequel Buck Hannafin l'avait jetée.

Rona portait son Stetson à bandeau perlé, une écharpe et une veste de bûcheron rouge et noire. Sun Dancer avait une couverture turquoise et un plastron. Des nuages de condensation sortaient de la bouche de la monture et de sa cavalière dans cette température avoisinant le 0° C, et les sabots de la pouliche s'enfonçaient dans ce qu'il restait de neige glacée. Mais les lupins et les boutons-d'or déjà abondants avaient échappé à la courte tempête. Le bétail n'avait pas souffert non plus. Elle entendit une petite nyctale s'installer pour la journée dans un bosquet de chênes des Rocheuses. L'herbe épaisse coiffée de givre commençait à briller sous la lumière du jour qui se répandait petit à petit sur les pâturages.

Rona n'avait que quarante-sept ans. Elle pouvait suivre les traces de Clint. Solliciter les suffrages des électeurs de son État. Se libérer du piège, un pied à la fois. Puis les présidentielles. Ils ne pouvaient quand même pas la jeter ainsi hors de la Maison-Blanche comme une vulgaire nécessiteuse, comme un tas d'ordures. *Ce n'était pas sa destinée.* Le peuple américain croyait en Rona Harvester. Il viendrait à son secours. Même sans Victor, elle savait… Mais il fallait d'abord qu'elle tue Buck Hannafin. Qu'elle le tue, qu'elle le tue ! QU'ELLE PIÉTINE SON VISAGE TRIOMPHANT JUSQU'À BAIGNER À MI-MOLLET DANS SON SANG JUSQU'À CE QU'IL N'EN RESTE RIEN PAS UN GLOBE OCULAIRE OU LE MOINDRE MORCEAU DU BRIDGE QU'IL AVAIT DANS SA GROSSE BOUCHE PLEINE D'INSULTES…

Le cœur de Rona s'était emballé. Attends un peu. *Ne t'énerve pas comme ça.* C'était peut-être à cause de ce qu'ils lui donnaient pour la douleur. Elle ne savait pas si elle avait encore besoin de Percocet, mais elle en avait terriblement envie. Pour soigner la douleur de son psychisme meurtri.

Un autre cavalier attira son attention, probablement parce qu'il ne bougeait pas. Son alezan s'ébroua, expulsant une respiration condensée le long d'une crête d'aulnes noirs à environ cinq cents mètres de Rona. Elle ne reconnut pas la silhouette du cavalier, une silhouette mince, comme celle de tous les cow-boys en activité dans la région. C'est son chapeau à couronne plate qui le caractérisait. Aucun des employés de Big Country n'en possédait de tel. L'alezan avait la tête blanche, elle le voyait malgré la distance. Il n'appartenait pas à leur troupeau. C'était donc quelqu'un qui coupait par leurs prairies, ce qui n'avait rien d'exceptionnel. Est-ce qu'il l'observait ? Difficile à dire, mais elle se sentit frissonner au plus profond.

Elle éperonna sa pouliche, l'éloigna de la crête et du cavalier inconnu, la lança dans leur course finale jusqu'aux peupliers noirs et à la mare parsemée de canards branchus autour de la source. Un vol de perdrix jaillit des hautes herbes près de la piste empruntée par Sun Dancer. Le vent fouetta les yeux douloureux de Rona et l'aveugla un instant tandis qu'elle se penchait sur l'encolure pour s'abandonner à l'excitation du galop.

Quand elle mit pied à terre, le soleil désormais plein lançait des éclats dans la dentelle vert pâle des branches des grands peupliers. Toujours pas le moindre souffle de vent. La glace coagulait encore le déversoir et, en dessous, les roseaux qui poussaient dans la mare. Du talon de sa botte, Rona brisa une fine couche de glace afin que Sun Dancer puisse boire. Un flamboiement lumineux jouait sur la surface embrumée et fantomatique de la mare à moitié gelée. Des génisses et leurs veaux se déplaçaient à une centaine de mètres à l'est. Rona baissa les yeux, aperçut une libellule délicatement couverte de givre sur un brin d'herbe. Puis se vit elle-même, reflet brillant sur la bordure glacée, et se détourna rapidement pour reporter son regard au-delà des peupliers.

Son cœur bondit. L'alezan à tête blanche qu'elle avait remarqué dix minutes plus tôt se trouvait maintenant à cinquante mètres, dans la même attitude, comme téléporté, mais sans son cavalier. L'animal était en partie dissimulé par les peupliers noirs et les arbustes de symphorine à l'endroit, derrière un barrage de castors, où la mare s'écoulait en ruisseau vers le sud sous le nom de Gunflint. Des merles allaient et venaient dans le soleil pâle.

Elle entendit des bottes crisser sur les fines croûtes de neige. Sun Dancer leva son museau dégoulinant de la mare et tourna la tête avant de hennir doucement. L'alezan sans cavalier lui fit écho.

« Il y a quelqu'un ? » s'enquit Rona d'un ton prudent.

Un homme sortit d'entre les arbres et s'avança vers elle, le soleil de plus en plus brillant dans le dos. Elle reconnut le chapeau à couronne plate.

Rona s'approcha de sa pouliche et du fusil à canon double calibre 30 rangé sous la selle.

« Oh, pardon. Je vous ai fait peur. Désolé. »

Une voix haut perchée. Comme celle d'un homosexuel.

« Qui êtes-vous ? »

Lorsqu'il reprit la parole, sa voix avait changé : on aurait dit qu'il l'imitait. Le sang de Rona bouillonna de contrariété.

« Comment pouvez-vous ne pas le savoir ?

— Et si vous restiez là où vous êtes ? » dit Rona, une main sur la crosse familière de la carabine.

« Oh ! Oh mon Dieu ! Mais qu'est-ce qu'il s'est *passé* ? Oh ! Non non non ! Notre magnifique visage ! *Qui* nous a fait ça ? »

Rona trembla de surprise, comme si la terre avait grondé sous ses pieds.

« J'ai dit : qui êtes-vous ?

— Oh, n'essayez pas de me faire avaler *ça*. Vous le savez très bien. »

Une main gantée se leva pour ôter le chapeau à couronne plate. L'autre main se mit alors à l'œuvre, s'activa, enleva les épingles retenant les cheveux en un chignon serré. Une secousse de la tête permit aux tresses blond cendré de se répartir autour du visage.

« C'est mieux. Vous ne pourrez plus prétendre ne pas *savoir*. » Un gracieux mouvement de côté, la tête qui pivote, le visage qui trouve la lumière du soleil et prend une teinte chaude.

« Je suis *vous* », dit l'assassin temporairement connu sous le nom de Rona Harvester en agitant avec élégance ses mains gantées et en se pavanant un peu sur le sol rendu craquant par la neige. « Et vous êtes *moi*, à part ces horribles contusions. Et vous et moi… » Il dansa un peu plus près de Rona. « … Nous sommes… *Ouuuuuh !* »

Rona avait extrait la carabine de sa gaine à franges de cuir et l'armait en se retournant vers l'apparition qui avait *son* visage… si fidèlement et si bizarrement reproduit. Quelque chose la frappa fort à la poitrine, un gros caillou plat, d'après le poids ; elle fut renversée en arrière et tomba sur les fesses dans la glace au bord de la mare.

« *Il ne faut pas !* » la gronda l'assassin qui, d'un bond, vint lui arracher l'arme des mains. Rona haleta, le froid l'envahissant jusqu'aux racines des cheveux. L'assassin recula et déchargea la carabine. Le laiton tomba en scintillant sur le sol. « Maintenant, si vous voulez bien changer de ton, ce serait un plaisir de danser le *tanggg-go*.

— Fichez… le camp… espèce… de monstre. Au secours ! Au secours ! À l'*aide !* »

L'assassin ôta ses gants. Exposa ses ongles soigneusement vernis.

« Ça vous plaît ? J'ai feuilleté des *tonnes* de magazines et j'ai fini par téléphoner à quelqu'un de l'équipe R pour connaître la nuance *exacte* à utiliser.

— Allez vous faire foutre, foutre, foutre, foutre !

— Oh, chérie, si seulement je pouvais, ce serait le *paradis*. Malheureusement, et que cela reste entre nous, j'en ai une si *petite* qu'elle pointe vers le haut. Bon, alors, qu'est-ce qu'on en pense ? Sincèrement, je vous en prie. Nous sommes-nous *jamais* vue si bien arrangée ? Non, non ! Il faut arrêter de hurler, là. » L'assassin posa sur Rona un long regard pensif. « Il est temps d'affronter la réalité en face. Parce que, soyons réalistes, il ne peut y avoir qu'une de nous. Je vous laisse donc... choisir... qui. »

Il attrapa Rona par les épaules et l'entraîna quelques pas plus loin à un endroit où la glace sur la mare formait encore une surface continue réfléchissante. Il la fit pivoter, une main accrochée à sa nuque, la poussa vers le bas, l'approcha de son reflet triste et décoloré sur la glace.

Puis son visage d'avant la fracture du nez apparut au-dessus d'une épaule telle la lune se levant derrière un promontoire sombre. Une double image de Rona Harvester s'enregistra dans son esprit bouleversé. Avant. Après.

« Je sais que vous souffrez de voir ça », dit-il d'un ton apaisant, sa respiration dans son oreille froide. « Mais ne vous inquiétez pas. Je ferais tout mon possible pour perpétuer notre légende. Dommage que vous ne puissiez pas être là pour assister... » La position de ses mains changea. Une main agrippa le menton. L'autre, ouverte, appuyait sur le côté de la tête en l'éloignant de lui. « ... à nos débuts à Vegas. »

Rona Harvester entendit le cri d'un faucon. Sentit la tension s'accroître en haut de sa colonne vertébrale. Cela ne se pouvait pas ! Il/elle n'avait pas l'air d'avoir assez de force pour...

Elle entendit son cou se briser. Ce fut le dernier bruit dont elle eut conscience, et au même instant le rouge du sang illumina ses yeux. Suivi, presque aussitôt, par les ténèbres éternelles.

SHUNGWAYA — LAC NAIVASHA (KENYA) — 6 OCTOBRE — 14 h 10 ZOULOU

E-mail de Betts Waring à Eden Waring

Bonjour ! Puisqu'ici c'est encore l'heure de dormir, j'imagine que pour toi ce doit être l'après-midi. Les cassettes vidéo étaient formidables, comme toujours. Je regarde les dernières tous les soirs, non, je dois l'avouer, sans quelques larmes. Je sais, j'ai déjà mes billets et je ne peux pas m'empêcher de battre des ailes. J'ai transmis ma clientèle à Zan Fortner, les démarches officielles sont presque terminées. J'ai déjà emballé ton diplôme. Au sujet de tous ces animaux… Les girafes, les zèbres et même les guépards qui traînent dans le coin la nuit, je peux m'en accommoder. Mais est-ce que ce n'est pas un petit peu dangereux que des hippopotames paissent si près de la maison ? Ce singe colobe qu'on voit sur ton épaule dans la plupart de tes gros plans, il a un nom ? Il ressemble étonnamment à feu mon oncle Norbert. Peut-être que la réincarnation existe, après tout.

Tu n'ignores pas que Riley a toujours rêvé d'aller en Afrique. Ça ne m'étonnerait pas qu'il extorque une permission de week-end au Portier pour faire un saut pendant mon séjour. Dans ce cas, je le saurais, d'une manière ou d'une autre.

Sur la véranda de la maison près du lac, maison dont la construction semblait ne jamais s'achever, Eden cessa de relire la sortie papier de l'e-mail. Elle s'essuya un œil, observa pendant quelques instants les plis bleus des montagnes basses qui s'élevaient à un kilomètre et demi de là, de l'autre côté du lac. Elle entendit un aigle pêcheur trompeter par-dessus le vacarme que produisaient marteaux et scies dans l'aile d'amis. Les ouvriers gainaient la charpente de cyprès kényan. Le cuivre pour le toit venait d'arriver en camion, on était en train de le décharger. Elle était chargée de superviser tout cela, pendant qu'à Nairobi Tom Sherard rendait visite à son kinésithérapeute et qu'à Mombasa Bertie participait à une séance photo pour l'édition espagnole de *Vogue*.

Il y avait à Shungwaya des domestiques pour s'occuper d'elle et un assortiment de gros chiens pour la protéger, et cependant elle avait souffert de la solitude, la veille au soir. Betts et les autres lui manquaient, et elle avait veillé tard pour lire *Ombres sur la prairie* de Blixen et un truc de Joy Adamson, une épitaphe pour un lion adoré qui parlait de manière déchirante de la vraie magie de l'Afrique :

Le vent, le vent,
l'enfant céleste
passe doucement par-dessus le rocher,
Il caresse et embrasse la nuit solitaire
Dans laquelle un enchantement garde prisonnier un lourd secret.

Ravalant ses larmes, Eden sentit un minuscule bourdonnement dans son nombril. Elle fronça les sourcils et trancha l'air d'un geste.

Je suis occupée. Plus tard.

Elle se replongea dans le courrier électronique de Betts.

> Non, aucun signe ni aucune nouvelle de Geoff McTyer, mais il n'oserait quand même pas, si ? Je me demande pourquoi tu penses encore à lui. Ici, à Innisfall, le souvenir des événements de mai s'efface avec le temps. Ça ne veut pas dire qu'on

t'a oubliée. La légende, le mythe ou quoi que ce soit, continue à grandir. Il y a encore des pauvres gens qui viennent par ici et contemplent la maison depuis la route. Certains laissent des mots pour demander des miracles. Quelques-uns ont essayé de franchir la clôture, mais les types de Blackwelder y ont vite mis le holà.

Et il y a parfois des observateurs d'un genre différent.

Ils gardent leurs distances, mais j'aperçois un reflet sur un objectif, j'entends des hélicoptères dans la nuit. Ils trouvent moyen d'entrer dans mon bureau lorsque je n'y suis pas. Si ce sont vraiment des Malterriens… Mais je sais que tu n'aimes pas que je parle de ça. Je change donc de sujet.

Meg Pardo a du mal à accepter que je ne lui donne pas ton adresse électronique, mais je lui ai dit qu'étant donné les circonstances, il valait mieux que ce soit moi qui te passe les messages. Elle s'est montrée aussi bonne amie avec moi qu'elle l'est avec toi. Elle m'a aidée à passer quelques soirées difficiles. Pardon, pardon. Je ne voulais pas t'ennuyer avec ça. Permets-moi de te rappeler une fois de plus que rien de tout ce qu'il s'est passé n'est de ta faute.

Il faut que je te laisse. Plus que dix jours avant que j'aille à San Francisco prendre cet avion, et j'ai encore des tonnes de choses à faire. Tu ne peux pas savoir combien j'attends ce moment avec impatience. Ça me mettra dans un état lamentable de te revoir, mais je te promets de vite me ressaisir.

À plus, ma puce.

« Pourquoi tu pleurniches ? » demanda le doppelganger d'Eden. Assis sur la rambarde de la véranda, il laissait le singe domestique d'Eden grignoter un morceau de fruit entre ses doigts.

« Je ne pleurniche pas. J'ai juste un peu le mal du pays. Je n'ai pas besoin de toi pour l'instant.

— Ouais, bien *sûr*, c'est pour ça que je suis là en chair et en os. Je peux t'emprunter des habits ?

— Je te vois, moi, et personne d'autre dans le coin n'a besoin de te voir.

— Ce vieux singe me voit aussi. » Il donna une petite tape sous le menton au colobe noir et blanc, qui se leva en jacassant, sa longue queue en point d'interrogation. « Alors comme ça Betts vient vous rendre visite. Tu me présenteras ?

— Pour qu'elle fasse une crise cardiaque ?

— Elle a lu tes journaux de rêve. Elle sait que j'existe. Betts m'aimerait. C'est pas une bonne idée ? Je pourrais passer une partie de mon temps solitaire de non-fonctionnement à tenir compagnie à Betts en Californie pendant que tu t'occupes d'organiser la Résistance Psi. Il te restera Tom et Bertie pour prendre soin de toi. »

Eden chassa d'une chiquenaude une sorte de scarabée émacié qui lui rampait sur le poignet. Elle se garda de le blesser, ne souhaitant pas se retrouver avec une ampoule caustique sur la peau. L'Afrique, du moins cette partie du Kenya qu'elle avait appris à connaître, était proche du paradis. Elle regrettait juste l'existence du *dudu*. Une girafe mâle s'approcha à grandes enjambées à dix mètres de la véranda. Ils voyaient de plus en plus de girafes dans la réserve, ces derniers temps. Il faudrait en toucher un mot à Tom.

« Au fait… Tu sais qui c'est ? Celui qui apparaît tout le temps dans tes rêves ces derniers temps ? »

Le dpg lui décocha un regard lourd de sens.

Eden regarda son propre visage. Parfois, c'était mieux qu'un miroir. Elle constata qu'elle avait besoin de couper ses cheveux, qui avaient repoussé avec leur couleur naturelle.

« Non. Je ne sais pas qui c'est. Qu'est-ce qui te prend de fureter dans mes rêves ?

— Tu y penses aussi quand tu ne dors pas. Un gars plutôt mignon. Tu sais ce que je crois ? Peut-être que c'est *ton* Robin Sandza. Je veux dire, le Robin avant que la Faculté Psi le rende cinglé. »

Eden quitta son fauteuil à bascule en rotin et passa en bandoulière l'AK-47 dont elle ne se séparait jamais à cause des *Shifta*, ces bandes de braconniers somaliens qui se glissaient parfois dans la réserve de Naivasha. Les rangers du Kenyan Wildlife Service avaient bien patrouillé leur zone, ces derniers temps, et Tom Sherard disposait d'une force de sécurité privée équipée de deux hélicoptères rapides, mais on signalait chaque jour des incidents violents de mauvais augure. Eden tirait très bien et n'hésitait pas à le faire. C'était quelque chose de nouveau dans son cœur, et sur son visage.

« Où vas-tu ? lui demanda son dpg alors qu'elle s'éloignait.

— Je veux récupérer un film, vérifier si le léopard qui a laissé des traces dans le *lugga* s'est encore pointé la nuit dernière. Et je ne supporte plus ces coups de marteau. Ils me donnent la migraine.

— Ils *nous* donnent la migraine. Un peu de compagnie ? »

Eden hésita sur les marches. « Bien sûr. Avec plaisir. Si les chiens ne te gênent pas. »

Elle se glissa deux doigts dans la bouche et émit un sifflement strident.

« Des chiens ? »

Deux des bâtards de garde de Tom Sherard arrivèrent ventre à terre et pilèrent devant Eden. Celle-ci se tourna et sourit à son doppelganger resté sur le porche.

« Ne t'inquiète pas. Comme toi et moi on a la même,

euh, odeur corporelle, ils ne te remarqueront sans doute même pas. »

Le dpg se dandina, puis releva le menton : « Je m'appelle Guenièvre, annonça-t-elle d'un léger ton de défi. J'ai choisi. Gwen en abrégé.

— Pas tout de suite. J'ai encore besoin de toi. Comme tu es maintenant.

— Quelle amère déception. » Son doppelganger rejoignit malgré tout Eden dans la cour. Le colobe les suivit en mendiant la sécurité d'une épaule sur laquelle se percher. Eden s'arrêta pour le prendre. « Désolée d'attirer ton attention là-dessus, reprit le dpg, mais ton espérance de vie… J'en frissonne rien que d'y penser. Tu es là, à te promener en short et en sandales au milieu de bêtes sauvages. Pétard, c'est quoi ceux-là, là-bas, avec les défenses qui partent dans tous les sens ?

— Des espèces de phacochères. Ils font des trous partout dans le sol, mais à part ça, ils ne sont pas gênants.

— Il y a trois semaines, tu t'es pris une fièvre de quarante degrés rien qu'à cause d'une morsure de tique. Une fièvre assez forte pour nous faire bouillir le cerveau. »

Eden haussa les épaules d'un air satisfait.

« Tom dit que j'aurais dû voir Shungwaya il y a trente ans, fit-elle d'un ton rêveur tandis qu'elles traversaient un ruisseau presque à sec. Mais c'est déjà bien assez proche du paradis pour moi. Quelle importance, une morsure, une fièvre, une éruption de temps en temps ? Je veux finir ma vie ici. Joseph, le père de Bertie, m'a dit que…

— Que "le plus beau, quand on a vécu dans un pays magnifique mais rude, c'est de savoir qu'on n'a jamais cédé".

— Comment tu le sais ?

— Je sais ce que tu sais, forcément. Donc… on reste ? »

L'air pensif, Eden prit une inspiration sans répondre. Elle observa une huppe africaine, d'un orange magnifique avec une crête noire et orange, qui dérivait comme quittant l'orbite du soleil pour illuminer le côté ombragé d'un baobab. Elle leva les jumelles accrochées à son cou et fit le point sur une petite harde de koudous qui traversaient en file indienne un *donga* à cinq cents mètres de là. Le mâle de tête, énorme, pesait probablement près de trois cents kilos. Il avait un pelage gris d'une douceur de flanelle, de fines rayures verticales blanches derrière l'épaule et une longue touffe blanche sur l'échine. Ses grandes cornes se tordaient deux fois et demie en spirale jusqu'à leurs extrémités en rapières.

Tom lui avait raconté être tombé un jour sur deux mâles de cette espèce près d'un bosquet d'*acacia abilda*, l'une de leurs principales sources de nourriture. Deux mâles agenouillés face à face sur la terre rouge, corps tordu grouillant de mouches sur les blessures, yeux ternis par l'agonie, cornes sinueuses inextricablement enchevêtrées après le combat dans lequel les avait jetés le rut. Des vautours bateleurs avaient commencé à décrire des cercles dans le ciel. Chacun des mâles s'était battu comme il était né pour se battre, aucun n'avait cédé. L'intensité de leur affrontement imprégnait encore l'atmosphère. Un spectacle isolé et sinistre, mais indiciblement beau : l'essence de la vie, la fierté dans la mort.

Eden baissa ses jumelles.

« On rentre, dit-elle. Je ne sais rien de ce nouveau type. J'ignore s'il y a de la bonté en lui ou s'il est le mal à l'état pur. Tout ce que je sais, c'est que les vautours feraient mieux de garder leurs distances. »

Vous pourrez retrouver Eden Waring, Tom Sherard
et Bertie Nkambe dans *POUVOIR*
(Éditions Denoël, 2005).

DU MÊME AUTEUR

Aux Éditions Denoël

POUVOIR, 2005.

TERREUR, 2004 (Folio Policier n° 387).

FURIE, 2003 (Folio Policier n° 347).

Composition Interligne
Impression Novoprint à Barcelone,
le 16 août 2005
Dépôt légal : août 2005
Numéro d'imprimeur :

ISBN 2-07-031121-X/Imprimé en France.

137653